Ullstein

Über das Buch:

Deutschland zu Beginn des Zweiten Weltkrieges: Teichmann, Stollenberg, von Bülow und Heyne, eben erst von der Schule abgegangen und jetzt ihres Zeichens Seeoffiziersanwärter, werden nach einer kurzen Rekrutenausbildung dem *Albatros*, einem zum Minensuchboot umgebauten Fischkutter, zugeteilt. Sie haben sich freiwillig gemeldet, weil sie das Vaterland auf einem schicken Kreuzer verteidigen wollten. Doch ihre Blauäugigkeit vergeht ihnen schnell, als sie den blutigen Ernst des Krieges am eigenen Leibe erfahren müssen.
Dieses Buch ist eine bittere Anklage gegen die Sinnlosigkeit des Krieges und eine hervorragende Darstellung des Seekrieges, in dem sich das Elend und das Grauen des Kampfes mit der Urgewalt des Meeres verbinden.

Der Autor:

Wolfgang Ott, 1923 in Pforzheim geboren, war im Zweiten Weltkrieg zunächst Offiziersanwärter und dann Offizier in der deutschen Kriegsmarine. 1956 veröffentlichte er den vorliegenden Titel, den ersten großangelegten Roman über die deutsche Kriegsmarine und den U-Boot-Krieg, der ein Welterfolg wurde.
»Eins ist sicher: Nach Montserrats *Großem Atlantik* und Wouks *Die Caine war ihr Schicksal* ist dies der dritte große Seekriegsroman, der in der Welt Furore machen wird.« DIE ZEIT

WOLFGANG OTT

Haie und kleine Fische

Roman

ULLSTEIN

maritim
Ullstein Buch Nr. 23928
im Verlag Ullstein GmbH,
Frankfurt/M – Berlin

Ungekürzte Ausgabe

Umschlaggestaltung:
Hansbernd Lindemann
Umschlagfoto:
Süddeutscher Verlag

Druck und Verarbeitung:
Elsnerdruck, Berlin
Printed in Germany 1996
ISBN 3 548 23928 5

Juni 1996
Gedruckt auf alterungsbe-
ständigem Papier mit
chlorfrei gebleichtem
Zellstoff

Die Deutsche Bibliothek – CIP-Einheitsaufnahme

Ott, Wolfgang:
Haie und kleine Fische : Roman / Wolfgang Ott. – Ungekürzte
Ausg. – Frankfurt/M ; Berlin : Ullstein, 1996
(Ullstein-Buch ; Nr. 23928 ; Maritim)
ISBN 3-548-23928-5
NE: GT

1

Sie hausten im Mannschaftslogis, ihre Kojen waren auf der Backbordseite, Stollenberg hatte die Koje über Teichmann, und er hängte seine Beine über den Kojenrand und zog seine Socken an, seine Füße waren sauber und seine Socken waren gestopft. Teichmann sagte, er solle seine Schweißfüße wegtun.
Stollenberg setzte einen Fuß auf die Kante von Teichmanns Koje, stieg runter und setzte sich auf die Bank vor den Kojen.
Teichmann sah, wie er die Kakerlaken aus seinen Seestiefeln schüttelte, mit der Hand in die Stiefel reinfuhr und sich vergewisserte, daß keine mehr drin waren, die Stiefel anzog, zum Brotspind ging und sich vom härtesten Laib eine Scheibe abschnitt, mit dem Messer die Kakerlaken aus der Marmeladedose fischte, einen dicken Haufen rotgefärbten Jams auf seiner Stulle verteilte und reinbiß.
Teichmann drehte sich zur Wand um.
»Komm, Kartoffelschälen, 's ist gleich acht«, sagte Stollenberg mit vollem Mund.
Teichmann blieb liegen.
»Komm schon hoch, Hans, wenn's auch schwerfällt«, sagte Stollenberg.
Teichmann blieb liegen. Er ärgerte sich über Stollenbergs Diensteifer: vor nem halben Jahr saß er noch neben mir auf der Schulbank, und wenn er drankam und steckenblieb, sagte ich ihm ein, er sagte mir auch ein, wenn ich steckenblieb, aber ich sagte ihm öfter ein und vor allem richtiger, er war keine Leuchte, bestimmt nicht, und jetzt tut er so, als sei er hier zu Hause und –
»Komm hoch, Seemann, du mußt pissen«, sagte Heyne und stieß ihn ins Kreuz.
Die seemännische Besatzung stand an Oberdeck in Lee und schälte Kartoffeln. Pitt spuckte in die Luft, und der Wind nahm die Spucke und trug sie über Bord. Als Teichmann zwei Tage an Bord und seekrank gewesen war, hatte er in die Luft gespuckt, der Wind war von vorn gekommen, und

die Spucke klatschte ans Bullauge des Kartenhauses unter der Brücke, wo der Steuermann über dem Kurs brütete. Teichmann wünschte, Pitts Spucke möge auch mal dort landen, aber die Spucke und der Wind taten ihm diesen Gefallen nicht. Er dachte daran, wie er verprügelt worden war, unter Pitts Anleitung, wie er sich nicht richtig wehren konnte, weil er seekrank war, und wie sie es so eingerichtet hatten, daß Stollenberg und Heyne in dieser Zeit Wache hatten und ihm nicht helfen konnten.

Daß er Prügel bezog, war etwas Neues für ihn gewesen. Er besaß eine ungewöhnliche Kraft, aber nur im Oberkörper. Er hatte einen breiten Brustkorb und lange muskulöse Arme mit Fäusten, die schnell und genau zuschlagen konnten, aber seine Oberschenkel und seine Beine waren mager und sehnig und an den Knöcheln auffallend dünn. Wenn er ging, er war fast einsneunzig groß, ging er etwas nach vorn gebeugt, als mache es ihm Mühe, seinen massigen Oberkörper aufrecht zu halten. Mit seinen langen Armen ähnelte er einem Orang-Utan, nur daß sein Gesicht das Sympathischste an ihm war.

Pitt hatte ihm geraten, sich mit offenem Mund in Luv zu stellen, damit der Wind in den Mund reinblasen könne und so das Essen nicht hochkommen lasse. Aber das Essen kam doch hoch und flog den andern um die Ohren. Abends mußte er ihre verdreckten Arbeitsanzüge waschen, und es waren Anzüge von Seeleuten dabei, die sich nicht an Oberdeck aufgehalten hatten, als es ihm hochgekommen war, und weil er maulte, verprügelten sie ihn nachts. Er war damals ziemlich seekrank gewesen. Nicht von der Art wie die Landratten, die sich einbilden, sie seien seekrank, wenn sie von Cuxhaven nach Helgoland fahren, sich über die Reling beugen und das Essen aus dem Gesicht fallen lassen. Anfangs hatte er es auch so gemacht, aber dann hatte er nichts mehr, mit dem er Wiedersehen feiern konnte, weil sein Magen leer war, und Galle kam hoch. Das ging eine Woche lang so, er lag mit angezogenen Knien in seiner Koje wie ein Embryo im Mutterleib, er hätte nichts dagegen gehabt, wenn er gestorben wäre.

Der Kartoffelpott war voll, Teichmann trug ihn in die Kombüse. In der Tür zur Kapitänskajüte stand Dora. Sie hatte ein Hemd und eine lange Männerhose an.
»Komm rein, Kleiner, kannst ne alte Frau flennen sehen.«
Er lieferte den Pott in der Kombüse ab. Auf dem Rückweg ging er wieder an der Kajüte vorbei. Dora trug jetzt einen grünen Pullover. Sie hatte gerötete Augen, die Kajüte roch nach Parfüm und Alkohol.
»Du hast wohl Angst vor mir, Kleiner?«
»Nein. Übrigens bin ich einsneunundachtzig groß.«
»Lang. Und sechzehn alt.«
»Ich werd siebzehn.«
»Und was machst du in Bremerhaven?«
»Abmustern.«
»Ich mein', hast du keine Freundin?«
»Nein.«
»Zu wem gehste dann?«
»'s gibt genug Frauen.«
»Wenn mans 's erste Mal macht, dann soll's nicht grad so eine sein.«
»Wieso 's erste Mal?«
»So einer bist du also? Dann kannste auch mich nehmen, ich bin doch auch so eine – oder nicht?«
»Ja.«
»Gut.«
Dann sagte sie: »Aber sagen hättest du's mir nicht brauchen. Das war nicht gut.«
»Aber 's ist doch so.«
»Trotzdem. War nicht nötig, daß du das sagst.«
»Aber 's ist ja allen an Bord bekannt.«
»Was ist bekannt? Ist auch bekannt, daß ich fünf Jahre lang den Finger in den Mund stecken konnte und wie ne Nonne leben mußte, weil mich mein Ehemann angesteckt hat, he?«
»Wußte ich nicht.«
»Ist auch gar nicht nötig. Also du willst nicht? Na schön, Wohltaten werden nicht aufgezwungen. Hau ab.«
Das war also Dora, dachte Teichmann. Es war das erste Mal, daß sie mit ihm gesprochen hatte, bisher war er Luft

für sie gewesen. Er hatte gewußt, daß der Alte sie als seine Frau vorzustellen pflegte. Mehr hatte er nicht gewußt.
Als das Netz eingeholt wurde, war es voll. Die Heringe lagen einen Meter hoch an Deck und schlugen um sich. Die Männer schaufelten sie in Körbe und kehlten sie.
»Dora sollte ihre Gurgel tüchtig schwenken«, sagte der Steuermann, als Teichmann nachmittags die Ruderwache hatte, »ist das beste Mittel dagegen. Gott, was waren früher die Weiber hinter mir her. Aber ich hab nie was bezahlt. Das Vergnügen war beiderseitig, hab ich ihnen gesagt. Das hat ihnen eingeleuchtet. Ja, so macht man das, junger Mann.«
Der Steuermann polkte mit dem Daumen an seiner Säufernase. Danach steckte er den kleinen Finger ins Ohr und schüttelte den übrigen Teil seiner Hand so schnell hin und her, als ob sie zitterte. Nachdem er das eine Weile getan hatte, hielt er seinen kleinen Finger unter die Nase, roch dran und betrachtete ihn eingehend. Dann zog er eine Flasche aus der Innenseite seiner Jacke und trank.
»Willst auch nen Schnaps?«
»Ich hab die Ruderwache.«
»Auch gut. Sogar besser, wenn du nichts trinkst, von wegen dem Kurs. 's genügt, daß ich blau bin. Wie heißt du?«
»Teichmann.«
»Nein, ich mein' den Vornamen.«
»Hans.«
»Also Hans, merk dir: Alkohol ist das beste Mittel dagegen. Ich wollte früher mal eine haben, was Besseres, verstehste, aus guter Familie, feiner Leute Kind und so. Aber sie wollte nicht. Da fing ich ganz einfach an zu saufen. Seitdem kann ich zu jeder gehen, 's macht mir gar nichts mehr aus: Ruckzuck, und der Fall ist erledigt. Verstehste, ein einfacher Vorgang, steht in jedem Lehrbuch für Mechanik, kannste da nachlesen. Kein Geschwätz von Liebe, keine Verpflichtungen, nichts – Ruckzuck, und so weiter. Wie heißt du?«
»Hans.«
»Also Hans, merk dir: Wenn du's allein nicht mehr aushalten kannst, greif zur Flasche, 's ist besser, als in die Kirche – Sehrohr an Backbord!«

Jetzt sieht er Gespenster, dachte Teichmann und steuerte seinen Kurs weiter. Der Steuermann riß ihm das Ruder aus der Hand und legte es hart steuerbord.
»Geben Sie durchs Sprachrohr: An Kommandant: Sehrohr in dreihundertdreißig Grad Schiffspeilung, Entfernung zweihundert.«
Teichmann wollte kein Spielverderber sein und gab die Meldung weiter. Es vergingen einige Sekunden, dann hörte er die Stimme des Alten durchs Sprachrohr sagen: »Erstens bin ich Kapitän der christlichen Seefahrt und kein Kommandant, und zweitens soll sich der Steuermann sofort in seinen Korb legen und seinen Rausch ausschlafen, verstanden?«
»Jawohl, Käpten.«
»Was hat er gesagt?«
»Der Alte meint, das mit dem Sehrohr sei nicht gut möglich.«
»Ich freß zehn Besen, wenn das nicht das Periskop eines U-Boots war. Ich kenn die Dinger noch vom Weltkrieg her, bin drei Jahre lang Vorpostenboot gefahren. Na, mir soll's recht sein.«
Teichmann nahm wieder das Ruder und ging auf den alten Kurs. Der Steuermann steckte sich eine Zigarre an.
»Glaubt der Alte vielleicht, ich sei besoffen?«
»Nein.«
»Wenn du ›Ja‹ gesagt hättest, wär von dir nur noch 'n Fettfleck übriggeblieben.«
»Das glaub ich nicht.«
»Nimm dich in acht, Bursche, wenn ich besoffen bin, bin ich zu allem fähig.«
Nach seiner Ablösung ging Teichmann ins Kartenhaus und koppelte den Kurs nach, und dann kam der Alte ins Kartenhaus, hinter ihm der Steuermann, der Alte legte ein Funkspruchformular auf den Kartentisch und sagte zum Steuermann: »Wir gehen mit der Maschine auf ›Große Fahrt‹ und steuern die norwegische Küste an, dann laufen wir innerhalb der Dreimeilenzone nach Hause.«
»Wenn Sie meinen –«
»Jawohl, das meine ich. Das englische Ultimatum bedeutet

Krieg, ist Ihnen doch klar? In Berlin wird man sich nen Dreck um das Ultimatum kümmern –«
»Und in London um die Dreimeilenzone.«
»Was meinen Sie? Zum Donnerwetter, was war denn das?«
»Mein Magen, Käpten.«
»Aber ich muß doch sehr bitten. Ist da vielleicht auch das Ultimatum dran schuld?«
»Mein Magen, Käpten.«
»Tun Sie sich nur keinen Zwang an.«
»Nein, das tu ich nicht.«
Der Alte rechnete den neuen Kurs aus und steckte ihn auf der Seekarte ab. Beim Rausgehen sagte er: »Sie haben wirklich schlechte Manieren, Steuermann.«
»Ich hab nen kranken Magen, daher die Blähung.«
»Ach was, Ihr Magen – das ist einfach ne Schweinerei, so was.«
»Ich würde eine gefälligere Ausdrucksweise für angebracht halten. Übrigens habe ich während meiner Wache das Sehrohr eines U-Boots gesichtet, aber irgend so ein besoffener Kerl war in Ihrer Kajüte am Sprachrohr, der hat wohl vergessen, Ihnen die Meldung weiterzugeben.«
Der Funker kam und brachte ein zweites Funkspruchformular. Der Alte las es. »Wir haben Hamburg anzulaufen und sind dem Chef der Marinestation der Nordsee unterstellt, die Besatzung ist dienstverpflichtet. Geben Sie das sofort allen bekannt, Steuermann.«
»Zählt auch Dora zur Besatzung?«
»Meine Frau benachrichtige ich selbst.«
»Welche? Die in Bremen oder die an Bord?«
»Beide. Im übrigen frage ich keinen Standesbeamten um Erlaubnis, wenn ich mir eine Frau zulege.«
»Aber Ihren Reeder hätten Sie fragen müssen. Bis jetzt hat der Reeder nie erlaubt, daß einer seine Frau mit an Bord nimmt.«
»Eben deshalb. Haben Sie was dagegen?«
»Ich nicht.«

Teichmann kletterte in die Piekslast und füllte seinen Farbtopf. Dann machte er sich mit einer Leine einen Bootsmannsstuhl, und Stollenberg ließ ihn außenbords am Bug runter, bis er sich in Höhe des Schiffsnamens befand. Die Leinenenden belegte er an der Reling. Dann fierte er an einer dünnen Leine den Farbtopf und den Pinsel zu Teichmann ab, und der fing an, die ersten Buchstaben des Schiffsnamens zur Tarnung zu übermalen.

»Bin gespannt, was Gerd bei seinem alten Herrn erreicht, lang genug ist er nun weg. Ich glaub nicht so recht an den Ministerialrat in der Bildungsinspektion«, sagte Stollenberg.

»Fier den Topf noch was – fest. Wir müssen nachher den Bootsmannsstuhl einen Meter nach vorn verholen.«

»Mach ich, ohne daß du raufkommen mußt.«

»Das seh ich mir an.«

»Also, bis der Albatros zum Minensuchboot umgebaut ist, vergeht noch ne Weile, kannst dich drauf verlassen. Vorerst haben sie ja nicht mal nen Liegeplatz in der Werft für uns frei. Und haste gehört, ne Kanone und zwei MGs wollen sie uns auch noch verpassen, damit wir was zu knallen haben –«

»Falls die englische Flotte es nicht unter ihrer Würde findet, den Heringslogger Albatros in Grund zu schießen.«

»Die hat andere Sorgen, wir haben schließlich auch 'n paar dicke Pötte, du hast sie ja gesehen, als wir durch die Deutsche Bucht liefen. Sahen doch gut aus?«

»Ja, wär 'n schneidiges Kommando, wenn wir auf nen Kreuzer oder so was Ähnliches kämen.«

»Ein Zerstörer tät's auch schon.«

»Jetzt verhol mich 'n bißchen nach vorn, aber laß mich nicht in 'n Bach fallen.«

Stollenberg hievte den Farbtopf an Bord und machte das achtere Leinenende des Bootsmannsstuhls los, drehte den Bootsmannsstuhl um einhundertachtzig Grad und belegte das Leinenende bugwärts vor dem anderen, das so zum achteren Ende wurde.

»Jetzt sitz ich mit dem Rücken zur Bordwand«, sagte Teichmann.

»Wart doch ab.«

Stollenberg machte das achtere Ende los, drehte den Bootsmannsstuhl erneut um einhundertachtzig Grad und belegte das achtere Ende bugwärts, wodurch Teichmann etwa eineinhalb Meter dem Vorsteven näher kam. Als er den Farbtopf wegfieren wollte, war Heyne da und sagte, sie sollten mal mitkommen.

Sie gingen ins Mannschaftsdeck, dort war um diese Zeit niemand. Heyne sagte: »Zieht eure Landgangsklamotten an und nehmt eure Papiere, Zeugnisse und den ganzen Kram mit, wir essen heut abend bei meinem alten Herrn. Anschließend schreiben wir unsere Bewerbungen für die Seeoffizierslaufbahn. Ist die einzige Möglichkeit, von diesem Rattendampfer runterzukommen.«

»Aber wir haben kein Abitur.«

»Dafür ist mein Ministerialrat zuständig, der wird das Ding schon schaukeln, ich hab mit ihm telefoniert. Er ist 'n Corpsbruder meines Vaters und hat nen Sohn, der bei meinem Vater promovieren will, und dieser Sohn hat das Pulver nicht erfunden, versteht ihr? Ist alles ganz einfach, man muß nur den Hebel an der richtigen Stelle ansetzen.«

»Ich weiß nicht, ob das hinhaut«, sagte Stollenberg.

»Ich mach alles, um von diesem vergammelten Heringspott wegzukommen«, sagte Teichmann.

In einer Villa in Blankenese wohnte Heynes Vater. ›Friedrich Heyne, Universitätsprofessor‹ stand an der Gartentür.

»Deine Fingernägel haben Trauerränder«, sagte Stollenberg.

»Stimmt, aber der Teer ging auch mit dem Messer nicht weg«, sagte Teichmann und steckte seine Hände in die Hosentaschen.

»Bei mir ging er weg, ich hab Benzin genommen«, sagte Stollenberg, »du hättest auch ruhig ein frisches Hemd anziehen können, vorn fehlt ein Knopf.«

»Nu hört schon auf«, sagte Heyne, »das ist doch alles unwichtig.«

»Nimm meine Krawatte, dann sieht man nicht, daß der Knopf fehlt.«

Teichmann band sich Stollenbergs Krawatte um.

»Und du?«
»Ich leg mir nen Schillerkragen.«
»Steht dir famos«, sagte Heyne.
Sie gingen durch den Garten. Ein Mädchen öffnete ihnen die Haustür.
»Das ist Molly«, sagte Heyne, »eigentlich heißt sie Maria Holzner. Ich nenn sie Molly, weil sie so schön mollig ist. Ihr könnt sie anfassen, sie ist aus –«
»Aber Herr Heyne –«
»Zier dich nur nicht.«
Molly lachte und sagte: »Meine Mutter hat immer zu mir gesagt: Mariellche, zieh die Blechbüchs an, wenn die Mariners kommen.«
»Wir haben nen Büchsenöffner«, sagte Stollenberg, und als er es gesagt hatte und das Mädchen ihn ansah, wurde er rot.
In einem geräumigen Zimmer warteten sie. Heyne war ins Arbeitszimmer seines Vaters gegangen. Teichmann ließ sich in einen Sessel fallen und betrachtete Hindenburg, Luther und Tirpitz. Luther hing zwischen den beiden Soldaten. Dann rückte er seinen Sessel vor das Aquarium, das in einer Ecke des Zimmers stand, und unterhielt sich mit den Fischen. Er steckte einen Finger ins Wasser und lachte, wenn die Fische gegen seinen Finger stupsten.
»Was plätscherst du denn da drin rum?« sagte Stollenberg.
»Gefällt mir und den Fischlein auch, die langweilen sich ja sonst zu Tode. So, und jetzt machen wir Sturm, damit ihr wißt, daß Krieg ist.«
»Ich seh schon die Fische auf dem Fußboden liegen.«
Heynes Vater war ein höflicher Mann. Teichmann fühlte dünne Finger, als der Professor ihm seine Hand gab, und er stellte fest, daß der Professor einen halben Kopf kleiner als sein Sohn war und kurzgeschnittene silberblonde Haare hatte und eine unbedeutende Nase, die nur vorn etwas in die Höhe ging, und seine Augen waren hellblau und wässerig. Im ganzen machte er einen bescheidenen, fast schüchternen Eindruck. Teichmann sah Gerd Heyne an und dessen lange schwarze Haare und dessen Nase, die groß und leicht sichelförmig gebogen war wie bei einem Raubvogel, und wunderte sich, wie der Professor zu einem solchen Sohn kam.

»Ich freue mich, die Herren Kameraden von Reinhold begrüßen zu dürfen. Sie kommen gerade zum Abendbrot recht.«

Teichmann mußte sich auf die Lippen beißen, er hatte nicht gewußt, daß Gerd einen zweiten Vornamen hatte, und er dachte, einen sinnigeren Namen hätte der Professor seinem einzigen Sprößling nicht geben können. Stollenberg sprach mit dem Professor, als hätte er mit ihm schon Siebzehn und Vier gespielt, und wenn er von Gerd sprach, sagte er Reinhold. Ich muß noch viel lernen, dachte Teichmann.

Das Essen begann mit einem Gebet, Teichmann wickelte seine Hände in die Serviette. Am Tisch saßen noch drei Personen, ein Pfarrerehepaar namens Diebold und die Schwester des Professors, die Luise hieß und offensichtlich nicht verheiratet war. Teichmann fand, der Pfarrer habe für seinen Beruf zu dicke Lippen, er hatte außerdem ein einfältig-gutmütiges weiches Gesicht und einen gehörigen Spitzbauch. Seine Frau war sehr lebhaft zu den jungen Leuten und schaute selten auf ihren Teller, und ihr Kleid war ziemlich modern. Zum Essen gab es kein Getränk. Am Schluß kam wieder ein Gebet. Dann sagte der Professor:

»Darf ich die Herren zu unserer Versammlung einladen?«

»Geht leider nicht, Vater, wir müssen noch unsere Papiere fertig machen.«

Die Schwester des Professors hob die Tafel auf.

Im Zimmer mit dem Aquarium und den Bildern saßen jetzt etwa zwanzig Personen, wie Teichmann beim Rausgehen durch die halbgeöffnete Tür sah. Es waren ältere Leute, sie unterhielten sich leise.

»Die unten halten jetzt Bibelstunde«, sagte Heyne, als sie die Treppe zu seinem Zimmer raufstiegen. »Bei meinem Vater ist's ne Alterserscheinung, früher war er anders. Sie werden gleich die Pietistenorgel treten und singen, danach predigt einer, und am Schluß wird wieder georgelt.«

»Mit dem Kasten kriegst du allerhand rein«, sagte Stollenberg und drehte an dem großen Rundfunkapparat, den Heyne neben seiner Schlafcouch stehen hatte.

»Ja, ich hör gern gute Musik. Dich interessiert am ganzen Radio wohl nur der Sportbericht, was?«

»So 'n Banause bin ich nun wieder nicht«, sagte Stollenberg. Heyne legte eine Platte auf, die Sterbeszene des Zaren aus Boris Godunow, Schaljapin sang. Moussorgski sei sein Lieblingskomponist, sagte Heyne, er komponiere so herrlich ordinär.
»Wer hat das gemalt?« sagte Teichmann.
»Rembrandt, ›Der Mann mit dem Goldhelm‹, das Original hängt im Kaiser Friedrich-Museum in Berlin. Ist aber ne gute Kopie.«
»Ich versteh nicht viel davon. Und das?«
»Schopenhauer.«
»Deine Kakteen haben Läuse«, sagte Stollenberg, »Wasser tät ihnen nichts schaden.«
»Was? Was meinst du?«
»Deine Kakteen haben Läuse, siehst du das nicht?«
»Ach so – ja, kann sein. Ich versteh nichts davon«, sagte Heyne.
Sie schrieben ihre Bewerbungen. Als Bürgen gaben sie – Teichmann und Stollenberg – Heynes Vater, den Ministerialrat und den Großadmiral Raeder an. »Den fragen die BI-Leute nicht«, sagte Heyne.
»Aber nach unserem Abitur werden sie fragen.«
»Schreibt rein: wird nachgereicht«, sagte Heyne.
»Unsinn, werden wir nie bekommen.«
»Weiß ich, aber deswegen könnt ihr's doch reinschreiben, im Krieg ist das alles nicht mehr so wichtig, und der Ministerialrat bei der BI soll ruhig auch was tun, dafür kriegt sein Filius den Doktortitel.«
»Als Mindestalter für ne Bewerbung sind siebzehn Jahre vorgeschrieben, ich bin aber erst sechzehn«, sagte Teichmann.
»Soll der Ministerialrat klären«, sagte Heyne, »du siehst ja aus wie zwanzig.«
»Und von unserm Fischdampferkäpten lassen wir uns ein erstklassiges Zeugnis geben, das legen wir dann gleich bei«, sagte Stollenberg.
Unten spielte jemand auf einem Harmonium, und dann sangen sie: »Nun ruhen alle Wälder, Vieh, Menschen, Städt und Felder, es schläft die ganze Welt...« Heyne

stieg in den Keller und kam mit drei Flaschen Beaujolais zurück. Sie begannen zu trinken, und als die Luftschutzsirenen heulten, überhörten sie das. Auch die unten sangen weiter.

»Der Choral hat viele Strophen«, sagte Teichmann, »weiß ich noch aus meiner Kindheit.«

»Mußt aber 'n glänzendes Gedächtnis haben«, sagte Heyne. »Wir werden den Gesang übertönen, ich leg ne Platte auf.«

»Ja, leg mal was Ordentliches auf.«

»Nein, ich leg was Unordentliches auf.«

Heyne legte eine kleine Platte auf den Plattenspieler und drehte den Lautsprecher bis zum Anschlag auf. Eine Mädchenstimme sang: »Was machst du mit dem Knie, lieber Hans...«

»Ich hol Molly rauf«, sagte Heyne.

Sie trank mit. Sie war streng angezogen, sie trug ein schwarzes Kleid und darüber eine weiße Schürze. Als unten wieder gesungen wurde, legte Heyne Tanzplatten auf, Molly tanzte. Sie machte tapsige Bewegungen und fiel dann hin. Es tat ihr nichts, sie war gut gepolstert. Aber als sie aufstand und noch ein Glas trinken wollte, sagte Heyne: »Du bist ja schon blau, tanz lieber noch ein bißchen, damit du wieder nüchtern wirst.«

Sie hob ihre Schürze und versuchte eine Balletteuse nachzuahmen, aber sie fiel immer wieder hin. Stollenberg stierte sie unverwandt an. Heyne rauchte Zigaretten und sah unbeteiligt zu, wie Molly aufstand und hinfiel und wieder aufstand und wieder hinfiel, und als sie das einmal lauter machte, sagte er: »Laß dich nicht so laut hinplumpsen, die unten haben Gottesdienst.«

Die Luftschutzsirenen gaben Entwarnung.

Teichmann öffnete ein Fenster. Draußen war es dunkel geworden. Die Luft war schwül und dämpfig, es sah nach Regen aus. Die Leute von unten gingen nach Hause. Als alle fort waren, begann der Professor mit einer Gießkanne seinen Rasen zu sprengen.

»Soll ich mich jetzt ausziehen?« sagte Molly.

»Du wirst ja warten können«, sagte Heyne.

Beim Abschied von Professor Heyne erhielt Stollenberg eine Krawatte. »Mißverstehen Sie mich bitte nicht, ich glaube nur, es steht Ihnen besser. Und die beiden kleinen Päckchen nehmen Sie bitte als Wegzehrung.«
Stollenberg legte die Krawatte gleich an. Am Gartentor sagte Heyne: »Morgen früh schick ich die Bewerbungsschreiben nach Kiel, die Zeugnisse vom Alten schicken wir nach. Um zehn bin ich an Bord. Gut Nacht.«
»Gut Nacht *beisammen«*, sagte Teichmann.
Unterwegs sagte Stollenberg: »Ich schlag vor, wir gehen jetzt mal zu den Damen.«
»Hat dich Mollys Gymnastik so animiert?«
»Molly hat mich überhaupt nicht beeindruckt, ich seh bloß nicht ein, warum sich nur Gerd amüsieren soll, während wir in den Mond gucken.«
»Also doch Molly.«
Sie fuhren zur Reeperbahn.
Sie fanden sich nicht gleich zurecht, alles war verdunkelt, die Laternen waren abgeblendet. Das erste Haus, das sie betraten, war so überfüllt, daß sie Schlange stehen mußten. Sie gingen weiter. »Kommen Sie in einer Stunde wieder, meine Herren, da gibt's Platz«, rief ihnen die Empfangsdame nach.
»So lange warten wir nicht«, sagte Stollenberg, ohne zu erröten.
»Dir pressiert's scheint's mächtig«, sagte Teichmann und wunderte sich, was der Rotwein aus Stollenberg gemacht hatte.
Vor dem nächsten Haus standen Seeleute der Handelsmarine und erzählten, sie seien Blockadebrecher, sie kämen eben aus Südamerika und müßten jetzt erst mal etwas für ihre Gesundheit tun.
»Gebt bloß nicht so an«, sagte Teichmann.
»Was heißt hier ›Angabe‹? Zweimal liefen wir englischen Zerstörern davon.«
»Das müssen aber langsame Zerstörer gewesen sein«, sagte Teichmann.
»Von wegen. Nur mit dreimal ›Äußerster‹ konnten wir entwischen. Ein Zerstörer hatte bereits das Feuer eröffnet, aber er hat uns nicht getroffen.«

»Ihr müßt ja auf nem verdammt kleinen Pott gefahren sein, wenn euch die Engländer nicht getroffen haben«, sagte Teichmann.
»Halt dein ungewaschenes Maul. Wir sind auf nem großen Pott gefahren. Aber wieviel Tonnen er hatte, ist geheim, dürfen wir nicht sagen.«
»Ihr seid auf so nem winzigen Kahn gefahren, daß euch die Engländer übersehen haben. Die haben nur mal ihre Waffen ausprobiert, die haben euch gar nicht gesehen«, sagte Teichmann.
»So – ist 'n Zwölftausend-Tonnen-Tanker vielleicht 'n kleiner Kasten?«
»So – ich dachte, die Tonnage eures Potts sei geheim, haha.«
Bevor es zur Schlägerei kam, zogen sich Teichmann und Stollenberg zurück.
»Wenn du mit allen Leuten Krach anfängst, kommen wir nie rein«, sagte Stollenberg.
Im nächsten Lokal fanden sie an einem kleinen Tisch Platz. Die Mädchen waren oben beschäftigt, und wenn eine runterkam, wurde sie gleich von einem der Gäste in Beschlag genommen. Stollenberg bestellte zwei Schnäpse. Es kamen zwei Doppelte.
»Das gibt ne teure Angelegenheit«, sagte Teichmann.
»Ich lad dich ein.«
»Nur zum Trinken?«
»Zu beidem.«
Eine alte Frau, der zwei Schneidezähne fehlten, ging von Tisch zu Tisch und sagte, die Herren möchten sich noch etwas gedulden, sie habe eine Kollegin um Verstärkung gebeten, es seien zwei aparte Damen unterwegs, sie müßten jede Minute eintreffen.
Um die Gäste in Stimmung zu halten, erschien eine Nackttänzerin. Aber sie war nicht zu haben, die Frau mit den fehlenden Schneidezähnen sagte, es gehe leider nicht, sie habe mit dieser Dame nur einen Vertrag für Schönheitstänze abgeschlossen, die Dame sei regelrecht verheiratet und sie sei so schon teuer genug.
Stollenberg bestellte nochmals Schnaps.

Es kamen wieder zwei Doppelte.
»Ich hab doch zwei einfache Schnäpse bestellt.«
»Wir haben nur Doppelte«, sagte der Kellner.
»Der paßt hierher«, sagte Teichmann.
Stollenberg kippte seinen Schnaps.
»Mit Alkohol geht's zweifellos leichter«, sagte Teichmann.
Ein hübsches Mädchen kam an ihrem Tisch vorbei und lachte ihnen zu, wurde aber von einem älteren Gast, der schon länger wartete, übernommen.
»Die wär richtig«, sagte Stollenberg.
»Der Blick galt mir«, sagte Teichmann, der inzwischen seinen Schnaps getrunken hatte.
»Du hast wohl ne Parallaxe im Auge.«
»Da kommen die Richtigen –«
Die zur Verstärkung herbeigerufenen Damen erschienen. Die eine hatte einen plumpen, schwammigen Körper, dicke Beine und spitze Knie.
Ihre Kollegin schien aus Haut und Knochen zu bestehen und sagte: »Ich nehm den Blonden da« und setzte sich auf Stollenbergs Schoß.
Das ist wohl das letzte Aufgebot, dachte Teichmann und mußte über Stollenbergs Gesicht lachen. Stollenberg saß regungslos auf seinem Stuhl.
»Ihr habt wohl lange nichts mehr gehabt?« sagte Teichmann.
»Ist das die ganze Begrüßung?« sagte die Schwammige.
»Das ist ein Saustall – das ist ein einziger Saustall hier«, schrie einer. »Ich bin vor diesen beiden Burschen hier gewesen –«
»Schrei doch nicht so laut, Eugen, sonst kommt der Vollmond«, sagte die Schwammige mit den spitzen Knien zu dem Schreihals.
Hinter der Theke kam ein Riese zum Vorschein, der einen enormen Bauch, einen Kopf mit einer Vollglatze und kleine, weit abstehende Ohren hatte, die wie Henkel eines Topfes aussahen.
»Tag Vollmond. Tu ihm nichts, er ist blau«, sagte die Schwammige.
»Mein Herr«, sagte der Vollmond, »das hier ist ein an-

ständiges Haus, wir haben noch nie irgendwelche Beschwerden gehabt, und ich möchte Sie höflichst bitten, Ihr Benehmen zu ändern.«
»Halt's Maul, du Arsch mit Ohren«, schrie Eugen.
»Ich möchte das überhört haben«, sagte der Vollmond.
»Benimm dich doch, Eugen«, sagte die Schwammige, und zum Vollmond sagte sie: »Eugen wird sich nachher bei dir entschuldigen.«
Der Vollmond verschwand hinter der Theke. Eugen behauptete noch einmal, es handle sich hier um einen Saustall.
»Sei friedlich, Eugen, mit diesen Jungs sind wir gleich fertig, dann kommst du dran«, sagte die Dünne, die aus Haut und Knochen bestand.
Sie verlangten zehn Mark.
»Ihr seid verrückt«, sagte Teichmann.
»Heut ist Großkampftag, da gelten Sonderpreise.«
»So viel Geld haben wir nicht«, sagte Stollenberg.
»Also ausnahmsweise neun.«
»Fünf und keinen Pfennig mehr«, sagte Teichmann.
»So billig machen wir's nicht.«
»Fünf Mark ist ne Menge Geld.«
»Na, meinetwegen, 'n guter Anfang ist auch was wert, und sind ja nette Kerle – was meinst du, Marion?«
»Aber bei den fünf Mark sind die Schnäpse inbegriffen«, sagte Teichmann.
»Mensch – 's kommt noch so weit, daß *wir* was zahlen müssen, wenn ihr mit uns raufgeht«, sagte die Dünne und wurde laut.
»Kinder, macht doch keinen Stunk. Das sind doch Rekruten, die nicht viel Bims haben, stimmts?« sagte ein älterer Seemann von der Handelsmarine.
»Wir sind bei ner Minensuchflottille«, sagte Teichmann.
»Na also, Kameraden, 's ist Krieg, nu stellt euch nicht so an und nehmt mit, was ihr mitnehmen könnt. Den Schnaps zahl ich euch, und damit hat's sich.«
Teichmann sagte: »Danke, Kamerad, wir schwimmen grad nicht im Geld, wir haben unsere Löhnung –«
»Schon gut.«

Teichmann und Stollenberg standen auf. Teichmann dachte, man soll auf solchen Ausflügen kein Gepäck mitnehmen, und versuchte das Päckchen des Professors in seiner Tasche zu verstauen.
»Was habt ihr da für Dinger?«
»Schenken wir euch«, sagte Stollenberg, der sein Päckchen auch loshaben wollte. Die Päckchen wurden aufgewickelt.
»Was soll das? ›Licht und Kraft für den Tag‹? Haha –«
»Ihr kommt wohl vom Konfirmandenunterricht, he?«
»Den Lohkäs könnt ihr behalten.«
»So was Perverses«, schrie Eugen, »die gehen mit Bibeln in 'n Puff.«
Dann lag er unterm Tisch, weil ihm Teichmann mit der Faust unters Kinn gelangt hatte.
Der Vollmond kam unwahrscheinlich schnell hinter der Theke vor. Teichmann dachte, ich verpaß ihm nen Eisbeutel, wenn ich die richtige Stelle treffe, kann er für ne Weile nicht gehen, dann verduften wir. Mit dem Knie trat er dem Vollmond gegen den Hüftknochen. Der Vollmond schrie und ging zu Boden. Ein anderer, den Teichmann zum erstenmal sah, erhielt einen Kinnhaken und legte sich neben den Vollmond. Dann sah Teichmann gerade noch rechtzeitig, wie sich der Kellner von hinten an Stollenberg ranmachte und seine schmutzige Serviette um Stollenbergs Hals legen wollte, um ihm die Luft abzustellen. Teichmann versetzte dem Kellner einen Fußtritt in den Unterleib, der Kellner fuhr mit seinen Händen an die männlichste Stelle seines Körpers, er beugte sich dabei etwas nach vorn, sein Kinn war frei, Teichmann hatte Zeit, Maß zu nehmen, und mit Schwung aus der Hüfte heraus wuchtete er seine Faust dem Kellner unter den Kinnladen. Der Kellner konnte sich nicht mehr an der Auseinandersetzung beteiligen. Der Vollmond erhob sich wieder und schleuderte eine Flasche nach Stollenberg. Der duckte sich, die Flasche traf einen Gast, der das Lokal betrat. Der Gast fiel um, und der Vollmond erhielt von Stollenberg einen Handkantenschlag gegen die Halsschlagader und mußte wieder den Boden aufsuchen. Dann zog Stollenberg Teichmann zum Ausgang hin. »Die Sache macht mir Spaß, ich

geh noch nicht«, sagte Teichmann und steckte den langen Teil seiner Krawatte vorn ins Hemd und seine Armbanduhr in die Tasche. Er warf einige Stühle in hohem Bogen mitten ins Lokal und als Abschluß einen kleinen Tisch hinterher. Stollenberg schlug mit einem Stuhlbein wahllos auf jeden ein, der in seine Nähe kam. Plötzlich sah Teichmann das hübsche Mädchen, das mit aufmunternden Blicken um sich geworfen hatte, die Treppe runterkommen, nur mit einem kurzen Hemd und Stöckelschuhen bekleidet, und er hörte, wie das Mädchen »Polente« rief. Im Lokal achtete niemand darauf.
Teichmann und Stollenberg gingen. Draußen hielt ein Polizeiwagen, die Schupos flitzten von ihren Sitzen. Teichmann rief ihnen zu, sie sollten sich mal den Saustall da drin anschauen.
Als Teichmann und Stollenberg um die nächste Ecke waren, liefen sie einige hundert Meter, dann gingen sie gemütlich weiter in Richtung Hafen. Es regnete, aber das machte ihnen nichts aus. –

Am andern Morgen streckte Stollenberg seinen Blondschopf über den Kojenrand: »Wünsche wohl geruht zu haben.«
»Danke«, sagte Teichmann.
»Ich hab prima geschlafen. Kam wohl von dem Wein und den Schnäpsen, und die Schlägerei hat mir gut getan. Waren nette Leute gestern nacht.«
»Riesig nett.«
»Apart waren die beiden Damen ja nicht grad, was?«
»Ja.«
»Waren nicht mein Typ. Dieser Eugen hatte wirklich ne ekelhafte Visage.«
»Wird inzwischen kaum besser geworden sein.«
»Nein. Dem hast du ein nettes Ding geschmiert, dem wird kein Zahn mehr wehtun. Überhaupt haben alle Dresche bezogen außer uns. War 'n gelungener Abend, nicht?«
»Wie man's nimmt«, sagte Teichmann.
Heyne kam ins Deck: »Morgen die Herren, habt ihr auch vorm Schlafengehen brav in der Heiligen Schrift gelesen?

Ja, mein alter Herr schenkt nun mal solche Sachen, wie andere Leute Blumen. Auch so 'n Tick von ihm.«

»'s gibt Schlimmeres«, sagte Teichmann.

»Zum Beispiel, daß der Alte mir kein ordentliches Zeugnis schreiben will. Ich war eben bei ihm. Euch will er eins schreiben, mir nicht. Wegen meiner unfrisierten Schnauze, behauptete er, und weil ich Dora beleidigt hätte.«

»Laß mal, das schaukle ich schon«, sagte Teichmann.

»Sie wohnt nicht mehr achtern.«

»Weiß ich, aber sie kommt zum Mittagessen an Bord. Ich sprech dann mit ihr.«

»Aber kriech nicht vor ihr auf'm Bauch, ich bin nicht unbedingt auf das Zeugnis angewiesen. Im übrigen freu ich mich noch heute, daß ich ihr mal meine Meinung gesagt habe, was für ne Art von Frau sie ist.«

»Dich hat nur gewurmt, daß du bei ihr nen Hohlen geschoben hast.«

»Auf die hab ich gern verzichtet.«

»'s gab ne Zeit, wo du wolltest und sie ausnahmsweise nicht.«

»Ist ja kalter Kaffee. Jedenfalls habe ich ihr meine Meinung gesagt.«

Heyne hatte mehr getan, als ihr nur seine Meinung gesagt. Er hatte einen Hammer genommen und sich aufs Dach der Kapitänskajüte, genau über Doras Koje, hingestellt und Rost geklopft, wo keiner war, und so lange, bis Dora aus der Kajüte rausgestürzt kam und sich den Lärm verbat. Dann hatte er gesagt: Der Steuermann hat mir befohlen, Rost zu klopfen. – Bei diesem Lärm kann ich nicht schlafen. – Du willst ja gar nicht schlafen. – Doch. – Nachher, ja. – Wonach? – Danach. Und so hatte ein Wort das andere gegeben. Schließlich hatte der Alte eingreifen müssen, damit die Klopferei aufhörte. Heyne nannte das seine Schocktherapie zur Heilung der sexuellen Anomalie Doras, und er hatte wiederholt versucht, diese Therapie anzuwenden.

Kurz vor zwölf ging Teichmann auf die Pier. Er kaufte sich eine Zeitung und setzte sich auf einen Poller. Als er las, daß ein General durch die Weichsel geschwommen war, dachte er, es handle sich um einen Theaterbericht, aber es handelte sich um den Polenfeldzug. Dann studierte er die Sportseite und vermißte die Ergebnisse der englischen Liga. Als er Dora sah, faltete er seine Zeitung zusammen und rutschte vom Poller runter. Sie gab ihm die Hand.

»Was gibt's, Kleiner?«

»Sie sehen ja todschick aus.«

»Aufgetakelt wie 'n alter Kahn, der zur Generalüberholung in der Werft war.«

»So ungefähr.«

»Ja, ich hab was Neues angefangen, er hat ein Café, nobles Lokal, wir heiraten nächste Woche. Deswegen kannste aber doch wieder ›du‹ zu mir sagen.«

»Wie alt ist er denn?«

»Bißchen älter als du. Zweiundsechzig. Sieht aber aus wie fünfzig.«

»Den wirst du bald erledigt haben.«

»Sei nicht so frech.«

»Und du bist die Chefin des Ganzen?«

»Kannste annehmen. Ist ein feines Lokal, groß, zwei Nebenzimmer, alles neu hergerichtet, vier Mädchen als Bedienung –«

»Habt ihr rote Tapeten?«

»Warum? Sie sind rötlich.«

»Und die Mädchen schlafen im Haus?«

»Das ist praktischer so.«

»Dann ist mir alles klar.«

»'s ist aber nicht das, was du meinst.«

»Was nicht ist, kann noch werden.«

»Wenn's eins wird, dann ein besseres. Du kannst ruhig mal kommen, wenn du magst, du kennst dich ja in dieser Branche aus, nicht?«

»Und ob. Aber was ich sagen wollte, du gehst jetzt wohl nicht mehr zum Alten?«

»Heut zum letztenmal. Wir gehen im besten Einvernehmen auseinander. Aber das kann dir ja gleichgültig sein.«

»Ist es auch. Es handelt sich um meinen Kameraden, um Gerd Heyne. Der Alte will ihm kein gutes Zeugnis geben.«

»Hat er auch nicht verdient.«

»Vielleicht kannst du beim Alten ein gutes Wort einlegen.«
»Du meinst, ich soll heute besonders liebenswürdig zu ihm sein, damit der Heyne ein gutes Zeugnis bekommt?«
»Ich dachte, es ginge auch so, ohne –«
»›Ohne‹ geht gar nichts, merk dir das. Nirgends kriegste was umsonst. Aber ich bin gar nicht so. Für dich tu ich sogar was umsonst, haha. Ich werd mal sehen, was sich machen läßt. Wenn ich dir nen Gefallen damit tue, dann soll der Heyne in Gottes Namen ein ordentliches Zeugnis bekommen.«
»Schönen Dank auch.«
»Keine Ursache. Tschüs, Kleiner. Und saut mir nicht ab auf eurem Panzerkreuzer.«
Sie ging in die Kapitänskajüte. Als sie drin war, kam Heyne. Er hatte beobachtet, wie Teichmann mit ihr sprach.
»Na und? Will sie?«
»Sie will.«
»Hätt ich nicht gedacht.«
»Du denkst eben manchmal falsch.«
»Aber bedanken tu ich mich nicht bei ihr.«
»Hat sie auch nicht verlangt.«
»Jetzt hängt also mein Zeugnis davon ab, wie der Alte heute mit ihr zufrieden ist.«
»Glaub ich nicht.«
»Ich möcht bloß wissen, welchen Narren du an diesem Mensch gefressen hast.«
»Keinen. Aber sie könnte schlechter sein, als sie ist.«
»Das ist auch ein Standpunkt.«
Es gab Schweinekoteletts mit Bohnen und Kartoffeln. Teichmann aß drei Schläge voll und zwei Koteletts von Landgängern, dann legte er sich auf seine Koje und meinte, der Krieg sei bis jetzt zu ertragen. Auch Stollenberg und Heyne legten sich auf ihre Kojen, aber sie konnten nicht schlafen, die älteren Seeleute tranken Schnaps und krakeelten. Wenn der Kantinenschnaps weg war, wurde an Land Schnaps geholt. Der war in der Qualität schlechter, aber wenn man genügend trank, war man auch blau.
»Morgen um elf ärztliche Untersuchung. Um zehn ist Ab-

marsch. Ein Marineoberstabsarzt leitet die Untersuchung, wascht eure Hälse«, rief Bootsmann Schwalber ins Deck.
»Von wegen«, schrie Pitt, »was geht uns die Marine an? Ich bin zwanzig Jahre zur See gefahren, ich denk gar nicht dran, vor so nem scheißfeinen Marinepinkel Männchen zu machen. Ich werd in Dreck und Speck zur Untersuchung gehen und ihnen den nackten Hintern hinstrecken.«
»Wirst du sowieso müssen«, sagte Stüwe, »die wollen doch sehen, ob du Hemmeriden hast.«
»Die können noch was ganz anderes zu sehen bekommen«, brüllte Pitt, seine Schnapsflasche war leer. Meckel war auch blau und hieb mit der Faust auf den Tisch, daß die Flaschen tanzten, und Hinsch rief: »Wir danken unserm Führer.« Nachdem er das zweimal gerufen hatte, verfrachteten sie ihn in seine Koje. Dort sang er die Internationale. Als sie ihm die Decke übers Gesicht legten, hörte man nur noch dumpfe Heil-Rufe.
»Die Zeugnisse«, sagte Heyne und kam mit drei Briefumschlägen ins Deck.
»Hat der Alte sie dir gegeben?«
»Nein, Dora. Sie hat sie in die Maschine getippt, der Alte hat nur seine Unterschrift beigesteuert.«
Sie lasen sie.
»Die Zeugnisse sind ja prima«, sagte Stollenberg, »ist kein orthographischer Fehler drin. Alle Achtung.«
Teichmann fand in seinem Briefumschlag eine Visitenkarte mit einer Adresse, und darunter stand: Ab nächster Woche heiße ich Frau Holm. Meinetwegen, dachte er.
An die Zeugnisse hefteten sie einen Zettel und schrieben drauf: Zur Vervollständigung der Bewerbungspapiere. Den Briefumschlag adressierten sie an die Bildungsinspektion in Kiel. Heyne brachte die Briefe an Land.
Am nächsten Morgen wurde bekanntgegeben, daß die ärztliche Untersuchung um vierundzwanzig Stunden verschoben wäre, ebenso die für nachmittags angesetzte Einkleidung. Das Eindocken wurde zum viertenmal verschoben, diesmal auf unbestimmte Zeit. Sie merkten, daß sie bei der Marine waren.
Nach dem Essen spielten sie Skat. Sie spielten um einen

Zehntelpfennig. Als Heyne in einem Spiel dreimal den Kreuzbuben auf den Tisch legte, hörten sie auf. Die andern tranken oder veranstalteten Kakerlakenrennen, aber nur wenige Tiere kamen ins Ziel, die meisten blieben auf der Strecke. Wenn sie nicht schnell genug liefen, wurde mit einem brennenden Streichholz nachgeholfen, und das hielten die meisten nicht aus.
»Teichmann, komm hoch, du hast Besuch«, rief Schmutzler, der Koch, ins Deck.
Auf der Pier stand Dora.
»Tag, Kleiner, hast du einige Minuten für mich Zeit? Na schön. Also paß mal auf: ich muß in spätestens drei Tagen elfhundert Mark haben, sonst wird mein Lokal gepfändet. Sechshundert hab ich bis jetzt zusammen, der Rest fehlt mir noch.«
»Ich hab zur Zeit kein Geld, Dora, vielleicht noch sechzig Mark, mehr nicht.«
»Ich dachte, du kennst vielleicht jemand, der Geld hat.«
»Außer nem pietistischen Professor kenn ich keinen Menschen in Hamburg, und von dem kannst du nicht gut verlangen, daß er dir dein – Café finanziert.«
»Ich würd nen richtigen Schuldschein ausstellen.«
»Glaub ich dir.«
»Dann ist wohl nichts zu machen.«
»Nein. Ist es schlimm?«
»Was heißt schlimm? Ich heirate eben nicht.«
»Und das willst du unbedingt?«
»Ja, und aus Gründen, die dich nen feuchten Staub angehen. Aber laß mal, ich komm schon durch. Tschüs, Kleiner.«
»Wiedersehen.«
»Übrigens, nicht daß du meinst, ich wollte jetzt Geld, weil ich euch Zeugnisse geschrieben habe – so bin ich wirklich nicht.«
»An so was hab ich gar nicht gedacht. Auch vielen Dank für das Zeugnis.«
»Bist du zufrieden?«
»Ja. Heyne und Stollenberg auch.«
»Ich weiß. Heyne hat's mir gesagt, als er sich bei mir für

sein Zeugnis bedankte, bevor ich von Bord ging. Ob du zufrieden bist, hat er nicht gesagt. Na dann, Wiedersehen.«
Heyne lag auf seiner Koje und las die DAZ.
»Schönen Gruß von Dora«, sagte Teichmann.
»Was will denn das Luder?«
»Sie hat gefragt, ob ich mit meinem Zeugnis zufrieden wäre und warum ich mich nicht bei ihr bedankt habe wie du.«
»Quatsch. Und was hat sie sonst noch gewollt?«
»Fünfhundert Mark.«
»Sind ja teure Zeugnisse«, sagte Heyne.
»Hat damit nichts zu tun. Wenn sie's in drei Tagen nicht hat, wird ihr Lokal gepfändet.«
»Fünfhundert Em sind kein Pappenstiel.«
»Morgen um neun ist ärztliche Untersuchung, Raustreten um acht. Ich werd kontrollieren, ob ihr euch sauber gewaschen habt«, rief Bootsmann Schwalber ins Deck.
»Halt die Fresse«, rief Stüwe, »wenn ich den Herrschaften nicht sauber genug bin, können sie –«
»Reg dich nicht künstlich auf, Stüwe, ich hab die Jungen gemeint, daß –«
»Denen siehste gern beim Waschen zu. Bis sie dich mal wieder verdreschen.«
»Stüwe, du bist blond und einfältig. Mehr kann man über dich nicht sagen«, sagte Schwalber.
Stüwe wußte darauf nichts zu antworten.
»Und du bist ein überfeinertes Rindviech«, rief Heyne dem Bootsmann nach.
Teichmann und Stollenberg gingen an Land. Teichmann erstand eine Schachtel Zigarren ohne Marken, und Stollenberg kaufte eine Tabakspfeife, auf der ›Bruyère garantiert echt‹ eingeritzt war, und drei Päckchen Brinkmann-Tabak. Sie tranken noch ein paar Biere und gingen dann wieder an Bord.
»Unten ist Rabbatz im Bau. Wollt ihr nach achtern kommen?« sagte Bootsmann Schwalber, als sie über die Stelling gingen.
»Wir machen auch mal gern bei ner Saufing mit«, sagte Teichmann.

»Wie ihr wollt. Morgen um acht ist Raustreten. Mehr sag ich nicht.«
»Wir leiden nicht an Gedächtnisschwäche.«
Pitt, Löbbermann, den sie Qualle nannten, Stüwe und Osterbuhr hielten die seemännische Besatzung frei. »Ihr Säuglinge dürft mittrinken, wir zahlen alles«, sagten sie zu Teichmann und Stollenberg. Sie hatten bereits großen Vorsprung, und bevor die beiden blau waren, lagen Pitt, Löbbermann und Stüwe unterm Tisch. Um Mitternacht fiel Teichmann untern Tisch. Stollenberg setzte sich zu ihm. Später schafften Stollenberg und Osterbuhr Teichmann in die Koje. Osterbuhr füllte anschließend Teichmanns Stiefel. Es stinkt fürchterlich, ich muß es ausschütten, das ist das mindeste, was ich tun muß, dachte Stollenberg, nachdem er sich in seine Koje gelegt hatte. Aber es war ihm, als führe er Karussell, nur daß man nicht aussteigen konnte, weil es nicht anhielt und niemand Geld kassierte.
An Teichmanns Gebrüll wachte er auf. Teichmann hatte einen Seestiefel an, der andere war übergelaufen, als er reinsteigen wollte. »Wer war das? Ich will wissen, wer das war.«
»Osterbuhr«, sagte Stollenberg und war sich nicht klar, was er damit anrichtete. Teichmann ging zu Osterbuhrs Koje und schlug mit der Faust in Osterbuhrs Gesicht, daß es knirschte und Osterbuhr um Hilfe rief und zuletzt nur noch stöhnte. Weil Osterbuhr in einer oberen Koje lag, schlug Teichmann beim Ausholen mit der Faust gegen die Decke, was ihn noch wütender machte.
»Hör auf, Hans, du schlägst ihn ja tot«, rief Stollenberg und stieg aus seiner Koje.
»Dem reicht's«, sagte Teichmann und goß den Inhalt seines Stiefels in Osterbuhrs Gesicht. Osterbuhr prustete, sagte aber nichts. Es war fraglich, ob er überhaupt noch bei Bewußtsein war. Wenn ich nur kotzen könnte, dachte Teichmann, dann könnte ich Osterbuhrs Stiefel füllen.
Teichmann war unberechenbar, wenn er getrunken hatte. Er gehörte nicht zu den glücklichen Naturen, die bloß den Finger in den Hals zu stecken brauchten, um den Alkohol wieder von sich zu geben. Übung im Trinken besaß er noch nicht, denn er trank erst, seit er nicht mehr in der Schule

war. Zu Hause hatte er nur bei Familienfeiern einige Gläser Sekt getrunken, das hatte ihm nie etwas ausgemacht. Betrunken war er dagegen auf seiner ersten Klassenkneipe gewesen, und in diesem Zustand hatte er zusammen mit Stollenberg den meistgehaßten Lehrer seiner Schule nachts aus der Wohnung geklingelt, ihm einen Sack über den Kopf gestülpt und ihn ordentlich durchgehauen. Dabei hatte der Sack ein Loch bekommen, der Lehrer hatte die Täter erkannt, und zwei Tage später wurden beide von der Schule verwiesen. Auf Teichmanns Vorschlag hin ließen sie sich bei der Hochseefischerei anheuern.
»Wenn der Stiefel bis zum Rand voll war, kann's Osterbuhr nicht allein gewesen sein«, sagte Stollenberg.
»Nenn mir die andern, und ich mach sie auch hin.«
»Wir wollen den Stiefel auswaschen, Hans.«
Sie nahmen eine Schnur und führten sie durch die Schlaufe an der Innenseite des Stiefelschaftes und hingen den Stiefel außenbords ins Wasser. Danach ging Stollenberg wieder ins Mannschaftsdeck runter, Teichmann blieb oben. Aber er konnte sich nicht übergeben, er würgte nur ein bißchen, wenn er sich über die Reling beugte. Zwischendurch spuckte er ins Wasser, und die ganze Zeit fror er. Dann holte er tief Luft, hielt den Atem an, weil es unten nach Schnaps und Zigarettenkippen stank, und schlidderte die Treppe zum Mannschaftsdeck runter, legte sich auf seine Koje und zog den Vorhang vor. Und jetzt kam ihm der Schnaps hoch. Weil er den Mund zupreßte, kam er durch die Nase.
Es war sieben Uhr, als Heyne von Land angeradelt kam. Unterm Arm hatte er eine Nürnberger Lebkuchenbüchse, in der zwischen Holzwolle vier Glasampullen aufbewahrt waren. Sein Fahrrad lehnte er an einen Poller, die Lebkuchenbüchse trug er vorsichtig an Bord und stellte sie hinter die Winsch. Dann ging er ins Mannschaftsdeck und weckte Pitt, Löbbermann, Stüwe und Meckel.
Sie gingen an Oberdeck, Heyne überreichte ihnen die Glasampullen. Für jede kassierte er hundert Mark. Es waren keine richtigen Ampullen, sie hatten früher einmal zur Aufbewahrung von Havannazigarren gedient, Heyne hatte sie aus dem Zigarrenschrank seines Vaters geholt.

»Glaubst du, daß die Sache hinhaut?« sagte Meckel.
»Klar. Mein Onkel hat hochgradig Zucker, als Zuckerkranker wirst du beim Kommiß todsicher nicht angenommen. Mein Onkel ist ja deshalb aus der Wehrmacht entlassen worden, obwohl er General ist«, sagte Heyne.
»Kommst du grad aus Nienstedten?«
»Ja. Ich habe euch doch gesagt, daß mein Onkel Frühaufsteher ist, ich hab sein Dienstmädchen geschmiert, bin ins Schlafzimmer gegangen und hab seinen Nachttopf geleert, während er seinen Morgenspaziergang machte. Ihr müßt die Ampullen ein bißchen schütteln, bevor ihr sie bei der Urinuntersuchung in die richtigen Gläser umleert. Und laßt euch nicht dabei erwischen.«
»Machen wir schon. Also damit ist das Geschäft erledigt.«
»Für das, was ich für euch getan hab, sind hundert Em verdammt wenig.«
»So war's ausgemacht und dabei bleibt's«, sagte Pitt.
»Dann werd ich halt noch 'n paar Kameraden versorgen müssen, sonst komm ich nicht auf meine Kosten.«
»Das wirst du bleiben lassen. Wenn's so viel sind, dann fällt's auf«, sagte Löbbermann.
»Los, Qualle, geben wir jeder ihm noch zehn Mark, auf die kommt's jetzt auch nicht mehr drauf an«, sagte Meckel.
»Zwanzig«, sagte Heyne.
»Dann ist aber endgültig Schluß.«
Jetzt brauch ich meinen eigenen Hunderter nicht rausrücken, freute sich Heyne im stillen, er hatte sich vorsorglich von seinem Vater hundert Mark geben lassen. Dann ging er von Bord, schwang sich auf sein Fahrrad und fuhr los. Kurz vor dem Raustreten zur ärztlichen Untersuchung war er wieder zurück. Auf dem Marsch ins Wehrmeldeamt erzählte er Teichmann und Stollenberg, daß Dora ihre fünfhundert Mark habe und wie er sich das Geld besorgt hatte. Sie glaubten ihm kein Wort. »Es ist die reine Wahrheit«, sagte Heyne, »ich hab nen Onkel, einen Bruder meines Vaters, der ist General und wegen Zuckerkrankheit aus der Wehrmacht entlassen worden, er wohnt in Nienstedten –«
»Und hat dir liebenswürdigerweise seinen Urin zur Verfügung gestellt.«

»Eben nicht. Das ist der einzige Haken bei der Geschichte. Er hat mich zu dem ganzen Dreh lediglich inspiriert. Ich war natürlich nicht draußen in Nienstedten, hab nie daran gedacht, rauszufahren, ich hab großzügig meinen eigenen Urin gespendet.«

»Was du alles wegen diesem Mensch tust, ist ja erstaunlich«, sagte Teichmann.

»Tat ich nicht ihretwegen, hat mir nur Spaß gemacht, das Ganze. Ich führ Hornochsen gern an der Nase rum.«

»Und wenn die Hornochsen dahinterkommen und dich auf die Hörner nehmen?«

»Bin ich längst von Bord. Ich hab gestern abend noch mit unserm Ministerialrat in Kiel telefoniert, er meinte, die Sache ließe sich arrangieren. Er wird mich im Laufe des Nachmittags noch mal anrufen.«

Teichmann dachte, ne Schlägerei ist sowieso fällig wegen Osterbuhr, dann geht's in einem. Osterbuhr konnte nicht mit zur Untersuchung, sein Nasenbein und sein Unterkiefer waren gebrochen, seine Zähne fehlten ihm zum größten Teil und seine Augen waren zugeschwollen. Der Steuermann hatte ihn ins Krankenhaus schaffen lassen, nachdem Bootsmann Schwalber Osterbuhrs Gesicht gewaschen hatte. So dürfe man keinen Kameraden zurichten, hatte Schwalber gesagt, das gehe zu weit.

Es dauerte drei Stunden, bis sie drankamen. Dann ging es schnell. Die Behandlung durch die Ärzte war anständig und oberflächlich. Nur einer wollte es genau wissen. Es war ein junger Arzt, und vielleicht brüllte er nur deshalb oder weil seine Tätigkeit ihn nicht befriedigte. Die Gemusterten mußten ihm ihre blanken Hintern hinstrecken und sich dabei nach vorn beugen und mit den Händen die Backen auseinanderhalten, damit der Arzt einen möglichst tiefen Einblick nehmen konnte. Jeweils drei Mann kamen gleichzeitig dran. Weil angeblich der Steuermann und Löbbermann ihre Backen nicht weit genug auseinanderhielten, brüllte der Doktor: »Ich werd euch das Ding bis zum Kehlkopf aufreißen, ihr Säcke.« Als Antwort kam vom Steuermann eine Blähung, daß Teichmann, der mit den beiden zusammen im Untersuchungszimmer war, glaubte, die

Wände wackelten. Ehe sich der Doktor von dieser Explosion erholt hatte, antwortete Löbbermann auf die gleiche Weise. Nicht ganz so kräftig, aber es reichte.
Der Doktor war zunächst sprachlos. Dann stürzte er ins Nebenzimmer, wo der Oberstabsarzt wirkte, und schilderte seinem älteren Kollegen den Vorfall, die beiden hätten sich unmenschlich benommen, sie müßten bestraft werden, was er machen solle?
Das Fenster solle er öffnen, sagte der Oberstabsarzt und meinte, wo sich die Natur mit Gewalt zu ihrem Recht verhelfe, könne man nichts machen.
»Aber diese Burschen haben das mit voller Absicht getan und auch noch gleichzeitig«, schrie der Doktor.
»Dann sind's Künstler«, sagte der Oberstabsarzt, »das müssen Sie respektieren.«
Anschließend gingen sie in den Raum, in dem die Urinuntersuchung stattfand. Vor der Tür standen Pitt und Stüwe und warteten auf Heyne. Sie sagten, sie wollten ihn umbringen. Aber Heyne ließ sich nicht blicken. Stollenberg hatte ihm im Hals-Nasen-Ohren-Untersuchungszimmer mitgeteilt, was ihm blühe. Er gehe jetzt nach Hause, hatte Heyne geantwortet, seine Untersuchung habe er längst hinter sich.
Anderntags, morgens beim Reinschiff, kam Molly und bestellte einen schönen Gruß von Herrn Heyne und die Herren Teichmann und Stollenberg sollten sich umgehend in Blankenese einfinden, der Herr aus Kiel habe telefoniert, und wenn Herrn Heynes Fahrrad noch vorhanden sei, sollten sie so gut sein und es mitbringen.

2

Die Einstellungsprüfung in Kiel war interessant.
Sie wurden ärztlich untersucht und mußten dann einen Aufsatz über das Thema ›Was geschähe, wenn der Mond aus Käse wäre‹ schreiben. Dann mußte jeder eine Rede halten. Teichmann sprach über Naturphilosophie. Heyne hatte ihm Häckels ›Welträtsel‹ zum Lesen gegeben, und auf der Fahrt nach Kiel hatte sich Teichmann wenig bekannte

Fremdwörter rausgeschrieben, und die brachte er nun mit seinem eigenen Vorrat an Fremdwörtern in den ersten Sätzen seines Vortrags unter. Das genügte der Prüfungskommission.

Heyne, der als letzter drankam, sprach über Seekriegsgeschichte, und dabei verschränkte er als einziger Redner seine Arme vor der Brust, die andern hatten die Hände bescheiden auf dem Rücken gehalten.

»Was bezwecken Sie mit dieser Haltung?« sagte der Vorsitzende der Kommission in scharfem Ton.

»Ich glaube, es wird mit der Zeit langweilig, wenn alle Redner die gleiche Stellung einnehmen. Übrigens hat auch Napoleon diese Stellung bevorzugt, und der war kein schlechter Redner.«

Der Vorsitzende nahm das Monokel aus dem Auge und sagte: »Minderwertigkeitskomplexe scheinen Sie ja nicht zu besitzen.«

»Sonst hätte ich mich auch nicht zur Marine gemeldet«, sagte Heyne.

Die Herren von der Prüfungskommission verzogen ihre Gesichter, dann hörten sie ihm aufmerksam zu, und Heyne sprach wie ein Professor. Stollenberg war nicht in der gleichen Prüfungsgruppe. Er hatte es abgelehnt, sich auf irgendein Thema vorzubereiten, obwohl ihm Heyne ein gutes Dutzend Themen genannt hatte.

»Worüber hast denn du gequatscht?« sagte Heyne, als sie sich im Speisesaal der ›Milwaukee‹ trafen.

»Über den Heringsfang.«

»Ich seh schon, Emil, du hast alle Anlagen zu nem guten Admiral.«

»Wenn ich das nicht wüßte, hätt ich den ganzen Krampf gar nicht erst angefangen.«

Am zweiten Tag der Prüfung kam zum Mittagessen ein langer schlaksiger Kerl an ihren Tisch und sagte: »Graf Bülow.« Sie setzten sich, und noch vor dem Essen sagte der neue Tischgast: »Erlauben Sie mir, Sie zu ner Runde einzuladen, ich brauch dringend ein geistiges Getränk, ich bin bei der Prüfung durchgehagelt.«

Sie tranken eine Runde Korn. Als die Gläser leer waren,

bestellte Teichmann noch eine Runde. »Wenn das so weitergeht, sehe ich schwarz für die psychologische Prüfung heut nachmittag«, sagte Stollenberg.
»Können Sie gar nicht schwarz genug sehen«, sagte Bülow, »ich hab sie hinter mir, und sie haben mich dabei geschaßt. Ich kann Ihnen aber gern sagen, wie sie's machen. Übrigens kommen nicht alle zur Psychologischen, Sie haben also noch Chancen, daß an Ihnen der Kelch vorübergeht.«
»Na, sicher ist sicher. Schießen Sie mal los«, sagte Heyne.
»Also da ist einer, der sagt zunächst einmal in schneller Reihenfolge x-beliebige Zahlen, und wenn er ne grade Zahl nannte, sollte ich den rechten Arm heben, bei ungeraden Zahlen den linken. Wenn eine Zahl durch drei teilbar war, sollte ich mit dem rechten Fuß auf den Boden stampfen, wenn eine durch fünf teilbar war, mit dem linken. Bei Primzahlen sollte ich mit dem Kopf wackeln. Kein Witz, meine Herren, war wie im Irrenhaus, kann ich Ihnen flüstern. Ich fragte den Psychologen, wofür das gut sei. Er sagte, man könne daran erkennen, ob wir ne lange Leitung hätten oder nicht. Dann mußte ich über alle möglichen und unmöglichen Themen sprechen, und mitten im Reden unterbrachen einen die Herren und stellten verfängliche Fragen, um einen aus dem Konzept zu bringen. Einer wollte wissen, welche Farbe die Unterwäsche meiner Freundin habe. Ich antwortete, wenn ich mit meiner Freundin zusammen sei, trage sie gewöhnlich keine Unterwäsche, und im übrigen würden wir vorher das Nachttischlämpchen ausknipsen, meine sei eben ein bißchen schüchtern. Die Psychologen grinsten und schienen mit mir zufrieden zu sein. Ich dachte, in der Preislage kannste ihnen noch manches liefern. Nun kam so 'n alter ausgekochter Psychologe und fragte mich, was ich unternähme, wenn ich nicht bei der Kriegsmarine angenommen werde. Ich sagte, dann ginge ich zur Luftwaffe. Der Psychologe fragte weiter: Und wenn man Sie dort auch nicht nimmt? – Dann melde ich mich beim Heer. – Ja, und was würden Sie tun, wenn Sie auch dort abgelehnt würden? – Dann geh ich zur Waffen-SS. – Aber es kann ja sein, daß Sie auch die SS nicht nimmt. Was machen Sie dann? – Dann kauf ich mir nen

Holzkopf und werde Psychologe bei der Kriegsmarine, sagte ich, mir ist die alberne Fragerei einfach zu dumm geworden. Nach dieser Antwort haben sie mich kurzerhand rausgeworfen. Wie gesagt, ich kann Ihnen nur wünschen, daß Sie von diesem Irrenhaus verschont bleiben. Zum Wohl.«

Nachdem sie die Gläser leer hatten, verteilte Bülow Kaffeebohnen. »Zerkauen Sie die langsam, dann geht Ihre Alkoholfahne auf halbmast. Wenn Sie's langsam genug machen, können Sie sie ganz einholen. Und nun viel Glück.«

Vor dem Gebäude, das Bülow ein Irrenhaus genannt hatte, versammelten sie sich. Ein Offizier erschien und sagte, diejenigen, deren Namen er jetzt aufrufe, hätten die Prüfung bestanden und bräuchten nicht mehr an der Psychologischen teilzunehmen. Wer wolle, könne in Kiel bleiben und im Laufe des morgigen Tages nach Stralsund fahren, dort finde die Rekrutenausbildung statt. Spätestens aber in einer Woche müßten alle jetzt Aufgerufenen in Stralsund sein.

»Graf von Bülow«, lautete der erste Name, der aufgerufen wurde. Wenig später fiel der Name Stollenbergs, und kurz danach wurde Heyne genannt. Der ging gleich auf die ›Milwaukee‹ zurück, um Bülow zu benachrichtigen.

Die übriggebliebenen Bewerber wurden in Gruppen zu vier Mann für die psychologische Prüfung eingeteilt. Teichmanns Name wurde nicht erwähnt. Er mußte sich bei einem älteren Offizier im Rang eines Korvettenkapitäns melden, und der fragte ihn nach der väterlichen Einverständniserklärung, die zur Freiwilligenmeldung notwendig sei, zumal Teichmann das Mindestalter für die Einstellung noch nicht erreicht hatte.

Er werde am 29. September siebzehn, sagte Teichmann, und sein Vater sei gestorben. Der Offizier wollte wissen, was seine Mutter zu seiner Freiwilligenmeldung sage. Teichmann antwortete, seine Mutter sei in der Schweiz verheiratet. Der Offizier fragte, ob sie von seiner Freiwilligenmeldung wisse. Teichmann sagte, seine Mutter wisse überhaupt wenig von ihm, sie habe sich wieder verheiratet. Als der Offizier immer noch nichts begriff, wurde Teichmann verlegen und sagte, er wisse auch nicht viel von ihr, seit sein Vater tot sei, und man vermisse ihn nicht. Der Offizier dachte ein bißchen nach und sagte schließlich, Teichmann könne auch nach Stralsund fahren.

In der Bar auf der ›Milwaukee‹ tranken sie. Jeder ließ jeden hochleben. Sie tranken alles mögliche und alles durcheinander. Darüber vergaßen sie das Abendessen. Später tranken sie Brüderschaft, und von da an tranken sie nur noch ex.

Um zehn Uhr abends war Heyne voll, Teichmann mußte ihn zum Bahnhof bringen. Heyne wollte mit dem Spätzug nach Hamburg fahren, am nächsten Tag wollte er wieder in Kiel sein. Sie mußten laufen, um den Zug noch zu erreichen. Dabei wurde Heynes Kopf etwas klarer. Teichmann setzte ihn in ein Abteil Erster Klasse und hatte gerade noch Zeit, den Zug wieder zu verlassen, ehe er abfuhr.

Auf dem Rückweg schlenderte er am Hafen entlang und schaute den Verkehrsbooten zu, die die Arbeiter zur Nachtschicht in die Werften fuhren. Die Stadt war völlig verdunkelt. Nur der Mond war nicht verdunkelt und sah wie eine Butterkugel aus. Dann war der Mond plötzlich nicht mehr da. Es waren keine Wolken am Himmel, Teichmann wußte nicht, wo der Mond geblieben war. Er hatte Lust, eines der vielen Liebespaare, die auf den Bänken saßen, nach dem Mond zu fragen, aber die waren zu sehr mit sich beschäftigt, als daß sie noch Zeit fanden, sich um den Mond zu kümmern. Als er weiterging, war der Mond wieder da. Teichmann merkte, daß er sich hinter einem Sperrballon versteckt gehalten hatte. Er entdeckte jetzt viele Sperrballone und hatte den Eindruck, daß sie höher stiegen. Er war kaum einige Schritte weiter gegangen, als die Sirenen heulten, und draußen auf der Förde heulten die Torpedoboote. Über dem Stadtgebiet flammten Scheinwerfer auf. Teichmann hörte, wie einige Leute liefen. Dann waren die Flugzeuge da. Gleichzeitig eröffnete die schwere Flak das Feuer. Das tat so laut, daß Teichmann zuerst glaubte, es seien Bomben, es war aber nur die 8,8 cm-Flak.

Die Flugzeuge umkreisten die Stadt, hielten sich aber außerhalb der Flakzone. Nur zwei oder drei versuchten, in großer Höhe den Sperrgürtel der Flak zu durchbrechen und die Werften anzugreifen. Sie warfen ihre Bomben zu früh und drehten dann ab. Die Bomben fielen ins Wasser. Teichmann hörte zum erstenmal das Geräusch, das fallende Bomben machen. Das Heulen der Bomben wurde kürzer, dann wurden die Heultöne tiefer, er sah, wie im Hafenbecken Wassersäulen hochsprangen und auf ihn zu kamen, er wurde umgeworfen und fühlte, wie sein Hinterkopf hart aufschlug.

Er stand wieder auf. Er wußte nicht, was los war. Irgend etwas muß passiert sein, dachte er, und für einen Augenblick kam er sich komisch vor. Er hörte, wie jemand »Gertrud« schrie. In seinen Ohren brauste es, als ob ein Wasserfall über ihn hinwegginge. Zwischendurch hörte er den Schrei: »Gertrud.« Er sah jetzt den Mann, der diesen Schrei ausstieß. Der Mann stand einige Meter neben ihm. Der Mann schrie »Gertrud«, immer wieder »Gertrud«. Es war mehr ein Heulen und hörte sich »Gertruuud« an. Sonst tat der Mann nichts. Auf dem Boden lag die Frau.

»Es tut nicht weh«, sagte sie, »es tut gar nicht weh.«

»Gertruuud.«

»Es tut doch gar nicht weh«, sagte die Frau.

Ein anderer Mann lief zu der Frau hin, Teichmann ging auch hin.

»Sie hat was abbekommen«, sagte der andere Mann und knipste eine Taschenlampe an, eine Hand hielt er davor, damit der Lichtstrahl abgeblendet war. Die Frau blutete. Am rechten Knie war die Wunde. Das Bein war um hundertachtzig Grad verdreht, die Ferse des rechten Fußes lag parallel neben der Fußspitze des linken. Der Mann, der zu ihr gehörte, stand daneben und rief »Gertruuud«. Die Frau saß aufgerichtet und sah alles. »Es tut nicht weh«, sagte sie, und dann rief sie dem Mann zu: »Hör doch mit dem Geschrei auf. Das ist ja grauenhaft.«

Der Mann mit der Taschenlampe legte die Frau auf den Rücken, und da hielt Teichmann das Bein in den Händen. Ein Splitter hatte den Knochen durchschlagen, der Splitter war noch heiß. Teichmann hatte das Bein in seine normale Lage zurückdrehen wollen und es anscheinend nach der falschen Seite gedreht, und im selben Augenblick hatte der Mann die Frau auf den Rücken gelegt. Jetzt hatte Teichmann das Bein in den Händen.

Die Frau hatte ihre Handtasche mit einem Riemen über der Schulter hängen. Teichmann riß den Riemen von der Tasche los und wollte damit den Beinstumpf abbinden. Als er den Riemen festzog, riß er.

»Ich hol nen Wagen«, sagte der Mann mit der Taschenlampe.

»Gertruuud«, schrie der andere.

»Aber Beeilung«, sagte Teichmann.

Der Mann ließ seine Lampe fallen und lief weg. Teichmann umspannte mit den Händen das Bein der Frau und preßte es zusammen. Das Blut spritzte jetzt nicht mehr aus dem Beinstumpf, es floß langsam auf den Boden. Er preßte das Bein noch fester zusammen, bis seine Hände schmerzten, und weil er müde war, legte er seinen Kopf auf den Bauch der Frau, die nichts mehr sagte und still dalag.

»Licht aus«, rief jemand. Teichmann schlug mit dem Hacken die Taschenlampe aus. Es war ihm, als ob er taub sei. Er wußte, daß der Mann neben ihm noch immer den Namen der Frau rief, aber er hörte es nicht mehr. In seinen Ohren dröhnten Schläge, als ob einer mit einem Riesentrommelschlegel auf ein dünnes Trommelfell schlüge und es zum Platzen bringen wollte.

Als zwei Männer kamen und ihm die Frau wegnahmen, war er zuerst erschrocken und dann froh. Er wußte nicht, wie lange er über der Frau gekniet hatte. Die Männer legten die Frau auf eine Tragbahre, nachdem sie sich kurz an ihrem Bein zu schaffen gemacht hatten, und schoben die Bahre in ein Sanitätsauto. Dann schlugen sie die Türen zu, stiegen vorn ein und fuhren los. Beim Zuschlagen der Türen bekam Teichmann sein Gehör wieder.

Neben ihm lag der Mann, der die ganze Zeit »Gertrud« gerufen hatte, auf dem Boden und starrte auf das Bein, die Sanitäter hatten es vergessen. Teichmann gab dem Bein einen Tritt, daß es ins Wasser fiel. Als es aufs Wasser klatschte, stand der Mann auf, nannte seinen Namen, den Teichmann nicht verstand, und streckte ihm die Hand hin.

Teichmann wollte seine blutige Hand an der Hose abwischen, aber der Mann sagte: »Es macht mir nichts aus, es ist ja mein Blut.«
»So«, sagte Teichmann und wußte nicht, was er sonst noch sagen sollte.
»Es war meine Tochter«, sagte der Mann, »ich hatte nur dieses eine Kind, verstehen Sie?«
Teichmann fiel erst später auf, daß der Mann von seiner Tochter in der Vergangenheit gesprochen hatte. Während er darüber nachdachte, ob die Frau wohl sterben mußte oder nicht – er glaubte nicht, daß sie das mußte –, kam ein Personenauto vorgefahren. Ein Mann in Uniform stieg aus.
»Ist hier was passiert?« sagte der Uniformierte.
Teichmann nickte. Die Frage schien ihm so albern, daß er Lust hatte, seine blutigen Hände dem Mann ins Gesicht zu drücken.
»Ach, hier das Blut –« sagte der Mann in Uniform und runzelte die Stirn. »Ziemlich viel Blut, nicht?«
Teichmann dachte, schade, daß das Bein nicht mehr da liegt.
»War es schlimm? Ich mein', ist jemand getötet worden?«
Der Mann, dem die Taschenlampe gehörte, war wieder da.
»Wo ist meine Lampe?«
Sie lag in der Blutlache. Der Mann hob sie auf.
»Da liegt auch noch ihr Schuh.«
Teichmann hob den Schuh auf und schob ihn in seine Rocktasche.
»Ich will wissen, ob jemand getötet worden ist«, sagte der Mann in Uniform im Befehlston.
»Da vorn geht der Vater«, sagte Teichmann.
Der Uniformierte stieg wieder ins Auto, der Schofför ließ den Motor an, aber dann stieg der Uniformierte nochmal aus seinem Wagen und kam zurück und sagte: »Wir müssen die Zähne zusammenbeißen, Kameraden, wir haben –«
»Wie bitte?« sagte Teichmann, der ihn nicht verstanden hatte.
»Stellen Sie den Motor ab. Wir müssen Benzin sparen«, rief der Uniformierte seinem Schofför zu. Zu Teichmann

sagte er: »Wir haben Krieg und müssen die Zähne zusammenbeißen. Aber wir werden siegen.«
Der Uniformierte ging zu seinem Wagen zurück. Als der Motor wieder lief und er neben dem Schofför saß, rief er: »Gott strafe England.«
Der Mann mit der Taschenlampe rief: »Heil Hitler, Kreisleiter«, und zu Teichmann sagte er: »Der kümmert sich wenigstens um seine Volksgenossen.«
»Ja, dagegen ist nichts zu sagen. Aber er hätte mehr Benzin gespart, wenn er vorhin den Motor hätte laufen lassen. Zum Anlassen des Motors braucht er mehr Benzin, als wenn er ihn im Leerlauf ne Weile laufen läßt«, sagte Teichmann.
»Mensch – Sie haben Nerven.«
»Warum?«
»Ich mein' halt. Heil Hitler.«
Auf der ›Milwaukee‹ fragte Teichmann den Nachtsteward, ob er baden könne. »Sehr wohl, mein Herr, selbstverständlich«, sagte der Steward.
Sie gingen ins A-Deck, wo die Erste Klasse-Kabinen mit Bad lagen. Der Steward sagte: »Vielleicht nehmen Sie Ihre Kleider nicht mit in den Baderaum, ich werd einen Chinesen raufschicken, der kann inzwischen Ihre Kleider säubern.«
»Ist ein guter Gedanke«, sagte Teichmann, »der Chinese soll sich Zeit lassen, ich bleib mindestens eine Stunde im Wasser.«
»Sehr wohl, mein Herr, ganz wie Sie wünschen.«
Teichmann ließ heißes Wasser in die Wanne laufen. Die Wanne war grün gekachelt, das ganze Badezimmer war in Grün gehalten, er empfand das als sehr angenehm. Zuerst wusch er sich das Blut von den Händen, dann zog er sich aus und legte seine Kleider in die Schlafkabine.
Eine halbe Stunde lang blieb er in dem heißen Wasser liegen. Er liebte dieses Bad. Es war ihm wie ein nie gehabtes Erlebnis, und die Wärme des klaren heißen Wassers, das ihm Schweißperlen übers Gesicht laufen ließ, wirkte stärkend und beruhigend auf ihn. Er atmete den Duft der parfümierten Seife ein wie den Geruch einer exotischen Blume und zerdrückte dann in seiner Faust die Seife, als

ob sie aus Knetgummi wäre. Dann seifte er sich ein, bis sein Körper ganz mit dickem flockigem Schaum bedeckt war, legte sich wieder ins Wasser und ließ nach einer Weile das Wasser ablaufen. Als er sich abbrausen wollte, entdeckte er eine Packung Badesalz. Er ließ die Wanne wieder volllaufen, schüttete das Badesalz rein und blieb nochmal eine Zeitlang im Wasser liegen. Dann ließ er es ablaufen und nahm Wechselbäder, indem er sich heiß und kalt abbrauste. Zuletzt blieb er ziemlich lange unter der kalten Brause.

Als er die Tür zur Schlafkabine öffnete, sah er, wie ein Chinese rechts neben seine Schuhe, die geputzt worden waren, einen Damenschuh stellte und dabei unverschämt grinste. Ehe Teichmann etwas sagen konnte, verschwand das Chinesengesicht. Er öffnete das Bullauge und warf den Damenschuh über Bord.

Seine Kleider waren sauber, und seine Hose hatte Bügelfalten, als er sie anzog. Er legte zehn Mark auf den Tisch und ging in die Bar, wo die andern waren, und betrank sich.

Der Alkohol tat ihm gut. Er trank ihn in dem Bewußtsein, etwas erlebt zu haben und dabei nochmal gut weggekommen zu sein. Das ist die einzig richtige Einstellung, mit der man die Dinge nehmen muß, philosophierte er vor sich hin, mit der kann man durch den Krieg kommen. Dann steckte er sich eine Zigarre an. Und obwohl ihm übel wurde, rauchte er sie zu Ende.

»Mensch, was heulste denn?« sagte jemand zu ihm, »haste jetzt schon Heimweh nach Muttern?«

»Nein – es ist der Rauch.«

Der Empfang in Stralsund war nicht gerade herzlich.

An der Sperre wurden sie von Unteroffizieren in Empfang genommen und zu einer Marschkolonne zusammengestellt. Im Gleichschritt, den Koffer auf dem Bukkel, marschierten sie durch die Stadt. Es war drückend heiß. Als Heyne eine Taxe nehmen wollte, verbot ihm das ein Unteroffizier mit der Bemerkung, er sei jetzt bei der Marine und nicht bei der Heilsarmee. Es half

auch nichts, daß Heyne den Unteroffizier zum Mitfahren einlud. Sie mußten alle zu Fuß gehen. Jetzt fehlt bloß noch, daß sie uns ein Lied singen lassen, dachte Teichmann, aber das taten sie nicht, sie bestanden nur darauf, daß die Zivilisten im Gleichschritt gingen. Inzwischen hatte es sich herumgesprochen, daß die Kasernen nicht in Stralsund lagen, sondern auf dem Dänholm.
Der Dänholm ist eine Insel, auf der es Kasernen, ein Wirtschaftsgebäude, Turnhallen, eine Exerzierhalle, einige Bäume, Büsche, Gras und Sand gab und sonst nichts. Morgens kamen ein paar Frauen, die in der Küche arbeiteten, sie trugen Wollstrümpfe oder gar keine und gingen nachmittags wieder nach Stralsund. Sie waren verheiratet und hatten dort ihre Familien. Die Rekruten konnten bald feststellen, daß sie alle glücklich verheiratet waren.
Die ersten Wochen, solange die Kompanien noch nicht vollzählig waren, ließen sich gut an. Sie durften die Insel nicht verlassen, aber sie durften baden oder mit den Kuttern segeln, die im Bootshafen lagen.
Am vierten Tag ereignete sich ein kleiner Zwischenfall, den Teichmann verursachte. Es fing damit an, daß sein Kutter nach einer unfreiwilligen Wende in ein Fischnetz abgetrieben und anschließend beinahe von einer Jolle gerammt wurde. »Spielt in eurer Badewanne Kapitän, ihr Flaschen«, rief Teichmann den beiden Insassen der Jolle zu und war wütend über so viel Pech auf einmal. Die Jolle hätte ausweichen müssen, sie segelte über Steuerbordbug, der Kutter über Backbordbug.
Anderntags wurde das Kuttersegeln verboten. Teichmann wurde zum Adjutanten der Abteilung befohlen, der ihm eröffnete, daß die Jolle von der Frau des Hafenkommandanten gesteuert worden war, die Dame habe sich die Nummer des Kutters gemerkt und an dem Wort ›Flasche‹ Anstoß genommen, sie verlange von Teichmann eine schriftliche Entschuldigung. Teichmann erklärte, er habe nicht gewußt, daß es sich bei den Insassen der Jolle um Damen gehandelt habe. Aber auch sein Einwand, die Damen müßten dann eben einen sehr flachen Oberkörper haben, wenn man sie in ihrem Segelzeug nicht von Männern unterschei-

den könne, half ihm nichts. Der Adjutant bestand darauf, daß sich Teichmann zu entschuldigen habe. In seinem Entschuldigungsschreiben, bei dessen Abfassung Heyne mitgewirkt hatte, kam der Satz vor: »... so bin ich das Opfer Ihres knabenhaften Wuchses geworden.«

Als die vier Rekrutenkompanien vollzählig waren, begann der Kommiß. Teichmann, Stollenberg und Bülow kamen in die 1. Gruppe der 2. Kompanie, Heyne in die 4. Gruppe. Daß sie alle in die gleiche Kompanie kamen, hatten sie ihrem frühzeitigen Eintreffen auf dem Dänholm zu verdanken.

Heyne war der erste in der Kompanie, der auffiel, denn als ihm der Kammerbulle einen viel zu engen Uniformrock, eine zu lange Hose und einen ausgefransten Pullover ins Gesicht warf und bei jedem Wurf »Paßt« sagte, warf Heyne Rock, Hose und Pullover einzeln zurück, wobei er jeden Wurf mit den Worten »Paßt nicht« kommentierte. Er sagte diese Worte seelenruhig, als ob das die selbstverständlichste Sache der Welt wäre. Der Kammerbulle brüllte. Es war ein Stabsobergefreiter, verglichen mit ihm war Heyne ein Nichts. Deshalb meinte der Kammerbulle, er brülle zu Recht. Heyne sagte: »Du brauchst dich gar nicht künstlich aufzuregen. Gib mir was Passendes oder behalt deinen Krempel.« Der Kammerbulle nannte Heyne einen hergelaufenen Rotzjungen. »Ich schlag dir die Fresse ein, wenn du dein Maul nicht hältst«, sagte Heyne. Diese Drohung hörte sich gut an, war aber fehl am Platz, zumal sie so laut ausgesprochen worden war, daß sie der Kammerunteroffizier hörte. »Ich werd Sie melden, Sie sind reif zum Rapport«, sagte der Kammerunteroffizier zu Heyne.

Er kam zum Rapport. Am Samstagmorgen um zehn Uhr hatte er sich beim Kompaniechef zu melden.

Samstagvormittags war großes Wochenendreinschiff. Bei dieser Arbeit trugen die Rekruten Drillichzeug, Segeltuchschuhe und als Kopfbedeckung das Schiffchen, und in dieser Aufmachung erschien Heyne pünktlich um zehn Uhr vor der Kompanieschreibstube. Als ihn sein Korporal sah, sagte der: »Was wollen Sie hier?«

»Mich zum Rapport melden.«
»Sind Sie der Kerl, der auf der Kleiderkammer randaliert hat? Und in diesem Aufzug wagen Sie es, sich zum Rapport zu melden? Ich glaub, Sie sind total verrückt. Mensch« – der Maat holte tief Luft – »Mensch, verschwinden Sie schleunigst und ziehen Sie den vorschriftsmäßigen Dienstanzug an, aber dalli.«
Heyne lief auf seine Stube. In Feldgrau, den Stahlhelm auf dem Kopf, das Gewehr in der Hand erschien er wieder.
»Ja, zum Donnerwetter, was wollen Sie denn mit dem Schießprügel?« schrie ihn der Maat an.
»Ich dachte, er gehöre zum –«
»Das Denken überlassen Sie gefälligst den Pferden, die haben größere Köpfe. Lassen Sie die Knarre draußen.«
Der Maat ging in die Schreibstube. Heyne hörte, wie er drin zum Spieß sagte: »Jetzt kommt der Mann, der den Kompaniechef warten läßt.«
Heyne machte den Gewehrriemen lang und hing sein Gewehr an den Kleiderhaken, der an der Schreibstubentür angebracht war. Er machte das etwa so, wie wenn ein Jäger seine Flinte im Wirtshaus an den Kleiderhaken hängt. Dann klopfte er an und öffnete vorsichtig die Tür. Im Zimmer sah er seinen Korporal, den Spieß, seinen Zugführer und einen Offizier, der zwei Sterne auf seinen Schulterstücken trug. Das muß also der Chef sein, dachte er. Der Kompaniechef war erst am Freitagabend von seinem Urlaub zurückgekehrt, die Rekruten hatten ihn noch nicht zu Gesicht bekommen.
Heyne nahm seinen Stahlhelm wie einen Zylinder ab, machte eine leichte Verbeugung zum Kompaniechef hin und sagte: »Gestatten, Heyne, Hamburg.«
Nach dieser Vorstellung herrschte allseitiges Schweigen. Heyne schaute die anderen Herren an und sah, daß der Korporal die Augen verdrehte und ein leises Stöhnen hören ließ, daß der Spieß stur in eine Ecke der Schreibstube starrte und daß der Zugführer ängstlich zum Kompaniechef schielte und dabei von einem Fuß auf den andern trat.
Der Kompaniechef grinste.
Dann sagte er im selben Tonfall wie Heyne: »Gestatten

Sie, daß auch ich mich vorstelle, Wegener, Kapitänleutnant, Ihr Kompaniechef.«
»Ich freue mich, Sie kennenzulernen«, sagte Heyne.
Der Kompaniechef sagte: »Ganz meinerseits. Ich habe während meiner Dienstzeit noch nie einen so vollkommenen Zivilisten kennengelernt wie Sie.«
Heyne wurde unsicher: »Ich bedauere es, wenn ich mich ungeschickt benommen habe.«
»Bitte sehr«, sagte der Kompaniechef, »Sie haben sich keineswegs ungeschickt benommen – nur etwas unmilitärisch. Hat man Ihnen nicht erklärt, was ein Rapport ist?«
»Nein, Herr Kapitänleutnant.«
»Na, dann schenk ich ihnen diesen Rapport. Aber wenn Sie nochmals zum Rapport gestellt werden, dann machen wir nicht nur Konversation, verstanden?«
»Jawohl, Herr Kapitänleutnant.«
Heyne stülpte seinen Helm auf den Kopf, machte etwas, was eine Ehrenbezeigung sein sollte, und verließ mit einer Rechtswendung die Schreibstube. In seiner Freude, so glimpflich davongekommen zu sein, schloß er die Tür ziemlich heftig, der Kolben seines Gewehrs schlug mehrere Male gegen die Tür.
Er wollte gleich auf seine Stube laufen, aber der Kompaniechef trat auf den Flur raus, sah sich Heynes Gewehr an und rief ihm zu: »Wissen Sie auch nicht, daß das Gewehr die Braut des Soldaten ist? Und da wollen Sie abhauen und Ihre Braut einfach hängen lassen?«
Einen Augenblick lang stutzte Heyne, dann sagte er: »Meine Braut befindet sich an keinem schlechten Platz, Herr Kapitänleutnant.«
Der Kompaniechef mußte lachen. Unter dem Haken, an dem das Gewehr des Rekruten Heyne hing, war mit Reißnägeln ein Schild angeheftet mit der Aufschrift ›Nur für Kompaniechef‹.
»Mein lieber Freund, bei mir können Sie sich solche Antworten erlauben. Aber ich rate Ihnen dringend, andern Vorgesetzten gegenüber Ihren Mund im Zaum zu halten, sonst prophezei' ich Ihnen, daß Sie noch schwer anecken werden.«

Und Heyne eckte schwer an. Zugführer und Korporal hatten ihn aufs Korn genommen. Seine Vorstellung beim Kompaniechef vergaßen sie ihm nicht so leicht, und daß er sich sozusagen über ihre Köpfe hinweg mit dem Chef unterhalten hatte, als wären die Unteroffiziere Luft. Sie schikanierten ihn, was sie konnten, und sie konnten allerhand. Heyne machte sich nichts draus, obwohl er mehr auf den Brustwarzen ging als auf den Beinen. Er wußte, daß sie ihm seinen Verstand verübelten, und das bereitete ihm keine geringe Befriedigung.
Auch für seinen Kameraden Teichmann begannen schlechte Zeiten. Als zweitgrößter der Kompanie hatte er beim Exerzierdienst nichts zu lachen, Hinlegen und Aufstehen dauerten bei ihm länger als bei den Kleineren. »Diesen langen Lulatsch werden wir schon klein kriegen«, schrie Obermaat Reimann, Korporal der 1. Gruppe, und ließ Teichmann mit geschultertem Gewehr Sonderrunden um den Kasernenhof drehen. Wenn ihm nach einem Dutzend solcher Runden die Zunge zum Hals raushing, sagte Reimann: »Fühlen Sie sich ungerecht behandelt? Oder meinen Sie vielleicht, wir schleifen Sie?«
»Jawohl, Herr Obermaat«, sagte Teichmann und grinste. Dieses Grinsen verkniff er sich nie, obwohl er damit Reimann jedesmal zur Weißglut brachte.
»Sie irren sich, mein Lieber, Sie irren sich gewaltig. Das alles geschieht nur zur Übung, verstehen Sie, nur zur Übung.«
Nur zur Übung jagten sie die Rekruten über die Eskaladierwand und ließen sie auf den Ellbogen robben und schaßten sie mit aufgesetzter Gasmaske stundenlang im Dauerlauf durchs Gelände. Wer erwischt wurde, wenn er den Filter der Maske lockerte, um nicht im eigenen Schweiß zu ersticken, bekam drei Tage Bau. Nur zur Übung ließen sie den Zug mit aufgepflanztem Seitengewehr einen Steilhang runterlaufen, und an der steilsten Stelle schrie der Zugführer: »Hinlegen.« Bei dieser Übung gab es regelmäßig einige Verletzte durch Bajonettstiche. Während die Verletzten ins Revier gebracht wurden, hielt Oberfeldwebel Semmler, der Führer des 1. Zugs, seine traditionelle

Rede auf die Tugenden des deutschen Soldaten im allgemeinen und des Marinesoldaten im besonderen, wobei das Wort ›Härte‹ in jedem Satz zweimal vorkam. Er stellte sich vor die Front seines Zugs, setzte ein unschuldiges Gesicht auf und sagte mit der Stimme eines biederen, mitempfindenden Mannes: »Kameraden, ihr müßt mich verstehen, ich muß euch in drei Monaten beibringen, wozu man sich beim Heer ein Jahr Zeit läßt, und der Infanteriedienst ist eine ernste Sache, ist das A und O des Soldaten, sozusagen sein Alphabet. Wer glaubt, bei der Marine ne ruhige Kugel schieben zu können, der irrt sich. Und deshalb werden wir jetzt hübsch weitermachen. Ich setze voraus, daß Sie als Offizieranwärter genügend Grips im Schädel haben, um für den Infanteriedienst das nötige Verständnis aufzubringen. Ich werde die Herren Offizieranwärter zu virtuosen Infanteristen ausbilden. Sie können sich drauf verlassen. Also bitte, machen Sie mir durch Ihre Laschheit den Dienst nicht noch schwerer.«
Danach ließ er die Gasmasken wieder aufsetzen, die Seitengewehre aufpflanzen, und der große Dressurakt in Semmlers Zirkus nahm seinen Fortgang.
Nach weiteren zwei Stunden Dauerlaufs waren sie fix und fertig. Dann ließ Semmler seinen Zug um den Kasernenhof marschieren und dabei das Lied singen: ›Es ist so schön Soldat zu sein ...‹ Und weil Teichmann sein Grinsen nicht lassen konnte, mußte er um den marschierenden Zug Sonderrunden drehen wie ein Schäferhund um seine Schafherde. Anschließend grinste er weiter. Semmler ließ ihn drei weitere Runden um den Kasernenhof drehen, während der Zug auf ihn warten mußte. Teichmann lief, so schnell er konnte. Als er die dritte Runde gelaufen hatte und die Blicke seiner Kameraden sah, grinste er nicht mehr. Oberfeldwebel Semmler freute sich über diesen pädagogischen Erfolg und ließ den Zug wegtreten.
Und nachher sagte Heyne: »Was wollt ihr denn, habt ihr was anderes erwartet? Die kriegen ihre zweihundertfünfzig Mark im Monat, und damit hat sich's. Für das Geld könnt ihr nicht mehr verlangen –«
»Aber die Kerle sind ja Sadisten«, sagte Stollenberg.

»Nein, das sind sie nicht. Sie sind nur dumm«, sagte Heyne, »zum echten Sadisten gehört Köpfchen. Das hier sind Dorftrottel. Zu diesem Beruf – und es ist ein Beruf – kannste nur Dorftrottel nehmen, die haben keine Komplexe. Und merkt euch: das Ganze ist vollkommen sinnlos. Und sinnlos ist es, sich hierüber Gedanken zu machen oder sich gar aufzuregen. Denken ist überhaupt das verkehrteste, was ihr tun könnt. Man marschiert am leichtesten, je weniger Gepäck man trägt, und das gilt auch im Geistigen. Das ist der ganze Trick. Wenn ihr *denkt*, zeigt ihr den Korporälen eure schwache Stelle, und auf diese Stelle treten sie dann mit ihren Kommißstiefeln, und ihr seid die Leidtragenden dabei.«

Heyne sagte das mit einer gewissen Genugtuung, weil er die Sachlage durchschaut hatte, aber er war keineswegs froh darüber.

Als Reinschiffstation hatte Teichmann die Unteroffiziersmesse. Das war ein Raum, den kein Unteroffizier betrat. Wenn die Unteroffiziere nichts zu tun hatten, legten sie sich auf ihre Kojen und filzten. Die Abende und das Wochenende verbrachten sie in der Stadt. Morgens, mittags und abends mußte Teichmann jeweils eine Viertelstunde lang Staub wischen. In einem Glasschrank der Messe standen Bücher. Ein Schlüssel zum Schrank war nicht vorhanden, und niemand vermißte ihn. Aus Langeweile lernte Teichmann die Buchtitel in der Reihenfolge von links nach rechts auswendig. Mit Gulbranssens ewig singenden Wäldern begann die obere Reihe und mit Bindings Opfergang endete sie. In der unteren Reihe standen links außen Rosenbergs Mythus und rechts außen Casanovas Memoiren. Ganz unten, schon fast auf dem Fußboden, befand sich eine Reihe Reclambändchen, eingeschlossen von Schopenhauers Schrift über die Weiber und Richard Wagners Judentum in der Musik.

Samstags war Groß-Reinschiff. Die Unteroffiziere sorgten dafür, daß in jeden Raum mindestens drei Eimer Wasser gegossen wurden. Auch Teichmann holte sich seine drei Eimer und schüttete sie zum Fenster raus auf den Zierrasen vor der Unteroffiziersmesse. Den Boden der Messe be-

sprengte er mit Wasser aus einer leeren Konservendose. Mit dem Feudel verwischte er die Wassertropfen, und dadurch bekam der Fußboden das Aussehen, als ob er völlig naß gewesen wäre, aber nun wieder trockengewischt worden sei. Man brauchte hierzu nicht länger als zehn Minuten, und da der U. v. D. die Messe erst kurz vor Ende des Reinschiffs betrat, konnte sich Teichmann diese Methode leisten.
Am dritten Samstag kam der Kompaniechef überraschend in die Unteroffiziersmesse, es war erst eine Stunde seit Beginn des Reinschiffs vergangen, zwei Stunden waren fürs Reinschiff angesetzt.
»Sie sind der einzige Mann hier, der anständig trockenwischt. Und jetzt sind Sie fertig?«
»Jawohl, Herr Kapitänleutnant.«
»Wie heißen Sie?«
»Matrose Teichmann.«
»Schön, Sie merke ich mir, falls es mal bei mir was zu tun gibt, Sie scheinen schnell zu arbeiten.«
Der Kompaniechef war beliebt. Teichmann fühlte sich nach dieser Begegnung nicht sehr wohl in seiner Haut. Schließlich ist's glatter Betrug, was du getan hast, dachte er, andererseits könnte sich der Chef schon etwas mehr um seine Kompanie kümmern. Aber er war jung verheiratet. Die Rekruten hatten es aus seinem Munde erfahren, als er ihnen im Kompanieunterricht sagte, daß heutzutage die Ehefrauen nicht mehr mit dem Titel ihres Mannes angesprochen würden. Einige Rekruten hatten seine Frau mit ›Frau Kapitänleutnant‹ begrüßt. Seine Frau genoß übrigens hohes Ansehen in der Kompanie schon allein deshalb, weil sie das einzige weibliche Wesen war, das auf dem Dänholm wohnte. Aber nur wenige der Kompanie hatten sie bisher gesehen, Bülow behauptete, sie sei eine sehr nette Puppe. Worauf Stollenberg meinte, es wäre besser, sie wäre weniger nett und würde ihren Mann der Kompanie nicht so oft vorenthalten. Wenn sich nämlich der Chef auf dem Kasernenhof zeigte, wurden die Unteroffiziere merklich zahmer.
Eines Tages geschah beinahe ein Wunder: Obermaat Hugo Reimann, Korporal der 1. Gruppe, wurde menschen-

freundlich. Bis zu diesem Tage war es so gewesen, daß immer dann, wenn Reimann die Nacht in Gesellschaft in Stralsund verbracht hatte, am andern Morgen ein übler Schlauch fällig war. Vermutlich mußte er tüchtig blechen, ehe sich eine mit ihm abgab, er war kein Apoll, aber er mußte sich wohl nicht nur finanziell anstrengen. Den Tag drauf befand er sich jedenfalls in schlechter Stimmung, man konnte ihm nichts recht machen, den dicken Sümmermacher nannte er ein vollgefressenes Schwein, und vom mageren Rehberg behauptete er, er sei zu faul zum Fressen. Wenn er sich aber auf seinen nächtlichen Ausgängen nur mit dem Alkohol angefreundet hatte, ließ er anderntags seine Gruppe im Unterholz volle Deckung nehmen, und kein Kompaniechef und kein Zugführer fanden die Gruppe Reimann, die 1. Gruppe der 2. Kompanie schlief im Unterholz, bis der Ex-Dienst vorüber war. Leider war Reimanns Freundschaft mit dem Alkohol verhältnismäßig selten.

Stollenberg war es nun, der sich um Reimanns Freizeitgestaltung verdient machte. Er bat seinen Vater, ihm eine Kiste Wein zu schicken. Als die Kiste als Expreßgut angekommen war, fragte er seinen Korporal, wo er die Kiste unterstellen dürfe, es war den Rekruten verboten, alkoholische Getränke auf den Stuben aufzubewahren. »Vielleicht können wir den Wein bei Herrn Obermaat unterstellen, ich wär Herrn Obermaat für dieses Entgegenkommen sehr dankbar. Als Miete fürs Unterstellen, erlaube ich mir, Herrn Obermaat täglich eine Flasche zum persönlichen Gebrauch zur Verfügung zu stellen.«

»Täglich? Sagten Sie ›täglich‹, Stollenberg?«

»Jawohl, Herr Obermaat.«

»Mensch, dann ist die Kiste bald leer.«

»Wir können ja noch eine kommen lassen, Herr Obermaat.«

»Wer ist ›wir‹?«

»Mein Vater und ich, Herr Obermaat. Mein Vater ist Weinhändler.«

»Genehmigt.«

Zu Reimanns Gewohnheiten gehörte es, nachts, wenn er vom Minnedienst kam, in die Stuben zu gehen und »Auf

die Spinde, marsch, marsch – ein Lied« zu brüllen, worauf die Rekruten »Vom Himmel hoch da komm ich her...« singen mußten. Dann kommandierte er: »Unter die Betten marsch, marsch – ein Lied«, und unter den Betten hervor ertönte der Choral: »Aus tiefer Not schrei ich zu Dir, o Herr, erhör' mein Flehen...« Wer am lautesten sang, durfte als erster wieder weiterschlafen.
Derartige Scherze hörten nun auf. Statt dessen kam es vor, daß Reimann gegen Mitternacht in Stollenbergs Stube torkelte und sagte: »Ach scheiß auf die Olle, was? Ich nehm mir noch ne Pulle, Stollenberg.«
»Es ehrt mich, wenn Herrn Obermaat der Wein so gut mundet«, sagte Stollenberg aus seiner Koje raus. Und anderntags ging die Gruppe Reimann in die Büsche.
Zwei Tage vor der Vereidigung wurde einer entlassen. Es war ein kleines, harmlos aussehendes Kerlchen aus dem 3. Zug namens Premaier. Er bekam es schriftlich, daß er die charakterlichen Eigenschaften eines Offizieranwärters nicht besitze. Anstatt in der Küche die Kochkessel zu scheuern, hatte er einer Köchin unter den Rock gelangt und das Pech gehabt, an eine Glücklich-Verheiratete geraten zu sein.
Nun war Premaiers Offizieranwärterlaufbahn beendet. Seinen Kameraden gegenüber behauptete er, er sei unschuldig, er habe nur den Rock verwechselt, unter den Köchinnen sei eine, die so etwas gern habe, aber er sei Kavalier und habe beim Rapport diese Dame nicht erwähnt.
Nach diesem Vorfall bekamen die Rekruten noch mehr Soda ins Essen, und der Ex-Dienst wurde verschärft. Die Folge war, daß am nächsten Tag drei Mann des 1. Zugs ins Revier mußten.
Der erste war Teichmann. Sein Vordermann Sümmermacher, ein Gutsbesitzerssohn aus Westfalen, mit knapp zwei Zentnern Gewicht und einhundertfünfundneunzig Zentimetern Länge der schwerste und größte Mann der Kompanie, war ihm aus Versehen auf die Hand getreten, als die Gruppe am Boden lag und Reimann »Aufstehen« befahl. Im Revier bearbeiteten die Schnapser Teichmanns Hand mit Jod und legten einen Verband an. Als sie damit

fertig waren, meldete sich Bülow im Revier. Er hatte eine Stichwunde am rechten Oberschenkel, die vom Seitengewehr seines Nebenmannes herrührte. Eine Stunde später trugen drei Mann Heyne ins Revier. Er war bewußtlos. An diesem Tag war er morgens beim Impfen schon einmal ohnmächtig geworden. Die Schnapser hatten den Rekruten ein ordentliches Quantum Serum in einer Weise in die Brust gespritzt, als ob sie Schweine abstechen müßten. »Ihr kriegt wohl nen Orden für eure Stecherei«, hatte Heyne zu den Schnapsern gesagt. Als Antwort hatten sie ihm die doppelte Menge verabreicht. Heyne mußte rausgetragen werden. Obwohl seine rechte Brustseite eine Wölbung bekam, die einer drallen Bauernmagd alle Ehre gemacht hätte, mußte er am Ex-Dienst teilnehmen. Beim Griffeklopfen sei er auf einmal umgefallen, sagten die drei Mann, die ihn brachten. Ein Oberarzt verordnete Heyne zwei Stunden Bettruhe. Am selben Morgen kam noch ein weiterer Rekrut des 1. Zugs ins Revier, er hieß Vorhölzer, stammte aus München und simulierte einen Hitzschlag.

Zum Mittagessen gab es eine Suppe, die wie immer nach Soda schmeckte und die offiziell Vanillesuppe hieß, Blumenkohl mit Kartoffeln und Würmern und eine undefinierbare Soße. Den größten Wurm bekam Teichmann, mit acht Zentimetern Länge hielt er den Rekord der Kompanie. Er wollte sich in der Küche sein Essen gegen einen neuen Schlag umtauschen, aber sie ließen ihn nicht in die Küche rein. Seit dem jüngsten Vorfall dürfe kein Rekrut mehr die Küche betreten, erklärte ihm der Küchenbulle. Teichmann sammelte auf seinem Teller noch die Würmer einiger Kameraden und garnierte den Blumenkohl mit ein paar toten Fliegen. Dann ging er mit seinem Teller auf die Kompanieschreibstube. Vor der Tür stellte er den Teller auf den Boden, weil er nur eine Hand gebrauchen konnte, nahm sein Schiffchen ab und klopfte an.

»Ja«, rief es drinnen.

»Matrose Teichmann bittet eintreten zu dürfen.«

»Herein.«

Teichmann öffnete die Tür, nahm seinen Teller und stellte ihn auf den Fußboden der Schreibstube, schloß die Tür,

nahm den Teller wieder in die Hand, schlug die Hacken zusammen und sagte: »Matrose Teichmann bittet eine Meldung machen zu dürfen.«
»Was gibts?« sagte der Spieß, ihm gegenüber am Schreibtisch saß Oberfeldwebel Semmler, beide tranken Kaffee und rauchten.
»Ich bitte melden zu dürfen, daß ich nicht satt werde.«
»Ja, Mensch, warum frißt du dann deinen Teller nicht leer?«
»Im Blumenkohl sind Würmer, Herr Hauptfeldwebel.«
»Ist doch das beste dran«, sagte Oberfeldwebel Semmler, »Fleisch kann man nie genug kriegen.«
»Ich bitte den Teller dem Herrn Kompaniechef zeigen zu dürfen.«
»Laß mal sehen«, sagte der Spieß und sah sich den Teller an. »Das reinste Loch-Neß-Ungeheuer«, sagte er zu Semmler und zeigte ihm den Wurm. Semmler bewunderte das Tier eingehend und sagte dann: »Und leben tut er auch noch, das ist ein gutes Zeichen. Er kann also noch nicht sehr alt sein. So 'n frischer Wurm ist nichts Unappetitliches. Im Gegenteil, mich regt's direkt an. Wegen so nem Würmchen hätten wir früher kein Wort verloren, Teichmann.«
»Es sind noch andere Würmer drin«, sagte Teichmann.
»Das sehen wir auch«; sagte der Spieß. »Lassen Sie den Teller mal hier, gehen Sie in 'n Speisesaal rüber und lassen Sie sich nen neuen Schlag geben, ich werd rübertelefonieren.«
Nachmittags war Reinschiff wegen der Vereidigung am nächsten Tag. Die Einteilung zum Reinschiff nahm der Kompaniechef selbst vor. Teichmann war vom Außendienst befreit und stand am linken Flügel der Kompanie, er konnte bestenfalls zum Staubwischen angestellt werden.
»Sie kommen anschließend auf mein Dienstzimmer«, sagte der Chef zu ihm.
Vor dem Dienstzimmer wartete Teichmann, bis der Spieß rauskam, der dem Kompaniechef die Soldbücher zur Unterschrift vorlegen wollte. Teichmann wurde reingerufen.
»Ich hab ne besondere Beschäftigung für Sie. Sie sind der einzige Mann der Kompanie, der vor der Vereidigung in

die Stadt darf, Sie werden meine Frau begleiten. Ich hab keine Zeit, ich muß zu ner Kommandeursbesprechung. Meine Frau muß Einkäufe machen, anschließend gehen Sie mit ihr ins Kino, die Karten sind an der Kasse zurückgelegt. Sie gehen also dienstlich in die Stadt und nicht zu Ihrem Vergnügen.«

Teichmann grinste, als er sagte: »Jawohl, Herr Kapitänleutnant.«

»Freuen Sie sich nicht zu früh, warten Sie erst mal ab, bis Sie meine Frau kennen. Jetzt ziehen Sie ihre blaue Ausgehuniform an und lassen sich vom Hauptfeldwebel ne Urlaubskarte geben, sonst kommen Sie nicht durch die Wache, und hier haben Sie ihr Soldbuch. Um drei sind Sie vor meiner Wohnung. Haben Sie noch ne Frage?«

»Nein, Herr Kapitänleutnant.«

»Ist ja 'n dickes Ei, was sie da mit dir vorhaben«, sagte Stollenberg, während er Teichmann beim Anziehen half.

»Das ist 'n ganz klarer Fall«, sagte Bülow, »in Offizierskreisen ist das so Sitte, die Frau eines Offiziers soll nie ohne Begleitung ausgehen.«

»Aber Mensch, wir sind doch nicht im Orient«, sagte Stollenberg.

»Macht nichts, ist Tradition, mein Lieber«, sagte Bülow, »bei der Marine ist alles Tradition. Übrigens in Hafen- und Garnisonsstädten ist das schon angebracht. Sie wird ja sonst doch von jedem angequatscht, wenn sie einigermaßen aussieht, und die Frau des K-Chefs sieht mehr als nur einigermaßen aus, kann ich dir flüstern.«

»Du mußt ›Gnädige Frau‹ zu ihr sagen, Hans, und links von ihr gehen und keine so ordinären Ausdrücke gebrauchen –«

»Und erzähl ihr ruhig mal was vom Dienstbetrieb in puncto Schliff und so, und sie soll ihrem Göttergatten öfter frei geben, sonst machen sie uns hier noch völlig zur Sau. Mensch, ich müßt mit ihr ausgehen – ich würd ihr vielleicht die Meinung geigen. Aber ausgerechnet der Jüngste der Kompanie. Dich haben sie nur genommen, weil du so harmlos aussiehst«, sagte Bülow.

Fünf Minuten vor drei stand Teichmann vor der Privat-

wohnung des Chefs. Um halb vier stand er immer noch dort. Kurz nach halb kam ein Mädchen die Treppe runter.
»Warten Sie auf mich?«
»Nein, auf Frau Wegener.«
»Bin ich«, sagte das Mädchen und streckte ihm die Hand hin, »guten Tag.«
»Guten Tag – gnädige Frau«, sagte Teichmann und stotterte dabei vor Verlegenheit, denn ihm schien das Mädchen unwahrscheinlich schön.
»Fiel Ihnen hörbar und sichtbar schwer, was?«
»Ich hab schon lange keine Gelegenheit mehr gehabt, zu jemand ›Gnädige Frau‹ zu sagen.«
»Ach so, deshalb. Ich dachte, Sie würden mich noch zu den Kindern rechnen – ich werd nämlich nächstens volljährig. Übrigens hätten Sie sich ruhig bemerkbar machen können, ich wär dann schon früher runtergekommen.«
Sie musterte ihn von Kopf bis Fuß. Danach sagte sie: »Gehen wir.«
Am Kasernentor grüßte der wachhabende Unteroffizier Frau Wegener sehr höflich, Frau Wegener nickte ihm zu, und dann nahm sich der Unteroffizier Teichmann vor. Währenddessen stand Frau Wegener außerhalb der Kaserne und wartete. Der Unteroffizier studierte Teichmanns Urlaubskarte und sein Soldbuch. Teichmann hatte Zeit, sich die Frau seines Kompaniechefs anzusehen. Sie war blond, schlank, zierlich und gut einen Kopf kleiner als er. Ihre Beine sind vielleicht ein bißchen zu lang, steht ihr aber gut, stellte er fest, und sie hat ne Haut wie 'n Goldfisch, auf den die Sonne scheint, und sie riecht sehr gut, und sie hat wunderschöne, fast zerbrechlich zarte Hände, und überhaupt ist sie –
»Parole?«
»Weiß ich nicht.«
»Was? Sie wollen Soldat sein und kennen nicht mal die Parole?«
»Mir hat niemand was von ner Parole gesagt.«
»Da sind Sie selbst dran schuld. Die Parole für heute heißt ›Flaschenpost‹.«
»Jawohl«, sagte Teichmann.

»Können Sie das bis zu ihrer Rückkehr behalten?«
»Jawohl«, sagte Teichmann.
»Wiederholen Sie die Parole.«
»Flaschenpost«, sagte Teichmann und schaute zu Frau Wegener hin. Sie hatte ihm den Rücken zugewandt und machte sich an einer Hecke zu schaffen. Die Hecke war ein Hagebuttenstrauch, der abgeerntet war.
»Nehmen Sie die Mütze ab.«
Teichmann nahm die Mütze ab. Der Unteroffizier kontrollierte den Haarschnitt.
»Mütze auf.«
Teichmann setzte seine Mütze wieder auf.
»Fingernägel.«
Teichmann hielt ihm die verbundene Hand hin, an der keine Fingernägel zu sehen waren.
»Die andere.«
Teichmann hielt die andere Hand hin.
»Die Nägel könnten sauberer sein.«
»Mit ner verbundenen Hand kann man keine Fingernägel reinigen.«
»Halten Sie den Mund und widersprechen Sie mir nicht«, sagte der Unteroffizier, und dann rief er: »Wenn man mit einer Dame ausgeht, hat man in tadelloser Schale zu sein, verstanden?«
»Jawohl«, sagte Teichmann.
Der Unteroffizier blätterte wieder im Soldbuch. Frau Wegener drehte sich um und ging auf ihn zu. »Können Sie lesen?«
»Wie soll ich diese Frage verstehen, gnä' Frau?«
»So wie sie gemeint ist. Jedenfalls können Sie nicht gut lesen. Ich hätt in der gleichen Zeit ein Soldbuch dreimal durchgelesen.«
»Ich muß auch das Äußere des Rekruten prüfen, gnä' Frau.«
»Das hab ich bereits getan. Dürfen *wir* nun gehen?«
Der Unteroffizier sagte: »Jawohl« und dann: »Gnädige Frau.«
»Komischer Kerl, dieser Unteroffizier, tut so, als ob er 'n Detektiv sei und nen flüchtigen Verbrecher aufspüren müßte.«

»Jawohl«, sagte Teichmann.
»Bei mir genügt's, wenn Sie ›ja‹ sagen, und ›Gnädige Frau‹ brauchen Sie auch nicht unbedingt zu sagen, mir macht's nichts aus, wenn Sie mich mit dem Namen ansprechen.«
Teichmann war wütend, er hatte sich noch nicht ganz von der Unterhaltung mit dem Unteroffizier erholt. Erst macht mich der Unteroffizier fertig und dann diese Göre, redete er sich ein und überlegte, wie er ihr eins auswischen könnte.
»Mein Mann war sich lange im unklaren, ob er mir nen Soldaten mitgeben soll, denn laut Dienstvorschrift darf vor der Vereidigung kein Soldat die Kaserne verlassen. Wenn Sie mir nämlich durchgingen, könnte man Sie nicht wegen Fahnenflucht verurteilen.«
Aha, dachte Teichmann, jetzt erwartet sie wohl, daß ich sage, ich gehe Ihnen nicht durch, gnädige Frau. Ich glaube nicht, daß Ihnen ein Mann davonläuft, könnte ich zum Beispiel antworten. Aber dann hörte er sich sagen: »Dienst ist Dienst.«
»Eben. Vielleicht könnten Sie sich meiner Einkaufstasche annehmen, 's macht sich besser.«
Sie gab ihm die Tasche. Sie war leer und federleicht, es kam ihm vor, als ob er nichts in der Hand hätte. Der Griff der Tasche war noch warm von der Hand des Mädchens, das scheint die einzige Wärme zu sein, die sie hat, dachte er.
»Übrigens hätte es gar keinen Zweck, wenn ich davonlaufen wollte, an meinem Verband würd ich sofort erkannt werden«, sagte er und hoffte, sie frage ihn, warum er einen Verband um die Hand trage. Aber sie biß nicht an, der Köder schien sie überhaupt nicht zu interessieren. Wenn sie eingeschnappt ist, ist's mir auch egal, dachte er und wurde nervös.
»Bitte schlenkern Sie die Tasche nicht durch die Gegend, 's ist mein Geldbeutel drin.«
Er wußte nicht, was er ihr hierauf erwidern könnte, und er fühlte, wie ihm wieder das Blut in den Kopf stieg, wie bei der Kontrolle durch den Unteroffizier. Er streifte sie mit einem Blick und sah, daß ihre Augen lachten. »Sehen Sie, ich vertrau Ihnen sogar mein Vermögen an«, sagte sie.

Er legte sich eine Antwort zurecht, etwa so: Viel kann ja in dem Geldbeutel nicht drin sein, denn er ist sehr leicht. Aber vielleicht würde sie ihm dann antworten: Tausend-Markscheine wiegen nicht viel, und dann war er wieder der Dumme.
»Mit dem Vermögen ist's allerdings nicht weit her, große Sprünge könnten Sie damit nicht machen, aber das wollen Sie wohl auch nicht. Und nun erzählen Sie mir mal, was Ihre Kameraden sagten, als sie hörten, daß Sie mich begleiten müssen.«
»Die haben mich natürlich beneidet«, sagte Teichmann.
»Wenn Sie heut abend zurückkommen, werden Sie ihnen sagen, daß hierzu gar kein Grund vorhanden sei.«
Sie sprach diesen Satz sehr bestimmt aus. Aber sie hätte ›vorhanden *ist*‹ sagen müssen, wenn sie es so gemeint hätte, dachte Teichmann.
»Wir müssen schneller gehen, sonst reicht's uns nicht zur Vorstellung, und ich möcht die Wochenschau sehen. Oder sind Sie sehr müde, heut morgen war doch Impfung, nicht?«
»Jawohl – ja. Müde bin ich aber nicht. Die Impfung hat mir nichts ausgemacht.«
Sie fragte ihn noch verschiedenes, und auf einmal sprach er vom Essen. Vom Soda sagte er nichts, aber von den Würmern. Das Essen sei nicht schlecht, sagte er ihr, nur geschmacklos zubereitet, sie bekämen zum Mittagessen auch reichliche Portionen, hätten aber kaum Zeit, in Ruhe zu essen, und der Schliff mache hungrig.
Über die Würmer war sie entsetzt, sie sagte, sie wolle darüber mit ihrem Mann sprechen. Teichmann sagte, das sei nicht nötig, sie möge nicht glauben, daß er ihr das deshalb erzählt habe.
»Weiß ich. Aber etwas muß doch bei diesem Ausgang für Sie und Ihre Kameraden rausspringen.«
Vor dem Kino gab sie ihm Geld, um die Karten abzuholen. Inzwischen ging sie einkaufen. Als er zur Kasse wollte, befahl ihm ein Offizier, sich hinten anzustellen. Teichmann hätte ihm sagen können, daß er vorbestellte Karten für seinen Kompaniechef holen sollte, aber aus einem unbe-

stimmten Gefühl heraus dachte er sich, wenn ich die Karten bis zu ihrer Rückkehr nicht habe, muß sie sie holen, und irgendwie befriedigte ihn diese Überlegung.
Als sie zurückkam, stand er immer noch in der Schlange der Wartenden. Sie ging an die Kasse und holte die Karten. Es waren Logenplätze. Die Platzanweiserin wollte Teichmann nicht in die Loge lassen, es seien nur zwei Logen da, und die blieben den Offizieren vorbehalten. Frau Wegener ließ den Geschäftsführer rufen. Während sie mit ihm sprach, sah Teichmann, daß sie grüne Augen hatte, wie eine Katze.
Als sie auf ihren Plätzen saßen, gab sie ihm eine Tüte mit Brötchen. »Essen Sie sie aber leise.«
Sie saßen in der linken der beiden Logen, links außen, und wenn Teichmann den Kopf so hielt, als ob er den Film anschaue, und dabei nach rechts schielte, konnte er sie ein wenig im Profil sehen. Es war ein lustiger Film, die Leute lachten. Auch sie lachte an manchen Stellen und sah dann Teichmann an, und Teichmann sah auf die Leinwand und lachte, und wenn sie wieder auf die Leinwand sah, sah Teichmann nicht mehr auf die Leinwand.
Dann war der Film aus.
»Der Film war ja ganz nett, aber so nett war er nun wieder nicht, daß Sie vor lauter Film nichts gegessen haben.«
Teichmann kam ein Gedanke, ein großartiger Gedanke, wie er glaubte. Er sagte: »Darf ich die Brötchen mit auf meine Stube nehmen?«
»Sie wollen sie mit ihren Kameraden teilen?«
»Ja«, sagte Teichmann und war froh, daß sie ihn nicht ansah.
Auf dem Heimweg sprachen sie nicht viel. Die Soldaten, die ihnen begegneten, wunderten sich augenfällig, wie Teichmann zu einer solchen Frau kam, und die Unteroffiziere wunderten sich, wie eine solche Frau mit einem Rekruten ausgehen konnte.
Der Posten am Kasernentor ließ Teichmann anstandslos passieren, er nahm nur von Frau Wegener Kenntnis. Erst als sie etwa fünfzig Meter von ihm weg waren, rief der Posten: »Parole?«

»Sagen Sie in Gottes Namen Flaschenpost, damit er Ruhe gibt«, sagte Frau Wegener.
Teichmann drehte sich um und rief: »Flaschenpost.«
Als er weitergehen wollte, sah er, daß Frau Wegener stehengeblieben war. Ihre Augen blitzten ihn an und waren sehr grün.
»Was haben Sie, gnädige Frau?«
»Ein gutes Gehör. Rufen Sie mal: Spielt in eurer Badewanne Kapitän, ihr Flaschen.«
Teichmann brauchte einige Zeit, bis ihm klarwurde, was er sich da eingebrockt hatte. Dann sagte er: »Aber Sie sind doch nicht die Frau des Hafenkommandanten.«
»Nein, aber die Frau des Hafenkommandanten ist eine gute Bekannte von mir, und ich befand mich in ihrem Boot, als sie uns ›Flaschen‹ titulierten.«
Er begann ihr nun eifrig zu erklären, daß die Jolle hätte ausweichen müssen, und zwar aus den und den Gründen, er betete ihr die halbe Seestraßenordnung vor. Sie hörte sich seinen Vortrag an, ohne ihn zu unterbrechen, und als er kein Argument mehr wußte, das er hätte anbringen können, sagte sie: »Ist das alles, was Sie mir zu sagen haben?«
Teichmann ging ein Licht auf. Vielleicht brannte es schon länger, aber er hatte es wohl nicht wahrhaben wollen. »Ich bedauere den Vorfall und bitte Sie um Entschuldigung, gnädige Frau.«
»Das hätten Sie gleich sagen können. Sie hätten sich dann die ganze Litanei sparen können. 's wär doch schad, wenn Sie nur die Regeln des Seeverkehrs und nicht auch die des Anstands kennen würden. Damit ist der Fall erledigt. Ich will Ihnen offen sagen, ich hab keinen Anstoß dran genommen, meinetwegen hätten Sie sich nicht schriftlich zu entschuldigen brauchen.«
»Fiel mir auch reichlich schwer.«
»Ihnen fällt anscheinend manches reichlich schwer. Nebenbei bemerkt, Ihr sogenanntes Entschuldigungsschreiben war ne Frechheit, das wissen Sie wohl selbst?«
»Ja.«
»Meine Freundin hat mir Ihr Schreiben gezeigt – ich will Ihnen wahrheitsgemäß sagen: Wenn ich sie nicht davon ab-

gehalten hätte, das Schreiben ihrem Mann zu zeigen, wär Ihnen das teuer zu stehen gekommen. Bilden Sie sich nichts drauf ein, weil ich das verhindert habe, ich kannte Sie ja damals noch nicht.«
»Aber ich danke Ihnen trotzdem, weil sie's verhindert haben.«
»Na schön. Einen Vorteil hat Ihr Schreiben für mich – ich weiß jetzt wenigstens, wie Sie heißen, Herr Teichmann. Ja, den Namen hab ich mir gemerkt. Den hätten Sie mir übrigens zu Beginn unserer Bekanntschaft sagen müssen, dann hätt ich gleich gewußt. mit wem ich's zu tun habe.«
»Bitte um Entschuldigung.«
»Bitte sehr. Ich muß Ihnen sagen, Sie haben sich inzwischen zu Ihrem Vorteil verändert, heut würde ich Ihnen eine solche Redensart gar nicht zutrauen. Ich bin eben doch ein schlechter Menschenkenner.«
»Ich glaub nicht.«
»Was anderes zu sagen bleibt Ihnen ja wohl auch nicht übrig.«
Beide lachten. Sie streckte ihm die Hand hin: »Wiedersehen, Herr Teichmann, und wenn ich mal was übers Segeln wissen will, werd ich mich an Sie wenden.«
»Ja, und vielen Dank –«
»Wofür? Außer beim Film haben Sie ja heut nichts zu lachen gehabt.«
Teichmann war schon einige Schritte weggegangen, als sie ihm nachrief: »Hallo, Ihre Brötchen.«
Er kehrte um und holte die Brötchen aus ihrer Einkaufstasche.
»Fast hätten Sie das Wichtigste vergessen«, sagte sie.
Das war nicht das Wichtigste, wollte Teichmann antworten, aber er unterließ es. Er sagte: »Darf ich Ihnen Ihre Tasche raufTragen?«
»Danke, ist nicht nötig. Da vorn kommt mein Mann.«
»Na, alles klargegangen?« sagte der Kompaniechef.
»Jawohl, Herr Kapitänleutnant«, sagte Teichmann. Er sah, wie der Chef seine Frau mit Handkuß begrüßte und ihre Tasche nahm und wie sie beide nebeneinander die Treppe raufgingen und oben die Fenster geschlossen wurden.

Nachts aß er die Brötchen. Er aß sie allein auf, langsam und leise, damit keiner etwas merkte, und darüber verging die Nacht.

Heyne blieb sechs Tage im Revier. Einen Tag lang hatte er es nötig gehabt, die übrigen fünf Tage simulierte er. Morgens zeigte sein Fieberthermometer 37,8, und abends 38,8. Er rieb es so lange an seinen Wollsocken, bis es die gewünschte Höhe erreicht hatte, und wenn der Arzt erschien, hustete er ihm ins Gesicht. Am Morgen des siebten Tages meldete er sich auf der Kompanieschreibstube aus dem Revier zurück. Er hatte sich so gut erholt, daß er sich am frühen Nachmittag an der ersten Urlaubermusterung und am Sonntag am Entscheidungsspiel um die Handballmeisterschaft der Abteilung beteiligen konnte.
Heyne wollte mit Teichmann und Stollenberg nach Stralsund. Um zwei Uhr nachmittags fand die erste Urlaubermusterung statt, und nur Heyne kam ohne Beanstandung durch. Teichmann, Stollenberg, Bülow und Sümmermacher fielen auf und wurden zurückgeschickt. Sie scheiterten an ihrer Fliege, bei Teichmann kam noch das Halstuch hinzu. Heyne hatte sich aus der Stadt eine Gummifliege besorgen lassen. Die brauchte man nicht ein halbes dutzendmal ums seidene Tuch zu schlingen, bevor man die Schleife binden konnte, sie wurde mit einem Gummizug am Knoten des Halstuchs befestigt, eine einfache Sache. Ihr Nachteil war, daß sie ihrem Träger drei Tage Bau einbrachte, wenn der U. v. D. sie entdeckte.
Heyne wollte bis zur nächsten Musterung auf seine Kameraden warten und ging mit ihnen auf Teichmanns Stube, wo sie die Füße auf den Tisch legten und rauchten und reesten. Zuerst über ihre Chancen beim morgigen Handballspiel. Dann wollte Heyne wissen, was bei der Vereidigung los gewesen war.
»Du hast nichts versäumt«, sagte Teichmann, »wenigstens morgens bei der Vereidigung nicht. Nachmittags beim Spiel gegen die Vierte hätten sie dich brauchen können.«
»Ihr habt ja gewonnen.«
»Ja, 10:8, ist aber nicht viel«, sagte Sümmermacher.

»Na ja, Teichmann und Bülow haben ja auch nicht mitspielen können.«
»Wir werden morgen gewinnen. Die Vereidigung selbst verlief harmlos«, sagte Teichmann. »Um acht war Raustreten zum Kirchgang, die Evangelischen für sich und die Katholischen für sich, war aber alles freiwillig.«
»Wenn wir morgen so schlecht spielen wie gegen die Vierte, verlieren wir, da geh ich jede Wette ein«, sagte Sümmermacher.
»Die Katholischen führte der Chef der Ersten, die Evangelischen unser Chef. Wir meldeten uns alle zum Kirchgang, auch die von den Napolas. Nur ein ehemaliger Jesuitenzögling aus Wien erklärte, er sei gottlos, er gehe nicht mit –«
»Respekt«, sagte Heyne.
»Der mußte, während wir in der Kirche waren, die Straße vor der Kaserne fegen und die Kübel mit Lorbeerbäumchen und das andere Grünzeug auf den Kasernenhof schleppen, damit das Ganze auch nach was aussah.«
»Ist aber ein guter Torwart, dieser Bursche«, sagte Sümmermacher.
»Wir marschierten also in die Nikolai-Kirche, ne schöne Kirche übrigens, und hörten uns erstmal die Orgel an.«
»Orgel ist immer gut, ganz gleich, was sie drauf spielen«, sagte Bülow.
»Der Pfarrer gab sich Mühe mit uns«, sagte Teichmann, »er vollführte mit den Händen große Gesten und spitzte den Mund, nur sprach er für meine Ohren etwas zu laut, andächtiger wurden wir dadurch jedenfalls nicht.«
»Er konnte ja nicht gut flüstern, die Kirche ist ja nicht klein«, sagte Stollenberg.
»Emil, der Gutmütige, verteidigt wieder mal etwas«, sagte Heyne.
»Ich verteidige gar nichts, ich sag nur, wie's war«, sagte Stollenberg und errötete leicht.
»Ich bin dafür, daß wir nochmal die Aufstellung der Mannschaft für morgen durchsprechen«, sagte Sümmermacher.
»Der Pfarrer erzählte uns was von nem jungen Mann, der

Fahnenträger war und das seiner Mutter schrieb, und zwar gleich dreimal, und sie bat, sie möge ihn liebhaben. Ob sie ihn liebhaben sollte, weil er die Fahne trug oder nur so im allgemeinen, ging aus der Predigt nicht hervor.«

»Die Geschichte stammt von Rilke«, sagte Stollenberg.

»Du merkst auch alles«, sagte Heyne.

»Hab nicht gewußt, daß Rilke so 'n guter Soldat gewesen war«, sagte Teichmann.

»War er auch nicht, hat nur gut reimen können«, sagte Heyne.

»Jedenfalls war die Geschichte unangebracht, weil's bei der Marine keine Fahnenträger gibt. Und jetzt sprechen wir über Handball, das ist besser«, sagte Sümmermacher.

»Danach gabs wieder Orgelmusik«, sagte Teichmann, »und dann sprach der Pfarrer ein Gebet, und das war ne Pleite für uns, weil keiner wußte, ob man nun aufstehen oder sitzenbleiben soll.«

»Muß 'n Bild für Götter gewesen sein«, sagte Heyne.

»Ich fürcht, daß wir doch verlieren –«

»Bei der HJ haben wir nicht gelernt, wann man in ner Kirche aufstehen muß und wann nicht«, sagte Teichmann.

»Wir verlieren todsicher morgen, wenn ihr wieder so lahm spielt.«

»Der K-Chef gab uns ein Zeichen, daß wir aufstehen sollen.«

»Haben wir dann auch getan.«

»Dann folgte ein Choral, war aber kein erhebender Gesang, weil niemand den Text kannte, und dann ging auch das vorüber. Was sich anschließend auf'm Dänholm ereignete, war ne militärische Übung, mehr nicht. Die Kompanien waren im offenen Viereck angetreten, in der Mitte war ein Podium, Grünzeug links, Grünzeug rechts, der Kommandeur stieg aufs Podium und hielt ne Rede im alten Stil, von jeder Kompanie trat ein Mann in die Mitte und hielt sich am Fahnentuch fest, dann mußten wir den Eid leisten und dazu stillstehen. Zum Abschluß machte ein Spielmannszug Musik, und das war das Beste an der ganzen Sache.«

»Märsche sind immer gut«, sagte Heyne.

»Und Orgelmusik«, sagte Bülow.
Als Sümmermacher wieder mit dem Handball anfangen wollte, pfiff der U.v.D. zur zweiten Urlaubermusterung.
Teichmann, Stollenberg, Bülow und Sümmermacher fielen auf und wurden zurückgeschickt.
Um drei Uhr dasselbe. Bei Teichmann beanstandete der U.v.D. auch noch das schlecht eingezurrte Mützenband.
»Ich geh nicht mehr hin, hat bei mir doch keinen Zweck«, sagte Teichmann. Eine halbe Stunde später gingen Stollenberg, Bülow und Sümmermacher nochmal hin und kamen durch. Als sie ihre Urlaubskarten in Empfang nahmen, gab der U.v.D. bekannt, der Kompaniechef brauche noch einige Leute zur Bedienung der Yacht. Teichmann, Stollenberg und Bülow meldeten sich. Zu Teichmann sagte der U.v.D.: »Sie kommen nicht in Frage. Wenn Sie sich nicht mal anständig anziehen können, brauchen Sie auch nicht zu segeln.«
Den andern befahl er, Segelzeug anzuziehen und Badezeug mitzunehmen und sich im Bootshafen zu melden. Teichmann dachte, zuschauen kann ich ja wohl, und ging mit runter zum Bootshafen.
Neun Mann takelten die Yacht auf und standen sich gegenseitig im Weg. Ein alter Bootsmaat, der den Segelschuppen verwaltete, wußte, wie man eine Yacht takelt, die andern waren verschiedener Meinung und überließen die Arbeit dem Bootsmaat.
Zwei Offiziere mit zwei Damen erschienen.
»Welche ist dem Chef seine?« sagte Stollenberg.
»Die rechts«, sagte Teichmann.
»Die mit dem hohen Wasserfall«, sagte Bülow.
»Hans, verschwind mal vorsichtshalber von der Bildfläche, der Mann mit den vier Streifen ist der Hafenkommandant, dann ist die neben ihm vermutlich seine Frau.«
»Ich denk ja gar nicht dran.«
Es war nicht nötig, daß er sich versteckte, die Damen sahen nicht zu ihnen hin.
Stollenberg, Bülow und Sümmermacher gingen an Bord. Ein Motorboot nahm die Yacht in Schlepp. Vom Molen-

kopf aus sah Teichmann, wie die Segel gesetzt wurden und die Yacht Kurs auf Hiddensee nahm.
Um zehn Uhr abends kamen sie zurück und erzählten. Heyne ärgerte sich, daß er ausgegangen war, Teichmann stellte sich schlafend.

Der Kommandeur mit Frau und Kindern und die Kompaniechefs mit ihren Frauen erschienen, als am Sonntagnachmittag das Handballspiel zwischen der 1. und 2. Kompanie angepfiffen wurde. Es war ein hartes Spiel, die Anwesenheit der weiblichen Zuschauer wirkte nicht besänftigend. Trotzdem pfiff der Schiedsrichter selten, und wenn er pfiff, falsch. So wurde es mehr Kampfball als Handball, die Spieler verloren Zähne und brachen sich die Rippen, und das Publikum klatschte.
Die Auseinandersetzung endete 16:10 für die Zweite. Als Anerkennung lud Kapitänleutnant Wegener die Mannschaft seiner Kompanie – Sümmermacher ausgenommen, weil er wegen rüpelhaften Spiels vom Platz gestellt worden war – zur Geburtstagsfeier seiner Frau ein. In drei Wochen sollte dieses Fest auf Hiddensee gefeiert werden.

3

Mit dir trink ich am liebsten, Teichmann, haha, ist zwar verlogen, vollkommen verlogen, aber 's hört sich gut an. Prost. Greif zur Flasche, Hans, hatte der Steuermann gesagt – Der war vielleicht ein Schwein, sicher sogar, aber warum sollen Schweine nicht mal recht haben? Du bist auch eins, Teichmann, zugegeben, aber das größte liegt jetzt draußen auf Hiddensee, im Damenzelt, jawohl, dort liegst Du, und nur Dein Pullover und Deine Schuhe sind bei mir, hab ich, kann ich anfassen, wegwerfen, wieder holen, wegwerfen, wieder holen – und das ist das schlimmste, wenn ich sie wieder holen muß, sie kommen nicht von selbst zu mir, noch nie kam jemand von selbst zu mir – Und Dir gefällt's gar nicht im Damenzelt, und vielleicht zählst Du gerade die Stunden, und Du denkst: ausgerechnet an meinem Geburtstag kann ich ihn nicht haben, zu dumm. Nur weil er diesen Burschen versprochen hat, meinen Geburtstag gemeinsam auf Hiddensee zu feiern, von Samstagmittag bis Sonntagabend, mit Picknick, Zelten und allem Drum und Dran. Jawohl, daran denkst Du, nur daran. Oder Deine Zeltgenossin, Deine knabenhafte Freundin, klärt Dich auf, wie langweilig es ist, immer den gleichen Mann zu haben. Du sagst: ich bleib ihm treu. Bis jetzt, sagt die andere. Das fällt mir nicht schwer, sagst Du. Weil du's nicht anders kennst, sagt die andere. Er macht alles so, wie ich's will, ich bin völlig zufrieden, sagst Du. Erzähl mal, sagt die andere. Ach nein, ich bin müde, sagst Du. Und das lügst Du, aber es ist das beste, was Du sagen kannst. Du mußt doch Chancen haben bei den Männern, sagt die andere. Hab ich auch, aber ich mach mir nichts draus, sagst Du. Und die andere sagt: ja? ich, hör mal Liebste, ich mach mir auch nichts aus ihnen, nicht viel, verstehst du? Und dann sagst Du: da hat sich so 'n kleiner Rekrut in mich vergafft, aber ich hab ihm nen Tritt versetzt, daß er nur so abfuhr. Und das stimmt. Du hast ausgezeichnet getroffen, vielleicht besser, als Du gezielt hast. Nur blieb es nicht bei einem Tritt. Als Du sahst, wie *Du getroffen hast und daß er am Boden lag, hast Du auf ihm rumgetreten. Aber das erzählst Du Deiner feinen Freundin nicht. Mit Deinen Schuhen hast Du auf mir rumgetreten, jawohl – Teichmann, du hast schon mal etwas mit Damenschuhen zu tun gehabt, und wie ging das aus? Weiß ich nicht mehr. Und wie geht's jetzt aus? Weiß ich auch nicht. Aber wie es begann – Trink, Teichmann. Du bist noch lang nicht betrunken, noch nicht genug betrunken, und du hast ein gutes Gedächtnis, 's wird noch ne Weile dauern, bis es tot ist. Schade, daß man's nicht abstellen kann wie nen Wasserhahn. Das Ding tropft weiter, auch wenn du noch so fest zudrehst, ununterbrochen, vielleicht immer, vielleicht solang du lebst. Also trink und begrab dein Gedächtnis. Ersäuf dein Gedächtnis, dein gutes Gedächtnis – Es begann mit meiner Hand. Nur deshalb durfte ich Dich einmal in die Stadt begleiten, ins Kino. Das weißt Du genau. Auch beim zweitenmal geschah es ohne mein Zutun. Der K-Chef hatte den Rekruten erlaubt, zum sonntäglichen Ausgang lange Müt-*

zenbänder zu tragen. Ich hab mir keine gekauft, ich kam wegen den strengen Urlaubermusterungen sowieso nie in die Stadt. Alle Rekruten der Kompanie hatten am Sonntagmorgen die langen Mützenbänder eingezurrt. Um ein Uhr in der Nacht von Sonntag auf Montag kontrollierte der Spieß überraschend die Spinde. Alle außer mir hatten noch ihre langen Bänder in der Mütze, obwohl es seit einer Stunde Montag war und die langen Bänder nur sonntags eingezurrt sein durften. Als für Montag Strafexerzieren angesetzt wurde, war ich der einzige, der nicht mitmachen mußte. Dafür erhielt ich vom K-Chef den Befehl, Wäsche in die Stadt zu bringen. Ich habe Dir alles erzählt, während ich den Leiterwagen mit der Wäsche zog und Du auf dem rechten Gehweg neben mir hergingst. Du hast mich aufgezogen, weil ich bei den Urlaubermusterungen stets auffiel und es nun ausgerechnet diesem Umstand zu verdanken hatte, daß ich überhaupt die Kaserne einmal verlassen durfte. Und nun dürfen Sie nicht einmal allein ausgehen, hast Du gesagt und dabei gelacht. In der Schnellwäscherei hat man Dir erklärt, daß die Wäsche in drei Stunden wieder abgeholt werden könne, es sei diesmal mehr Wäsche als sonst. Du sagtest: das macht nichts, wir warten. Dann drücktest Du mir Kuchenmarken in die Hand und nanntest ein Café, wo ich warten sollte. Zwischen den Kuchenmarken befand sich ein zusammengefalteter Zwanzig-Mark-Schein. Ich war mir nicht klar, ob Du ihn mir absichtlich gegeben hattest, oder ob er nur aus Versehen zwischen die Kuchenmarken geraten war. Ich glaubte aber, daß es Absicht war, und das war es ja wohl auch, denn Du sagtest: bestellen Sie sich Kaffee und Kuchen oder was Sie sonst mögen. Als Du mein Gesicht sahst – ich bin ein so schlechter Schauspieler – sagtest Du: und bestellen Sie auch gleich für mich einen Kuchen, ehe er ausverkauft ist, vielleicht ne Torte mit Sauerkirschen, wenn's das noch gibt. Ich geh zum Frisör, in ner halben Stunde bin ich im Café. Ehe ich was sagen konnte, warst Du weg. Ich ließ den Leiterwagen in der Wäscherei und ging ins Café. Ich bestellte mir eine Flasche Mineralwasser und bezahlte sie von meinem Geld. Als Du nach einer Stunde vom Frisör kamst, warst Du sehr schön und sehr böse und machtest grüne Augen, weil ich mir außer dem Wasser nichts bestellt hatte. Du tatest mir Kuchen auf meinen Teller, und die gleichen Leute, die mich abfällig gemustert hatten, als ich ins Café kam, und mir deutlich zu verstehen gaben, daß das hier kein Café für Rekruten sei, reckten jetzt die Hälse und machten Stielaugen. Wir unterhielten uns wunderbar. Ich empfand es wenigstens so. Ich war glücklich, daß ich in Deiner Nähe sein durfte und Deine Stimme hören durfte, diese sinnliche Stimme mit dem leichten ironischen Unterton, und dann Dein Parfüm, das herb und betörend war, und Dein Mund, und Deine Hände, und – Du befindest dich noch im Pubertätsalter, Teichmann, das ist der ganze Witz, haha. Aber wenn du viel trinkst, kommst du schnell aus dem Alter raus, prost, Pubertätsjüngling. – Die Stimme erzählte mir von Deiner Kindheit, von Deiner Schulzeit, wie Du den Zettel, auf den Du algebraische Formeln geschrieben hattest, während einer Klassenarbeit vorn unters Kleid stecktest und den Reißverschluß hochzogst, als Dich der Lehrer beim Abschreiben ertappte. Wie der Lehrer sagte, er bedauere es, daß er keine Lehrerin sei und den Zettel hervorholen könnte, und Du ihm zur Antwort gabst: Wenn Sie kein Mann wären, würden Sie es bestimmt nicht bedauern, meinen Reißverschluß nicht öffnen zu dürfen. Wie dann die Klasse lachte und der Lehrer errötete und sagte: Ich bin Kavalier. Und Du sagtest: Dann ging ja meine Rechnung auf. Genau so erzähltest Du es mir, ich hab 'n gutes Gedächtnis, auch wenn ich jetzt die vierte Flasche öffne. Wir unterhielten uns über Musik, die einzige Kunstart, bei der ich ein bißchen mitreden konnte. Du hast das schnell rausgefunden und die Themen Literatur und Malerei wieder fallen lassen. Du wolltest es mir ersparen, Dir etwas vorzuflunkern oder mich zu blamieren, Du kannst sehr taktvoll sein. Und wir wurden vertrauter im Gespräch. Vielleicht war das für Dich eine Selbstverständlichkeit. Für mich nicht. Ich war solche Gespräche nicht gewöhnt. Ich hatte mich nie mit einer Frau in dieser Weise unterhalten können. Und Du warst in dieser Stunde eine Frau und kein Mädchen mehr. Und als es Zeit war, die Wäsche zu holen, fragtest Du mich, ob ich nun keinen Hunger mehr hätte und ob ich für meine Kameraden wieder Brötchen mitnehmen wolle. Da sagte ich die Wahrheit. Ich wollte Dich nicht nochmal belügen, vielleicht nur, weil Du so schön bist und weil ich vor Schönheit so etwas wie Ehrfurcht empfinde. Vielleicht auch, weil Du gut zu mir warst und einen knapp siebzehnjährigen Burschen für voll nahmst, obwohl er nur Rekrut war. Vielleicht bildete ich mir das mit dem Gut-Sein nur ein, vielleicht war das Deine Art, mit jungen Leuten umzugehen – Belüg dich nicht, Teichmann, lüg jetzt nicht. Ist alles verlogen, was du dir an Gründen nachträglich einredest. Du wolltest *es sagen und hattest dabei einen kleinen Funken Hoffnung – Darin bestand deine Gemeinheit, Teichmann, du – Spül's runter. Weg damit und erledigt. – Ich sagte Dir, nicht weil mich der Film interessiert hatte oder weil ich sie meinen Kameraden mitbringen wollte, hätte ich die Brötchen nicht gegessen, sondern weil ich während des ganzen Films Dich angesehen hatte. Das war die Wahrheit. Als ich sie gesagt hatte, wußte ich, daß ich sie nie hätte sagen dürfen, und Du mußtest das gemerkt haben. Aber Du zogst nur die Brauen hoch, diese verdammt schönen Bögen über Deinen Augen, und sagtest im gleichgültigsten Ton von der Welt, mit einer Gelassenheit, der ich fassungslos gegenüberstand und an der jedes meiner Worte abgeprallt wäre wie ein Kieselstein an einer Mauer: wir gehen. Und zur Bedienung: der Herr wünscht zu zahlen. – Ich bezahlte. – Vielleicht hatten meine Augen mehr gesagt als mein Mund. Das fiel mir auf dem Heimweg ein, als es zu spät war. Ich zog den Leiterwagen. Du gingst auf dem linken Gehweg. Zwischen uns Autos und Menschen. Du gingst schnell. Wenn ich an Kreuzungen aufgehalten wurde, mußte ich mich beeilen, um Dich einzuholen. Später ließ ich Dich absichtlich etwas vorausgehen. Du wandtest Dich nicht ein einziges Mal nach dem Leiterwagen um. Betrunkene kamen aus einer Wirtschaft und gafften Dich an. Mehr taten sie nicht. Ich hätte viel drum gegeben, wenn einer Dich angesprochen oder Dich angerempelt hätte. Ich hätte dann auf ihn einschlagen können. Ich hätte ihn fürchterlich zugerichtet. Ich hätte ihn totgeschlagen, wenn Du es ge-*

wünscht hättest. Vielleicht hättest Du dann Danke sagen müssen. Aber keiner der Betrunkenen rührte Dich an, sie schauten Dir nur nach, wie ich, nur daß ich nüchtern war. Auf dem Dänholm benutztest Du den schmalen Weg, das war eine Abkürzung für Dich. Ich mußte den Fahrweg gehen. Damit ich gleichzeitig mit Dir an Deiner Wohnung ankam, lief ich und tat so, als ob mir das Laufen mit dem Leiterwagen Spaß mache. Wir kamen am Kasernenhof vorbei. Um mich nicht ansehen zu müssen, schautest Du nach rechts, und als Du um die Ecke gingst, erschrakst Du vor einem Soldaten, der plötzlich vor Dir stand und über den Kasernenhof brüllte: Ich habe meine Braut vernachlässigt, weil ich sie nicht gereinigt habe. – Es war mein Kamerad Vorhölzer. Er gab gerade eine Solovorstellung. Er marschierte im Paradeschritt mit geschultertem Gewehr um den Kasernenhof, hinter ihm ging ein Unteroffizier, und nach jedem zehnten Schritt stand Vorhölzer still und sagte seinen Spruch her. Der Unteroffizier sorgte dafür, daß er ihn laut genug sagte. Von den Fenstern der Kaserne zogen sich die Soldaten zurück, wenn Vorhölzer vorbeikam, keinem war zum Lachen zumute. Da tatest Du so, als ob Du lachen müßtest. Es war das erste Mal, daß ich sah, wie Dir etwas nicht ganz gelang. Als anderntags der K-Chef diesen Unteroffizier auf der Schreibstube ins Gebet nahm, war das draußen auf dem Flur zu hören, und jeder von der Kompanie wußte, wem der Unteroffizier diesen Anschiß zu verdanken hatte. – Du gingst ins Haus und batest den Hausmeister, die Wäsche raufzutragen. Ich stellte den Leiterwagen ein und gab dem Hausmeister das Rausgeld, das von den zwanzig Mark übriggeblieben war, und legte von meinem Geld so viel bei, wie ich mit Deinem Geld für mich bezahlt hatte, die Kuchenmarken konnte ich Dir nicht ersetzen. Ich dachte, damit sei die Angelegenheit zwischen uns erledigt. Aber es kam anders. Zweimal befahl mir der K-Chef, Dich und Deine Freundin nach Hiddensee zu segeln, weil der Wind für Sonntagssegler in dieser Jahreszeit schon zu stürmisch war. Immerhin zeigte mir dieser Befehl, daß Du Dich nicht über mich beschwert hattest, und ich hoffte, daß Deine Reaktion auf mein ungeschick-

tes – ich will nichts beschönigen: mein unerlaubtes Benehmen einer Laune von Dir entsprang. Zweimal hatte ich Dir Dein Boot aufgetakelt und seeklar gemacht. Beide Male schicktest Du mich zurück. Aber Sie können hier auf uns warten, fügtest Du jedesmal hinzu. Ich wartete draußen an den Molenköpfen, bis ihr zurückkamt, und fuhr dann mit dem Motorboot raus und schleppte Dein Boot ein. Es war nicht meine Schuld, daß Du mich beim dritten Mal mitnehmen mußtest, weil Dein Mann im Bootshafen war, um euch zu verabschieden. Deine Freundin wollte einige Tage auf Hiddensee verbringen, und ich dachte, Du würdest ihr dabei Gesellschaft leisten. Ich habe auf der Hinfahrt kein Wort gesprochen. Deine Freundin, die Frau des Hafenkommandanten, die Grund hatte, sich nicht mit mir zu unterhalten, versuchte öfter, auch mich ins Gespräch einzubeziehen. Du hast es großartig fertiggebracht, dies zu vereiteln. Du mußt zugeben, daß ich es Dir nicht schwer gemacht habe. In Hiddensee sagtest Du: warten Sie. Ich war überrascht, denn ich glaubte, Du würdest bei Deiner Freundin auf der Insel bleiben. Vier Stunden später kamst Du zurück, stiegst ins Boot und sagtest: ablegen. Wir waren zum erstenmal nach jener Szene im Café allein. Ich wollte mich bei Dir entschuldigen, ich wollte Dich bitten, zu vergessen, was ich getan habe, und als ich sagte: gnädige Frau – unterbrachst Du mich: haben Sie mir in Ihrer Eigenschaft als Bootssteuerer etwas zu sagen? Ich sagte: nein. Du sagtest: dann halten Sie Ihren Mund. Sie haben den dienstlichen Befehl, mich nach Hiddensee zu segeln und wieder zurück. Sie haben keinen Befehl, mich zu unterhalten. Genau das sagtest Du. – Auf der Höhe von Prohn fuhr ich eine Halse. Es hatte aufgebrist, ich gebe zu, es wurde eine harte Halse, das Boot ging ruckartig von Steuerbordbug auf Backbordbug. Du verlorst das Gleichgewicht und wärst vielleicht – ich will das nicht todsicher behaupten – ins Wasser gefallen. Jedenfalls hatte ich berechtigten Grund, Dich zu halten. Ich wollte dabei Deine Brust nicht berühren. Wenn Sie mich nochmal anfassen, melde ich Sie Ihrem Kompaniechef. – Damals hätte nicht viel gefehlt und ich hätte Dich über Bord geworfen. Du fühltest das und hat-

test wohl zum erstenmal vor mir Angst. Im selben Augenblick wußte ich auch, daß Du Dir und mir dieses Angstgefühl, das ich Dir einjagte, nicht vergessen würdest. – Wir hätten nichts mehr miteinander zu tun gehabt, wenn mir der K-Chef nicht wieder befohlen hätte, Wäsche in die Stadt zu bringen, ich wisse ja, wo die Wäscherei sei, sagte er. Als ich vor Deiner Tür stand, zeigtest Du Dich nicht überrascht, daß ausgerechnet ich es war, der die Wäsche in die Stadt bringen sollte. Und das war der einzige Regiefehler in Deinem so glänzend abgekarteten Spiel. Ich hatte nun die Gewißheit, daß Du mich namentlich bei Deinem Mann angefordert hattest. Ich sah Dein Schlafzimmer, und, was noch schlimmer war, ich sah Dein Badezimmer. Du ließest mich die schmutzige Wäsche in einen Leinensack tun, Deine schmutzige Wäsche. Als Dir ein Träger von der Schulter rutschte, langtest Du in den Ausschnitt Deines Kleides und schobst ihn wieder über die Schulter. Früher hättest Du Dich dazu umgedreht. Du kannst sehr taktvoll sein, Du hast Dich umgedreht, als bei meinem ersten Ausgang der wachhabende Unteroffizier mich anschnauzte. Du hattest damals mehr getan als Dich nur umgedreht. Jetzt kokettiertest Du vor mir mit Deiner Schamlosigkeit. Aber das war noch nicht alles. Während ich im Badezimmer die Wäsche in den Sack tat, gingst Du ins Schlafzimmer, und dann kamst Du im Morgenrock zurück und warfst mir die Wäsche hin, die Du eben noch auf Deiner Haut getragen hattest. Dann gingst Du aus dem Badezimmer, damit ich Zeit hatte ... Und was nun noch kam, war nichts Neues, war eigentlich gar nichts Neues, eine Variation des alten Themas. Ich komme mir nachträglich lächerlich vor, darauf reingefallen zu sein. Vielleicht ist mein Alter eine Entschuldigung – Muß noch trinken vorher, Du gestattest, sonst krieg ich nicht mehr alles zusammen. Ich darf nicht so viel denken, mich entschuldigen, sie entschuldigen, sie, diese gottverdammte Hexe, die nur äußerlich keine ist – Wenn ich die Flasche leer hab, geht's vielleicht besser. Geht dann bestimmt besser. Und so ganz langsam werd ich Dich jetzt hassen, Du schönes Dreckstück. Der Pullover muß zum Teufel und die Schuhe auch. Fort mit dem Zeug. Ich mach jetzt reinen Tisch, verstanden. Für immer und ewig reinen Tisch. Und ich fall nie mehr auf Deine hübsche Visage rein. Und wenn Du sie noch so reizvoll verziehst. So wie Du sie verzogen hast am Tag vor Deinem Geburtstag, als Du plötzlich wieder freundlich zu mir warst. Und weil Du freundlich warst, habe ich gedacht, Deine Rache sei jetzt gestillt und Du würdest vergessen, was zwischen uns vorgefallen war. Vielleicht, dachte ich, tatest Du es, weil ich alle Deine Unverschämtheiten schweigend hingenommen hatte. Daß dies alles Theater von Dir war, konnte ich nicht wissen. Ich habe es nicht für Theater angesehen, ich habe es ernst genommen. Sonst hätte ich mich eher krank gemeldet, als daß ich nach Hiddensee mitgefahren wäre. Am Vormittag nahm mich der K-Chef im Motorboot mit nach Hiddensee. Wir suchten die Zeltplätze aus und steckten sie ab, dort wo dichtes weiches Gras war. Dein Zelt sollte am Rand des Föhrenwäldchens aufgeschlagen werden. Beim Rauschen der Zweige schlafen die Damen vielleicht besser, was? sagte der K-Chef zu mir. Vielleicht bekommen sie auch Angst, sagte ich. Meine Frau bestimmt nicht, und die andere ist auch ne Seemannsfrau, sagte der K-Chef. Dann schlafen die Damen auch nicht besser, wenn die Bäume rauschen, Herr Kaleu. – Woher wollen Sie das wissen? – Wenn die Damen keine Angst haben, haben sie auch keinen Sinn für Romantik. – Meiner Frau ist Romantik ziemlich schnuppe, glaub ich, hab nie was Derartiges an ihr bemerkt. Insofern könnten Sie recht haben. Scheinen sich bei Frauen auszukennen. Nun ist mir klar, warum meine Frau immer mit Ihnen segeln will, haha. – Dann fuhren wir nach dem Dänholm zurück. – Der K-Chef befahl mir, die Yacht aufzutakeln und nach dem Mittagessen ein Übungssegeln durchzuführen, damit nachher alles klappt. Um drei Uhr nachmittags beendete ich das Übungssegeln. Auf vier Uhr war die Einschiffung festgesetzt. Als Du an Bord kamst, begrüßtest Du jeden der Mannschaft und gabst ihnen die Hand. Ich machte mir währenddessen am Großfall zu schaffen, auch ich kann taktvoll sein, dachte ich. Du kamst zu mir her, strecktest mir die Hand hin und sagtest: von mir nehmen Sie wohl überhaupt keine Notiz mehr? Du sagtest das so freundlich, daß es wie ein Scherz klang. Kurz vor dem Ablegen sagtest Du zu Deinem Mann: 's ist doch wärmer, als ich dachte, ich möchte meinen Pullover nicht mitnehmen, meine Straßenschuhe brauchen auch nicht mit, ich zieh gleich Segelschuhe an, für Hiddensee tun's die. Dann gingst Du unter Deck. Mit Pullover und Schuhen im Arm kamst Du zurück: der Lange da soll die Sachen wegbringen, der kann schnell laufen, sogar mit nem Leiterwagen, nicht wahr, Herr Teichmann. Dein Mann sagte: gut, bringen Sie die Sachen ins Bootshaus, beeilen Sie sich aber. Und als ich weglaufen wollte, kamst Du ganz dicht zu mir her und sagtest mit Deinem verführerischsten Lächeln: bitte, tragen Sie die Sachen in meine Wohnung. Ich will nicht, daß sie im Bootshaus liegen, das ist nicht gut für Ihre Kameraden, die da aus- und eingehen. Sie brauchen sich nicht zu beeilen, wir warten so lange. – Das Bootshaus liegt einhundert Meter, Deine Wohnung etwa achthundert Meter vom Pier entfernt. Je länger ich lief, um so klarer wurde mir, daß Du mich zum Narren hieltst. Ich lief langsamer. Zuletzt ging ich. Ich kam an der Kaserne der Ersten vorbei. Ich stieg die Treppen in den zweiten Stock hoch, ich wußte, daß man von dort einen freien Blick auf die See hatte. Die Yacht schwamm ziemlich weit draußen. Man mußte sich mit dem Ablegen beeilt haben. Vermutlich wußte Dein Mann gar nicht, daß ein Mitglied der Besatzung fehlte. Er konnte es nicht wissen, wenn Du es ihm nicht gesagt hast. Er war unter Deck, als ich weglief. – Das ist alles. Nicht viel, nichts Besonderes, Albernheiten, im Grunde alles Albernheiten. Aber Albernheiten, die verflucht wehtun können. So, daß man einen Augenblick lang glaubt, sie nicht ertragen zu können. – Man kann alles ertragen, Teichmann, alles, und auch das, und du bist 'n sentimentaler wehleidiger Tropf, und wenn du getrunken hast, biste auch noch geschwätzig wie 'n altes Waschweib. Häng dich auf. Mach ich aber nicht, Hexe. Deine Rechnung ging auf. Bei meiner blieb 'n Rest. Mit siebzehn rechnet man noch nicht fehlerfrei. Aber ich mach jetzt nen Strich unter die Rechnung, das kann man auch mit siebzehn. Ich werd nochmal was trinken vorher – So, und nun nimm zur Kenntnis, daß ich Dich hasse. Das kann man auch mit siebzehn. Ich bin nicht betrunken. Komm nachher nicht und sag, ich sei betrunken gewesen. Ich bin nicht betrunken, nimm das gefälligst zur Kenntnis. Ich kann sogar noch rechnen, ich bin siebzehn, Du bist heut einundzwanzig geworden. Wenn Du zwanzig bist, bin ich vierundzwanzig – nein. Wenn ich zwanzig bin, bist Du vierundzwanzig. Und wenn ich vierundzwanzig bin, bist Du achtundzwanzig. Nimm das zur Kenntnis. Und wenn ich achtundzwanzig bin, bist Du zweiunddreißig und ein alter ausrangierter Schlitten. Ich hab euren Schichtwechsel genau beobachtet. Ihr solltet in den Nächten kein Licht machen, auch nicht für kurze Zeit, wenn ihr einer Kaserne mit jungen Soldaten gegenüber wohnt. Und vorher macht ihr die Fenster zu – so viel Zeit laßt ihr euch gerade noch. Hochanständig. Ihr habt so ne verdammt leichte Art, das Leben zu leben und so zu tun, als ob der liebe Gott eueren Beischlaf segnet. Alles klappt bei euch, es kommen keine Kinder, wenn keine kommen sollen, und wenn ihr mal 'n bißchen nachhelfen müßt, dann seid ihr gesund und skrupellos genug, daß es euch garnichts ausmacht. Ich kenne Euer Badezimmer – Und Du bleibst dabei sogar noch schön. Jawohl, schön bist Du. Aber mehr bist du nicht. Sonst kann ich nichts an Dir finden, gar nichts – 's reicht schon so für dich, Teichmann. Du hast noch nie eine gehabt, das ist der ganze Witz. Und Du, Hexe, hast das wohl gemerkt, he? Dafür kannst Du nicht so viel trinken wie ich. Nicht halb so viel kannst Du trinken wie ich. Und glaub später ja nicht, ich sei betrunken gewesen. Ich weiß genau, was ich tue. Ich nehm jetzt Deinen Pullover und Deine Schuhe und leg den Pullover ausgebreitet vor Deine Haustür und Deine Schuhe steck ich in den Pullover genau dorthin, wo sonst Deine Brüste sind, und mein einziger Wunsch ist, daß morgen möglichst viele Männer an Deiner Haustür vorbeigehen und daß Du morgen abend den Pullover und die Schuhe noch so antriffst, wie ich sie nun hinlege. Ich leg sie so hin, damit du siehst, daß ich nicht betrunken bin und mir was dabei gedacht hab – Und in dieser Nacht schlaf ich wie 'n Sack, verlaß Dich drauf –

Sie fuhren den gleichen Weg zurück, den sie gekommen waren. Die halbe 2. Kompanie war auf Minensuch- und Räumboote abkommandiert worden. Der 1. Zug der Kompanie war geschlossen zur 52. Minensuchflottille kommandiert worden, Flottillenchef: Korvettenkapitän Wegener. Einschiffungsort: Hamburg.
Teichmann, Stollenberg, Heyne, Bülow, Vorhölzer und Vögele saßen zusammen in einem Abteil der Dritten Klasse. Vögele hatte dem 3. Zug der Kompanie angehört, er war Schwabe und hatte unter seinem Namen zu leiden.
Gesprochen wurde nichts. Sie dösten vor sich hin und waren mit der Verdauung des Alkohols beschäftigt, den sie bei der Abschiedsfeier in großen Mengen zu sich genommen hatten. Als es ihnen zu eng wurde, beförderten sie den kleinen Vögele ins Gepäcknetz. Aber diese Luftveränderung bekam ihm nicht. Kaum war er oben, rief er »Obacht« und ließ seinen Mageninhalt Bülow in den Nacken fallen.
»Du Schwein«, brüllte Bülow, dem die Brühe den Rükken runterlief.
»I han doch Obacht g'schrie«, sagte Vögele, »i hans halt nemme halte kenne.«
»Wenn man nicht saufen kann, soll man's bleiben lassen«, sagte Bülow.
»I ka scho saufe, nur net so gut kotze wie du«, sagte Vögele.
»Halts Maul, du Schrumpfgermane«, schrie Bülow.
»I halt mei Gosch, wenns mir paßt und net dir, und en Schrumpfgermane bin i fei net, i bin aus Böblinge. Und im ibrige kannscht du mie kreuzweis –«
Vögele flog aus seinem Hochsitz und landete draußen im Gang auf den aufgestapelten Seesäcken. Sonst tat ihm Bülow nichts. Bald danach hörten sie Vögele schnarchen. Bülow mußte sich umziehen. Ein schauderhafter Gestank verbreitete sich im Abteil. –
Sie kamen alle in Professor Heynes Villa unter.
»Den offiziellen Teil der Weihnachtsfeier müßt ihr in Gottes Namen über euch ergehen lassen«, sagte Heyne, »ich

kann's nicht ändern, hab lang genug quasseln müssen, um vom Kirchgang freizukommen.«
»Wir werden's mannhaft tragen«, sagte Bülow. »Isch scho recht«, sagte Vögele. »Immer noch besser als Reichsheinis Sonnwendfeiern«, sagte Vorhölzer, »so kriegen wir wenigstens keine kalten Füße.«
Als sie das große Zimmer im ersten Stock betraten, waren dort Heynes Verwandte versammelt und warteten auf die Bescherung. Teichmann und Stollenberg begrüßten Familie Diebold, die mit ihrer Tochter da war.
Die Gesellschaft unterhielt sich lautlos, auch die jüngeren Damen. Die älteren Damen sahen in sich gekehrt aus, und man hatte den Eindruck, daß sie sich dürftiger kleideten, als sie es nötig hatten.
Es dauerte eine Weile, bis sich die Schiebetür zum Bescherungszimmer öffnete. Ohne die neugierigen Fragen der Kinder wäre das Warten peinlich geworden. Ein älterer Herr, der einen Vollbart trug, kam auf den Gedanken, ein Lied zu singen. Sie sangen ›O du fröhliche‹, aber es klang nicht sehr fröhlich, es hörte sich mehr wie ein Trauergesang an. Der alte Mann, der das Lied anstimmte, begann zu tief, die kleinen Kinder konnten in dieser Tonlage nicht singen und wurden verlegen. Auch bei den Größeren haperte es bald, sie konnten die Texte nicht. Nur Vögele versuchte alle Strophen mitzusingen, er sang den Text auf schwäbisch und die Melodie so falsch, daß ihm Heyne zuflüsterte: »Mit *dem* Gesang kommst du nicht in 'n Himmel.« Aber Vögele sang weiter. »Mensch«, sagte Bülow und versetzte ihm einen sanften Rippenstoß. Vögele ließ sich nicht beirren und sang weiter, lauter als vorher, aber um keinen Ton richtiger. Erst als ihm Bülow einen Stoß gab, daß er beinahe umgefallen wäre, stellte er seinen Gesang ein, das Lied war sowieso gleich zu Ende, Vögele aber war tief gekränkt.
Die Schiebetür öffnete sich, und der Professor forderte mit blassem Lächeln zum Eintritt auf. Das Licht im Eßzimmer ging aus. Im Bescherungszimmer sah man einen Weihnachtsbaum mit elektrischen Kerzen. Links und rechts vom Baum waren Gabentische aufgestellt. In der Mitte vor

dem Baum stand der General a. D. Heyne, Professor Heynes ältester Bruder, in einem schlecht sitzenden schwarzen Anzug, der den von Natur aus kleinen Mann noch unansehnlicher machte. In den Händen hielt er eine dicke alte Familienbibel. Einen Schritt links hinter ihm hatte seine unverheiratete Schwester Luise Aufstellung genommen. Ihr Gesicht besaß partienweise, besonders um den Mund herum, starke Ähnlichkeit mit dem Moltkes.

Alle sangen ›Stille Nacht‹. Nur der General sang nicht mit. Er preßte seine dünnen Lippen aufeinander, als ob er dauernd den Schluckauf habe.

Der General schlug ruckartig die Bibel auf, klemmte sein Einglas, das an einem dünnen Schnürchen hing, ins rechte Auge und begann in militärisch-knappem Tonfall das Weihnachtsevangelium zu lesen, wobei er an Stellen, die ihm wichtig schienen, seiner Stimme einen pastoralen Klang gab.

»... und alsbald war bei dem Engel die Menge der himmlischen Heerscharen, die lobten Gott und sprachen: Ehre sei Gott in der Höhe und Frieden auf Erden und den Menschen ein Wohlgefallen. Amen«, sagte der General und klappte die Bibel zu.

Dann wurde ›Ehre sei Gott in der Höhe und Frieden auf Erden‹ gesungen.

»Die Bescherung, bitte«, sagte der General zu seiner Schwester. Luise nickte und übernahm die Bescherung. Die Kinder kamen zuerst dran. Sie erhielten Bleisoldaten, Helme, Säbel und Gewehre, und, wenn sie schon lesen konnten, Kriegsbücher. Die Kinder waren hochbeglückt, ihre Eltern auch. Als ein kleiner Junge ungeschickt mit seinem Gewehr umging, ließ es sich der General nicht nehmen, dem Jungen die richtige Gewehrlage beizubringen. »Nein, kleiner Mann, so geht das nicht. Sieh her: den Kolben an die Schulter pressen, richtig einziehen, hier die rechte Hand hin und weiter vorn die linke, so, und jetzt über Kimme und Korn zielen, beides in Deckung bringen und dann abdrücken.«

Das Kind tat, wie ihm geheißen wurde, und sagte: »Dankeschön, Onkel.«

»Danke genügt, mein Junge.«
»Danke, Onkel.«
»Bitte. Und wenn du sonst noch Fragen hast, komm ruhig zu mir.«
Das Kind hatte nun keine Fragen mehr. Aber zwei andere Kinder stritten sich über das Problem, wohin man beim Gegner zielen müsse. Der General kam zu ihnen und klärte sie auf: »Nein, auf den Kopf zielt man nicht. Man zielt auf die Brust oder den Bauch.«
»Aber dann ist er doch nicht gleich tot?«
»Das macht nichts. Aber er ist kampfunfähig.«
»Ja«, sagte das größere der beiden Kinder.
»›Jawohl‹ heißt das«, sagte der General.
»Jawohl«, sagte das Kind.
»Nein, nicht ›jawooohl‹, sondern ›jawolll‹«, sagte der General. Das Kind war ganz benommen und dann fing es plötzlich zu weinen an.
Der General war entsetzt: »Aber wer wird denn gleich weinen?«
Das Kind faßte das als Aufforderung auf und weinte erst recht los. Der General wußte nicht, was er machen sollte. Er ließ das Kind stehen. Da kam dem älteren der beiden Kinder, das bisher schweigend zugehört hatte, ein Gedanke. Es fühlte vielleicht, daß der Onkel für seine Bemühungen eine Entschädigung verdiente und nicht Tränen, und so lief es dem General nach, hielt ihm seine winzige Hand hin und sagte: »Frohe Weihnachten.« Der General war verdutzt. Dann lachte er und sagte: »Natürlich, natürlich, mein Junge.«
Die Lichter des Baums wurden abgeschaltet, die Herren sprachen von ihren Geschäften und die Frauen über die Kleider der Kinder, und allgemein wurde festgestellt, daß man in einer schweren Zeit lebe. Einige Herren hegten die schwache Hoffnung, daß dies das letzte Kriegsweihnachten sei. »Will's Gott«, sagten die Damen. Der General sagte, er hoffe, daß es zu keiner militärischen Auseinandersetzung größeren Stils mit dem Westen komme, sonst müßten zigtausende braver deutscher Soldaten ins Gras beißen. »Wir leben im Zeitalter der Technik, die persönliche Tap-

ferkeit ist leider nicht mehr allein ausschlaggebend«, sagte er und zog die Mundwinkel nach unten. Dann erzählte er von der Maginot-Linie. »Der Führer wird schon wissen, was er tut, bis jetzt hat er alles richtig gemacht«, sagte ein Herr im Konfirmandenanzug. »Geb's Gott«, sagte eine Dame aus dem Hintergrund. »Ich hoffe, daß die Führung alles sorgfältig prüft, bevor sie handelt, man darf den Bogen nicht überspannen«, sagte der General. »Wir wollen's Gott anheimstellen, Wilhelm«, sagte seine Schwester Luise. Der Name Gottes lief ihnen wie geschmiert über die Lippen: »So Gott will, gibt's einen milden Winter.« – »Gott mag wissen, was sich die Engländer dachten, als sie uns den Krieg erklärten.« – »Gott vergelt's«, als Stollenberg einer Dame die Handtasche aufhob. »Gott wird uns stets weiterhelfen«, sagten sie.
Ein Zwischenfall ereignete sich, als Teichmann seine Weihnachtsgeschenke umtauschen wollte. Sie hatten eine Flasche Kognak und drei Schachteln Zigaretten bekommen und ein in Leder gebundenes Buch, das leere Seiten hatte und auf dem vorn drauf stand ›Mein Tagebuch‹. Teichmann nahm Vögele beiseite und unterbreitete ihm den Vorschlag, er, Vögele, brauche ihm nur sein Fläschchen Kognak und die Zigaretten zu geben, dafür erhalte er Teichmanns Tagebuch. »So blöd misst i sei«, sagte Vögele und tippte mit dem Zeigefinger gegen seine Stirn. Bülow kam hinzu, und Teichmann wiederholte sein Angebot mit dem Unterschied, daß er von Bülow den Kognak *oder* die Zigaretten wollte. »Du bist ja vom Aff gebissen. So blöd ist ja nicht mal der Vögele«, sagte Bülow. »Du bischt ein saudummes Rindvieh, Bülow«, sagte Vögele wütend und ziemlich laut. Bülow lachte schallend, Fräulein Luise Heyne wechselte ihre Gesichtsfarbe, ging zu ihrem Neffen Gerd und redete heftig auf ihn ein. Daraufhin ging Heyne zu Vögele und brachte ihm schonend bei, er möge sich auf sein Zimmer zurückziehen, seine Tante Luise bestehe leider darauf, andernfalls wolle sie den Vorfall dem General melden.
»Hat se ›melden‹ gesagt?«
»Ja, so hat sie sich ausgedrückt.«

»Dann gang i halt, wege mir braucht se koi Meldung mache.«
Heyne versprach, ihm bald etwas zum Trinken raufzubringen. »Wenn Vögele geht, geh ich auch«, sagte Bülow, und beide gingen gemeinsam nach oben. Eine halbe Stunde später folgten ihre Kameraden.

Müde und verkatert trotteten sie auf der Pier hin und her und ließen sich einregnen. Weit und breit war nichts, wo sie sich unterstellen konnten. Mit ihnen warteten die vierzig Mann des ehemaligen 1. Zugs der 2. Kompanie. Ein Verwaltungsoffizier hatte ihnen gesagt, die Flottille befinde sich auf dem Marsch von Bremerhaven nach Hamburg, etwa um zehn Uhr würden die Boote in Hamburg eintreffen.
Abends liefen sie ein. Es waren neun umgebaute Fischdampfer. Als sechstes Boot machte der Albatros fest.
Auf jedes Boot kamen fünf Mann. Teichmann, Stollenberg, Heyne, Bülow und Vögele kamen auf den Albatros. Veranlaßt hatte das der Steuermann, der jetzt IIWO und Obersteuermann war und glaubte, mit dieser Kommandierung den früheren Albatrosfahrern einen Gefallen zu erweisen.
Als sie an Deck gingen, wurden sie gebührend empfangen. »Da kommen unsere künftigen Admiräle«, schrie Pitt. »Euch Scherenschleifer werden wir so lang hinten reintreten, bis euch die Brüh vorn rausläuft«, schrie Osterbuhr. Er trug jetzt ein künstliches Gebiß, das ein wenig klapperte, wenn er seinen Mund öffnete, sein Unterkiefer besaß nicht mehr seine ursprüngliche Form, und auch sonst hatte sich Osterbuhr nicht zu seinem Vorteil verändert. »Wo ist mein Geld?« schrie Löbbermann. »Komm bloß ins Deck runter, du krummer Hund, du kannst deine Großmutter melken, aber nicht mich«, brüllte Stüwe, und Heyne wurde bleich.
»Is ja 'n feiner Verein«, sagte Bülow.
»Wird wohl nachher zu ner Schlacht kommen«, sagte Teichmann.
»Was isch däs?«

»Wirst du bald merken, Vögele.«
Sie stellten ihre Seesäcke an Deck und gingen nach achtern zur Meldung beim Kommandanten. Der Kommandant war ein Leutnant zur See namens Wagner. Der IWO hieß Pauli, war Leutnant zur See, aber Reservist. Der Kommandant schüttelte jedem die Hand und sagte, sie sollten sich ranhalten. Was er damit meinte, war nicht ganz klar.
Im Seemannsdeck gab's viele neue Gesichter, Signalgasten, Funker, Steuermannsgasten, alles junge Leute zwischen achtzehn und fünfundzwanzig. Sie hatten ihre Kojen auf der Backbordseite, wo auch die fünf Neuen sich einrichteten, nachdem sie Ölzeug und Schwimmwesten empfangen hatten. Die Stammbesatzung schlief auf der Steuerbordseite, Deckältester war immer noch Pitt.
Die Besatzung mußte an Oberdeck antreten und vom IWO hören, daß der Kommandant zum Oberleutnant zur See und der Stabsobermaschinist zum Leutnant (Ing) befördert worden waren. Als der Kommandant von achtern nach vorn kam, machte der IWO Meldung und beglückwünschte ihn im Namen der Besatzung. Der Kommandant dankte, auch für den frischgebackenen Leutnant (Ing), der bereits blau war. Der Kommandant spendierte den Seeleuten drei Kasten Bier, den Kasten zu zweiundsechzig Flaschen, die Heizer bekamen zwei Kasten.
»Wir kommen aus 'm Suff nicht mehr raus«, sagte Bülow, als sie wieder ins Deck runterstiegen. »Trinkt mäßig, Kameraden«, sagte Stollenberg. Heyne meinte, ob es nicht klüger sei, den Abend an Land zu verbringen. Vor Schlägereien hatte er immer noch einen Heidenrespekt. Er gab sich Mühe, seine Angst nicht zu zeigen, aber sie schaute ihm aus den Augen raus, und dabei war er körperlich ganz gut gebaut, nur konnte er seine angeborene Scheu, sich ins Gesicht schlagen zu lassen, nicht überwinden, auch die Hochseefischerei hatte ihm das nicht abgewöhnen können. Er bildete sich ein, sein Kopf sei aus Glas und würde bei der geringsten Berührung kaputt gehen, und so schlug er erst zu, wenn die anderen die Hauptarbeit geleistet hatten.
»Ist Ehrensache, daß wir hierbleiben«, sagte Stollenberg,

»schließlich haben wir sie um runde fünfhundert Mark geneppt.«

»Kam nur Dora zugute«, sagte Heyne und schaute Teichmann an. Der tat, als ob ihn die ganze Angelegenheit nichts angehe, und schlug mit aufreizender Ruhe am Tellerrand sein zweites Ei auf, strich sich einen Berg gesalzene dänische Butter aufs Brot und legte einen Happen Schinken darüber.

Pitt teilte Bülow und Vögele zur Backschaft ein.

»Geht in Ordnung, aber ihr bedient nur die Backbordback«, sagte Teichmann.

»Nein, die bedienen auch die Steuerbordback«, sagte Pitt.

»Und ich sag, wer von uns Backschaft macht, bedient auch nur unsere Back«, sagte Teichmann.

»Dieser adlige Schnösel ist wohl zu fein, unser Geschirr zu waschen, was?« schrie Pitt.

Teichmann dachte, so früh hätte es eigentlich nicht loszugehen brauchen, und steckte seine Armbanduhr in die Hosentasche. Während er das tat, klatschte es. Pitt stand wie ein begossener Pudel da und rieb seine linke Backe. Bülow hatte ihm eine runtergehauen.

Die Ohrfeige hatte einen herrlichen Klang gehabt, und gegen sie war an und für sich gar nichts zu sagen, nur war sie etwas völlig Neues, um zwischen Seeleuten eine Rauferei anzufangen. Pitt war einigermaßen erstaunt. So was war ihm in seiner langen Fahrenszeit noch nicht passiert. Eine Ohrfeige gehört ins Mädchenpensionat, nicht in ein Seemannsdeck, sie war eine Beleidigung für einen Seemann. Davon wußte Bülow nichts. Auch nicht, daß man seinen Gegner möglichst schnell kampfunfähig machen mußte, wenn man nicht selber kampfunfähig werden wollte. Pitt zeigte ihm nun, wie man so etwas macht, indem er ihm in den Unterleib trat und »Dem steht er nicht mehr« sagte. Und dann lag Pitt neben Bülow. Teichmanns Seestiefel waren ihm sehr plötzlich in den Magen gefahren, Pitt war zusammengeklappt wie die Klinge eines Taschenmessers. Die Steuerbordseite griff an. Die Seeleute der Backbordseite sprangen hoch, verhielten sich aber vorerst abwartend, keiner hatte Lust, das nächste Schlachtopfer zu werden.

Nur Vögele blieb sitzen. Er machte große Kinderaugen und starrte wie hypnotisiert auf Bülow, der sich stöhnend am Boden wälzte.
Löbbermann stürzte sich auf Stollenberg. Der ist harmlos, mit dem wird Emil allein fertig, dachte Teichmann und sah, wie Osterbuhr sein Gebiß aus dem Mund nahm. Dann mußte sich Teichmann abducken, weil ihm Stüwe eine volle Bierflasche aufs Haupt schmettern wollte. Die Flasche traf Teichmanns Rücken, genau die Wirbelsäule, und tat viehisch weh. Teichmann packte Stüwe an den Haaren, riß seinen Kopf nach unten und trat ihm mit dem Knie gegen die Kinnspitze. Stüwe lag lang.
Meckel kam auf Teichmann zu wie ein wandelnder Muskelberg, nicht schnell, aber seiner Sache sicher. Er war sich bewußt, daß er der stärkste Mann an Bord war. Er bekam Teichmanns linken Arm zu fassen und versuchte ihn aus dem Gelenk zu drehen. Teichmann mußte auf die Knie. Mit seiner rechten Faust traf er Meckel zweimal ins Gesicht. Aber nicht stark genug, Meckel zeigte keine Wirkung. Vielleicht hat's dem komischen Heini sogar gut getan, dachte Teichmann. Meckel hatte zeitweise merkwürdige Anwandlungen. Als er sich einmal mit dem kleinen schwächlichen Lauer raufte, ließ er sich von diesem versohlen, ohne sich zu wehren. Augenblicklich war aber Meckels masochistische Ader tot. Teichmann hatte das Gefühl, er wolle ihm den Arm brechen. Er konnte sich mit äußerster Mühe gerade noch auf den Knien halten. Und nun schlug Osterbuhr zu. Teichmann spürte, wie die Kante des eisernen Rings, den Osterbuhr an der linken Faust trug – er war Linkshänder –, seine Augenbraue spaltete und bis zum Knochen einschnitt. Das Blut lief ihm ins Auge und an der Nase entlang in den Mund. Er wollte instinktiv das Blut mit der Zunge ablecken, doch fiel ihm noch rechtzeitig ein, daß ihn dies seine Zungenspitze kosten würde, wenn Osterbuhr sein Kinn traf. Aus seinem rechten Auge sah er nichts mehr. Wenn er nochmal die gleiche Stelle trifft, ist mein Auge hin, sagte er sich. Er konnte nichts dagegen machen, sein Arm war wie in einen Schraubstock gespannt, Meckel drückte mit seiner ganzen Kraft. Teichmann wartete auf den näch-

sten Hieb. Osterbuhr ließ sich Zeit. Der nimmt genau Maß, dachte Teichmann, wenn bloß dieser verdammte Ring nicht wär –

Osterbuhr traf wieder. Nicht genau die gleiche Stelle, etwas tiefer, unterhalb des Auges, aber wieder mit dem Ring. Teichmann spürte, wie die Haut unter seinem rechten Auge aufplatzte und der Ring sich ins Fleisch eingrub. Die schlachten mich ab, dachte er und nahm sein Kinn an die Brust, zog den Kopf ein, machte einen Katzenbuckel, stieß sich mit den Füßen vom Boden ab, ließ sich nach vornüber rollen und bekam dadurch den linken Arm frei, Meckel war kein Schnelldenker. Im Abrollen sah Teichmann, wie Vögele auf der Steuerbordback stehend eine Bierflasche auf Osterbuhrs Schädel zertrümmerte. Bei Vögele ist anscheinend der Groschen gefallen, dachte er. Vögele sah, daß Osterbuhr genug hatte, und, immer noch auf der Back stehend, trat er Meckel ins Gesicht. »Bravo, Vögele, mach ihn fertig«, rief Teichmann, mußte sich aber dann mit Hinsch beschäftigen, der ihn angriff.

Vögele war ein kleiner tapferer Bursche, aber kein routinierter Schläger. Nachdem er Meckel den Fußtritt versetzt hatte, blieb er unschlüssig auf der Back stehen, über seine eigene Heldentat etwas erschrocken. Er glaubte wohl, Meckel sei jetzt erledigt, sozusagen tot. Aber Meckel konnte mehr ertragen als einen Fußtritt. Er packte Vögele und schleuderte ihn durch den Raum. Vögele knallte gegen die hölzerne Kojenverkleidung auf der Backbordseite.

Teichmann hatte Hinschs Kinnspitze mit zwei kurzen Haken angetippt und den groggy-geschlagenen Hinsch mit einem Schwinger umgelegt. Schmutzler, der Koch, bekam einen Handkantenschlag, und dann widmete sich Teichmann wieder Meckel. Mit dem rechten Fuß trat er, so stark er konnte, gegen Meckels Schienbein. Der schrie auf vor Schmerz und faßte mit den Händen nach seinem Schienbein. Dadurch kam sein Kopf in die Nähe der Tischkante – es war ein Zeichen für Teichmanns rationelles Arbeiten und für eine gewisse Gelassenheit, die ihn bei solchen Raufereien nie verließ, daß er sofort erkannte, was er tun mußte, um Meckel außer Gefecht zu setzen, ohne dabei

selbst ein Risiko einzugehen: blitzschnell packte er Mekkels Haarschopf und stieß seinen Kopf zweimal hart gegen die Tischkante. Meckel war sichtlich benommen. Er hob den Kopf, und ehe Teichmann ihm den Fangschlag geben konnte, stand Vögele wieder auf der Back und versetzte Meckel nochmal einen kraftvollen Fußtritt ins Gesicht. Aber Meckel war keineswegs erledigt. Er war nur etwas verwirrt. Teichmann erhielt einen Schlag auf den Magen, daß er nach Luft japsen mußte, und er sah, wie Vögele wieder durch die Gegend flog und irgendwo auf der Backbordseite landete. Dann gelang es Teichmann, bei Meckel eine Doublette anzubringen, Meckels Schwäche war seine lange Leitung. Ehe er wußte, was los war, hatte Teichmann seinem linken Konterschlag eine mit voller Wucht geschlagene Rechte nachgeschickt, die genau zwischen Kinn und Halsschlagader paßte. Meckel hatte plötzlich genug, sang- und klanglos versank er unter der Steuerbordback.
Lauer fiel Teichmann von hinten an und schlug ein paarmal mit seinen Fäustchen auf Teichmanns Kopf. Teichmanns Schädel war hart, schlimmstenfalls war ihm Lauers Klopferei lästig. Aber er brauchte nichts gegen ihn zu unternehmen, Lauer hörte von selbst auf, als ihm seine Knöchel wehtaten.
Teichmann hatte Zeit, tief Luft zu holen und die Lage zu peilen. Es war ein erfreulicher Anblick. Er sah Heyne in Aktion, was soviel bedeutete, als daß die Schlacht gewonnen war. Alle von der Backbordseite beteiligten sich jetzt an der Schlägerei. Ein Signalgast, den sie Harry riefen, schlug sehr ordentlich drein, er verstand zweifellos etwas von dieser Kunst, wie Teichmann mit Befriedigung feststellte. Auch Vögele hielt sich prächtig. Es war erstaunlich, wie schnell er sich von seinen unfreiwilligen Luftreisen erholt hatte. Er stand wieder auf der Back und hieb den Steuerbordleuten volle Bierflaschen auf die Köpfe. Als keiner mehr da war, schrie er: »Bringet se her, damit se vollens verrecke.«
Aber es kam keiner mehr. Auf dem Schlachtfeld blieb ein wildes Durcheinander von zerbrochenem Geschirr, zersplitterten Bierflaschen, Essensresten und einigen eingeschlage-

nen Zähnen zurück, dazwischen lagen ein paar Verwundete. Am schlimmsten war Meckel zugerichtet. Sein Gesicht hatte Ähnlichkeit mit rohem Hackfleisch. Aber von dieser Äußerlichkeit abgesehen, fehlte ihm nichts. Seine Augen waren intakt, und sprechen konnte er auch noch. Dagegen fehlten Löbbermanns Zähne, er hatte seine Vorderzähne eingebüßt. Das ging auf Stollenbergs Konto, in dessen Handrücken noch ein abgebrochener Schneidezahn steckte. Stollenberg zog ihn mit Heynes Nagelschere raus und überreichte ihn Löbbermann. Osterbuhr brauchte sein Gebiß nicht mehr, sein Unterkiefer hatte sich wieder verschoben, er versuchte vergeblich, seine Zähne einzusetzen. »Vielleicht kann die Qualle dein Gebiß brauchen«, sagte Heyne. »Lieber keine Zähne als dem seine«, sagte Löbbermann, »die haben mir schon zu viele Weiber in den Händen gehabt.« Seitdem ihm einmal das Gebiß im ungünstigsten Augenblick aus dem Mund gefallen war, pflegte Osterbuhr es vorher seiner Partnerin zu übergeben. Übrigens hatte er auch ein kleineres Loch im Kopf, das von Vögeles Bierflaschen herrührte. Bülow hatte große Schmerzen. Sie legten ihn auf seine Koje und machten ihm kalte Umschläge. Wenn er urinierte, kam Blut. Stollenberg fehlte so gut wie nichts, er hatte ein Blumenkohlohr und einen geschwollenen Augendeckel bekommen, und seine rechte Faust war aufgeschlagen. Schmutzler hatte seinen Gleichgewichtssinn verloren und fand ihn nur langsam wieder.

Dann stand der Obersteuermann im Seemannsdeck. Pitt meldete sich vorschriftsmäßig als Deckältester. Der Obersteuermann begründete sein Erscheinen mit der Behauptung, einer vom Heizerdeck habe ihm gemeldet, im Seemannsdeck würden sie sich gegenseitig umbringen. Das sei erstunken und erlogen, sagte Pitt, der Obersteuermann könne sich ja durch Augenschein davon überzeugen. »Es sieht nicht schön aus hier«, sagte der Obersteuermann. Das mache nichts, rein gar nichts, sagte Pitt, sie hätten hier bloß mal einige Meinungsverschiedenheiten unter sich ausgemacht. »Ich bitte Herrn Obersteuermann um den Namen des Heizers.« Zur Unterstreichung seines letzten Satzes hatte Pitt die Hände an die Hosennaht gelegt, und so stand er nun da und verlangte Auskunft von seinem Vorgesetzten und war ganz überwältigt von dem Gefühl, für seine Kameraden zu sprechen, weil er überzeugt war, daß ihnen durch den Verrat des Heizers ein großes Unrecht geschehen sei.

»Ich kenne seinen Namen nicht«, sagte der Obersteuermann.

»Wie sah er denn aus?«

Der Obersteuermann sah Pitt an, dann die Seeleute, dann schüttelte er den Kopf, wandte sich um und stieg die Treppe zum Oberdeck rauf. Mitten auf der Treppe blieb er stehen, schüttelte nochmal den Kopf und sagte lachend: »Ihr seid Kerle.«

»Was meint er damit?« sagte Pitt, als der Obersteuermann weg war.

Teichmann, Meckel und Osterbuhr gingen ins Unteroffiziersdeck und ließen sich von einem Maat verarzten, der mal an einem Schnellkurs für Sanitätswesen teilgenommen hatte. Die wenigen Kenntnisse, die er sich dort angeeignet hat, muß er inzwischen wieder vergessen haben, dachte Teichmann, als er sah, wie der Maat Meckel behandelte. Dem Maat machte die Arbeit Spaß. Als er Teichmanns gespaltene Augenbraue zusammennähte, stach er überflüssig oft zu und manchmal auch daneben, und wenn ihm das passierte, sagte er »Hoppla«. Teichmann sagte erst etwas, als er merkte, daß der Maat keinen Faden in der Nadel hatte. Die Prozedur begann von vorn, und weil der Maat ziemlich blau war, war Teichmann froh, daß die Platzwunde unterm Auge nicht genäht zu werden brauchte. Anschließend wurde das Abendessen fortgesetzt. Volle Bierflaschen waren trotz Vögeles Kampfweise noch genügend vorhanden. Das Bier war inzwischen nicht kälter geworden, aber sie stellten fest, daß ihnen warmes Bier noch nie so gut geschmeckt hatte. Osterbuhr, dem das Aus-der-Flasche-trinken seines wackeligen Unterkiefers wegen nicht recht gelang, erhielt die Erlaubnis, sein Bier aus einer Tasse zu trinken, Gläser gab es keine an Bord. Auch Meckel hatte Mühe, zu seinem Bier zu kommen. Sie hatten ihm den Kopf mit Mullbinden umwickelt und nur für den Mund eine kleine Öffnung frei gelassen. Heyne vergrößerte sie mit seiner Schere, und Meckel konnte nun ordentlich trinken. Wer verletzt war, bekam zwei Flaschen zusätzlich. Auf Meckels Vorschlag bekam Vögele wegen guter Haltung im ersten Gefecht seines Lebens drei Extra-Flaschen. Vögele war nicht scharf aufs Bier, er verzog sich bald in seine Koje. Pitt stattete Bülow einen Höflichkeitsbesuch ab und versprach, dafür zu sorgen, daß er die Nacht hindurch seine kalten Umschläge erhalte. »Mensch, am ersten Tag, an dem ich laufen kann, geh ich an Land«, sagte Bülow, »muß doch wissen, ob die Sache noch flutscht. Ihr Kerls bringt einen noch ums einzige Vergnügen, das man hat. Wär nicht auszudenken –«

»Klar haut's noch hin, wegen so ner Bagatelle hört's nicht auf«, sagte Pitt, »ich hab schon ganz andere Sachen verpaßt gekriegt. Wir gehen dann zusammen aus, ich verschaff dir schon eine, bei der's flutscht, todsicher.«

»In Ordnung«, sagte Bülow.

Pitt setzte sich wieder an seine Back. Man sah ihm an, daß ihm diese Unterredung gut getan hatte, es bot sich ihm nicht jeden Tag die Gelegenheit, ein Gespräch mit einem richtigen Grafen zu führen. Befriedigt und mit Gott und der Welt versöhnt, trank er nun sein Bier. »Hol deine Quetschkommode, Benno«, sagte er. Hinsch ging zu seinem Spind und holte sie. Er war ein wenig verlegen, als er die ersten Akkorde griff. Sie sangen den ›Hamburger Veermaster‹, ›Dreizehn Mann auf des Totenmannes Kiste‹ und einige Shanties.

Gegen Mitternacht, während sie sangen, kam der Obersteuermann und setzte sich ans Ende der Steuerbordback. Er sang nicht mit, er hörte nur zu und trank zwischendurch aus einer Flasche, die er mitgebracht hatte. Zum Schluß sangen sie ›Rolling home‹.

Nachts hörte Stollenberg ein leises Stöhnen. Er stand auf, knipste das Licht an und ging zu Bülows Koje.

»Wie tut's?«

»Scheiße.«

»Hast du gestöhnt?«

»Nein. Guck mal nach Vögele.«

Stollenberg machte Bülow einen frischen Umschlag.
»'s nächstemal rohrt's, kann ich dir flüstern. Diesem Pitt werd ich 'n Ding verpassen, daß er wochenlang wie ne schwangere Jungfrau rumläuft.«
»Das kannste aber nicht mit Ohrfeigen machen.«
»Tu ich auch nicht. Aber er soll mich nur nochmal anpflaumen, dieser Drecksack.«
»Is schon gut. Schlaf jetzt.«
»Ja, Scheiße.«
Stollenberg knipste das Licht aus und tastete sich zur nächsten Koje. »Du hast dich prima benommen, du hast allen mächtig imponiert, du hast jetzt so ne Nummer bei uns. Ich mach dir nichts vor, 's ist Tatsache, du warst großartig.«
»Mache die so was noch öfter?«
»Nein, das heißt, möglich wär's schon, vermutlich ja, aber nicht –«
»I ka so was nemme mitmache.«
»Doch, das lernst du.«
»Noi, des lern i net, möcht i auch net lerne.«
»Ich hab's auch lernen müssen.«
»I bin koi Feigling, Emil.«
»Weiß ich.«
»I han scho uf der Penne net gern boxt, aber de Ranze hab i mir auch net verhaue lasse –«
»Das ist auch nur ne Art Sport.«
»Aber beim Schport gibts Regle.«
»Hier auch. Wenn du zu Boden gehst und liegenbleibst, tut dir keiner mehr was. Bülow hat außer dem Fußtritt während der ganzen Schlägerei nichts abbekommen. Überhaupt – wenn du deine Prügel ausgeteilt oder eingesteckt hast, hört die Sache von selbst auf. Teichmann hat beim erstenmal auch nen leichten Schock gekriegt, und das will bei dem was heißen. Und Heyne hat heut noch Angst davor. Aber mit der Zeit gewöhnste dich dran, dir bleibt nur die Wahl, entweder Schläge auszuteilen oder einzustecken oder 'n Feigling zu sein. Ich weiß, Schläge auszuteilen ist schwerer, wenigstens am Anfang, weil man sich zur Rohheit zwingen muß. Mir ging's so, ich konnt früher keinem

ins Gesicht schlagen, bis ich einmal die Fresse voll bekommen habe, von da an konnt ich's, und du hast's auch schnell gelernt.«

»Ja, aber mir tut's leid, daß i den Meckel so zug'richtet han.«

»Braucht dir nicht leid zu tun, der hat dich auch nicht grad mit Glacéhandschuhen angefaßt.«

»'s tut mir trotzdem leid.«

»Das gibt sich, Vögele. Schlaf jetzt.«

»Ja.«

Sie pflügten ihr Gebiet ab wie ein Bauer Furche um Furche seines Ackers. Nur daß sie ernteten, was sie nicht gesät hatten, eine Ernte, an der sie zugrunde gehen konnten, wenn sie nicht aufpaßten. Aber auch wenn sie aufpaßten, konnten sie zugrunde gehen: es war Glückssache, wie fast alles im Krieg. Zunächst hatten sie kein Glück.

Die Boote liefen in Dwarslinie. Hinter ihnen lief das Bojenboot und markierte die geräumten Streifen mit Bojen und nahm auf dem Rückweg die Bojen wieder an Bord, um sie längs des nächsten geräumten Streifens wieder auszubringen. Der Albatros war Bojenboot, und als zwei Stunden nach Räumbeginn die erste Mine hochschwamm, kam vom Führerboot durch Winkspruch der Befehl, die Zündvorrichtung der Mine auszubauen und in unbeschädigtem Zustand an Bord zu nehmen.

Vier Mann paddelten los. Der Albatros lag gestoppt. Die Seeleute sahen den Vieren aus sicherer Entfernung zu, wie sie die Mine entschärften. Nach einer Viertelstunde wurde das Zuschauen langweilig, und die Seeleute gingen unter Deck. Teichmann goß sich den Rest des Frühstückkaffees ein und wollte noch ein paar Tropfen Büchsenmilch reintun, als sich seine Tasse nach Backbord neigte und die Milch danebenging. Eine Sekunde später vernahm er einen kurzen harten Knall und danach ein Geräusch, wie es der Strahl eines Springbrunnens macht, wenn er abgestellt wird und in sich zusammenfällt. Dann war es wieder ruhig. Der Albatros rollte von Backbord nach Steuerbord und zurück. Die Seeleute liefen nach oben.

Steuerbord querab sah die See aus, als habe ein Riese einen Findlingsblock ins Wasser geworfen. Eine Minute später sah die See genau so aus wie vorher.

Vom Führerboot kam ein Winkspruch: »C an K: Boot aussetzen und See absuchen.«

Zehn Minuten lang kreuzte das Steuerbordbeiboot des Albatros über der Detonationsstelle. Mit einer Ladung toter Fische, denen die Kiemen eingedrückt waren, kam es zurück. Teile des Schlauchboots hätten sie gesichtet, meldete Maat Becker, aber es habe sich nicht gelohnt, sie an Bord zu nehmen.

Harry Meisel, erster Signalgast des Albatros, gab ans Führerboot: »K an C: Suchaktion erfolglos abgebrochen.«

Die Fische waren dem Koch willkommen, sie gaben eine feine Beilage zum Mittagessen, jeder bekam zwei als Vorspeise, und nach dem Essen sagte Stollenberg zu Teichmann: »Ist das der Seekrieg?«

Mittags schwamm eine zweite Mine knapp fünfzig Meter vor dem Bug des Albatros auf. Das Boot passierte sie an Backbord und stoppte, als sie dreihundert Meter achteraus war. Vom Führerboot kam ein Winkspruch: «C an K: Entschärfungskommando aussetzen.«

»Nur mit Freiwilligen besetzen«, rief der Kommandant von der Brücke aufs Oberdeck runter.

Es meldeten sich die Seeleute, die sich gerade an Oberdeck aufhielten.

»Die Unteroffiziere kommen nicht in Frage«, sagte der Kommandant, »ich brauch nur vier Mann.«

»Die fünf Offizieranwärter sollen knobeln«, sagte der IWO.

Bülow gewann.

Das Reserveschlauchboot wurde zu Wasser gelassen, Teichmann, Stollenberg, Heyne und Vögele banden sich Schwimmwesten um und jumpten rein.

Die See war spiegelglatt, eine Seltenheit in dieser Jahreszeit, und es fing an zu schneien. Die Sicht wurde schlecht. Während sie ihre Augen auf die Mine gerichtet hielten und mechanisch die Paddel ins Wasser stachen und sich dabei überlegten, warum wohl die erste Mine explodiert war,

wurde das Schlauchboot hochgehoben, umgekippt und unter Wasser gedrückt. Teichmann tauchte unter dem Boot weg, erschien wieder auf der Wasseroberfläche, schnappte nach Luft und sah vor sich eine senkrecht hochsteigende Mauer aus Wasser. Er sah die kleinen Schneeflocken, die sich deutlich von der graugrünen Mauer abhoben und jetzt weiß aussahen und nicht mehr schmutziggrau wie vorher. Dann brach die Mauer zusammen und stürzte wie ein Wasserfall auf ihn nieder, drückte ihn unter Wasser und schleuderte ihn dann auf die Wasseroberfläche zurück.
Leicht benommen lag er auf dem Wasser und wunderte sich, daß das Wasser lauwarm war. Er tastete seine Kopfhaut ab, nachdem er gemerkt hatte, daß er auch ohne Schwimmbewegungen nicht unterging. Sein Schädel tat ihm weh. Es waren bohrende, kreisende Schmerzen, und es kam ihm vor, als habe ihm jemand ein Brett auf den Schädel genagelt, das er nun unbedingt wegreißen müßte. Aber er fühlte nur Haare und kein Brett, als er seine Schädeldecke abtastete. Er sah den Albatros nicht. Er schwamm einfach mal drauflos. Es ging überraschend gut. Seine Arme und Beine waren in Ordnung, nur die Seestiefel zogen seine Beine nach unten. Er legte sich auf den Rücken, aber da wurde ihm schwindelig, er hatte das Gefühl, als drehe sich sein Gehirn um sich selbst und stoße dabei gegen die Schädeldecke. Als er sich wieder auf den Bauch legte, stand das kreisende Gehirn still, und er hatte, abgesehen von stechenden Schmerzen oberhalb der Augenhöhlen, keine Beschwerden mehr. Nur wenn er den Kopf bewegte, hatte er das Gefühl, als befinde sich in seinem Kopf ein Hornissenschwarm, der raus will, aber nirgends raus kann.
Von seinen Kameraden sah er nichts. Einige Meter vor ihm schwamm ein Paddel. Er holte es sich. Als er das Holz berührte, spürte er plötzlich, wie eisig das Wasser war und wie ihm die Kälte ins Fleisch schnitt.
Er entdeckte den Albatros. Er überzeugte sich, daß keiner seiner Kameraden in der Nähe war, und schwamm auf den Albatros zu. Er schwamm langsam und wurde dabei sehr müde. Seine Arme und Beine wurden schwer wie Blei, und weil das Salzwasser in den Augen brannte, schloß er sie und

dachte, die werden mich schon holen. Ab und zu öffnete er die Augen, um die Richtung nicht zu verlieren.
Er sah, daß sich der Albatros nicht vom Fleck rührte und den Matrosen Teichmann anscheinend vergessen hatte. Aber er war zu müde, um sich darüber zu erregen. Dann sah er vor sich einen Gegenstand. Er glaubte, es sei einer seiner Kameraden. Der Gegenstand bewegte sich nicht. Der Schnee fiel dichter. Als er wieder aufsah, hatte der Schnee den Albatros verschluckt. Nur noch Wasser und Schnee sah er. Jetzt bekam er Angst.
Vor ihm trieb der Gegenstand, der kein Kamerad war, sondern das Schlauchboot. Er war froh, daß es das Schlauchboot war. »Hans«, hörte er jemand rufen. Er hörte es undeutlich und konnte nicht feststellen, aus welcher Richtung der Ruf kam. Er schüttelte seinen Kopf und glaubte, wenn er das Wasser aus seinen Ohren rausbekomme, höre er vielleicht besser. Er ergriff das Seil, das an der Außenhaut des Schlauchboots entlang führte. Das Seil war straff. Er hangelte am Seil entlang auf die andere Seite des Boots. Als er an der Stirnseite angekommen war und um die Ecke schauen konnte, sah er seine Kameraden. Sie hielten sich am Seil fest und hatten blaue Lippen und zitterten. Und auch der Albatros war wieder da, das Schlauchboot war genau in Peilung mit ihm gelegen und hatte ihn verdeckt.
»Was drehste denn dort draußen für Runden?« sagte Stollenberg, und seine Zähne schlugen gegeneinander.
»Wir schreien uns heiser nach dir, und du schwimmst dort draußen rum, als ob du dein Freischwimmerzeugnis machen müßtest«, sagte Heyne und versuchte sich in Wut zu reden, aber er fror viel zu sehr, um eine lange Rede halten zu können.
»Hab nichts gehört«, sagte Teichmann.
»Na, musikalisch warste ja nie«, sagte Heyne.
»Los, machet koi G'schwätz, wir misse's Boot omdrähe, mie frierts jessesmäßig.«
Sie stemmten sich hoch und drückten das Boot einseitig unter Wasser, Teichmann ergriff das Seil der gegenüberliegenden Bootsseite und warf das Boot mit der Unterseite aufs Wasser.

Inzwischen war der Albatros rangekommen. Obermaat Werner holte mit dem Bootshaken das Schlauchboot längsseits, die vier Mann wurden an Bord gezogen, anschließend das Schlauchboot.
»Wie geht's den Herren Admirälen?« sagte Pitt.
»Danke, die Hitze hat nachgelassen«, sagte Heyne.
»Der Alte spendiert jedem von euch ne Pulle Schnaps, damit ihr keinen Hitzschlag bekommt«, sagte Pitt, »den Schnaps habt ihr ja nicht verdient, mindestens könnt ihr euren Rettern was davon abgeben.«
»Admiräle trinken ihre Flaschen selber«, sagte Heyne.
Sie wechselten ihr Zeug und tranken von dem Schnaps.
Eine halbe Stunde später standen sie wieder an Oberdeck und warfen Bojen ins Wasser. Als es zu dämmern begann und die Sicht noch schlechter wurde, mußten häufiger Bojen geworfen werden. An Steuerbord wurden die alten Bojen aus dem Wasser gefischt, umgesteckt, auf die Backbordseite geschafft und dort klar zum Werfen gemacht. Bei dieser Arbeit sprachen die Männer nichts. Höchstens daß einer mal fluchte, wenn ihm ein Grundgewicht auf den Fuß fiel. Sie arbeiteten gleichmäßig und zuverlässig wie Maschinen, aber ihre Hände waren nicht aus Eisen, in ihre Hände fraß sich das Salzwasser und kerbte tiefe Schronnen ein, und die Kälte färbte sie blaurot, wie frische Blutwürste, und brachte sie zum Platzen. Aber das machte ihnen nicht viel aus, der Blutverlust war gering, weil die Kälte groß war und weil die Kälte die Hände gefühllos gemacht hatte. –
Eine Woche lang ereignete sich nichts von Bedeutung, wenn man davon absieht, daß zeitweise Seegang acht herrschte und Vögele seekrank war, nicht mehr schwäbisch sprach und sterben wollte, sich aber am fünften Tag, als die See ruhiger wurde, eines besseren besann und wieder Gefallen am Leben fand.

Der Albatros lief in Dwarslinie neben den anderen Booten her, als sich an der Kimm ein zweimotoriges Flugzeug zeigte. Fliegeralarm wurde gegeben. Teichmann, Bülow und Vögele hatten ihre Gefechtsstationen an den 2-cm-Schnellfeuerkanonen, die an Bord MG's genannt wurden, Heyne am Maschinentelegraphen auf der Brücke, Stollenberg als Nummer vier an der 5,5-cm-Kanone auf der Back. Dieses Ding war ein Scherzartikel, von der Besatzung ›Nachtwächter‹ getauft, weil es regelmäßig zu spät schoß. Daran konnte auch die fünf Mann starke Bedienung nichts ändern. Die Kanone stammte aus dem ersten Weltkrieg und hatte einen schwer zu bedienenden Verschluß, der obendrein noch ausgeleiert war, und eine veraltete Zielvorrichtung. Wer zu ihrer Bedienung gehörte, empfand das als Strafe. Die Folge war, daß der Nachtwächter nicht sehr liebevoll behandelt wurde, was wiederum seiner Feuerkraft nicht zugute kam.

Das Flugzeug hielt auf die Flottille zu.

»Hoffentlich ist's kein Deutscher«, sagte Stüwe, der die 2-cm-Kanone bediente, an der Teichmann Munitionsnummer war.

»Knall ihr mal eine vor'n Latz, dann wirst du's bald merken«, sagte Teichmann. Die Innenfläche seiner Hände – er merkte es am Abdruck auf dem Metall des Magazins – war feucht, und auf seinem Rücken schienen Ameisen rauf und runter zu laufen.

»Mußt nen alten Soldaten nicht belehren wollen«, sagte Stüwe, »ohne Feuererlaubnis darf nicht geschossen werden.«

Teichmann ärgerte sich.

Die Maschine flog eine Linkskurve, das Führerboot hatte ihr eine Garbe vor die Kanzel geschossen, um sie zur ES-Abgabe aufzufordern. Als sich die Maschine auf die Seite legte, erkannten sie durchs Fernglas die englische Kokarde an den Tragflächen, und plötzlich griff die Maschine im Tiefflug an. Sie machte das sehr einfach und sehr geschickt. Minensuchboote müssen des Suchgeräts wegen in gleicher Höhe nebeneinander herlaufen, und diesen Umstand nutzte die Maschine aus. Sie flog genau von der Seite her die Boote an. So konnte nur das Backbordboot das Feuer eröffnen. Die andern Boote hatten kein freies Schußfeld, das Bojenboot war noch zu weit achteraus, um eingreifen zu können.

Als letztes Boot wurde der Albatros überflogen. Im selben Augenblick hatte die vordere Schnellfeuerkanone Ladehemmung, und die Bedienung der achteren konnte wegen des Rauchs, der aus dem Schornstein kam, nichts sehen. Nur Stüwe schoß. Er traf die Maschine an der rechten Tragfläche. Ihr rechter Motor fing zu qualmen an. Mit einer Rauchfahne hinter sich huschte sie im Tiefflug über die Wellen und aus dem Feuerbereich der 2-cm-Kanonen. Jetzt hätte sie nur noch die 5,5-cm-Kanone auf der Back treffen können. Wumms! machte der Nachtwächter und schoß genau dort hin, wo die Maschine eine halbe Minute vorher gewesen war. Als der Nachtwächter seinen zweiten Schuß von sich gab, verschwand die Maschine hinter der Kimm.

»Geht mit eurer Spritze auf den Karneval, ihr Idioten«, schrie der IWO die Geschützbedienung an. »Himmeldonnerwetter nochmal, wir sind doch kein KdF-Dampfer«, schrie der Kommandant und heulte vor Wut. Dann kam ein Winkspruch vom Führerboot: »WDL: C an alle: Das war ein Trauerspiel«.

Osterbuhr war der Leidtragende, er war der Geschützführer, und er bekam jetzt einiges zu hören.

Während sie zu Mittag aßen, schwamm eine Mine auf. Der Albatros, der wieder Bojenboot war, stoppte.

»Wo bleibt das Entschärfungskommando, verdammt nochmal?« schrie der IWO.

»Diesmal sollen andere raus«, sagte der Kommandant.

»Die Offizieranwärter dürften hierfür wohl die geeignetsten sein, Herr Oberleutnant«, sagte der IWO schnell und legte die Hand an die Mütze.

»Auf jeden Fall nur Freiwillige«, sagte der Kommandant.

Da ziemlich grobe See herrschte, wurde das Steuerbordbeiboot ausgesetzt.

»Melde gehorsamst, Boot klar zum Aussetzen«, sagte der IWO zum Kommandanten.

»Aussetzen«, sagte der Kommandant.

»Aussetzen«, wiederholte der IWO. Dann brüllte er die vier Freiwilligen an: »Aussetzen hab ich befohlen, habt ihr Dreck in den Ohren?«

»Wir dachten, Herr Leutnant haben lediglich den Befehl des Kommandanten wiederholt, und warteten auf den persönlichen Ausführungsbefehl des Herrn Leutnants«, sagte Heyne.

»Quatschen Sie nicht noch«, sagte der IWO.
»Komm, laß ihn, der isch plemplem«, sagte Vögele zu Heyne.
»Wie heißt der Kerl?« brüllte der IWO.
»Matrose Vögele«, sagte Vögele.
»Ich werd Sie zum Rapport stellen lassen.«
»Von mir aus, aber do misse se scho warte, bis i z'rick bin«, sagte Vögele, und dann zu seinen Kameraden: »So, und jetzt packet's mer.«
»Ich geh solang an meine Spritze und geb euch Feuerschutz, wenn der Tommy wieder kommt«, sagte Stüwe, als das Boot zu Wasser gelassen wurde. »Sehr liebenswürdig von dir«, sagte Heyne.
Der Kommandant trat an die Reling: »Mit dem Beiboot kommt ihr viel schneller vorwärts als mit dem Schlauchboot, 's kann also nichts schiefgehen, wenn ihr mit Höchstfahrt auf die Mine zulauft. Aber stellt den Motor rechtzeitig ab, damit ihr sie nicht rammt. Nehmt die Riemen und pullt die letzten Meter. Also, macht's gut.«
Sie kamen schnell vorwärts, der Außenbordmotor lief wie ein Uhrwerk. Hundert Meter vor der Mine setzte er aus. Sie brachten ihn nicht mehr in Gang und nahmen die Riemen und pullten. Heyne meldete laufend den Abstand zur Mine. Das war überflüssig, aber weil kein Riemen für ihn vorhanden war, hatte er wenigstens etwas zu tun. Einige Meter vor der Mine hörten sie auf zu pullen und hielten die Ruderblätter auf und nieder. Das Boot trieb langsam auf die Mine zu. Die Mine hob und senkte sich im Seegang wie eine Boje. Vorsichtig, um nicht die Bleikappen zu berühren, stemmte Heyne seinen Arm gegen die Mine, und Teichmann hielt sie mit dem Bootshaken fest. Stollenberg machte mit der Leine ein großes Auge und warf es über die Mine. Dann zog er die Leine an, bis ein Stück der Kette, mit der die Mine verankert gewesen war, an die Wasseroberfläche kam. Heyne nahm die Leine und führte sie durch ein Glied der Ankerkette. Dann ließ er sich das Werkzeug geben und begann die Kappen aus den Gewinden zu schrauben. Nach wenigen Umdrehungen konnte er sie abnehmen und Vögele ins Boot reichen, der sie auf die Persenning

unter der achteren Ducht legte. Bevor Heyne ans Abschrauben der letzten Kappe ging, schüttelte er seine steifgefrorenen Hände. Teichmann sagte, er solle sich beeilen, sie wollten nicht wegen der letzten Kappe hopsgehen. Ein anderer solle die Kappe abschrauben, sagte Heyne, er habe kein Gefühl mehr in den Fingern. Teichmann und Heyne wechselten die Plätze im Boot. Teichmann gab den Bootshaken Vögele. Der ließ für einen Augenblick die Mine los. »Paß doch auf«, sagte Heyne. Das Boot schlug quer, kam in Luv und berührte mit dem Heck die Bleikappe der Mine. Teichmann merkte das erst an Heynes Gesicht. Er war weiß.

Glasröhre, Säure, Zündleitung, Zünder. Aus – Wie eingebrannt saßen diese Worte in Teichmanns Hirn, wiederholten sich immerfort, unendlich oft, und selbst dann noch, als seine Augen sahen, wie Stollenberg, der der Mine am nächsten war, den Schraubenschlüssel an die verbogene Bleikappe setzte und sie langsam aus ihrem Gewinde drehte und ins Wasser warf.

»Ins Wasser hättest du sie nicht unbedingt zu werfen brauchen«, hörte Teichmann sich sagen.

»Sicher ist sicher.«

»Wär interessant gewesen, zu untersuchen, warum das Ding nicht funktionierte.«

»Wird so 'n dusseliger Fabrikarbeiter in England vergessen haben, die Glasröhre mit Säure zu füllen.«

»Vielleicht war's 'n heimlicher Deutschenfreund, so was soll's auch geben, hab ich mir sagen lassen.«

»Da haben sie dich angelogen.«

»Mensch, schwätzt ihr blöd daher, habet ihr nix anders z'tue?«

Sie pullten los, die Mine im Schlepp. Teichmann dachte, laut Seekriegsrecht muß jede Mine unscharf werden, wenn sie sich von der Verankerung losreißt, und vielleicht war das ausnahmsweise mal eine, die sich nach dem Kriegsrecht richtete.

Ihre Gesichter hatten wieder Farbe bekommen. Im Heck saß Heyne und goß sich eine Handvoll Seewasser ins Gesicht und sagte: »Mehr backbord – recht so.« Dann: »Mehr steuerbord – recht so.« Ein Blinder hätte den Albatros nicht übersehen können – und Heyne hielt die Ruderpinne in der Hand. Teichmann schüttelte es vor Lachen, und er mußte sich zusammenreißen, um nicht rauszuprusten, aber er sagte nichts zu Heyne.

»Ist die Mine entschärft?« rief der IWO.

Als das Beiboot am Albatros längsseits gegangen war, sagte der IWO: »Ihr habt euch vielleicht Zeit gelassen. Der ganze Verein ist durch euch Umstandskrämer aufgehalten worden. Fast ne halbe Stunde braucht ihr, um so 'n Ding zu entschärfen. So 'n Apparat haben wir früher an der Uhrkette getragen, was Schwalber?«

»Jawohl, Herr Leutnant«, sagte Schwalber, der aus unerfindlichen Gründen bereits Obergefreiter war und als Unteroffizier Dienst tat.

Die Mine wurde an Bord gehievt und an Oberdeck aufgestellt.

»Warum habt ihr denn vorm Abschrauben der letzten Kappe ne Pause gemacht?« sagte der Kommandant.

»Wir haben uns ausruhen müssen, Herr Oberleutnant, wir hatten kein Gefühl in den Fingern«, sagte Heyne.

»Ich hab euch durchs Glas beobachtet, hab mir aber keinen Vers aus eurem Verhalten machen können.«

»Eine Bleikappe ist uns ins Wasser gefallen, Herr Oberleutnant«, sagte Stollenberg.

»Macht nichts.«

Sie gingen ins Seemannsdeck und aßen ihr Mittagessen kalt. Dann legten sie sich auf die Kojen, weil sie Freiwache hatten.

»Kommt hoch, ihr faulen Säcke, der Krieg geht weiter«, sagte Schwalber und rüttelte sie wach, »Wabos müssen scharf gemacht werden, 'n englisches U-Boot ist gesichtet worden, wir fahren U-Jagd.«

»Wer hat denn das U-Boot gesehen?«

»Weiß nicht, 's kam durch FT.«

»Wer hat die Wache?«

»Pauli.«

»Der hat immer schon vorher die Hosen gestrichen voll, dieser A...«

»Das will ich aber überhört haben, Stüwe, nochmal dieses Wort, und du bist reif.«
»Ja, weil du selber so einer bist«, sagte Stüwe.
»Na, kommt schon hoch, Jungs.«
»›Jungs‹ hat er gesagt, habt ihr das gehört?« sagte Stüwe.
»Bei dem ist nächstens ne Dressur fällig«, sagte Heyne.
»Komm bloß noch mal ins Deck, wir werden dir nen jungenhaften Empfang bereiten«, rief Stüwe.
Während sie achtern die Wasserbomben scharf machten und die Tiefeneinstellung vornahmen, erschien der Kommandant und sah ihnen bei der Arbeit zu.
»Man hat Sie mir zum Rapport gemeldet, Vögele. Sie sollen sich dem IWO gegenüber respektlos aufgeführt haben. Was haben Sie sich dabei gedacht?«
»I hab mer nix dacht, Herr Oberleitnant.«
»Und was haben Sie zum IWO gesagt?«
»Er sei plemplem.«
»Ja – Menschenskind, sind Sie denn verrückt geworden? Wie können Sie sowas zu nem Offizier sagen?«
Keine Antwort.
»Haben Sie nichts zu Ihrer Entschuldigung vorzubringen?«
»Noi, Herr Oberleitnant.«
»Haben Sie zum IWO bewußt gesagt, er sei – und so weiter?«
»Jawohl, Herr Oberleitnant.«
»Ich mein', haben Sie's vielleicht gar nicht zum IWO sagen wollen, sondern zu einem von Ihren Kameraden?«
»Noi, Herr Oberleitnant, mei Kamerade sind in Ordnung.«
Ich könnt dem Vögele in den Hintern treten, dachte Teichmann, und die andern dachten das gleiche, als sie sich diesen Dialog anhörten.
»Sie waren wohl 'n bißchen aufgeregt, nicht?«
»I? Koi Schpur, Herr Oberleitnant, aber der IWO war ufg'regt, der isch jo wie e Gaisbock umeinander g'saust.«
»Mensch, Vögele, Sie haben wirklich eine sagenhafte Art, sich auszudrücken. Gewöhnen Sie sich doch eine andere Sprache an, mit *der* Aussprache werden Sie nie Offizier werden.«
Vögele lief rot an. Kritik an seiner Aussprache konnte er

nicht vertragen, und wenn er in Wut kam, verlor er jede Kontrolle über seine Zunge und wurde dann, wie die meisten Leute, die kein Talent zum Reden haben, massiv und ausfallend.

»Matrose Heyne bittet eine Bemerkung machen zu dürfen.«

»Was wollen Sie denn?«

»Herr Oberleutnant, in Süddeutschland bedeutet plemplem soviel wie bei uns in Norddeutschland aufgeregt, nervös, durchgedreht, und das wollte Vögele zum Ausdruck bringen.«

»Stimmt das, Vögele?«

»Jawohl, Herr Oberleitnant, aber i war net ufg'regt, ufg'regt war der IWO.«

»Na ja, an und für sich dürften Sie sich hierüber kein Urteil erlauben. Jedenfalls wollten Sie den IWO nicht beleidigen?«

»Noi, des grad net, Herr Oberleitnant.«

»Ich werd wohl nochmal mit dem IWO sprechen, ehe ich Sie einsperre.«

Kaum war der Kommandant weg, sagte Vögele zu Heyne:

»Des hab i vielleicht gern, wenn sich andre in mei Gschpräch eimische.«

»Du bist ein selten dummes Stück, Vögele, und deine schwäbische Biederkeit stinkt langsam zum –«

»Fliegääär!« schrie einer auf der Brücke.

Sie stürzten auf ihre Gefechtsstationen.

Sechs Flugzeuge griffen die Flottille an. Sie kamen von backbord her.

Der Maschinentelegraph sprang auf AK. »Feuererlaubnis!« rief der Kommandant. Der Gefechtsrudergänger legte das Ruder hart steuerbord. Der Albatros holte weit nach backbord über und drehte mit dem Bug scharf nach steuerbord. Dann tanzten den Seeleuten die Kugeln aus den Bordwaffen der Flugzeuge um die Ohren.

Stüwe schoß. Er traf nichts.

Die Flugzeuge sprangen wie Wellenreiter über den Albatros hinweg. Teichmann setzte das zweite Magazin ein. Stüwe riß seine Kanone um hundertachtzig Grad rum und feuerte auf die abfliegenden Maschinen und traf eine am

Leitwerk. Sie klatschte aufs Wasser. Eine zweite stieg hoch, als setze sie zu einem Looping an, begann zu brennen und zog als rotglühender Klumpen am Himmel, der blau war, entlang und platzte dann wie ein Knallfrosch an Silvester. Ein Fallschirm öffnete sich und stand wie ein kleiner weißer Pilz am Himmel. Als er tiefer kam, erkannte man unter dem Schirm ein schwarzes Etwas, das wie ein Uhrpendel hin und her schwang.

»Dem hab ich aber 'n Ding verpuhlt, mein Lieber«, sagte Stüwe und schlug Teichmann auf die Schulter, daß der für sein Schlüsselbein fürchtete.

»Spuck jetzt bloß keine großen Töne. Mach lieber die Kanone wieder klar –«

»Vielleicht greifen sie noch mal an. Mensch – das wär ein Fest.«

»Schon möglich. Ich werd mal 'n neues Magazin ansetzen und das leere wieder füllen.«

»Ja, tu das. Du guck mal, was der dort drüben hat.«

Das Boot mit der taktischen Nummer Sechs, der Rottenhund des Albatros, der bei Marschformation zusammen mit dem Albatros die dritte Rotte bildete, sank. Sein Heck befand sich bereits in Höhe der Wasserlinie und sackte schnell tiefer. Die Besatzung des sinkenden Boots hatte sich auf der Back versammelt und schien dem Vorgang unbeteiligt zuzusehen. Auf der Brücke des Boots war der Kommandant an seiner weißen Mütze zu erkennen. Er hielt das Sprachrohr vor den Mund und rief seinen Leuten auf der Back etwas zu. Die liefen nun zu den Wanten und machten die Holzflöße los. Achtern wurden die Beiboote gefiert. Am Steuerbordbeiboot klemmte die Leine, und der Koch, seine Konditormütze auf dem Kopf, enterte an den Davits hoch und kappte mit seinem langen Küchenmesser die Leine. Das Boot plumpste aufs Wasser. Einige Leute sprangen ins Boot. Der Bootssteuerer wartete, bis alle seine Leute im Boot waren, und legte dann ab.

Das Heck war jetzt bis zur Kommandantenkammer vom Wasser überspült. Die Kanzel des achteren Gefechtsstands sah gerade noch aus dem Wasser. Bis auf den Kommandanten und einen Signalgast hatte die Besatzung das Boot

verlassen. Der Signalgast trat in die Brückennock und gab in ruhigem, übungsmäßigem Tempo: »K an K: Bitte nehmen Sie meine Leute auf. Vorsicht, ich habe scharfe Wabos an Bord.«
Der Signalgast wartete, bis auf dem Albatros das Zeichen ›Winkspruch verstanden‹ gegeben wurde, dann wickelte er seine Winkflaggen zusammen und steckte sie vorn in seinen Hosenbund und sprang über Bord. Nach ihm sprang der Kommandant über Bord. Es war niemand mehr auf dem Boot.
Das Boot sackte über den Achtersteven ab, es hatte eine Bombe ins Heck bekommen. Das Wasser hatte den Schornstein erreicht, und je näher der Schornstein der Wasseroberfläche kam, um so stärker qualmte er. Dicker grauschwarzer Rauch breitete sich über dem Boot aus. Dann richtete sich sein Bug auf, blieb ein paar Sekunden senkrecht im Wasser stehen und versank.
An der Untergangsstelle bildete sich ein Strudel wie über dem Abflußrohr einer Badewanne. Zwei von den Holzflößen wurden erfaßt und im Kreis rumgewirbelt. Ein drittes Floß, das sich ziemlich weit entfernt hatte, wurde durch den Sog zur Untergangsstelle zurückgetrieben. Und dann barst die See. Donnernd und brüllend sprang sie hoch – es war wie der Ausbruch eines unterirdischen Vulkans. Dort wo das Boot versunken war, türmte sich ein Berg aus weißer Gischt, der dann krachend in sich zusammenstürzte. Der Albatros krängte nach steuerbord, als ob er kentern wollte, richtete sich aber wieder auf und schwankte dann hin und her.
»Beiboote aussetzen«, rief der Obersteuermann.
Das Backbordbeiboot schwang in den Davits, wurde gefiert und setzte hart aufs Wasser auf. Meckel sprang rein. Teichmann hinterher. Teichmann warf den Außenbordmotor an. Das Beiboot stob los. In seinem Kielwasser folgte das Steuerbordbeiboot. Dann bockte der Motor und setzte kurz danach ganz aus. Zweimal mußte ihn Teichmann anwerfen. Mit der einen Hand zog er die Anlaßschnur, mit der andern hielt er die Ruderpinne.
Das Beiboot fuhr zickzack.

»Halt doch die verdammte Nuckelpinne auf Kurs«, schrie Meckel.
Der Motor setzte wieder aus. Anscheinend ist Wasser im Vergaser oder Dreck, dachte Teichmann und rief Meckel zu: »Komm her und halt das Ruder.«
Meckel schaute geradeaus und suchte die See nach Überlebenden ab.
»Komm doch her und hilf mir«, rief Teichmann. Er war wütend, weil das Steuerbordbeiboot ihn überholte.
»Kann nicht, mach doch endlich vorwärts.«
»Du Hornochs, ich hab doch nur zwei Hände.«
»Da vorn schwimmt einer, mach doch endlich, verflucht nochmal.«
»Mach doch du, du Idiot.«
Schließlich kam Meckel nach achtern und nahm das Ruder. Teichmann konnte sich dem Motor widmen. Wenn er aussetzte, zog er sofort die Anlaßschnur, und auf diese Weise kamen sie besser vorwärts.
Sie hörten einen nach seiner Mutter schreien und hielten mit dem Boot auf ihn zu. Er lag auf dem Bauch und hatte den Kopf zur Seite gedreht, wie ein Kraulschwimmer, der Luft holt, und schrie: »Mutter.« Danach legte er sein Gesicht aufs Wasser. Meckel pickte den Bootshaken in die Schwimmweste des Mannes. Teichmann packte den linken Arm, dort wo der Steuermannsanker aufgenäht war – der rechte Arm war nicht mehr da –, und zog den Mann an Bord. Es war ein Obermaat der Steuermannslaufbahn. Sie legten ihn über die beiden vorderen Duchten. Weil er links schwerer war, drehte er sich von selbst auf die linke Seite. Sein linker Arm hing lose herab und berührte die Bodengräting des Bootes. Sein rechter Arm mußte abgerissen worden sein. Hinter seinem rechten Ohr hatte er einen Riß, der vom Hals bis zur Schulter ging. Meckel nahm aus dem Sanitätskasten Verbandspäckchen, öffnete sie und stopfte sie in die Wunde. Die Mullbinden verschwanden wie in einer Gletscherspalte, und das Blut ließ sich nicht stillen und tropfte an der Ducht runter. Meckel riß ein Verbandspäckchen nach dem andern auf und stopfte sie in die Wunde.

»Hör auf, Mensch«, rief Teichmann, »hör doch auf mit dem Blödsinn.«
Dem Toten zwängten sich die Mullbinden aus dem offenen Mund und pendelten im Gleichklang mit den Bootsbewegungen hin und her.
Sie kreuzten noch eine Weile über der Untergangsstelle, sie fanden noch andere, sie sahen schon von weitem ihre weißen Därme auf dem Wasser schwimmen wie die Saugarme eines Polypen, und als sie bei ihnen waren, sahen sie die Leichen der Länge nach aufgeschlitzt, als seien es gekehlte Heringe, und Holzteile, zerrissene Schwimmwesten und eine Menge toter Fische schwammen auf dem Wasser.
»Himmelherrgottsakrament«, sagte Meckel. Und plötzlich brüllte er: »Oh, diese verfluchte Scheiße! Himmelherrgottsakrament!«
Es war kein Fluchen, es war mehr ein Stöhnen. Er saß im Boot und zitterte am ganzen Körper. Sein Kopf wackelte wie bei einem alten Mann, seine Walroßzähne knirschten, und seine Gesichtshaut verschob sich dauernd, als bemühe er sich krampfhaft, Grimassen zu schneiden, und kleine Rinnsale von Feuchtigkeit liefen über seine schwabbeligen Backen. Teichmann konnte nicht erkennen, ob es Seewasser oder Schweiß war. Meckel bedeckte sein nasses Gesicht mit den blutigen Händen, als wolle er einen Vorhang über das Gesehene ziehen, und als er die Hände wieder wegtat, sah er aus wie ein Indianer in Kriegsbemalung. Er wußte nicht, was er mit seinen Händen machen sollte, seine dicken Wurstfinger vibrierten, als spiele er einen Triller auf dem Klavier. »Himmelherrgottsakrament! Wenn einem die Kameraden so absaufen, grad so vor der Nase weg absaufen!«
Der Kraftkoloß saß da wie ein Häufchen Elend. Seine Muskeln haben sich wohl auf Kosten seiner Nerven entwickelt, redete sich Teichmann ein, um nicht den gleichen Koller zu kriegen.
»Himmelherrgottsakrament! So ne gottverdammte Sauerei! So ne gottverdammte!«
»Da sind die Wabos dran schuld, die konnten nicht mehr

entschärft werden und sind alle auf einmal losgegangen. Kannste nichts machen.«
»Ach was. Sie sind einfach krepiert, verstehste, die Kameraden sind einfach krepiert, Himmelherrgottsakrament nochmal!«
»Nu hör schon auf, mit der Flucherei machst du sie nicht mehr lebendig.«
»Aber 's tut gut, 's tut gottverdammt gut. Was soll ich denn sonst machen, he?« Er wußte nicht, wo er seine zitternden Hände hintun sollte, und legte sie dem Toten auf den Kopf und streichelte dessen Haare, als wolle er ihm einen Scheitel ziehen.
An Deck des Albatros lagen vier Tote. Der Kommandant des Albatros hatte einen Kopfschuß bekommen, sein Kopf war mit einem Frottierhandtuch bedeckt, der Kommandant war nur noch an seinen Ärmelstreifen zu erkennen. Links neben ihm lag der mit dem Fallschirm abgesprungene Pilot, ein junger Kerl, aus dessen Ohr Blut floß, weshalb Stollenberg auf die Idee gekommen war, ihm einen Wattebausch in dieses Ohr zu stecken. Links und rechts von den beiden lagen der Obermaat, den Teichmann und Meckel aufgefischt hatten, und ein Offizieranwärter, der auf dem Dänholm zu Heynes Gruppe gehört hatte. Außer denen waren noch neun Mann auf den andern Booten gefallen. Die Leichen wurden in Segeltuch eingenäht. Ihre Gesichter sahen nichtssagend aus, nur das des Kommandanten war überhaupt nicht mehr da, und Vögele konnte nicht hinsehen, als er beim Einnähen das Handtuch wegnahm.
Als es zu dämmern begann, stoppte die Flottille. Auf dem Albatros wurde das Backbordfloß losgebunden, die Leichen wurden draufgelegt und ihre Füße mit einem Grundgewicht beschwert. An der Stirnseite des Floßes nahmen vier Mann der Freiwache Aufstellung, und auf Signal vom Führerboot wurde die Kriegsflagge halbstock gesetzt, Front gepfiffen, und während der Bootswachtmeister die Seite pfiff, wurde das Floß auf die Reling gesetzt, hinten angehoben und die Leichen ins Wasser gekippt. Der Bootswachtmeister pfiff die Seite ab, die Kriegsflagge wurde voll gesetzt, die Boote nahmen wieder Fahrt auf.

Zum Abendessen gab es gebackene Leber mit Reis. Meckel stellte seine Leberportion Teichmann zur Verfügung und holte sich in der Kombüse Zucker und Zimt und eine kleine Dose Milch. »'s wird Zeit, daß wir dich langsam entwöhnen, Meckel«, sagte Stüwe. »Du benimmst dich wie'n Säugling, 's fehlt bloß noch, daß wir dir den Hintern putzen müssen«, sagte Pitt. Sie ließen ihn erst in Ruhe, als sie sahen, daß neben dem Zucker und dem Zimt und der Milch einige Wassertropfen in seinen Reisteller fielen. Sie unterhielten sich dann über die Vorzüge ihres gefallenen Kommandanten. Osterbuhr sagte: »Wenn Pauli sein Nachfolger wird, spring ich freiwillig in 'n Bach.«
»Und der Pauli ist imstand und fährt weiter, bild dir bloß nicht ein, daß der deinetwegen 'n Mann-über-Bord-Manöver fährt«, sagte Heyne.

Pauli war nicht mehr IWO, er war jetzt Kommandant, aber nur dem Namen nach, im Zivilberuf war er Büstenhalterfabrikant. Habernagel, der seine Nase überall reinsteckte und es fertigbrachte, gleichzeitig servil und frech zu sein, hatte das herausgebracht. In seiner Eigenschaft als Kommandantenaufklarer hatte er in Paulis Papieren rumgeschnüffelt und dabei ein Schreiben der Büstenhalterfirma erwischt, bei der Pauli Teilhaber war. Es handelte sich um ein Weihnachtsrundschreiben, und darin hieß es, die Firma sei stolz, daß sich ihr Juniorchef nun schon seit Monaten im härtesten Einsatz bei einem Himmelfahrtskommando – Näheres dürfe man aus Geheimhaltungsgründen nicht sagen – befinde, und es sei fast ein Wunder, daß er noch am Leben sei. Die Firma und ihre Betriebsangehörigen hofften, Herrn Pauli recht bald als Urlauber begrüßen zu dürfen. Sie wünschten ihm einstweilen alles Gute, frohe Weihnachten und Heil Hitler.
Habernagel hatte den Brief ins Seemannsdeck gebracht und dort vorgelesen. Er wollte ihn zur allgemeinen Erbauung ans Brotspind nageln. Aber die Seeleute waren damit nicht einverstanden, er mußte den Brief wieder nach achtern bringen, sie wollten ihn nicht in ihrem Wohnraum haben, sie wollten so wenig wie möglich etwas von Herrn Pauli

sehen. Heyne sagte, es sei bedauerlich, daß der Führer nicht ganz konsequent sei, denn nachdem er nun einmal erklärt habe, die deutsche Frau rauche nicht und die deutsche Frau schminke sich nicht, hätte er ruhig auch erklären können, die deutsche Frau trage keinen Büstenhalter, sie sei von Natur aus gut gewachsen. Dann wäre Pauli pleite.
Ähnliche Reden führte Heyne auf der Brücke, und deshalb landete er im Heizraum, Pauli hatte ihm einmal unbemerkt zugehört und ihn sofort ›strafversetzt‹. Den Heizern war es neu, daß sie in die Kategorie der Sträflinge gehörten. Dann gab es unter ihnen Krach, weil sie sich nicht einigen konnten, welcher Wache Heyne zugeteilt werden sollte. Pauli fand eine salomonische Lösung. »Sie sind groß und stark genug zum Kohlenschippen, und im übrigen haben Sie mich heute morgen schlampig gegrüßt«, sagte er zu Teichmann und schickte ihn in den Heizraum.
Mit Teichmann hatten zwei ältere Männer Wache. Sie hatten schon mehrere Jahre bei der Hochseefischerei Heizerdienste getan und überarbeiteten sich jetzt nicht mehr, sie legten nach jeder dritten Schaufel eine Erholungspause ein. Mit der Zeit hatten sie sich diese Erholungspause zur Gewohnheit gemacht, und Teichmann ließ sie in Frieden, wenn der Albatros nicht schneller als ›Halbe Fahrt‹ zu laufen hatte. Bei dieser Fahrtstufe konnte er den Kessel allein versorgen, die beiden Heizer lagen auf den Kohlen und schliefen.
Um Mitternacht brachte Schmutzler eine Kanne Kaffee in den Heizraum.
»Soll ich den andern auch was geben?«
»Jetzt bringste fünf Nächte lang den Kaffee und jedesmal stellste die gleiche dämliche Frage vor lauter Angst, die Heizer könnten sich mal an dir vergreifen.«
»Ich mein' ja bloß –«
»Wenn ich den ganzen Dreck alleine mache, dann steht mir auch der ganze Kaffee zu, verstehste das nicht?«
»Ja schon, aber wenn die das mal höheren Orts melden?«
»Höheren Orts?«
»Ja, beim Pauli.«
»Du bist mir zu blöde, Schmutzler, mit dir unterhalt ich

mich gar nicht mehr«, sagte Teichmann und flog dann gegen die Wand des Kohlenbunkers. Er sah nichts mehr. Alles war finster. Seine Augen sahen nur Nacht. Er bekam keine Luft mehr, und er glaubte, er müsse im Kohlenstaub erstikken. Wenn er die Lippen etwas öffnete, drang ihm ein dicker Schwall von Kohlenstaub in den Mund, und wenn er durch die Nase atmen wollte, verstopfte ihm der Staub die Nasenlöcher. Jemand hielt seinen rechten Arm umklammert. Als er zuschlagen wollte, um sich zu befreien, tanzte die Dunkelheit vor seinen Augen, und es war ihm, als fahre er abwechselnd Schiffschaukel und Karussell –

»Raus!« brüllte er. Dann mußte er husten.

»Hilfe!« brüllte Schmutzler.

Es war ein kurzer Ringkampf, Teichmann drehte sich einmal im Kreis rum und schleuderte Schmutzler weg. Dann tastete er sich zu dem Schott, das den Heizraum vom Maschinenraum trennte. Es ist meistens geschlossen, dachte er, aber ich weiß ja, wie man ein Schott öffnet, oben und unten befinden sich die Hebel – Moment mal: wird der oben nach oben oder nach unten gelegt? Nach oben natürlich. Er legte ihn nach oben. So, und jetzt noch den unten nach oben. So, geht alles ganz einfach.

Das Schott ließ sich nicht öffnen.

Ich hab in der Aufregung die Hebel in falscher Richtung gelegt. Er riß beide Hebel nach unten und stemmte sich gegen das Schott.

Das Schott ließ sich nicht öffnen.

Er war jetzt ganz ruhig. Schmutzler preßte sich an ihn. Er spürte, wie Schmutzlers Atem stoßweise ging und ihn in der Höhe der Brustwarzen kitzelte.

Mit voller Wucht warf er sich nochmal gegen das Schott. Aber es gab nicht nach.

Dann hörte er Stimmen im Maschinenraum. Jetzt – dachte er. Und mit der Kraft der Verzweiflung warf er sich wieder gegen das Schott. Es war ihm, als brächen alle seine Knochen. Aber das Schott gab nicht nach. Dann hämmerte er mit seinen Fäusten gegen das Eisenschott. Dann ging er etwas zurück, nahm einen Anlauf und warf sich nochmal gegen das Schott.

»Die Schweine haben uns eingeschlossen. Die lassen uns absaufen –«
»Hilfe!« brüllte Schmutzler.
»Wir können gar nichts machen, können gar nichts machen.«
»Hilf mir doch«, flüsterte Schmutzler. Seine Stimme zitterte so, daß Teichmann ihn kaum verstand.
Teichmann setzte sich auf den Boden und lehnte seinen Rücken gegen das Schott. Ich muß 'n bißchen nachdenken, sagte er zu sich und schloß die Augen. Mit den Fingern schneuzte er seine Nase, und mit der Zunge leckte er seine Zähne ab und schmeckte den Kohlenstaub und spuckte ihn aus. Das tat er, ohne etwas dabei zu denken.
Der Heizraum lief voll Wasser.
Er öffnete seine Augen, weil dann das Geräusch leiser wurde. Als er merkte, wie das Wasser langsam anstieg, schloß er die Augen wieder, als könne er dadurch das Wasser abwenden.
Das Wasser reichte ihnen bis zur Gürtellinie. Jeder wartete, bis der andere aufstand. Sie wußten, daß das Aufstehen sinnlos war, es ist gleichgültig, ob man sitzend oder stehend ersäuft.
Als das Wasser ihnen bis zur Brust gestiegen war, stand Schmutzler auf. Er ist kleiner als ich, er muß zuerst dran glauben, dachte Teichmann.
Das Wasser stieg weiter.
Teichmann stand auf. Nun ist Schmutzler dran, dachte er, und die Angst lähmte ihn, weiterzudenken. Ihm war plötzlich klargeworden, daß er zwei Tode sterben mußte, den Schmutzlers und seinen eigenen. Wenn ich jetzt Zyankali hätte, würd ich's nehmen.
Schmutzler fing an zu schreien und preßte sich an Teichmann. Jetzt geht's los, sagte sich Teichmann. Ihm kam der Gedanke, Schmutzler vorher zu erwürgen. Aber dann war er ganz allein –
Das Wasser war bis zur Höhe des Feuerlochs gestiegen. Feuer und Wasser mischten sich und riefen ein brodelndes, scharfes Zischen hervor. Das Geräusch des einströmenden Wassers wurde einen Augenblick lang unhörbar.

Teichmann lehnte sich gegen das Schott und atmete den Wasserdampf ein. Sein Gehirn arbeitete noch etwas. Er hätte viel drum gegeben, wenn es nicht mehr vorhanden gewesen wäre oder nicht mehr arbeiten könnte, und blitzschnell, wie ein rasender Film, aber klar und deutlich tauchten Erinnerungen auf: wie er als Kind Wasser gegen den glühenden Ofen spritzte... wie das Dienstmädchen den Finger im Mund naß machte und dann kurz das Bügeleisen berührte... wie beim Bleigießen die Formen ins Wasser gelegt wurden... wie er in der Schulbank eine brennende Kerze unters Tintenfaß stellte und die kochende Tinte überlief... wie Siegfried sein Schwert im Wasserbad kühlte, das war Bayreuth 38, Lorenz sang ihn –

Es war hell geworden. Die Klappe des Feuerlochs war aufgesprungen. Das hochsteigende Wasser hatte von unten gegen die Klappe gedrückt. Die glühenden Kohlen erhellten den Raum, und durch den Wasserdampf hindurch sah Teichmann die Leiter. Er sah sie sich genau an. Als das Feuer erlosch und es wieder finster war, *wußte* er, daß sich dort an der Backbordseite, drei Meter von ihm entfernt, eine Leiter befand und daß diese Leiter schon immer dort gestanden hatte, daß er sie nur vergessen hatte.

Während er auf die Leiter, die jetzt nicht mehr zu sehen war, zuging, quälte ihn die Zwangsvorstellung, die Leiter könnte inzwischen verschwunden sein. Als er den Fuß auf die erste Sprosse setzte, legte ihm Schmutzler, als hätten sie das schon hundertmal durchexerziert, die Arme um den Hals und klammerte sich mit den Beinen an Teichmanns Hüfte fest. Teichmann kletterte langsam die Leiter hoch. Das Einstiegloch konnten sie nicht geschlossen haben, sagte er sich, und im gleichen Augenblick fiel ihm ein, daß sie es selbstverständlich auch geschlossen hatten. Sie mußten es schließen, wenn ›Schotten dicht‹ befohlen worden war.

Diese Einsicht lähmte ihn. Er wußte, er hatte höchstens noch zwei Meter bis zum Einstieg zu klettern, aber es ging nicht mehr. Er hatte keine Kraft mehr. Er fühlte, wie Schmutzler immer schwerer wurde und wie ihn ein Schwindelgefühl ergriff, das ihn in die Tiefe zog, das aber plötzlich aufhörte, weil von oben frische Luft kam, und er erhielt

einen Tritt gegen den Kopf, jemand stand auf seiner Hand, er schrie irgend etwas. Seine Hand war wieder frei.
»Hans?«
Es war Stollenbergs Stimme. Teichmann kletterte hoch, Arme zogen ihn durchs Einstiegloch, er verlor das Bewußtsein.
Der Haile Selassie sei ein Dreck dagegen, sagte Pitt, als sie Teichmann und Schmutzler aufs Oberdeck legten und mit Taschenlampen kurz anleuchteten. »'s fehlt ihnen nichts, sie sind nur schwarz«, sagte Habernagel. Nach einem Mund voll Schnaps kam Teichmann wieder zu sich.
»Hör genau zu, Negus, damit du weißt, wer unser Kommandant ist«, sagte Löbbermann.
»Nicht so laut, Qualle«, sagte Pitt.
»Du kannst mich mal, verstehste, den Pauli bring ich vors Kriegsgericht. Was ich sag, kann jeder hören. Ich stand auf der Brücke und hab alles genau beobachtet. Vom Führerboot kam das Blinksignal: Drei Kurz. Und jetzt paß gut auf, Teichmann, hörst du zu?«
»Ja.«
»Gut. Also, da dreht sich der Pauli zu mir um und fragt: Was bedeutet das? Habt ihr Worte? Der Kommandant fragt mich, was ›Drei Kurz‹ bedeutet.«
»Daß der Pauli 'n Idiot ist, wissen wir längst«, sagte Bülow.
»Ein Idiot? Das ist 'n ausgemachter Verbrecher.«
»Sei doch leiser, Qualle«, sagte Pitt.
»Das sag ich jedem, der's hören will.«
»Nein, Qualle, er ist ein Büstenhalterfabrikant«, sagte Heyne.
»Er ist 'n Verbrecher, sag ich. So nem Kerl darf man kein Schiff anvertrauen. Aber das schönste kommt noch. Ich sag zu ihm: Herr Leutnant, das bedeutet S-Boots-Alarm. Aber der Pauli geht nicht mit der Fahrt hoch. Ich sag: Wir müssen auf die S-Boote zudrehen. Ich seh keine, sagt Pauli. Dort sind sie, sag ich, drei Dez an Steuerbord. Nein, wir drehen ab, sagt Pauli und läßt das Ruder hart backbord legen. Ne halbe Minute später hat's geknallt. Hätt er nur dreißig Grad nach steuerbord gedreht, wären wir mit dem

Bug genau in Richtung der S-Boote gelegen und wären nicht getroffen worden, der Aal hätt uns an Backbord passiert. Aber vor lauter Angst, ja nicht näher an den Gegner rangehen zu müssen, ließ Pauli abdrehen.«

»Der hat ihnen halt das Heck zeigen wollen, das verstehst du nicht.«

»Du bist auch so ne Flasche, Stüwe, er muß doch in den kleineren Winkel reindrehen. Ich dreh doch schneller dreißig Grad nach steuerbord als hundertfünfzig nach backbord.«

»Versteh ich nicht.«

»Von dir verlang ich das auch gar nicht.«

Die Kälte trieb die Männer unter Deck. Als Teichmann auf seiner Koje lag, unter sich eine Persenning, sagte Stollenberg: »Weißt du, der Pauli hat nicht nur keine Ahnung von der Seefahrt, der ist auch 'n großes Schwein. Kurz nachdem er ›Schotten dicht‹ befohlen hatte, kam Gerd auf die Brücke und meldete, die Heizer schlügen ans Schott, ob man das Schott nicht schnell mal öffnen dürfe, es könne noch nicht viel Wasser in den Heizraum eingedrungen sein. Pauli brüllte, er werde jeden umlegen, der ein Schott öffne, die Sicherheit des Bootes gehe vor, er könne nicht auf einzelne Leute Rücksicht nehmen. Gerd hat aber nicht locker gelassen –«

»Und du wohl auch nicht?«

»Und noch zweimal haben wir den Pauli wegen des Schotts angehauen. Schließlich hat Pauli uns von der Brücke gejagt. Gerd sagte, daß man vom Dom aus in den Heizraum einsteigen könne. Er hat mir dann ne Leine unter den Armen durchgezogen und mich runtergelassen. Ich glaub, ich bin dir auf die Pfoten getreten.«

»Kann sein.«

»Für den Albatros wars ja 'n Glück, daß der Kohlenbunker getroffen wurde, deshalb war der Wassereinbruch nicht so groß. Aber ohne Wegener wären wir doch abgesoffen.«

»Wieso?«

»Der kam gleich mit dem Führerboot längsseits und hat zusammen mit seinem Rottenhund den Albatros unterfangen. War schon ne seemännische Leistung.«

»Und was hat der Pauli dabei gemacht?«
»Nichts, war 'n völliger Versager, hat mit seinem Gebrüll nur die Leute meschugge gemacht.«
»Auf der nächsten Unternehmung – wenn dieser Hund weiter unser Kommandant bleibt –, schmeiß ich ihn über Bord.«
»Mach ich mit«, sagte Stollenberg, ohne zu erröten.

5

Pauli sperrte Teichmann und Stollenberg drei Tage ein. Sie waren elf Minuten nach ein Uhr nachts an Bord gekommen. Beim Rapport sagte Pauli, sie seien elf Minuten lang unerlaubt von der Truppe ferngeblieben. In Wahrheit hatten sie sich bei Dora zu lange aufgehalten, sie wären aber noch rechtzeitig an Bord gekommen, wenn sie sich nicht auf dem Heimweg im Werfteingang geirrt und einen falschen Eingang benutzt hätten. Vormittags war der Albatros ins Trockendock verholt worden, und daran hatten sie nicht mehr gedacht.
Bevor der Albatros ins Trockendock kam, hatten sie mitgeholfen, die restlichen Kohlen aus dem Bunker zu schaffen. Die beiden Heizer, die mit Teichmann Wache gehalten hatten, kamen dabei zum Vorschein. Ihrem Schlafbedürfnis hatten sie es zu verdanken, daß sie nun plattgedrückt wie Pfannkuchen aussahen, der Luftdruck der Torpedodetonation hatte sie gegen die Bunkerdecke geklatscht. Pauli legte großen Wert auf einwandfreie Säuberung der Bunkerdecke, man könne den Werftarbeitern und vor allem den Ingenieuren den Anblick von Blut, Hirnbrei und Knochen nicht zumuten, sagte er.
Um vier Uhr nachmittags war Dienstausscheiden, und dann mußte die Besatzung im Ausgehanzug an Oberdeck antreten und zusehen, wie dem Leutnant zur See der Reserve Pauli das EK II verliehen wurde. Die gleiche Auszeichnung erhielten Stüwe für seinen Flugzeugabschuß und der gefallene Kommandant. Der Flottillenchef sprach der Besatzung seine Anerkennung für ihr Verhalten bei der Einbringung

des schwerbeschädigten Bootes aus und gedachte des gefallenen Kommandanten und der beiden Heizer, und anschließend verkündete er die Ernennung eines Leutnants zur See namens Paschen zum IWO.
»Stillgestanden, Augen rechts«, rief Pauli. Der Flottillenchef dankte.
»Besatzung wegtreten.«
Die Besatzung trat weg. Heyne stieß Löbbermann in die Seite: »Gratuliere zur Kriegsgerichtsverhandlung gegen Pauli.«
»Das hätt Wegener nicht tun dürfen«, sagte Bülow.
»Mußte er wohl, sonst hätt Stüwe kein EK bekommen«, sagte Stollenberg.
Der Flottillenchef begrüßte seine ehemaligen Rekruten. Er ging zu ihnen hin und gab ihnen die Hand und unterhielt sich einige Minuten mit ihnen. »Na, wie geht's?« sagte er zu Teichmann, »was machen Sie –« Er brach ab, lächelte etwas unsicher und klopfte ihm auf die Schulter: »Geht alles vorüber.«
»Verstehst du das?« sagte Teichmann zu Heyne.
»Komm, gehen wir zu Dora«, sagte Heyne.
Als sie von Bord gingen, mußten sie an zwei Damen vorbei. Eine war in Schwarz gekleidet und war die Frau des gefallenen Kommandanten, die andere war die Frau des Flottillenchefs. Alle grüßten, sogar der alte Pitt gab sich Mühe, eine ordentliche Ehrenbezeigung zu machen. Teichmann grüßte die Frau seines gefallenen Kommandanten.
»Bei der würd ich auch mal gern«, sagte Pitt und schnalzte mit der Zunge. »Du bist und bleibst ein Schwein«, sagte Stollenberg und errötete. »Von wem sprecht ihr eigentlich?« sagte Heyne ungewohnt scharf. »Von Madame Wegener, wenn du nichts dagegen hast«, sagte Osterbuhr. »Frag mal, ob sie dich läßt«, sagte Teichmann und gab ein Gelächter von sich wie einer, der sich verschluckt hat und husten muß. Die Damen fuhren im Wagen des Flottillenchefs an ihnen vorüber. Teichmann, Stollenberg und Heyne gingen erstmal einkaufen, Bülow und Vögele zum Frisör. Sie mußten lange suchen, bis sie etwas Passendes fanden. Schließlich erstanden sie ein Kopftuch aus buntbedruckter Seide, eine

freundliche Verkäuferin überließ ihnen das Tuch zum doppelten Preis, ohne Kleiderpunkte zu verlangen. Beim Frisör trafen sie sich mit Vögele und Bülow.
»Ich glaub, wir müssen sie kürzer schneiden, mein Herr.«
»Mir egal, schneiden Sie sie, wie's Ihnen Spaß macht.«
»Ich mein' halt, dann sieht man's nicht so.«
»Schneiden Sie sie ganz ab, haben schon immer ne verdammte Ähnlichkeit mit Roßhaar gehabt.«
»Das geht nicht, mein Herr, aber ich schneide sie so kurz wie möglich.«
»Wie Sie wollen.«
»Es ist auch nicht zweckmäßig, wenn wir sie färben, die Farbe hält nicht lange.«
»Ganz wie Sie wollen.«
Stollenberg und Heyne waren in ihre Zeitungen vertieft, Bülow und Vögele warteten draußen auf der Straße.
Als alle fünf frisch geschoren waren, gingen sie zu Dora.
»Ich geh eigentlich lieber in ne Kneipe, was Ordentliches trinken.«
»Mach keinen Quatsch, Hans, du gehst mit«, sagte Stollenberg sehr energisch.
Als sie eintraten, war das Lokal fast leer. Es war eine Mischung von Café und Bierwirtschaft, und erst auf den zweiten Blick konnte einem der Verdacht kommen, daß die bedienenden Mädchen nicht nur Speisen und Getränke servierten.
Sie setzten sich an einen Tisch in der Ecke neben der Theke. Vögele schickten sie vor. Ob er eine Schachtel Eckstein haben könne, aber ›ohne‹. »Nein, leider nein«, sagte die Dame hinter der Theke. Sie hatte Wasserstoff-Superoxyd-Haare und sah auch sonst so aus, als ob sie am ehesten von den Mädchen bereit sei, zahlungskräftige Gäste einen Stock höher zu bedienen.
»I möcht mal die Chefin spreche.«
»Die Chefin ist augenblicklich sehr beschäftigt. Tut mir leid.«
»Mit wem?«
»Wie bitte?«
»I moin, mit wem liegt se grad im Bett?«

»Was erlauben Sie sich da, mein Herr?«
»I erlaub mer garnix. Ibrigens hab i Griße für se zu beschtelle.«
»Von wem?«
»Vom Albatros.«
»Wer ist das? Ein Mann?«
»Mehrere.«
»Versteh ich nicht. Wollen Sie sich nicht deutlicher ausdrücken?«
»Der Albatros isch e Schiff, un do hats Männer druff, verstehsch?«
»Das wird die Chefin sicherlich nicht interessieren.«
»Sags ihr mal.«
Die Dame zog eine Schnute und verschwand. »So e Schtick Fleisch«, sagte Vögele und klopfte mit einer Münze auf die Theke, »ha –«
Das Stück Fleisch kam gleich darauf mit Dora zurück. Dora war gekleidet wie eine Dame, und soweit sich ihre Gesichtszüge verändern konnten, hatten sie sich ins Damenhafte verändert.
»Mensch, wen seh ich da«, sagte sie und begrüßte Teichmann, Stollenberg und Heyne, als ob sie sie zwanzig Jahre nicht mehr gesehen hätte.
Sie überreichten ihr das Kopftuch und die Bücher.
»Das Tuch ist wirklich wunderbar. Und gleich drei Tagebücher –«
»Vielleicht kannst du sie als Kassenbücher gebrauchen«, sagte Heyne, »ist 'n gutes Papier.«
»Ihr hättet euch nicht so in Unkosten stürzen dürfen.«
Sie ging weg und kam mit fünfhundert Mark zurück. Heyne sagte, er wolle das Geld nicht mehr haben, sie hätten eine solide Schlägerei gehabt, und damit sei der Fall erledigt. Dora bestand darauf, daß Heyne das Geld annehme.
»Dann vertrinken wir das Geld bei dir«, sagte Teichmann.
»Kommt nicht in Frage, ich nehm von euch kein Geld.«
Stollenberg schlug vor, das Geld den rechtmäßigen Besitzern zurückzugeben, doch dieser Vorschlag wurde allgemein abgelehnt. Dann sei die ganze Schlägerei für die Katz gewesen, sagte Heyne. Sie einigten sich schließlich,

das Geld anzunehmen, aber Dora zur Aufbewahrung zu geben. »Was wollt ihr essen?«
»Nichts, Dora, wir stehen gut im Futter.«
»Ja, womit kann ich euch dann dienen? Braucht ihr vielleicht was fürs Herz?«
»Wir sind heut zum erstenmal an Land«, sagte Bülow und grinste.
»Sucht euch eine raus, ihr Athleten.«
»Desch isch ja prima. I nehm die, die mir koi Eckschtein hat gäbe wolle.«
Zu den Mädchen sagte sie: »Die Herren sind meine Gäste, bedient sie entsprechend. Und du, Kleiner, kommst mit mir, du bist ja Routinier in diesem Fach, ich will noch was von dir lernen.«
Im ersten Stock hatten die Mädchen ihre Zimmer, im zweiten befand sich Doras Privatwohnung.
»Und dein Mann?«
»Was geht der dich an?«
»Außer Dienst heute?«
»Nee, pensioniert, schon lange.«
Sie führte ihn in ihr Wohnzimmer und dann ins Schlafzimmer. Beide Räume waren geschmackvoll eingerichtet, soweit Teichmann das beurteilen konnte. Im Badezimmer ließ sie heißes Wasser in die Wanne laufen: »Man fühlt sich gleich als anderer Mensch, wenn man frisch gebadet hat, und du sollst jetzt nicht an deine Drecksarbeit an Bord erinnert werden. Das alles mußt du jetzt hinter dir lassen, einfach vergessen, ja?« sagte Dora.
»Werd mir Mühe geben.«
»Ich hoff, dir's nicht zu schwer zu machen.«
Als er aus dem Bad kam, trug sie einen purpurroten Schlafmantel von flauschartigem Stoff. Sie roch noch besser und stärker als vorher, und ihr Bett hatte sie aufgedeckt, es bot drei Personen bequem Platz, Teichmann hatte ein derartiges Möbelstück noch nie gesehen und war ein wenig erschrocken. Die Innenflächen seiner Hände wurden feucht wie bei seinem ersten Flugzeugangriff. Dora knipste das Deckenlicht aus. Die Nachttischlampe, die einen warmen rötlich-gelben Schein gab, ließ sie brennen.

»Ist das Bett zu groß für dich, Kleiner?«
»Sieht so aus.«
»Keine Angst, wenn ich drin lieg, ist's nicht mehr zu groß.«
Sie streifte ihren Schlafmantel ab und knipste die Nachttischlampe aus, wobei sie ihm Gelegenheit gegeben hatte, ihren Körper eine Sekunde lang nackt zu sehen.
Eine Zeitlang, vielleicht nur für Augenblicke – er wußte es nicht – fühlte er sich glücklich, weil er die Vergangenheit und die Gegenwart und alles andere, selbst Dora, vergessen konnte, und weil sein Körper von einer Woge erfaßt wurde, die alles Unwichtige wegspült und den Platz frei macht für das Einzige, was einem Mann blieb, wenn er sonst nichts hatte.
Als es vorüber war, fühlte er sich älter. Aber gleich danach war er neugierig, wie es weiterging. Dora war glücklich. Er fühlte es, und sie sagte es ihm auch. Sie sagte es ihm öfter, sie war überhaupt lebhaft, und wenn sie keine Worte sprach, kamen andere Laute aus ihrem Mund. Teichmann freute sich darüber, aber im stillen belustigte es ihn etwas, sie ist 'n bißchen naiv, dachte er.
Sie sprachen nicht viel, sie fragte nichts, und er hatte ihr nichts zu sagen, doch war er froh, daß sie bei ihm war. Einmal ging sie weg und holte ihm eine Flasche Wein. Sie achtete darauf, daß er langsam trank.
Kurz vor Mitternacht klopfte Stollenberg an die Tür und sagte, er gehe jetzt. »Ich komme«, sagte Teichmann und zog sich an.
»Hast du keinen Nachturlaub?«
»Nein, als Matrose krieg ich keinen, und bei unserm neuen Kommandanten erst recht nicht.«
»Schade. Ich hätt jetzt noch gern mit dir geschlafen. Ich mein', richtig geschlafen. Das fehlt mir so, weißt du, ganz friedlich im Bett liegen, weißt du, nur so nebeneinander mit einem, den man gern hat. Du brauchst jetzt nicht befürchten, ich mach dir ne Liebeserklärung –«
»Liebe ist Quatsch, Hauptsache ist, 's tut gut.«
»Ist 'n vernünftiger Standpunkt, nur das Wort ›Quatsch‹ hättste nicht so laut zu sagen brauchen. Aber ich will dir was verraten, brauchst dir aber nichts drauf einzubilden:

Du bist nämlich genau einer von der Sorte Mann, wie sie sich jede Frau wünscht, auch wenn sie's nicht zugibt. Und weißte warum? Du bist kein Egoist. Ich sag dir das, weil ich weiß, daß du's heut zum erstenmal tatest. Aber hier in Hamburg darfst du nur zu mir kommen, verstanden?«
Sie erhob sich und schlüpfte in ihre Stöckelschuhe, zog ihren Schlafmantel an und ging mit ihm zur Haustür runter. Vor der Tür wartete Stollenberg.
»Heyne ist nicht hiergeblieben, er ist in seine Wohnung gegangen, er hat gesagt, das könne er bei Molly besser haben«, sagte Stollenberg.
»Wie er will«, sagte Dora.
Sie verabschiedeten sich. Dora wollte einen Kuß haben. Teichmann fand das jetzt albern, und er hielt ihr den Mund hin, als Stollenberg mit seinem Schuhnestel beschäftigt war.
Unterwegs sagte Stollenberg: »Du kannst mir sagen, was du willst – ich fühl mich jetzt bedeutend wohler.«
»Ich sag ja gar nichts.«
»Na ja, was hätten wir auch sonst tun sollen?«
»Sport treiben, zum Beispiel.«
Daraufhin lachten beide so laut, daß die paar Fußgänger, die noch unterwegs waren, erstaunt stehenblieben.
Mit diesem Besuch bei Dora beschäftigte sich Teichmann, während er im Bau saß. Es war dort keineswegs langweilig, denn der Flottillenstab war in derselben Holzbaracke untergebracht, in der sich auch die Arrestzellen befanden. Der Flottillenstab bestand aus einem Verwaltungsoffizier im Leutnantsrang, einem Schreiber-Oberfeldwebel, einigen Schreibern und zwei Tippfräulein. Bürovorstand spielte ein Kapitänleutnant der Reserve namens Loewe. Was dieser Mann, der die Dienstbezeichnung ›Kapitänleutnant beim Stabe‹ führte, tagsüber tat, wußte niemand. Was er nachts anstellte, war so ziemlich der ganzen Flottille bekannt und stand im engsten Zusammenhang mit den beiden Tippsen. Für seine Tätigkeit beanspruchte er zwei Räume, im einen saß er meistens allein an seinem Schreibtisch und reinigte mit einer Papierschere seine Fingernägel, im andern lag er nach Anbruch der Abenddämmerung auf einer Couch und war nicht mehr allein. Und nebenbei führte er die Flottille,

solange Korvettenkapitän Wegener im Urlaub war. Der Flottillenchef war für einige Tage nach Berlin gefahren, seine Wohnung hatte er nicht mehr auf dem Dänholm. Die Flottille ging nicht in See, solange sie Kapitänleutnant Loewe führte.

Der letzte Raum der Baracke diente als Arrestlokal. Er war in zwei kleine Zellen unterteilt, damit zwei Mann gleichzeitig ihre Strafe absitzen konnten. In jeder Zelle war oben, einen halben Meter unter der Decke, ein kleines Fenster. Vor dieser Öffnung waren Gitterstäbe angebracht worden, die bei Teichmann den Eindruck erweckten, als seien sie aus Draht. Jedenfalls war es ein biegsames Eisen, wie er gleich in den ersten Minuten seines Aufenthalts feststellte, praktischen Wert hatten die Stäbchen nicht, sie waren wohl mehr als Symbol gedacht. Obwohl die Zelle nicht geheizt wurde, war es zweckmäßig, auch im Winter dieses Fenster offen zu lassen, neben dem Arrestlokal war der Abort. Die Baracke war nicht sehr stabil gebaut, die Wände waren dünn, und die Wand, die die Arrestzelle vom Abort trennte, hatte Astlöcher. Aber auch die Wand zwischen den beiden Zellen war dünn und hatte Astlöcher, Teichmann und Stollenberg konnten sich bequem unterhalten. Dafür mußte Teichmann aus der entgegengesetzten Richtung Gerüche und Geräusche in Kauf nehmen, die nicht zu seinem Wohlbefinden beitrugen. Als man sich dort wieder einmal allzu ungezwungen benahm, rief er »Zum Wohl« rüber, was nach einer kurzen Überlegungspause mit der Bemerkung »Unverschämter Flegel« quittiert wurde. Einige Minuten später erschien der ›Kapitänleutnant beim Stabe‹ in Teichmanns Zelle und sagte: »Eine der Damen hat sich über Sie beschwert.« – »Ich bitte um Papier und Schreibzeug, damit ich mich schriftlich beim Flottillenchef über das Benehmen der Tippsen beschweren kann«, sagte Teichmann. Daraufhin ließ der ›Kapitänleutnant beim Stabe‹ die Sache auf sich beruhen, vergaß aber nicht, Teichmann zu erklären, daß die Damen Schreibkräfte, also Stenotypistinnen, seien und keine Tippsen, und im übrigen solle er künftig eben weghören. Teichmann erwiderte, daß es damit nicht getan sei, er könne nicht zugleich Ohren und

Nase zuhalten, er habe nur zwei Hände. »Sie, werden Sie nicht noch frech«, sagte der ›Kapitänleutnant beim Stabe‹ und knallte wütend die Zellentür zu. Teichmann hörte, wie er auf dem Gang nach einem Fräulein Erika rief. Nebenan lachte Stollenberg.
Im übrigen ging Teichmanns Privatkrieg mit Pauli weiter. Nach Verbüßung seiner Strafe wurde er zur Wache eingeteilt, der Akklimatisierung wegen, wie Pauli sich ausdrückte, Teichmann solle sich erst mal wieder an die frische Luft gewöhnen.
Er bat Stollenberg, Dora auszurichten, daß er nicht kommen könne. Er wußte, daß Dora mit seinem Kommen rechnete, Vögele hatte es ihm gesagt, als er ihm das Essen in den Bau brachte. Dora werde ihn festlich empfangen, hatte Vögele erzählt. Er ging jeden Abend zu Dora, die andern auch.
In der ersten Nacht schob Teichmann von Mitternacht bis vier Uhr Wache. Um halb zwei kam Pauli mit Begleitung an Bord. Teichmann machte seine Meldung. Pauli schwankte leicht, und eine dicke Wolke Alkoholdunst umgab ihn.
»Wer ist das?« sagte Paulis Begleitung.
»Der Säugling meiner Besatzung.«
»'n bißchen groß für nen Säugling. Trinkt er gern?«
»Groß? haha. Aber dumm wie 'n Säugling, was, Teichmann? Wiederhole: ich bin der dumme Teichmann.«
Teichmann sagte nichts.
»Los, wiederhol das.«
Teichmann mußte schlucken.
»Na, wirds bald. Ich geb dir den dienstlichen Befehl, diesen Satz zu wiederholen.«
Teichmann schwieg, weil in seinem Hals ein Kloß saß und sich rauf und runter bewegte. Er war entschlossen, ihn in Paulis Gesicht zu spucken, und eine übermächtige Wut sammelte sich in ihm und lag wie eine Tonne Eisen in seinem Magen und zog seine Eingeweide zusammen. Er konnte nicht mehr atmen, und es kostete ihn eine große Kraftanstrengung, nicht laut zu stöhnen, und vor seinen Augen begann es zu flimmern, Paulis Gesicht schwamm undeutlich vor ihm hin und her. Ich muß ihn jetzt treffen, jetzt, solang

ich ihn noch sehen kann, ich muß ihn töten, ich muß ihn –

»Komm schon, Süßer, komm.«

»Laß mich. Der muß erst den Satz wiederholen.«

Teichmann nahm sein Gewehr ab und lehnte es an die Stelling. Er hatte sich wieder in der Gewalt, er wußte, was er zu tun hatte, und jetzt war alles leicht. Er zog seinen Handschuh aus und schloß seine Finger zur Faust. Pauli hatte den Mantelkragen hochgeschlagen, Teichmann wartete, bis sein Kinn frei war.

»Komm doch jetzt, Süßer, magste nicht?«

Teichmann trat einen halben Schritt zurück. Pauli hielt seinen Kopf immer noch etwas gesenkt, sein Kinn war noch im Mantelkragen. Teichmann nahm seine Faust nach hinten und holte aus. Er spürte das Seil der Stelling, als er es mit der Faust streifte, und drehte sich etwas seitlich, um besser ausholen zu können –

»Komm schon, Süßer, ich will jetzt.«

»Laß mich. Der Hund wiederholt den Satz, oder –«

»Da faß mal her, Süßer, merkste was?«

Eine Zeitlang verhielten sie sich ruhig. Dann rumorten sie so laut, daß es Teichmann nicht länger überhören konnte. Schließlich artete es in eine Schlägerei aus. Sie brüllten sich gegenseitig an und überboten sich an unflätigen Ausdrükken. Dann warf Pauli sie zur Kammer raus.

Nun lag sie an Deck und heulte ein bißchen. Pauli warf ihr ihre Kleider nach.

Sie wollte die Tür öffnen, aber Pauli hatte abgeriegelt. Sie schlug gegen die Tür, und als alles nichts half, urinierte sie.

»Laß das sein, wir müssen's ja wegputzen, nicht er«, sagte Teichmann.

Das Bullauge der Kammer öffnete sich, Pauli streckte seinen Kopf raus und brüllte: »Wache.«

Teichmann ging zu ihm hin.

»Zum Teufel, wofür sind Sie eigentlich da? Sorgen Sie sofort für Ruhe und schaffen Sie dieses Weibsstück von Bord.« Das Bullauge schloß sich wieder.

»Was hat er gesagt? Was hat der Lump gesagt?«

»Du sollst jetzt von Bord.«

»Der Lump hat mir keinen Pfennig gegeben, nicht einen Pfennig. Er hat gesagt, er will mir nen Büstenhalter schenken. Einen Büstenhalter – hab ich das nötig, du? Schau mich mal an, brauch ich nen Büstenhalter? Ich mit meiner Figur? Sag mal ehrlich, brauch ich nen Büstenhalter? Schau her, ist alles echt.«
Am andern Morgen las der B.d.W. im Wachbuch:

0130: Eine unbekannte Dame in Begleitung des Kommandanten an Bord.
0218: Lärm im Achterschiff. Dame führt unanständige Reden und tituliert den Kommandanten in offensichtlich beleidigender Weise.
0223: Dame verläßt die Kammer des Kommandanten zwangsweise.
0225: Dame besudelt Kajütentür des Kommandanten. Zurechtgewiesen.
0226: Dame verrichtet ihre Notdurft vor der Tür des Kommandanten.
0227: Dame auf Befehl des Kommandanten zur Ruhe ermahnt.
0237: Dame gegen eine Abfindung von RM 10.– von Bord gegangen.
Sonst k. b. V.

gez. Teichmann, Matrose.

B. d. W. war Maat Becker. Er ließ Teichmann kommen.
»Mein Lieber, was du da ins Wachbuch eingetragen hast, kann dir's Genick brechen.« Becker duzte jeden und war beleidigt, wenn ihn ein Mannschaftsdienstgrad außerdienstlich mit ›Sie‹ anredete. »In ner halben Stunde muß ich das Buch nach achtern bringen, wir können's vielleicht noch ändern oder wegradieren.«
»Laß mal, ich will Pauli einen reinhängen. Bei dem hab ich's sowieso verschissen.«
»Mir soll's recht sein, aber 's ist ne Dummheit von dir, ne Riesendummheit, kann ich dir nur sagen.«
»Weiß ich. Pauli hat mir's erst heute nacht wieder gesagt, daß ich dumm sei. Ich hätt eigentlich meine Meldung im

Wachbuch mit ›Der dumme Teichmann‹ unterzeichnen sollen, schade, daß mir das erst jetzt einfällt.«
Maat Becker brauchte das Wachbuch dem Kommandanten nicht vorzulegen, der Obersteuermann schickte ihn ins Werftbüro, Mennige holen. Teichmann begab sich auf seine Reinschiffstation. Er war mit dem Abbürsten der Abortbrille beschäftigt, als Bootswachtmeister Obermaat Werner ihn besuchen kam.
»Morgen, Teichmann.«
»Morgen, Herr Obermaat.«
Pause.
»Sie sind doch sonst nicht so militärisch.«
Teichmann arbeitete weiter.
»Auf Ihrer Wache heut nacht waren Sie zu militärisch, verstehen Sie? Ich mein'« – Obermaat Werner trat in den Mannschaftsabort und schlug die Tür hinter sich zu – »war ja goldrichtig, was Sie da reingeschrieben haben, vom militärischen Standpunkt aus. Aber Sie wissen, der Kommandant ist Reservist –«
»Deshalb, Herr Obermaat.«
»Schon gut, aber das hilft Ihnen nicht die Bohne, der kann Ihnen das Leben verdammt schwer machen.«
»Bin ich gewohnt, macht mir gar nichts aus.«
»Wie Sie wollen. Vergessen Sie nicht, die Grätings heiß abzuschrubben.«
»Jawohl, Herr Obermaat.«
Nach dem Mittagessen erschien Pauli im Seemannsdeck. Niemand rief ›Achtung‹. Das war so üblich, wenn ein Offizier das Deck in der Mittagspause betrat. Pauli tobte und schrie, das sei Meuterei, er werde jetzt andere Saiten aufziehen, die Seeleute seien ein völlig vergammelter Haufen. Dann führte er Spindmusterung durch. Der Erfolg davon war, daß er der Hälfte der Seeleute den Landgang sperrte.
Teichmanns Spind sah genau so aus wie die andern Spinde, aber Pauli beanstandete nichts. Auch mit Habernagels Spind ging er schonend um, allerdings war dessen Innendekoration sehenswert. Sie zeigte vor allem seine Filmstarfotos. Man konnte diese Bilder in jedem Laden kaufen,

aber Habernagel hatte den weißen Rand der Fotos abgeschnitten, so daß sie wie Privatfotos aussahen, und auf ihnen standen Worte wie »Herzlichst und in Liebe Deine Zarah« oder »In innigster Liebe und Treue Deine Dich nie vergessende Marika«. Es war merkwürdig, daß seine Filmfreundinnen alle so ziemlich die gleiche Handschrift besaßen, und diese wiederum hatte jedes Mal eine auffallende Ähnlichkeit mit der ihres Liebhabers. Pauli interessierte sich anscheinend für Handschriften, denn er betrachtete Habernagels Spind eingehend und genierte sich auch nicht, in die Knie zu gehen, um die Aktfotos, die tiefer angebracht waren, zu studieren.
Als er das Seemannsdeck verließ, rief wiederum niemand ›Achtung‹. Pauli schien es diesmal nicht zu bemerken. Vielleicht aber hatte er die Augen der Seeleute gesehen.
Um fünf Uhr war Dienstausscheiden. Teichmann wusch sich gründlich und zog seine Ausgehuniform an und schmierte sich Pomade in die Haare, das gab ihnen ein dunkleres Aussehen. Die Pomade hatte Stollenberg von Land mitgebracht und ohne Erklärung in Teichmanns Spind gestellt.
Als er übers Oberdeck ging und sich im U-Raum eine Urlaubskarte holen wollte, stand Pauli an der Stelling.
»Warten Sie vor meiner Kammer.«
Teichmann wartete achtundzwanzig Minuten. Dann kam Pauli, ging in seine Kammer und befahl ihm einzutreten.
»Wollen Sie sich gefälligst melden?«
»Matrose Teichmann meldet sich zur Stelle.«
Pauli setzte sich und schlug die Beine übereinander. Er ließ Teichmann nicht rühren. Umständlich und betont langsam stopfte er seine Pfeife. Noch nie hatte ihn Teichmann so nahe, so lange, gleichsam privat vor sich gehabt. Mit seinem zusammengeschrumpften gelben Gesicht – seinem Gesicht nach hätte er fünfzig sein müssen –, seinen grünen Augen, die hinter faltigen vertrockneten Lidern versteckt saßen, und seinem verkniffenen krummen rundlichen Mund sah er aus wie ein giftiger Kobold. Dann gingen seine verknoteten blauen Lippen auseinander, und in das Loch wurde ein Stiel gesteckt. Dann sagte das Loch: »Geben Sie

mir mal das Blatt Papier her. Ja, das da, das auf dem Tisch liegt.«
Das Blatt wurde zusammengerollt.
»Wollen Sie mir bitte Feuer geben.«
Teichmann holte sein Feuerzeug aus der Tasche und hielt es ihm hin.
»Knipsen Sie es ruhig selbst an – so.«
Pauli entzündete das zusammengerollte Blatt Papier an dem brennenden Feuerzeug und steckte mit der Papierrolle seine Pfeife in Brand. »Ich pflege nämlich meine Pfeife mit nem Fidibus anzuzünden, der Benzingeruch des Feuerzeugs stört mich.«
Das war gar nicht ungeschickt gemacht, dachte Teichmann. Wie lang er wohl trainiert hat, bis diese Szene saß?
»Damit Sie lernen, was man ins Wachbuch einträgt und was nicht, gehen Sie sieben Tage lang Wache zur Übung. Und merken Sie sich für die Zukunft: Nur wesentliche Vorgänge werden im Wachbuch vermerkt, we-sent-li-che. Wegtreten.«
Teichmann ging ins U-Deck und bat Obermaat Werner, das Wachbuch einsehen zu dürfen. Der gab ihm ein neues Wachbuch.
»Und das alte?«
»Nicht mehr vorhanden.«
»Na – was er tut, tut er ganz.«
»Kann man wohl sagen.«
Teichmann zog seine Uniform aus und spielte im Seemannsdeck mit Stollenberg und Bülow Skat.
»Du hast wohl die Ewige Wache?« sagte Bülow.
»Ja, nur laß ich mich nicht gern von Hunden anpissen, wie die SS-Posten vor der Feldherrnhalle, so still halt ich nicht.«
»Aber besser Skat spielen könnteste, das ist schon 's zweite Mal, daß du ne Leere reinlegst, anstatt zu schmieren.«
Teichmann holte sich eine Flasche Bier.
»Laß dich nicht erwischen. Wenn du zur Wache eingeteilt bist, darfste keinen Alkohol trinken.«
Auch das Bier half ihm nicht viel. Er wußte, daß Pauli ein Schwein war, aber daß er auch ein intelligentes Schwein sein konnte, war neu.

Pauli kam ins Deck. Er hatte den neuen IWO mitgebracht. Niemand rief ›Achtung‹, nach Dienstschluß war das nicht nötig. Er ließ sich die Spinde zeigen. Sie sahen genau so aus wie vorher. Sie waren sauber, und die Uniformen und die Wäsche auch. Aber die Wäsche lag nicht Kante auf Kante wie in der Rekrutenkompanie. Deshalb riß Pauli die Wäsche aus den Fächern und warf sie auf den Boden und regte sich darüber auf, daß der eine für sein Waschzeug das zweite Fach von oben und der andere das dritte Fach benutzte.

Während Pauli die Spinde auf der Steuerbordseite musterte, trat der IWO zu Teichmann und gab ihm zu verstehen, er solle seine Bierflasche verschwinden lassen. Teichmann steckte sie unter die Decke seiner Koje.

Dann kam Pauli auch zu Teichmanns Spind und feuerte so ziemlich alles auf den Boden, einschließlich der Zahnbürste.

»Warum tragen Sie nicht den vorschriftsmäßigen Wachanzug?«

»Ich bin nicht zur Nachtwache eingeteilt, Herr Leutnant.«

»Verdammt nochmal, hab ich nicht befohlen, daß Sie sieben Tage lang Wache gehen sollen?«

»Es ist verboten, einen Soldaten zwei Tage lang hintereinander Nachtwache gehen zu lassen, sofern sich das Boot nicht auf Kriegsmarsch befindet«, sagte der IWO.

»Wir sind doch hier kein Sanatorium.«

»Nein, aber eine Einheit der Kriegsmarine und haben uns nach den geltenden Befehlen zu richten«, sagte der IWO.

Pauli sagte nichts mehr und verließ zornrot das Deck. Als der IWO seinen Fuß auf die erste Stufe der Treppe zum Oberdeck setzte, rief Osterbuhr: »Achtung.« Sein Ruf klang nicht ganz einwandfrei, anscheinend machten ihm seine Zähne wieder mal zu schaffen. Der IWO wandte sich um, machte eine Ehrenbezeigung in Richtung Osterbuhr, und der errötete wie ein Backfisch beim ersten Rendezvous mit einem älteren Herrn.

»Du willst wohl Admiral werden, was?« sagte Pitt. »Wenn hier einer ›Achtung‹ ruft, dann bin ich das als Deckältester und nicht du mit deinem Matschgebiß.«

»Eigentlich hättest du ›Achtung‹ rufen müssen«, sagte Stollenberg zu Teichmann.

Und dann kam Teichmann doch an Land. Pauli war in Urlaub gefahren, und weil Teichmann zur Wache eingeteilt war und nicht von Bord durfte, schickte ihn der IWO dienstlich an Land, er solle in einem Fotogeschäft einen Film des IWO entwickeln lassen, vor Mitternacht brauche er nicht zurück zu sein.
Nachdem er den Auftrag des IWO erledigt hatte, ging er zu Dora. Er ging mit gemischten Gefühlen hin.
Dora war nicht da. Sie sei einkaufen gegangen, sagte die Wasserstoffblondine. Vögele hatte ein richtiggehendes Verhältnis mit ihr, er war so weit, daß er sagte, sie sei seine erste und einzige Liebe. Von Bülow, mit dem er anfangs seine einzige Liebe teilen mußte und der jetzt großzügig auf seinen Anteil verzichtete, bekam er deshalb manches zu hören. Aber er war nun mal verliebt in diese Dame und steckte alle Beleidigungen widerspruchslos ein. Sogar Bülows Frage, in welcher Sprache er sich eigentlich mit seiner Geliebten verständige, da sie ja unmöglich seinen Eingeborenendialekt verstehen könne, überhörte er. Oder Bülow sagte: »Vögele, du hast doch gar keine Bettbegabung, ich glaub, sie tut's nur aus purem Mitleid mit dir, sie hat dich sozusagen an Kindes Statt angenommen, weil sie selbst kinderlos ist und bleiben wird, solange sie sich nur mit dir abgibt.«
Darauf antwortete Vögele stets mit dem gleichen Satz: »I muß ihr scho recht sei, sonst mißt i ja was zahle.«
Teichmann setzte sich an den Tisch in der Ecke neben der Theke und trank ein Bier.
Als Dora kam, erhob er sich. Er hatte sich vorher lang überlegt, ob er das tun sollte. Aber es blieb ihm keine andere Wahl, als er die tadellos gekleidete Dora sah. Sie war im Lieferwagen einer Speditionsfirma vorgefahren.
»Na endlich«, sagte sie und gab ihm die Hand, »ich komm gleich, muß aber erst noch das Abladen der Waren beaufsichtigen.«

Es wurden allerhand feine Dinge abgeladen, Schnäpse, Liköre, Weine, Sekt und eine Menge Konserven.
»Kaufst du immer en gros ein?«
»Klar. Ist doch billiger. Und alles ›ohne‹.«
»Wie machst du das?«
»Geschäftsgeheimnis. Aber schreib mal nen Wunschzettel, was du heut abend essen und trinken willst, kannst alles haben.«
»Überlaß ich dir.«
»Dann zähl mal die Rechnungen zusammen, 's geht bei dir sicher schneller, du warst doch in ner guten Schule.«
Sie gab ihm einen Stoß Rechnungen. Teichmann addierte sie, es kam eine vierstellige Zahl raus.
»Donnerwetter, wie machst du das?«
»Was?«
»Das Zusammenrechnen. Da brauch ich mindestens ne viertel Stunde dazu.«
Sie schrieb einen Verrechnungsscheck und gab dem Schofför und seinem Beifahrer ein anständiges Trinkgeld. »Danke sehr, gnädige Frau«, sagten die Männer und lüpften ihre Mützen.
Stollenberg, Heyne, Bülow, Vögele und Signalgast Meisel kamen rein. Vögele scherte gleich aus und verzog sich mit seiner einzigen Liebe in die oberen Gemächer.
»Kinder, auf meine Gesellschaft müßt ihr heut verzichten, hab noch vieles zu erledigen«, sagte Dora.
»Hab ich mir gedacht«, sagte Heyne, »mußt unserm Benjamin Nachhilfestunden erteilen, damit er das Versäumte nachholen kann.«
»Was geht das dich an – du Pinscher?« sagte Dora, und zum erstenmal entdeckte Teichmann, daß auch Heyne erröten konnte. Dora ging mit Teichmann in ihre Wohnung.
»Du, ich hab wirklich noch keine Zeit, ich hab noch etwa ne Stunde zu arbeiten.«
»Kann ich dir was helfen?«
»Ach wo. Jetzt bleibste hübsch hier, bis ich raufkomme. Schau mal, hier ist meine Hausbar, kannst dich nach Herzenslust bedienen. Trink aber nicht zuviel, hörst du? Wir haben heut noch einiges vor – miteinander.«

Um alles probieren zu können, hatte er sich einen Schemel vor die Bar gestellt, auf dem er nun saß und die Flaschen der Reihe nach durchging. Er trank zunächst einen Steinhäger und ein kleines Gläschen Rémy Martin, Hennessy, Calvados, Armagnak, Jacobi, Martell, Dujardin, und dann war noch ein schottischer Whisky da, und schließlich fand er einen herrlich duftenden Jamaika-Rum, der aber sehr schwer war, er nippte nur dran –

»Sehr zum Wohl, mein Herr.«

Ein mittelgroßer, früher einmal kräftiger Mann stand im Zimmer. Er hatte eine Vollglatze und Negerlippen, die aber jetzt eingeschrumpft und brüchig waren, und auffallend schöne Zähne, zu schön, um echt zu sein, und er trug einen schicken Anzug mit scharfen Bügelfalten – an seiner Hose war ein Knopf offen, der dritte von oben –, eine gewagte Krawatte und eine Blume im Knopfloch. Seine Augen waren von einer dunklen Brille verdeckt. Abgelebt und ausgebrannt, dachte Teichmann und schätzte ihn auf über sechzig, und vielleicht weil er ihm wegen der dunklen Brille nicht in die Augen sehen konnte, schaute er auf die offene Hose, während der Mann sagte: »Lassen Sie sich bitte nicht stören. Wissen Sie, ich freu mich immer, wenn den jungen Leuten unsere Hausbar imponiert, ich hab sie nämlich eingerichtet, und so bekommen die jungen Leute auch zugleich von mir was Gutes, das einzige, womit ich noch dienen kann, hahaha. Guter Geschmack ist auch was wert. Wenn Sie mir nen Gefallen tun wollen, dann sprechen Sie sich doch bitte nachher bei meiner Frau lobend über meine Hausbar aus, ja, bitte. Und wenn ich Ihnen nen kleinen Rat geben darf, versuchen Sie mal den Pfirsichschnaps, was ganz Delikates, er steht hinten in der Ecke, damit man ihn nicht gleich sieht, haha. Aber ich will Sie nicht länger aufhalten. Meine Frau wird sicher nicht mehr lange auf sich warten lassen. Wünsche nen vergnügten Abend in meinem Hause, hihihi ...«

Die offene Hose war weg. Teichmann glaubte, er hätte geträumt oder er wäre betrunken.

Er trank jetzt in kürzeren Abständen und füllte sein Glas jedesmal bis zum Rand voll. Den Pfirsichschnaps rührte er

nicht an. Er hatte seit Mittag nichts mehr gegessen und fühlte nun eine wohlige Wärme im Bauch. Auf einmal merkte er, daß eine Flasche leer war. Er schaute auf dem Teppich nach, ob er vielleicht etwas verschüttet habe.
»Was suchst du denn auf dem Teppich? Du bist ja betrunken, Herrgottnochmal, du bist ja betrunken –«
»Du warst so lange fort –«
»Ach, Unsinn. Ich bin sogar früher gekommen, als ich vorhatte. Und nun bist du betrunken. Das ist gemein von Dir. Ich hab mich so auf den Abend gefreut.«
»Beruhig dich, meine Geschmacksnerven sind noch vollkommen in Ordnung, ich werd dein Abendessen zu schätzen wissen.«
»Nein, du bist blau. Du brauchst gar nicht so unverschämt grinsen und so geschwollen daherreden, du bist einfach blau. Pfui Teufel. Ich könnt dich prügeln –«
»Nicht so laut, dein Pensionär könnt aufwachen.«
»Wer?«
»Dein pensionierter Ehemann, der sonst schläft.«
»Warum? War er hier?«
»Zufällig.«
»Er wird dir nichts getan haben.«
»Nein, hat er auch nicht. Er hat mir nen guten Schnaps empfohlen.«
»Ja, auf seine Bar hält er große Stücke.«
»Ich dachte, es sei deine?«
»Natürlich ist's auch meine.«
»›Auch‹ ist gut.«
»Du bist 'n seltener Kindskopf, Hans, wirklich.«
Sie schloß die Bar zu.
Er saß immer noch auf dem kleinen Schemel vor der Bar. Sie legte vorsichtig, als könne sie sich die Finger verbrennen, ihre Hand auf sein Haar.
»Paß auf, ich hab Pomade drauf.«
Sie nahm seinen Kopf und legte ihn gegen ihre Hüfte.
»Dein Rock wird fleckig.«
Sie beugte sich über ihn und nahm seinen Kopf zwischen ihre Hände und lächelte ihn an mit einem wissenden, gütigen Lächeln, das ihrem Gesicht einen überraschenden Lieb-

reiz gab, wie ein plötzlicher Sonnenstrahl eine Herbstlandschaft aufleuchten läßt – das war etwas Neues für Teichmann. Er wurde verlegen und sah weg. Dann küßte sie ihn, und nun folgte er ihr.

»So, und jetzt gibt's was zu essen. Bist ein liebes Kerlchen, auch –«
»Hör um Gottes willen auf. Das hat mir grad noch gefehlt.«
»Ich weiß, warum du jetzt so bist, das sind sie alle danach, komisch, wird ne Frau nie ganz verstehen –«
»So – alle sind so. Alle. Du mußt's ja wissen –«
»Gott, nimmst du das tragisch.«
»Was biste denn ausgerechnet auf mich so erpicht? Fehl ich dir noch in deiner Sammlung?«
»Sei nicht eifersüchtig.«
»Quatsch.«
»Doch, ich weiß, daß du's bist. Und ich hab dich gern, das weißt du auch. Aber ich hab dir schon mal gesagt, Wohltaten werden nicht aufgezwungen.«
»So, haste auch deinen Stolz? Meinst du vielleicht, 's ist angenehm für mich, dort reinzugehen, wo schon hundert andere ein- und ausgegangen sind? Das ist ne –«
»Was? sags ruhig.«
»Ach was. Abgesehen davon, daß ich mir dabei was holen kann.«
»Mit Zahlen wirfst du ja großzügig um dich. Du trinkst doch auch dein Bier aus nem Glas, das vor dir andere an den Mund geführt haben, und wenn du großen Durst hast, schaust du das Glas nicht mal genau an, ja, du trinkst auch mal aus nem schmutzigen Glas.«
»Gläser werden jedesmal gespült, soviel ich weiß.«
»Hast du bei mir in diesem Punkt Bedenken?«
»'s gibt Leute, die haben stets ihr eigenes Glas bei sich.«
»Wenn sie sich's leisten können und das richtige Glas gefunden haben.«
Teichmann legte sich auf den Rücken und schaute die Zimmerdecke an. Er wußte, daß sie recht hatte.
»Und du weißt, daß ich mir die Männer vorher genau an-

sehe. Aber ich freue mich, daß du auf deine und meine Gesundheit so bedacht bist. Nun wollen wir was essen, damit du auch was von dem Abend hast.«

Er schlug sie. Sie wehrte sich nicht, und sie schrie nicht, sie sagte nur: »Warum tust du das? Du tust dir ja selber weh.« Und das machte ihn wütend. Er schlug sie aus Wut und Verzweiflung. Er schlug in ihr alle Frauen, die er nie bekam, und wenn es nur eine *einzige* war, die er nie bekam – Jetzt schrie Dora, weinte und schrie, und am Schluß, als er sich anzog, weinte sie nur noch. Dann trank er von dem Pfirsichschnaps, ohne ein Glas zu benutzen. Er hätte die Flasche leergetrunken, wenn nicht von draußen gegen die Tür geklopft worden wäre. Als er aufschloß, standen ein Feldwebel und zwei Soldaten einer Heeresstreife vor ihm, und der Feldwebel legte ihm die Hand auf die Schulter und sagte: »Sie sind festgenommen, bei Fluchtversuch mache ich von der Waffe Gebrauch«, und sie nahmen ihn in die Mitte und führten ihn ab.

Mit einem Auto wurde er ins Wachlokal der Heeresstreife gefahren und dort in eine Einzelzelle gesperrt. Die Zelle lag neben der Wachstube, er hörte, wie sich nebenan die Heeresleute unterhielten und Karten spielten, und einer von ihnen tat sehr großkotzig, weil er einen Grand ohne vier mit einundsechzig Augen gewonnen hatte. Teichmann döste vor sich hin. Ich bin betrunken, Herrgott, bin ich voll, war noch nie so voll wie heute. Er wußte wohl, daß er sich wieder einmal belog, aber er schwatzte weiter vor sich hin. War aber auch dringend nötig, daß ich mich mal wieder vollaufen ließ, war sogar sehr dringend –

Er wurde hellwach. Im Zimmer nebenan befand sich Dora. Er erkannte ihre Stimme. Er verstand nicht alles, was sie sagte. Aber dann hörte er sie sagen: »Der Mann ist unschuldig verhaftet worden, er hat nichts Böses getan, glauben Sie mir das bitte. Man hat ohne mein Wissen die Polizei gerufen.«

»Aber Sie haben doch um Hilfe geschrien?«

»Nein, daran kann ich mich nicht erinnern.«

»Aber er hat Sie doch geschlagen?«

»Das ist meine Sache. Ich habe niemand um Hilfe gebeten.«

Teichmann hörte, wie ein Soldat zum andern sagte: »Solche Weiber gibt's, denen macht so was Spaß.«
»Sie können von mir denken, was Sie wollen, aber den Matrosen müssen Sie freilassen, er ist schuldlos.«
»Wollen Sie ihn wiederhaben?«
»Nein, ich hafte dafür, daß er sich sofort zu seiner Einheit begibt.«
»Das nützt uns nichts, wenn *Sie* die Haftung übernehmen.«
Ein Stuhl wurde gerückt, Teichmann konnte nicht verstehen, was Dora sagte. Dann hörte er, wie in der Wachstube telefoniert wurde. Kurz danach öffnete sich seine Zellentür, und mit einer Taschenlampe wurde ihm ins Gesicht geleuchtet. »Wach auf, he.« Er wurde in die Wachstube geführt. Sie gaben ihm sein Soldbuch zurück und gaben ihm den guten Rat, künftig die Finger von solchen Weibern zu lassen.
Er lief die Straßen rauf und runter. Sie kann in der kurzen Zeit noch nicht weit gegangen sein, überlegte er sich. Aber er fand sie nicht, sie war wie vom Erdboden verschluckt. Vielleicht hält sie sich in einem der dunklen Hauseingänge verborgen und beobachtet mich und sieht, wie ich hin und her renne –
Er schlug den kürzesten Weg zum Hafen ein.

6

Die Flottille ging in Suchformation über. Und in einer der nächsten Nächte lernten sie – alle, die an Bord des Albatros waren, lernten es und alle, die verwundet wurden, und auch die, die getötet wurden –, daß der Tod gar nichts war, verglichen mit dem, was einer zu leiden hatte, bis er tot war. Sie lernten, daß Sterben als solches eine Lappalie, ein Nichts sein kann, und daß es im Krieg allein darauf ankommt, wie man den Tod ertragen muß, in welcher Form er an einen herantritt, und vor allem: ob er schnell kommt oder ob er sich Zeit läßt und sein Opfer quält, bevor er es nimmt, ob er ruhig danebensteht und zusieht, wie sein

Opfer vor Schmerzen irrsinnig wird. – In dieser Nacht war der Tod ein Sadist.
Boot Vier lief auf eine Mine. Es geschah während der Abenddämmerung, bei Büchsenlicht, Sicht siebenhundert Meter. Der Albatros, der an der Backbordseite von Boot Vier lief, stoppte sofort. Die Detonation war nicht besonders eindrucksvoll gewesen, ein harter kurzer trockener Knall. Auf Boot Vier stieg ein schwarzer Ball am Mast hoch zum Zeichen, daß es manöverierunfähig war. Teichmann wunderte sich, wie übungsmäßig dieses Signal durchgeführt wurde. Er hörte, wie der Kommandant des getroffenen Boots seinen Leuten Befehle zurief, ohne Hast und in aller Ruhe. Zwischendurch hörte er einige Schreie, aber das waren wohl ein paar Durchgedrehte, die die Nerven verloren hatten, dachte er und sah, wie die Männer auf Boot Vier die Flöße losmachten und ins Wasser warfen und ihre Kameraden auf die Flöße runterließen. Er hörte jetzt deutlich, daß die drüben schrieen.
»Brauchen Sie Hilfe?« rief Pauli rüber.
Er erhielt keine Antwort.
»Ich schlage vor, die Beiboote auszusetzen«, hörte Teichmann den IWO sagen, er sprach ruhig, aber mit drängendem Unterton in der Stimme –
Boot Vier war nicht mehr da.
Teichmann, der mit Stüwe Wache hatte, ließ sich dessen Glas geben. Als er es vor die Augen hielt, sah er nichts. Von Boot Vier war nichts mehr zu sehen.
»Die Flöße haben sie noch losgebracht, und die sind voll«, sagte Stüwe.
»Die Flöße sind nicht groß.«
»Ja, aber das Maschinenpersonal wird wohl schon bei der Detonation draufgegangen sein, diese armen Schweine sind ja immer die ersten.«
»Nur bei Fliegerbomben nicht.«
»Ja.«
Der Albatros lief langsam auf die Flöße zu.
»Warum schreien sie denn, wir sehen sie doch.«
»Ich weiß auch nicht.«
Auf der Brücke flammte ein Scheinwerfer auf und erfaßte

die beiden Flöße. Abwechselnd leuchtete er sie an. Jedesmal, wenn er eins im Lichtkegel hatte, war es, als schrieen die Männer dort unten lauter. Vielleicht ist es der grelle Schein, dachte Teichmann. Rings um die rechteckigen Flöße ragten ihre Köpfe aus dem Wasser. Sie hielten sich mit den Armen am Floß fest und sahen aus wie kleine Kinder, die an einem Tisch für Erwachsene sitzen und kaum über den Tischrand hinwegsehen können, und wenn die Wellen über die Flöße spülten, war es, als zöge man ihnen die Tischdecke weg.

Es bestand jetzt kein Zweifel mehr: die Männer dort unten brüllten. Nicht alle, aber die meisten. Teichmann glaubte zuerst, sie würden sich gegenseitig anbrüllen. Aber dann merkte er, daß die Brüllerei einen anderen Grund haben mußte.

Sie legten die brüllenden Männer an Deck. Aber diese elf Männer, die jetzt an Deck des im Seegang schlingernden und stampfenden Bootes lagen, blieben nicht liegen. Sie warfen ihre Körper hin und her und krümmten und kringelten sich wie Würmer, die man in der Mitte auseinandergeschnitten hat, und schlugen ihre Fäuste auf das Deck oder auf ihre Kameraden, und sie verbissen sich ineinander und stießen ihre Köpfe gegen das Deck, und ihre leeren Hosenbeine schlenkerten ruckartig hin und her, nach links, nach rechts, und wischten den Boden, als wären es nasse Putztücher. Die Nässe war Blut. Und sie brüllten. Brüllten dauernd, durchdringend, markerschütternd – es war, als ob jeder Schrei ihr letzter sei, als ob er gerade noch mit letzter, verzweifelter Kraft ausgestoßen werde, bevor sie starben. Aber dann war es nicht ihr letzter Schrei, und es ging weiter. Sie brüllten weiter. Und sie wurden dabei nicht heiser, ihre Stimmen ließen nicht nach. Es war etwas Ungeheuerliches an Gebrüll, und es war unfaßbar, daß Menschen so brüllen konnten, ohne ihre Stimmbänder zu zerreißen.

Dann machten sich einige an sie ran. Der Maat, der einen Schnellkurs im Sanitätswesen hinter sich hatte, begann, an ihnen rumzuhantieren. Ein paar andere unterstützten ihn dabei, versuchten zu helfen.

Es gab nichts mehr zu helfen. Als sie die Hosenbeine aufschnitten, sahen sie, daß die Männer, die brüllten und deren Oberkörper zwei Mann festhalten mußten, noch Beine hatten, aber sie reichten nur bis zum Knie. Ihre Füße waren dort, wo die Knie sein sollten. Die Knie waren nicht mehr da. Die Minendetonation hatte ihre Unterschenkel in die Oberschenkel hineingetrieben. Ihre Schienbeine lagen neben den Oberschenkelknochen. Alles, was Fleisch an ihren Beinen gewesen war, war jetzt eine zerrissene, zerfetzte, ineinander verschobene, schwammige, zuckende Masse aus Blut, Sehnen, Muskeln und blanken Knochen.
Die Seeleute auf dem Albatros standen daneben. Sie sahen zu, wie die Zähne eines Matrosen und die Zähne eines Leutnants – der einzige Offizier unter den Brüllenden – sich ineinander verbissen, als das Boot nach backbord krängte, und als es nach steuerbord krängte, rissen sich die Zähne gegenseitig das Fleisch aus dem Gesicht, dann brüllten beide Männer weiter, und sie sahen, wie einem Matrosen von einem andern das Auge mit dem Daumen eingedrückt wurde und der Daumen in der Augenhöhle verschwand und das Auge auslief, und wie einer seinen Kopf mit voller Wucht aufs Oberdeck schlug und dann weiterbrüllte, weil er noch nicht tot war, und wie einer im Kreis rumrutschte und dabei sein linkes Bein aus der Hose hervorkam und an Deck liegenblieb, während der Mann weiter im Kreise rumrutschte, und als er wieder an die Stelle kam, wo sein Bein lag, schob er es weg wie ein Stück Holz, das ihm im Weg ist, und wie ein Maat seine Finger in den Mund steckte und zubiß und sie abbiß und immer wieder zubiß, als fresse er sein eigenes Fleisch und als schmecke es ihm, und einer, ein ganz junger, dem die Oberschenkel aus den Gelenkkapseln gestoßen und in den Unterleib gefahren waren und seine Gedärme aufgespießt hatten, hielt die Hände um seinen Kopf gepreßt, als platze ihm gleich der Schädel.
Der Seegang nahm weiter zu. Die Schlingerbewegungen des Bootes nahmen weiter zu und warfen die brüllenden Männer kräftiger durcheinander. Die See drückte durch die Speigatten und wusch übers Deck hinweg und über die

Männer, und es war Salzwasser, das sie überspülte und in ihre Wunden drang.
Der Tanz dieser Irrsinnigen, auf ihren Beinstümpfen durchgeführt, hatte etwas so Unwirkliches, Unwahrscheinliches, Grauenhaft-Skurriles, daß sich die Männer, die noch ihre Beine hatten, wie Kinder benahmen, denen etwas Nie-Dagewesenes geschah. Sie standen da und starrten auf das Deck, wo die beinlosen Männer rumtanzten, und in ihren Kehlen würgte etwas, was sich aus Ekel, Mitleid und Grauen zusammensetzte.
Auf Erdbeben reagieren Seismographen folgendermaßen: Sie zeigen die Intensität des Bebens an, soweit ihre Skala hierzu ausreicht. Es gibt aber Erdbeben, bei deren Ausbruch der Seismograph nichts anzeigt, weil seine Skala zu klein ist. Bevor er seine Grenze überschreitet, wehrt sich der Apparat wohl etwas, weil er vielleicht ahnt, daß er in seine normale Lage allein nicht mehr zurückkehren kann, aber dann wird er doch aus seiner Halterung geschleudert und ist wertlos geworden, er zeigt nichts mehr an, und die andern können nichts mehr an ihm ablesen, aber weil er keine Beine hat, bleibt er im Erdbebengebiet, obwohl es ganz sinnlos ist.
Die Männer, die noch ihre Beine hatten, liefen weg. Fast alle. Und die, die blieben, waren vielleicht nicht die Besten. Aber vor dem Gebrüll gab es keine Rettung, kein Davonlaufen nützte etwas: es drang durch das ganze Boot. Es war nur leiser, wenn man weiter weg war.
Stollenberg lehnte sich auf dem Achterschiff an die Querstange, über die die Leinen des Suchgeräts geführt wurden. Seine Hände krampften sich um die eiserne Stange. Er schaute, den Kopf vornübergebeugt, in die Wirbel des Schraubenwassers, als müsse er sich übergeben.
Teichmann stand bei den brüllenden Männern. Er beobachtete das Entsetzliche. Aber irgendwie war er nicht entsetzt, oder er war es nicht mehr, oder er hatte es wieder vergessen. Er war nur erstaunt, und ein klein wenig war er auch neugierig. Er selbst war sich nicht bewußt, was er tat. Aber Heyne sah es.
Heyne war weggelaufen und stand in der Nähe Stollen-

bergs und starrte ihn an. Er sah, daß Teichmanns Hände zitterten und daß sein Gesicht zuckte, als ob es mit Elektrizität aufgeladen sei. Aber er sah auch, wie Teichmann regungslos stehenblieb und keinen Blick vom Oberdeck ließ. Nur sein Kopf bewegte sich manchmal, wenn seine Augen den brüllenden Männern folgten, und einmal beugte er sich ein wenig nach vorn, um irgend etwas deutlicher sehen zu können.

Heyne haßte ihn, wie er so dastand, unschuldig und furchtlos, als käme ihm der Gedanke, vor dem Entsetzlichen zu fliehen, überhaupt nicht. Irgendwie ging von ihm ein Gefühl der Kraft aus, einer urwüchsigen brutalen Kraft, die die wenigen Gifttropfen des Intellekts dämonisch gemacht hatten. So wie er jetzt dasteht, hat er etwas Dämonisches in sich, und seine Kraft hat etwas Pathologisches, sagte Heyne vor sich hin, als müsse er sich Mut zusprechen, und der Neid auf diese vitale Kraft fraß in ihm und machte ihn bitter gegen Teichmann. »Herrgott – dieses Tier. Das ist ja ein Tier«, flüsterte er sich zu und starrte unentwegt Teichmann an, als sei er aus einer anderen, ihm unzugänglichen Welt.

Sie brüllten zwei Stunden lang. Einhundertzwanzig Minuten. Dann wurden sie leiser, der eine etwas früher, der andere etwas später. Ihre Stimmbänder waren nicht mehr zu gebrauchen. Gegen Mitternacht stöhnten sie nur noch oder wimmerten still vor sich hin. Ab und zu rief einer »Hilfe« oder »Ach Gott«, und zwischendurch stießen sie heisere, schrille Schreie aus.

»Hans«, hörte Teichmann jemand hinter sich sagen. Es war nicht Stollenbergs Stimme oder die Heynes, und sonst nannte ihn niemand bei seinem Vornamen. »Der IWO hat die Erlaubnis gegeben, halt die Taschenlampe.«

Später, Jahre danach, als Teichmann den Krieg zur See kennengelernt hatte, schämte er sich, wenn er an diese Nacht zurückdachte, und jedesmal, auch wenn niemand um ihn war, fühlte er eine brennende Röte in sein Gesicht steigen, weil er damals den an Deck langsam verreckenden Kameraden kein *guter* Kamerad gewesen war. Nur einigen hatte er noch helfen können, als es für die meisten zu spät war. –

Sie gingen zu jedem hin, knieten nieder, Teichmann hielt die Lampe, vor deren Glas er sein Taschentuch gewickelt hatte, und im matten Schein der Lampe suchten sie nach den Köpfen. Sie sahen die entstellten, in fremde Formen verzerrten, vom Schmerz verwüsteten Gesichter, Gesichter, die keine mehr waren. Besudelt, zerkratzt, aufgeschlagen, die Lippen zerbissen, schaumigen Schleim vor dem Mund, die Augen – einige waren schon tot, aber ihre Augen blickten noch geradeaus, als sähen sie in die Unendlichkeit, und bei denen, die noch Leben in sich hatten, waren die Augen aus den Höhlen getreten, blutig umrandet, riesige kalte Augen, die nichts mehr sahen und sich nicht mehr bewegten. Vorsichtig, fast zärtlich, als könne er ihnen wehtun, nahm der Obersteuermann den Kopf von einem, der noch am lautesten schrie, und drückte ihn langsam auf die Seite, bis er mit einer Backe auf dem Oberdeck lag. Teichmann leuchtete ihm. Mit seiner linken Hand hielt der Obersteuermann den Kopf in dieser Stellung, während er zweimal kurz hintereinander schoß. Vor dem zweiten Schuß hatte er die Mündung seiner Pistole drei Zentimeter tiefer angesetzt.

So gingen sie von einem zum andern, knieten nieder, suchten nach dem Kopf, brachten ihn in die richtige Stellung, warteten, bis das an Bord geschwemmte Wasser abgeflossen war und bis das Boot, das von backbord nach steuerbord hin und her krängte, sich etwa auf der Mitte dieses Weges befand, und dann schoß der Obersteuermann.

Als sie zum vierten Mann kamen, war das Magazin leer – es faßte sechs Schuß –, und der Obersteuermann mußte nachladen. Im Schein der Lampe sah der Mann alles. Er sah, wie der Obersteuermann den Verschluß der Pistole zurückzog, das leere Magazin herausnahm, in seine Tasche langte und ein volles Magazin herausholte, in das Magazin hineinblies – inzwischen war ihm der Verschluß nach vorn gerutscht –, wie er das volle Magazin an Deck legte und mit der freien Hand den Verschluß wieder zurückzog, das volle Magazin vom Deck aufhob und einsetzte und das leere Magazin in die Tasche schob. Der Mann

sah den Obersteuermann an und dankte ihm mit den Augen dafür, daß man ihn tötete.
Von da an fiel es Teichmann leichter, dem Obersteuermann zu leuchten. Viermal mußten sie nachladen. Dann waren sie fertig.
Dreiundzwanzig Mann von Boot Vier waren gerettet worden. Elf starben an Deck des Albatros. Drei hatten Beinbrüche, die man schienen konnte. Neun lebten unverletzt weiter. Der Kommandant, ein Offizier, zwei Unteroffiziere und zwölf Mann waren ertrunken.
Gegen Morgen flaute der Wind etwas ab. Die Flottille hatte ihren Kurs geändert, die See kam von achtern, das Oberdeck des Vorschiffs blieb trocken. Am Himmel waren die Sterne verschwunden, nur das nackte weiße Licht des Mondes war noch da und schien auf die Toten. Sie waren von einer grauen Salzkruste überzogen. Das gab ihren Gesichtern etwas Maskenhaftes, als seien sie aus Gips. Ihre Arme schienen überlang zu sein, weil die Beine fehlten, und waren in Verrenkungen verbogen wie Korkenzieher. Aber es war jetzt still an Oberdeck.
Teichmann saß auf der Treppe zur Back. Heyne saß neben ihm. Er rauchte eine Zigarette nach der andern. Stollenberg hatte Wache.
»Dieser verfluchte beschissene Scheißmond«, sagte Heyne. Dann war es wieder ruhig. Es blieb eine ganze Weile ruhig.
»Er sieht rund und gelb wie ein Kuchenteig aus. Ich kann gar nicht mehr hinsehen, er kotzt mich an, wie er da oben steht.«
»Ich finde, er sieht weiß aus, weiß mit nem Stich ins Grüne«, sagte Teichmann langsam, als ob jedes Wort wichtig sei. »Im übrigen ist er weit weg.«
»Ja. Aber er sieht zum Kotzen aus, sag ich. Soviel saufen kann ich gar nicht, was ich jetzt kotzen möchte«, sagte Heyne und rief »Au«. Er hatte seine halbgerauchte Zigarette über Bord werfen wollen und sich mit der Windrichtung verrechnet, der Wind hatte ihm die glühende Zigarette ins Gesicht geweht.
Ein Funker kam aus dem Funkraum, wo er Wache gehabt hatte. Er wollte ins Mannschaftsdeck. Als er die Toten sah,

schrie er: »Jesus, Maria und Jo–«, blieb stehen, ziemlich lange, und lief dann aufs Achterdeck. Teichmann und Heyne lachten schallend.
»Sie sind tot, sie tun dir nichts«, rief Heyne und gluckste vor Lachen. »Sieh dir dieses Früchtchen an, Hans, sieh's dir an. Schlupf unter den Rock deiner Mutter, Kleiner, hahahaha.«
»Deckt sie doch zu«, rief der Funker und schluchzte. »Ach bitte, deckt sie doch zu.«
»Kannst ja dein Taschentuch mal herbringen.«
Morgens wurden sie in Segeltuch eingenäht. Das dauerte eine Stunde. Dann lagen sie nebeneinander, kurze, plumpförmige Säcke, nicht größer als Mehlsäcke, die auf der Verladerampe liegen und auf den Abtransport warten. Was sonst von ihnen übriggeblieben war, war über Bord geworfen worden.
Der Albatros stoppte und setzte seine Kriegsflagge auf halbmast. Die wachfreie Besatzung stand an Oberdeck angetreten und wartete auf ihren Kommandanten. Der IWO war zur Meldung nach achtern gegangen. Die Männer standen da und starrten über die Säcke hinweg ins Wasser und gaben in ihren Knien nach, wenn der Seegang sie umwerfen wollte. Ein kalter böiger Wind wehte.
Pauli kam nicht. Der IWO ging nochmal nach achtern zur Kommandantenkajüte. Die Männer warteten. Die Hände auf dem Rücken gekreuzt, mit den Knien die Bootsbewegungen abfedernd, standen sie da wie eine lebende Mauer, und es war nicht sicher, wie lange die Mauer standhielt.
Pauli war betrunken. Sie sahen es sofort, als er hinter dem IWO herging. Der IWO ließ die Besatzung stillstehen.
Pauli sprach nichts. Die Männer warteten. Aber kein Wort kam aus seinem Mund. Die Sache schien ihm peinlich zu sein. Die Männer starrten ihn an, und ihre Augen wurden grausam, und vor dieser Mauer aus Haß und Verachtung stand Pauli und schaute auf die Schuhe seiner Besatzung und sagte nichts. Als er einmal rülpste, stellte sich der IWO vor ihn. Und dann sprach der IWO einige Worte, die ihm schwerfielen und mühsam aus seinem Mund kamen. Die meisten seiner Worte verschluckte der Wind. Er stand

breitbeinig da und versuchte sein Gleichgewicht zu halten, und als das Boot einmal überholte, mußte er sich an der Reling stützen, aber seine Stimme blieb gleichmäßig, nur der Wind wurde manchmal schwächer. »... und erlöse uns von dem Übel ... und die Kraft und die Herrlichkeit ... Ewigkeit ...« Seine Worte verloren sich und gingen unter in der Weite der See, die keine Antwort gab und kalt und gleichgültig war wie die Wolkenfetzen, die am Himmel entlangzogen. Aber die Männer hatten vor dem jungen Leutnant ihre Mützen abgenommen.
Ein paar Minuten später war es vorüber. Die Leichen waren von Bord, das Suchgerät wurde wieder ausgebracht, die Backschafter gingen nach achtern in die Kombüse, das Frühstück zu holen.

Von der Besatzung des Albatros ertrank der Signalgast Meisel. Er hatte vierzig Grad Fieber gehabt, wahrscheinlich von einer Lungenentzündung her, als Pauli ihm befahl, mit ins Beiboot zu steigen und durch Winkspruch zu melden, worum es sich bei dem im Wasser treibenden Gegenstand – es war ein ungeöffneter deutscher Fallschirm – handelte. Als Meisel auf der vorderen Ducht des Beiboots stehend seinen Winkspruch an den Albatros abgeben wollte, verlor er das Gleichgewicht und fiel über Bord. Er sank sofort unter, vermutlich hatte er einen Herzschlag bekommen.
Mitte Mai liefen die Boote der Flottille in Bremerhaven ein. Zwei Wochen blieben sie dort liegen.
Für den 8. Juni fünf Uhr dreißig war seeklar befohlen. In der Nacht vom 6. auf 7. durften die Besatzungen zum letztenmal an Land. Der Albatros war Wachboot.
Um Mitternacht löste Teichmann Stollenberg an der Stellingwache ab.
»Der Pauli hat wieder eine auf seiner Kammer.«
»Dann ist dir ja auf deiner Wache nicht langweilig geworden.«
»'n ganz junges Ding, BdM-Mädchen, glaub ich, aber sternhagelvoll. Die hat sicher noch nie Alkohol zu trinken bekommen.«

»Seit wann bist du im Blauen Kreuz?«
»Anfangs waren sie ganz friedlich, aber dann hat sie geschrien.«
»Soll vorkommen.«
»Ja, aber sie hat ziemlich laut geschrien, Hans, und dabei hat der Pauli zu ihr gesagt, sie wollten nur ne Tasse Kaffee trinken.«
»Das ist alles?«
»Mir reicht's. Gute Wache.«
»Gute Ruh.«
Nach Mitternacht kamen die ersten Seeleute von Land zurück. Heyne, Bülow und Vögele waren verhältnismäßig nüchtern.
Kurz nach ein Uhr kam ein Wagen der Hafenkommandantur vorgefahren, zwei Unteroffiziere einer Marinestreife luden die Seeleute wie volle Kohlensäcke ab. Teichmann weckte Stüwe, und zu zweit schafften sie die Betrunkenen an Bord. Das war eine Heidenarbeit, weil einige unbedingt glaubten, sie könnten noch gehen, und auf allen Vieren über die Stelling krochen. Regelmäßig fiel ihnen dann mitten auf der Stelling ein, ausführlich zu schildern, wie schön es an Land gewesen sei.
Um halb zwei Uhr, als der O. v. D., Leutnant zur See Paschen, die Wachen kontrollierte, trugen sie den letzten Betrunkenen an Bord. Nur der Obersteuermann fehlte noch.
Um drei Uhr kam Pauli aus seiner Kammer und befahl Teichmann, den Kapitänleutnant Loewe zu wecken und an Bord zu bitten.
Der ›Kapitänleutnant beim Stabe‹ schlief im Offizierswohnhaus. Teichmann brauchte einige Zeit, bis er Loewes Kammer fand und feststellte, daß sie leer war. Er ging von Kammer zu Kammer und leuchtete mit der Taschenlampe die Kojen ab. Die meisten Kojen waren leer, und er hatte Glück, daß er den Kapitänleutnant Loewe schließlich doch noch fand.
»Was fällt Ihnen denn ein?«
»Ich muß den Kapitänleutnant Loewe sprechen.«
»Aber er schläft doch jetzt so gut.«

»Tut mir leid.«
»Unterstehen Sie sich, ihn zu wecken. Wenn das jemand tut, dann bin ich das.«
Dem ›Kapitänleutnant beim Stabe‹ wurden die Nasenlöcher zugehalten, daran wachte er auf.
»Liebling, da will einer was von dir.«
Auf dem Rückweg traf Teichmann den Obersteuermann. Er hörte ihn, bevor er ihn sah.
»Ich bin voll bis zur Halskrause, Teichmann, es mußte sein, heut ist der zehnte Jahrestag, Hans, seitdem ich – ach was. Was verstehst du Knülch davon.« Teichmann wollte ihn über die Stelling führen, und dabei gröhlte er: »Sie hat mich nie geliebt, haha, – kennst du das, du junger Spunt?« Ja, sagte Teichmann, das kenne er zufällig, das sei die Arie des Königs Philipp aus Don Carlos. »Du Idiot«, sagte der Obersteuermann und ging allein über die Stelling, als habe er keinen Tropfen Alkohol getrunken.
Um vier Uhr wurde Teichmann von Stüwe abgelöst.
Morgens fuhren Teichmann, Stollenberg und Stüwe mit einem LKW in die Werft, neue Wasserbombenständer holen. Stüwe gab dem Fahrer eine Schachtel Overstolz und bat ihn, einen kleinen Umweg zu fahren und am ›Roten Schwan‹ kurz zu halten, er brauche nicht lange zu warten, es sei gleich erledigt. Der Fahrer wollte nicht so recht, aber als Stüwe ihm sein Leid klagte von wegen wochenlanger Seefahrt und dann Wache schieben bis zur Verdünnung, hatte der Fahrer diesen Argumenten nichts anderes entgegenzuhalten als die Erklärung, er sei verheiratet. Na also, sagte Stüwe, dann müsse er ihn ja verstehen.
»Aber länger als höchstens zehn Minuten wart ich nicht.«
»Reicht mir dicke.«
Der Fahrer parkte hundert Meter vor dem ›Roten Schwan‹.
»Warum fährste nicht weiter?«
»Ich bin verheiratet, und wenn ich mal von so einer auf der Straße erkannt werde und meine Frau ist dabei, dann bin ich geliefert.«
»Da kannste beruhigt sein, die Damen sind in diesem Punkt sehr diskret, keine wird sich dir zu erkennen geben, wenn du in Begleitung deiner Frau bist.«

Aber der Fahrer fuhr keinen Meter weiter.
»Du mußt ja nen netten Hausdrachen haben«, sagte Stüwe und rannte los.
Als er nach zwanzig Minuten noch nicht zurück war, meinte Teichmann, der Fahrer solle den Wagen vor den ›Roten Schwan‹ stellen und ein paarmal kräftig auf die Hupe drücken. Der Fahrer unternahm nichts.
Als Stüwe nach einer halben Stunde noch nicht zurück war, parkte er den Wagen vor der Tür des Lokals, und Teichmann legte eine Zeitlang seinen Daumen auf den Knopf der Hupe. »Mensch, nicht so laut«, sagte der Fahrer.
Überraschend schnell öffneten sich einige Fenster, und halb angezogene Frauen schrien Schimpfwörter auf die Straße runter, die den Fahrer zum Erröten brachten.
»Mensch, ist mir das peinlich«, sagte der Fahrer und hätte sich am liebsten verkrochen.
»Peinlich hin, peinlich her, der Stüwe muß jetzt antanzen.«
Und schließlich erschien Stüwe auch. »Ich bin doch kein D-Zug«, rief er, und noch im Laufen knöpfte er seine Kleidung zu. Sie konnten weiterfahren.
Als sie zurückkamen, herrschte an Bord große Aufregung. Der Flottillenchef sei auf jedes Boot gekommen, erzählte ihnen Heyne, und habe wissen wollen, wer in der vergangenen Nacht ein Mädchen mit an Bord genommen habe. Niemand habe sich gemeldet.
»Das war Pauli«, sagte Stollenberg, »geschah auf meiner Wache.«
»Und auf meiner werden sie's wieder von Bord geschafft haben«, sagte Stüwe, der ›Kapitänleutnant beim Stabe‹ habe ihn für einige Minuten von der Stelling weggeschickt und ihm befohlen, die Leinen zu kontrollieren. Aber das sei ihm gleich wie eine faule Ausrede vorgekommen.
»Wir hätten alles ins Wachbuch schreiben sollen«, sagte Stollenberg.
»Ja, um dann eine Woche Strafwache zu schieben wie Teichmann.«
Nachmittags ließ der Flottillenchef die Besatzungen aller Boote auf der Pier antreten. Neben ihm stand ein Mann in der Uniform eines Amtsleiters der NSDAP. Der Amts-

leiter sprach mit einem Mann in Zivil, der im Gesicht käsweiß aussah und ein Mädchen an der Hand hielt. Das Mädchen war fünfzehn Jahre alt. Hinter ihnen stand Kapitänleutnant Loewe. Diese fünf Personen schritten nun langsam die Front der angetretenen Besatzungen ab.
Dreimal.
Als sie mit dem ersten Glied fertig waren, ließ der Flottillenchef es acht Schritte vortreten. Dann kam das zweite Glied dran, und danach mußte es fünf Schritte vortreten, und das dritte Glied wurde abgeschritten. Das Mädchen sah aus, als könne es jeden Augenblick zusammenbrechen. Neben ihm ging der Flottillenchef, sein Gesicht war bleich, und seine Backenknochen traten deutlicher hervor als sonst, er hatte Ähnlichkeit mit einem Raubvogel, der lang hungerte und nun auf seine Beute lauert.
Kapitänleutnant Loewe hatte die angetretenen Besatzungen als vollzählig gemeldet. Leutnant zur See Paschen hatte ihn darauf aufmerksam gemacht, daß der Kommandant des Albatros fehlte.
»Das weiß ich auch, der liegt krank in seiner Koje.«
»Das ist mir neu, Herr Kaleu.«
»Aber ich bitte Sie, Paschen, wie können Sie in diesem Zusammenhang überhaupt einen Offizier erwähnen? Sie sind doch selbst Offizier.«
»Ich seh keinen Zusammenhang zwischen meinem Beruf und dem des Herrn Pauli.«
»Bitte keine dialektischen Manöver, Paschen.«
Stollenberg sagte, er wolle eine Meldung machen. »Laß das sein«, sagte Teichmann, »wir wollen der Flottille diese Schande ersparen, wir werden diese Rechnung selbst begleichen.«
»Was wir mit ihm machen, macht kein Kriegsgericht mit ihm«, sagte Meckel. Es war verboten, im Glied zu sprechen, aber die Vorgesetzten am rechten Flügel hörten diesmal auf dem linken Ohr nichts. Und im übrigen schämten sie sich alle.

Um sechs Uhr anderntags ging die Flottille in See.
Es hatte aufgebrist. Der Wind kam aus West-Süd-West und

zauberte weiße Schaumköpfe auf die schwarzgrünen Wellen, und die sprangen wie bissige Hunde am Bug der Boote hoch, wo ihre Köpfe in der Gischt zerplatzten. Möven kreisten tief über der See und stießen spitze Schreie aus, und am Himmel ballten sich lilafarbene Wolkenberge, und wo keine Wolken waren, sah der Himmel milchig aus. Im Westen stand ein dünner schwefelgelber Streifen über der Kimm.

Dann nahm der Wind zu und fing an zu brüllen, fuhr härter über die See hinweg und peitschte die Wellen hoch und jagte sie gegen die Boote. Und dann war plötzlich der Sturm da.

Auf der Höhe von Wangerooge ging die Flottille auf Westkurs. Die See kam jetzt genau von vorn, drückte den Bug unter Wasser, knallte gegen die dünne Blechverkleidung des vorderen Gefechtsstands und warf sich dann krachend über die Aufbauten der Boote. Aber sie hielten stand, stemmten sich an und quälten sich durch die Wassermassen, wurden auf Wellenberge gewuchtet, tanzten auf ihren Gipfeln, wurden hinabgeschleudert und in den Wellentälern begraben. Standen wieder auf, schüttelten sich wie nasse Hunde das Wasser ab und kletterten am nächsten Wellenberg hoch, um wieder hin und her torkelnd in die Tiefe zu stürzen. Und diese zähen kleinen Fischlogger hätten das noch lange ausgehalten, aber es bestand die Gefahr, daß die achteren Boote die Fühlung mit dem Führerboot verloren.

Auf dem Führerboot ging das Signal ›Toni gelb‹ hoch und dann nieder, die Flottille nahm Marschformation ein, der Abstand zwischen den Booten wurde verringert, die Rottenboote verließen die Kiellinie und dampften auf der Backbordseite der Rottenführer auf. Aber auch dann blieb es noch schwierig, die Fühlung zwischen den Booten zu halten. Wenn zwei Boote gleichzeitig in Wellentäler gerieten, sah man nur noch die Mastspitzen.

Da der Sturm anhielt, drehte die Flottille bei und wartete zwei Tage lang in der Emsmündung, bis er abflaute. –

Es herrschte immer noch grobe See, als sie ihren Kurs wieder aufnahmen. Gut die Hälfte der Besatzung des

Albatros verzichtete in diesen Tagen auf ein ausgiebiges Mittagessen und begnügte sich mit einem Kanten Brot. Teichmann, Stollenberg und Heyne waren wohlauf, ihnen machte die See nichts mehr aus. Bülow und Vögele, und von den alten Seeleuten Pitt, Stüwe und Lauer, ging es schlecht. Ganz jämmerlich ging es den beiden Neulingen Schindler und Glatzel, die als Ersatz für Meisel an Bord gekommen waren. Sie lagen auf ihren Kojen und hatten mit der Welt abgeschlossen. Der IWO mußte die Winksprüche selbst ablesen und eigenhändig die Winkflaggen bedienen, wenn er einen Winkspruch abgeben wollte. Für die Seefesten der Besatzung waren es herrliche Zeiten, sie aßen neben ihren eigenen Fleisch- und Wurstportionen auch die ihrer seekranken Kameraden mit auf. Teichmann brachte es fertig, an einem Tag acht Koteletts für sich zu organisieren. Dafür erhielt Schmutzler eine Kopfwunde, und die wiederum stand im Zusammenhang mit Hinschs Tod.
Schmutzler war eine Type für sich. Er sah kümmerlich aus, war schmal und schmächtig und besaß ungewöhnlich große Glotzaugen, die zusammen mit dem breiten Mund seinem Gesicht etwas Froschähnliches gaben, nur hatten Frösche keine blauen Ringe unter den Augen. Was sein Reich, die Kombüse, betraf, so machte sie dem Namen ihres Herrn alle Ehre. Hätte nicht Obermaat Werner den Koch ab und zu angelüftet, wäre mehr Dreck als Fett im Essen gewesen, der Sinn für Reinlichkeit fehlte Schmutzler vollkommen.
An einem der stürmischen Tage verlangte Teichmann von Heyne dessen Bleistift. Heyne besaß einen Bleistift mit einem Radiergummi am Ende. Als Heyne den Kartoffelpott nach achtern trug, sagte Teichmann, er solle dafür sorgen, daß der Koch für einige Minuten die Kombüse nicht verlasse. Heyne stellte den Pott im Gang vor der Kombüse ab und unterhielt sich ein wenig mit Schmutzler. Der war dankbar für jedes Wort, das man mit ihm wechselte, er hörte sich gern reden und konnte einem die tollsten Geschichten erzählen, die er angeblich an Land erlebt hatte.
Während sich die beiden unterhielten, machte sich Teichmann am Dienstbuch zu schaffen, das in einem Glaskasten an der Wand des Gangs zwischen Kommandantenkammer und

Kombüse aufbewahrt wurde. Das Buch stand aufgeschlagen im Kasten, damit jeder den Tagesdienstplan lesen konnte. Der Kasten war nicht abgeschlossen, weil bisher außer dem Bootswachtmeister keiner auf die Idee gekommen war, im Dienstbuch Eintragungen zu machen.
Schmutzler war gerade dabei, die Erbsenkonserven zu öffnen, als Teichmann ihm den Kartoffelpott vor die Füße knallte.
»Mensch, hast du mich erschreckt, ich bin heut so nervös.«
»Wie immer, wenn du nachts nicht an Land kommst.«
»Nein, weil ich schon seit Tagen nichts mehr essen kann wegen dem blöden Seegang.«
»Und vor lauter Seegang kannste wohl den Kalender nicht mehr lesen, he?«
»Wieso?«
»Seit wann gibt's denn sonntags Eintopf?«
»Halt's Maul, heut ist erst Samstag.«
»Waaas ist heut? Schau mal gefälligst das Datum von heute nach, du Schlamper. Hat der Kerl Augen wie 'n Nilpferd und kann nicht mal das Dienstbuch ordentlich lesen.«
»Ich mach jede Wette, daß heute Samstag ist«, sagte Schmutzler und ging zum Glaskasten. »Ja, aber –«
»Teigaff.«
Im Seemannsdeck sagte Teichmann, daß er sich auf die Schweinekoteletts mit grünen Bohnen freue, das Sonntagsessen der Marine, und dann verhandelte er mit den Seekranken und schilderte ihnen die fetten Schweinekoteletts derart, daß ihnen schon der Gedanke daran den Magen umdrehte. Als er acht Stück beisammen hatte, teilte er Heyne und Stollenberg mit, daß er auch für sie eine zusätzliche Verpflegung in Form von zwei Koteletts herausgehandelt habe, Heynes Bleistift müsse er aber vorerst noch behalten.
In der Nacht auf Sonntag radierte er im Dienstbuch das geänderte Datum aus und trug das richtige ein. Das Ganze hatte er deshalb getan, weil er sich am Samstagfrüh im Funkraum nach dem Wetter erkundigt hatte: die Wetterfrösche prophezeiten ein starkes Abflauen des Windes im Laufe der Nacht.

Und so kam es auch. Am Sonntagmittag war so ziemlich die ganze Besatzung wieder aufnahmefähig für ein gutes Essen, und wer seekrank gewesen war und gefastet hatte, fühlte einen besonders starken Appetit und bekam nun den Samstagseintopf vorgesetzt. Obermaat Werner hatte den Koch darüber aufgeklärt, daß in dieser Woche nicht zweimal hintereinander Sonntag sei.
Im Seemannsdeck war der Teufel los. Die Seeleute waren wütend über den hundsgewöhnlichen Eintopf aus Erbsen, Gelberüben und Kartoffeln und einer synthetisch schmekkenden Soße. Besonders erbost waren sie über das Mißverhältnis zwischen den Gemüsesorten: auf jede Erbse kamen zehn Gelberüben, und die Erbsen waren hart.
Dieser Affenfraß am heiligen Sonntag sei eine gottverdammte Schweinerei, brüllte Pitt und fühlte sich in seiner Eigenschaft als Deckältester verpflichtet, am lautesten zu brüllen, und alle gaben ihm recht. Teichmann sagte: »Du sprichst mir aus der Seele.« Pitt gehörte zu denen, die am Vortag ihr Kotelett an Teichmann abgetreten hatten.
Teichmann wurde nach achtern geschickt, um den Koch zu holen. Aber Schmutzler traute sich nicht ins Seemannsdeck runter und blieb oben am Schott stehen. »Komm runter, du Schwein, damit wir Hackfleisch aus dir machen«, brüllte Pitt. »Und ich mach breite Nudeln aus ihm,« brüllte Löbbermann.
Schmutzler blieb oben. Er habe sich im Datum geirrt und geglaubt, es sei heut Samstag, sagte er und zeigte sich von seiner dümmsten Seite.
Lauer sagte, der Koch lüge das Blaue vom Himmel runter, heut morgen habe er sich noch über die Choräle lustig gemacht, die sie im Radio gesungen hätten. Die würden sie jetzt auch werktags singen, verteidigte sich Schmutzler. Das sei gelogen, brüllte Pitt. Doch, seit Kriegsbeginn würden sie auch wieder werktags im Radio Choräle singen, das wisse er genau, sagte Schmutzler. Ob er ins Essen gekotzt habe oder was das sonst für eine Soße sei, wollte Meckel wissen. Er kotze nie ins Essen, nein, so ein Schwein sei er nicht, beteuerte Schmutzler, mit der Soße habe es ihm heut halt ein bißchen pressiert. Aber er wolle gern auf dem Eti-

kett der Büchse nachsehen, um was es sich handle, sagte Schmutzler.
Und was mit den Erbsen los sei, die könne man an den Fingern einer Hand aufzählen, schrie Löbbermann. Er hatte die Erbsen, die er fand, in einer Reihe ausgerichtet neben seinen Teller gelegt und mit dem Daumen plattgedrückt, damit sie nicht von der Back kollerten. Er sei überzeugt, daß in der Offiziersmesse mehr Erbsen im Essen seien, sagte er, seine Erbsen werde er nachher dem Bootswachtmeister vorführen. Die andern machten ihm diese Spielerei nach und riefen »Hurra«, wenn sie eine Erbse in ihrem Teller fanden. Schmutzler, der immer noch oben am Schott stand, hielt das für ein gutes Zeichen und glaubte, man habe sich unten wieder etwas beruhigt. Er wollte sich wohl einen guten Abgang verschaffen, als er ins Deck runterrief: »Es kann noch nachgefaßt werden«, aber da flog ihm, bevor er sich zurückziehen konnte, eine Terrine an den Kopf. »War 'n Meisterwurf, Benno«, sagte Osterbuhr und klapperte vor Begeisterung mit seinen Zähnen.
Pauli hatte von der Brücke aus gesehen, wie Schmutzler, als ihm die Terrine an den Kopf flog, umkippte und sich dann wieder hochrappelte aus Angst, es könnte einer raufkommen und ihm den Rest geben.
Pauli erschien im Seemannsdeck.
»Wer hat die Terrine geworfen?«
Hinsch meldete sich.
»Wenn wir im Hafen sind, werd ich Sie einsperren lassen. Solang wir noch in See sind, werden Sie nichts zu lachen haben, dafür werd ich sorgen.«
Nachmittags hatte sich die See so weit beruhigt, daß das Gerät ausgebracht werden konnte. Hinsch war Spezialist fürs Einsetzen des Sprenggreifers, er hatte sich im Umgang mit ihm eine erstaunliche Fertigkeit angeeignet, und das Einsetzen des Sprenggreifers war die gefährlichste Arbeit beim Klarmachen des Geräts. Aber an diesem Tag fand Pauli, das Klarmachen des Suchgeräts dauere zu lange und Hinsch sei daran schuld. Hinsch sei eine Schlafmütze, schrie Pauli, »aber ich werd Sie schon wach kriegen. Mit Terrinen in der Gegend rumwerfen, ist wohl das Einzige, was Sie

können. Jetzt drehen Sie gleich mal eine Runde ums Deck, und den Sprenggreifer nehmen Sie mit, vielleicht fällt ihnen unterwegs ein, wie man mit so nem Ding umgeht.«
Auf dem Vorschiff stolperte Hinsch über den Backbordpoller und fiel hin. Im Fallen hielt er den Sprenggreifer hoch über seinem Kopf, damit er nicht mit dem Deck in Berührung kam.
»Jetzt drehen Sie nochmal ne Runde, damit Sie Ihre müden Augen aufmachen und Ihre Füße nicht mehr verwechseln. Aber diesmal mit entsichertem Sprenggreifer.«
Obermaat Werner lief in die Offiziersmesse, wo der wachfreie IWO sich aufhielt. Noch bevor er ihm etwas sagen konnte, knallte es an Oberdeck. Später wußte niemand genau, wie es passiert war. Hinsch hatte den entsicherten Sprenggreifer vorsichtig vor sich her getragen, er war langsam gegangen, nicht gelaufen. Es gab keinen ersichtlichen Grund, warum der Sprenggreifer explodierte. Die Seeleute, die achtern am Gerät arbeiteten, hatten lediglich den Knall auf dem Vorschiff gehört. Auf dem Oberdeck des Vorschiffs war außer den Pollern nichts vorhanden, worüber Hinsch hätte stolpern können, die Poller standen auf der Backbord- und Steuerbordseite, der Sprenggreifer explodierte, als Hinsch sich in der Mitte des Oberdecks befand.
Winkspruch ans Führerboot: »K an C: Ein Mann beim Klarmachen des Geräts tödlich verunglückt.«
Winkspruch vom Führerboot: »C an K: Verlange Tatbericht.«
»Den Tatbericht werd ich schreiben«, sagte der IWO, er war auf die Brücke gekommen. Anschließend ging er mit Pauli in die Kommandantenkammer.
Von Hinschs Beinen war nicht mehr viel übrig. Sein Gesicht und sein Oberkörper sahen von weitem unverletzt aus, nur wenn man genau hinsah, entdeckte man unzählige kleine Löcher, die das Blei des Sprenggreifers geschlagen hatte. Als sie ihn aufs Backbordfloß legten, trat aus den Löchern das Blut hervor wie Wasser aus einem feuchten Schwamm, den man zusammenpreßt.
Da es wieder aufbriste, mußte das Suchgerät abends ein-

genommen werden. Anschließend wurde Hinsch der See übergeben.
In den nächsten Tagen räumte die Flottille vor den Inseln Terschelling und Ameland Minen. Dann nahm der Wind wieder bis Sturmstärke zu, das Gerät wurde eingenommen, nachts herrschte Seegang sieben.
Teichmann und Heyne hatten die Mitternachtswache auf dem achteren MG-Stand. Die neue Wacheinteilung war stillschweigend vorgenommen worden, Pitt hatte sie sich ausgedacht.
Um zwei Uhr verließ Teichmann seinen Platz. Nach einigen Minuten kam er zurück, als sei nichts los gewesen. Kurz danach sagte jemand auf dem Achterschiff: »Fertig?«
»Alles klar.« Das war Pitts Stimme.
»Langsam runterlassen.«
Sie hörten eine Leine ausrauschen.
»Wir machen zu hohe Fahrt, so kommt er nicht mit der Schraube in Berührung.«
»Einholen.«
Sie hörten das Wetzen der Leine an der Reling, als sie Hand über Hand eingeholt wurde.
»Er ist noch nicht hin.«
»Hängt ihm doch 'n Grundgewicht an die Beine.«
»Wir haben schon genug Grundgewichte verloren.«
»Noch mal runterlassen.«
Fast gleichzeitig sahen Teichmann und Heyne, wie der Obersteuermann nach achtern ging. Sie sahen ihn zu spät. Sie konnten die Seeleute auf dem Achterschiff nicht mehr warnen.
»Einholen.«
Das war die Stimme des Obersteuermanns.
Stille.
»Einholen hab ich gesagt.«
»Herr Obersteuermann –«
»Einholen hab ich gesagt. Wirds bald.«
Sie hörten, wie eine Leine eingeholt wurde. Das Einholen ging sehr langsam.
»Herr Obersteuermann –«
»Ist die Leine vielleicht bald eingeholt.«

Sie hörten wieder das Scheuern der Leine. Dann war es ruhig.
»So – und jetzt müßt ihr ihn an Steuerbord dicht an der Bordwand runterlassen, dann kommt er in die Schraube. Die Schraube dreht sich doch rechts rum. Das hättet ihr ja inzwischen lernen können, ihr Esel.«
Sie hörten, wie etwas aufs Wasser klatschte und die Leine weggefiert wurde.
Stille.
»Einholen.«
»Nachsehen.«
»Alles klar.«
»Kappen.«
Eine Axt fuhr nieder.
»Hoffentlich schwimmt er nicht auf.«
»Erkennen kann ihn niemand mehr.«
Im Windschatten des Schornsteins zündete sich Teichmann eine Zigarre an.
»Hab selten nen verkommeneren Menschen gesehen als diesen Pauli«, sagte Heyne, »hab mir lang überlegt, ob er nicht irgendwo in seinem Scheißkörper so was Ähnliches wie 'n Herz hat. Hab aber nichts gefunden.«
Nach einer Weile sagte er: »Hat aber auch was Tröstliches. Wenn's möglich ist, daß ein einzelner Mensch so viele schlechte Eigenschaften besitzt, kann ja auch mal der Fall des Gegenteils eintreten, nicht? Ich mein', daß im gleichen Maße gute Eigenschaften bei einem –«
»Hör bloß mit diesem Krampf auf.«
Eine Stunde lang sprachen sie nichts mehr miteinander.
»Haste zufällig noch ne Aktive?«
»Nee.«
»Dann dreh mir eine. Da ist die Schachtel.«
Heyne hatte es noch nicht gelernt, sich Zigaretten zu drehen, obwohl er feinere Finger hatte als Teichmann.
»'s ist gar kein Grund da, nervös zu sein.«
»Ich hab klebrige Finger, deshalb dauert's länger.«
»Warum haste klebrige Finger? Schwitzt du?«
»Nee.«
»Drum, 's ist auch nicht grade warm heut nacht.«

»Aber 's Blut war warm, und jetzt ist's klebrig.«
»Wird mir gut schmecken, das Stäbchen, dann krieg ich wenigstens auf die Art noch was mit von der Sache. Ich hätt mich auch gern beteiligt. Wär besser gewesen, als zuzuhören. So stellt man sich die Sache spannender vor, als sie war.«
»Da kannste recht haben.«
Um vier Uhr wurden sie von Meckel und Habernagel abgelöst. Habernagel sagte, er habe noch einige Minuten an Deck zu tun, ob sie so freundlich wären und noch so lange warten wollten. Dann nahm er sich von der Putzwolle, mit der die Munition abgerieben wurde, bevor sie ins Magazin kam, und klemmte die Putzwolle wie ein Kellner seine Serviette untern Arm und stieg aufs Deck runter.
Ja, heut nacht hätten sie das Schwein geschlachtet, sagte Meckel. Wo sie es abgestochen hätten, fragte Heyne. In seinem Stall, sagte Meckel. Man habe aber nichts quieken hören, sagte Heyne. »Haha. Nein, man hat ihm die Luftröhre mit seinen eigenen Zähnen zugepflastert. Leider ist dabei etwas Blut geflossen.«
Habernagel holte sich noch mal Putzwolle.
Beim Frühstück verkündete Pitt die Neuigkeit, Pauli sei bei dem schweren Seegang in der vergangenen Nacht über Bord gespült worden, anders könne man sich seine Abwesenheit nicht erklären.

Im Topp des Albatros wehte der Stander des Flottillenchefs. Der Albatros war Führerboot der 52. MS-Flottille geworden. In der Kommandantenkammer wohnte Korvettenkapitän Wegener. Den Leutnant zur See Paschen hatte er zum Kommandanten ernannt, aber Paschen mußte seine IWO-Wache weitergehen, bis ein neuer WO an Bord kam, und so war der Flottillenchef der eigentliche Kommandant des Albatros.
In seinem Äußeren hatte sich im Vergleich zu seiner Dänholmer Zeit einiges geändert. Er trug jetzt eine zerschlissene blaue Jacke, auf deren Ellenbogen Lederflecke genäht waren. Seine Mütze, die früher mal weiß gewesen war, trug er leicht nach steuerbord getrimmt, die Goldstickerei am Müt-

zenschirm war nicht mehr vorhanden, er hatte sich eine aus Dünnblech stanzen und gelb anpinseln lassen, inzwischen hatte sich auf ihr Grünspan gebildet, und es gehörte schon viel Fantasie dazu, in ihr das Rangabzeichen für Stabsoffiziere zu sehen. Außer seiner Tabakspfeife, die er auch im Mund behielt, wenn sie nicht brannte, war seine goldene Armbanduhr der einzige Gegenstand, den er bereits auf dem Dänholm getragen hatte. Die Luxusuhr paßte nicht zu seiner Aufmachung, aber er pflegte sie sorgfältig. Die Seeleute behaupteten, das sei auch der Grund, warum er seine linke Hand stets in der Hosentasche habe.
Der Flottillenchef war noch keine vierundzwanzig Stunden an Bord, als auch Pauli wieder an Bord kam. Beim Frühstück sagte es Teichmann, der die Morgenwache gehabt hatte, er sagte es beiläufig, um niemand zu erschrecken. »Spinnst du?« sagte Pitt. Seine Augen weiteten sich und begannen zu flackern, und als Teichmann sagte: »Er liegt oben an Deck, ihr könnt ihn ja besichtigen«, sprang Pitt auf, atmete heftig und stoßweise durch die Nase und vollführte mit seinen Händen fahrige Bewegungen, aus denen niemand klug wurde, und dann stürzte er den Aufgang zum Oberdeck hoch.
Torpedoboote hatten ihn gebracht. Sie hatten ihn aufgefischt, und weil sie den Funkspruch, mit dem der Flottillenchef Pauli als vermißt gemeldet hatte, mitgehört hatten, kam eins der Boote beim Albatros längsseits – nicht ganz, weil schwerer Seegang herrschte, ein Abstand von vier Metern blieb zwischen den Booten – und warf mit einem kurzen »Hauruck« Pauli auf den Albatros rüber. Dann rauschten die Torpedoboote wieder davon. Teichmann sagte, es habe imponierend ausgesehen, wie die T-Boote, alles neue Boote, in rasanter Fahrt, eine hohe Bugsee vor sich herschiebend, angeprescht kamen und dann wieder davonstoben, mit ihrer weißen Bugsee hätten sie ausgesehen wie Weihnachtsmänner. »Deine Weihnachtsmänner haben uns vielleicht was mitgebracht«, sagte Heyne, und die andern wußten vor Entrüstung nicht, mit was für ausgefallenen Schimpfwörtern sie Paulis unverschämtes Benehmen kommentieren sollten.

Nun lag er an Oberdeck. Mit einer Leine um sein linkes Bein war er an die Steuerbordreling angebunden worden, damit ihn die See nicht über Bord spülte.
»Sein Gesicht ist weg«, sagte Pitt, als er ins Deck runterkam. Daraufhin widmeten sie sich wieder dem Frühstück. Aber irgendwie war es eine unwahrscheinliche Sache.
Und sie blieb es auch in den nächsten Tagen, an denen der Wind wieder bis Sturmstärke zunahm und die Oberfläche der See in eine brodelnde Hexenküche verwandelte. Als die Abendwachen aufzogen, war Pauli wieder von Bord.
Die ganze Nacht über blieb er fort. Am nächsten Morgen, noch vor dem Frühstück, rief Obermaat Werner ins Deck: »Drei Mann.«
Teichmann, Stollenberg und Vögele gingen hoch und mußten unter Anleitung des Bootswachtmeisters Pauli wieder an Bord holen. Er war außenbords gespült worden, die Nacht hatte er im Wasser zugebracht. Jetzt mußten sie ihn mit seiner Leine an Bord hieven, eine Drecksarbeit auf nüchternen Magen.
Als sie unten im Deck verkündeten, daß Pauli wieder da war, herrschte einige Augenblicke lang eine beklemmende Stille. Dann sagte Stüwe: »Dieser Saukerl.« Und jetzt haßten sie den toten Pauli hemmungsloser als den lebenden. Sie haßten ihn, weil er wieder da war und weil sie das Empfinden hatten, daß er sich auf diese Weise an ihnen räche und sie damit zugleich zum Narren halte. Als sie dann auf Wache zogen und an ihm vorbeimußten und sahen, wie er dalag, ein Klumpen aufgeblähten Fleisches, angebunden wie ein Köter, ohne Gesicht, nur der Hinterkopf war noch da und vorn der Knochen des Nasenbeins, hellweiß und eingeschlagen und aus dem aufgedunsenen, gallertartigen Fleisch herausgrinsend, als mache er sich über seine Betrachter lustig, die Hose am Bund aufgerissen und halb heruntergestreift, so daß die Unterhose zu sehen war, die eine grüngelbe Farbe, als sei sie voll Kot, angenommen hatte, ein Bein nach hinten abgeknickt, als wolle er sich mit der Ferse den Hintern kratzen – wie er so dalag und, als ob noch Leben in ihm sei, im Seegang dauernd seine Stellung änderte, da waren die Männer zum zweiten

Mal entschlossen, ihn im Laufe der Nacht endgültig über Bord zu werfen.

Den ganzen Tag über stampften die Boote durch die wildgewordene See. Unheimliche und bisher nie gehörte Geräusche machten sich plötzlich auf dem Albatros bemerkbar. Obwohl er mit gedrosselter Maschine lief, machte die Schraube einen Höllenlärm, wenn sie auf dem Gipfel eines Wellenbergs aus dem Wasser tauchte und in der Luft wie ein Kreisel zu sausen begann. Im Innern des Albatros rumorte es, weil sich alles, was nicht festgelascht war, selbständig gemacht hatte. Im Seemannsdeck schlugen die Türen des Geschirrspinds knallend auf und zu, Teller fielen klirrend an Deck und zerbrachen, die Bänke und die Backen rutschten und polterten von einer Ecke in die andere, und Seestiefel kollerten durch die Gegend. In der Piekslast rumpelten so ziemlich alle dort verstauten Gegenstände von einer Seite auf die andere, und das hörte sich im Seemannsdeck an, als ob ein Dutzend alter Männer in ausgelatschten Stiefeln übers Deck schlurfte. Aber über alle Stimmen dieses unheimlichen Orchesters triumphierte die See, die tosend und fauchend über den Albatros hereinbrach und knallend wie Gewehrschüsse gegen den vorderen Gefechtsstand anrannte und dessen Blechverkleidung eindrückte. Dann sprang sie donnernd an der Brücke hoch und klatschte krachend aufs Achterdeck.

Und trotzdem gab es Männer – und sie befanden sich in der Mehrzahl –, die seefest waren und Hunger hatten. Für die Backschafter, die das Essen aus der Kombüse ins Seemannsdeck bringen mußten, war ein Strecktau übers Oberdeck gespannt worden, an dem sie sich halten konnten, wenn die See über sie hereinbrach, vorausgesetzt, daß die Backschafter eine Hand frei hatten, und das hatten sie gewöhnlich nicht. An diesem Tag, als sie das Abendbrot holten, warteten sie im Schutz der Brücke auf den Augenblick, wo das Oberdeck frei von Wasser war, und liefen dann los. Vögele hatte sein Tablett, voll mit den Butter-, Eier- und Schinkenrationen der Seeleute, ohne Unfall aus der Kombüse bis in Höhe der Brücke jongliert. Dort stand er nun und wartete, bis ihm die See erlaubte, übers Oberdeck zu

spurten. Die See erlaubte es ihm auch, aber als er unten im Seemannsdeck ankam, war sein Tablett leer.
»Der Pauli hat mer älles wegg'nomme«, sagte Vögele und setzte sich an die Back, auf der außer Tee und trockenem Brot nichts stand. Das war zuviel für die Seeleute. Wäre Vögele kein so netter Kerl gewesen, hätten sie ihn verprügelt, obwohl er unschuldig war. Denn als er übers Oberdeck wollte, schleuderte ihm die See Pauli vor die Füße, Vögele stolperte, fiel hin und hatte gerade noch Zeit, sein leeres Tablett zu angeln, bevor der nächste Brecher über Deck wusch.
»Wer hat die Wache?«
»Der Obersteuermann.«
»Dann los.«
Eine Minute später war Pauli endgültig von Bord.

In den nächsten Tagen räumte die Flottille siebenunddreißig Minen. Boot Fünf ging durch Minentreffer verloren. Bis auf den Kommandanten, die Wachoffiziere und die Heizer konnte seine Besatzung gerettet werden. Dann zwang Kohlenmangel die Flottille, Den Helder anzulaufen.
Zwanzig Seemeilen vor dem holländischen Hafen gingen die Maschinen der Boote auf ›Große Fahrt‹ und kurz danach auf ›Große Fahrt und zweimal zehn mehr‹. Bülow, der Brückendienst hatte, erzählte beim Abendessen, der LI habe auf die Brücke raufgemeldet, bei dieser Fahrtstufe wären die Kohlenbunker in fünf Stunden leer. Der Chef habe dem LI antworten lassen, ein deutsches Aufklärungsflugzeug habe vier Meilen vor Den Helder ein U-Boot gesichtet, und das wolle er haben, und wenn er sämtliche Kojen verheizen müßte.
Um zwanzig Uhr zogen Teichmann und Heyne auf Wache. Es wurde eine schwarze Nacht. Die Wolken hingen tief herab, es waren dicke schwere Regenwolken. Nur im Westen stand über der Kimm ein heller, lachsfarbener Streifen, den die untergehende Sonne, die noch stellenweise durch die Wolken drang, vergoldete.
Nach zweiundzwanzig Uhr begann es zu regnen. Es war vollkommen finster. Die Kimm war nicht mehr auszu-

machen, See und Himmel waren gleichmäßig schwarz, und die See wälzte sich träge und zähflüssig dahin, als sei sie aus Sirup. Und dann stiegen drei rote Leuchtkugeln am Nachthimmel empor, und gleichzeitig schrillten die Alarmklingeln, und das Morsezeichen für den Buchstaben U wurde dreimal durch die Lautsprecheranlage des Bootes gegeben. Die Jagd begann.
In kurzen Abständen stoppten die Boote, damit die Männer am Unterwasserhorchgerät arbeiten konnten, ohne vom Schraubengeräusch der eigenen Boote gestört zu werden. Es war ein gespensterhaftes Fahren. Wenn alle Boote ihre Maschinen abgestellt hatten und gestoppt lagen, war es still wie in einer großen Kirche, und diese Stille war unerträglich und machte die Männer nervös. Sie fühlten unbewußt, daß der Krieg jetzt eine rein technische Angelegenheit geworden war, an der sie nicht viel ändern konnten. Es kam auf das Horchgerät an. Mehr als warten und bereit sein konnten sie nicht, und das ging ihnen auf die Nerven.
Kurz nach dreiundzwanzig Uhr – die Boote lagen gestoppt, die Stille wurde nur durch das gleichmäßige Rauschen des Regens und durch kleine Wellen, die gegen die Bordwand schlugen, unterbrochen – hörten Teichmann und Heyne deutlich, wie auf der Brücke der Maschinentelegraph dreimal gelegt wurde. Sie wußten, daß das nur ›Dreimal äußerste Kraft voraus‹ bedeuten konnte. Also mußten sie das U-Boot haben.
»Klar bei Wabos«, rief der Flottillenchef von der Brücke nach achtern. Auf allen Booten flammten die Scheinwerfer auf. Der Albatros drehte hart nach steuerbord.
»Wabos sind klar zum Wurf«, rief Obermaat Werner zur Brücke rauf.
Leutnant zur See Paschen kam nach achtern gelaufen. Um den Hals hatte er eine Stoppuhr hängen. Er ließ zwei Wasserbomben werfen, dicht hintereinander, beide mit dreißig Meter Tiefeneinstellung, und eine dritte, die auf vierzig Meter eingestellt war.
Mit betäubendem Donner fuhr die See auseinander, und, als ob sie dreimal aufbrülle vor Zorn, schleuderte sie drei weiße Fontänen gegen den nächtlichen Himmel.

Die Boote stoppten wieder. Die Unterwasserhorcher saßen an ihren Geräten. Die Scheinwerfer suchten die See ab. Sie fanden nur tote Fische.
»Mir gefällt diese Art Krieg nicht, dir?«
»Nein«, sagte Heyne im Flüsterton. Er war sehr nervös. Als sich Teichmann eine Zigarre anzündete und der Feuerschein durch seine gewölbten Hände flackerte, sagte Heyne mit erregter, verbitterter Stimme: »Laß doch den Quatsch.«
»Mann, Mann.«
Auf dem achteren Gefechtsstand war jedes Wort zu verstehen, das auf der Brücke gesprochen wurde, nur kamen die Worte gedämpft, wie durch einen Vorhang, und die Stimmen klangen belegt, kurzatmig, es war, als ob alle an Bord flüsterten. Das Klingelgeräusch des Maschinentelegraphs drang einem schmerzhaft laut in die Ohren.
»Ich weiß nicht, warum die alle so leis sind, das U-Boot kann uns doch nicht –«
Der Maschinentelegraph klingelte dreimal. Die Maschine sprang an. Es schien, als mache der Albatros einen Satz nach vorn. Dann legte er sich auf die Seite und drehte fünfzig Grad nach backbord. Der Flottillenchef tauchte achtern bei den Wabo-Leuten auf und gab Paschen einen Befehl, den Teichmann nicht verstehen konnte, weil das Nachbarboot Schreckbomben warf, um das U-Boot einzukreisen. Dann lief der Chef wieder auf die Brücke. Paschen befahl seinen Leuten, alle Bomben auf vierzig Meter Tiefe einzustellen. Auf der Brücke wurde ein Blinkzeichen gegeben, vier Bomben gingen über Bord.
Nach ihrer Detonation stoppten die Boote. Die Scheinwerfer tasteten sich durch den Regen und suchten die See ab. Die toten Fische leuchteten phosphoreszierend, und inmitten der toten Fische schwamm ein Gegenstand. Von allen Seiten richteten die Scheinwerfer ihre Lichtkegel auf ihn, wie die Speichen eines Rads auf die Nabe, und dabei wurde der Gegenstand zu einem Menschen, und plötzlich wuchs neben dem Menschen ein Stück Eisen aus dem Wasser, blieb regungslos wie ein drohender Finger stehen, fünf, sechs, sieben Sekunden, und versank, und mit ihm der

Mensch, als hätte ihn der Finger eines Riesen in die Tiefe gezogen. An der Untergangsstelle trat Öl an die Wasseroberfläche und spiegelte im Lichtkegel der Scheinwerfer in allen Regenbogenfarben.
Fünf Minuten lang geschah nichts. Nur das Öl quoll an die Wasseroberfläche. Dann schoß ein Mann aus dem Wasser. Der Mann blieb auf dem Wasser liegen. Seine Gummischwimmweste war prall mit Luft gefüllt und gab ihm ein unförmiges Aussehen, und dann kamen noch drei heraufgeschossen wie springende Forellen, aber sie blieben oben. Sie wurden mit dem Beiboot an Bord geholt. Blut floß ihnen aus dem Mund, ihre Lungen waren geplatzt, und den Rest hatte das Öl besorgt.
Bis sechs Uhr blieben die Boote an der Untergangsstelle liegen. Dann liefen sie in Den Helder ein, und abends wurden die englischen Seeleute mit militärischen Ehren beigesetzt.
Landgang gab's keinen. Die Boote mußten wieder seeklar gemacht werden. Proviant und Munition wurden an Bord geschafft, und noch in der gleichen Nacht übernahmen einige Boote Kohlen. Der Albatros verholte am nächsten Morgen an die Kohlenpier, konnte aber erst gegen Abend mit dem Bunkern beginnen.
Um drei Uhr morgens war die Kohlenübernahme beendet. Schwarz wie die Neger saßen die Männer an Oberdeck und tranken ihr Bier, als Habernagel vorgefahren kam und einen Lagebericht über Helder und Umgebung gab. Er war nach Paulis Tod Aufklarer des Flottillenchefs geworden, offiziell hieß er ›Läufer Chef‹, aber er hörte es gerne, wenn man ihn Chef-Aufklarer nannte. Als solcher hatte er angeblich an Land allerhand zu tun. Der Flottillenstab hatte ihm ein Fahrrad und einen Dauerurlaubsschein zur Verfügung gestellt, und so gondelte er in Helder rum und machte die Gegend unsicher. Den ganzen Tag war er unterwegs, dienstlich an Land nannte er es. Und nun berichtete er den Seeleuten von einem Restaurant, in dem man für einen Gulden ein prima Beefsteak mit Pfannkuchen und Salat bekomme, die Wirtin des Lokals habe zwei Töchter, die die Woche über in Harlem arbeiteten und nur am

Wochenende nach Helder kämen, aber wenn die Töchter so veranlagt seien wie ihre Mutter, und die Mutter habe so etwas Ähnliches angedeutet, dann ließe sich da schon etwas machen, und für besonders dringende Fälle habe er eine ältere Dame aufgegabelt, die mit sich reden lasse, aber man brauche ziemlich Pinke dazu, wer Näheres wissen wolle, solle sich an ihn wenden, denn ein öffentliches Haus gäbe es nicht.
»Wieviel verlangste denn für deine Zuhälterdienste?«
»Ist das der Dank dafür, daß ich euch alles erzähle?«
Habernagel fühlte sich gekränkt und zog von dannen, sein Rad schob er. Meckel warf ihm eine leere Bieflasche nach, und da hopste Habernagel in den Sattel und trat in die Pedale. Die Seeleute lachten, aber jeder hätte sofort mit ihm getauscht. –
Bevor sie wieder in See gingen, stieg als neuer IWO ein Leutnant zur See namens Rouff ein, der sich an der Hoffnung begeisterte, bald mit dem Feind in Berührung zu kommen, Rouff war Aktiver.
Der Albatros blieb Führerboot und lief an der Spitze der Flottille durch den Kanal. Vom Feind war weit und breit nichts zu sehen, seit Dünkirchen trug der Tommy den Schwanz eingezogen. Nur über der weißen Steilküste von Dover standen ein paar Fesselballone in der Luft. Das war alles, was an den Krieg erinnerte. Die Flottille lief Le Havre an und dann weiter nach St. Malo. Zwischen Cap de la Hague und der Kanalinsel Alderney wurde sie von acht Flugzeugen angeflogen. Die Flugzeuge schossen ES. Trotzdem wurde auf der Brücke des Albatros Fliegeralarm gegeben und das Feuer eröffnet. Die Flugzeuge antworteten mit ihren Bordwaffen und warfen Bomben.
Es waren englische Maschinen. Zwei wurden abgeschossen, eine dritte beschädigt. Keins der Boote war von Bomben getroffen worden. Durch Bordwaffenbeschuß verlor die Flottille neun Mann, sechs wurden verwundet. Vom Albatros befanden sich unter den Toten Maat Becker, Matrosengefreiter Lauer und Signalgast Glatzel, Signalgast Schindler war verwundet worden.
Die Engländer hatten einen neuen Trick angewandt und

aus großer Entfernung ES geschossen, und die Seeleute hatten geglaubt, es handle sich um deutsche Maschinen. Das deutsche ES für diesen Tag lautete: vier grün, zwei rot. Die Flugzeuge schossen drei grün, drei rot. Sie hatten das ES aufs Geratewohl geschossen, um die Boote zu täuschen. Auch auf der Brücke des Albatros hatte man sich zuerst bluffen lassen, nur Stollenberg hatte sofort gemeldet, daß es ein falsches ES war. Daraufhin hatte der Flottillenchef den Befehl zum Feuereröffnen gegeben.
Stollenberg erhielt acht Tage Sonderurlaub. Er fuhr über Berlin nach Hause, der Flottillenchef hatte ihn gebeten, ein Paket für seine Frau mitzunehmen. Habernagel brachte ihn an die Bahn.

Nachts schrillten die Alarmklingeln durchs Boot. Die Seeleute flitzten aus ihren Kojen, stiegen in ihre Stiefel und eilten auf ihre Gefechtsstation.
Es war ein Fehlalarm. Sie standen eine viertel Stunde lang an ihren Waffen, aber es zeigten sich keine Flugzeuge. Nachdem ›Wegtreten von Gefechtsstationen‹ gegeben worden war, fing die Hafenflak an zu böllern. Zum Glück traf sie nichts. Sechs deutsche Zerstörerflugzeuge vom Typ Me 110 kamen von See her, flogen in niedriger Höhe über den Hafen und sahen mit ihrem aufgemalten Haifischrachen widerlich aus. Als sie den Hafen hinter sich hatten, schossen sie ES.
Mißmutig gingen die Männer wieder unter Deck und schüttelten die zerquetschten Kakerlaken aus den Seestiefeln, die dort zu übernachten pflegten. Die meisten Kakerlaken waren auf dem Weg zu den Gefechtsstationen gestorben. Wer enge Stiefel trug, konnte die in den Stiefelspitzen sitzenden Kakerlaken leicht zur Ruhe bringen, mußte sich aber darauf gefaßt machen, später die toten Tiere aus seinen Stiefeln rauszupulen. Wer weite Stiefel trug, mußte erst Zehengymnastik machen, um die Kakerlaken zur Ruhe zu bringen. Diejenigen Tiere, die unter der Wölbung der Füße Zuflucht gesucht hatten, lebten am längsten, es sei denn, der Träger der Stiefel hatte Plattfüße, dann starben alle gleichzeitig. Es war zwecklos, die Brut-

stätten dieser Schaben auszuräuchern, sie waren nicht umzubringen, sie gehörten nun einmal zum lebenden Inventar des Albatros.

Morgens wurde seeklar befohlen. In der Bucht von St. Malo trieben abgeschossene englische Flieger, die Flottille solle sie auffischen, Befehl vom Chef der 3. Sicherungsdivision, hieß es auf der Brücke. Die Seeleute fluchten, draußen herrschte stürmisches Wetter.

Gleich hinter der Schleuse begann die Schaukelei. Die See um Malo war sonst blaugrün, jetzt war sie grauweiß. Weiße Gischtköpfe tanzten auf den Wellenkämmen und wurden von den nachrollenden Wogen, die der Sturm hochpeitschte und giftgrün färbte, zugedeckt. Es sah aus wie Grünspan auf Silber. Wenn man sicheren Boden unter den Füßen hatte, war es eine eindrucksvolle Sache. Aber der Albatros stöhnte und krachte in allen Fugen, und was nicht niet- und nagelfest war, wurde über Bord gespült. Die schweren Brecher klatschten aufs Oberdeck, der Vorsteven und die Back wurden unter Wasser gedrückt und richteten sich nur mühsam wieder auf, um erneut ins Wasser zu tauchen. Wie zähe Wühlmäuse arbeiteten sich die Boote durch diese wildgewordene Wasserwüste. Um sie herum wölbte und krümmte sich die See wie Riesenschlangen, die Qualen leiden, und sprang wütend die Boote an, umschlang sie, drückte und preßte sie, als wolle sie sie zermalmen, aber die Boote bohrten ihren eisernen Bug in die Schlangenleiber und schnitten sie durch.

Ausgerechnet bei diesem Wetter glaubte Schmutzler einen Spaziergang an Oberdeck machen zu müssen. Von der Winsch zum Schott des Seemannsdecks war ein Strecktau gespannt worden. Daran hangelte er sich, ein Kommißbrot unterm Arm, entlang. Eine Woge wusch übers Oberdeck, und auf ihrem Gipfel, dort wo die Gischt sich quirlte, saß Schmutzler und hielt sein Kommißbrot umklammert und sah von oben in die Brücke rein. Er schrie nicht, er war nicht mal erschrocken, nur grenzenloses Staunen stand ihm im Gesicht. Dann wurde er weggetragen und war sekundenlang nicht zu sehen, tauchte in etwa hundert Meter Entfernung wieder auf und blieb dann endgültig unsichtbar.

Nachmittags machten die Boote wieder an der Pier von St. Malo fest.
Habernagel kam mit seinem Fahrrad angeschwirrt und trug es an Bord, damit es ihm keiner klaute. »Habt ihr sie?«
»Von wegen«, sagte Meckel, »war alles für die Katz. Einen Mann und ein Kommißbrot haben wir verloren und die Kohlen umsonst verheizt.«
Heyne widersprach wie stets. Es sei immerhin eine Demonstration des Willens gewesen, den in Seenot geratenen Gegner zu retten, sagte er, und insofern sei die Unternehmung in einem höheren Sinn nicht für die Katz gewesen. »Mach das mal dem Schmutzler klar«, sagte Meckel. Dann wurde ein gutes Abendessen aufgebackt, der Koch vom Flottillenstab gab sein Debut, Eisbein mit Sauerkraut und Kartoffelpüree und Kompott, ein großartiges Essen, und Schmutzler war nun endgültig tot und vergessen.
Nach dem Essen hielt Habernagel einen Vortrag. Er sprach wie ein staatlich geprüfter Fremdenführer. Er begann diesmal mit einer allgemeinen Betrachtung über die Bademöglichkeiten am Strand von St. Malo. Daran anknüpfend schilderte er die Schönheiten eines Abendspaziergangs auf der Stadtmauer und kam dann auf die Preise von alkoholischen Getränken zu sprechen. Erst als ihn Pitt mit der Bemerkung »Zur Sache, Habernagel« unterbrach, verkündete er, daß seit gestern in St. Malo ein hochoffizielles Wehrmachtsbordell eröffnet worden sei, Damen aus Paris ständen zur Verfügung, er könne sie nur wärmstens empfehlen.
»Sprichste aus Erfahrung oder tuste nur so?«
»Kann man wohl behaupten. Hab doch dafür, daß ich Reklame mache, ein paar Nummern gratis schieben dürfen.«
»Ein paar?«
»Klar, und nicht zu knapp.«
»Gib bloß nicht so an«, sagte Stüwe.
»Du fällst ja nach dem ersten Mal um«, sagte Pitt.
»Euch tu ich keinen Gefallen mehr«, rief Habernagel wütend, »ihr verdient gar nicht, daß ich mich um euer Wohl-

befinden sorge. Und jetzt geh ich auf die andern Boote und erzähl denen was von dieser einmaligen Gelegenheit, obwohl es die Flottille eigentlich erst morgen erfahren soll, heut gehen nur die Kriegsgenießer vom Flottillenstab hin, und ab morgen könnt ihr dann Schlange stehen.«
»Na, 's werden auch heut schon keine Jungfern mehr dort sein.«
»Das nicht, Qualle, aber eingefahrene Schlitten, die laufen wie geschmiert«, sagte Habernagel und machte Anstalten, wegzugehen.
»Du bleibst hier und hältst bei den andern Booten dein Maul«, sagte Pitt, »und nachher bringste uns hin zu deinem erstklassigen Appartemang.«
Sie gaben Habernagel eine Pulle Schnaps. Er setzte sich auf die Treppe zum Oberdeck und trank, während die Seeleute sich landfein machten. Dann zogen sie unter seiner Führung ab. Habernagel fühlte sich wie ein Unteroffizier, der seine Rekruten zum erstenmal ausführt. Heyne, Bülow und Vögele gingen mit, sie wollten mal die Lage peilen, sagten sie zu Teichmann.
Habernagel hatte seine Schnapspulle stehengelassen, Teichmann holte sich eine Tasse aus dem Geschirrspind und leerte die Pulle. Es gab dreieinhalb Tassen. Nach jeder Tasse trank er eine Flasche Bier. Danach legte er sich auf seine Koje, und weil es ihm etwas schwindelig war, versuchte er, seine Gedanken auf irgend etwas zu konzentrieren, er dachte an seine Kameraden, an Stollenberg und Heyne, und auch ein wenig an sich, nichts Ernstes, keine tiefen Gedanken, nur eben so . . .
Und plötzlich ist es um ihn herum Nacht. Er sitzt zusammen mit Stollenberg und Heyne in einem Bunker. Auf den Bunker trommelt feindliche Artillerie. Sie sitzen auf leeren Munitionskisten. Auf einer steht eine Kerze und flackert bei jedem Einschlag.
»Wieviel Uhr ist's?« sagt Stollenberg.
»Du hast noch Zeit«, sagt Heyne.
»Geht deine Uhr richtig?«
»Bis jetzt ging sie immer richtig.«
»Ich frag ja nur. Ihr wißt, wir müssen halbstündlich den

Posten draußen ablösen. So ist's ausdrücklich befohlen worden, und der Befehl muß genau ausgeführt werden, das ist klar –«
»Halt bloß keine langen Reden.«
»Doch, das ist wichtig, Gerd, es darf keine Irrtümer geben. Wir lösen also diesmal nicht stündlich ab wie sonst, sondern alle halbe Stunde, weil die Posten schon viermal hintereinander abgeschossen wurden, bevor die Ablösung eintraf. Und die hinten müssen doch rechtzeitig Meldung haben, wenn der Feind angreift. Davon hängt doch alles ab, versteht ihr? Und er wird diesmal angreifen, noch in dieser Nacht. Wenn der Posten zwei rote Leuchtkugeln schießt, geht's los.«
»Wissen wir längst.«
»Wir müssen diese Stellung unter allen Umständen halten, wir können doch nicht immer weiter zurückgehen. Lang kann's ja nicht mehr dauern.«
»Für uns ist der Krieg aus.«
»Hahaha. Kann man wohl sagen, Gerd, haste gut gesagt. 's würd mich nur interessieren, wann jeweils der Posten abgeknallt wird, in den ersten zehn Minuten oder nach zwanzig Minuten oder noch später oder vielleicht schon früher, in den ersten fünf –«
»Dann ist's das beste, du erschießt dich gleich hier.«
»Wenn es nicht feig wär – ja. Ich geh jedenfalls als erster, dann du und zuletzt Hans. Wieviel Minuten sind's noch bis zur Ablösung?«
»Acht.«
»Sag mir's fünf Minuten vorher. Wir müssen doch pünktlich sein. Ausdrücklicher Befehl von –«
»Wissen wir, haste uns schon zweimal gesagt.«
»Dann ist's gut, dann ist ja alles gut.«
»Nichts ist gut«, schreit Heyne, »gut ist nur, daß du jetzt auf einmal reden kannst, und früher brachtest du deine Zähne nicht auseinander. Angst macht geschwätzig, was?«
»Ich hab keine Angst.«
»Um so besser.«
Stollenberg nimmt die Leuchtpistole in die Hand: »Hoffentlich funktioniert sie.«

»Bis jetzt hat sie immer funktioniert, wenn man sie richtig bediente.«
»Meinst du vielleicht, ich könnt sie nicht richtig bedienen?«
»Doch. Reg dich nicht künstlich auf, ich glaub dir's ja. Aber leg sie weg, sonst gibt's noch vor der Zeit ein Unglück.«
»Auf die paar Minuten kommt's auch nicht mehr drauf an.«
»Leg die Pistole weg.«
»Du hast mir nichts zu befehlen.«
»Leg die Pistole weg.«
Stollenberg legt die Pistole weg: »Wir können uns doch unterhalten? Dann geht auch die Zeit schneller rum. Für mich wird's zwar bald so weit sein. Wieviel Uhr ist's?«
»Du machst einen noch verrückt mit deiner blöden Fragerei.«
»Was ist denn mit dir los, Gerd? Wenn du dich schon freiwillig zu nem Himmelfahrtskommando meldest, dann darfst du dich doch wegen ner Leuchtpistole nicht aus der Ruhe bringen lassen.«
»Himmelfahrtskommando? Sag wenigstens Höllenfahrt.«
»Warum hast du dich eigentlich freiwillig gemeldet?«
»Was geht dich das an?«
»Glaubst du, daß es nen Sinn hat?«
»Ich glaub gar nichts.«
»Na, dann hast du's ja leicht, dann verlierst du ja nichts.«
»Wer hat's leicht? Du bist auch einer von denen, die im finstern Tal mit nem Licht wandern, wie's so schön heißt. Ich hab keins.«
»So mein' ich's nicht. Aber wenn du an nichts glaubst und alles für sinnlos hältst, darfst du jetzt nicht heulen, wenn du sinnlos krepierst.«
»Tu ich auch nicht.«
»Weißt du, 'n Held bin ich ja auch nicht, wenn sie auch später zu Hause sagen, ich sei den Heldentod gestorben. Schlimm wär's nur, wenn alles umsonst wär.«
»Du merkst auch alles. Übrigens, 's ist Zeit.«
»Ja, ich geh. Ist auch egal, ob sinnvoll oder sinnlos, wenn ich nicht ging, käme ich vor 'n Kriegsgericht.«
»Du willst wohl noch 'n Weilchen leben, was?«

»Ja. Ich hab doch noch nicht viel vom Leben gehabt, ich kenn so vieles nicht, ich hab noch nie ne Frau geliebt, richtig geliebt. Ich kenn die Liebe nicht, ich mein' die große Liebe, oder wie man 's sonst nennt – gibt's das?«

»Nein, du hast nichts versäumt. Und jetzt ist's Zeit für dich.«

»Dann geh ich.«

Stollenberg steht auf und stößt dabei die Kerze um.

»Zünd sie wieder an, Gerd, du hast die Streichhölzer.«

Heyne zündet die Kerze an: »Damit du dich nicht verirrst.«

»Willst du meine Uhr?«

»Nein.«

»Doch, nimm sie ruhig, sie ist kaputt, aber nur die Feder. Du kannst sie leicht reparieren lassen. Wär doch schad, wenn sie draußen verlorenging.«

»Ist doch Quatsch. Wir kommen alle draußen um, nicht nur du.«

»Ach so, ja, ihr müßt mich ja ablösen, ihr müßt ja auch raus. Kommt bald, dann ist der Verein beisammen. Ich geh jetzt. Wiedersehen.«

»Mach's nicht so spannend und hau ab«, sagt Heyne.

»Mach's gut, Emil«, sagt Teichmann.

Stollenberg geht. Die Kerze flackert, als er die Bunkertür öffnet.

Heyne sagt: »Was ist dein Vater?«

»Tot.«

»Was war er?«

»Kaufmann.«

»Und dein Großvater?«

»Auch.«

»Mein Vater war Professor, mein Großvater Pfarrer, mein Urgroßvater auch.«

»Wieso war *dein Vater Professor?«*

»Er ist tot. Sie haben ihn umgebracht.«

»Warum?«

»Weil er die Wahrheit sagte.«

»Ist immer gefährlich.«

»Ja, und mein Vater war dumm genug, zu glauben, die

Wahrheit sei was Besonderes. Als ob's nicht viel besser ohne sie geht. Hat nicht gewußt, daß Wahrheit und Leben Gegensätze sind. So'n Quatsch, was? Erst haben sie ihn mundtot gemacht und dann ganz. Als Professor für Geschichte fühlte er sich verpflichtet, ab und zu die Wahrheit zu sagen. Ein Geschichtslehrer, der lügt, hat ja wohl seinen Beruf verfehlt, nicht? Nun ja, und dann haben sie ihn geholt, und dann haben sie mir einige Monate später geschrieben, mein Vater sei gestorben, an einer inneren Krankheit sei er plötzlich gestorben. Ganz sinnig, nicht? Und ich werd jetzt ebenfalls für Großdeutschland und den Bestand der abendländischen Kultur sterben. Auch ganz sinnig, nicht?«

»Trotzdem – das mit der Liebe hättest du nicht zu Emil sagen dürfen.«

»Zugegeben, war nicht sehr schön, aber wahr.«

»Du hättest es nicht sagen dürfen.«

»Hast du vielleicht andere Erfahrungen gemacht?«

»Ich weiß nicht, es könnte möglich sein, daß es ne wirkliche Liebe gibt, daß wir sie vielleicht nur nicht kennen. Vielleicht muß man dran glauben, wär möglich, nicht?«

»Glatter Humbug. Die Liebe von denen, die noch an was glauben, ist nichts wert, weil sie sich einbilden, daß sie später mal für ihre Liebesdienste belohnt werden. Bei denen macht sich die Liebe bezahlt. Selbstlosigkeit ist bei denen ne gute Tat, und gute Taten werden belohnt. So sieht bei denen die Bilanz aus. Daran glauben sie. Und nach ner guten Tat schläft's sich so angenehm. Als Schlafmittel laß ich mir den Zinnober grad noch gefallen, aber mehr ist nicht dran. Liebe ohne Hintergedanken gibt's nicht. Irgendwie kommt's einem immer zugute, und wenn's nur das Gefühl ist, ne gute Tat vollbracht zu haben. Dieses Gefühl entschädigt für vieles. Liebe gibt's vielleicht nur unter den freien Menschen, unter den Ungebundenen – Religio heißt Bindung, wie du ja weißt –, unter den Tief-Gottlosen. Die sind die einzigen, die nichts für ihre Liebe wollen und auch nichts bekommen, weder hier noch anderswo.«

»Und du meinst, die *können lieben?«*

»Vielleicht. Ich muß jetzt gehen.«

»Und du glaubst also an nichts?«

»Nein, ich glaub an nichts. Ich hab keine Bindung mehr, ich hab mich von allem freigemacht, was mich binden könnte. Früher oder später reißt jede Bindung, und dieses Losreißen kann sehr schmerzhaft sein und hinterläßt Wunden, die manchmal nie heilen. Deshalb hab ich jede Bindung freiwillig und frühzeitig, zu nem Zeitpunkt, wo's noch nicht so weh tut, zerrissen. Ich bin allein, ohne Freuden, aber auch ohne Schmerzen. Mehr kann unsereiner nicht verlangen. Und um diesen Saustall, in dem wir hier leben, schön zu finden, bin ich nicht dumm genug. Ich brauch niemand, und niemand braucht mich, und wenn ich nicht mehr mag, hör ich auf. Und ob über uns einer hockt und auf uns runterguckt, ist mir völlig wurscht. Vom Runtergucken werd ich nicht satt. Und wenn ich nachher draufgehe, in wenigen Minuten schon – wer fragt danach? Nach mir keiner.«
»Vielleicht –«
»Nein. Das werden wir ja gleich sehen. Tschüs, Hans.«
Aber an der Tür wendet sich Heyne nochmal um: »Irgendwo muß *doch das Leid enden?«*
Teichmann sitzt allein vor der Kerze. Er lauscht den Einschlägen der Granaten, und er schaut in das Licht der Kerze, das bei jedem Einschlag flackert. Und dann wird die Tür aufgerissen:
Stollenberg, schwerverwundet, schleift Heyne hinter sich her: »Da liegt er, haha, da liegt er. He, steh auf, Heyne. Das gilt nicht, was du getan hast. Er hat sich hier reingeschossen, Hans, schau mal, hier in die Schläfe. Siehst du das kleine Loch da? und hier das größere, hier ging die Kugel wieder raus, da wo jetzt die rote Brühe rausfließt, und sie hat sein Gehirn mitgenommen. Steh auf, du. Warum hast du mich nicht abgelöst? Ich hab auf dich gewartet, aber du kamst nicht. He, warum bist du nicht gekommen? Er sagt nichts, haha. Er sagt nichts. Das gilt nicht, du, was du getan hast. Du mußt nochmal raus – Gott mit uns, haha, da steht's mitten auf seinem Bauch. Ist Gott mit dir, he? Antworte – Sei still, Hans, ich will hören, was er sagt. He, gib Antwort! – – – Er sagt nichts.«
Stollenberg nimmt seinen Helm ab, kniet nieder und sieht Heyne lange an. Dann zieht er sein Seitengewehr und

schlägt mit ihm auf den Helm: »Ich will Musik hören. Wo bleibt der Trauermarsch? Warum spielen sie nicht den Trauermarsch? Ist die Platte nicht mehr da? Einen Trauermarsch, bitte – Herrgottnochmal, wir haben ihn doch verdient. – Gib mir die Kerze.«

»Nein.«

»Du sollst mir die Kerze geben.«

»Nein.«

Stollenberg kommt zu Teichmann gekrochen und hält ihm seinen Kopf hin: »Du, schieß mich mal hier rein, bitte, Hans, hier in die Schläfe. Komm, gib die Kerze, ich halt sie dir, damit du zielen kannst.«

Stollenberg greift nach der Kerze, Teichmann zieht sie ihm weg. Sie ringen um den Besitz der Kerze. Plötzlich brüllt Teichmann: »Da ist er! Da steht er ja! Da!«

»Wer?«

»Pauli.«

»Nein – das ist der Tod.«

Ein kleiner, schwarzgekleideter, freundlicher Herr, einen steifen Hut auf dem Kopf, steht im Bunker. Er zieht den Hut vor ihnen, und indem er ihnen gütig zulächelt, nimmt er die Kerze vor den Mund und bläst sie aus.

»Licht«, brüllt Teichmann.

Der Bunker erhält einen Volltreffer und stürzt zusammen. Nur der Tod steht hochaufgerichtet und unversehrt da –

»Was schreiste denn wie am Spieß? Das Licht brennt doch die ganze Zeit. Liegt der Kerl betrunken in seiner Koje und schreit nach Licht.«

»Für dich wär's auch besser gewesen, du wärst mit uns gegangen.«

»Heut haste was versäumt. So ausgezeichnet hat die militärische Ordnung noch nie geklappt.«

»Wie wenn richtiger Dienst angesetzt worden wär. Geschlossen hin, geschlossen her –«

»Und geschlossen rein.«

»War direkt ne militärische Orgie.«

»Habernagel, du wirst hiermit zum Puffmeister ernannt, du hast nicht zuviel erzählt. Als Zeichen deiner neuen Würde verleihen wir dir den Pariser am Bande –«

»Kann auch im Knopfloch getragen werden.«
»Jawohl, Habernagel eins rauf.«
»Wer hat meinen Schnaps ausgesoffen?«
»Sogar der Vögele ist draufgekommen.«
»Hats Spaß gemacht, Vögele?«
»Wer hat denn meinen Schnaps ausgesoffen?«
»Sell will i moine. I hab me prima mit ihr unterhalte, sie stammt aus'm Elsaß.«
»Haste ihr vom Schwarzwald erzählt?«
»Hahaha.«
»Und von de Vogese. Aber älles ganz blaschtisch, verstohsch? I hab ihrs Gebirge g'zeigt –«
»Hahaha.«
»Und dann hab i ihr g'zeigt, wo der Rhein fließt –«
»Hahaha.«
»Haste auch die Nebenflüsse nicht vergessen?«
»Noi, und au net de Bodesee.«
»Hahaha.«
»Ruhe im Puff. Licht aus.«
»Hahahaha ...«

Die Flottille fuhr Geleitdienst zwischen St. Malo und Brest, eine Woche lang. Als der Albatros wieder in St. Malo festmachte, kam Stollenberg an Bord.
»Auch viele Grüße aus Berlin an alle ehemaligen Angehörigen der 2. Kompanie.«
»Hat sie sich noch unsrer erinnert?«
»Klar, allen läßt sie Grüße bestellen. Sie hat sich bei mir erkundigt, wer bei ihrem Mann auf dem Führerboot eingeschifft ist. Bitteschön, hier, seht euch das an.« Stollenberg holte vier Päckchen aus seinem Seesack. Jedes Päckchen enthielt fünf Tafeln Schokolade und eine Karte. Auf der Karte stand: ›Weiterhin alles Gute wünscht Ihnen Edith Wegener.‹
»Sehr hübsch«, sagte Heyne, »sehr hübsch.«
»Da müssen wir uns bedanken«, sagte Bülow.
»Ja, schreibt 'n paar Zeilen, ich nehm sie gleich mit an Land, muß sowieso zum Flottillenstab«, sagte Stollenberg. Sie schrieben etwas von großer Überraschung – Heyne

schrieb von angenehmer Überraschung – und besten Dank für die liebenswürdige Aufmerksamkeit, oder so ähnlich, Ihr sehr ergebener: Unterschrift.
Teichmann schrieb: ›Lieber Emil, du hast Dir sicher viel Mühe gemacht, die fünf Tafeln Schokolade für mich zu organisieren und die Handschrift Frau Wegeners zu kopieren. Es ist Dir auch ganz gut gelungen, nur hast Du übersehen, daß auf dem Einschlagpapier das Firmenzeichen einer Konditorei Deiner Heimatstadt sichtbar war. Ich nehme den Willen für die Tat. Hans.‹
Abends ging Teichmann ins Bordell. Habernagel hatte abgeraten, es sei heute Hochbetrieb, eine neue Flakeinheit sei nach Malo verlegt worden. Aber Teichmann ging. Stollenberg, Heyne und Bülow schlossen sich ihm an. Habernagel riet ihnen, sie sollten nach Madeleine fragen, die wäre zwar ein bißchen teurer, aber es lohne sich, vor allem, wenn sie sagten, daß er, Habernagel, sie hingeschickt habe.
Sie gingen erstmal auf der Stadtmauer von Malo spazieren und taten so, als ob sie noch nie einen Sonnenuntergang gesehen hätten. In einer Kaschemme nahmen sie einige Aperitifs ein, von denen einer fader schmeckte als der andere.
Sie hatten wirklich einen schlechten Tag erwischt, sie mußten warten, sie waren zur Hauptgeschäftszeit gekommen, man war gerade mit der Abfertigung der Flakleute beschäftigt. Als es endlich so weit war, fragten sie nach Madeleine.
»Nix Madeleine«, sagten ihre Kolleginnen, »Madeleine aujourd'hui malade, compris? Maschine kaputt, compris?«
»So viel Französisch verstehen wir gerade noch«, sagte Heyne.
Sie nahmen, was da war. Vorher mußten sie bei einem Schnapser vorbei, der sich überzeugte, daß sie auch stubenrein waren, gegebenenfalls verteilte er Nahkampfschutz.
»Allons Monsieur ... oh lala ... très bien, très bien ... oh prima, chéri, prima ... oh, oh, oh –« Aber sie tat nur so, es war im Preis inbegriffen. »Vingt et cinq francs, s'il vous plait, mon chéri, merci beaucoup, au revoir, monsieur ...«
Es war gar nichts, noch nicht mal ekelhaft war es gewesen. Es war wie bei der jährlichen Untersuchung durch den

Schularzt. Vor dem Untersuchungszimmer steht der Lehrer und sieht nach, ob sich auch jeder den Hals gewaschen hat. Und nachher ging man erleichtert raus, weil man's hinter sich gebracht hatte. Der einzige Unterschied bestand darin, daß die Schuluntersuchung kostenlos war.
»Schwanzappell«, sagten die Schnapser draußen vor der Tür. Einer von ihnen wurde verlegen, als er die Nummer der Erkennungsmarke notierte. Auf der Marke waren neben der Nummer, dem Geburtsdatum und der Blutgruppe die Buchstaben ›Seeoffz. 39‹ eingestanzt. Das bedeutete, daß der Inhaber dieser Erkennungsmarke 1939 als Seeoffizieranwärter in die Kriegsmarine eingetreten war. Der Schnapser faßte das ›Seeoffz.‹ als gegebene Tatsache auf und machte schüchtern darauf aufmerksam, daß das Offiziersbordell im Hotel Napoleon eingerichtet sei.
»Wir sind dir für deinen Hinweis sehr verbunden, mein Lieber«, sagte Bülow, »aber vorerst sind wir genau wie du Matrose Arsch im letzten Glied, und ob wir mal Offizier werden, hängt von dir ab. Wenn wir uns heut was geholt haben, werden wir's höchstwahrscheinlich nie. Also sei dir des Ernstes der Stunde bewußt und mach deine Sache gut. Brauchst mich später mal nicht zu grüßen, werde dich in freundlicher Erinnerung behalten.«
Der Schnapser fuhr hoch und schrie, er verbitte sich diesen Ton, er sei kein Matrose Arsch, er sei Sanitätsobergefreiter und werde demnächst Unteroffizier werden, und sie sollten unverzüglich ihre Uniformen ordentlich anziehen, damit man sehen könne, welchen Rang sie hätten. Und dann fuhrwerkte er ziemlich grob an ihnen rum. Ob der Dienstgrad auch im Bordell wichtig sei, wollte Heyne wissen. Jawohl, es sei der Ordnung wegen, und Ordnung müsse sein, sagte der künftige Sanitätsunteroffizier. Er war nicht nur ein Pedant, sondern auch ein Sadist, Bülow hatte besonders darunter zu leiden. »Geh zärtlicher mit mir um. Ich kann ja deiner Visage nicht ansehen, daß du in drei Jahren Unteroffizier wirst.«
»Aber daß ich Obergefreiter bin, sieht man.«
Bülow schlug die Hacken zusammen, machte eine Ehrenbezeigung durch Erweisen des deutschen Grußes und rief:

»Matrose Graf von Bülow bittet Herrn Obergefreiten nach vollzogener Sanierung das Mannschaftsbordell verlassen zu dürfen.« Dann machte er eine Kehrtwendung und marschierte in Unterhosen aus dem Raum.

An Bord tranken sie. Sie hatten vorher noch einige Lokale abgeklopft, aber das süße Gesöff, das sie dort vorgesetzt bekamen, war nichts für sie gewesen, sie wollten schnell voll werden. An Bord tranken sie Schnaps und Bier, und vor allem Schnaps. Es gab nichts Schöneres und nichts Besseres für sie. Sie tranken ihn mit Andacht, mit innerer Teilnahme – nicht bloß, damit er drunten war. Sie nahmen einen großen Schluck, der den Mund füllte, und behielten ihn eine Weile im Mund, damit er auch überall hinkam und alles schön ausbrannte, und damit das Feuer lange brannte, gaben sie ihm Sauerstoff, indem sie tief einatmeten. Wenn dann der scharfe beißende Schnaps den Mund rein gebrannt hatte, ließen sie ihn langsam die Speiseröhre hinab. Wie eine kleine muntere Schlange bewegte er sich prickelnd und kitzelnd durch die Speiseröhre in den Magen, breitete sich dort aus und gab Wärme und Wohlbehagen. Das war herrlich, aber das war nur der Anfang. Wenn sie im fortgeschrittenen Stadium waren, tranken sie den Schnaps schneller, gossen aber einen großen Schluck kalten Biers gleich hinterher, und das war vielleicht, auf die Dauer gesehen, noch besser als die langsame Tour.

Aber das Schönste an der Sache war, daß diese klare weiße reine Flüssigkeit, die aussah wie Wasser, sie zu Menschen machte. Sie tauten auf und vergaßen, daß man sie aufs Töten dressiert hatte und daß sie früher oder später irgendwo auf See absaufen würden. Alles war klar und einfach, wenn sie getrunken hatten. Die unwesentlichen Einzelheiten und Belanglosigkeiten, der unvermeidliche Dreck des täglichen Lebens, traten in den Hintergrund und verschwanden, die Ecken rundeten sich. Den Alkohol konnten ihnen die Frauen nicht ersetzen, sie hatten nichts damit zu tun. Frauen waren die kleinen Notwendigkeiten des Lebens, die nur groß wurden, wenn man sie lange nicht gehabt hatte, waren der kleine Krimskram wie Essen, Waschen, Haare schneiden lassen, waren für die meisten ein Übel und nichts weiter. Berauschen konnten sie sich nur am Alkohol, und der hielt auch länger vor, bedeutend länger.

»Die feinen Leute gehen ins Konzert oder ins Theater oder in 'n Spielsaal, die Kulis nehmen Opium, und die Soldaten saufen. Und immer ist ein bißchen Verzweiflung dabei, jawohl – und wißt ihr, was noch dabei ist? Dann will ich's euch verraten –«

»Mensch, Gerd, bist du blau«, sagte Stollenberg, aber seine Zunge gehorchte ihm nicht mehr auf's Wort. »Was hat denn 's Konzert mit Verzweiflung zu tun, kannste mir das vielleicht sagen?«

»Kann ich –« Heyne mußte rülpsen, er war aber noch klar genug, sich sofort dafür zu entschuldigen. »Sieh mal, liebenswerter Emil – ach Gott, Emil, du bist ja so unheimlich naiv, bestimmt, und das ist das Netteste an dir, macht dich direkt liebenswert –«

»Du machst wohl Schwalber Konkurrenz, was?« sagte Teichmann.

»Und deshalb – unterbrich mich nicht – biste auch viel netter als der große Teichmann, dieser feiste Bär, hihi – buuuuuh.«

»Du wolltest doch vom Konzert sprechen«, sagte Teichmann.

»Kommt noch, aber erst sprech ich über dich«, sagte Heyne und blinzelte ihn aus seinen glasigen Augen an und mußte nochmal rülpsen. »Entschuldigt bitte, mein Magen –«

»Jetzt macht er auch noch dem Steuermann Konkurrenz«, sagte Teichmann.

»Sei friedlich, Hans, und stör mich jetzt nicht. Ich sprech jetzt nämlich von dir, Hans, jawohl, von dir, und ich will dir sagen, was du für'n Kerl bist. Hör zu, Emil, er hat nämlich was, was wir beide nicht haben, nicht mehr haben oder nie gehabt haben: er ist furchtlos.«

»Jawohl, das stimmt, haste auffallend recht, ist mir schon auf der Penne aufgefallen«, sagte Stollenberg.

»Seht ihr, ich sagte ja immer, daß ich ein großer Psychologe bin. Und sowas ist nämlich sehr selten heutzutage – ich mein' die Furchtlosigkeit. Kommt sonst nur noch im Film

vor. Und das Merkwürdigste ist: er weiß einiges, er ist keineswegs unwissend, er hat 'n paar Tropfen Gift mitbekommen, jenes feine, langsam wirkende, tödliche Gift, das man Verstand nennt. Aber nur 'n paar Tropfen. Man hat den Hahnen wieder rechtzeitig abgestellt, und das bißchen Gift, das in ihm ist, verdaut sein Athletenkörper, er boxt sich durch –«
»Du wolltest vom Konzert sprechen«, sagte Teichmann.
»– und weil er furchtlos ist, kann er sehr viel ertragen. Und noch eins: er ist sehr sinnlich, schau mal seine Lippen an. Er strahlt und knistert förmlich vor Sinnlichkeit, und die Frauen merken das, und deshalb wird ihm's Leben immer gefallen, auch wenn's ihm mal dreckig kommt.«
»Ich würd mich schämen, so viel zu saufen«, sagte Teichmann.
»Siehste, Emil, jetzt wird er moralisch, weil ich ihm auf 'n Zahn gefühlt hab, auf sein Negergebiß, hahaha. Ich bin nämlich der Klügste von euch, und deshalb auch der Schwächste«, sagte Heyne vor sich hin und lallte noch einige Worte, die nicht zu verstehen waren, und dann riß er sich wieder zusammen und sagte zu Stollenberg: »Vom Konzert – jawohl. Es gab einmal einen großen Mann, und der große Mann war ein Künstler. Aber nachdem er sich eine Beethoven-Symphonie angehört hatte – wohlgemerkt: als der Rausch vorbei war –, ging er nach Hause und hängte sich auf.«
»Wirklich?«
»Tatsache, Emil – hahahaha.«
Vielleicht kam er sich zu winzig vor, dachte Teichmann, solange er noch denken konnte, und jedenfalls hatte der Mann etwas von Musik verstanden –

Die sechs Boote der Flottille lagen an der Kohlenpier in Brest, als die Meldung eintraf, ein deutsches Flugzeug habe im Seegebiet von Brest ein englisches U-Boot mit Bomben angegriffen, das Boot sei getaucht, hinterlasse aber eine Ölspur, die Flottille solle zur U-Jagd auslaufen.
Von den Booten hatten um diese Zeit nur zwei, der Albatros und Boot Drei, Kohle übernommen, die andern Boote

waren noch beim Bunkern. Der Flottillenchef befahl, daß diese beiden Boote auslaufen sollten. Seinen Stander setzte er auf Albatros.
Um elf Uhr verließen die Boote mit Höchstfahrt Brest. Eineinhalb Stunden später hatten sie die Ölspur erreicht. Sie führte genau nach Norden. Die Boote nahmen die Spur in die Mitte und folgten ihr. Die Wasserbomben wurden scharf gemacht und achtern klar zum Wurf aufgestellt.
Kurz nach ein Uhr mußte das U-Boot seine Verfolger entdeckt haben, denn es änderte seinen Kurs um neunzig Grad nach steuerbord. Die Boote folgten ihm und liefen etwa zwei Seemeilen auf dem neuen Kurs, als die Ölspur endete. Achtern standen die Männer und warteten auf das Signal zum Wurf. Sie konnten nicht erkennen, wo die Ölspur aufhörte, sie verlor sich in den Wirbeln des Schraubenwassers.
Auf der Brücke wurde das Signal zum Werfen gegeben. Die erste Bombe ging über Bord. Nachdem sie detoniert war, stoppten die Boote, die Unterwasserhorcher suchten die Schraubengeräusche des U-Boots einzufangen, dann gingen die Boote wieder mit der Fahrt an und warfen Wasserbomben, dann stoppten sie wieder, und das Spiel begann von vorn.
Nach dem vierten Wurf vergrößerte sich die Ölspur und wurde zu einem kreisrunden Ölfleck von fünf Metern Durchmesser. In diesen Ölfleck warf der Albatros zwei Bomben gleichzeitig.
Eine Minute nach der Detonation zeigte das U-Boot sein Sehrohr. Der Albatros lief auf das Sehrohr zu. Als er noch knappe hundert Meter von ihm entfernt war, wurde es eingefahren. Der Albatros änderte seinen Kurs um zehn Grad in Richtung des vermutlichen U-Bootkurses und rammte das Boot. Ein leises Knacken war das einzige, was die Männer an Deck hörten.
»Die Kerle sollen keine Zicken machen und auftauchen«, sagte Heyne, »ist doch Quatsch, dieses Katz- und Mausspiel.«
»Wir haben höchstens das Sehrohr oder die Brücke übern Haufen gefahren, mehr nicht, sonst hätt's lauter getan«, sagte Obermaat Werner.

Jemand rief: »U-Boot achteraus!«
Sie hatten keine Zeit, nach dem U-Boot zu schauen, denn im selben Augenblick kam durchs Megaphon der Befehl: »Beiboote klar zum Entern.«
Die Beiboote wurden zu Wasser gelassen. Das Steuerbordbeiboot schnitt unter und kenterte, Bülow hatte das Ruder nach backbord statt nach steuerbord gelegt. Das Aussetzen des Backbordboots klappte einwandfrei. Sein Außenbordmotor sprang sofort an. Heyne führte das Ruder. Teichmann widmete sich dem Motor. Hinter der ersten Ducht standen Stollenberg, den Bootshaken in der Hand, und Pitt, die MPi im Anschlag. Davor warteten der Flottillenchef, der IWO und Obermaat Werner, jeder eine Handgranate in der Faust, auf den Augenblick, das U-Boot zu entern.
Der Albatros nahm die Brücke des U-Boots unter Feuer. Kein Engländer konnte sie betreten. Die Brückenverkleidung war an Steuerbord durch Rammstoß eingedrückt worden.
Die Männer im Beiboot sahen das, ihre Augen nahmen das U-Boot wahr, aber ihr Gehirn blieb abgeschaltet. Sie fieberten vor Erregung, und ihre Nerven waren bis zum Zerreißen gespannt, und für Bruchteile von Sekunden war es ihnen, als ob alles nur ein Traum sei, der gleich wieder vorübergehe. Ein Schiff entern? Es war zu unwahrscheinlich. Und dann wieder fanden sie es ungeheuer interessant, was sie da machten, und sie hatten keine Zeit, an etwas anderes zu denken als an das, was sie vorhatten.
Das kleine Boot flitzte durchs Wasser, und ein feiner Sprühregen ging auf die Männer nieder und streichelte ihre erhitzten Gesichter. Sie fanden es wundervoll.
»Das ist'n Ding«, sagte der IWO vor sich hin.
»Wenn nur der Motor nicht aussetzt«, sagte Heyne.
»Wenn der aussetzt, sind wir alle im Arsch.«
»Gewöhn dir ne andere Ausdrucksweise an, Pitt, es sind Offiziere im Boot.«
»Jawohl, Herr Obermaat.«
»Tu mal nen Zahn mehr drauf«, sagte der IWO zu Teichmann.

Dann waren sie da. Der Flottillenchef hob den Arm zum Zeichen, daß der Albatros das Feuer einstellen sollte. Mit elegantem Schwung legte Heyne am Heck des U-Boots an. Stollenberg hakte den Bootshaken ein und hielt das Beiboot fest. Der Flottillenchef, der IWO, Obermaat Werner, Pitt und Teichmann sprangen aufs Deck des U-Boots. Pitt rutschte aus und ließ die MPi ins Wasser fallen. Heyne belegte die Leine des Beiboots am achteren Ende des Netzabweisers, und als er und Stollenberg auf die Brücke des U-Boots kletterten, standen dort die Engländer und betätigten ihre Pistolen. Sie hatten Obermaat Werner und Pitt niedergeschossen und befanden sich jetzt mit dem Flottillenchef und dem IWO und Teichmann im Handgemenge. Dabei schossen sie dem IWO durch den Kopf. Dem Flottillenchef gelang es, einem Engländer die Pistole aus der Hand zu schlagen, doch vorher hatte der Engländer auf ihn geschossen. Teichmann hatte bei einem baumlangen englischen Offizier einen Kinnhaken anbringen können und war im Augenblick damit beschäftigt, einen andern von der Brücke zu werfen. Heyne und Stollenberg sprangen über die am Boden liegenden Männer hinweg und stürzten sich auf die Engländer. Der Flottillenchef schoß mit der erbeuteten Pistole zwei übern Haufen. Aber neue kamen aus dem Turmluk. Teichmann packte einen, der noch halb im Turmluk stak, und schmetterte seinen Schädel an den Turmlukdeckel. Der Mann verlor das Bewußtsein und fiel in den Turm zurück auf seine nachdrängenden Kameraden. Heyne schloß das Turmluk. Den einzigen Engländer, der übriggeblieben war und noch lebte, schlug Teichmann zusammen. Heyne nahm eine Handgranate, zog sie ab, öffnete den Lukendeckel einen Spalt und ließ die Handgranate hineinfallen. Dann drückte er den Deckel zu und stellte sich drauf. Teichmann und Stollenberg stellten sich auch drauf.

Vom Luftdruck der Detonation wurde das Turmluk aufgerissen.

Unten regte sich nichts mehr. Der Flottillenchef ließ sich durchs Turmluk fallen. Teichmann sah, daß er am Ohr blutete.

Dann kamen sie rauf. Sie hielten sich mühsam auf den Beinen. Ihre Knie schlotterten und ihre Hände zuckten nervös hin und her. Manche zitterten am ganzen Körper. Ihre Schuhe waren rot, als ob sie durch Mennige gewatet wären. Zweiunddreißig Mann kamen hoch. Zuletzt kam der Flottillenchef. »Taschenlampe und nen Seesack her, aber Tempo. Weiß nicht, ob wir den Sarg über Wasser halten können, müssen die Geheimsachen von Bord schaffen, ehe er absäuft.«
»Sind das da alle, Herr Kapitän?«
»Die andern sind hopsgegangen, waren in der Zentrale versammelt, als die Handgranate losging, und Artilleriemunition, die sie in der Zentrale bereitgelegt hatten, ging auch hoch, und die Schotten hatten sie dicht gemacht. Die da waren im Vor- und Achterschiff, von denen in der Zentrale lebt keiner mehr.«
Der Albatros kam längsseits. Der Flottillenchef ließ sich einen Kopfverband anlegen, er hatte einen Streifschuß über die Schädeldecke und einen Schuß durch die rechte Ohrmuschel erhalten. Der IWO, Obermaat Werner und Pitt waren tot.
Heyne holte Taschenlampen und wollte durchs Turmluk in die Zentrale steigen, Teichmann sollte mit dem Seesack nachkommen. »Bleib«, rief Heyne und stieg wieder hoch, hielt seinen Kopf aus dem Luk und erbrach sich.
Stollenberg hatte die Schleppleine des Albatros am Bug des U-Boots belegt. Eine zweite Leine führte er durch die Ankerklüse, und weil kein passender Schäkel aufzutreiben war, montierte er den Lauf eines englischen MGs ab und steckte ihn durch das Auge der Leine, damit sie nicht ausrauschen konnte.
Dann kam der Flottillenchef wieder aufs U-Boot und stieg durchs Turmluk. Teichmann folgte ihm. Es stank nach Pulver, Blut, Urin, Kot, Eisen, Öl und Leder, und der Gestank wurde stärker, je tiefer sie kamen. Als sie unten waren, standen ihre Füße auf einem schwammigen Teppich aus Fleisch und Knochen und dem Blut von zwanzig Männern, die in luftdicht abgeschlossenem Raum zerrissen worden waren. Im schwachen Licht, das durch das Turmluk fiel,

wurden die Umrisse des Kartentischs sichtbar. Er war eine Schlachtbank. Ein abgerissener Kopf lag auf ihm, sein Schädel war aufgeschnitten, die Schädeldecke lag mit der Außenseite nach unten auf ihrem eigenen Haarpolster daneben und sah aus wie eine flache Trinkschale. Die weißliche Gehirnmasse war aus dem Schädel gequollen, hing an den Seiten herab und war mit Blutklumpen durchsetzt und hatte Ähnlichkeit mit einem großen Fliegenpilz.

Langsam gingen sie vorwärts. Der Boden unter ihnen gab nach und quietschte und gluckste, als ob sie einen Sumpf durchwateten. Sie hatten das Gefühl, als hätten sich schwere Lehmbrocken an ihre Schuhe gehängt. Von der Decke tropfte eine warme glitschige Flüssigkeit, die an den Fingern klebte. Es war für sie schwierig, das Gleichgewicht zu halten. Sie gingen in der Spur, die die Engländer hinterlassen hatten, als sie vom Bugraum des Boots durch das Zentraleschott in den Turm gingen. Plötzlich wurde Teichmann festgehalten. Als der Flottillenchef ihn mit sich ziehen wollte, fielen beide hin.

»Komm hoch«, sagte der Flottillenchef und richtete sich wieder auf.

»Mein einer Fuß wird festgehalten.«

»Jetzt sei vernünftig, Mann, Tote können keinen mehr festhalten.«

»Aber ich werd festgehalten, Herr Kapitän.«

»Können Sie Ihren Fuß nicht bewegen?«

»Doch, aber er wird immer wieder zurückgezogen.«

Teichmann stemmte sich gegen den Fleisch-, Blut- und Knochenteppich, und als er sich aufrichtete, hatte er eine schlüpfrige blasige Masse in der Hand, die warm war und sich zu bewegen schien. Der Flottillenchef leuchtete sie an, sie hatte eine hellrote Farbe.

»Das ist'n Stück Lunge, sonst nichts.«

Die Lampe wurde ausgeknipst, und Teichmann schüttelte seine Hand und hörte in der Dunkelheit, wie das Lungenstück irgendwo aufklatschte, und dieses Geräusch war so laut – wie wenn jemand einem anderen aufs nackte Gesäß schlägt –, daß er erschrocken zusammenfuhr.

»So – komm jetzt.«

»Ich werd immer noch festgehalten.«
»Ist doch unmöglich.«
»Doch.«
»Los, komm.«
»'s geht nicht, Herr Kapitän.«
»Ich komm mal.«
Der Flottillenchef wollte zu ihm, rutschte aber aus und fiel wieder hin. »Verdammter Mist.« Teichmann hörte, wie er wieder aufstand.
»Ich werd immer noch festgehalten, Herr Kapitän.«
»Dann schau doch mal nach, was los ist.«
»Ich seh nichts.«
»Ich leucht nochmal.«
Der Flottillenchef knipste die Lampe an. Sie gab einen roten Schein, ihr Glas war beim Hinfallen blutig geworden. Als der Lichtkegel seinen Fuß traf, erstarrte Teichmann vor Schreck. »Au verflucht«, hörte er den Flottillenchef sagen. Die Lampe ging aus. Teichmann blieb regungslos stehen. Er keuchte, und sein Atem ging stoßweise, er fürchtete, ersticken zu müssen, und er wußte nicht, was er tun sollte.
Die Blutleere in seinem Kopf breitete sich rasend schnell aus. Es war, als habe man ihm den Boden unter den Füssen weggezogen, und nun falle er unendlich tief in einem Raum, der keinen Grund hatte. Er war völlig hilflos. Schlangen, dachte er. Sie haben Schlangen an Bord.
»Schlangen!«
»Ich leucht nochmal.«
»Da sind sie, da –«
»Bleib stehen. Stehenbleiben – Nimm mein Messer und geh nen Schritt zurück und schneid sie durch.«
Teichmann legte den Seesack hin und nahm das Messer, klappte es auf und zerschnitt die Därme, die sich um seinen Stiefel gewickelt hatten.
Dann stiegen sie durch das offene Schott. An den Vorhängen, die an den Kojen angebracht waren, wischten sie sich die Hände ab. Im Funkraum taten sie alles, was den Stempel *Secret* trug, in den Seesack. Danach gingen sie zurück, und es ging besser, als sie befürchtet hatten.
»Du bist ja bleich wie'n Hühnerarsch.«

»Halt's Maul, Habernagel.«
»Muß mir auch mal die Bescherung ansehen.«
»Nimm die Lampe mit, damit du auch was davon hast.«
Habernagel kam bald wieder hoch. Er wollte etwas sagen, aber er hatte den Mund voll, es reichte ihm grade noch, ihn außenbords zu entleeren.
»Gleichzeitig reden und kotzen kannste wohl noch nicht?« sagte Teichmann.
Ehe Habernagel etwas erwidern konnte, sank das U-Boot. Sein Heck tauchte langsam unter die Wasseroberfläche, und die Männer sprangen ins Beiboot, und wer keinen Platz bekam, sprang ins Wasser und schwamm zum Albatros rüber, während der Bug des U-Boots sich aufrichtete und und lautlos in die Tiefe glitt. Nur der Knall der gerissenen Leinen, die nicht mehr gekappt werden konnten, war zu hören. Ein weißer Kranz aus Schaum blieb vom U-Boot zurück. Teichmann war froh, daß der Sarg weg war.
Die Engländer saßen im Seemannsdeck und tranken Schnaps. Die Verwundeten lagen in den Kammern des Flottillenchefs, des Kommandanten und der WOs, die Toten an Oberdeck. Sie lagen in einer Linie ausgerichtet nebeneinander, der Leutnant zur See Rouff, der Obermaat Werner, Pitt und sechs Engländer.
Heyne meinte, der Chef habe die Engländer unter Deck geschickt, damit sie die im Hafen liegenden deutschen Schiffe nicht zu Gesicht bekämen. Stollenberg sagte, er habe es aus Taktgefühl getan, um ihnen die Einlaufzeremonien zu ersparen, schließlich hätten sie diesen Krieg mit der stärksten Kriegsflotte der Welt begonnen und nun dampften sie auf einem Heringslogger in die Gefangenschaft, und außerdem seien sie keine wilden Tiere, die man dem Publikum vorführt, sondern Menschen.
»Hugh. Emil, der Sanftmütige, hat gesprochen«, sagte Heyne. »Ich wünsch dir nur, daß du nie in englische Gefangenschaft kommst, denn eins kannste mir glauben: wenn die Sache umgekehrt ausgegangen wär – die Engländer hätten uns anders behandelt, die wissen, wie man Feste feiert, wenn der Besiegte sie bezahlen muß.«
An der Signalleine des Albatros wehten die Flaggen ›Toni-

Hans-Paula‹. Der Flottillenchef ließ dieses Signal stets nach einer erfolgreichen Unternehmung setzen. Es war etwas Ironie dabei, seine Art, den Besatzungen seine Anerkennung auszusprechen und doch kein Aufhebens davon zu machen.

7

Am 21. Dezember 1940, 11.32 Uhr, geschah folgendes:
Englische Bomberverbände griffen in drei Wellen Brest an. Die Flakabwehr war stark, die Engländer erlitten hohe Verluste. Ihre Führung entschloß sich, die dritte Welle nicht mehr Brest anfliegen zu lassen, sie sollte ihre Bomben auf Seeziele werfen.
Fünfundzwanzig Seemeilen nordwestlich von Brest entdeckten die Bomber eine in Kiellinie laufende Minensuchflottille. Sie flogen sie von achtern an, in zweitausend Meter Höhe, unerreichbar für die Flak der Boote, und warfen die Bomben im Reihenwurf und sahen, wie die Boote vom Bombenteppich zugedeckt wurden, und flogen weiter.
Auf diese Weise wurde die 52. MS-Flottille vernichtet. Nur das Führerboot, das an der Spitze laufend am längsten Zeit zum Manövrieren gehabt hatte, schwamm noch. Räumboote schleppten es nach Brest ein.
Von den Besatzungen der gesunkenen Boote wurden zweiundzwanzig Mann aus dem Wasser gefischt. Zehn davon starben an ihren Verwundungen.

8

Weihnachten verbrachten sie in Hamburg. Stollenberg war erst vor kurzem zu Hause gewesen, für Bülow und Vögele hätte es zum Heiligen Abend zeitlich nicht mehr gereicht, und Teichmann wußte nicht, wo er Weihnachten hätte verbringen sollen –: so erklärten sie es sich gegenseitig.
Am Weihnachtsabend waren die gleichen Personen wie im letzten Jahr versammelt, aber sie waren nicht wiederzuer-

kennen. Die allgemeine Stimmung war gut, kein Vergleich mit dem letztjährigen Weihnachten. Man hatte gesiegt, und das Ganze stand nun unter dem Motto: Lobet Gott, den Herrn, Halleluja und Hosianna.
Vielleicht hatte General a. D. Heyne diese Parole ausgegeben, denn er sah dieses Jahr prächtig aus. Er hatte seine Uniform angelegt, er war inzwischen nicht reaktiviert worden, er trug sie nur zur Feier des Tags, und aus dem gleichen Grunde hatte er seine sämtlichen Orden und Abzeichen angelegt, sie gehörten nun mal zur Uniform und zur Feier des Tags. Seitlich hinter ihm hatte wieder Schwester Luise Aufstellung genommen und hielt ihre Hände, die etwas lang und knochig waren, gefaltet.
Teichmann beobachtete den General scharf: Selbstsicher und seiner Würde bewußt stand der kleine Mann in Generalsuniform vor dem Lichterbaum und las das Weihnachtsevangelium. Zitterten vielleicht ein bißchen seine Hände, die die Bibel hielten, oder klang seine Stimme ein klein wenig bewegt, scheu, ehrfürchtig vor der Gewalt des Wortes? Wußte er überhaupt, was er da vorlas? Nichts von alldem: die Bibel lag ruhig und fest in seinen Händen, und dem Ton seiner Stimme war nur anzumerken, daß sie gehört zu werden wünschte und daß sie zu befehlen gewohnt war. Es schien, als sei der General der richtige Mann am richtigen Platz. Der General glaubte dies auch, daran war kein Zweifel. Was sollte er auch sonst glauben, dachte Teichmann.
Die Bescherung verlief ohne Zwischenfall. Die Soldaten durften vier Schachteln Zigaretten, Nil und Muratti Privat, und eine Flasche Danziger Goldwasser in Empfang nehmen. Danach wurden die Kerzen am Baum ausgeschaltet, die Deckenbeleuchtung des Zimmers wurde eingeschaltet, Weihnachten war vorbei, Malaga wurde herumgereicht, und eine allgemeine Unterhaltung kam in Gang. Und währenddessen spielten die Kinder Krieg. Sie besiegten innerhalb einer halben Stunde die französische Armee, und anschließend nahmen sie sich England vor. Der Kanalübergang machte ihnen keine Schwierigkeiten, sie schrien »Hurra« und »Gebt's ihnen«, und kurz danach hatten sie England erobert.

Dieses Jahr waren noch zwei ehemals aktive Offiziere hohen Alters eingeladen worden, einer von ihnen hatte am Siebziger Krieg teilgenommen, sie trugen ihre alten Uniformen wie Panzer und beteiligten sich nicht an der Unterhaltung. Außer Diebolds war noch eine Pfarrersfamilie da, die Herr und Frau Oberkonsistorialrat angesprochen wurde. Sonst waren vorwiegend Kaufleute anwesend. Es war eine feine Gesellschaft, und alle waren sich einig, daß sie in einer großen Zeit lebten und daß sie durch die Gnade Gottes noch größeren Zeiten entgegengingen und daß Gott seine segnende Hand sichtbar über dem Führer halte, wie auch das Attentat von München damals gezeigt habe, und daß Deutschland unter der genialen Führung Adolf Hitlers am Vorabend eines kolossalen – einer, den sie Herr Konsul anredeten, sagte: globalen – Sieges ständen. »Geb's Gott«, sagten die Damen.

Dann ergriff der Oberkonsistorialrat das Wort und meinte, nun, nach dem mit Gottes Hilfe erfochtenen Sieg über Frankreich, werde England von selbst klein beigeben, es wäre dies das letzte Kriegsweihnachten, das die junge Generation erlebe. Der General fügte hinzu, jede Generation müsse einmal einen Krieg mitgemacht haben, das käme ihr nur zugute und stärke den Charakter. »Die Jugend muß im Sturm gestanden haben, um die Sicherheit des Hafens schätzen zu lernen«, sagte der Oberkonsistorialrat und trank den Seeleuten zu. »Habe ich recht?« – »Trefflich ausgedrückt«, sagte der General und trank dem Oberkonsistorialrat zu, und der Oberkonsistorialrat versuchte, militärisch zu trinken, mit angewinkeltem Ellenbogen, und bekleckerte sich dabei ein wenig. Die Sache mit der bekennenden Kirche sei zwar ein Mißgriff des Führers gewesen, aber er habe das ja auch inzwischen eingesehen, und die SS würde auch noch veredelt werden. So weit der Oberkonsistorialrat.

»Natürlich«, sagte der General, »das sind junge Leute, die müssen sich erst mal die Hörner abstoßen.« »Wird nirgends so heiß gegessen, wie gekocht wird«, sagte einer, der von der Handelskammer war. »Gott, manche Unschönheiten sind ja passiert«, sagte einer, der sich Herr Senator anreden

ließ, »aber wo gehobelt wird, fallen bekanntlich Späne.«
»Und gehobelt werden mußte«, sagte der General.
»Unsere Wirtschaft ist jedenfalls nicht kleinzukriegen, von uns aus kann der Krieg noch lange dauern.«
»Ganz richtig, Herr Kommerzienrat, ich habe gehört, daß die Ruhr im nächsten Jahr ihre Produktion um vierzig Prozent steigern wird und –«
»Großartig –«
»Das macht uns keiner nach –«
»Ja, die Geschäfte gehen –«
»Und man verdient auch was dabei, hahaha.«
»Man kann nicht klagen –«
Alles tüchtige Leute, die es im Leben zu was gebracht haben, dachte Teichmann. Sie glaubten an Gott und ans Geld, und in umgekehrter Reihenfolge, und beides ging großartig. Ein gesunder Menschenschlag.
Die jüngeren Leute hatten sich ins Eßzimmer zurückgezogen. Durch die geschlossene Schiebetür war Tanzmusik zu hören.
»Am Heiligen Abend tanzen? Aber das geht doch nicht«, sagte der General. »Bitte, Luise, veranlasse, daß die Tanzerei eingestellt wird.«
Luise ging ins Eßzimmer und kam mit einem jungen Mädchen zurück.
»Aber lieber Onkel, wir dachten, ausnahmsweise – und die Jungens haben doch nur wenige Tage Urlaub, dann müssen sie wieder fort –«
»Also, mein Kind, zu Weihnachten tanzt man nicht«, sagte der General.
Frau Pfarrer Diebold mischte sich ein: »Lassen Sie doch der Jugend das Vergnügen, die jungen Leute haben doch heutzutage so selten Gelegenheit zusammenzukommen.«
»Schließlich ist Weihnachten doch auch ein Fest der Freude«, sagte das Mädchen.
»Einer so hübschen jungen Dame kann man nicht widersprechen, also meinetwegen«, sagte der General. »Aber ich bitte mir gemäßigte Musik aus, verstanden? Kein so verrücktes modernes Zeug.«
Die Pfarrersfrau verwickelte Teichmann in ein Gespräch.

»Warum tanzen Sie nicht?«
»Ich kann nicht.«
»Ja gibt's denn sowas?«
»Ich bin nicht musikalisch genug.«
»Ach, das macht doch nichts. Ich kenne viele Leute, die völlig unmusikalisch sind und doch tanzen. Mein Mann zum Beispiel ist ganz unmusikalisch und tanzt recht gut, und das, obwohl er Geistlicher ist, haha.«
»Tanzen hat eben mehr mit Erotik zu tun als mit Musikalität.«
»Ja, vielleicht – da haben Sie recht. Und deshalb tanzen Sie nicht?«
»Ich bin kein Freund von Umwegen.«
»Hahaha, Sie Schäker, Sie sind ja ein ganz Schlimmer. Aber das bißchen Drumherum ist doch auch ganz nett, man fällt doch nicht gleich mit der Tür ins Haus«, sagte sie und nahm Tuchfühlung.
»Und wenn das Haus sperrangelweit offensteht?«
Die Pfarrersfrau kicherte. Um sie nicht im Unklaren zu lassen, sagte er: »Transpirierende Frauen durch die Gegend zu schieben ist wohl das Albernste, was ein Mann machen kann.«
»Ich versteh immer ›Mann‹.«
Dieses geile Stück Fleisch glaubt wohl, sie müsse mir Konfirmandenunterricht erteilen, dachte Teichmann und ärgerte sich, weil er so jung war. Dann steckte er sich eine Zigarre an.
Alle tranken Sekt. Man prostete sich zu und lächelte. Dann kam noch ein Gast, ein Schulkamerad von Gerd Heyne, er hieß Alfred Nienhagen. Er kam auf Krücken, ein Fuß fehlte ihm. Während Heyne ihn vorstellte, hörte Teichmann, wie der General seiner Schwester zuflüsterte: »Ich hab's gleich gesagt, daß nicht getanzt werden soll.«
»Danke«, sagte Nienhagen, als ihm Heyne einen Stuhl hinschob. »Ja, meine Lauftechnik ist noch nicht sehr virtuos, ich komm mir vor wie 'n Storch im Salat.«
»Sie haben Humor, das gefällt mir«, sagte der General.
»Besser verwundet als tot, hahaha. Für mich ist der Krieg aus.«

»Wo haben Sie gefochten?« sagte der General.

»Vor Amiens. Das heißt, ich hab überhaupt nicht gefochten, ich hab nur auf'm Bauch gelegen, und das nicht mal richtig, wenigstens nicht vorschriftsmäßig, sonst hätt ich meinen Fuß noch.«

»Wie soll ich das verstehen?« sagte der General.

»Ganz einfach. Mein Zugführer, der auch vor den Franzosen auf dem Bauch lag, denn die Kerle schossen nicht schlecht – also mein Zugführer rief mir noch zu: Nimm deine Hacken an die Erde. Sie wissen, die Stiefelabsätze streckt man doch beim Liegen gern ein bißchen nach oben, weil's so bequemer ist –«

»Daß man das nicht tun darf, lernt man schon als Rekrut«, sagte der General.

»Eben. Aber wissen Sie, 's hat mich grad an meinem Bein unverschämt gejuckt, die kleinen Tierchen, Sie verstehen? Frankreich ist auf diesem Gebiet nicht so hygienisch wie wir, 's gibt dort ne Menge Ungeziefer. Jedenfalls hab ich mich gekratzt und dabei meinen einen Absatz hochgenommen. Nun ja, und dann hat's geknallt, ich fühlte was Warmes an meinem Bein runterlaufen. Als ich aufwachte – ich kann nämlich kein Blut sehen – lag ich in einem herrlichen weichen Bett, weiß überzogen war das Bett, ganz frisch, duftete direkt nach Sauberkeit, und hübsche, also wirklich hübsche Schwestern waren da und lasen einem sozusagen jeden Wunsch von den Augen ab. Nur meinen linken Fuß hatte ich nicht mehr, sonst fehlte mir nichts.«

»Unsere Lazarette waren stets vorbildlich«, sagte der General.

»Ja, aber das Schönste kommt noch. Einige Tage später erscheint der leitende Arzt an meinem Bett, erzählt mir was von Tapferkeit vor'm Feind und legt mir das EK II auf den Nachttisch, im Auftrag der Division. Später bekam ich dann noch das Verwundetenabzeichen. Wie ich erfuhr, hatte unsere Kompanie hohe Verluste erlitten, und so wurden ihr eine Anzahl EKs zugeteilt, und auf die Art hab ich meins bekommen.«

»Und das alles, weil dich im rechten Augenblick 'n Floh gebissen hat«, sagte Heyne.

»Genau so war's. Wär ne Studie über'n Kausalzusammenhang wert.«
»Zum Wohl, Alfred.«
»Auf deins, Gerd.«
Das zweite Glas tranken sie auf einen baldigen Friedensschluß. Der General trank sein Glas nicht leer.
»Warum trinken Sie nicht ex? Kein Freund von Champagner?«
»O doch«, sagte der General, aber es war ihm anzusehen, daß ihm Nienhagens Ton nicht paßte. »Nur der Bekömmlichkeit wegen tu ich langsam. Übrigens trinkt man nur beim Toast auf Staatsoberhäupter ex. Soviel ich seh, ist keins in diesem Raum. Abgesehen davon, bin ich natürlich auch für nen baldigen Friedensschluß.«
»Geb's Gott«, sagte eine der Damen aus dem Hintergrund.
»Aber wissen Sie«, sagte der General, »es hilft alles nichts: wenn die Engländer nicht von selbst Schluß machen, müssen wir nach London marschieren, damit sie merken, daß es uns ernst ist. Dann erst haben wir Frieden.«
»Ich glaub nicht, daß das so einfach ist.«
»Na, aber hören Sie mal, wenn *wir* marschieren?«
»Wir müssen erst drüben sein, und das wird viel Blut kosten. Mir wär ne politische Lösung lieber als ne militärische. Ich bin aber, offen gestanden, von den Fähigkeiten der Herren im AA nicht hundertprozentig überzeugt.«
»Ich auch nicht«, sagte der General, »ich selbst kümmere mich ja nicht um Politik, versteh auch nicht viel davon. Wir Soldaten müssen ja immer die Suppe auslöffeln, die uns die Politiker eingebrockt haben.«
»Ja, sehen Sie, mit Verlaub gesagt, das ist mit ein Grund, warum ich nie Offizier werden wollte.«
»Na ja, so ist das nun doch nicht, junger Mann, wir haben schließlich auch noch 'n Wörtchen mitzureden«, sagte der General.
»Ich fürchte, daß es manchmal zu spät ist, wenn Sie Ihr Wörtchen mitreden, ich hab da so meine eigenen Gedanken.«
»Die haben wir auch«, sagte der General.
»'s fragt sich nur, ob es die richtigen sind.«

»Na, erlauben Sie mal.«
»Sie werden mir zugeben müssen, daß in Ihrem Beruf Glauben und Gehorchen höher stehen als selbständiges Denken. Sehen Sie, ich glaub nichts. Glauben heißt bei mir: Nicht-Wissen. Gehorchen tu ich nur ganz selten, und nur wenn's einer danach ist, der befiehlt. Aber denken tu ich zeitweise ganz gern, obwohl es nicht sehr erheiternd ist. Ich mein', gehorchen an sich besagt gar nichts, das tut jeder Hund, wenn man ihn dazu zwingt, und ich laß mich nun mal nicht gern zu was zwingen, von dessen Richtigkeit ich nicht überzeugt bin. Nun ja, jedem das Seine haben schon die Hohenzollern gesagt und das Ihre getan.«
Ehe sich der General von der letzten Bemerkung erholt hatte, verabschiedete sich Nienhagen.
Für den General war die Angelegenheit noch nicht erledigt, der General war angeschossen. Er trank ein Glas ex und dann noch eins.
»Dieser Kerl hat Manieren, das ist schon allerhand.«
Der General wurde warm, sein Gesicht rötete sich, aber das konnte auch vom Sekt kommen. Er goß sich noch ein Glas ein und erhob sich.
»Mir, einem alten General, zu sagen, er könne nicht denken.«
»Das hat er nicht behauptet«, sagte Professor Heyne schüchtern.
»Aber es kam aufs gleiche raus«, sagte der General und lief im Zimmer hin und her. »Schließlich haben wir eine Kriegsakademie. Unerhört.«
Der General trank sein Glas leer. Seine Hand zitterte, als er es hielt. »Dabei ist dieses Bürschchen noch naß hinter den Ohren, dem fehlt jegliche innere Reife, und der will mir was vormachen, ist ja –«
»Immerhin hätt nicht viel gefehlt, und er wär reif für den Heldentod gewesen«, sagte Gerd Heyne. Sein Vater warf ihm einen mißbilligenden Blick zu. Der General schenkte sich wieder ein.
»Der Kerl ist ein ganz oberflächliches Subjekt, ohne jedes echte Gefühl. Für ihn sei der Krieg aus, hat er gesagt. Hat keine Ahnung von Pflicht und Opfer.«

»Na, sein Bein hat er ja schließlich geopfert, wenn du's so willst.«
»Du mußt ihn auch noch verteidigen, Gerd«, sagte der General und wurde laut. »Ein Opfer muß man freiwillig geben, sonst ist's kein Opfer. Diese Sorte von Leuten wär nicht mal freiwillig Soldat geworden. Das ist doch keine Haltung, das ist doch keine Auffassung, was diese Burschen heute haben. Und du, Gerd, bist auch so einer. Alles wollt ihr besser wissen, und in Wahrheit seid ihr Nihilisten.«
»Die sind wenigstens ehrlich.«
»Zum Donnerwetter nochmal, ihr habt Idealisten zu sein.«
»Das kannste uns ja nun nicht gut befehlen. Das ist man, oder man ist's nicht.«
»Und ihr seid's nicht. Und ihr solltet Idealisten sein, sag ich.«
»Und wenn die Ideale verlogen sind?«
»Ideale sind nie verlogen, das ist keine Frage des Verstandes, das ist ne Frage des Charakters. Merk dir das.«
Der General trank sein Glas leer. »Wir Soldaten sind der einzige Berufsstand, der für seine Überzeugung sein Leben einsetzt. Politiker, wenn sie Fehler begehen, treten zurück und leben weiter. Kaufleute, wenn sie nichts mehr verdienen, liquidieren oder machen Bankrott und leben weiter. Und die sogenannten Geistig-Schaffenden, die Philosophen, Literaten und sonstigen Schreiberlinge, stellen Thesen auf, für deren Fehler sie nie mit ihrem Leben bezahlen müssen, es sei denn, 's hängt sich mal einer von diesen Herren auf, weil er's mit sich selber nicht mehr aushält. Reden halten und Bücher schreiben, das können sie – verpflichtet sie ja zu nichts. Dementieren und korrigieren, Kompromisse schließen und Kuhhändel treiben, das können sie – kostet sie ja nichts. Aber Charakter haben sie keinen. Und so einer bist auch du, Gerd, und deine Freunde sind genau so, diese Burschen sind einfach – frivol. Ja, das ist das richtige Wort. Frivol. Solche Burschen sterben natürlich nicht für ihre Überzeugung, können sie auch gar nicht, weil sie keine haben, und leben wollen sie auch um jeden Preis –«
»Welche Überzeugung hast denn du?« sagte Heyne. Teich-

mann gab ihm einen Rippenstoß, was soviel bedeuten sollte wie: Nun laß doch den alten Mann endlich in Ruh.
»Die meiner Väter«, sagte der General, »und mit dieser Überzeugung sind wir groß geworden.«
»Tue recht und scheue niemand«, sagte Heyne.
»Jawohl«, sagte der General.
»Furchtlos und treu.«
»Jawohl«, rief der General.
»Mehr sein als scheinen.«
»Jawohl«, schrie der General. Und dann: »Du weißt genau, was ich meine.«
»Jawohl«, sagte Heyne.
»Sag nicht immer so dämlich ›jawohl‹.«
»Entschuldige, das hast du eben wiederholt gesagt.«
»Ich entschuldige gar nichts«, sagte der General und lief im Zimmer rum wie ein Löwe im Käfig, der sich absichtlich wild macht. Er befand sich jetzt auf Hochtouren, und die Stationen, die er dabei erreichte, kommentierte er nur noch mit Stichworten, Sätze zu sprechen war er nicht mehr fähig: »Kein Charakter... keine Zucht... verantwortungsloses Gerede... Vergnügungssucht –«
Im selben Augenblick, wie um das letzte Wort zu unterstreichen, erhob sich im Eßzimmer, wo hinter geschlossenen Türen getanzt wurde, ein schallendes Gelächter.
»Herrgott«, schrie der General, »diese verdammte Tanzerei – als ob wir nicht Krieg hätten. Dieses leichtlebige Volk.«
Und dann riß er die Schiebetür auf. Unter der Tür blieb er stehen und musterte die Tanzenden. Teichmann konnte sein Gesicht nicht sehen, aber, nach der Reaktion der Tanzenden zu schließen, muß es martialisch ausgesehen haben.
»Einstellen«, sagte der General. Seine Stimme vibrierte wie eine überspannte Saite.
Nachdem das letzte Pärchen das Eßzimmer verlassen hatte, spielte nur noch das Grammophon die Platte vom ›Kleinen Postillon‹ zu Ende. Was für'n Glück, dachte Teichmann und lachte innerlich, 's ist wenigstens 'n Marschtanz, wär nicht auszudenken, wenn's 'n Tango gewesen wäre.
Als die Platte abgespielt war, stellte sich das Grammophon von selbst ab. Ohne sich noch einmal umzuwenden, schritt

der General durch das leere Zimmer. Gemessen, steif, die Fußspitzen auswärts gewinkelt, die schmale Brust vorgestreckt, mit hohlem Kreuz, aber leicht schwankend. Er versuchte die Knie durchzudrücken, aber es ging nicht mehr so recht. Er versuchte es bei jedem Schritt, den er tat. Er glaubte vielleicht, wenn der Gang gut ist, ist's gleich, in welcher Richtung man geht, Haltung entschädigt für manches. Er versuchte es krampfhaft –

Da geht er hin, dachte Teichmann, und sieht aus wie ein Nußknacker, dem man eine zu harte Nuß ins Maul geschoben hatte. Armer kleiner General. Diesmal ist kein Kind da, das dir die Hand hinhält, diesmal mußt du allein gehen. Und du bist ein so schlechter Verlierer, nicht mal ordentlich abtreten kannst du. Und morgen wachst du auf mit schwerem Kopf und ärgerst dich, weil du heut zuviel getrunken hast, und du ärgerst dich über deine Geschwätzigkeit, und ganz besonders ärgerst du dich über den Zucker im Urin.

Nach dem Abtritt des Generals waren die Zurückgebliebenen bedrückt und sprachen nur leise miteinander. Bülow kam ins Zimmer und fragte Teichmann, was los gewesen sei, Bülow war bei den Tänzern gewesen.

»Blau.«

»Soll in den besten Familien vorkommen«, sagte Bülow und meinte, das Fest könne nun weitergehen. Aber Heyne sammelte seine Kameraden und ging mit ihnen auf sein Zimmer.

Ein kleines Gespräch auf der Treppe:

»Wie geht's deiner Mutter?«

»Danke, gut.«

»Kommt sie mal wieder nach Deutschland?«

»Weiß ich nicht.«

»Aber 's geht ihr gut in der Schweiz?«

»Wenn sie nicht schreibt, geht's ihr gut – nehm ich an.«

»Ich hab auch noch keine Weihnachtspost von zu Hause. Das liegt aber bestimmt an unserer Abkommandierung, und an Feiertagen klappt's nie so richtig mit der Feldpost.«

»Ja.«

»Deine Anschrift weiß man nicht?«

»Du bekommst doch sicher ne Kiste Wein zu Weihnachten?«
»Ja, sie haben's mir zugesagt.«
»Die trinken wir miteinander aus. Ich hab zwar schon mal eine deiner Kisten –«
»Geht in Ordnung.«
In Heynes Zimmer gab's Wein, und da saßen sie nun, tranken Mosel- und Nahewein und rauchten schwarze Havanna-Zigarren, Heyne rauchte Zigaretten. Teichmann trat auf den Balkon raus. Es schneite. Auf dem Gehweg sah man im Schnee die Fußspuren der weggegangenen Gäste. Auffallend klein und eng kamen sie Teichmann von hier oben vor, und er wunderte sich, daß Männer so kurze Schritte machen können. Die letzten Gäste verließen gerade das Haus. Klein und verhutzelt und unsicher gingen sie nach Hause, wie eine Herde ängstlicher Schafe, denen der Leithammel abhanden gekommen war. Irgendwo bimmelte eine Kirchenglocke, unendlich lange, als habe man vergessen, sie abzustellen. Aber zu sehen, wie der Schnee fiel, war schön. Lautlos senkte er sich vom Himmel herab und machte die Nacht hell und freundlich, und wo Schmutz lag, deckte er ihn zu. Teichmann fühlte, wie sich die Flocken auf seinem Haar niederließen, und das war ein angenehmes Gefühl, wie eine Liebkosung. Diese winzigen silbernen Kristalle hatten in ihrem unaufhaltsamen Niedergleiten etwas Tröstliches und Beruhigendes, und das war nicht wenig, wenn man allein war. Er hätte noch stundenlang so im Schnee stehen und jener einsamen Glocke zuhören können. Für wen sie wohl läutet? grübelte er, ohne eine Antwort zu finden.
Im Zimmer war eine lebhafte Debatte im Gang.
»Wir ziehen das Fazit des Abends«, sagte Heyne, der ungewöhnlich aufgekratzt war. Er machte kein Hehl daraus, wie sehr er es bedauerte, daß die Vorstellung des Generals so schnell zu Ende gegangen war.
»Immerhin, 's wurde was geboten«, sagte Stollenberg.
»Hätte der Kerl nicht so viel gesoffen, hätt ich ihn bald dort gehabt, wo ich ihn haben wollte.«
»Na, Gerd, du hasch ihm scho kräftig in sei Supp g'schpuckt.«

»Was haste eigentlich gegen ihn?« sagte Stollenberg.
Sein Onkel sei für ihn das, was das rote Tuch für den Stier sei, erklärte Heyne.
»Warum willste dann Offizier werden?«
»Aus Zynismus«, sagte Heyne, er wolle die Herren mit ihren eigenen Waffen schlagen.
»Dafür sind Kriegszeiten schlecht geeignet.«
Während Vögele langsam einschlief, versuchte Heyne, den andern klarzumachen, daß das, was im Offizierkorps die höchste Tugend genannt werde, die Treue, auch die stumpfsinnigste sei. Der ganze Rummel um Treue und Ehre sei doch nichts anderes als ein Ablenkungsmanöver vor der Tatsache, daß nun einmal die Offiziere nicht das Pulver erfunden hätten, und was habe die Treue für einen Sinn, wenn man sie einem Dummkopf halten müsse?
Stollenberg meinte, Dummköpfe hätten im allgemeinen keine so exponierte Stellung, daß sie die Treue anderer für sich in Anspruch nehmen könnten. Heyne erwiderte, es gäbe genug Dummköpfe in exponierter Stellung. Bei den meisten Offizieren sei die Beförderung eine Alterserscheinung. Und auch mit ihren andern Tugenden, wie mit der vielzitierten Bescheidenheit, sei es nicht weit her. Das habe Schlieffen auch erst sagen können, als er Feldmarschall war. In einer solchen Stellung könne man sich derartige Aussagen leisten, aber ob sie schon mal einen bescheidenen Unteroffizier oder einen bescheidenen Feldwebel gesehen hätten? Und ob es für einen jungen Offizier, der Karriere machen will, überhaupt möglich sei, bescheiden zu bleiben? Wer wenig hervortrete, werde übersehen, heute mehr denn je.
Das waren so die Argumente, die Heyne gegen das Offizierkorps auf Lager hatte, und wie ein Fluß, der lange gestaut war, ließ er ihnen nun freien Lauf. Bülow hinderte das nicht daran, einzuschlafen. Teichmann fand es ganz kurzweilig, und weil er wußte, daß es Wasser auf Heynes Mühle war, fragte er ihn, wie er denn im allgemeinen zu seiner Verwandtschaft stehe.
»Was meinst du wohl, warum ich nach meinem Abitur anstatt zu studieren auf nen Heringslogger ging? Ich wär

auch an den Nordpol gegangen, um von ihnen wegzukommen. Bigotterie ist das Schlimmste an ihnen. Sieh meinen Vater an: äußerlich ein korrekter Mann, innerlich ein Wrack. Dem haben sie schon in der Jugend das Rückgrat gebrochen, so wie sie's mir brechen wollten. Und dann haben sie ihn so weit gebracht, daß er sich auf sein gebrochenes Rückgrat noch was einbildete. Alles nach dem Motto: Mit unserer Kraft ist nichts getan. Das ist ja das Gemeinste an diesen Brüdern und Betschwestern, daß sie nicht sehen können, wie andere draußen auf hoher See ihr Schiff vor dem Wind segeln lassen, versteht ihr? Daß andere den Wind zu berechnen versuchen, obwohl sie wissen, daß sie ihn niemals ganz berechnen können, versteht ihr? Daß andere sich nicht fürchten. Da kriegen sie scheele Augen. Alle sollen Schiffbruch erleiden, denken sie leise, und laut sagen sie, sie wollten einem helfen. Mit dem Schiffbruch beginne erst das wahre Leben, sagen sie. Von wegen *wahrem* Leben. Dann fängt die Bauchkriecherei an, genannt ›Demut‹. Auf den Knien heran, ihr Sünder, und wehe, wenn einer den Kopf reckt. Und trotz ihres grenzenlosen Gottvertrauens haben sie Angst, höllische Angst. Schaut ihnen mal zu, wenn sie sterben. Wie sie sich wehren, ins Paradies zu kommen, wie sie winseln, wie sie um Stunden, um Minuten feilschen, länger hier im irdischen Jammertal bleiben zu dürfen. Dann müssen die besten Ärzte her, der Pfarrer muß her, Gott und die Welt werden in Bewegung gesetzt – und alles nur, um ja noch länger hierbleiben zu dürfen, in diesem ›Sündenpfuhl‹ hier, nicht wahr, so ist es doch? In der Welt habt ihr Angst, siehe, ich habe die Welt überwunden – ja, aber wer von ihnen hat diese Welt überwunden? Wer *will* sie denn überwinden? Und andererseits sind sie doch der Ansicht, daß diese Welt als Schöpfung Gottes die denkbar beste ist. Und über irgendwelche Skrupel hier auf Erden hilft ihnen ihr gesundes Gottvertrauen hinweg. Und wenn sie dann noch nen vollen Geldbeutel haben, sind sie glücklich. Höhere Ansprüche haben sie nicht. Warum auch? Man könnte ja Kopfschmerzen bekommen. Aber wenn der Tod kommt, was dann? Nicht vor der Welt haben sie Angst, sondern vor dem Tod, jawohl. Eine Weltanschauung, eine Religion auf der Angst aufbauen, auf der Schwäche, auf der Furcht – ach Gott, wie albern. Das ist alles so fürchterlich albern. Zum Wohl allerseits. Aber ansonsten tun sie so, als ob's für sie hier auf unserem dreckigen Planeten gar keine Probleme gäbe. Jeder hat seinen Telefonanschluß nach oben, ne direkte Leitung zum lieben Gott. Wenn sie ein Wehwehchen haben, rufen sie ins Telefon: Hallo? und prompt bekommen sie ihr Pflästerchen. Sie haben stets störungsfreie Verbindung. Und wenn's mal ganz schlimm kommt, führen sie Dauergespräche. Danach fühlen sie dann ein entsprechendes Pflaster auf ihrer Wunde und sind ganz aus dem Häuschen über so viel Segen von oben. Jedem versuchen sie die gleiche Telefonnummer aufzuschwätzen und können es nicht fassen, daß für viele, die anrufen, keine Antwort erfolgt und daß bei manchen die Leitung zeitlebens unterbrochen ist und daß es Männer gibt, die sich nicht wegen jedem Dreck ans Telefon hängen und um Hilfe rufen. Was wäre denn Tapferkeit ohne die Einsamkeit, he? Ist das vielleicht ne Leistung, zu wandern, wenn man für jedes Hindernis nen Stecken und Stab bei sich führt, auf den man sich nach Belieben stützen kann? Aber was erzähl ich euch Dussels das, ihr schlaft ja.«

»Irrtum, ich hab nur die Augen zugemacht, man hört dann besser«, sagte Teichmann.

»So, und was haste gehört?«

»Daß du 'n guter Christ bist.«

»Waaas?«

»Ja, du bist gar kein Atheist, ich hab immer geglaubt, du seist einer.«

»Na und? Bin ich das vielleicht nicht?«

»Nee, mein Lieber, biste nicht. Du bist das glatte Gegenteil von nem Atheist. Übrigens biste 'n Idealist, dein Generalsonkel hat unrecht.«

»Und du, Hans, bist betrunken.«

»Du weißt genau, daß ich nicht betrunken bin.«

»Oho, besoffen biste.«

»Du glaubst felsenfest an die Telefonleitung, und jetzt stampfst du mit den Füßen auf den Boden aus Wut, daß deine Leitung momentan gestört ist.«

Stollenberg mischte sich ein. Er war eingedöst gewesen, aber das mit der Tapferkeit hatte er noch mitbekommen, er sagte: »Mit deiner Tapferkeit wirst du's nicht weit bringen.«
»Will ich auch nicht«, sagte Heyne, »nur grad so durch, grad noch so durchwitschen und diesen Saustall hier, den sie ›Schöpfung‹ nennen, hinter mich bringen. Mehr will ich ja nicht, verstehste?«
»Nein, versteh ich nicht.«
»Deinen Kopf möcht ich haben, Emil.«
»Mein Kopf ist in Ordnung, auch wenn ich mal 'n bißchen was getrunken hab, ich versteh was von Wein –«
»Er hat dir doch 'n Kompliment gemacht, Emil«, sagte Teichmann.
»Im übrigen sprichste aus Gehässigkeit«, sagte Stollenberg.
»Nein, ich sag nur die Wahrheit«, sagte Heyne.
»Nein, Gerd, deine Stimme hat dich verraten«, sagte Teichmann.
»Wenn du die Dinge mit dem Gegenteil von dem, was man ›Haß‹ nennt, betrachten würdest, dann würdest du sie besser verstehen«, sagte Stollenberg und stand auf. »Die Leute, die du angreifst, sind vielleicht dumm, aber sie sind nicht böse. Wo kann man hier –«
»Den Gang vor, zweite Tür links«, sagte Heyne.
»Ich könnt mir aber vorstellen, daß du böse sein kannst, mein Lieber«, sagte Teichmann.
»Nein, das ist er nicht«, sagte Stollenberg im Weggehen.
»Was schwätzet ihr wieder mal saudumm daher«, sagte Vögele, der aufgewacht war. »Trinket doch au ebbes.«
Sie tranken Johannisberger Cabinet, Jahrgang 29. Stollenberg, der zurückgekommen war, stellte mit Befriedigung fest, daß eine Flasche dreißig Mark gekostet hatte.

9

Die neue Flottille wurde in Dienst gestellt. Sie bestand aus acht Booten, dem Albatros als Führerboot und sieben aus Deutschland übergeführten Fischloggern.

Abends machte der Albatros an der Pier von Brest fest. Er hatte sechs Wochen lang zusammen mit der 24. VP-Flottille Vorposten- und U-Bootsgeleitdienst in der Biskaya gefahren.
Am andern Morgen war Groß-Reinschiff, denn Damen und Herren aus dem deutschen Kulturleben wurden erwartet, die Indienststellung sollte gefeiert werden.
»Sie sind schon da«, verkündete Habernagel beim Frühstück. »Ich hab sie gesehen, Damen und Herren, mehr Damen als Herren, bekannte Namen, Schauspielerinnen, Sängerinnen, Ballettmädchen, alles dran, raffiniert aufgetakelt, tolle Menscher.«
Die Künstler kamen an Bord.
Sie wollten alles genau sehen, sagten sie. Die Damen stiegen die Treppe ins Seemannsdeck runter, keine Kleinigkeit mit Stöckelschuhen. »Gott, wie eng.« – »Schlafen Sie da?« – »Unglaublich.«
»Ja, da sieht man erst, was unsere Jungs leisten«, sagte ein männlicher Künstler und nahm seinen Hut vom Kopf, damit er nicht eingedellt wurde. Die Seeleute wußten nicht, was sie sagen sollten, und grinsten verlegen. Die Diva ließ sich auf eine Koje nieder und schlug die Beine übereinander – sie trug fleischfarbene Schlüpfer –, und dann plauderte sie, wie sie es auf der Bühne und beim Film gelernt hatte. Im Grunde genommen sagte sie nichts, sie redete nur ununterbrochen. Die Seeleute hörten sowieso nicht hin, ihre Augen waren vollauf damit beschäftigt, die An- und Einblicke aufzunehmen, die man ihnen bot.
»Autogramme? Bitte sehr, aber natürlich, mit Vergnügen.«
Die Seeleute brachten Papier, Fetzen von Papier, damit die Diva ihren Namen draufkritzeln konnte. Habernagel tanzte wieder mal aus der Reihe: »Mein Tagebuch, gnä' Frau«, sagte er und hielt der Diva einen Taschenkalender vom vorigen Jahr hin, in den er seine Spielschulden beim Skat eintrug. »Oh, sehrrr interessant«, sagte die Diva und schrieb unentwegt ihren Namen auf alle möglichen und unmöglichen Stückchen Papier, wie man es ihr in Berlin beigebracht hatte. Auch bei dieser Tätigkeit redete sie in einem

fort. Teichmann hatte den Eindruck, daß sie Angst hatte, einer könnte sie was fragen, worauf sie keine Antwort wußte, weil die Antwort in keinem Theaterstück oder Film vorkam.

Nachdem jeder Seemann mindestens ein Autogramm hatte – Habernagel hatte sich ein halbes Dutzend geben lassen, er wolle sie später verkitschen, flüsterte er Teichmann zu –, ging der Verein wieder an Oberdeck. Vom Flottillenstab waren Offiziere gekommen und liefen um die Damen rum wie die Katze um den heißen Brei. Keiner wollte sich den Mund verbrennen, und doch wollte jeder etwas naschen. Aber es waren so vornehme Damen, man mußte vorsichtig sein, sie konnten einem die Karriere versauen, wenn man nicht aufpaßte. Gnädige Frau hinten, gnädige Frau vorn, hieß es bei den Offizieren. Die Seeleute sagten es deutlicher, aber weil es nicht salonfähig war, sagten sie es nicht laut, im Prinzip aber war es dasselbe.

Habernagel brachte es fertig, die Damen vom Ballett auf die Gefechtsstände raufklettern zu lassen. Oben erklärte er ihnen die Waffen und kurbelte sie hoch, damit die Damen einen Blick durchs Visier riskieren konnten. Er lief über vor Betriebsamkeit und Sachkenntnis in Waffenkunde und Schießtechnik, obwohl er als ›Läufer Chef‹ seine Gefechtsstation auf der Brücke hatte und mit den Waffen nicht in Berührung kam. Aber jetzt hielt er Reden, und was er sagte, war nicht immer eindeutig. Die Seeleute auf dem Oberdeck merkten es am Gekicher der Damen. Habernagel erzählte vom Verschluß, von Bolzen, die man da und dort reinstecken müsse, und daß es in der Dunkelheit und vor allem bei neuen Waffen nicht so leicht sei, die richtige Öffnung zu finden. Großes Gelächter. Und mit der Bemerkung, deshalb sei er für eingeschossene Waffen, machte er den Damen ein Kompliment. Wieder großes Gelächter.

Die Seeleute auf dem Oberdeck versammelten sich unter den Leitern, die zu den Gefechtsständen führten, und beobachteten den Auf- und Abstieg der Damen. Die Diva kletterte nicht zu Habernagel rauf, das hatte sie nicht mehr nötig, sie war ein Star von Rang und Namen. Dafür unter-

hielt sie die Offiziere, und sie hätte sich kein dankbareres Publikum wünschen können.
Dann gingen die Herrschaften zum Mittagessen. Die Künstler gingen voraus, die Künstlerinnen kamen nach. Ein Mann in dickem Ulster und Homburghut auf der Glatze, der häufig grüßte und vor seinen Damen den Hut zog und sich Herr Professor anreden ließ, paßte auf die Künstlerinnen auf. Er sei die rechte Hand von Goebbels, behauptete einer der Offiziere.
»Warten Sie noch nen Augenblick, Professörchen, ich muß noch ein paar Autogramme geben, die Jungens lassen mich sonst nicht gehen«, rief die Diva. »Sehr wohl, Gnädigste«, rief der Mann mit dem Homburghut zurück und wartete, wie es sich für den Leiter des Ganzen gehörte.
Die Offiziere begleiteten die Damen zum Essen. Der erste Teil der Truppenbetreuung war vorüber.
»Wir machen Rabbatz, wenn sie uns keinen Alkohol ausschenken«, sagte Stüwe, »pennen können wir nicht, an Land gehen dürfen wir nicht, und die Herren Offiziere stemmen derweil die Ballettmädchen.«
Aber der Kantinenunteroffizier schenkte trotzdem keinen Alkohol aus.
Bootsmaat Schwalber – am 30. Januar war er es geworden – kam nach dem Mittagessen ins Seemannsdeck. »Meine Herren, ich –«
»Wir sind nicht deine Herren«, sagte Osterbuhr, »wenn wir deine Herren wären, wärst du längst im Eimer.«
»Also, wenn dich das stört – ich befehle hiermit, daß sich jeder sauber wäscht und anzieht, Abmarsch um vier Uhr ins Soldatenheim, Bunter Abend.«
»Dreh deinen Schwanz nach achtern und geh als Aff.«
»Ich werd Sie zum Rapport melden.«
»Du kannst mich kreuzweise.«
Nach diesem Gespräch trat für eine Weile Ruhe ein.
Die Stimmung blieb gereizt. Ihr nächstes Opfer wurde der neue Flottillenwachtmeister. Er mußte die Besatzungen der Boote ins Soldatenheim führen. Die Besatzung des Albatros marschierte hinter dem Schreibpersonal des Flottillenstabs.

»Ein Lied«, rief der Flottillenwachtmeister. »Durch«, rief der Mann im letzten Glied. »Drei, vier«, rief der Flottillenwachtmeister.
Niemand sang.
»Sie müssen sagen, was für'n Lied Sie hören wollen«, sagte Löbbermann. Der Flottillenwachtmeister nannte einige Lieder. »Text unbekannt«, riefen die Seeleute. »Die blauen Dragoner«, rief der Flottillenwachtmeister. »Wir sind keine Dragoner und blau sind wir auch noch nicht, 's kann aber noch kommen«, sagte Bülow. »Halten Sie Ihren Rand«, schrie der Flottillenwachtmeister. »Könnt ihr wenigstens davon den Text?«
»Nee«, sagte Bülow. »Text unbekannt«, riefen die Seeleute.
»Dann singen wir halt das Englandlied«, sagte der Flottillenwachtmeister. »Nie wat von jehört«, rief Bülow. Gelächter. »Herrgott nochmal, was könnt ihr denn dann?«
Es wurde kein Lied gesungen. Die Albatros-Leute unterhielten sich ungezwungen laut über den Flottillenstab, und die Schreiberlinge bekamen einiges zu hören. Als dieses Thema erschöpft war, kam wieder Thema eins dran, und das war unerschöpflich.
Im Soldatenheim gab's Kaffee und Kuchen. Später gab's noch Schnaps. Der Flottillenchef hielt eine Ansprache.
Teichmann hatte währenddessen hinter der Bühne zu tun. Der Kommandant hatte gefragt, wer musikalisch sei. »Der Teichmann«, hatte Heyne gesagt. »Gut, dann gehen Sie mal hinter die Bühne und melden sich dort«, hatte der Kommandant gesagt. Es kam dann genau so, wie es sich Teichmann – und Heyne – gedacht hatte, er mußte den Konzertflügel vom Gang auf die Bühne schieben und Notenständer aufstellen. Aber danach erhielt er interessantere Arbeit, er mußte einen Vorhang aufhängen, hinter dem sich das Ballett umziehen sollte. Und plötzlich war Habernagel zur Stelle. »Ich will dir helfen, allein schaffste's ja doch nicht.«
Daß sie mit ihrer Arbeit nicht rechtzeitig fertig wurden, lag an Habernagels Hilfe. Aber den Damen vom Ballett schien das nichts auszumachen, sie zogen sich auch ohne

Vorhang aus. Als der Vorhang endlich hing, erbot sich Habernagel, auch ihnen zu helfen, er sei Spezialist für Reißverschlüsse.
Die Damen hatten auch dagegen nichts einzuwenden.
Der Klavierbegleiter erschien und sagte, der Flügel stehe falsch. Er hatte Haare, die bis in den Nacken reichten, und er rührte den Flügel nicht an, er deutete nur dahin und dorthin, wo er den Flügel stehen haben wollte. Teichmann schob, wo er hindeutete. Zuletzt stand der Flügel wieder dort, wo er zuerst gestanden hatte. Dankeschön hätte er wenigstens sagen können, dachte Teichmann, er wär deshalb doch 'n großer Künstler geblieben. Aber der Virtuose sagte nichts. Er ließ sich auf den Klavierschemel nieder, lockerte sein Haar im Nacken und strich seine Jacke, ein Mittelding zwischen Stresemannjackett und Smoking, glatt. Die Jacke war nicht mehr ganz neu, sie war links geknöpft wie bei Frauenkleidern, und ihre Ärmel waren etwas kurz, die Manschetten schauten unanständig lang hervor, aber vielleicht ist das jetzt modern, sagte sich Teichmann. Übrigens sah man, daß die Jacke früher einmal rechts geknöpft worden war, und das hatte wohl nichts mit der herrschenden Mode zu tun. Der Künstler schlug den Kammerton an, legte dabei sein Haupt nach links, so daß sein linkes Ohr unter seinen üppigen Haaren verschwand. Dann schüttelte er mißbilligend seine Mähne. Es folgten ein paar Terzen und Quinten, aber die gefielen ihm auch nicht. Jetzt verlangt er wohl noch, daß ich ihm den Flügel stimme, dachte Teichmann, aber der Künstler gab ihm mit einem Blick zu verstehen, daß er entlassen sei.
Als Teichmann am Vorhang vorbeiging, begegnete ihm die Diva. Sie trug eine Art Morgenrock, rot-gelb gestreift, und sagte: »Ach Gott, würden Sie bitte so liebenswürdig sein und mir ein bißchen helfen?«
»Gern, gnädige Frau.«
»Ist furchtbar nett von Ihnen.«
Sie gingen über den Hof in den Nebenbau, der den Künstlern als Unterkunft diente. Auf ihrem Zimmer gab sie Teichmann ein Abendkleid, ein paar Schuhe und ein weißes und ein rotes Tuch. Das weiße Tuch sei für die Haare, er-

klärte sie ihm, damit beim schnellen Kleiderwechsel die Frisur nicht zerzaust werde. »Ja«, sagte Teichmann.
Als sie wieder hinter der Bühne angelangt waren, wollte sie wissen, wo sie sich umziehen könne. »Hier bitte«, sagte die rechte Hand von Goebbels, die jetzt einen Frack trug.
»Mit den Mädchen zusammen? Du bist ja verrückt.«
»Bitte, mach mir um Gottes willen jetzt keine Szene.«
»Die Mädchen müssen raus, andernfalls tret ich nicht auf.«
»Bitte –«
»Andernfalls tret ich nicht auf.«
Die Mädchen mußten raus. Sie nahmen ihre Sachen unter den Arm und zogen in den Flur um. Die Diva zog ein.
»Großer Gott, welch ein Geruch –«
»Wie bitte?«
»Du könntest den Mädchen beibringen, daß sie sich gelegentlich mal waschen. Der Geruch hier verschlägt mir den Atem. Allmächtiger – und das mir, die ich einen so sensiblen Geruchssinn habe.«
»Es tut mir außerordentlich –«
»O komm, verschwind, ich kann dein Gesicht nicht mehr sehen, du *Professor*, du.«
»Piß hoch sechs«, sagte Habernagel zu Teichmann, »hab so'n netten Anlauf bei der Blondine vom Ballett gefahren, nu ist's vorerst aus, ohne den dämlichen Vorhang geht's nicht. Aber ich werd trotzdem heut abend bei ihr vor Anker gehen.«
»Hoffentlich kommste auf Grund.«
»Bei der immer«, sagte Habernagel und widmete sich wieder dem Ballett.
»Bitte, seien Sie doch so liebenswürdig und stellen Sie sich hier vor den Vorhang und lassen Sie niemand rein«, sagte die Diva, und dann sagte sie noch, sie hätte es sich nie träumen lassen, daß sie sich einmal unter solchen Umständen umziehen müsse. Na ja, es sei Krieg, sie wolle eine Ausnahme machen, aber es sei eine Zumutung.
Die Diva befand sich jetzt hinter dem Vorhang. Teichmann hörte sie mit ihren Kleidern hantieren, Stoff raschelte und knisterte hinter seinem Rücken, und der Duft eines aufregenden Parfüms drang ihm in die Nase. Ein Offizier vom

Flottillenstab, ein Oberleutnant der Verwaltungslaufbahn, fragte Teichmann, was er da mache. Teichmann sagte es ihm. Der Offizier befahl ihm, zu verschwinden, er werde schon dafür sorgen, daß kein Unbefugter eintrete.
»Mein Herr, Sie werden es mir überlassen müssen, wen ich mit meiner Bewachung beauftrage«, sagte die Diva und streckte den Kopf hinterm Vorhang hervor.
»Aber selbstverständlich, gnä' Frau, bitte vielmals um Entschuldigung, gnä' Frau«, sagte der Verwaltungsoffizier und bekam einen roten Kopf.
»Ich hab nämlich so meine Erfahrungen gemacht, leider auch mit Offizieren. Der Herr da scheint mir vertrauenerweckend.«
»Sehr wohl, gnä' Frau, natürlich«, sagte der Verwaltungsoffizier und legte die Hand an die Mütze, als spreche er mit einem Admiral, und dann zog er sich schleunigst zurück.
Die ist nicht von Pappe, dachte Teichmann und freute sich, wie sie den Verwaltungshengst hatte abfahren lassen. Aber dann wurde ihm klar, daß sie mit dem ›Der Herr da‹ ihn gemeint hatte, und er sagte sich, verflucht nochmal, ich bin doch kein Eunuch, mir ist neu, daß ich auf Frauen nen vertrauenerweckenden Eindruck mache. Das wär Habernagel nicht passiert –
»Während meines Auftritts achten Sie bitte darauf, daß keiner von diesen Herrn meine sogenannte Garderobe betritt, ich mag das nicht haben.«
»Ich werd aufpassen.«
»Schrecklich nett von Ihnen. Sie können sich übrigens drin auf den Stuhl setzen, damit Sie nicht die ganze Zeit stehen müssen.«
Von seinem Platz aus konnte Teichmann die Vorgänge auf der Bühne nicht verfolgen, nur was gesprochen und gesungen wurde, hörte er, und er sah auch, welche Personen auf die Bühne gingen.
Alles verlief gut. Die Künstler erhielten starken Beifall, einmal sogar an der falschen Stelle. Der Geiger spielte Sarasates Zigeunerweisen und setzte nach dem langsamen Satz den Bogen ab, im Saal unten meinten sie, das Stück sei zu Ende, und klatschten. Als dann der Geiger den schnellen

Teil hinter sich gebracht hatte, nicht ganz rein, aber effektvoll, bekam er noch einmal Beifall und noch stärkeren als vorher.
Eine dicke Dame sang das Mondlied der Rusalka und erhielt den stärksten Beifall. Sie mußte das Lied wiederholen, und auch dann hielt die Begeisterung im Saal an. Teichmann hatte die Sängerin vor ihrem Auftritt beobachtet und gesehen, daß sie vor Lampenfieber kaum auf die Bühne gehen konnte. Sie hatte keinerlei äußere Vorzüge aufzuweisen, sie war unerlaubt dick und hatte ein unansehnliches, etwas schiefes Gesicht, das sicher nicht schöner wurde, wenn sie sang, vermutlich durfte sie nicht allzu oft auftreten. Sie hatte nichts, womit sie das Publikum für sich einnehmen konnte. Nur ihre Stimme hatte sie und den Willen, ihr Bestes zu geben. Und das gab sie.
Als sie von der Bühne runterkam, war sie glücklich. »Diese Marineleute sind *doch* musikalisch«, sagte sie und strahlte übers ganze Gesicht.
Dann kam ein Sänger, und der Klaviervirtuose begleitete ihn. ›Du holde Kunst‹ sang der Sänger, und der Virtuose spielte, was der Flügel hergab. Es war ein großer Konzertflügel, der Sänger hatte nichts zu lachen. Als besonderen Clou hatte sich der Virtuose ausgedacht, die Begleitung in der linken Hand das ganze Lied hindurch staccato zu spielen. Es artete zu einem richtigen Wettkampf zwischen Sänger und Begleiter aus, jeder wollte den andern übertönen. Die erste Runde gewann der Virtuose, der Sänger war noch nicht eingesungen. Im Saal wurde anstandshalber applaudiert. ›Leise flehen meine Lieder‹ war ihr nächstes Stück. Wiederum gab der Klaviervirtuose dem Vortrag seine eigene Note, diesmal spielte er statt staccato legato und ließ seinen rechten Fuß auf dem Pedal stehen, während der Sänger schrie. Weil das Lied von Schubert war, wurde geklatscht. Zum Schluß brachten sie sehr laut Mozarts Abendempfindung. Weil es ihr letztes Stück gewesen war, wurde geklatscht. Sie verbeugten sich, wobei das Gesicht des Virtuosen hinter seinem Haarvorhang verschwand, und verließen erschöpft die Bühne.
Pause.

Dann kam der zweite Teil des Programms an die Reihe, und der war der leichten Muse gewidmet. Ein Herr in mittleren Jahren ging auf die Bühne und sang ›Dein ist mein ganzes Herz‹, wartete den Beifall ab und sang ein Lied mit dem Refrain ›Die Liebe, die Liebe ist eine Himmelsmacht‹, wartete den Beifall ab und sagte: »Ich komm nachher nochmal«, ging hinter die Bühne und rauchte seine Zigarre weiter, die er sich in der Pause angesteckt hatte.

»Sitzt es?«

Ehe Teichmann etwas antworten konnte, stand die Diva auf der Bühne. Es saß wie angegossen. Ein schwarzes Abendkleid mit Ausschnitt und allem Drum und Dran, eine rote Rose im Gürtel, aus Papier, aber das sah niemand.

Dröhnender Applaus. Sie sprach ein paar Worte. Teichmann schien es, als ob sie absichtlich mit etwas tieferer Stimme sprach als sonst und auch die Rs stärker rollte, als notwendig war.

Wieder Beifall.

Sie begann zu singen. Es war irgendein Schlager. Teichmann traute seinen Ohren nicht, als er hörte, was seine Diva bot. Es war eine Mischung von Sprechen und Seufzen und einem Singsang, wie ihn kleine Kinder von sich geben, nur eine Oktave tiefer. Damit sie überhaupt zu hören war, hatte man ihr ein Mikrophon vor den Mund gestellt. Trotzdem blieb ihr nach wenigen Worten die Luft weg, sie mußte frisch ansetzen, ihre Atemtechnik wirkte irgendwie asthmatisch. Und dann kam das Schlimmste: den letzten Ton des Schlagers sang sie unrein, fast eine halbe Note zu tief, und zu allem Unglück hielt sie ihn auch noch lange aus.

Welch ein Reinfall. Teichmann tat die Diva einen Augenblick lang leid. Aber nur einen Augenblick lang –

Unten im Saal klatschten sie, schrien vor Begeisterung, tobten wie die Wilden.

Noch ein Lied.

Um keinen Deut besser gesungen. Beifall wie gehabt.

Entweder bin ich verrückt oder die dort unten, dachte Teichmann. Bevor er zu Ende denken konnte, kam die Diva von der Bühne runter. Sie mußte sein entgeistertes

Gesicht falsch aufgefaßt haben, denn sie sagte: »Mußte doch den Jungs 'n bißchen Freude machen«, und verschwand hinter ihrem Vorhang.
Auf der Bühne tanzte das Ballett. Dem Beifall nach zu schließen, mußte es allerhand gezeigt haben.
Der Virtuose mit den Haaren im Nacken näherte sich Teichmann und wurde leutselig: »Ja, so macht man das. Ich hab Sie vorhin beobachtet, während sie sang. Sie dürfen nicht hinhören, Sie müssen sie sehen, wenn sie singt. Dann wissen Sie, wie so was gemacht wird.«
Die Diva trat wieder auf. Sie trug ein rotes Tuch um die Schultern und sah aus wie die Carmen in der Oper. Teichmann verließ seinen Platz und beobachtete sie vom Bühnenaufgang aus.
Jawohl, da stand sie und schmachtete ins Mikrophon, wakkelte ein wenig mit ihren sündhaft runden Hüften, umschloß mit ihren Händen das Mikrophon und streichelte es, als ob es ein unglücklicher Liebhaber sei, den sie auf diese Weise zu trösten versuchte. Am rechten Mittelfinger trug sie einen riesigen Ring. Dieser Goldklumpen ließ ihre etwas vollen Finger schlanker erscheinen. »Dankeschön«, sagte sie, als der Beifall aufrauschte.
Nun, wenn der Beifall ihrem Gesang galt, hatte sie allen Grund, sich zu bedanken, dachte Teichmann. Er hatte genug gesehen und ging auf seinen Platz zurück. Hinter dem Vorhang kam der Virtuos hervor. »Aha, so macht man das«, sagte Teichmann und hatte Lust, ihm eine zu langen.
»Oh, bitte nichts sagen, bitte –«
»Leg das Ding wieder an seinen Platz.«
»Ja, aber bitte nichts sagen, ich lieb sie doch.«
»Biste nicht der Einzige.«
»Nein, nicht so, ich will sie nicht haben, nur –«
»Wär auch hoffnungslos.«
»Ja, ja, bestimmt, ich weiß – aber ich liebe sie.«
»Auf deine Weise.«
»Ja.«
Er war jetzt klein und häßlich geworden, der Virtuos, und folgsam legte er alles wieder auf seinen Platz zurück und lief dann davon.

Der Zigarren rauchende Herr in mittleren Jahren wurde gesucht, er sollte auftreten, aber man fand ihn nirgends. Also mußte das Ballett wieder ran, und zwar beschleunigt. Die Damen hatten diesmal soviel wie nichts an, wenn sie nackt aufgetreten wären, wäre es weniger reizvoll gewesen.

Habernagel kreuzte auf. »Sie ist ne Baronin, ne richtige, mein Typ.«

»Wer?«

»Die Blonde, bei der ich vorhin längsseits ging. Hab dir's doch erzählt.«

»Ach so. Und du?«

»Ich bin ihr Typ. Liebe auf den ersten Blick.«

»›Blick‹ ist gut.«

»Mit dem Manöverplan ist sie auch einverstanden. Für heut haben wir Nachtgefecht vorgesehen. Hab ihr versprochen, ich würd mehrere Anläufe fahren. Weißte, was sie geantwortet hat?«

»Nee.«

»Sie sei klar zum Gefecht. Was sagste nu?«

»Daß sie sicher nicht zum erstenmal Zielschiff ist.«

»Unsinn. Sie ist aus allerbester Familie, blaues Blut, aber scharf.«

»Du bist halt 'n Glückspilz.«

»Mensch, laß dir nen Rat geben: Am Anfang mußte alles mit Köpfchen machen, später brauchste deinen Kopf nicht mehr dazu.«

»Nicht jeder hat so'n Kopf wie du, Habernagel.«

»Zugegeben, ich hab was unter den Haaren, oben und unten, hahaha. Ich könnt dir vielleicht auch eine verschaffen, wenn du von hier weg könntest, von selbst kommen die nicht zu dir. Bei der« – er deutete auf den Vorhang – »haste natürlich keine Chancen. Von der kriegste nachher bestenfalls 'n Trinkgeld.«

»Das wird sie bleiben lassen.«

Die Diva hatte ausgesungen, der Bunte Abend war zu Ende, die Künstler mischten sich unters Publikum.

»Wär kolossal lieb von ihnen, wenn Sie meine Sachen wieder in mein Zimmer tragen würden – das heißt, das Zim-

mer ist abgeschlossen. Macht's ihnen was aus, noch ne kleine Weile zu warten, natürlich im Saal?«
»Keineswegs, gnädige Frau.«
»Schrecklich nett von Ihnen.«
Gutmütige Leute, diese Künstler, dachte Teichmann, als er sie im Saal sitzen sah. Sie hatten sich auf die verschiedenen Tische verteilt. Die Damen vom Ballett ließen sich füttern. Bei den Herren war das nicht nötig, die griffen unaufgefordert zu, aßen Berge von Kuchen und tranken Bohnenkaffee und Schnaps. Auch die Damen zierten sich nicht. Nach dem fünften Stück Kuchen sagten sie Dankeschön, ihrer Figur wegen. Schnäpse? Ja gern, das mache ihnen nichts aus.
Die Diva saß am Tisch des Flottillenchefs. Hier ging es zwei Stunden später immer noch konventionell zu, im Gegensatz zu den andern Tischen. Die Diva sah auf Formen und behielt ihre reservierte Haltung bei. Sie sprach etwas von oben herab mit den Herren ihres Tisches und unterhielt sich mit ihnen über Probleme der Kunst. Die Offiziere hörten aufmerksam zu und nickten mit den Köpfen.
Gegen Mitternacht war der Rangunterschied zwischen Unteroffizieren und Mannschaften ziemlich verwischt. Bevor es zu Zwischenfällen kam, verließen die Damen des Balletts den Saal, Offiziere begleiteten sie hinaus und kamen nicht wieder. Der Flottillenchef verkündete, das Fest sei beendet, wer wolle, könne noch dableiben, der Landurlaub sei bis vier Uhr früh verlängert, Schnaps werde nicht mehr ausgeschenkt.
Die Diva verabschiedete sich von den Herrn ihres Tisches.
»Aber bleiben Sie doch noch 'n Weilchen, gnädige Frau.«
»Tut mir leid, ich bin wahnsinnig müde.«
Die Offiziere verbeugten sich und versuchten einen Handkuß anzubringen.
»Dankeschön, es war ein netter Abend, aber die Reise – Sie verstehen?«
»Selbstverständlich, gnädige Frau. Angenehme Ruhe.«
Teichmann begab sich hinter die Bühne.
»Ach, da sind Sie ja. Ich hab Sie ganz vergessen. Hat 'n bißchen länger gedauert, ist das sehr schlimm?«

»Ich hab mich inzwischen ganz gut amüsiert.«
»Ja? Dann ist's ja fein –«
»Gnädige Frau –«
»Was wünschen Sie?«
Der Verwaltungshengst war wieder um sie rum.
»Gnädige Frau, ich hätte viele Wünsche«, sagte der Hengst.
»Sie werden so anständig sein, sie nicht zu äußern.«
»Ich wünsche wohl zu ruhen, gnädige Frau.«
»Das werde ich.«
So eine Antwort hatte ihr Teichmann nicht zugetraut, die Diva gefiel ihm immer besser. Sie ging voraus, er, ihre Sachen auf dem Arm, hinterdrein, die Treppe runter, über den Hof, die Treppe rauf. Als sie die Treppe raufstiegen, dachte er, wenn ich nun nen wohlerzogenen jungen Mann spielen will, müßte ich eigentlich vor ihr die Treppe raufgehen, aber sie hat ja 'n langes Kleid an, wird sie also nicht sehr stören können, wenn ich hinter ihr bleibe. Sie schloß ihre Zimmertür auf und sagte: »Komm, f... mich mal«, und spielte die Betrunkene. –
Im Seemannsdeck sah es wüst aus. Man hatte ihnen zu trinken gegeben, zu wenig, um betrunken zu sein, und zu viel, um nüchtern zu bleiben, man hatte ihnen Fleisch zu sehen gegeben und dann vor ihrer Nase weggenommen, und als die Feier zu Ende war, hatten die Bordelle bereits zugemacht. Da gingen die Seeleute an Bord, ließen sich mit Bier vollaufen, legten sich in ihre Kojen, machten das Licht aus und bewarfen sich mit den leeren Bierflaschen, Steuerbordseite gegen Backbordseite. Schwere Verletzungen waren selten, die Vorhänge an den Kojen dämpften den Wurf. Wenn alle Flaschen zersplittert waren, nahmen sie die Feuerlöscher und spritzten deren Inhalt sich gegenseitig in die Kojen.

Die Künstler blieben noch zwei Tage in Brest und betreuten die Landser und die Flaksoldaten. Habernagel verbrachte die Nächte bei seiner Braut. Er hatte sich offiziell mit der Blonden vom Ballett verlobt und seine Verlobung mit der Bitte um Heiratserlaubnis dem Kommandanten gemeldet. Als die Flottille am dritten Tag nach der Indienststellung

auslief, spazierte er mit seiner Braut auf der Pier auf und ab, damit seine Kameraden auch etwas von ihr hatten. Die Dame sah gut aus, man konnte sich mit ihr sehen lassen, sie war einige Jahre älter als Habernagel, aber das sah man ihr nicht an, dagegen sah man, daß sie nicht gerade eine uneinnehmbare Festung war. Neben ihr machte Habernagel einen etwas müden Eindruck. Kurz vor dem Loswerfen der Leinen sprang er an Bord.
Er sähe ziemlich mitgenommen aus, sagte Heyne. Es habe sich rentiert, sagte Habernagel, er habe gesorgt, daß sie ihm treu bleiben müsse, er habe alles getan, damit sie ein Kind kriege, sie müsse ihn nehmen. Ob man jetzt Herr Baron zu ihm sagen müsse, fragte Heyne. Noch nicht, meinte Habernagel.
Vor Einbruch der Dämmerung brachten die Boote das Suchgerät aus. Der Seeweg Brest-Malo-Le Havre sollte abgelaufen werden. Nach Mitternacht mußte das Gerät einer Untiefe wegen für kurze Zeit eingenommen werden. Am Steuerbordscherkörper hing ein Mann. Sein Fleisch war aufgequollen und schwabbelig und sah im Schein der Taschenlampe grün aus. Die Ärmel der Marineuniform waren an den Nähten geplatzt, das Gesicht war unkenntlich und zu einem unförmigen Oval verzerrt wie ein schlecht aufgeblasener Rugbyball, der lang im Dreck gelegen hatte. Stollenberg entdeckte einen kleinen Spalt am Ringfinger der rechten Hand und versuchte mit einer Beißzange an den Ring ranzukommen, aber es gelang nicht. Teichmann nahm sein Messer und schabte das Fleisch vom Knochen. Es ließ sich leicht lösen und fiel ab wie nasses Zeitungspapier. Jetzt konnten sie an den Ring ran und ihn über den Fingerknochen ziehen. Auf der Innenseite des Eherings waren die Buchstaben H. K. und die Zahlen 25. 8. 39 eingraviert. Die Leiche warfen sie über Bord.
Kurz danach war es Zeit, das Gerät wieder auszubringen. Es war das erste Mal, daß sie das neue Ottergerät bei Nacht ausbrachten, und es gab eine große Wuhling. Qualle Löbbermann leitete die Arbeit und gebrauchte dabei Ausdrücke, die eine französische Bordellmutter zum Erröten gebracht hätten.

Der Albatros war das erste Boot der Flottille, das das Gerät klar meldete, und das war Löbbermanns Verdienst. Als das Gerät ausgebracht wurde und Löbbermann »Fier weg« rief, sah Teichmann, daß Löbbermanns linker Fuß im Schwanzstück des Drachens stand. Teichmann – zwischen ihm und Löbbermann lief die Leine des Backbordscherkörpers – rief: »Tritt aus dem Kinken, Qualle.« Aber der verstand ihn anscheinend nicht und rief: »Halts Maul.« Bülow sah auch, was kommen mußte, und versuchte, Löbbermann wegzuziehen, Löbbermann fiel hin, und ehe er den Fuß aus dem Schwanzstück ziehen konnte, rissen die Scherkörper den Drachen über Bord, Löbbermann richtete sich auf, als ob er sitzen wolle, sein Kopf knallte gegen die Heckstange, es gab ein Geräusch, wie wenn eine Kegelkugel an einer Steinmauer zerschellt, und dann waren der Drachen und Löbbermann außenbords.
Ein Mann-über-Bord-Manöver war zwecklos, der Drachen hielt Löbbermann auf Tiefe, und es war Nacht. Stüwe wurde Deckältester.
Am andern Morgen ankerte die Flottille auf der Reede von Malo.
»Ich muß unbedingt mal an Land«, sagte Habernagel.
»Du hast's grad nötig. Kommst auf den Brustwarzen an Bord und willst vierundzwanzig Stunden später schon wieder an Land«, sagte Heyne. Habernagel lachte etwas gezwungen. Er kam nicht an Land, niemand kam an Land, die Flottille ging am frühen Nachmittag wieder in See, Kurs Le Havre.
Im Waschraum, nach dem Abendessen, klappte Habernagel seinen Hosenladen runter. »Was hältst du davon?«
»Geh mal ins U-Deck«, sagte Teichmann.
»Kommt nicht in Frage. *Die* Freude gönn ich denen nicht. Ist auch noch gar nicht sicher, nicht?«
»Hab noch keine Erfahrung auf dem Gebiet.«
»Vielleicht ist's nur ne Erkältung?«
»Bei dem Wetter?«
»Na ja – was kann ich denn dagegen machen?«
»Abwarten und Tee trinken.«
»Du hältst aber deine Schnauze.«

»Ich schon. Die Besatzung wird sich früh genug totlachen.«
»Das hilft mir nichts. Beschiß auf der ganzen Linie.«
Beim Anlegen in Le Havre kam die Achterleine in die Schraube. Der Albatros mußte ins Trockendock. In der ersten Nacht fiel der Obersteuermann, als er von Land kam, ins Dock. Sie fanden ihn morgens, er hatte sich das Genick gebrochen und stank nach Alkohol. Als Todesursache schrieben sie Herzschwäche ins Wachbuch, Herzschwäche ist immer richtig. Niemand wußte etwas Genaueres über den Obersteuermann, außer daß er trank und einen schwachen Schließmuskel hatte. Angeblich besaß er keine Angehörigen. Allerdings fand man in seiner Brieftasche das Bild einer sehr schönen Frau. Das Bild war aber schon alt und vergilbt, oder es mußte häufig in die Hand genommen worden sein. Jedenfalls war die Beisetzung des Obersteuermanns eine Tragikomödie, der Pfarrer hatte es nicht leicht, und alle waren froh, als die Sache vorbei war.
Die Flottille blieb zwei Wochen in Le Havre. Die Seeleute hatten viel freie Zeit und viel Geld, und die Damen nahmen es, wo sie es fanden, und wenn es sein mußte, ohne die Hände zu gebrauchen. Einmal schrie eine dabei, Heyne hatte vorher das Geldstück über ein brennendes Streichholz gehalten. Er mußte Schmerzensgeld zahlen. »Schade, daß Habernagel das nicht mehr erlebt hat«, sagte Osterbuhr. Sie beschlossen, ihm eine Ansichtskarte zu schreiben und anzufragen, wann die Hochzeit steige. Auch die Damen setzten ihren Namenszug darunter. Heyne schrieb die Adresse: An den Herrn Matrosenobergefreiten Baron von Habernagel, Kriegslazarett Rennes, Abteilung für Geschlechtskranke. –
Auf dem Rückmarsch verloren sie das Bojenboot. Das war eine Angelegenheit von Sekunden, und niemand wurde gerettet.
Es war eine mondlose Nacht, und Boot Drei war Bojenboot und dampfte im Abstand von tausend Meter hinter der Flottille her. Und dann waren sie da: aufgetaucht aus einer tiefliegenden Dunstschicht kamen sie von achtern. Boot Drei sichtete sie zuerst und schoß ES. Als keine Antwort erfolgte, eröffnete es das Feuer, aber die S-Boote – es waren sechs

oder sieben – kamen mit siebzig Stundenkilometern Geschwindigkeit angebraust und schossen aus großer Entfernung ihre Torpedos ab, das Bojenboot legte sich ruckartig um neunzig Grad auf seine Backbordseite, die Garben seiner Leuchtspurmunition fuhren in den Himmel, als wollten sie die Sterne runterschießen, und dann war nichts mehr von ihm zu sehen, auch die S-Boote waren verschwunden, der nächtliche Spuk war vorüber.
Die Minensuchboote nahmen das Gerät ein und gingen auf Gegenkurs. Als sie an die Untergangsstelle kamen, fanden sie außer einigen verstreut umherschwimmenden Holzteilen nichts.
Dann kamen ein paar ruhige Wochen, Stichfahrten zwischen St. Nazaire und Lorient, Geleitschutz für U-Boote und Vorpostendienst in der Biskaya. Kein Gegner ließ sich blicken, es waren die reinsten Erholungsreisen.
Diese Ferien vom Krieg endeten sehr plötzlich, als der Flottille wieder der Kanal als Operationsgebiet zugewiesen wurde. Schon auf der Höhe von Cap du Raz, an der Westküste Frankreichs, ging der Tanz los. Am frühen Morgen, als die Boote durch die Bucht von Douarnenez liefen, wurden sie von einem Dutzend englischer Jäger angegriffen.
Sie kamen aus der Sonne, die eben aufgegangen war, teilten sich in drei Gruppen und stürzten sich von drei Seiten auf die Boote wie ein Schwarm Hornissen. Von der Sonne angestrahlt, leuchteten ihre Rümpfe goldgelb, und als sie die Boote nahe genug vor sich hatten, spritzten sie ihr feurigrotes Gift auf sie herab, und die Perlenkette ihrer Leuchtspurmunition sah aus wie ein langer vorschnellender Stachel, der in die Boote stach. Auf dem Abflug glichen sie gläsernen Insekten, auf denen sich die Sonne spiegelte, kleine, längliche, über die Wellen hüpfende Spiegel.
Die Flottille schoß zwei von ihnen ab, sechs Seeleute wurden getötet, vier verwundet. Boot Sieben konnte nur noch fünf Seemeilen in der Stunde machen, sein Kessel war beschädigt worden. Der Flottillenchef befahl für alle Boote Marschfahrt fünf Meilen. Aber Boot Sieben ging trotzdem verloren, am selben Tag noch.
Als sie in die Berthaume-Bucht, den Ankerplatz der Flot-

tille vor Brest, einliefen, stand inmitten des glatten blauen Wasserteppichs, der von blaßgrünen Hügeln umsäumt war, leuchtend und weiß – und als sie sich drehte und ihre ganze Breite der Sonne zuwandte – glitzernd wie ein fein ziseliertes Stück Silber die Scharnhorst. In ihrem Topp wehte die weiße Flagge mit dem schwarzen Luisenkreuz, der Flottenchef war an Bord.
Sie schien stillzuliegen. Die Seeleute auf den Minensuchbooten starrten sie an, und sie wußten nun, für wen sie Minen räumten. Die meisten sahen zum ersten Mal ein Schlachtschiff.
Schlepper bugsierten das Flottenflaggschiff zur Südseite der Bucht, und jetzt sahen die Seeleute, wie die schweren Geschütztürme der Scharnhorst, die beiden vorderen etwas früher, nach steuerbord schwenkten und ihre Rohre in den Himmel richteten. An ihrem Signalmast ging die gelb-blaugestreifte Flagge ›Flie‹ hoch, und auf der Brücke blinkte schnell hintereinander ein Morsescheinwerfer auf: »An alle: Sofort längsseits kommen und Torpedoschutz fahren.«
Schlagartig änderte sich das Bild. Mit äußerster Kraft, eine hohe Bugwelle aufwerfend, dampften Torpedoboote aus dem Hintergrund der Bucht heran und heulten mit ihren Sirenen. Die Boote der 12. MS-Flottille, die auf der Nordseite der Berthaume-Bucht lagen, lichteten ihre Anker, stießen dicke schwarze Rauchwolken aus dem Schornstein und liefen aufs Flottenflaggschiff zu. Die 52. MS-Flottille, mit dem Albatros an der Spitze, steuerte mit äußerster Kraft das Schlachtschiff an, und ein Sperrbrecher, der von See kam, brauste mit hoher Fahrt an den Booten vorbei und machte ein Kielwasser wie ein Ozeanriese.
Noch ehe die andern Boote etwas sahen, brüllte die Scharnhorst mit ihren neun 28 cm-Rohren den Gegner an. Weit draußen auf See ballten sich schwarze Sprengwolken, und wo sie entstanden, trudelten Flugzeuge ab, als seien sie Teile einer explodierten Rakete, drei und vier stürzten gleichzeitig ab, wenn die schwarzen Sprengwolken in den Pulk fuhren. Trotzdem kamen sie näher. In das jaulende Gebell der schweren Granaten, die rauschend und heulend ihre Bahnen zogen, mischte sich das kurze helle Gekläff

der 4 cm-Bofors und 3,7 cm-Geschütze. Aber bevor die 2 cm-Schnellfeuerkanonen der T- und MS-Boote zu sprechen anfingen, drehten die Flugzeuge ab. In dem Hagel aus Feuer und Stahl, der ihnen entgegenschlug, hatten sie keine Chancen. Aber andere hatten Chancen. Sie kamen hinter den grünen Hügeln hervor, flache längliche Maschinen, die Libellen glichen und große Zigarren ins Wasser warfen, die aufklatschend unter der Wasseroberfläche verschwanden, eine Blasenbahn hinter sich herzogen und auf das Flaggschiff zuliefen, und drei von ihnen detonierten, hohe Wassersäulen aufwerfend, im Rumpf der Boote, die sich vor das Flaggschiff gelegt hatten. Eines der Boote – es gehörte zur 12. MS-Flottille – brach in zwei Teile auseinander, die beide gleichzeitig versanken. Das andere flog in die Luft, es hatte zwei Torpedotreffer abgekriegt und war Boot Sieben gewesen. Von allen Booten war es als letztes zur Scharnhorst gestoßen, weil es das langsamste Boot war, aber es war immer noch rechtzeitig genug gekommen.
Die Engländer verloren dreiundzwanzig Bombenflugzeuge und acht Torpedoflugzeuge. Das Flottenflaggschiff erhielt keinen Treffer. –
In den folgenden drei Monaten verlor die 52. MS-Flottille kein Boot. In den Monaten August und September verlor sie fünf Boote. Der Kampf war zu ungleich geworden.
Die Männer auf den Heringsloggern, Räumbooten, Sperrbrechern, T- und S-Booten hatten sich schon lange gewundert, warum die englische Flotte nicht erschien oder wenigstens ein paar ihrer Kreuzer an der französischen Küste entlang liefen und die Liliputflotte der Deutschen in Grund und Boden schossen, aber anscheinend war ihnen das Kräfteverhältnis noch zu riskant, die englischen Kreuzer kamen nicht. Dafür kamen Flugzeuge.
Sie machten sich die Sache ziemlich einfach. Im Schwarm griffen sie gleichzeitig und von allen Seiten die kleinen Boote an, und weil die Boote zwei, höchstens drei 2 cm-Kanonen an Bord hatten und nicht zugleich nach vier Seiten und nach oben schießen konnten, warteten die Angreifer, bis die Geschützbedienungen durch Bordwaffenbeschuß niedergemacht waren, und dann warfen sie auf die wehr-

los daliegenden Boote ihre Bomben. – Die deutsche Luftwaffe war in Rußland.
So sah der Krieg jetzt aus. Non-Stop-Offensive nannten es die Engländer, und für die Deutschen war es ein Kampf, der mit dem Loswerfen der Leinen an der Pier begann und anhielt, bis die Boote wieder an der Pier festmachten oder nicht mehr zurückkamen. Es gab keine Unterbrechungen, keine Ruhepausen, kein Sich-Zurückziehen in diesem Kampf, denn das Schlachtfeld der See ist flach und glatt wie eine Glasscheibe, man kann sich auf ihm nicht verstecken. Auf diesem Schlachtfeld war alles Berechnung, eine einfache klare tödliche Mathematik, und die Faktoren der Rechnung hießen Schnelligkeit und Feuerkraft. Wer in beidem überlegen war, blieb Sieger. Nur die Tapferkeit war nicht berechenbar. Aber sie war in dieser Rechnung kein entscheidender Faktor mehr. Sie war eine Frage des soldatischen Anstands geworden, es gehörte sich, sein Leben so teuer wie möglich zu verkaufen. Auf See gab es keine weiße Fahne.
Und so liefen die kleinen Boote weiter aus, suchten weiter die Seewege von Minen frei, wehrten sich ihrer Haut, soweit sie dazu in der Lage waren, und wenn es nicht mehr ging, sanken sie.
In den letzten Septembertagen liefen die beiden Boote, die von der Flottille übriggeblieben waren – Albatros und Boot Fünf –, von Malo zu einer Stichfahrt nach den Kanalinseln aus. Anschließend sollten sie nach Helder laufen, um mit der 34. MS-Flottille Geleitschutz für Handelsschiffe zu fahren.
In der Bucht von Malo wurden sie von einem Flugzeug angeflogen. Die Sichtverhältnisse waren schlecht, das Flugzeug war schnell rangekommen. Der Albatros eröffnete das Feuer, und nach dem ersten Feuerstoß brannte die Maschine. Ihre linke Tragfläche löste sich, die Maschine schlug aufs Wasser und versank. Der Albatros lief auf die Abschußstelle zu. Vom Flugzeug war nichts mehr zu sehen. Die See lag genau so ruhig da wie zuvor, kaum Seegang zwei. Doch dann wurde in einer Entfernung von etwa achthundert Meter die linke Tragfläche des Flugzeugs ausge-

macht, sie schwamm auf dem Wasser und blinkte in der Sonne, und mit dem Glas konnte man das deutsche Balkenkreuz erkennen.
»Selbst dran schuld«, sagte Stüwe. »Warum fliegt uns der Idiot direkt an und schießt nicht mal ES? Wir können doch nicht ausweichen.«
»Du bist vielleicht 'n Gemütsathlet«, sagte Stollenberg.
»Was heißt hier Gemüt? Befehl ist Befehl: Anfliegende Maschinen werden unter Feuer genommen, und damit hat sich's.«
»Mit der Einstellung kannste höherer SS-Führer werden«, sagte Heyne, der mit Stüwe fortgesetzt Krach hatte, seit dieser Deckältester geworden war. Stüwe bekam noch manches zu hören, und als sie später das Suchgerät auf dem Achterdeck klar machten und Stüwe sein Maul aufriß, obwohl er vom ganzen Kram nicht halb so viel verstand wie die andern, erhielt er, angeblich aus Versehen, von Meckel einen Fußtritt in den Hintern, daß er vornüber kippte und seinen Schädel ans Ottergerät schlug. »Hab gar nicht gewußt, daß 'n Strohkopf 'n solches Geräusch machen kann«, sagte Heyne. Mit diesem Fußtritt war das seelische Gleichgewicht der Seeleute wieder einigermaßen hergestellt.
Nach der Ablösung von der Mittagswache legte sich Teichmann auf seine Koje und schlief ein. Als er aufwachte, zeigte die Decksuhr fünf Minuten vor neunzehn Uhr. Er stellte fest, daß seine Armbanduhr nicht mehr ging. Ehe er sie richten und aufziehen konnte, wurde Fliegeralarm gegeben. Er sprang aus seiner Koje, fand seine Segeltuchschuhe nicht und lief barfuß aufs Oberdeck, und während er den Aufgang raufstolperte und sich dabei die Zehen aufschlug, hörte er den hellen surrenden Ton von Rolls-Royce-Motoren, und als er oben am Schott ankam, sah er, wie sich der Schornstein des Albatros nach backbord neigte, und dann wurde Teichmann an Deck geschleudert.
Er stand wieder auf. Der Druck auf den Ohren hatte nachgelassen. Achtern von der Brücke war alles in weißlichgrauen Dampf gehüllt. Der Albatros drehte hart nach steuerbord. Der Wind kam jetzt von der Seite, Teichmann sah, daß achtern nichts mehr da war, Schornstein, Fla-

Waffenstände, Kombüse, Kommandantenkammer, alle Aufbauten waren weg. Die Steuerbordreling war nicht mehr da. Der Kohlenbunker auf der Steuerbordseite war bis in Höhe der Wasserlinie aufgerissen.
Teichmann enterte die Leiter zum vorderen Gefechtsstand hoch. Osterbuhr war Schütze Eins und lag in einer Blutlache. Meckel, die Nummer Zwei, war über ihn gebeugt und versuchte mit seinem blauen Marinetaschentuch das Blut zu stillen. »Die Kerle schießen mit Bordwaffen, paß auf«, rief ihm Meckel zu. »Das seh ich doch, du durchgedrehter Heini. Geh an deine Spritze und setz ein neues Magazin ein«, sagte Teichmann.
Er beobachtete, wie die Engländer anflogen. Sie flogen dicht beisammen, im Pulk von acht bis zehn Maschinen, er konnte sie nicht genau zählen. Meckel hatte das Magazin nicht einsetzen können, es war das schwere 60-Schußmagazin der Oerlikon, Meckel war aufgeregt und fand die Rasten nicht. Teichmann sah, wie die englischen Maschinen zum Angriff einschwenkten und auf den Albatros zuhielten. Was Boot Fünf machte, sah er nicht. Er gab sich Mühe, ruhig zu bleiben. Er sagte zu Meckel: »Schaffst du's nicht allein?«
»Doch, aber 's geht nicht«, schrie Meckel.
Teichmann riß ihm das Magazin aus den Händen und setzte es ein.
Die Engländer schossen. Meckel zielte und drückte ab. Teichmann hatte das Gefühl, daß Meckel gut schoß. Während die Leuchtspurmunition der Engländer an ihren Köpfen vorbeipfiff, dachte er, daß Meckel schon gut schießen mußte, wenn sie lebend aus diesem Schlamassel rauskommen wollten. Dann sah er das Weiße in Meckels Auge, und er sah, daß Meckel schlecht schoß. Meckel hielt beide Augen weit offen – »So kann er doch nicht zielen, dieses Rindviech« – und stierte die Flugzeuge an, und die Angst stand ihm im Gesicht. Meckel schloß das linke Auge – »Na endlich, blöder Hund« – und als er es wieder öffnete, befand sich ein Blutklumpen unter dem Augendeckel, Meckel fiel um. Teichmann spürte einen Stich unterhalb seines rechten Knies, der Schmerz war sofort wieder weg. Es war etwa,

wie wenn man in der Schulbank von seinem Hintermann mit einer Gummischleuder in die Wade gepfetzt wird und sich nichts anmerken lassen darf. Dann waren die Engländer weg. Der Schmerz war wieder da, jetzt tat es Teichmann weh.

Die Engländer hatten mit Phosphormunition geschossen, der Phosphor brannte auf dem Boden des Gefechtsstandes. Teichmann war barfuß und tanzte auf dem Gefechtsstand rum und wußte nicht, wo er seine Füße hinstellen sollte. Dann sprang er auf Meckel. Der lag immer noch am Boden. Teichmann hoffte, daß Meckel nichts mehr vom Phosphor merkte. Zuletzt sprang er auf Osterbuhr. Der merkt bestimmt nichts mehr, sagte er sich.

Als der Phosphor abgebrannt war, hangelte er sich an der Leiter abwärts. Bülow trug ihn ins Seemannsdeck und legte ihn auf eine Koje und ging.

Er kam bald wieder, er hatte Butter mitgebracht und schmierte sie auf Teichmanns Füße. Danach verband er das rechte Bein mit einem Sporttrikot und wickelte einen Marineschal drum herum. Dann verschwand er wieder. Teichmann überlegte sich, wo Bülow wohl die Butter her hatte, die Kombüse war ja nicht mehr da. Er nahm sich vor, ihn zu fragen.

Heyne und Habernagel kamen die Treppe runter, sie trugen Osterbuhr und legten ihn auf eine Koje. Der Maat mit dem Sanitätsschnellkurs kam ins Deck und machte sich an ihm zu schaffen. »Nimm ihm erstmal sein Gebiß raus, sonst verschluckt er's noch«, hörte Teichmann Habernagel sagen.

»Schnapser an Oberdeck«, rief jemand den Aufgang runter.

»Ich hab nur zwei Hände«, rief der Maat zurück. Teichmann hörte, wie er mit einer Schere arbeitete und fluchte und dann sagte: »Der ist doch längst tot, was soll ich denn an dem noch rummachen, ihr Hammel.«

Es wurden noch einige Verwundete ins Deck gebracht, Teichmann konnte nicht erkennen, wer sie waren. Dauert ja ne Ewigkeit, bis sich mal wieder einer mit mir beschäftigt, dachte er. Aber dann kam Vögele und setzte sich auf Teichmanns Koje und fing an zu erzählen, und während er erzählte, riß er den Verband ab und jodierte die Wunden.

Sie hätten diesmal zu spät das Feuer eröffnet, sagte er, vor lauter Angst, wieder eine eigene Maschine abzuschießen. Der ganze Haufen der Engländer habe nur den Albatros angegriffen, Boot Fünf sei nichts passiert, der Albatros habe –
»Geh sparsamer mit dem Jod um.«
»Noi, sell isch wichtig.« Der Albatros liege mit dem Heck tiefer im Wasser, der Kessel habe einen Treffer erhalten, und die Heizer –
»Mensch, du bringst mich noch auf die Barrikaden.«
»I hol dich dann scho wieder runner.« Die Heizer, die Wache hatten, seien hinüber, ebenso ein Teil der Flakbedienung, der Albatros sei manövrierunfähig –
»Au verdammt.«
»Wenns brennt, isch's e Zeiche, daß 's heilt.« Und weil der Albatros manövrierunfähig sei, müsse er abgeschleppt werden. Es kämen bestimmt bald T-Boote, die würden das machen, seien kleine Fische für die, und der Albatros müsse also abgeschleppt werden, er habe einen Treffer in den Kessel bekommen und –
»Das hast du mir schon zweimal erzählt.«
»'s kann scho sei. I bin auch gleich fertig mit dir. So, und jetzt tuscht am beste schlofe.«
Nachdem er den Verband am Bein wieder angelegt und die Füße verbunden hatte, ließ er Teichmann in Ruhe.
»Erst tut ihr mir Butter drauf und dann Jod – ihr habt vielleicht Nerven.«
»Schlof jetzt«, sagte Vögele und ging mit der Jodflasche zu den andern Verwundeten.
Teichmann schlief nicht. Wenn er die Augen schloß, sah er Meckels linkes Auge, vor und nach dem Einschuß, und wenn er sich zwang, hinzusehen, wurde Meckels Auge größer. Einmal, als er es lange aushielt, wuchs das Auge bis zur Größe eines Globusses, auf dem die Gebirge mit einer gallertartigen Masse plastisch dargestellt sind, und nach dem Einschuß versanken die Gebirge, alles wurde rot, es war wie die Sintflut. Dann hatte Teichmann Angst und riß seine Augen auf und beschäftigte sich mit seinen Schmerzen.

Dabei schlief er ein.
Kurz nach Mitternacht wachte er wieder auf. Er fühlte sich ziemlich wohl, nur hätte er gern etwas zu trinken gehabt. Er tastete sein rechtes Bein ab. Es war kein Gefühl drin, er konnte es überall anfassen, es meldete sich nicht. Auch gut, dachte er, vielleicht schläft's noch. Als er sich zurücklehnte und sich wieder lang ausstrecken wollte, erhielt er von unten einen Schlag, sein Körper wurde hochgeworfen und fiel wieder auf die Koje zurück. Er lag wieder da wie vorher. Seine Knochen taten ihm weh, überall tat es weh, sein Kopf war benommen. Der Schlag war sehr hart gewesen, mit einem Vorschlaghammer hätte man nicht härter zuschlagen können, dachte er, er war noch nicht wieder klar im Kopf. Plötzlich spritzte ihm ein klebriges Zeug ins Gesicht. Dann blieb es weg, und dann kam es wieder, blieb weg und kam wieder. Er hatte sich damit abgefunden, daß das ewig so weitergehe.
Jemand funzelte mit einer Taschenlampe im Deck herum. Die Feuerlöscher waren aus ihrer Halterung gesprungen und spritzten den Raum mit Schaum voll. Der Albatros rollte ein wenig, die Schaumlöscher lagen am Boden und rollten mit, einmal spritzte der Schaum nach steuerbord, dann an die Decke und dann nach backbord und wieder zurück, und das so lange, bis sie leer waren.
Ein Notlicht wurde angesteckt. Im Seemannsdeck sah es aus, als ob es geschneit hätte. Mehrere Männer kamen ins Deck. Teichmann erkannte Stollenberg. Eine Bombe sei neben der Bordwand ins Wasser gefallen, der Albatros habe deshalb einen kleinen Luftsprung gemacht, das Heck sei abgerissen, aber das sei kein Grund zur Besorgnis, die Schotten hielten, rief ihm Stollenberg zu.
Dann stand der Flottillenchef im Deck. »Wir versuchen, das Boot zu halten, ihr bekommt rechtzeitig Bescheid, wenn wir aussteigen müssen. Die Verwundeten kommen zuerst von Bord.«
Sie brachten Bülow und legten ihn auf eine Back. Sein Gesicht war so weiß wie der Schaum der Feuerlöscher. Mehr sah Teichmann nicht von ihm. Später trugen sie ihn wieder an Oberdeck. Nach ihm wurden die andern Ver-

wundeten raufgeschafft, auch Teichmann. Sie wurden zwischen U-Raumschott und Winsch gelegt.
Boot Fünf kam längsseits und wurde mit den Vor- und Achterleinen vertäut. Bülow wurde ausgeschifft, dann Stüwe. Alle Verwundeten sollten ausgeschifft werden, aber Teichmann kam nicht mehr rüber, der Albatros war tiefer gesackt und hatte die Backbordseite von Boot Fünf mit nach unten gezogen, Boot Fünf bekam Schlagseite. Der Flottillenchef befahl, die Leinen loszuwerfen. Aber das ging nicht mehr, sie wurden gekappt.
»Laufen Sie mit Höchstfahrt ein«, rief der Flottillenchef dem Kommandanten von Boot Fünf zu.
»Ich bitte gehorsamst, noch in Ihrer Nähe liegenbleiben zu dürfen, Herr Kapitän, falls Ihre Leute aussteigen müssen«, rief Oberleutnant zur See Hoff, der Kommandant von Boot Fünf, zum Albatros rüber.
»Na schön, der Feuerzauber wird wohl vorüber sein. Aber laufen Sie weit genug ab, damit Sie Schußfeld haben.«
»Jawohl, Herr Kapitän.«
Der Albatros war ein ziemliches Stück tiefer gesackt. Die Seeleute versuchten das Wasser aus dem Kohlenbunker zu lenzen. Der Flottillenchef befahl Habernagel, die Flöße zum Aussetzen klarzumachen. Habernagel flitzte an den Steuerbordwanten rauf und löste das Floß von der Vertäuung, damit man es notfalls nur zu schlippen brauchte. Anschließend wollte er zu den Backbordwanten laufen und stolperte über Teichmanns Beine. Er fiel hin, sagte »Hoppla«, stand auf, entschuldigte sich bei Teichmann sehr höflich und meinte, wenn der Kohlendreck die Pumpe nicht verstopfe, könnten sie das Boot über Wasser halten. Dann kletterte er wie ein Wiesel an den Backbordwanten hoch und machte das zweite Floß klar zum Aussetzen. Dabei verlor er das Gleichgewicht und stürzte ab. Er war mit der Fußspitze in der Vertäuung hängengeblieben und fiel, mit dem Kopf voraus, gegen die obere Kante des U-Raumschotts. Dort blieb er liegen. Teichmann wollte rufen, aber er hörte die Pumpe, sie arbeitete gleichmäßig, und das nahm seine ganze Aufmerksamkeit in Anspruch.
Es war ein deprimierendes Gefühl für ihn, daß er hilflos

war und sich nicht bewegen konnte und auf andere angewiesen war. Aber dann, um sich zu beweisen, daß er noch nicht ganz erledigt war, rutschte er zu Habernagel hin, indem er sich mit den Händen am Deck entlangzog. Es ging langsam, und zwischendurch horchte er auf das Geräusch, das die Pumpe machte. Er tastete Habernagels Schädeldecke ab und fand gleich das Loch, es war, als berührten seine Finger einen Pudding.

Die Pumpe arbeitete einwandfrei. Das gelenzte Wasser floß gleichmäßig außenbords. Nur wenn die Männer sich ablösten, wurde der Wasserstrahl einige Sekunden lang dünner, um dann wieder die alte Stärke zu erreichen. Teichmann rutschte wieder auf seinen alten Platz zurück. Er fühlte sich ziemlich sicher, der Albatros schwimmt, und wenn nichts dazwischenkommt, wird er noch lange schwimmen, und einige hundert Meter achteraus liegt Boot Fünf.

Stollenberg steckte sich eine Zigarette an. Nach zwei Zügen gab er sie Teichmann und ging wieder an die Pumpe. Teichmann rutschte dichter an die Winsch ran, so daß er sich mit dem Rücken anlehnen konnte, und rauchte Stollenbergs Zigarette in der hohlen Hand zu Ende. Es zischte ein bißchen, als er sie an Deck ausdrückte, er stellte fest, daß das Blut von Meckel stammte, den sie hinter die Winsch gelegt hatten, fest eingeklemmt zwischen Winsch und Brückenaufbau.

Die Pumpe arbeitete wie eine Maschine, der Wasserstrahl schoß gleichmäßig stark außenbords. Es war ein angenehmes, beruhigendes Geräusch. Aber daneben hörte Teichmann, erst anschwellend, dann abnehmend und dann wieder lauter werdend, die Motoren. Sie waren schnell da. Es wurde grellweiß, wie bei einer Blitzlichtaufnahme, blendete ihn, seine Ohren vernahmen etwas Ungeheuerliches an Lautstärke, ein Heißluftschwall preßte ihn gegen die Winsch, der Bug des Albatros wurde angelüftet, schlug aufs Wasser, Wellen klatschten auf die Back, vom Vorschiff schaute nur noch der Nachtwächter aus dem Wasser raus.

»Alle Mann von Bord«, hörte er den Flottillenchef rufen. Unter ihm gurgelte und gluckste das Wasser, er merkte,

daß das Boot absackte. Die Flöße wurden geschlippt. Stollenberg und Vögele hoben ihn über die Reling und ließen ihn aufs Backbordfloß gleiten. Ein paar Heizer von der Freiwache sprangen nach, Vögele und ein Heizer ließen das Backbordbeiboot zu Wasser und warfen den Männern auf dem Floß eine Leine zu und nahmen das Floß in Schlepp. Dann sprangen der Flottillenchef und der Kommandant von Bord und schwammen auf das Floß zu und hängten sich dran. Vorn und achtern am Floß wurden die Natriumbehälter in Brand gesteckt zum Zeichen, daß es sich um Schiffbrüchige handelt.
Teichmann sah, wie die Männer auf dem Steuerbordfloß paddelten und schnell vorwärts kamen, weil die Strömung sie auf Boot Fünf zutrieb. Hoff lief ihnen entgegen und nahm die Männer vom Steuerbordfloß an Bord.
»Der Albatros ist gesunken, Herr Kapitän«, sagte der Leutnant zur See Paschen mit ruhiger, aber tonloser Stimme. »Es ist dreiundzwanzig Uhr elf.«
»Jawohl.«
Die Engländer griffen wieder an. Hoffs Leute schossen zwei Flugzeuge ab. Die Engländer warfen eine Bombe ins Heck des Bootes, und dann griffen sie das Floß an. Sie kamen im Tiefflug und schossen mit ihren Bordwaffen. Teichmann spürte kurz hintereinander den gleichen Schmerz wie auf dem Gefechtsstand, als er zum erstenmal getroffen wurde. Er wußte, daß er eben zweimal getroffen wurde. Sie müssen das andere Bein und irgendwo den Oberschenkel getroffen haben, dachte er.
Und sie kamen nochmal, wieder im Tiefflug. Teichmann wälzte sich ins Wasser und hielt sich mit den Händen am Floß fest. Er sah, wie der Leutnant zur See Paschen den angreifenden Maschinen mit dem Arm zuwinkte und wie sie ihm ins Gesicht schossen und wie er das Floß losließ und ertrank.
Das Natrium konnte nicht gelöscht werden. Es war zwecklos, wenn die Heizer in ihrer Angst versuchten, die Natriumbehälter unter Wasser zu drücken. Beide Behälter konnten sie nicht gleichzeitig unter Wasser drücken. Es war wie bei einer Wippe, wenn das eine Ende unten war, befand

sich das andere oben, und wenn das Natrium mit Sauerstoff in Berührung kam, brannte es. Sie versuchten, das Floß umzudrehen.

Es gelang nicht, denn keiner wollte das Floß freiwillig loslassen.

Die Engländer flogen wieder an. Sie kamen wieder im Tiefflug. Bevor sie da waren, warf sich ein Heizer auf den vorderen Natriumbehälter, brüllte und ließ sich ins Wasser fallen.

Die Engländer schossen. Klatschend fuhren ihre MG-Garben ins Wasser und warfen kleine weiße Fontänen auf. Dann erfaßten sie das Floß und die Männer, die dranhingen. Teichmann schloß die Augen. Er fühlte einen Schlag auf den Magen, sein Gehirn registrierte unbewußt das Wort »Tiefschlag«, und wartete, bis er tot war. Er hörte seine Kameraden fluchen und schreien und dann nur noch schreien. Wie sie starben, sah er nicht.

Als er die Augen öffnete, sah er den Flottillenchef. Sonst war niemand mehr da. Wegener hatte sein Kinn auf den Rand des Floßes gelegt, und im Schein des brennenden Natriums sah Teichmann, daß Wegeners Hände rot und die Ärmel seiner Uniformjacke an einigen Stellen zerfranst waren.

»Sind Sie getroffen worden?«

»In die Arme.«

Teichmann hangelte zu ihm hin und schob seinen rechten Arm unter Wegeners Schulter und faßte mit seiner rechten Hand wieder das Floß, so daß sich Wegener zwischen ihm und dem Floß befand.

Die Strömung trieb das Floß und das Beiboot, auf dem sich nichts regte, etwa fünfhundert Meter am Heck von Hoffs Boot vorbei. Hoff wurde erneut angegriffen. Teichmann sah, wie das letzte Boot der Flottille aus allen Rohren schoß und wie eine Maschine brennend abstürzte.

»Können Sie noch?«

»Ich kann noch lange so.«

Aber Teichmann fühlte plötzlich einen reißenden Schmerz im Magen. Er erinnerte sich, daß sie ihn in den Bauch geschossen hatten, und diese Erkenntnis kam so hart und

unerwartet und schlagartig über ihn, daß es ihm war, als habe er erst jetzt die Kugel abbekommen.
Die Strömung war stark. Sie wurden von Boot Fünf abgetrieben. Hoff schlug sich immer noch mit den Engländern rum.
Teichmanns Beine brannten wie Feuer, das Salzwasser tat seine Wirkung. Aber er hatte das Gefühl, daß er noch stundenlang so am Floß hängen könnte, ich bin kein bißchen müde, dachte er, ich könnte dem Chef das mit gutem Gewissen sagen.
Plötzlich war der reißende Schmerz wieder da. Er fraß sich in seine Eingeweide wie eine hungrige Ratte. Galle trat ihm in den Mund, und diese bittere Flüssigkeit rief Gefühle in ihm wach, die ihn in Stunden schlimmster Seekrankheit gequält hatten. Seine Beine brannten jetzt, als würden sie in siedendem Öl gekocht. Er stöhnte.
»Können Sie noch?«
»Jawohl.«
Die Ratte blieb da. Sie bohrte sich in seinen Leib. Es war ihm, als habe man ihn bis zum Hals in die Erde eingegraben, er konnte sich nicht bewegen und war wehrlos der Ratte ausgeliefert, und die Ratte hatte man in eine Blechröhre gesteckt, deren eines Ende sich über dem Erdboden befand und angeheizt wurde, so daß die Ratte dort nicht raus konnte, und das andere Ende der Röhre war auf seinen Nabel gerichtet, und dort konnte die Ratte raus, wenn sie sich durchfraß, und jetzt war sie dabei, sich durchzufressen. Teichmann brüllte.
»Laß ruhig los.«
Er fühlte, wie die Ratte in seinen Eingeweiden wühlte wie in einem Haufen Stroh. Und dann nagte sie. Er fühlte deutlich ihre scharfen spitzen Zähne, die alles zerrissen, was ihnen im Weg war. Er stöhnte vor Schmerz und vor Anstrengung, und seine Arme und Hände begannen zu zittern.
»Komm, laß schon los.«
Es wurde ihm schwindelig. Sein Kopf war verwirrt. Traumhaft fern hörte er Wegeners Stimme: »Laß los.«
Durchhalten –

Mit geschlossenen Lippen brüllte er sich diesen Befehl zu. »Legen Sie sich aufs Floß. Ich halt mich mit den Zähnen fest.«
Teichmann ließ Wegener los. Seine Finger krallten sich ins Holz des Floßes, er schloß seine Augen, riß sich hoch, stemmte sich aufs Floß und blieb regungslos liegen. Sein Gehirn befahl ihm etwas, er merkte es im Unterbewußtsein, aber er gehorchte ihm nicht mehr. Nur seinen rechten Arm streckte er instinktiv in die Richtung, wo er Wegener vermutete, und dann versank er in Bewußtlosigkeit.
Ein furchtbarer Schmerz riß ihn hoch. Er krümmte sich in Krämpfen, und als er die Hände auf seinen Bauch legen wollte, dort, wo der Schmerz saß, konnte er nur eine Hand bewegen. Langsam und sehr vorsichtig tastete er mit der Hand seinen Bauch ab, es war ihm dabei, als ob er einen fremden Körper erforschte. Er fühlte eine warme Nässe und wußte, daß es Blut war. Ich verblute. Ganz klar, ich verblute. Na ja. Also gut, dann verblute ich eben. Er wußte, daß er sich jetzt aufgab, aber es schien ihm nichts Außerordentliches zu sein. Es war so einfach. Es war alles so einfach, wenn man nichts mehr wollte –
Als er wieder erwachte, blieb er zunächst ruhig liegen und wunderte sich. In seinem Bauch bewegte sich etwas und verursachte ein dumpfes gleichmäßiges Pochen, als klopfe jemand mit dem Fingerknöchel an eine Tür. Vielleicht ist's mein Herz, dachte er. Ihn fror. Kalte Schauer durchfuhren seinen Körper und schüttelten ihn. Er fühlte die Kälte mit jeder Faser seines Körpers, und für eine kurze Zeit arbeitete sein Gehirn exakt, und sein Verstand sagte ihm, daß er erledigt war. Er fühlte sich allein und sehr elend. Alle Glieder waren ihm kalt und steif, als wären sie aus dünnem Glas, und er zitterte ununterbrochen. Plötzlich kam eine wilde Verzweiflung über ihn. Er empfand eine rasende Wut auf den Schmerz, obwohl er augenblicklich kaum Schmerzen hatte. Er versuchte, sich aufzurichten, er wollte sich mit den Händen stützen, aber er hatte nur eine Hand frei. Er war sich nicht bewußt, wo die andere Hand war.
Die Natriumbehälter waren leergebrannt, und dort, wo Osten sein mußte, dämmerte es. Teichmann drehte sich

stöhnend auf die andere Seite und sah in Wegeners Gesicht. Er hatte seine Zähne in Teichmanns Hand gebissen und hielt sich so über Wasser. Teichmann schaute ihn eine Weile an. Er sah seine eigene Hand und die weißen Zähne, die unter der aufgesprungenen Oberlippe etwas zu sehen waren. Er merkte nicht, daß es sich bei der Hand um seine handelte. Er empfand die Hand als ein Teil des Floßes. Wegener hatte seine Augen geschlossen. Es sah aus, als ob er in etwas Saueres, Bitteres beiße. In eine scharfe Salzgurke oder in eine sehr sauere Essiggurke, welche wohl? Teichmann kicherte und erschrak dann, weil er kicherte. Was ist mit mir los? Wegener öffnete seine Augen. Teichmann sah die blauen Pupillen und die vom Salzwasser entzündeten roten Augenlider. Er richtete sich auf und faßte mit der linken Hand in Wegeners Haare. Er rutschte näher an den Rand des Floßes, nahm Wegeners Haarschopf zwischen seine Zähne, faßte mit den Armen unter Wegeners Schultern und zog ihn aufs Floß. Während er das tat, hatte er entsetzliche Schmerzen, aber er spürte sie kaum. Erst als er sich wieder hinlegte, war es ihm, als habe jemand seinen Bauch ein großes Stück weit aufgeschlitzt.
Erschöpft und in sich zusammengesunken lag er da. Unfähig, etwas zu denken. Alles tat ihm weh. Sein Körper brannte und fieberte, er meinte, er liege in einem Feld von Brennesseln. Aber er blieb bewegungslos darin liegen.
»Nehmen Sie Ihr Hemd und legen Sie's auf die Wunde.«
Es kostete ihn eine seine ganze Kraft erfordernde Anstrengung, diesem Befehl nachzukommen. Er richtete sich ein wenig auf und streifte sein Hemd ab. Vorn war es rot und klebrig. Seine Finger tasteten zitternd nach dem Loch im Bauch. Als er die Hose etwas runtergestreift hatte und das Einschußloch fühlen konnte, erfaßte ihn Ekel, und er verzog den Mund zu einer Grimasse des Abscheus. Er legte das zusammengeknüllte Hemd auf die Wunde.
»Bleiben Sie ruhig liegen.«
Als die Sonne da war, fühlte er sich besser. Er horchte in sein Inneres und wartete auf den Schmerz. Er wußte, daß er wiederkommen wird, aber im Augenblick war er erträglich. Er stützte sich auf seine Ellenbogen und schaute auf

sich herab, und er sah seine Beine und erbrach sich. Der Geruch war ihm zuwider, er ekelte sich vor sich selbst, und wieder würgte es ihm in der Kehle. Er richtete sich auf und kam fast zum Sitzen, aber dann sank er wieder zurück, und das Würgen ging weiter. Was hab ich zuletzt gegessen? Jedenfalls hab ich zu wenig getrunken, sonst ginge es leichter. Dumpf merkte er, wie er wieder zu bluten begann, sein Hemd fühlte sich an wie ein nasser Bodenlumpen. Er fluchte laut.

»Wir müssen das Boot haben.«

Teichmann war wütend. Diese Stimme – er hat mir nichts zu befehlen. Herrgott nochmal, sieht er nicht, daß ich krepiere? Verflucht. Aber er wußte, daß die Stimme recht hatte und daß er ihr folgen würde, und das steigerte seine Wut. Der Schmerz in seinem Leib wuchs wieder, es war, als ob in ihm ein Ballon, dessen Außenhaut mit Stacheln versehen war, aufgeblasen werde. Er nahm den blutigen Hemdenknäuel von der Wunde weg und hielt die Hand vor den Bauch, um das heraussickernde Blut aufzufangen. Als er das Hemd wieder drauflegte, war es wie ein schwerer flacher Stein. Er wollte schlafen und schloß die Augen. Er versuchte seine Knie anzuziehen, es ging nicht recht und tat weh. Er drehte sich auf die Seite. Da sah er, wie Wegener auf dem Bauch lag und mit den Zähnen die Leine des Beiboots einzuholen versuchte. Ist der stärker als ich? Er richtete sich auf. Seine Beine zitterten wie im Schüttelfrost, und als er ein Stück von ihnen gesehen hatte, schaute er weg, und in seiner Kehle würgte es wieder. Es waren fremde Beine, sie gehörten nicht mehr zu ihm. Er kroch zu Wegener hin und nahm die Leine, und unendlich langsam, wie im Zeitlupentempo, holte er sie Hand über Hand ein, und das Beiboot kam näher. Ein paarmal wollte er aufhören, die Arbeit war zu mühselig, und er war zu schwach und zu müde. Er sah Wegener an, und er arbeitete weiter. Er hat kein Recht, mich so anzusehen, verflucht.

Als das Beiboot neben dem Floß lag, war er fertig. Sein Körper war leer, ausgepumpt, schweißüberströmt, er war fertig. Und das Blut sickerte weiter aus seinem Körper, und ein scharfer, alles durchdringender Schmerz zog wie ein gezacktes Messer durch seinen Unterleib. Er schmeckte das Blut in seinem Mund, es schmeckte wie Eisen, und er begann leise vor sich hin zu schluchzen.

»Komm ins Boot.«

Er hörte es, aber es war ihm alles gleichgültig. Die Stimme war so weit weg, sie konnte nicht ihm gelten. Ich will jetzt sterben, sagte er zu sich und war befriedigt über diesen Entschluß. Nichts als sterben.

»Komm.«

Herrgott, ließ er einen nicht in Ruhe? Nicht mal sterben ließen sie einen, ach – Er stöhnte tief und hoffnungslos, und dann hörte er den Motor. Es war wie im Traum. Sie kommen und holen uns –

Sie kommen –

Er war verwandelt. Wenn sie mich gleich operieren, geht alles gut, dann hab ich noch ne Chance, dann übersteh ich's, dann leb ich weiter, dann –

»Komm.«

Er fuhr hoch und sah Wegener im Beiboot. Er hatte die Anlaßschnur des Motors mit den Zähnen gezogen. Der Motor lief nicht mehr.

Aber er *war* gelaufen. Er könnte wieder laufen, dachte Teichmann und raffte sich auf, ins Beiboot zu steigen.

Vögele und ein Heizer lagen drin. Das Boot hatte unterhalb des Dollbords, eine Handbreit über dem Wasserspiegel, ein Leck, das von Einschüssen herrührte. Viel Wasser hatte das Boot nicht übernommen, aber es lag tief.

»Wir müssen einen außenbords werfen.«

»Jawohl.«

Vögele lag über dem Heizer. Teichmann zog ihn – Er *muß* raus! – aus dem Boot. Er wollte ihn aufs Floß ziehen, aber er fiel ins Wasser und versank. Das Leck befand sich jetzt doppelt so hoch über dem Wasser wie vorher. Teichmann versuchte, den Außenbordmotor wieder in Gang zu bringen. Nach dem dritten Versuch lief er ein paar Minuten und setzte dann wieder aus. Er warf ihn nochmal an, und er lief.

»Kurs einhundertsiebzig«, sagte Wegener, und dann brach er zusammen.

Auf dem Boden des Boots lag der tote Heizer, und vorn, mit dem Rücken gegen den Vorsteven, lag Wegener in sich zusammengesunken, bewußtlos. Seine Arme hingen schlaff und wie abgestorben an ihm herab und schienen nur noch ein überflüssiges Anhängsel seines Körpers zu sein, das ihn nichts mehr anging. Sein rechter Arm steckte mit der Handfläche nach außen, den Zeigefinger vorgestreckt, zwischen seinen Oberschenkeln, und diese Stellung hatte etwas Unanständiges, Obszönes. Daran änderten auch nichts die drei goldenen Ärmelstreifen seiner Jacke.
Teichmann steuerte das Boot so, daß die Sonne an Backbord blieb. Er wollte sich an seiner Uhr nach dem ungefähren Kurs zur französischen Küste orientieren, aber seine Uhr lief nicht mehr. Er überlegte lange, ob er es tun sollte, weil der Motor wahrscheinlich wieder aussetzte, aber dann tat er es doch und kroch auf dem Heizer nach vorn, und als er sah, daß sich der Sekundenzeiger bewegte, nahm er Wegener die Armbanduhr weg. Mit Hilfe der Uhr und der Sonne machte er die Richtung zur Küste aus. Im Kielwasser sah er, wenn er von seinem Kurs abkam. Der Motor hatte nicht ausgesetzt.
Später war er zu müde, um nach achtern zu schauen. Er sah nach der Sonne, und manchmal glaubte er die Küste zu sehen, und dann war die Küste wieder verschwunden, es waren Wolken gewesen. Die Sonne brannte auf ihn nieder, und in seinem Körper kochte ein trockenes heißes Fieber. Ich werd' innen und außen geröstet, murmelte er vor sich hin. Die Sonnenhitze machte seine Glieder schwer und müde. Sie schmerzten nicht mehr so heftig, er hatte das Gefühl, daß seine Beine überhaupt nicht mehr vorhanden waren. Eine warme Schläfrigkeit umhüllte ihn, und das monotone Geräusch des Motors schläferte seine Sinne ein wie in der Narkose. Ein lässiges Wohlbehagen breitete sich in ihm aus und machte ihn auf wunderbare Weise leicht betrunken. Ich hab einen sitzen, dachte er und fühlte, wie ein angenehmer Taumel ihn durchflutete. Seine Augen fielen ihm zu –
Ich muß durchhalten, hörte er sich flüstern. Er blinzelte in die Sonne, und dann sah er auf die silbern glitzernde,

endlose Wasseroberfläche. Es flimmerte ihm vor den Augen, und er richtete sie auf Wegener. Es war ein trostloser Anblick. Er lag zusammengekrümmt auf dem Boden und bewegte sich nicht mehr. Seine Hände waren braun, das getrocknete Blut sah aus wie Schokoladecreme.
Die Ratte war wieder da. Sie arbeitete wie wild in seinem Leib und verscheuchte die Müdigkeit, weil Teichmann schreien mußte. Er fühlte, wie das Blut aus der Bauchwunde sickerte. Er sah, wie es sich in seinem offenen Hosenbund sammelte, und er staunte, wieviel Blut er besaß.
Dann kam der Durst. Ringsum war Wasser. Teichmann wußte, daß er nichts trinken durfte. Aber der Durst war übermächtig. Teichmann hatte ihm keinen Willen mehr entgegenzusetzen, er war zu schwach. Der Kampf zwischen der Versuchung, zu trinken, und dem Willen, durchzuhalten, machte ihn fast irrsinnig. Es war, als rieben zwei Mühlsteine gegeneinander und zermahlten ihn. Er hatte seine letzten Kraftreserven im Kampf gegen den Schmerz erschöpft. Jetzt war er ausgezehrt und wehrlos. Er war völlig apathisch. In seinem Körper fühlte er einen Krampf, der ihn durchschüttelte, und Schweißperlen traten auf seine Stirn und sammelten sich zu großen Tropfen, und wenn genügend beisammen waren, liefen sie in seine Augenbrauen, und vor diesem Hindernis sammelten sie sich erneut, schlossen sich zusammen, bis sie schwer genug waren, und flossen dann in Teichmanns Augen, und dort verteilten sie ihr beißendes Salz. Er brauchte eine Ewigkeit, um sich zu entscheiden, ob er die Schweißtropfen wegwischen solle oder nicht.
Seine Hände, mit denen er die Ruderpinne umklammert hielt, begannen zu zittern. Er mußte die Zähne aufeinanderbeißen, um nicht den Kopf nach vorn fallen zu lassen und einzuschlafen. Und dann fühlte er wieder das verzehrende Feuer des Durstes. In ihm kochte alles. Er sah rotierende Kreise vor seinen Augen und schloß sie. Jemand in ihm sagte: Du mußt durchhalten. Seine Augen öffneten sich. Aber dann hatte ihn wieder der Schmerz in seinen Klauen und richtete ihn fürchterlich zu. Er wollte schreien, aber Schleim verstopfte ihm die Kehle. Er rieb seine Zunge

gegen den ausgetrockneten Gaumen, der sich wie Leder anfühlte. Seine Mundhöhle war vollkommen ausgetrocknet, und seine Lippen waren aufgesprungen und rauh wie eine grobe Feile. Sein Leib schmerzte entsetzlich. Er begann wieder zu schluchzen. Zwischendurch stieß er wütende, verzweifelte Schreie aus, weil der Schmerz zu groß war, und dann jammerte er wieder vor sich hin. Aber die Ruderpinne ließ er nicht los.

Das Schreien erschöpfte ihn. Er weinte still vor sich hin. Manchmal mußte er husten, und blutiger Schleim sammelte sich in seinem Mund. Er begann zu würgen, und dann sah er zu, wie das Blut ihm übers Kinn auf die Brust lief. Einige Tropfen saßen in seinen Mundwinkeln, und als er hustete, wurden sie zu roten Blasen. Er spuckte aus, und der Speichel blieb ihm am Kinn kleben, und er fühlte, wie er langsam antrocknete und hart wurde. Er murmelte etwas Unverständliches vor sich hin. Eine tiefe, erdrückende Müdigkeit hüllte ihn ein. Seine Augen fielen zu.

Durchhalten –

Er machte einen schwachen Versuch, seine Stellung zu ändern, ohne die Ruderpinne loslassen zu müssen, und da setzte der Motor aus.

Eine Minute lang tat er gar nichts und wartete. Aber von allein sprang der Motor nicht an. Und genau das hatte er im Unterbewußtsein erhofft. Er schaute Wegener an, als könne er bei ihm Rat holen. Der ist genau so tot wie der Heizer. Wir sind alle schon tot. Ich zier mich nur noch ’n bißchen.

Er wickelte die Anlaßschnur auf und zog sie. Er wunderte sich, daß er das noch gekonnt hatte, und als der Motor lief, betrachtete er ihn staunend.

Er sprach jetzt oft mit sich selber, unzusammenhängendes, unverständliches Zeug. Und manchmal kicherte er völlig unmotiviert vor sich hin. Aber dann kam eine Zeit, wo er zu müde war, um mit sich zu sprechen. Er schaute stur geradeaus. Wenn sein Kopf vornüberfiel, umklammerten seine Fäuste das Ruder wie zwei stählerne Schraubstöcke, und er richtete sich wieder auf.

Um die Mittagszeit wurde die Sonne so drückend heiß, daß

er sich nicht mehr länger aufrecht halten konnte. Die See, endlos und weit, flimmerte im Sonnenglast vor seinen Augen. Er senkte seinen Kopf wie ein Boxer, der sich auszählen läßt. Sein Gesicht war mit Schweißperlen bedeckt, und in seinem Hosenbund sah er den halbgetrockneten klebrigen blutigen Schleim und schloß die Augen. Nur für eine Weile, dachte er, bis es vorüber ist –

Der Motor bockte etwas, und davon wachte er auf. Der Motor bockte noch einmal und setzte dann ganz aus.

Die Luft war brühheiß und trocken, und es war völlig windstill. Die ungewohnte Ruhe, die nun eingetreten war, hielt ihn wach. Aber sein Wille war gebrochen. Ich hab die vierte Runde durchgehalten, und da wird man zum erstenmal müde. Ich hab die siebte durchgehalten, und da ist es schon schlimm mit der Müdigkeit. Und jetzt hab ich die neunte überstanden, und ich weiß nicht, ob der Kampf zehn, zwölf oder fünfzehn Runden dauert oder noch länger – ich kann jedenfalls nicht mehr, ich hör jetzt auf. Er war irgendwie erleichtert, als er sich das in seinen Gedanken vorgesagt hatte. Er fühlte, daß diesmal sein Entschluß nicht mehr zu ändern war. Er wußte, daß er von sich aus nichts mehr machen konnte. Es ist aus. Verflucht. Aber es ist aus. Es ist alles zu Ende. Aus –

Kurz bevor er das Bewußtsein verlor, überlegte er sich, wer ihn wohl vermissen werde, und er fand niemand. Er sah nochmal zu Wegener hin, und wie ein ungeheurer Schreck durchzuckte ihn der Gedanke, *wer* Wegener vermissen wird. Die Zusammenhänge sah er nicht mehr. Aber was er zu vergessen gesucht hatte, was ihn einmal fast umgebracht hatte, stand jetzt vor seinen geschlossenen Augen. Ein wollüstig-wunderbares Traumbild. Er sah sie genau vor sich: Jede Einzelheit an ihr konnte er sehen. Ihr Gesicht war so nahe über ihm, daß er jede Pore ihrer Haut sehen konnte. Und er roch sie. Er sah sie am Hagebuttenstrauch stehen, als ihn der Wachhabende abkanzelte. Er sah sie, wie sie ihm die Brötchen gab, ihr Kleid war hellblau wie der Himmel, und einen schmalen goldenen Gürtel trug sie, und weiße Schuhe, und der rechteckige Ausschnitt ihres Kleides war von einem weißen Streifen umsäumt, und darunter war ihre Brust, und ihr goldenes Haar strahlte in der Sonne –

In seiner Erinnerung war sie gut und schön. Alles andere hatte er vergessen.

Er richtete sich auf. Seine Hände zitterten so stark, daß er die Schnur wieder aus den Fingern verlor. Er wickelte sie sich mühselig und ungeschickt um einen Finger, und während ein wilder reißender Schmerz seinen Leib durchraste, zog er die Anlaßschnur. Der Motor lief. Teichmann hielt das Ruder. In seinem Leib wütete ein bohrender Schmerz, und er fühlte, wie seine Magenmuskeln erschöpft und wundgescheuert waren vom dauernden Ringen mit dem Schmerz. Er hatte herausgefunden, daß eine gewisse Stellung am wenigsten schmerzhaft war, und so saß er nun nach vorn gebeugt und mit gekrümmtem Rücken da. Den Kopf hielt er aufrecht, und das Kinn vorgestreckt schaute er nach der Sonne und schielte zwischendurch auf Wegeners Uhr, die er am Handgelenk trug. Sie lief immer noch.

Aber das monotone Motorengeräusch wirkte narkotisierend. Eine unabwendbare riesige Müdigkeit senkte sich auf ihn, als wolle sie ihn ersticken. Eine bleischwere Decke legte sich über seinen ganzen Körper, und unter ihr erlosch alles Leben. Er wehrte sich gegen diese Decke, aber er wußte, daß es zwecklos war, sich auf die Dauer zu wehren. Und dann, als falle er wieder in einen unergründlichen tiefen Traum, der von weither kam und dem er sich nicht entziehen konnte, sah er *sie* wieder vor sich. Der Kontrast zwischen seiner Erinnerung und dem, was er jetzt durchlitt, war so gewaltig, daß er stöhnte. Er hatte mit sich selber Mitleid.

Aber er hielt weiter durch. Und der Schmerz in seinem Körper hielt weiter an, nahm zu und wuchs ins Unerträgliche. Es war kein dumpfes Pochen mehr, sondern ein wütendes Hämmern, und sein Körper war der Amboß. Er warf sich dem Hammer entgegen, er nahm den letzten kleinen Rest seines Willens zusammen, um ihm zu trotzen. Hämmere nur zu, du Schwein, dachte er und schrie auf, weil ihn die Schläge unbarmherzig trafen. Und wenn dieses wütende Hämmern in seinem Leib einmal nachließ, nur ein klein wenig nachließ, war der Durst da. Der war so verheerend, daß Teichmann aus instinktiver Scheu sich verbot, ins Wasser zu sehen. Seine Mundhöhle fühlte sich an wie Pergament. Er würgte und rang nach Atem, aber es reichte nicht zum Erbrechen, in ihm war alles ausgetrocknet. Sein Atem rasselte, als ob er nicht aus Luft, sondern etwas Hölzernes sei. Ab und zu fuhr ihm Spritzwasser ins Gesicht, er empfand das im Augenblick als sehr angenehm, aber gleich danach war der Durst um so größer. Er war jetzt stärker als die Schmerzen.

Plötzlich fühlte er ganz deutlich, wie an seinen Kopf geklopft wurde. Erst einzelne Schläge, dann viele, und dann sausten sie prasselnd auf ihn nieder. Es war wie ein Trommelwirbel, der auf seinem Schädel geschlagen wurde. Er schloß die Augen. Rote Punkte erschienen auf seinen Lidern. Die roten Punkte tanzten. Dabei wurden sie dunkler, und schließlich waren es schwarze Punkte. Und die schwarzen Punkte vermehrten sich rasend schnell und so lange, bis alles schwarz war und Teichmann alles gleichgültig war. Er ließ seine Augen tun, was sie wollten, und auch das Boot konnte tun, was es wollte –

Ein Schrei riß ihn aus seiner Ohnmacht. Wegener schrie. Teichmann kam nur langsam zu sich, sein Verstand blieb getrübt. Aber dann begriff er, warum Wegener geschrien hatte, und ihn packte ein so furchtbares Grauen, daß er wie gelähmt dasaß. Er wollte brüllen, aber es kam nichts aus seiner Kehle, und er erstarrte vor Entsetzen. Er glaubte, nicht richtig zu sehen. Herrgott, das *kann* doch nicht sein –

Ein berserkerhafter Zorn riß ihn auf die Beine, und halb irrsinnig vor Wut stürzte er über den toten Heizer hinweg auf Wegener zu, die Möwen flogen auf, er nahm Wegeners Kopf in seine Arme, und ein lautloses verzweifeltes Weinen schüttelte seinen Körper. Er glaubte, den Verstand zu verlieren, als er sich darüber klar wurde, daß er geschlafen hatte, während die Möwen Wegeners Augen gefressen hatten. Wegener hatte seine Arme nicht bewegen und die Möwen verscheuchen können, und so hatten sie ihm erst das eine und dann das andere Auge ausgepickt. Zwei rote Rinnsale flossen aus den leeren Augenhöhlen.

Er legte Wegener über den Heizer. Dann schleppte er sich wieder ins Heck. Wegeners Kopf befand sich jetzt wenige Zentimeter vor Teichmanns Beinen. Die Möwen kamen nicht mehr.
Sein Leib glühte. Mit den Händen tastete er ihn ab. Er fühlte das raussickernde Blut, auffallend warm kam es ihm vor. Sein Leib zuckte in Krämpfen, und als er brüllen wollte, schoß ihm ein Schwall dicken Bluts in den Mund, und angeekelt ließ er ihn über seine Brust fließen. Er versuchte zu schlucken, aber trotz des Blutes rieben sich die rauhen Hautfalten seines Mundes aneinander, als wären sie aus Schmirgelpapier.
Er konnte nichts mehr denken. Er nahm automatisch die Anlaßschnur zwischen die Finger, riß daran, und daß der Motor lief, nahm er nicht mehr zur Kenntnis. In seinem Gehirn war das Wort »Durchhalten« eingebrannt, aber er wußte nichts mehr davon. Er hockte da, hielt die Ruderpinne umklammert und wartete auf den Tod.

10

Sie schnipfelten an ihm herum, er hörte eine Schere klappern, und zwischendurch war es ihm, als würden Stromstöße durch seinen Körper gejagt. Er hob den Kopf, konnte aber nichts sehen. Seine Kehle war verstopft, und er fürchtete zu ersticken –
Als er wieder zu sich kam, sah er über sich einen kleinen Teddybär, so eine Art Maskottchen. Der Bär hing an einer Schnur, die am Handgriff einer Seekiste befestigt war, die Seekiste lag auf einem Spind. Der Bär baumelte hin und her, Teichmann dachte, wenn er noch lang so weitermacht, reibt er sich den Hintern an der Spindtür wund, und er folgte ihm mit den Augen und dann mit dem Kopf. Aber er gab es bald auf, weil ihm schwindelig wurde. Er fühlte sich sehr müde, aber er redete sich ein, daß es äußerst wichtig für ihn sei, den Bär immer im Auge zu behalten. Um wach zu bleiben, dachte er angestrengt darüber nach, wie der Bär hieß. Er wußte, daß solche Bären im Ohr einen

kleinen Knopf hatten, auf dem der Name stand, aber der Name fiel ihm nicht ein.
Als er eine Weile vor sich hin gedöst hatte und seine Augen öffnete, hing der Bär ruhig da. Er war erschrocken und entschloß sich, den Bär zu fragen, warum er nicht mehr hin und her pendle. Aber da wurde Teichmann fortgetragen. Es drehte sich einiges in seinem Kopf, und dann befand er sich im Freien.
Die Luft tat ihm gut. Sie war angenehm warm und doch frisch. Er wurde ziemlich klar im Kopf, er konnte ihn heben, ohne daß es ihm schlecht wurde, und er merkte, daß er auf einer Tragbahre lag und bis zur Brust in eine graue Decke eingewickelt war. Dort, wo sich seine Beine befanden, lief ein breiter weißer Streifen über die Decke, auf dem in großen Buchstaben ›Luftwaffe‹ stand. Als er den Kopf etwas nach rechts drehte, sah er die Aufbauten eines schnittigen Boots, und während er darüber nachdachte, wieviel Meilen so ein Boot wohl machen konnte, fühlte er sich hochgehoben, es wurde dunkel um ihn, er hörte, wie eine Tür zugeworfen wurde, keine Zimmertür, sondern so eine, wie sie die Postautos, die Pakete ausfahren, hinten haben. Er hörte, wie der Fahrer den Starterknopf drückte und der Motor ansprang. Der Wagen ruckte, und das tat Teichmann gräßlich weh. Dann stand der Wagen wieder still. Dieser Lump von nem Fahrer hat nen Gang drin gehabt und den Motor abgemurkst, dachte er. Der Fahrer ließ den Motor nochmal anspringen und fuhr dann vorsichtig los.
Er fuhr wie der Teufel. Teichmann kam es wenigstens so vor. In den Kurven stellte er den Wagen auf die Vorderräder und ließ die Hinterräder nachschlittern. Teichmann hatte in solchen Augenblicken das Gefühl, als ob die Hinterräder die Straße nicht mehr berührten. Wenn der Wagen in eine Rechtskurve ging, wurde er gegen die linke Wand des Wagens geworfen, und bei Linkskurven hatte er Angst, aus der Bahre geschleudert zu werden und auf dem Boden zu landen. Er wünschte sich, daß die Strecke nur Rechtskurven habe, aber sie hatte auch viele Linkskurven, er kam aus der Angst nicht raus. Manchmal bremste der Fahrer

scharf, dann schoß das Blut in seine Beine, es war, als ob Riesenameisen in seine Beine bissen, es war schlimmer als alle Kurven zusammen. Er lag da und konnte sich nicht wehren, und tausend dicke fette, aber sehr hungrige Ameisen bissen gleichzeitig zu und fraßen ihn bei lebendigem Leib auf. Bei jedem Bremsen bissen sie zu, und bei scharfem Bremsen bissen Riesenameisen riesige Happen aus seinen Beinen.
So kann's nicht weitergehen, ich muß es Caracciola sagen, dachte er und rief irgend etwas und trommelte mit seinen Fäusten gegen die Wand. Der Mann vorn fuhr weiter, als ob nichts wäre. Teichmann heulte vor Wut und schrie.
Der Henkerskarren hielt. Jetzt werd ich aber Caracciola meine Meinung sagen, wie sie ihm noch keiner gesagt hat, nahm er sich vor. Es wurde hell, und jemand sagte: »Na, was haste denn?«
Es war nicht Caracciola, sondern ein Stabsoberfeldwebel der Luftwaffe. Seine Stimme brachte die Worte etwa so vor, wie wenn er einen nach der Uhrzeit frage. Teichmann verhielt sich einen Augenblick lang ruhig, ich hab mich noch zu sehr verausgabt, um gebührend zu antworten, ich muß erstmal auf Sammler pumpen, sagte er sich, und dann schrie er: »Leg mich doch anders rum, du Arschloch.«
»Sachte, sachte«, sagte der Stabsoberfeldwebel der Luftwaffe, »du bist jetzt nicht bei der Marine.«
»Weiß ich, aber ich hab mir von Caracciola mehr vorgestellt.«
»Erstens fahr ich gar nicht selbst, zweitens bin ich nicht Caracciola«, sagte der Stabsoberfeldwebel und rief nach vorn: »Paule, komm mal schnell, wir müssen ihn andersrum legen.«
Teichmann hörte, wie der Fahrer ausstieg und nach hinten kam.
»Mach keine Fisimatenten, Kleiner, wir sind bald dort.«
»Leck mich am Arsch.«
»Nu sei schon friedlich.«
Sie zogen die Bahre raus und schoben Teichmann mit dem Kopf voraus wieder in den Wagen rein.
»Nu haben wir's gleich geschafft, Kleiner.«

Die Reise ging weiter. Wenn jetzt der Fahrer bremste, waren es nur noch unzählige kleine Würmer, die sich in Teichmanns Beinen rührten und ringelten. Er hätte sich gerne gekratzt...

»Nun, wie geht's denn?« sagte jemand.
Es war die Stimme einer Frau. Teichmann öffnete die Augen und sah ein verhülltes Gesicht über sich. Vor dem Gesicht hing ein Schleier, er konnte keine Gesichtszüge erkennen. Die Frau sprach etwas, was er nicht verstand, und er vernahm nur undeutlich, wie sie sagte, der Oberstabsarzt komme gleich, er sei eine Kapazität auf seinem Gebiet, er bringe Teichmann wieder in Ordnung, und am Bauch sei er ja schon operiert worden. »Hat nicht weh getan, was?«
Er machte seine Augen wieder zu.
Nach einer Weile öffnete er sie wieder, weil er Stimmen hörte. Sie kamen näher, es waren mehrere. Er sah wieder das Gesicht von vorhin – er konnte jetzt schon besser sehen –, und dann entdeckte er zwei oder drei Männer, die auch Schleier vor ihrem Gesicht hatten und sich ineinander- und wieder auseinanderschoben. Unterhalb ihrer Köpfe war alles weiß. Die Frau von vorhin redete den größten Kopf, der rund wie ein Kürbis war, Herr Oberstabsarzt an. Einer der Köpfe sprach mit hoher Stimme etwas Lateinisches, es endete auf -us, der große runde Kopf nickte und sagte: »Amputieren.«
Die Schleier vor den Gesichtern wurden dünner. Die hohe Stimme sagte etwas, und daraufhin kamen aus dem Mund des großen Kopfes die Worte: »Wahrscheinlich beide.«
Die Schleier waren weg. Teichmann sah die Gesichter der Köpfe. Der Oberstabsarzt hatte einen Renommierschmiß, der vom linken Mundwinkel bis zum Ohrläppchen reichte.
»Ich glaub, er wacht«, sagte die Frau, die Schwesterntracht trug.
»Ach wo«, sagte der Kopf mit der hohen Stimme und wandte sich mit den andern Köpfen ab.
»Doch«, sagte Teichmann.
Die Köpfe fuhren rum und glotzten ihn an. Das Ganze kam ihm wie ein Traum vor, der plötzlich Wirklichkeit

wird. Drei Männer in Ärztekitteln und zwei Krankenschwestern standen um ihn rum. Sie machten keinen überwältigenden Eindruck auf ihn. Die eine Krankenschwester, die links von ihm stand und noch kein Wort gesprochen hatte, sah klapprig, knochig und dürr aus, wie eine Vogelscheuche, und hatte den verbissenen Mund von Jungfrauen in den Wechseljahren und einen Schnurrbart über der Oberlippe. Neben ihr stand ein junger schmaler schwarzhaariger Arzt, der nach gar nichts aussah. Dann kam der Oberstabsarzt und dann der Arzt mit der hohen Stimme. Er trug eine Nickelbrille auf seiner nach unten gebogenen Nase, seine dicken Lippen paßten schlecht zu der dünnen Nickelbrille. Rechts von ihm stand die Schwester, die mit Teichmann gesprochen hatte. Sie besaß Brüste, die an Zuckerhüte erinnerten. Das war das erste, was Teichmann von ihr sah, und damit sah er die Hauptsache von dieser Person.

»Ja, wir müssen eventuell amputieren, ein Bein nur, verstehen Sie, vielleicht –«

»Ich hab alles verstanden.«

»So – dann sind Sie ja schon wieder recht gut beieinander, haha. Mit Ihrem Bauch geht's schon in Ordnung, ja –«

»Wann?«

»Wie bitte?«

»Ich mein', muß das gleich sein?«

»Nein, nicht unbedingt, wir können noch diese Nacht abwarten. Wenn der Eiter gut abfließt, ist's vielleicht nicht nötig.«

»Andernfalls morgen?«

»Ja. Wir sehen uns vorher nochmal. Jetzt schlafen Sie gut, gute Nacht.«

Der Mann war froh, als er gehen konnte. Teichmann war überzeugt, daß er ihn vor der Operation nicht mehr zu sehen bekäme.

Eine Schwester legte ihm die Hand auf die Stirn. Es war eine kühle, glatte, angenehme Hand. Dann nahm sie ein Stück Tuch und fuhr ihm damit über den Mund.

»Ich möcht was trinken, bitte.«

»Nein, jetzt noch nicht, mein Junge.«

»Oh, bitte, nur einen ganz kleinen Schluck.«
»Soll ich Edith benachrichtigen?«
»Wen?«
»Ihre Frau.«
»Wieso? Ich hab keine.«
»Ich dachte, Edith sei Ihre Frau.« Die Schwester lachte glucksend wie eine Henne. »Ich hab gedacht, die Uhr sei von Ihrer Frau.«
»Was für ne Uhr?«
»Die auf dem Nachttisch. Wir haben sie abgenommen, als wir Sie wuschen und in den Operationssaal brachten. Sie hatten an jedem Handgelenk eine Uhr. Sah ganz komisch aus. Die eine läuft nicht mehr, da ist wohl Wasser reingekommen, aber die andere läuft noch, hier, schauen Sie selbst.«
Teichmann sah sie sich genau an. Sie war aus Gold und verhältnismäßig schwer. Sie lief immer noch. Auf ihrer Rückseite las er die Worte: ›Edith für Erich 2. 5. 39‹. Die Buchstaben bestanden aus kleinen, aneinandergelegten Brillanten, ebenso das Datum.
»Sie können sie jetzt ruhig wieder tragen. Ihre Arme werden ja nicht amputiert und Ihre Beine wohl auch nicht, ich glaub's nicht, morgen sieht alles anders aus. Schlafen Sie jetzt.«
Er bat die Schwester, die Uhr wieder auf den Nachttisch zu legen.
»Ja«, sagte die Schwester, »und ich heiße Berta, rufen Sie nach Schwester Berta, wenn Sie was brauchen, ich hab heut Nachtdienst.«
Sie kam im Lauf der Nacht öfter zu ihm, obwohl er sie nicht gerufen hatte. Sie war anscheinend sehr besorgt um ihn, und einmal kam ein Arzt und stach ihn mit einer dünnen Nadel in den Arm.
Die Uhr hatte er sich wieder geben lassen. Er hatte sie aufgezogen und angelegt. Es ist leicht möglich, daß sie einer klaut, weil sie so wertvoll ist, hatte er sich gesagt.
Als der Morgen dämmerte, schlief er ein, gegen seinen Willen, er wollte wach sein, wenn sie ihn in den Operationssaal brachten, er wollte nochmal mit dem Oberstabsarzt sprechen ...

Nachmittags war er wieder wach. Durch die Fenster sah er den blauen Himmel. Die Sonne schien in den Krankensaal auf die Bettreihe, die Teichmann gegenüber stand. Er lag im Schatten und empfand das wohltuend für die Augen. Hinter ihm war ein Fenster offen, er hörte Vögel piepsen.
Im Bett links von ihm lag einer und schnarchte leicht. Das Bett rechts war leer. Noch weiter rechts wurde ein Brettspiel gespielt, es hörte sich an wie Mühle, und es mußten zwei gute Spieler sein, jeder von ihnen ließ sich Zeit mit dem Setzen. Schräg gegenüber spielte einer auf der Mundharmonika den Schlager ›Roter Mohn‹. Teichmann fühlte sich wohl. Amputieren ist besser als Sterben, dachte er. Er spürte einen festen Verband um seinen Bauch. Sein Bauch selber machte sich nicht bemerkbar.
Von links kam ein untersetzter, kräftig gebauter Mann. Er ging langsam, jeder Schritt schien ihm weh zu tun. Unter seinem rechten Arm trug er mehrere dicke Bücher. Er setzte sich vorsichtig auf das Bett rechts neben Teichmann und blätterte in den Büchern. Dann stapelte er sie auf seinem Nachttisch auf, nahm das oberste Buch weg, zog seine Pantoffel aus, ohne die Hände zu gebrauchen, nahm die Beine aufs Bett und drehte sich auf die Seite, so daß er auf seine Hüfte zu liegen kam, und begann zu lesen. Teichmann mußte scharf nach rechts schielen, wenn er den Mann sehen wollte. Das war anstrengend, und zur Erholung schaute er zwischendurch den blauen Himmel an. Aber es war interessant, dem Mann zuzugucken. Er hatte einen roten, überdimensionalen Bleistift in der Hand und fuhrwerkte mit ihm im Buch herum. Teichmann konnte genau unterscheiden, wenn er Ausrufungszeichen, Unterstreichungen oder Schlangenlinien und große Fragezeichen machte. Und alles, was er tat, machte er mindestens doppelt. Einmal strich er einen Abschnitt mit fünf dicken Strichen an und haute noch zwei Ausrufungszeichen dahinter, sein Gesicht strahlte.
Der Mundharmonikaspieler machte Pause. In der rechten Ecke des Saals rief einer: »Ohne Knochen.« Daraufhin sagte ein anderer: »Du kommst ja hinten nicht mehr hoch, Seppl.«
Die Skatspieler sind keine Marineleute, dachte Teichmann

und überlegte sich, welches Bein sie ihm amputiert hatten und welches er weniger missen wird. Mein rechtes war beim Fußball das bessere, Strafstöße und Elfmeter schoß ich immer rechts, Emil kann 'n Lied davon singen, der hat mal aus Versehen meinen rechten Stiefel in den Magen bekommen –
Sein linker Bettnachbar war aufgewacht. Er schob seine Beine aus dem Bett, zog etwas umständlich seine Pantoffel an und ging aus dem Saal. Als er zurückkam, sagte er zu Teichmanns rechtem Nachbar: »Ernst, 's ist draußen frei.«
»Dann will ich mal 'n dickes Ei legen«, sagte der Mann mit den Büchern. Er wälzte sich vom Bett, schlüpfte in seine Pantoffel, ohne die Hände zu gebrauchen, und ging vorsichtig um Teichmanns Bett zum Saalausgang.
Teichmann fiel auf, daß alle in diesem Saal die gleichen Pantoffel trugen. Theoretisch müßten also auch an meinem Bett welche stehen. Er beugte sich nach rechts. Es standen keine da. Ist ja klar, Pantoffel stehen in neunzig von hundert Fällen links vom Bett, sagte er sich, blieb aber noch eine Weile liegen. Notfalls kann man ja noch allerhand werden, auch ohne Beine.
Der Mann, der mit Vornamen Ernst hieß, kam zurück. Auf einem kleinen Wagen wurden Kaffeetassen hereingefahren. Hinter dem Wagen ging einer mit einer großen Kanne und goß Kaffee in die Tassen. Teichmann roch ihn. Der Mann mit dem Wagen und der Mann mit der Kanne gingen zu jedem Bett. Als sie noch zwei Betten von Teichmann weg waren, beugte er sich nach links, wo *ein* Pantoffel stand. Er legte sich gleich wieder zurück und versuchte sich klarzumachen, zu welchem Fuß der Pantoffel gehörte. Gut, man kann sehr viel mit einem Bein anfangen, man kann zum Beispiel drauf stehen, sagte er sich, und auf einmal standen eine ganze Anzahl Männer um ihn herum und betrachteten ihn wie ein seltenes Tier.
»Na, wie geht's?« sagten sie.
»Willste was? Brauchste was?« sagten sie.
»Kaffee«, sagte Teichmann.
»Wunderbar, großartig, Kaffee ist grade da.«
»Prima Kaffee.«

»Kriegste bei Kranzler nicht besser.«
»Ist noch Friedensqualität«, sagte der Mann mit der Kanne. Einer hielt seine Hand hinter Teichmanns Kopf und stützte ihn, ein anderer hielt die Tasse. Der Kaffee war heiß und dampfte.
»Weg mit dem Zeug, ihr Idioten. Der darf doch nichts trinken.«
»Ach so, ja –«
»Später, Kamerad, mußt noch 'n Weilchen warten.«
»Nicht mehr lange, darfst sicher bald was trinken.«
»Brauchste sonst was?«
»Können wir was für dich tun?«
»Nein, mir fehlt sonst nichts. Ich will nur 'n bißchen schlafen.«
Es kamen noch mehr Männer an sein Bett und schauten sich an, wie er schlafen wollte. Als sie ihm den Kaffee wieder weggenommen hatten, war ihm zum Heulen zumute gewesen, und jetzt dachte er wieder an sein fehlendes Bein. Nur um etwas zu sagen, fragte er, ob noch andere von der Marine im Saal lägen.
Nein, sagten sie, er sei der einzige von der Marine, hier im Saal lägen nur Kranke vom Heer und der Luftwaffe.
»Keine Verwundeten?«
Nein, es sei schon lange kein richtiger Verwundeter mehr eingeliefert worden, es sei ja auch hier im Westen nichts los.
Teichmann schloß die Augen, und kurze Zeit später war er eingeschlafen. Ab und zu wachte er auf, weil er Durst hatte, und er bat um Wasser. Aber er bekam nichts. Aus Kummer hierüber schlief er meistens gleich wieder ein. Das ging einige Tage lang so. Manchmal erschien eine Schwester und gab ihm eine Spritze. Er hätte sie gerne gefragt, welches Bein sie ihm amputiert hatten, aber er scheute sich, diese Frage zu stellen.
Eines Tages bekam er etwas Feuchtes zwischen die Lippen. Das war über alle Maßen herrlich. In diesem Augenblick, als seine ausgedörrten Lippen die Feuchtigkeit spürten – es war nur eine Winzigkeit an Nässe –, kam es ihm vor, als sei er eben auf die Welt gekommen. Er war neugeboren.

Und diese Geburt war ein wollüstiger Vorgang, etwas Einmaliges, Unvergleichliches. Er fühlte, wie seine Tränendrüsen wieder funktionierten, und er wußte nicht, wo er hinsehen sollte. Sie standen um ihn herum, eine Schwester lächelte ihn an, als wolle sie ihm Mut machen, alle lächelten ihm zu, und einer sagte: »Jetzt hat er's geschafft.«
»Dürfen wir ihm jetzt was zu trinken geben, Schwester?«
»Nein, das Trinken beaufsichtige ich.«
»Wie heißen Sie, Schwester?«
»Wie bitte? Seid doch mal ruhig.«
»Ich hätte gern Ihren Namen gewußt.«
»Margot heiß ich.«
»Danke«, sagte Teichmann.
»Wahrschau«, rief eine röhrende Stimme so laut, daß der Saal dröhnte. »Könnt ihr nicht Platz machen, ihr Säcke.« Am Fußende von Teichmanns Bett erschien ein Riese von einem Menschen, der das Drillichzeug der Kriegsmarine trug und auf dem Kopf die flache Marineausgehmütze. Ihr Band mit der Beschriftung ›Kriegsmarine‹ war so eingezurrt, daß sich das N unter dem Hoheitsadler befand.
»Heil dir, Kampf- und Leidensgenosse«, brüllte der Riese, er roch stark nach Alkohol. Teichmann schaute ihn sich näher an. Seine Gesichtszüge waren grob, aber sympathisch. Er schüttelte Teichmann die Hand, ohne ihm weh zu tun.
»Karl Bockhammer, sie sagen Karlchen zu mir. Bin auch von deiner Flottille.« Er schaute auf das Namenschild am Kopfende des Betts. »Wir kennen uns ja gut, Hans.«
»Dachte schon, ich sei hier der einzige von unserm Verein«, sagte Teichmann.
»Ist doch klar wie dicke Tinte, daß ich gleich nach dir sehe. Aber, Junge, du schliefst die ganze Zeit, ich war schon paarmal hier, haste jetzt ausgeschlafen?«
»Ja.«
»Fein.« Und immer noch in der gleichen Lautstärke sagte er: »Ist doch Ehrensache, nen alten Fahrensmann zu begrüßen. Haben doch manches Ding zusammen gedreht.«
»Kannste annehmen«, sagte Teichmann, obwohl er sich nicht erinnern konnte, den Mann jemals gesehen zu haben. Es wäre besser gewesen, er hätte geschwiegen, denn nun

begann Bockhammer – »Weißte noch...« – Schauergeschichten über Gefechte mit den Engländern zum besten zu geben und war befriedigt, daß der ganze Saal zuhörte. Teichmann hätte ihm gern gesagt, er möge sein Organ nicht überanstrengen, aber er kam nicht zu Wort. Bockhammer schnitt fürchterlich auf und erfand die tollsten Dinge. Die viermotorigen Bomber der Royal Airforce – er sprach es Rohschelle Eiervotze aus – hätten er und seine Kameraden abgeknallt wie die Spatzen. Er und seine Kameraden hätten alles versenkt, was ihnen vor die Rohre gekommen sei, »Minensuchboote, U-Boote, Schnellboote, Zerstörer –«
»Mit eurem Fischdampfer?« sagte ein Mann von der Luftwaffe.
»Zufällig. Und zwar haben wir ihn gerammt, du grüner Heini. Jawohl, den haben wir einfach durch Rammstoß versenkt. Du warst doch auch dabei, erinnerst du dich, Hans?«
»Ich war damals, glaub ich, im Urlaub«, sagte Teichmann. Aber später sagte er zu allem ja und amen in der Hoffnung, daß Bockhammer bald das Seemannsgarn ausgehe.
Eine Schwester erschien und verkündete, in zehn Minuten käme der Oberarzt zur Abendvisite. Bockhammer ließ sich durch diese Mitteilung nicht aus seinem Konzept bringen, er wurde jetzt nur gegenständlicher in seinen Ausführungen und kam schließlich auf die Zustände im Lazarett zu sprechen. Er schimpfte über den Hundefraß, den sie hier vorgesetzt bekämen, und dazu täglich eine Menge Hängolin. Der Aufenthalt im Lazarett mache keinen Spaß, kein Alkohol, kein Ausgang, nicht mal ins Bordell ließen sie einen, und die Schwestern ließen auch keinen ran. Wie man unter solchen Verhältnissen gesund werden solle, wenn man kein standesgemäßes Leben führen dürfe, wisse er nicht.
»Bei uns hier ist das anders«, sagte einer der Männer aus dem Saal.
»Ja, bei euch, aber auf unserer Abteilung ist nichts zu machen, wir peilen in die Pütz.«
»Sind bei dir noch mehr von der Marine?« sagte Teichmann.
»Klar, 'n ganzer Stall voll. Aber ich muß nun gehen. Wo hat's denn dich erwischt?«

»An den Beinen und am Bauch. Und dich?«
»Schwanz verbrannt.«
»Und die andern?«
»Dito.«
»Dann kannste von den Schwestern nicht gut verlangen, daß sie euch ranlassen.«
»Freundlicher und 'n bißchen zugänglicher, verstehste, könnten sie schon sein. Wir liegen zwei Stockwerke über dir, wir kommen mal runter, dich besuchen, alles feine Kerle.«
»'s ist vielleicht besser, ich komm zu euch rauf, wenn ich wieder laufen kann.«
»Schon gut. Wir haben nämlich was mit dir vor, wir brauchen dich dazu. Na, wir sprechen uns noch. Mach's gut, mein Junge, aber nicht zu oft, sonst wird's Gewohnheit. Servus.«
Der Oberarzt warf einen Blick in den Saal, sagte »Alles in Ordnung?« und verschwand wieder, ohne eine Antwort abzuwarten.
Dann gab's Abendbrot.
Teichmann kam mit seinen Bettnachbarn ins Gespräch. Ernst hieß mit Nachnamen Esch, war Anfang vierzig und diente als Gefreiter bei den Luftnachrichtern, er war wegen Hämorrhoiden hier. Teichmanns linker Bettnachbar hieß Adolf Köhler, war Obergefreiter, etwa so alt wie Esch und im Zivilberuf Bäcker. Er liege schon zwölf Wochen im Lazarett, erzählte er Teichmann, ursprünglich wegen Blinddarm, dann habe er sich erkältet und eine Rippenfellentzündung bekommen, nasse Rippenfellentzündung, er zeigte an seinem Körper, wie hoch das Wasser gestanden habe, fast bis zum Herzen. Als das vorüber war, habe er sich an zwei Körperteilen wundgelegen, neuerdings an den Fersen, und jetzt wiege er einhundertzwanzig Pfund, vor seiner Einlieferung habe er einhundertachtzig gewogen, er habe keinen Appetit mehr, es sei ein Verhängnis mit ihm, manchmal glaube er, daß er das Lazarett nicht mehr lebend verlasse. Während er Teichmann seine Leiden aufzählte, traten ihm die Tränen in die Augen, aber sonst war er ein anständiger Kerl.

Als der Wagen mit der Abendsuppe durch den Saal gefahren wurde, stand Köhler auf und lief hinkend zum Wagen hin und kam mit einem vollen Teller zurück. Er habe noch etwas Dickes erwischt, sagte er, man müsse sich beeilen, denn die, die aufstehen könnten, würden sich zuerst übers Essen hermachen und sich die Wampe vollschlagen, für die Bettlägerigen bliebe dann nichts mehr übrig, er wisse Bescheid, er sei lange genug im Bett gelegen. Dann aß er auf seinem Bett sitzend hastig seinen Teller leer, und dabei schmatzte er in einer Weise, daß Teichmann sich bemüßigt fühlte, zu fragen, ob es ihm auch schmecke. »'s geht«, sagte Köhler.

Nach dem Essen klärte Esch Teichmann über die Hausordnung auf. Über die Ärzte und das Pflegepersonal wolle er ihn morgen unterrichten, es sei sonst für ihn zu viel auf einmal, meinte Esch.

Sie machten Teichmanns Bett zurecht, schüttelten das Kopfkissen auf und zogen das Leintuch glatt. Wenn er etwas brauche, solle er es ihnen sagen, denn aufstehen dürfe er auf keinen Fall, er müsse ruhig liegenbleiben, und Köhler sagte, solange er noch nicht aufstehen könne, werde er Teichmanns linken Pantoffel weiter benutzen, der habe hinten eine weichere Kappe als seiner, bei seinem Pantoffel müsse er die Kappe runtertreten, damit sie nicht an seiner wundgelegenen Ferse reibe. Er habe deshalb schon zwei Anschisse vom Oberarzt einstecken müssen, der könne nämlich nicht sehen, daß die Kappe fiskalischer Schuhe runtergetreten werde, das sei Schädigung des Staatsvermögens, habe er erklärt.

»Ja, der Oberarzt ist ein Kommißhengst«, sagte Esch.

»Und was für einer«, sagte Köhler.

»Aber du kriechst auch den Vorgesetzten in'n Hintern, sonst wärst du noch nicht Obergefreiter«, sagte Esch.

»Und dir tun die Vorgesetzten nichts, weil du's goldene Parteiabzeichen hast.«

»Ich würd's auch keinem raten.«

Nachts kam dreimal eine Schwester und schaute nach Teichmann. Sie hieß Margot und war sehr nett...

Teichmann wurde wach, der Duft eines ordinären Parfüms kitzelte ihn in der Nase, er hörte einige nicht wiederzugebende Worte und sah sich von zwei Weibern umstanden. Sie waren nuttenhaft geschminkt und unbestimmten Alters und kicherten wie Backfische. Dann kam eine dritte hinzu und gebrauchte ihrerseits einen Ausdruck aus der Bordellbranche, und alle drei verzogen sich in die rechte Ecke des Saals, hoben ihre Röcke, steckten die Stiele ihrer Besen zwischen die Beine und begannen auf diese Weise den Saal zu fegen.

Das seien die einheimischen Putzfrauen, sie kämen jeden Morgen, klärte Esch Teichmann auf. Für die Ausdrücke, mit denen sie ihn begrüßt hatten, könnten sie nichts, sie glaubten, diese Worte hießen auf Deutsch Guten Morgen, die Landser hätten ihnen das beigebracht. Es sei noch eine vierte da, mit der könne man sich bedienen, sie liege auf dem Tisch im Waschraum.

Teichmann beobachtete, wie jeweils ein Mann den Waschraum betrat und immer, wenn er zurückkam, der nächste hineinging. Insgesamt waren es sieben.

»Wenn die Dekade ausgezahlt wird, sind's doppelt so viel, sie ist teuer«, sagte Esch.

»Muß aber gut gebaut sein. Ist sie hübsch?«

»Kann ich nicht beurteilen, ich schau solche Weiber nicht an, ich bin Nationalsozialist.«

»Wissen die Ärzte das?«

»Natürlich. Alte Kämpfer gibt's nicht mehr viele.«

»Ich mein' das mit der Frau im Waschraum?«

»Ja, zum Teil, der Oberstabsarzt nicht. Aber Weckerlin. Das größte Schwein hier im Lazarett ist nämlich der.«

»Der mit der Nickelbrille?«

»Ja. Der fördert diesen Verkehr als einen Teil seiner Therapie. Die Männer würden dann ruhiger im Bett liegen. Dies und ihre Zufriedenheit im allgemeinen kämen der Heilung zugute. Er hat auch eine entsprechende Schwester seiner Station zuteilen lassen. Die kleine, dicke, mit den Ballonbrüsten –«

»Schwester Berta?«

»Ja, die ist seine ständige Partnerin. Übrigens hat hier jeder

Arzt sein Karbolmäuschen, nicht nur der Weckerlin. Und Schwester Olga, die Stationsschwester, ist 'n böses Ripp und mindestens sechzig. Sie ist pervers, sie bildet sich nämlich was auf ihre Jungfernschaft ein. Ja, die chirurgische Abteilung ist 'n wohlorganisierter Saustall, in dem die dreckigsten Leute in Weiß rumlaufen.«
Esch brachte das alles in einem Ton vor wie ein sittenstrenger Familienvater, der unglücklich verheiratet ist. Teichmann wurde nicht klug aus ihm, er wußte nicht, ob Esch die geschilderten Zustände wirklich bedauerte oder ob er nur so tat.
Anschließend an diesen Lagebericht erzählte Esch ein bißchen von sich selbst, und dabei merkte Teichmann, daß sein rechter Bettnachbar etwas sonderbar war. Daß Esch den Führer und Reichskanzler nur Adolf nannte, mochte noch angehen. Er ist halt ein ganz alter Kämpfer, dachte sich Teichmann. Aber dann sagte Esch: »Als ich anno dreiundzwanzig mit Adolf, Erich und Rudi zur Feldherrnhalle marschierte – das waren noch Zeiten, da war –«
»Wer war Erich?«
»Kennst du den Feldherrn Ludendorff nicht?«
»Dem Namen nach.«
»Ja, ja, der gute Erich ist leider viel zu früh nach Walhall eingegangen.«
»Und wer war Rudi?«
»Na, Mensch, du bist ja nicht sehr bewandert, was Deutschlands Staatsmänner betrifft. Haste mal was von Rudolf Hess gehört?«
»Ja, als er nach England flog.«
»Ja so – ja, ganz richtig, er ist ja jetzt in England. Aber damals, zu meiner Zeit, war er noch normal.«
Das bist du zweifellos nicht, dachte Teichmann. Er hatte den Eindruck, daß die Kampfzeit der NSDAP das einzige Kapital war, von dem der Gefreite Esch, Mechaniker im Zivilberuf, zehrte.
Esch erhob sich und machte vor seinem Bett trotz seiner Hämorrhoiden und des Gelächters der andern Morgengymnastik. Als er seine paar Freiübungen beendet hatte, sagte er zu Teichmann: »Weißt du, wer rastet, der rostet.

Und das Lachen dieser Narren stört mich nicht, die sind ja zu dumm, um sowas zu kapieren. In der Kampfzeit haben sie uns auch ausgelacht. Denen wird das Lachen noch vergehen.«

Er zog seinen feldgrauen Rock über die Lazarettkleidung, obwohl es im Saal ziemlich warm war. Auf der linken Seite seines Rocks trug er das goldene Ehrenzeichen der NSDAP, und langsam, möglichst ohne Bewegung der Gesäßbacken, verließ er den Saal in Richtung Clo.

Mittlerweile waren die Französinnen mit ihrer Arbeit fertig geworden und verabschiedeten sich mit den gleichen unflätigen Worten, die sie zur Begrüßung gebraucht hatten.

Köhler brachte Teichmann in einer Waschschüssel Wasser, und Teichmann versuchte, sich zu waschen. Jemand rief: »Achtung.«

Es wurde still im Saal, die Männer nahmen Haltung an. Laut Dienstvorschrift mußten auch die Bettlägrigen Haltung annehmen, indem sie sich auf den Rücken legten, die Arme links und rechts neben den Körper, die Hände ausgestreckt, den Kopf in Blickwendung zum Vorgesetzten.

Dr. Weckerlin betrat den Saal. Es begleiteten ihn die geschlechtslose Stationsschwester und die Schwestern Berta und Lisbeth. Zum Schluß kam Schwester Margot in den Saal. Die Männer schauten nur sie an und waren glücklich, wenn sie ihnen ein ›Guten Morgen‹ zunickte. Diese Frau war eine wahre Augenweide. Sie hatte eine schlanke und doch volle Figur und einen schöngeformten, sinnlichen Mund und kupferbraunes Haar und ein Benehmen, das auf die Männer elektrisierend wirkte, weil sie in ihnen nur Patienten sah. Sie war unnahbar und höflich. Genau das, was Männer in Hitze bringt. Und zu alledem war sie Berlinerin.

»Rührt euch«, rief Dr. Weckerlin und ging mit seinem Schwesternschwarm von Bett zu Bett. Teichmann wusch sich gerade, als er an sein Bett trat. Schwester Margot hatte ihm schon vorher die Waschschüssel wegnehmen wollen, aber er hatte sie nicht hergegeben. Weckerlin war es gewohnt, daß diejenigen, die aufstehen konnten, eine Ehrenbezeigung durch Stillstehen, und die Bettlägrigen durch

Stilliegen vor ihm machten. Teichmann wusch sich gründlich.
»Haben Sie nicht gelernt, eine Ehrenbezeigung zu machen, wenn ein Vorgesetzter kommt?«
»Doch, Herr Oberarzt.«
»Ja, zum Donnerwetter, warum machen Sie keine?«
»Weil ich mich wasche.«
Es trat eine kleine Pause ein. Man hörte, wie Esch auf dem Clo die Wasserspülung zog. Der Weckerlin sieht aus wie 'n kleiner Spitz, der bellen will und nicht kann, dachte Teichmann, aber plötzlich veränderte sich Weckerlins Gesicht, es wirkte jetzt komisch. Er rückte an seiner dünnen Nickelbrille, legte seine Stirn, die verhältnismäßig hoch war, in Falten und kniff seine dicken Lippen zusammen. Das sah aus, als ob der obere und der untere Teil seines Gesichts miteinander im Kampf lägen, irgendwie glich sein Gesicht einer gesprungenen Fensterscheibe. Der Sprung begann gleich unter der Nase und lief waagrecht übers ganze Gesicht.
»Sagen Sie mal, gehören Sie vielleicht in die psychiatrische Abteilung und gar nicht hierher?«
»Ich hab's am Bauch und an den Beinen und nicht im Kopf, Herr Oberarzt.«
»Ja, warum grüßen Sie dann keine Vorgesetzten?« brüllte Weckerlin und war richtig wütend.
»Ich hab gelernt, daß auf dem Schießstand, im Waschraum und auf dem Abort keine Ehrenbezeigungen erwiesen werden. Da ich mein Bett nicht verlassen kann, befinde ich mich jetzt sozusagen im Waschraum, folglich brauche ich keine Ehrenbezeigung zu machen.«
Wieder eine kleine Pause.
Dr. Weckerlin nahm seine Brille ab. Er machte das etwas theatralisch, es sah aus, als senke er vor Teichmann seinen Degen. Dann fuhr er sich mit der Hand über die Stirn, sein Mund öffnete sich ein wenig und seine Mundwinkel zogen sich nach oben, Weckerlin grinste.
»Sie scheinen sozusagen der einzige Kopf in diesem Saal zu sein. Gestatten: Weckerlin. Und Sie sind Herr Teichmann, wie ich sehe. Sehr angenehm.« Er schüttelte Teich-

mann die Hand und erkundigte sich eingehend nach seinem Befinden. Dann ließ er die Verbände an den Beinen abnehmen – die Schwestern gaben sich Mühe, aber Teichmann hätte am liebsten geschrien – und sagte, der Eiter sei gut abgeflossen, wenn keine sonstigen Komplikationen einträten, könne er seine Beine behalten.

»Das wäre nett, Herr Oberarzt.«

Weckerlin lachte, der Saal lachte, und selbst Schwester Olga verzog ihr griesgrämiges Gesicht. –

Als Teichmann vom Mittagsschlaf erwachte, standen Stollenberg und Heyne an seinem Bett.

»Du lebst ja immer noch«, sagte Heyne, »bist wohl nicht umzubringen, was?«

»Nee. Du hast dich wieder mal zu früh gefreut.«

Sie führten gleich forsche Reden, es fielen Sätze wie »Unkraut vergeht nicht« und »Es fallen eben nur die Besten«, und nachdem sie über die Begrüßung einigermaßen hinweggekommen waren, erzählten sie Teichmann, daß der Flottillenchef im Lazarett in Paris liege, er werde wohl bald nach Berlin übergeführt werden. Bülow liege auch hier in Rennes, aber in einem Einzelzimmer, es gehe ihm nicht sehr gut, Hoffs Boot sei wiederholt von Tieffliegern angegriffen worden, und dabei habe Bülow nochmal etwas abgekriegt, in den Unterleib, aber sie hofften, daß er durchkomme. Vögele sei vermißt –

»Er ist tot«, sagte Teichmann.

»Die Flottille besitzt zur Zeit nur ein Boot. Aber der Flottillenstab ist vollzählig.«

»Dann kann ja der Krieg weitergehen. Da ist auch die Armbanduhr vom Chef, ihr könnt sie mitnehmen.«

»Er kann sie nicht mehr ablesen.«

»Er wird sie tragen«, sagte Teichmann.

»Gut, wir nehmen sie mit und schicken sie seiner Frau. Wir müssen jetzt abhauen, um fünf fährt unser Zug. Wir fahren nochmal nach Malo, und dann gibt's Urlaub bis auf Abruf.«

»Und hier haste was«, sagte Stollenberg und schob eine Flasche Hennessy unter die Bettdecke. »Wirst's vielleicht jetzt noch nicht brauchen, aber später wird's dir guttun.«

»Zeig sie aber keiner Schwester, sonst bist du sie los«, sagte Heyne.
»Geht klar.«
»Also mach's gut.«
»Gleichfalls.«
»Deine Kameraden sind in Ordnung«, sagte Esch, als sie weg waren.
»Du kriegst auch was davon, ich trink sie nicht allein.«
»Deswegen hab ich's nicht gesagt, das darfst du nicht glauben. Aber du mußt sie vor den Ärzten und Schwestern verstecken.«
»Ja, aber ich kann sie nicht die ganze Zeit über im Bett haben, ich hab Angst, ich werf sie im Schlaf raus, und dann ist sie hin.«
Jetzt, nachdem Stollenberg und Heyne wieder fort waren, schien ihm plötzlich das Wiedersehen mit ihnen ein Traum gewesen zu sein, und um sich zu vergewissern, daß sie wirklich dagewesen waren, faßte er die Flasche an, die er unter der Decke verborgen hielt, und auf einmal ertappte er sich dabei, wie er sie streichelte.
Er behielt sie im Bett, bis um zehn Uhr das Licht gelöscht wurde. Dann reichte er sie Esch rüber, und der band eine Schnur um den Flaschenhals und führte die Schnur über die Stange am Kopfende seines Betts, an der das Schild mit dem Namen des Patienten angebracht war, und an derselben Stange hing auch seine Uniform. Er ließ die Flasche an der Schnur so weit runter, bis sie im Halsausschnitt seines Uniformrocks verschwunden war.
»Sollen wir's mal probieren, ob's klappt?« sagte Esch.
»Meinetwegen.«
Esch zog an der Schnur und drehte die Stange ein wenig, so daß die Flasche freikam, gab Lose auf die Schnur, und die Flasche landete auf seinem Kopfkissen.
»Wie'n richtiger Flaschenzug, ist ne prächtige Erfindung von dir«, sagte Teichmann und dachte, sie hat aber den Nachteil, daß ich nur über den Umweg zu Esch an die Flasche rankomme.
»Die Schnur ist 'n bißchen dünn«, sagte Esch.
»Du meinst, die Flasche ist 'n bißchen zu schwer.«

»Ja, vielleicht –«
»Sollen wir sie etwas leichter machen?«
»Das wär das sicherste, die Schnur ist nämlich wirklich –«
»Mach sie auf.«
Die Flasche wurde von Esch zu Teichmann und von Teichmann zu Köhler und wieder zurück geworfen. Teichmann war froh, daß er in der Mitte lag. Das ging so vier-, fünfmal hin und her, bis Köhler, der eingedöst war, die Flasche an den Kopf bekam und schrie. Danach wanderte die Flasche nur noch zwischen Teichmann und Esch hin und her. Wenn sie von Esch kam, fühlte sie sich stets merklich leichter an. Teichmann hatte den Verdacht, daß Esch der Ansicht war, ihm als Erfinder der sinnreichen Konstruktion stände ein Extra-Quantum zu. Ehe er ihn darauf aufmerksam machen konnte, daß er, Teichmann, eine solche Ansicht keinesfalls billigen könne, war die Flasche leer. Er tat, als ob noch etwas drin wäre, und warf sie Esch zu. Esch machte es genau so. Eine ganze Weile warfen sie sich die leere Flasche zu und taten so, als ob sie tränken. Keiner wollte zugeben, er habe die Flasche leergetrunken. Als sie auf den Boden fiel und zersplitterte, rief Esch: »Herrgott nochmal, pass doch auf, 's war noch sooo viel drin.«
»Du hast doch geworfen.«
»Ich?«
»Wer denn sonst? Sowas tut ein guter Nationalsozialist nicht, 's ist einfach ne Gemeinheit.«
»Ich bin 'n guter Nationalsozialist, ich hab die Flasche nicht geworfen, sie ist mir höchstens aus der Hand gerutscht.«
»Nem alten Kämpfer sollte das nicht passieren.«
»Da hast du recht. Aber es soll nie wieder vorkommen. Ich versprech dir das.«
»Wir wollen jetzt schlafen.«
»Wenn du müd bist – bitte.«
»Vergiß 's Nachtgebet nicht, Esch.«
»Ich bete nie.«
»Dann tu ich's für dich.«
»Ich verbitt mir das.«
»Wie du willst. Aber dann sag wenigstens nen Liedervers aus dem Gesangbuch auf.«

»Ich hab kein Gesangbuch.«
»Großer Gott wir loben dich kannste doch auswendig.«
»Gut. Aber ich sag: Großer Klotz wir hoben dich, wenn dir das recht ist, und nachher mußt du auch 'n Lied von mir aufsagen.«
Sie sagten gemeinsam die erste Strophe des Chorals auf, und weil sie die zweite nicht mehr wußten, sagten sie die erste nochmal auf.
»Ruhe, ihr Idioten«, rief es im Saal.
»Jetzt kommt 'n Lied von mir dran«, sagte Esch.
»Was für eins?«
»Als die goldne Abendsonne.«
»Kenn ich nicht.«
»Dann Volk ans Gewehr.«
»Kenn ich auch nicht.«
»Was kennste eigentlich?«
»Die Fahne hoch.«
»Haltet doch endlich eure Schnauze, ihr besoffenen Lümmels.«
»Dann sagen wir das her.«
Nachdem sie dreimal die erste Strophe gesagt hatten und von Strophe zu Strophe lauter geworden waren, fingen sie an zu singen. Zuletzt sang Esch allein. Aber weil er mit seinem Solo nicht fertig wurde, fiel Teichmann ein und sang: Fuchs, du hast die Gans gestohlen, gib sie wieder her. Esch unterbrach seinen Gesang und sagte, was Teichmann tue, sei eine Kulturschande. Teichmann sagte, nein, es sei ein Kanon. Dann gehe es, sagte Esch, denn Hermann habe erklärt, Kanonen seien besser als Butter, und Butter sei etwas Gutes. Dann kam die Nachtschwester, es war Schwester Margot, und stolperte über die zerbrochene Flasche und war sehr böse, weil Esch und Teichmann betrunken waren. Sie schimpfte gewaltig mit Esch und nannte ihn einen alten Esel, und der ganze Saal gab ihr recht, obwohl Esch das goldene Parteiabzeichen hatte.
Esch sagte zu Schwester Margot, er werde sie Adolf melden, sie sei als Krankenschwester ungeeignet. Schwester Margot sagte: »Wenn Sie nicht sofort still sind, werd ich Sie dem Oberarzt melden.« Da war Esch sofort still.

Sie kamen sechs Mann hoch, gleich nach dem Mittagessen, vorneweg der Riese, und sagten »Na wie gehts, du müder Schweifträger« und »Wach auf, Seemann, du mußt pissen« und setzten sich auf Teichmanns Bett, und Bockhammer stellte ihm seinen Verein vor. Außer den Namen nannte er auch die Spitznamen seiner Kumpels, und die waren von einer Obszönität, die Teichmann neu war und deretwegen er sich für seine Marinekameraden schämte, zumal Bockhammer so laut sprach, daß ihn jeder im Saal hören konnte.
»Wir haben dir ne Flasche Slibowitz mitgebracht, war nicht leicht, sie zu kreuzen. Wir wollen sie gleich rumgehen lassen, haben ja alle die gleiche Krankheit –«
»Marineeinheitskrankheit, verstehste –«
»Du darfst anfangen, er schmeckt mild wie der Beischlaf eines Kommandierenden Admirals.«
»Wie oft hast du dir schon die Gießkanne verbogen, Hans?«
»Bei sieben Mäulern lohnt's sich kaum«, sagte Teichmann und hoffte, um die Trinkerei rumzukommen, und wir haben verdammt nochmal nicht die gleiche Krankheit, dachte er. Aber er kam nicht drum herum, einer von ihnen sagte:
»Wir trinken weniger, damit du nicht zu kurz kommst.«
Teichmann sagte sich, Alkohol desinfiziert, und nahm den Flaschenhals zwischen die Lippen. Nach dem ersten Schluck merkte er, daß er den Hennessy noch nicht ganz verdaut hatte, und wünschte, daß Schwester Margot käme und die Flasche wegnähme. Aber als sie durch den Saal ging – er hatte inzwischen dreimal die Flasche gehabt –, ließ Bockhammer die Flasche geschickt verschwinden. Teichmann blieb nichts anderes übrig, als sich zusammen mit seinen Zechgenossen darüber zu freuen, daß Schwester Margot nichts gesehen hatte. Der aufrichtige Wunsch, Schwester Margot, die von dem nächtlichen Spektakel nichts gemeldet hatte und die sehr schön war, nicht wieder zu ärgern, erleichterte ihm diese Heuchelei.
Dann klagten sie ihm ihr Leid, in was für einer kühlen und strengen Atmosphäre sie zur Zeit leben müßten, und nach längerem Hin und Her rückten sie mit ihrem Anliegen raus. Es sei ein glücklicher Zufall, daß sie hier im ersten Stock einen Kameraden wie Teichmann gefunden hät-

ten, er brauche ihnen nur sein Leintuch zur Verfügung stellen, sie würden es naß machen, dann sei es ein Kinderspiel, und bei Nacht würde es niemand merken, wenn sie sich dran runterließen, der erste Stock sei ja nicht hoch. Sie kämen also heut nacht und würden die Tour gleich mal durchexerzieren.
Es brauchte einige Zeit, bis Teichmann ihnen klargemacht hatte, daß sie sein Leintuch nicht nehmen könnten, solange seine Beine nicht in Ordnung waren. Sie sahen das schließlich ein. Kurz vor der Abendvisite zogen sie wieder ab.
»Ich dank euch auch für den feinen Schnaps.«
»Keine Ursache. Wir kommen bald wieder.«
Als Schwester Margot abends Teichmanns Temperatur maß, war sie wieder sehr böse – was ihr übrigens sehr gut stand, wie er feststellte – und schimpfte mit ihm. Er sagte, man habe Verpflichtungen gesellschaftlicher Art, denen man sich eben nicht immer entziehen könne. Als sie daraufhin noch böser wurde, gelobte er Besserung und versprach ihr hoch und heilig, nie wieder etwas zu trinken. Er hatte den Eindruck, daß sie ihm nicht glaube, und das kränkte ihn tief.
»Sie wissen nicht, was Sie sagen, Sie sind ja schon wieder betrunken.«
Jetzt war er ernstlich beleidigt. »Wenn sieben Mann eine Flasche Schnaps miteinander leertrinken, kann davon keiner betrunken sein.«
»Mit achtzehn ist man noch kein Mann.«
»Sie können mich nicht auf den Arm nehmen.«
»Nein, so klein sind Sie wieder nicht. Ich hoffe jetzt, daß Sie schön schlafen heute nacht, in Ihrem Alter braucht man noch viel Schlaf.«
Die ist auch so ne Hexe, dachte Teichmann und schlief lange nicht ein.

Die nächsten Tage und Wochen verliefen langweilig und sehr langsam. Sein Bauch war soweit wieder ganz in Ordnung, aber seine Beine ließen sich Zeit. Die Bettliegerei ging ihm auf die Nerven. Esch und Köhler und auch die Schwestern waren sehr nett zu ihm. Köhler schilderte ihm ausführlich, wie man Brot backt und wie vielerlei Brötchen er vor dem Krieg täglich hergestellt hatte. Teichmann erfuhr auf diese Weise, daß die Bäcker die reinsten Künstler sind. Esch erzählte nichts von seiner Friedenstätigkeit, Esch las Bücher. Manchmal las auch Teichmann ein bißchen, Esch versorgte ihn mit Lesestoff, die und die Bücher müsse Teichmann unbedingt gelesen haben, um mitreden zu können. Daß er gar nicht mitreden wollte, ging nicht in Eschs Schädel. Trotz seiner Krankheit wanderte Esch jeden zweiten Tag in die Lazarettbibliothek. Sie lag im dritten Stock und am entgegengesetzten Ende des Gebäudes. Wenige Bücher las er ganz durch, meistens suchte er bloß Anhaltspunkte für eine Diskussion, und das Opfer seiner Diskutiersucht sollte Teichmann sein. Aber er kam nicht auf seine Kosten, Teichmann verspürte keine Lust, sich mit ihm über Rosenbergs Mythus, Chamberlains Grundlagen und Nietzsches Zarathustra zu unterhalten. Seine Gleichgültigkeit auf diesem Gebiet war Esch unverständlich und ärgerte ihn, und besonders Teichmanns Art, diese Diskussionen zu vermeiden, reizte ihn. Diese Art bestand darin, daß Teichmann ihm in allen Dingen recht gab.

Aber Esch blieb stur, er hatte sich nun mal in den Kopf gesetzt, daß Teichmann an seinen geistigen Ringkämpfen teilnehmen müsse. Jeden Morgen, wenn er die Soldatenzeitung gelesen hatte, reichte er sie Teichmann hinüber und wartete, bis dieser sie durchgeblättert hatte, und dann sagte er: »Was hältst du von der Lage?«

Gewöhnlich sagte Teichmann: »Nichts.«

»Und warum nichts?«

»Weil ich nichts dran ändern kann.«

»Ja – aber unsere Truppen marschieren doch jetzt auf Moskau?«

»Ja. Und wenn sie von Moskau zurückmarschieren würden, kann ich auch nichts machen.«

»Sie werden nie zurückmarschieren.«

»Na also.«

Eines Tages kam er mit einem Abriß der Geschichte der abendländischen Philosophie an Teichmanns Bett und hielt den Finger unter zwei Worte, ob Teichmann ihm sagen könne, was das sei. Teichmann sagte ihm, daß das Griechisch sei und auf dem Tempel von Delphi gestanden habe und zu Deutsch ›Erkenne dich selbst‹ heiße, ausgesprochen werde es: Gnoti sauton.

Diese Auskunft beeindruckte Esch ungeheuer. Er schaute Teichmann anerkennend und zugleich neidisch an: »Ja, sowas geht mir halt ab.«

»Selbsterkenntnis geht den meisten ab, da biste nicht allein.«

»Nein, ich mein', 's Griechische geht mir ab. Muß doch furchtbar sein für einen, der Griechisch und Latein kann, in diesem Milö zu leben. Macht dir das gar nichts aus?«

»Furchtbar waren manchmal die Lehrer, die einem Latein und Griechisch beibrachten. Den Homer im Urtext lesen zu können ist ne feine Sache. Aber von meinen zwanzig Klassenkameraden haben das höchstens drei begriffen, für die andern – ich gehörte zu denen – war's ne Tortur, wie vieles auf der Penne.«

»Aber Mensch, Bildung ist doch immer was wert, da kann man gar nicht genug davon kriegen.«

»Bildung, angelerntes Wissen, ist Quatsch, und Bücherlesen ist vertane Zeit. Tu selbst was, das ist viel wertvoller, wenigstens für dich, als nachzulesen, was andere einem vorkauen. Vom Lesen wirste nicht klüger.«

»Was soll ich denn tun, was wertvoll ist? Um das zu erkennen, muß ich mich doch erst bilden, und deshalb lese ich Bücher.«

»Unsinn. Wenn du jetzt draußen im Garten nen hübschen Blumenstrauß gepflückt und hier auf den Tisch gestellt hättest, dann hätten alle was davon gehabt. Das wär viel wertvoller gewesen, als dicke Schmöker zu lesen.«

»Die andern hätten vielleicht was von den Blumen gehabt, aber nicht ich.«

»Schade.«

»Sag bloß, du würdest gar keine Bücher lesen.«

»Ich les sie zum Vergnügen. 's gibt welche, die kann man zum Vergnügen lesen.«

»Und was hast du außer Blumen sonst noch gern?«

»Ne Maß Bier und Wagnermusik, zum Beispiel.«

»Was? Mensch, Teichmann, das ist vielleicht ne Zusammenstellung.«
»Ich weiß, beides ist nicht sehr fein, aber ich mag's.«
»Weil du beim Biertrinken nichts zu denken brauchst.«
»Vielleicht. Denken ist nicht immer angenehm.«
»Denken ist was Herrliches, da bist du noch zu jung, um das zu verstehen. Übrigens Wagner ist toll, großartig, fabelhaft, ich kann ihn stundenlang hören. Meistersinger ist meine Lieblingsoper –«
»Ist auch Adolf seine.«
»– ja, überhaupt Wagner, alles von Wagner ist Klasse. Aber Bier?«
»Ist auch große Klasse – 's kommt nur drauf an, wie dein Durst ist.«
»Nebenbei bemerkt, damit kein Mißverständnis betreffs Wagner aufkommt: Ich mag nur den Wagner bis zum Parsifal. Der Parsifal kotzt mich an, ich hab zwar nur das Textbuch gelesen, aber 's ist Mist. Den Parsifal nehm ich Wagner übel, aber sonst war er in Ordnung.«
Teichmann sagte sich, du mußt nett zu ihm sein, er kann nichts dafür. Aber es fiel ihm schwer, ihn nicht zu beleidigen. Es gibt zweierlei von der Sorte: die einen, die in ihrer Jugend zu wenig Geld oder zu wenig Grütze im Kopf gehabt hatten, um eine höhere Schule besuchen zu können, halten das im fortgeschrittenen Alter für ein Manko und bekommen Minderwertigkeitskomplexe und versuchen, überhastet und unsystematisch nachzuholen, was sie in ihrer Jugend angeblich versäumt hatten. Und die andern, denen es genau so ging, machen aus ihrem Nichtwissen einen Kult.
Esch gehörte zu den Ersteren. Es gelang Teichmann nicht, ihn von der Oberflächlichkeit angelernter Bildung zu überzeugen. Wenn er beispielsweise sagte, er habe als Seemann lange genug gebraucht, um das, was man ihm bei seiner Erziehung eingetrichtert habe, aus sich herauszuprügeln, und zwar mit eigenen und mit fremden Fäusten, und Leben sei wichtiger als Lernen, Wissen mache lebensuntüchtig, Leute, die im Leben viel erreicht, die Karriere gemacht hätten, wären nie weise gewesen, denn Weisheit mache faul,

und wer erkannt habe, daß alles eitel ist, arbeite nicht mehr, dann erwiderte Esch, Teichmann sei eben ein Zyniker. Einmal sagte er, Teichmann sei profan oder so ähnlich, und als Teichmann ihn fragte, ob er vielleicht frivol meinte, sagte Esch, ja, genau das, das sei der richtige Ausdruck. Teichmann sagte, das liege wohl in seiner Generation, aber innerlich beschäftigte ihn doch die Tatsache, daß ein Mechaniker und ein General in dieser Frage gleicher Meinung waren.

An einem Sonntagmorgen machte Esch die Eröffnung, daß er an einem Buch schreibe. Einen philosophischen Roman werde er es nennen, eine solche Literaturgattung gebe es noch nicht, oder ob Teichmann schon mal etwas von einem philosophischen Roman gehört hätte.

»Nein, bis jetzt nicht.«

»Dann paß mal gut auf. Der Inhalt ist folgender: Es war einmal ein junger Arzt –«

»Wie im Märchen?«

»Unterbrich mich doch nicht. Das ist doch nur der Anfang. Also: der junge Arzt ist sehr fromm, sehr christlich, ein guter Evangelist, der –«

»Du meinst Protestant?«

»Ja, aber ich sag Evangelist, das Wort gefällt mir besser. Jedenfalls war er ein fanatischer Evangelist, der bei allen seinen Handlungen Gott vorher um Rat fragte, und –«

»War er verheiratet?«

»Nein, ich sag doch, er war sehr fromm. Und jetzt hör genau zu: Der Arzt arbeitet in einem Feldlazarett im Frontgebiet. Nach einem feindlichen Angriff werden gleichzeitig – das ist nämlich wichtig, sonst verstehst du den Sinn des Ganzen nicht –, also gleichzeitig werden drei Schwerverwundete ins Lazarett eingeliefert, und zwar ein Protestant – merkst du den feinen Unterschied, den ich zwischen Evangelist und Protestant mache? –, also ein Protestant, ein Katholik und ein Gottloser. Alle drei sind gleich schwer verwundet –«

»Muß man sich das auch merken?«

»Daß sie alle drei gleich schwer verwundet sind? Ja natürlich, das ist das Wichtigste, diese Tatsache mußt du festhalten, denn die Sache wird jetzt etwas kompliziert.«

»Also schieß los. Ich halt fest, was du sagst: Gleichzeitig eingeliefert und gleich schwer verwundet.«

»Bis jetzt ist's dir klar?«

»Vollkommen. Ich sag's sofort, wenn's mir nicht mehr klar ist.«

»Gut. Alle drei sind also gleich schwer verwundet, sind sozusagen kurz vorm Abkratzen, und –«

»*Den* Ausdruck darfste in nem philosophischen Roman nicht bringen.«

»Werd ich auch nicht. Ich schreib 'n gepflegtes Deutsch, etwa im Stil Rosenbergs. Also die drei müssen sofort operiert werden, wenn sie mit dem Leben davonkommen sollen. Und nun kriegt der fromme Arzt Gewissensbisse, er weiß nicht, wen er von den dreien zuerst operieren soll, denn sicher ist, daß der, der zuletzt drankommt, in der Zwischenzeit verbluten wird, und er kann ja jeweils nur einen operieren. Nun steht er also vor der Frage, wen er zuerst drannehmen soll. Du denkst vielleicht, er nimmt den Protestanten? O nein. Das hat der Arzt auch zuerst gedacht, aber dann fiel ihm ein, daß in der Bibel steht, man solle seine Feinde lieben. Aber nun weiß er nicht, wer für ihn, den fanatischen Evangelisten, der größere Feind ist, der Katholik oder der Gottlose. Kurz und gut, weil er sich nicht zu helfen weiß, entschließt er sich, den lieben Gott höchstpersönlich zu fragen. Er kniet nieder – links und rechts von ihm die Schwerverwundeten: eine tolle Szene, was? – und betet. Ob nun Gott dem Arzt nicht gleich die richtige Antwort gab oder ob sonst was dazwischenkam – diese Frage lasse ich für meine Leser offen –, jedenfalls sind alle drei verblutet, als der Arzt mit seinem Gebet zu Ende ist. Den ganzen Vorgang hat aber ein Krankenträger, ein niederer Dienstgrad also, der aber alter Parteigenosse ist, beobachtet und pflichtgemäß weitergemeldet. Nun wird der Arzt wegen grober Vernachlässigung seiner Pflichten oder wegen fahrlässiger Tötung – da bin ich mir noch nicht schlüssig, ob das geht – vor ein Gericht gestellt und verurteilt. Im letzten Kapitel schildere ich dann, wie der Arzt in einer Gefängniszelle sitzt und Kants Kritik der reinen Vernunft liest. Was sagst du dazu?«

»Haste schon nen Titel für dein Buch?«

»Nein, der macht mir die meisten Sorgen, der Titel ist nämlich sehr wichtig. Vielleicht nenn ich's: Der Geist im Zeitalter der Pfaffen. Oder: Die Grundlagen der Vernunft im Zeitalter der Dummheit. Auf jeden Fall muß mein Buch zwei Titel haben, nen Obertitel und nen Untertitel, das macht sich immer gut. Ich trag mich schon ne Weile mit dem Gedanken, als Obertitel: Gott gab's nie! zu nehmen, der Obertitel muß kurz und treffend sein. Was meinst du dazu?«

»Klingt 'n bißchen aggressiv.«

»Aber hört sich gut an.«

»Nenn's doch einfach: Arzt am Scheideweg. Ist vornehm, zurückhaltend, objektiv und endlich mal was Neues.«

»Mensch, das ist's – großartig. Siehst du, auf so nen Titel kommt halt nur 'n gebildeter Mensch. Du überläßt mir also diesen Titel?«

»Gern. Von mir aus kannste ihn ruhig benutzen.«

»Großartig. Ich werd dir ein Freiexemplar mit handgeschriebener Widmung verehren. Das Buch wird lauten: Arzt am Scheideweg oder die Grundlagen der Vernunft im Zeitalter der Dummheit, ein philosophischer Roman von Ernst Esch.«

»Sag mal, woran erkennt eigentlich dein Arzt, daß die drei Schwerverwundeten ausgerechnet 'n Katholik, 'n Protestant und 'n Gottloser sind?«

»Ja so – daran hab ich noch nicht gedacht. Aber das sieht der Arzt, wenn er die Personalien feststellt.«

»Und du meinst, ein Schwerverwundeter sagt dann, er sei gottlos?«

»Warum nicht?«

»Warst du mal schwerverwundet?«

»Ich? Nee. Was hat das damit zu tun?«

»Nichts.«

Schlimm wurde es, wenn Esch von Gott anfing. Er behauptete, Nietzsche irre, wenn er sage, Gott sei tot. Gott habe nie gelebt, sagte Esch, und ein lieber Gott schon gar nicht.

Teichmann gab zu, er habe auch noch nicht viel von ihm gemerkt, aber was nicht ist, könne ja noch werden.
Diese Art zu philosophieren gefiel Esch gar nicht. In seinen Sätzen wimmelte es nur so von Phrasen und Fremdwörtern, und wo er konnte, flocht er Zitate ein. Seine Reden über Gott endeten meistens damit, daß er mit der geballten Faust der Saaldecke drohte und sagte: »Du verdammter Gott, vor dir werd ich niemals zu Kreuze kriechen.« Und manchmal fügte er noch hinzu: »Ich bin nämlich kein Richard Wagner, auf meinen Parsifal kannste lange warten.«
Als er zum erstenmal diese Abschlußgeste vollführte, mußte Teichmann so lachen, daß ihm die Bauchmuskeln weh taten. Einen ganzen Nachmittag lang sprach Esch kein Wort mehr mit ihm.
Im Grunde war Esch ein braver, harmloser Zeitgenosse, dem Bücher in die Hände gefallen waren, die ihn zum wilden Mann gemacht hatten.

›Lieber Teichmann, Ihre Kameraden Heyne und Stollenberg waren bei mir und haben mir von Ihrem Ergehen berichtet. Ich freue mich sehr, daß Sie sich inzwischen wieder einigermaßen erholt haben, und hoffe, daß Sie bald wieder vollständig hergestellt sind. Auch mir geht es gut, nur muß ich künftig meiner Frau diktieren, wenn ich etwas zu schreiben habe (was für den Adressaten den Vorteil hat, daß er wenigstens eine lesbare Schrift vor Augen bekommt). Wenn Sie aus dem Lazarett entlassen sind – vermutlich werden Sie dann nach Flensburg müssen –, kommen Sie doch bitte bei mir in Berlin vorbei, meine Frau und ich würden sich über Ihren Besuch sehr freuen. Mit den besten Wünschen für Ihre weitere Genesung und kameradschaftlichen Grüßen Ihr Wegener.‹
Dieser Brief verursachte Teichmann erhebliches Kopfzerbrechen. Schließlich fand er, daß es vorerst nicht nötig sei, ihn zu beantworten. –
Köhler war entlassen worden, sein Bett blieb leer. Von Stollenberg und Heyne kam manchmal Post. Sie trieben sich in Hamburg herum und wurden dann nach Bremer-

haven kommandiert, wo eine neue Flottille in Dienst gestellt werden sollte. Sie schrieben, es sei nun amtlich, daß sie im Januar auf die Marineschule kämen.

Dann erschien eines Tages Bülow. Er wurde mit einem Wagen in den Saal gefahren, oberhalb der Knie waren seine Beine amputiert. Sie spielten Schach. Teichmann ließ ihn meistens gewinnen, weil er sich dann freute, und das war seine einzige Freude. Zur Entspannung spielten sie auch Binokel auf Tausend, und dann fuhr Bülow wieder in sein Zimmer.

Als Teichmann zum erstenmal aufstehen durfte, machte er eine jämmerliche Figur und kam mit Mühe und Not bis zum Waschraum. Zwei Tage später schaffte er es bis zum Bestrahlungszimmer, wo er dreimal wöchentlich antreten mußte. Als er dann einigermaßen gehen konnte, fuhr er Bülow im Garten spazieren.

Es war nicht schön im Garten. Es war Spätherbst, und der Garten war verwahrlost und kahl, man konnte sich an nichts freuen, und immer allein die Unterhaltung bestreiten zu müssen, machte kein Vergnügen. Manchmal stritten sie sich über den Zweck eines kleinen grauen Hauses, kaum größer als ein Gartenhaus, aus dessen Schornstein ab und zu Rauch kam. Bülow behauptete, das sei das Krematorium, dort würden die Leichen verbrannt, auch von ihm sei einiges dort verbrannt worden. Er ließ sich das nicht ausreden. Das war alles, worüber sie sich unterhielten. Vielleicht wird's besser, wenn er zu Hause bei seinen Leuten ist, vielleicht können die ihn wieder aufmöbeln, hoffte Teichmann.

Sein Seltenheitswert im Saal war im Schwinden begriffen. Zwei Flieger waren eingeliefert worden, sie hatten sich verfranzt und bei der Notlandung Bruch gemacht. Der eine starb zwanzig Stunden nach seiner Einlieferung, der andere schrie eine Nacht und einen Tag lang und nochmal eine Nacht lang – Morphium sei nicht vorhanden, sagte die Stationsschwester, es sei auch ungesund – und dann war er übern Berg.

An Tagen, an denen Bülow nicht ausfahren wollte, schaute sich Teichmann die Stadt an und kaufte für seine Kamera-

den Dinge ein, die sie ihm aufgeschrieben hatten. Viel war in Rennes nicht zu bekommen, und die Frauen, die zahlreich und billig waren, konnte er nicht für sie kaufen, davon hatten sie nichts. Die Putzfrauen, die Dr. Weckerlin im Rahmen seiner Beruhigungstherapie zur Verfügung stellte, nutzten ihr Monopol schamlos aus und waren sehr teuer. Dadurch wurde ihr Zweck ins Gegenteil verkehrt, die Landser sahen täglich Fleisch und bekamen keins und schliefen noch unruhiger, während die Preise stiegen.
Dann kam Weihnachten.
Die Weihnachtspakete waren einige Tage früher eingetroffen und ausgegeben worden. Teichmann erhielt drei Pakete. Von Stollenberg und Heyne je eins, und das dritte kam aus Berlin. Es war ein sehr schönes Paket, mit Tannengrün, Weihnachtspapier und goldenen Bändern und einem Brief, der wieder so abgefaßt war, als habe ihn Wegener selbst geschrieben. Er wiederholte seine Einladung, und seine Frau und er wünschten ihm frohe Weihnachten und alles Gute fürs neue Jahr.
Am 23. morgens sollte Bülow nach Deutschland transportiert werden. Um fünf Uhr früh fand ihn Schwester Berta auf dem Boden vor seinem Bett. Mit einer Rasierklinge hatte er sich einen Schnitt vom rechten Ohr bis zur Gurgel beigebracht. Dr. Weckerlin nähte ihn und machte eine Bluttransfusion.
Auf Bülows Nachttisch lag ein Brief, der an Teichmann adressiert war. Teichmann überlegte lange, was er mit dem Brief anfangen sollte, es stand nichts davon drauf, daß er erst nach Bülows Tod zu öffnen sei. Als abends Bülow sein Bewußtsein noch nicht wiedererlangt hatte und Dr. Weckerlin meinte, er könne nicht mehr helfen, öffnete Teichmann den Brief. Bülow schrieb, er habe so handeln müssen, man habe ihm ja nicht nur die Beine abgenommen, er könne niemandem zumuten, ihn als Mann zu achten, und dann lag ein kleiner Brief bei, der an ein Fräulein Sowieso gerichtet war. Teichmann behielt ihn vorerst mal bei sich.
Für den 24. vormittags hatte sich ein Generalarzt angesagt. Um sechs Uhr morgens wurde geweckt. Die Franzö-

sinnen mußten den Saal auf Hochglanz polieren. Die Betten wurden frisch überzogen, auf einige Nachttische kamen Kakteen. Die Patienten sollten sich besonders sorgfältig waschen und rasieren und sich die Haare kämmen, ließ der Oberstabsarzt verkünden.

Die Bettlägerigen waren schon am Abend vorher rasiert worden. Die Ärzte erörterten nun die Möglichkeit, daß der Generalarzt statt wie vorgesehen um zehn Uhr einige Stunden später oder erst am Nachmittag eintreffen könnte. Für diesen Fall, beschlossen sie, müßten die Bettlägerigen nochmal rasiert werden.

Kurz vor acht Uhr kam der Oberstabsarzt und nahm an den Künstlermähnen einiger Patienten Anstoß. Der Frisör wurde herzitiert, und die Kranken mußten Haare lassen. Auch die Ärzte hatten sich schön gemacht und sahen in ihren frischgewaschenen Kitteln wie Frisörstifte aus. Sie gingen von Bett zu Bett und lernten die Krankheiten ihrer Patienten auswendig, deutsch und lateinisch. Die Schwestern trugen frische Schürzen, Schwester Berta zur Feier des Tages einen Büstenhalter.

Bis neun Uhr blieb Teichmann im Bett liegen. Dann stand er auf, und da kam der Assistenzarzt gerade durch den Saal gerannt und sagte: »Für Sie wird's ja langsam Zeit.«

»Jawohl, Herr Feldunterarzt«, sagte Teichmann. Der Arzt hatte einen Pick auf ihn, weil er Mariner war. Solche Leute gab's auch.

In den Waschraum kam Teichmann noch früh genug, um zu sehen, wie sich einer mit der Französin auf dem Tisch zu schaffen machte. Der Mann war ärgerlich, Teichmann kam anscheinend fünf vor ganz. Er wollte gerade sagen, du hast vielleicht Nerven, aber weil es Esch war, sagte er nur, er solle sich nicht stören lassen und eben einen neuen Anlauf fahren, wenn er sich gewaschen habe. Esch meinte, es sei nicht so wichtig, er hätte es nur mal ausprobieren wollen und weil heute Weihnachten sei. Dann stritt er sich mit der Französin über den Preis, er wollte so gut wie nichts zahlen, weil es nicht funktioniert habe, aber sie sagte, dieses Risiko hätte er vorher einkalkulieren müssen. Esch sagte, sie solle zufrieden sein, heute werde es

außer ihm keiner mit ihr machen. Daraufhin zog er seinen Parteirock an und verschwand.
Nachdem Teichmann sich gewaschen hatte, legte er sich wieder ins Bett. Auch Esch hatte sich niedergelegt. Er sagte zu Teichmann, man müsse alles mal mitgemacht haben, um sich ein Urteil bilden zu können, er habe es sozusagen studienhalber gemacht. Die Französinnen seien doch große Schweine. Und dabei habe sie ganz gut Deutsch gekonnt, es sei ihm rätselhaft, auf welche Weise sie so gut Deutsch gelernt habe, er könne sich gut vorstellen, wie schwer die deutsche Sprache für einen Romanen sei, nun, die gebildeten Gallier hätten ja stets eine Vorliebe fürs Deutsche gehabt, für die germanische Tiefe, für das Seelenvolle und die Innerlichkeit des deutschen Menschen, weil sie selbst oberflächlich seien, ausgesprochen dumm seien sie ja nicht, aber eben ohne Tiefgang und verkommen, und dann sprach er über Romain Rolland.
Der Generalarzt kam nicht um zehn Uhr, nicht um zwölf Uhr, auch nachmittags nicht, er kam überhaupt nicht. Er käme aber morgen, ließ er sagen.
Zur Weihnachtsfeier wurde ein Baum aufgestellt, O Tannenbaum gesungen, ein katholischer und ein protestantischer Pfarrer hielten eine schnelle Rede, und währenddessen las Esch in Rosenbergs Mythus. Er hielt das Buch so, daß es jeder sehen konnte. Danach wurde Stille Nacht, heilige Nacht gesungen, und dann war die Sache vorbei.
Im Laufe der Nacht waren einige betrunken, darunter auch Teichmann. Er konnte es sich leisten, Schwester Margot war im Urlaub.
Am ersten Weihnachtsfeiertag erwachte Bülow für wenige Minuten. Abends war er eine halbe Stunde bei Bewußtsein. Die Ärzte sagten, er habe es geschafft.
Der Generalarzt kam. Am zweiten Feiertag Punkt zehn Uhr war er da. Nachdem die Ärzte am Vortag wiederum vergeblich auf ihn gewartet hatten, waren sie, als er endlich erschien, unvorbereitet.
Der Generalarzt war sehr großzügig, er überhörte, daß erst ›Achtung‹ gerufen wurde, als er bereits mitten im Saal stand. Chefarzt, Oberarzt und Stationsarzt und ein halbes

Dutzend Assistenzärzte rannten hinter ihm her. Der General nahm wenig Notiz von ihnen, er sagte nach jeder Meldung Danke und ging im Eiltempo an den Betten vorbei. Nur einmal blieb er stehen, weil ein Mann aufrecht im Bett saß. Er wollte wissen, was mit dem Mann los sei, und als man es ihm sagte, bekam er einen roten Kopf. Zu allem Unglück rief der Mann eine Minute später unverschämt laut, er sei fertig, und Schwester Lisbeth mußte die Bettschüssel hinter dem Rücken des Generalarztes zum Saal rausjonglieren.
Als der Generalarzt seine Runde gedreht hatte, räusperte er sich und sagte mit belegter Stimme: »Wünsche frohe Weihnachten.«
Das war nett von ihm, die Soldaten hätten gern Danke gesagt und ihm das gleiche gewünscht, aber die Dienstvorschrift ließ das nicht zu. Sie verbot Untergebenen, sofern sie keine Offiziere waren, sich bei Vorgesetzten mit Worten zu bedanken. Sie schrieb vor, daß man in solchen Fällen stillzustehen habe. So blieben sie eben in ihren Betten in strammer Haltung liegen. –
Zwei Tage später konnte Teichmann sich mit Bülow ein bißchen unterhalten. Danach ging er in den Garten und verbrannte Bülows Briefe. Später ging er nochmal zu Bülow und erzählte ihm, daß in dem Haus, über dessen Zweck sie sich gestritten hatten, schmutzige Mullbinden verbrannt würden. Bülow glaubte es.

11

Von der Marineschule in Flensburg-Mürwik hatte man ihnen Wunderdinge erzählt, die besten Offiziere der Marine wirkten dort als Lehrer, man werde wie ein denkender Mensch behandelt, überhaupt könne man dort zeigen, was man unter der Mütze habe. –
Der erste Rapport Teichmanns kam so zustande:
Als sie hereinkamen, empfing sie ein Fähnrich am Treppenaufgang und wies ihnen ihre Stuben zu. Stollenberg mußte in den Ostflügel des Gebäudes, wo die 2. Kompanie hauste,

Teichmann und Heyne kamen in den Westflügel, sie gehörten zur 3. Gruppe der 1. Kompanie. Teichmanns Stubenbelegschaft bestand aus vier Seekadetten und einem Ing.-Kadetten. Sie hatten einen Wohnraum und einen Schlafraum und gemeinsam mit der Nachbarstube, in der Heyne untergebracht war, einen Waschraum. Während Teichmann damit beschäftigt war, seine Sachen im Spind zu verstauen, wurde die Tür aufgerissen und jemand brüllte: »Ein Mann.« Teichmann ging raus. Im Zimmer brannte Licht, der Flur lag im Dunkeln, er konnte nicht gleich erkennen, wen er vor sich hatte. Die Folge war, daß der Unbekannte weiterbrüllte. Soviel Teichmann verstand, befahl er ihm, sich mit gepacktem Seesack zu melden, er werde ihm schon beibringen, wie man Vorgesetzte zu grüßen habe. »Ich bin der Oberleutnant zur See Wißmann, merken Sie sich das.«
Teichmann nahm sich vor, sich diesen Namen zu merken, er hätte es auch ohne diese Aufforderung getan. Bevor er jedoch seine Sachen wieder in den Seesack packen mußte, befahl ihm Wißmann, seine Offizierswohnung abzublenden, deshalb habe er nämlich nach einem Mann gerufen. Teichmann ging in Wißmanns Zimmer, das sich am Ende des Flurs befand, und befestigte Pappscheiben an den Fenstern. Als er sich anschließend mit gepacktem Seesack bei Wißmann meldete, brüllte der wieder:
»Haben Sie alle Ihre Klamotten im Seesack?«
»Jawohl, Herr Oberleutnant.«
»Bei euch Burschen bin ich mißtrauisch, ich werd mal kontrollieren.«
Teichmann mußte den Seesack wieder auf seine Kammer tragen, Wißmann ging mit. Er ließ sich das Spind zeigen. Es war leer.
»Das ist Ihr Glück, sonst hätt ich Sie gleich am ersten Tag zum Rapport gestellt. Jetzt drehen Sie eine Runde um die Marineschule, in spätestens drei Minuten sind Sie wieder hier.«
Teichmann nahm seinen Seesack auf den Buckel und lief los. Er dachte nicht daran, sich nach der Uhr des Herrn Wißmann zu richten, und machte es auf die gemütliche Tour.

Als er wieder im Flur erschien, wurde er mit Gebrüll empfangen: »Kommen Sie her, Sie Kerl, aber 'n bißchen dalli, sonst zieh ich Ihnen die Hammelbeine lang.«
Wißmanns Gesicht war knallrot vor Zorn. Mit Daumen und Zeigefinger hob er einen Rasierapparat in die Höhe und hielt ihn Teichmann unter die Nase: »Was ist das? Können Sie mir sagen, was das ist?«
Im Waschraum hatte jeder Kadett ein kleines Holzregal, wo das Waschzeug aufbewahrt wurde. Daran hatte Teichmann nicht gedacht, und er hätte das nun gern dem Herrn Wißmann gesagt, aber der ließ ihn nicht zu Wort kommen.
»Zu allem hin sind Sie also auch noch ein Lügner. Na, Bursche, ich werd Sie schon zur Raison bringen. Nochmal eine Runde.«
Es wurden drei Runden, weil ihm Teichmann nicht schnell genug lief. Dann durfte er seinen Seesack wieder auspacken. Das ging Wißmann zu langsam, er brüllte: »Packen Sie Ihr Zeug wieder ein und drehen Sie noch ne Runde.«
»Ich dreh keine Runde mehr«, sagte Teichmann. Die ganze Auseinandersetzung fand zwischen Tür und Angel statt, die Kadetten auf den andern Stuben hörten sich den Klamauk an.
Eine solche Antwort war Wißmann neu. Er stutzte einen Augenblick, dann sagte er mit bebender Stimme, aber leise: »Wissen Sie, was Sie eben getan haben?«
»Jawohl, Herr Oberleutnant, das war eine Befehlsverweigerung. Aber ich komme aus dem Lazarett, und ich habe keine Lust, mich hier so behandeln zu lassen, daß ich morgen wieder ins Lazarett muß.«
»Wozu Sie Lust haben und wozu nicht, interessiert keinen Menschen. Und weswegen waren Sie eigentlich im Lazarett?«
»Ich war verwundet.«
»So, Sie waren verwundet, so – gestatten Sie eine Frage, mein Herr: warum tragen Sie Ihr Verwundetenabzeichen nicht?«
»Das ist auf dem Kulani meiner Ausgehuniform, und die ist im Seesack.«
»Ach, was Sie sagen. Wissen Sie nicht, daß Sie den kleinen

Dienstanzug anzulegen haben, wenn Sie zur Meldung bei einem Offizier befohlen sind?«

»Nein, das ist mir neu.«

»Dann sage ich Ihnen das hiermit, und ich mache Sie ferner darauf aufmerksam, daß zum kleinen Dienstanzug Orden und Ehrenzeichen gehören. Ich kann nicht riechen, daß Sie verwundet waren, verstanden? Und im übrigen werde ich Sie zum Rapport melden.«

Es klingelte zum Abendessen.

Im Speisesaal verbrachten sie eine Viertelstunde im Stehen. Dann erschien ein Offizier, ging an den Tischen entlang, sah sich die Fingernägel einiger Kadetten an und verwies zwei aus dem Saal, ging zum Offizierstisch, nahm einen Holzhammer, haute mit ihm auf den Tisch und sagte: »Mahlzeit.« Die Kadetten durften sich setzen und Roterübensalat, Brot und Backsteinkäse essen. –

Am andern Morgen erhielt Teichmann beim Rapport einen Verweis durch den Kompaniechef.

Der zweite Rapport Teichmanns kam so zustande:

Der Kompaniechef hielt eine Begrüßungsansprache, und er war ein beleibter Herr und hatte dicke Pausbacken, von weitem sah sein blühendes Kindergesicht wie die Engelsgesichter Raffaels aus, nur daß die Oberfläche seines Kopfes kahl war, und außerdem war er etwas dumm. Seine Rede begann er mit folgenden Worten: »Meine Herren, einige von Ihnen kommen aus Frankreich, es ist aber nicht so, daß man mindestens siebenmal den Tripper gehabt haben muß, um ein guter Seemann zu sein. Ich heirate demnächst... Da gibt es gar nichts zu lachen, zum Donnerwetter. Das steht natürlich in keinem Zusammenhang mit dem, was ich vorhin... Na, jedenfalls, Ihnen wird das Lachen auch noch vergehen... Ich meine natürlich, nicht im Hinblick auf eine eventuelle Eheschließung... Verbitte mir jeden zweideutigen Gedanken... Ich wollte doch nur darauf hinweisen, daß Sie sich stets auf Ihre künftige Ehe vorbereiten müssen, denn ich sage Ihnen, auch Sie werden einmal heiraten müssen... Äh, natürlich nicht müssen, nicht in dem Sinn... Nur wenn Sie wollen, wenn

Sie dazu reif ... Jawohl, das Marineoffizierkorps hält auf Sauberkeit, innen wie außen, verstanden. Heirat ist für einen Marineoffizier die einzige und einmalige Gelegenheit, Kinder zu bekommen ... Unterlassen Sie Ihr blödes Gelächter. Ich verbitt mir das gefälligst. Sie sind einfach kindisch. Sie sind noch gar nicht reif genug für ein ernstes Gespräch. Ich werde mir das merken ... Ich meine natürlich für die Frauen der Offiziere ist das die einzige Möglichkeit, um Kinder zu bekommen ... Es gibt noch so viele wertvolle Frauen, auch hier in Flensburg ...« Es endete mit einem dreifachen Sieg-Heil auf den Führer.

Teichmann hatte nicht am lautesten gelacht, aber seine Baßstimme war dem Redner aufgefallen, zumal er rechter Flügelmann war und der Kompaniechef ihn bereits kannte. Er wurde zum Rapport befohlen.

Im Laufe des Tags erschien auf seiner Stube ein Fähnrich des vorangegangenen Lehrgangs und verkümmelte seinen MWP samt Gebrauchsanweisung gegen zwei Schachteln R 6 an Ramer. MWP war die Abkürzung für Marinewanderpreis, und damit waren jene Mädchen gemeint, die an den Tanzkursen der Marineschule teilnahmen und einen gewissen Seltenheitswert besaßen, weil für die Kadetten nicht genügend Tanzstundendamen in Flensburg vorhanden waren. Sie wurden von Lehrgang zu Lehrgang weitergereicht und wurden dadurch nicht jünger. Aber Ramer hatte allen Grund, über seinen Geschäftsabschluß mit dem Fähnrich zufrieden zu sein, denn er sah sehr unvorteilhaft aus. Er war von zwerghafter Gestalt, hatte ein feistes Gesicht mit einer Knollennase, die in den Himmel sah, einen Mund wie eine Kaulquappe und auf seinem Wasserkopf Stoppelhaare von Streichholzlänge, und wenn er ging, hatte man den Eindruck, daß er seinen Kopf ausbalancieren mußte, damit er ihm nicht runterfiel.

Ferner konnte der Fähnrich die Texte der Kommandeursansprachen liefern. Die Ansprachen des Kommandeurs seien bei jedem Lehrgang die gleichen, sagte der Fähnrich, und deshalb sei es amüsant, an Hand des bekannten Textes nachzuprüfen, wieviel Fehler der Kommandeur mache, wenn er seine drei obligatorischen Reden halte, bei der Be-

grüßung, bei der Beförderung zum Fähnrich und nach der Abschlußprüfung. Aber der Fähnrich bekam seine Texte nicht los, niemand interessierte sich dafür.
Übrigens, mit Ramer sollten sie wenig Freude haben: nachdem er seinen MWP samt Gebrauchsanweisung in der Tasche hatte, holte er einen dicken Wälzer aus seinem Spind und büffelte Kisuaheli, und das tat er laut. Er war nämlich fest davon überzeugt, daß er der richtige Mann für den Gouverneursposten in Deutsch-Ostafrika sei, und daß die ehemaligen Kolonien nach dem Krieg heim ins Reich kommen, war für ihn eine Tatsache, an der es nichts zu rütteln gab. Aber er hatte gleich mehrere Ticks, die das Zusammenleben mit ihm erschwerten, er hielt sich nicht nur für den kommenden Mann in Afrika, sondern auch für einen großen Säufer. Es genügte aber schon eine halbe Flasche Schnaps, um ihn blau zu machen. Wenn er dann von seinen Sauf-Safaris zurückkam, mußten ihn seine Kameraden ausziehen, kalt abduschen und ins Bett legen, und dabei spuckte er regelmäßig den Schnaps wieder aus. Sein dritter Tick war seine Waffensammlung, die angeblich vierzig Gewehre und dreiundsiebzig Pistolen umfaßte. Glücklicherweise hatte er sie zu Hause lassen müssen. Wie sehr er das bedauerte, konnten seine Stubenkameraden täglich von ihm hören. –
»Wir kennen uns ja bereits«, sagte der Kompaniechef anderntags beim Rapport und bestrafte Teichmann mit einem strengen Verweis.

Der dritte Rapport Teichmanns kam so zustande:
Er verging sich gegen die Tradition, und ohne diese Tradition wäre von der ganzen Marineschule nicht mehr viel übriggeblieben.
Sie begann bei den einzelnen Waffengattungen. Es kam ganz darauf an, auf welcher Einheit der Taktiklehrer gefahren war. Hatte er auf einem Schlachtschiff gedient, waren diese Schiffe traditionsgemäß das Rückgrat der deutschen Marine, war er aber auf einem Torpedoboot gefahren, dann waren diese Boote traditionsgemäß das Rückgrat der deutschen Marine, und ebenso war es bei den Zerstörer-

fahrern. Bei der U-Bootwaffe war kein Taktiklehrer gewesen. Und so ließen sie im Unterricht Aufklärungsstreifen aus mehreren Schlachtschiffen, Flugzeugträgern, diversen Kreuzern und einem Dutzend Zerstörer bilden. Daß die Marine in jener Zeit keinen Flugzeugträger und bestenfalls zwei kleine Schlachtschiffe und drei oder vier Kreuzer in Dienst hatte, störte die Herren nicht im geringsten.
Teichmanns Gruppenoffizier paßte vorzüglich in diese Gesellschaft. Sein Steckenpferd war Benehmen gegen Vorgesetzte innerhalb und außerhalb der Gesellschaft. Die Kadetten übten, wie man zwei Paare miteinander bekannt macht, wenn man nicht weiß, welche der Damen die ältere ist, und da der Gruppenoffizier verheiratet war, brachte er seine Frau mit, und die Kadetten mußten sich bei der gnädigen Frau im Handkuß üben.
Ein weiteres Anliegen des Gruppenoffiziers galt dem Äußeren der Kadetten. Er achtete streng darauf, daß sie sich stets traditionsgemäß kleideten. Sie mußten eine scharfe Bügelfalte in der Hose haben, und als sie Fähnriche waren, mußten sie sich einen weißen steifen Kragen umbinden. In dieser Aufmachung mußten sie zweimal in der Woche mit holländischen Gewehren Griffe klopfen. Es gehörte ferner zur Tradition, daß man im Dienst keine Halbschuhe trug, sondern die Marineoffizierseinheitsschnürstiefel. Traditionell war auch das Tragen eines schmalen weißen Halstuchs, wenn man im Mantel ausging. Wann man im Kulani oder Mantel auszugehen hatte, bestimmte der Marinestandortälteste, seine Anweisung war bindend, gleichgültig ob es regnete oder die Sonne schien.
An einem schönen sonnigen Samstagnachmittag ging Teichmann ohne Kulani aus, aber weil es den Marinestandortältesten an diesem Tage fror, hatte er als Ausgehanzug den Kulani befohlen, und Teichmann kam zum Rapport und wurde mit einem Tag Arrest bestraft.

Sie standen vor Wegeners Haus. Heyne läutete.
Am 20. April waren sie zu Fähnrichen befördert worden, und nun waren sie im Sonderzug nach Berlin gefahren, um

sich eine Rede ihres Obersten Befehlshabers anzuhören. Den ersten Abend in Berlin hatten sie im Kakadu verbracht. Am nächsten Morgen waren sie in den Sportpalast marschiert, hatten sich eine Führerrede angehört und hatten auf Kommando Heil-Rufe erschallen lassen. Nachmittags hatten sie sich im Staatstheater ›Julius Caesar‹ angesehen, und insofern hatte sich die Reise gelohnt. Mit drei Blumensträußen bewaffnet fuhren sie anschließend nach Dahlem, sie waren zum Abendessen eingeladen.

Teichmann hatte Angst. Verdammt nochmal, sagte er zu sich. Zu mehr reichte es nicht. Er hatte sich weder für Wegeners Brief noch für das Weihnachtspaket bedankt, und das war noch das wenigste. Am liebsten hätte er sich krankgemeldet.

Es war mehr als Angst, es war Verzweiflung. Ich bin ein Idiot, sagte er sich, aber damit war gar nichts gesagt. Ich muß mich zusammenreißen, sagte er sich, aber er stellte fest, daß ihm das Einatmen schwerfiel und sein Gesicht feucht wurde, obwohl das Wetter windig und kühl war und seine Knie leichter nachgaben als sonst. Es war wie früher, zu Beginn seiner Schulzeit, als er seinen Schulweg in Angst und Schrecken zurücklegte, weil er ein schlechter Schüler war und die Lehrer mit dem Stock draufhauten, und es fiel ihm ein, daß er auf dem Schulweg vor sich hin gebetet hatte, um seine Angst zu verscheuchen und nichts denken zu müssen. Aber diese Methode funktionierte jetzt nicht mehr.

Er bemühte sich, dem Gespräch seiner Kameraden, die sich über die Aufführung im Theater unterhielten, zu folgen, und plötzlich leuchtete ein Satz in seiner Erinnerung auf: Von allen Wundern, die ich je gehört, scheint mir das größte, daß sich Menschen fürchten. Er war froh, daß er diesen Satz gefunden hatte, und er versuchte, ob er auch noch in Englisch ging: Of all the wonders that I yet have heard, it seems to me most strange that men should fear – jawohl, er ging, er konnte ihn noch, und jetzt sagte er ihn vor sich hin, Deutsch und Englisch, und das machte er so lange, bis sie vor Wegeners Haus standen, und dann war es aus, Shakespeare half nichts mehr, Teichmann kam sich

sehr elend und zugleich sehr lächerlich vor. Und bei all seiner Jämmerlichkeit hatte er eine Wut auf Heyne, der sie telefonisch angemeldet hatte, ohne ihn zu fragen. Aber die Wut mußte er jetzt runterschlucken, er hoffte auf Stollenberg, der hat mehr Taktgefühl als Heyne, dachte er.
Es summte, Heyne öffnete die Gartentür. Sie gingen durch den Garten aufs Haus zu. Im Garten kamen sie an einem Fliederbaum vorüber, Teichmann sah, daß sein Fliederstrauß und der Baum die gleiche Farbe hatten, und er wußte nun, was er sagen konnte, wenn er bei der Begrüßung nicht weiterkam.
Unter der Haustür erwartete sie eine Frau. Als sie näher kamen, stellte sie sich als so eine Art Pflichtjahrmädchen heraus. Sie legten Mütze, Handschuhe, Dolch und Unterschnallkoppel an der Garderobe ab und wickelten die Blumen aus dem Papier, und dann stand Frau Wegener vor ihnen. Teichmann sah sie nicht, aber er wußte, daß sie da war. Er knüllte das Einschlagpapier der Blumen fest zusammen und hielt den Knäuel noch einen Augenblick lang in der Faust, als könne er sich nur schwer von ihm trennen.
Heyne und Stollenberg wurden zuerst begrüßt – sie trug eine hochgeschlossene Bluse aus weißer Seide, einen schwarzen Rock und einen breiten weinroten Ledergürtel –, Teichmann zuletzt. Er machte seine Verbeugung etwas tiefer als die andern und ließ sich Zeit dazu, er brauchte ihr dabei nicht in die Augen zu sehen. Ihre Hand kam ihm klein und ungewöhnlich heiß vor, ihre Fingernägel waren kürzer als früher. Er sprach kein Wort. Stollenberg, auf dessen Taktgefühl er gesetzt hatte, war wie immer errötet und sagte: »Gnädige Frau, er hat seinen Strauß nicht in Ihrem Garten gepflückt.« Frau Wegener lachte und meinte, dazu sei es wohl noch zu hell am Tag und der Fliederbaum sei auch etwas zu hoch für ihn. Teichmann könne ja klettern, sagte Heyne. Blöder hätte die Begrüßung nicht ausfallen können, dachte Teichmann, er hätte am liebsten alles kurz und klein geschlagen, und er schwor sich, so was nicht mehr mitzumachen.
Sie wurden in ein Zimmer geführt, in dem ein Flügel

stand, und Landschaftsbilder hingen an den Wänden, eines war von C. D. Friedrich. In einer Ecke hing ein Porträt von Brahms. Frau Wegener öffnete eine Schiebetür, Teichmann hörte, wie sie sagte: »Deine jungen Kameraden sind da.« Was dann noch gesprochen wurde, war nicht zu verstehen.
»Mein Mann kommt gleich«, sagte sie, als sie zurückkam, und forderte zum Sitzen auf. Heyne führte das große Wort. Frau Wegener schien es zu gefallen. Sie rauchten Zigaretten, Teichmann wagte nicht, sich eine Zigarre anzustecken, und sie tranken Cognak aus kleinen Gläsern, in denen er wie flüssiges Gold aussah. Frau Wegener rauchte nicht, sagte aber, sie rieche Tabak gern. Sie behandelte ihre Gäste alle gleich gut und gleich freundlich, und sie machte es Teichmann leicht, sie tat, als sähen sie sich zum erstenmal im Leben. Er war im Zweifel, ob sie nur eine virtuose Schauspielerin war oder ob für sie kein Grund mehr bestand, etwas zu überspielen. Jedenfalls machte sie ihre Sache gut, machte sie so gut, daß sie ihm wie eine fremde Frau vorkam. Nur ihr Parfüm war das gleiche geblieben und ihre Schönheit. Er fand, daß sie es ihm zu leicht machte, und als sie einmal laut lachte, ärgerte ihn das. Aber wenn er sie ansah, hatte er keine Zeit mehr, sich zu ärgern.
Wegener trug einen dunkelblauen Zivilanzug, der sich kaum von der Marineuniform unterschied, und hatte seine Tabakpfeife im Mund. Trotzdem kam er Teichmann völlig verändert vor: die dunkle Brille vor seinen Augen gab ihm ein anderes Gesicht.
»Na, Teichmann, wie geht's?«
Teichmann ging auf Wegener zu, und als er vor ihm stand und die Hand ausstreckte, sah er, daß die Ärmel leer waren. Er mußte schlucken. Er fühlte, wie er langsam in die Knie ging, wenn er sich jetzt nicht eisern zusammenriß. Er wußte nicht, was er tun sollte, und vor Hilflosigkeit wurde er rot. Diese Begrüßung war schlimmer als alles andere, vor dem er Angst gehabt hatte.
Ehe er eine weitere Dummheit machen konnte, trat Frau Wegener zwischen sie und sagte zu ihrem Mann: »Dein

Diener muß noch lernen, Krawatten richtig zu binden.« Sie nahm ihm die Pfeife aus dem Mund und gab sie Teichmann zum Halten und band die Krawatte von neuem. Teichmann war es, als ob er einen Verbündeten bekommen habe.

»Ja, meine Herrn, ich hab mir nen Kammerdiener zugelegt. Ist ne feine Sache, so'n Mann, man braucht fast nichts mehr selbst zu machen«, sagte Wegener, und zu Teichmann: »Wenn Sie schon meine Pfeife haben, dann stopfen Sie mir mal den Tabak fest, sonst liegt er nachher auf dem Teppich, und das mag meine Frau nicht.«

»Auf dem Rauchtisch liegt ein Pfeifenstopfer«, sagte Frau Wegener.

Teichmann drückte den Tabak mit dem Daumen runter und steckte dann die Pfeife Wegener wieder zwischen die Zähne.

»Nun erzählen Sie mal, was Ihnen des Kaisers Lieblingswaffe inzwischen geboten hat«, sagte Wegener, seiner Stimme war anzuhören, daß er lustig sein wollte.

Teichmann erzählte von seinem Aufenthalt im Lazarett, und dabei bedankte er sich für das Weihnachtspaket, er habe sich sehr darüber gefreut, sagte er, ohne Frau Wegener anzusehen, und im Verlauf des Gesprächs kam ihm der Gedanke, auch einiges über Dr. Weckerlins originelle Therapie zu erzählen. Er wußte, daß das kindisch und unangebracht war, er fand auch nicht die richtigen Worte für eine derartige Schilderung, und als Frau Wegener in die Küche ging, hatte er keine Lust mehr, etwas von dieser Seite des Lazarettlebens zu berichten.

Das Essen war friedensmäßig. Frau Wegener besaß ein Gut in der Nähe von Eberswalde, sie könnten mit ruhigem Gewissen essen, sagte sie und nahm ihrem Mann die Pfeife aus dem Mund und gab ihm vom Essen auf ihrem Teller. Die Fähnriche aßen langsam. Als sie aufs Wohl der Gastgeber tranken, hielt Frau Wegener zwei Gläser in ihren Händen.

Nach dem Essen entspann sich eine lebhafte Unterhaltung, sie wurde fast ausschließlich von Wegener und Heyne bestritten. Trotz der Anwesenheit Frau Wegeners, die Teichmann sehr in Anspruch nahm und anfangs vom Gespräch ablenkte, obwohl sie nichts tat und nur dasaß, mußte er sich gestehen, daß das Gespräch ihn fesselte, und er wunderte sich, was Heyne alles über die Marine wußte, Dinge, von denen er bisher nichts verlauten ließ, auch im engsten Kameradenkreis nicht. Seiner Mentalität gemäß griff er an, und zwar so ziemlich alles, was bei der Marine hoch- und heiliggehalten wurde. Seine Angriffe waren geistreich und scharf, und als er mal übers Ziel hinausschoß, korrigierte ihn Wegener, der ihm im übrigen gelassen zuhörte. Mit schreckhafter Überraschung erkannte Teichmann, daß Wegener keineswegs eine grundlegend andere Meinung hatte als Heyne, denn als Heyne den Geist der Marineschule zur Zielscheibe seines Spotts machte – mit einer Ironie, die zwischen Sarkasmus und Zynismus pendelte –, sagte Wegener: »Sie müssen gerecht bleiben, Heyne. Dieser Traditionsfimmel der Marine ist psychologisch bedingt, er entspringt einem Minderwertigkeitskomplex. Sehen Sie: in einem Land, in dem seit Jahrhunderten in allen militärischen Bereichen das Heer den Ton angibt und auf eine echte, auch vom Ausland bewunderte Tradition zurückblicken kann, war es für eine junge Waffengattung wie die Marine nicht leicht, sich Geltung zu verschaffen. Zu Kaisers Zeiten wurde die Marine in übersteigerter Form und in ungesundem Tempo hochgepäppelt und populär gemacht. Wer sie kritisierte, beging beinahe eine Majestätsbeleidigung. Nun gebe ich zu, daß sie in Tirpitz einen Mann besaß, der, was Intelligenz betraf, seine Kollegen vom Heer in die Tasche steckte. Damit will ich nicht sagen, daß seine außenpolitischen Ambitionen richtig waren, aber er war, glaube ich, der einzige überragende Kopf, den die Marine bis heute hervorgebracht hat. Lesen Sie mal seine Erinnerungen –«

»Ich kenn sie«, sagte Stollenberg etwas übereifrig und errötete dann, obwohl Wegener ihn nicht sehen konnte.

»Na also. Und nachdem der Kaiser abgetreten war, blieb von der Marine nicht mehr viel übrig. Was sie an Erfolgen im Weltkrieg errungen hatte, wurde in den ersten Nachkriegsjahren – das übersehen heute viele Marineoffiziere –

von der Matrosenrevolte und ihren Auswirkungen überdeckt. Und mit Recht: ein Offizier, dem seine Untergebenen nicht mehr gehorchen, ist kein Offizier mehr, ganz gleich, aus welchen Gründen gemeutert wird. Daß gemeutert wird, genügt –«

»Herr Kapitän, es ist aber Tatsache, daß diese Ereignisse, *das* Problem innerhalb der deutschen Marine, mit keinem Wort auf der Marineschule behandelt werden. Wenigstens bis jetzt sind sie im Unterricht nicht einmal erwähnt worden –«

»Sie werden auch nicht erwähnt werden, Heyne, sie sind auch zu meiner Zeit nicht erwähnt worden. Mit dieser Revolte aber war das kaiserliche Offizierkorps der Marine gerichtet. Und der Kaiser war weg. Die Herren standen jetzt allein da. Ihre Kollegen vom Heer erfanden eine Lüge – es tut mir leid, aber ich muß es so nennen –, und diese Lüge hieß: Im Felde unbesiegt. Nebenbei bemerkt, diese Formulierung stammt von Ebert, aber sie kam sehr gelegen. Die Herren von des Kaisers Lieblingswaffe wollten nicht zurückstehen und tönten: Auf See unbesiegt. Und während das Heer auf Tannenberg, Verdun und Isonzo hinwies, zitierte die Marine Coronel, Skagerrak und Weddigen. In diesem friedlichen Wettstreit des gegenseitigen Sich-Aufgeilens – entschuldige, Edith – an der eigenen Leistung in der Vergangenheit geriet die Marine gegenüber dem Heer langsam ins Hintertreffen. Und jetzt kam das auf, wovon der ›Geist‹ der Marineschule heute noch zehrt: die Marinetradition. Eine junge, künstlich hochgezüchtete Tradition. Damals, nach dem verlorenen Krieg, stürzten sich die Seeoffiziere ohne Schiffe auf die Geschichte und entdeckten dabei Prinz Adalbert und den Großen Kurfürsten, und wo ihre Entdeckung etwas dürftig war, erfanden sie einiges hinzu und machten aus jedem deutschen Seemann nachträglich ein seemännisches Genie. Wie gesagt, von dieser Art Seekriegsgeschichte fristet die Marineschule ihr Dasein. In ihren Ecken stehen die Büsten und an ihren Wänden hängen die Bilder ›unserer größten Seehelden‹, in Glaskästen sind ›die besten Schiffe der Welt‹ ausgestellt, selbstverständlich deutsche Modelle, und so weiter. Das alles entspringt einem Minderwertigkeitskomplex. Es ist ein echter Komplex, denn in Wahrheit war der deutsche Seemann alles andere als minderwertig. Er war der einzige Seemann, der neben den Engländern überhaupt zählte, und was er, der ewig Unterlegene, mit seinen schwachen Kräften tun konnte, hat er getan.«

»Was Sie vorhin, Herr Kapitän, sagten, würde von der überwiegenden Mehrheit der Marineoffiziere als ›das eigene Nest beschmutzen‹ abgestempelt werden«, sagte Heyne.

»Und damit zeigt sich ja gerade der Minderwertigkeitskomplex: wer keine Kritik ertragen kann, hat auch kein Recht, zu befehlen. Nun, Sie wundern sich sicher, daß ich Ihnen solche Sachen erzähle – aber ich bin nicht mehr im Dienst, und Sie können ja mehr ertragen als Kritik.«

Wegener lachte, und dann lachten die andern auch, und alle lachten etwas gezwungen. Frau Wegener schenkte ihnen wieder die Gläser voll. Sie tranken einen spritzigen, leicht säuerlichen Mosel, und vielleicht war er es, der Stollenberg zu der Frage ermutigte, ob denn die heutigen Führer der Marine aus der Vergangenheit nichts gelernt hätten.

»Darauf will ich Ihnen eine sehr ketzerische Antwort geben«, sagte Wegener, »und die lautet: ich fürchte – nein. Was ich im Frieden und erst recht seit Kriegsbeginn gesehen habe, bestärkt meine negative Ansicht in diesem Punkt –«

»Ich hab überhaupt den Eindruck, daß die Marine nicht immer sehr klug geführt wurde«, sagte Heyne.

»Auch hier müssen Sie gerecht bleiben, Heyne. Sie müssen bedenken, daß wir den Engländern gegenüber zahlenmäßig stets unterlegen sind, das war vierzehn/achtzehn so und ist heute nicht anders. Das bedeutet: jeder deutsche Kommandant eines größeren Schiffes und vor allem jeder Verbandschef weiß, daß er nichts riskieren darf, weil wir eben zu wenig große Schiffe besitzen. Verlieren wir auch nur eines, dann ist gleich unsere Flotte um beinahe die Hälfte dezimiert. Das ist bei den Engländern was anderes –«

»Und was war mit der Bismarck, Herr Kapitän?«

»Augenblick, ich komm grade drauf zu sprechen. Ich bin nämlich der Ansicht – und kein vernünftiger Mensch wird das im Prinzip bestreiten können –, daß man eine kleine Flotte nicht gleich zu Kriegsbeginn der weit stärkeren Flotte des Gegners aussetzen sollte, und deshalb war meines Erachtens der Standpunkt der Admiralität im Weltkrieg völlig richtig, die Flotte erst dann in die Waagschale zu werfen, wenn es auf Biegen und Brechen geht. Nach dem Krieg hat man nun gerade deshalb der Marineleitung schwere Vorwürfe gemacht, nicht zuletzt im Zusammenhang mit der Novemberrevolte. Und was ist die Moral von der Geschichte? Daß man heute, um ja nicht in den Verdacht zu geraten, die Flotte zu schonen, ein Schlachtschiff wie die Bismarck, nur von einem Kreuzer begleitet, in See schickt, obwohl man weiß, daß der Gegner, minimal gerechnet, um das Fünffache stärker ist. Gewiß, die Bismarck hat mit dem Torpedotreffer in ihre Ruderanlage Pech gehabt, aber ich sage Ihnen ganz offen: es war ein Riesenfehler, sie überhaupt rauszuschicken, solange die Tirpitz noch nicht einsatzfähig war. Denn nun ist unsere Überwasserkriegführung erledigt. Was uns noch bleibt, sind die U-Boote, und das ist auf die Dauer nicht viel – mit einer einzigen Schiffsart kann man keinen Seekrieg gewinnen. Ich weiß, daß ich Ihnen nun Illusionen genommen habe,« – »Mir nicht«, sagte Heyne, Wegener überhörte es – »aber es ist wohl besser, ich mache das, als andere, als jene andern, die nur darauf warten, daß wir den Krieg verlieren, jene, die uns hassen –«

»Wegener ist klug, aber er ist nicht sehr klug«, sagte Heyne auf dem Heimweg.

»Inwiefern?«

»Mich hätte interessiert, was er dazu meint, daß wir überhaupt diesen Krieg führen«, sagte Heyne.

»Jedenfalls ist er ein anständiger Kerl«, sagte Teichmann und war sich bewußt, was er damit sagte, und im stillen, und weil er Wein getrunken hatte, belustigte ihn die Tatsache, daß *dieser* Besuch mit einer Diskussion über den Seekrieg geendet hatte. Wovor hab ich eigentlich Angst gehabt?

»Er ist ein hochanständiger Mann«, sagte Stollenberg. Ob er errötete, sah man nicht, weil es dunkel war, aber er

sprach mit Enthusiasmus. Während des ganzen Heimwegs sprach er so.
»Seine Frau gefällt mir noch besser«, sagte Heyne und begann zu pfeifen.

Der erste Rapport Heynes kam so zustande:
Seekriegsgeschichte lehrte ein kaiserlicher Marineoffizier, ein kleines Männlein mit Spitzbart und gestärktem Ekkenkragen. Es hatte die Seegefechte bei Coronel und den Falklandinseln mitgemacht, und davon zehrte es für den Rest seines Lebens. In den sechs Monaten Marineschulzeit schilderte es viermal den Verlauf dieser Schlachten und die Rolle, die es dabei gespielt hatte.
Höhepunkt im Schlachtbericht des kaiserlichen Seekriegsgeschichtlers war stets die Schilderung des Untergangs seines Schiffes, auf dem er IO war. Als die Seeleute im Wasser um ihr Leben schwammen, hätten sie angefangen ›Deutschland, Deutschland über alles...‹ zu singen. Daraufhin habe er, ebenfalls im Wasser schwimmend, über die Wogen des Atlantik gerufen: »Gesang einstellen. Kräfte schonen.« Es sei für ihn erhebend gewesen, zu hören, wie die Männer im Wasser sich gegenseitig zuriefen: »Befehl vom IO: Gesang einstellen.«
Dreimal hörten sich die Fähnriche das an und schwiegen aus Höflichkeit gegen den alten Mann – übrigens glaubten sie ihm aufs Wort –, als er aber seine Geschichte zum viertenmal zum besten gab, sagte Heyne aus der letzten Sitzreihe zum Katheder vor: »Ruhe in Frieden.«
Einen Augenblick lang war es auch vollkommen ruhig. In diese Stille hinein sagte Heynes Nebenmann, ein waschechter Sachse: »Nu sing se gleich wieder.«
Der Seekriegsgeschichtler hatte diese Worte vermutlich gar nicht verstanden, aber das nachfolgende Gelächter war nicht zu überhören gewesen. Er führte es auf Heynes Zwischenruf zurück und stellte ihn zur Rede. Was er mit seiner Bemerkung gemeint habe, wollte er wissen. Heyne erwiderte, die Geschichte sei nun reichlich bekannt.
»Von Deutschlands Seehelden kann man nicht oft genug sprechen.«

»Ich bin anderer Ansicht, Herr Kapitän«, sagte Heyne. Und dann packte er aus: Das Wort ›Held‹ habe seines häufigen Gebrauchs wegen einen inflationösen Beigeschmack bekommen, im übrigen sei falsch eingesetzte Tapferkeit keinen Pfifferling wert.
Ehe der Seekriegsgeschichtler wußte, was er antworten sollte, war Heyne mittendrin in einem Vortrag über die Ökonomie der Tapferkeit, wie er es nannte. Mit dem Siebzigerkrieg fing er an und kritisierte den sogenannten Todesritt von Mars-la-Tour. Da habe eine deutsche Kavalleriebrigade eine französische Artilleriestellung frontal angreifen müssen. Angeblich seien nach dieser Attacke noch ganze zwei Mann der Kavalleriebrigade übriggeblieben. In jedem Geschichtsbuch werde dieses Ereignis als großer deutscher Sieg gefeiert. Nach Heynes Auffassung hätte man den deutschen General, der den Angriffsbefehl gab, vor ein Kriegsgericht stellen müssen. Schon an diesem Beispiel zeige sich die unselige deutsche Art, militärische Fehler mit Blut wegzuwaschen. Das schlimmste Beispiel hierfür sei Langemarck. Er könne die Tatsachen als bekannt voraussetzen. Es sei ihm allerdings nicht bekannt, was mit jenem General geschah, der schlecht ausgebildete Kriegsfreiwillige in einem völlig ungeeigneten Gelände einen gut getarnten Gegner angreifen ließ. Auch hier sei ein militärisches Fiasko zu einem Sieg umgefälscht worden, wozu die Tatsache herhalten mußte, daß die Angreifer das Deutschlandlied gesungen haben. Im übrigen sei es ausgesprochen dumm, bei einem Sturmangriff zu singen. Dasselbe gelte seiner Meinung nach für die im Wasser singenden Seeleute. Er könne darin nichts Heldenhaftes sehen. Es scheine ihm wichtig, darauf hinzuweisen, daß im Zeitalter der Technik Kriege nicht nur mit dem Herzen, sondern mit dem Kopf gewonnen werden. Es sei nicht ausschlaggebend, daß man bereit sei zu sterben, es sei wichtiger, daß man mit dem Sterben ökonomisch umgehe, das heißt zweckmäßig sterbe, ein toter Soldat sei nichts mehr wert. Das sei nun mal eine Tatsache und kein öder Materialismus. Der Krieg sei heute im wesentlichen ein Rechenexempel, gerade beim Seekrieg zeige sich das. In der Skagerrak-

schlacht habe die deutsche Flotte die Home Fleet nicht vernichten können, weil die deutschen Schiffe langsamer liefen als die englischen. Daran habe auch keine noch so große Tapferkeit der deutschen Seeleute etwas ändern können. Auch der Untergang der Bismarck in diesem Kriege habe nicht durch Tapferkeit ihrer Besatzung verhindert werden können. Er halte auch nichts vom traditionsgemäßen Sterben, von jenen verlogenen Bildern, wie sie im Weltkrieg üblich waren, die einen Matrosen zeigten, die Kriegsflagge in der Hand am Bug oder Heck eines sinkenden Kriegsschiffes stehend, Unterschrift: ›Stolz weht die Flagge Schwarzweißrot!‹ Er glaube auch nicht, daß die Kriegsfreiwilligen von Langemarck mit dem Deutschlandlied auf den Lippen starben. Ja, der vielleicht, der mitten im Singen einen Herzschuß bekam. Aber die andern, die langsam verbluteten, hätten schwerlich dabei das Deutschlandlied gesungen. Wenn man sterbe, singe man nicht – so viel könne er, Heyne, heute schon über das Sterben sagen. Man rufe auch nicht: ›Es lebe Deutschland!‹, wie es angeblich Tradition sein soll. Er habe manche sterben sehen, die sagten bestenfalls »Scheiße« –

Bei diesem Wort zuckte der Seekriegsgeschichtler zusammen, als habe ihn jemand von hinten gestochen.

»Jawohl, Scheiße haben sie gesagt, mehr nicht, Herr Kapitän. Ein junges Bürschchen, das knapp achtzehn war, rief zweimal nach seiner Mutter, bevor es ertrank. Sowas kam auch vor. Auch Gott ist in diesem Zusammenhang mal erwähnt worden. Manche rufen auch um Hilfe, wenn sie im Wasser treiben, obwohl sie wissen, daß es zwecklos ist. Es kann aber gut sein, daß auch ich vorher um Hilfe rufe, wenn ich mal vorm Absaufen bin, und ich weiß nicht, was Sie, Herr Kapitän, täten, wenn Sie mal ne Ladung Salzwasser in den Hals bekommen und wissen, daß die Komödie nun endgültig aus ist. Ich bezweifle, daß Sie dann das Deutschlandlied singen. Es gibt übrigens auch Leute, die singen, um sich Mut zu machen.«

Damit setzte sich Heyne wieder auf seinen Hocker.

Eine Minute Pause.

»Ich werde Sie trotzdem zum Rapport melden.«
»Ich danke Ihnen für das Wort ›trotzdem‹, Herr Kapitän. Ich weiß, daß Sie mich traditionsgemäß zum Rapport stellen müssen.«
»Deswegen nicht, nein«, sagte der Seekriegsgeschichtler und versuchte zu erklären, warum er Heyne zum Rapport melde. Aber niemand verstand ihn. –
Anderntags erteilte der pausbäckige Kompaniechef Heyne einen Verweis.

Der zweite Rapport Heynes kam so zustande:
Der Kompaniechef ließ seine Kompanie am Prüfungstag um vier Uhr morgens wecken, damit die Fähnriche noch einmal Gelegenheit hätten, sich auf die bevorstehenden schweren Stunden vorzubereiten. Aber anstatt sich mit ihren Büchern zu befassen, beschäftigte sich eine ganze Anzahl der Fähnriche aus Ärger über die Störung ihrer Nachtruhe mit dem Alkohol. Zu denen gehörte auch Heyne. Er und seine Stubenkameraden begannen von den Vorräten zu trinken, die sie in ihren Spinden untergestellt hatten und die zur Verschönerung der Abschlußfeier gedacht waren. Drei volle Stunden hatten sie nun Gelegenheit, sich mit dem Alkohol zu beschäftigen. Heyne nutzte sie derart aus, daß er um sieben Uhr blau war. Er hatte mit einem Kameraden gewettet, er könne einen halben Liter Rum auf einem Stuhl stehend, ohne abzusetzen, trinken. Er gewann seine Wette, aber er war das Trinken auf den nüchternen Magen nicht gewohnt, und zehn Minuten vor Prüfungsbeginn war er immer noch unfähig, gerade Schritte zu machen. In der ersten Prüfungsstunde sollte astronomische Navigation drankommen, schriftlich. Heyne war der beste Mathematiker der Gruppe, aber für einen, der nicht mehr verständlich sprechen konnte, war es nicht zu schaffen. Seine Stubenkameraden suchten Teichmann auf und wollten wissen, was sie mit Heyne machen sollten. Teichmann wußte es auch nicht. Krank melden konnte sich Heyne nicht, jeder Sanitätsgefreite hätte sofort gemerkt, was los war. Da kam Ramer ein guter Gedanke, und das war an und für sich schon eine große Seltenheit, Ramer

war mit geistigen Gaben nicht gerade gesegnet, und außerdem hatte er eigentlich Krach mit Heyne.
Einer seiner vielen Ticks war seine Schwester. Sie sei schöner als Greta Garbo und dabei äußerst klug, behauptete er mindestens einmal in der Woche. Leider habe er kein Bild von ihr da, und als seine Schwester zur deutschen Zivilverwaltung nach Polen versetzt wurde, sah er sich vor die schwierige Aufgabe gestellt, ihr zu ihrem persönlichen Schutz eine Waffe aus seiner reichhaltigen Sammlung mitzugeben. Es mußte eine kleine Pistole sein, damit sie in einer Damenhandtasche Platz hatte, und sie mußte im Ernstfall funktionieren. An der Lösung dieses Problems ließ er seine Stubenkameraden und die der Nachbarstube teilnehmen. Das ging eine Woche lang so. Als es Heyne zu dumm wurde und Ramer zum hundertstenmal fragte: »Welche Waffe soll ich ihr denn bloß mitgeben?«, sagte Heyne: »Deine Visage. Dann rührt sie kein Pole an.«
Seit diesem Tag sprach Ramer kein Wort mehr mit Heyne. Und ausgerechnet sein Vorschlag half Heyne aus der Klemme. Ramer hatte von Stollenberg, der häufig auf Teichmanns Stube kam, erfahren, daß für die 2. Kompanie die schriftliche Prüfung in astronomischer Navigation erst um zehn Uhr begann, von acht bis zehn wurde die 2. Kompanie in Nebenfächern mündlich geprüft, das war reine Formsache, Stollenberg, der an diesem Tag Fähnrich vom Dienst war, brauchte nicht daran teilzunehmen. Da die Aufsicht in der schriftlichen Navigationsprüfung laut Vorschrift ein fremder Lehrer führen mußte, kam es nur darauf an, daß die Anzahl der Prüflinge stimmte, ihre Namen kannte der aufsichtführende Lehrer nicht. Und nun meinte Ramer, Stollenberg könne ja für Heyne die schriftliche Prüfung machen.
Punkt acht Uhr traf der Oberbefehlshaber der Kriegsmarine ein. Stollenberg ließ die Wache raustreten, machte seine Meldung und ließ die Wache wieder abtreten, und während sich der Oberbefehlshaber die mündliche Prüfung der 2. Kompanie anhörte, saß Stollenberg eine Bank hinter Teichmann im Prüfungssaal der 1. Kompanie und schrieb mit schöner Selbstverständlichkeit für den Fähnrich

zur See Gerd Heyne, der zur selben Zeit in seiner Koje lag und seinen Rausch ausschlief, die Prüfungsarbeit in astronomischer Navigation. Als einer der ersten lieferte er, ein gutartig-heiteres Grinsen im Gesicht und ohne zu erröten, seine Arbeit ab und verholte sich auf die Wachstube.

Nachdem Teichmann als letzter mit seiner Arbeit fertig geworden war, lief er in die Kantine und kaufte so viel Tabletten Dextro-Energen, wie er bekam. Es war das einzig Eßbare, was die Kantine ohne Marken verkaufte. Die Tabletten gab er Heyne. Der aß sie, aber es machte ihm Mühe, sie bei sich zu behalten. Als er sie drunten hatte, trank er eine Flasche Sprudel in einem Zug leer, damit er viel Kohlensäure mitbekam. So vorbereitet stieg er in die mündliche Prüfung.

Der Großadmiral erschien im Prüfungszimmer und hörte sich an, was die Fähnriche wußten. Was sie nicht wußten, wurde nicht gefragt. Heyne wurde nicht aufgerufen, er hatte hinter dem großen Sternglobus volle Deckung genommen. Aber beim Verlassen des Prüfungszimmers schwankte er bedenklich – die Wirkung der Kohlensäure war inzwischen verpufft –, und der Gruppenoffizier merkte, daß Heyne getrunken hatte.

Beim Rapport erklärte Heyne dem Kompaniechef, er habe aus Angst vor der Prüfung getrunken, er leide nämlich sehr unter Lampenfieber. Und der Kompaniechef glaubte ihm. –

Unter den Vier von Teichmanns Gruppe, die durchfielen und den Lehrgang wiederholen mußten, befand sich Kolonialkrieger Ramer. Es war ein schwerer Schlag für ihn. Sie trösteten ihn mit dem Hinweis, daß er noch früh genug in seine Kolonien käme und während des Krieges nirgends eine so gute Gelegenheit fände, seine kisuahelischen Sprachkenntnisse zu vervollständigen, als hier auf der Marineschule. Ramer sagte, er sei sich noch nicht klar, mit welcher Waffe er sich erschießen solle.

Wer u-boottauglich war, kam freiwillig zur U-Bootwaffe. Teichmann und Stollenberg kamen zur 3. U-Flottille, Heyne zur 6. In Paris trennten sie sich, Heyne fuhr

nach Lorient, Teichmann und Stollenberg blieben im BdU-Zug sitzen und fuhren nach La Rochelle.
Teichmann und ein Fähnrich namens Rosencranz wurden auf das U-Boot des Kapitänleutnants Lüttke kommandiert, Stollenberg sollte auf das Boot des Kapitänleutnants Wehner kommen. Aber nachdem sie den Flottillenadjutanten unter Alkohol gesetzt hatten, wurden Teichmann und Stollenberg zu Lüttke und Rosencranz zu Wehner kommandiert.

12

Das Boot steuerte Westkurs.
Backbord achteraus blinkte der Leuchtturm von Cap Finisterre, als Teichmann auf Wache zog. Eine Viertelstunde später war der Leuchtturm nicht mehr auszumachen. Nur die Lichter einiger Fischerboote waren noch zu sehen, und dann waren auch die weg, dann waren nur noch die Möwen da. Sie schliefen auf der leichten Dünung und sahen im Mondlicht unwahrscheinlich weiß aus, von weitem wie Schneebälle.
Die Männer auf der Brücke waren müde und froren, aber ihre Augen waren wach und suchten die Nacht zu durchdringen, die vor ihnen lag. Hinter ihnen, im Osten, zeigte sich ein blaßgrüner Streifen über der Kimm, und als der Streifen sich gelb färbte, sagte der IWO in den Turm runter: »An Kommandant: Dämmerungsbeginn.«
Der Kommandant kam hoch. Der IWO meldete sich als Wachhabender Offizier und nannte Kurs und Fahrtstufe. Der Kommandant sagte nichts. Er ließ sich den Sextanten hochreichen. Nachdem er das Besteck genommen hatte, ging er wieder.
Ohne sein Glas von den Augen zu nehmen, sagte Teichmann zum IWO: »Ist der Alte immer so schweigsam?«
»Wenn er einen anschnauzt, nicht.«
Eine Weile blieb es ruhig. Dann hörten sie hinter sich einen Wasserstrahl auf das Oberdeck klatschen. Der IWO wandte sich um und sagte: »Morgen, Doktor.«
»Morgen, die Herrschaften. Ich mach so was lieber, wenn

mir die Sonne nicht zuguckt, genier mich sonst direkt, haha.«
»Aber wenn Sie 's nächstemal auf die Brücke kommen, sagen Sie bitte vorher: Ein Mann Brücke.«
»So – warum das?«
»Ich muß wissen, wieviel Leute außer der Wache auf der Brücke sind, von wegen Alarmtauchen.«
»Oh, ich werd mir's merken, IWO. Und jetzt: Ein Mann von Brücke.«
»Sie sind ein gelehriger Mensch, Doktor.«
»War ich immer.«
»Sie hätten Herrn Timmler ruhig Guten Morgen sagen können, er ist nun mal unser Kriegsberichter«, sagte der IWO.
»Ich kann ihn nicht leiden«, sagte Teichmann.
»So geht's dem Kommandanten mit uns.«
»Wir sind ja schließlich keine Kriegsberichter.«
»Ich weiß nicht, was Sie gegen die Kriegsberichter haben, Timmler ist Doktor der Philosophie und im Privatberuf Schriftsteller.«
»Gegen Kriegsberichter hab ich gar nichts. Im Gegenteil, hab bis jetzt nur Gutes von ihnen gehört. Aber mögen Sie ihn?«
»Ich kann ihn nicht riechen.«
Mit einem Mal änderte sich alles, die Sonne kam. Ihre ersten zarten Strahlen, dünn wie Seidenfäden, tasteten sich zögernd an der Kimm hoch und zwängten sich durch die Finsternis. Langsam wurden sie stärker, verwandelten sich in leuchtende Pfeile und trafen die nachtschwarzen Wolkenberge und zündeten sie an. Dann schob der rote feurige Riesenball seinen oberen Rand über die Kimm. Und während der Himmel brannte und die Möwen aufflogen und ihr krächzendes Geschrei ausstießen, stieg das große Licht aus dem Meer. Der leichte Nebel über dem Wasser löste sich auf, die See sah aus, als dampfe sie. Die Möwen umkreisten das Boot und hielten ihre Flügel still wie große Adler, und dabei schrien sie ihre langgezogenen klagenden Schreie in den Morgen hinein, und eine kam aufs Boot zugeflogen und hielt ihre Flügel starr, länger als die andern –

»Beide Maschinen äußerste Kraft voraus! Hart backbord! Feuererlaubnis!« rief der IWO.
Aber es war zu spät. Die Bombe war ausgeklinkt. Sie fiel zehn Meter steuerbord querab ins Wasser. Die Brückenwache wurde naß. Die Maschine verschwand.
Der Kommandant kam auf die Brücke. Der IWO meldete, was vorgefallen war. »Dreckskerle«, sagte der Kommandant und ließ offen, ob er die Engländer oder seine Brükkenwache meinte.
Dann befahl er zu tauchen.
Der Kommandant und nach ihm die beiden achteren Ausgucks stiegen in den Turm ab, danach Teichmann, zuletzt der IWO. Teichmann ging in die Zentrale runter und setzte sich auf den Platz des vorderen Tiefenrudergängers. Rechts von ihm saß der achtere Tiefenrudergänger. Hinter ihnen stand der LI.
»Turmluk wird geschlossen«, sagte der IWO im Turm.
»Klar bei Entlüftungen«, sagte der LI.
Die Männer an den Entlüftungen der Tauchtanks meldeten sich:
»Eins –«
»Zwo –«
»Drei beide Seiten –«
»Vier –«
»Fünf sind klar.«
»Entlüftungen sind klar«, sagte der LI in den Turm rauf.
»Fluten«, rief der IWO in die Zentrale runter.
»Fluten«, sagte der LI zu den Männern an den Entlüftungen.
Teichmann legte sein Tiefenruder auf ›unten hart‹, sein Nebenmann das achtere Tiefenruder auf ›hinten Mitte‹, die Entlüftungen wurden aufgerissen, das Wasser schoß in die Tauchtanks, das Boot kippte nach vorn – die vordere Tauchzelle war etwas früher geflutet worden – und ging vorlastig auf Tiefe. Bei fünfzehn Meter rief der LI: »Untertrieb«, und mit einem Höllenlärm wurde das Wasser mit Preßluft aus den Untertriebszellen gedrückt. Bei dreißig Meter hatte der LI das Boot abgefangen. Er meldete dem Kommandanten: »Boot ist durchgependelt.«

»Entlüftungen schließen, Boot auf vierzig Meter einsteuern, beide Maschinen Kleine Fahrt, nullastig.«
Der LI wiederholte den Befehl des Kommandanten, und mit dem Wasser der Reglertanks trimmte er das Boot aus und brachte es auf ebenen Kiel, wobei er den Tiefenrudergängern die Ruderlagen befahl. Als das Boot auf vierzig Meter eingesteuert war, legten die Rudergänger selbstständig die Tiefenruder nach dem Wasserstand im Papenberg, der LI griff nur noch korrigierend ein.
»Der da soll seine Uhr ablegen«, sagte der Kommandant zum LI und deutete auf den vorderen Tiefenrudergänger. Daraufhin führte Teichmann ein Selbstgespräch: ob der Kommandant meinen Namen wohl wieder vergessen hat oder ihn absichtlich nicht nennt? Das sieht ihm ähnlich. Und Wegeners Uhr werd ich nicht ablegen. Andererseits – ich brauch sie nicht an Bord, und wenn Seegang ist, wird sie naß, das tut ihr nicht gut, auch wenn sie garantiert wasserdicht ist. Also werd ich sie wohl oder übel gelegentlich ablegen müssen. Aber nicht jetzt, weil dieser großkotzige Bursche im Kapitänleutnantsrang meint, er könne von mir per ›der da‹ reden, dieser eitle Pinkel, der sich seine Fingernägel überlang wachsen läßt und sie spitz zuschneidet und Lavendelparfüm benützt...
Teichmann unterschätzte ihn. Lüttke war unbeliebt, aber er war ein U-Bootkommandant, er hatte über hunderttausend Tonnen feindlichen Schiffsraums versenkt, er war ein Könner in seinem Fach. Das wußten seine Leute, und obwohl es ihre fünfte Feindfahrt mit ihm war, fürchteten sie ihn wie am ersten Tag und waren doch heimlich stolz auf ihn. Sie ließen nichts auf ihren Kommandanten kommen und verteidigten ihn auch dann, wenn sie ihn im stillen haßten. Aber das meiste verziehen sie ihm, ohne ihm dadurch auch nur einen Schritt näherzukommen. Sie verziehen ihm auch, daß sie das Ritterkreuz – das sie wie alle Besatzungen, deren Kommandanten Ritterkreuzträger waren, an den Turm ihres Bootes gemalt hatten – wieder entfernen mußten, weil Lüttke vor der angetretenen Besatzung, nachdem sie ihm zur Verleihung des Ritterkreuzes gratuliert hatte, gesagt hatte: »Was geht das euch an?

Macht den Vogel sofort wieder weg. Es ist mir nicht bekannt, daß die Besatzung das Ritterkreuz bekommen hat.«
So war Lüttke. Aber an Land und beim Aus- und Einlaufen trug er sein Ritterkreuz. Er trug es auch, wenn er ins Offiziersbordell ging.
Nach dem Frühstück wurde ein Tieftauchversuch durchgeführt. Das Boot ging probeweise auf einhundertsechzig Meter. Anschließend tauchte es auf. Um acht Uhr wurde Teichmann abgelöst.
Er und Stollenberg hatten ihre Kojen im U-Raum und mußten ihre Freiwache im Oberfeldwebelraum zubringen, wenn sie nicht schliefen, und auch dort essen. Der Kommandant wollte das so. Den Oberfeldwebeln und den Unteroffizieren gefiel das nicht und Teichmann und Stollenberg auch nicht. Sie wären gern zum Essen im U-Raum geblieben, dort gab es das beste Essen, weil die Kombüse gleich neben dem U-Raum lag, das Essen für die Offiziere, Oberfeldwebel und Mannschaften mußte durch den U-Raum geschafft werden, er war eine Art Zollkontrolle. Trotzdem blieb es, wenn es in den Oberfeldwebelraum gelangte, noch immer ein sehr gutes Essen. Seit sie Soldaten waren, hatten die Fähnriche noch nie so gut gegessen. Aber das war auch das einzig Angenehme auf einem U-Boot.
Zunächst schlugen sie sich wiederholt den Schädel an, wenn sie aufrecht gingen. Nachdem sie das einige Male getan hatten, gewöhnten sie sich schnell daran, geduckt zu gehen. Dabei lernten sie auch, wie man möglichst rasch durch ein enges Kugelschott steigt, sie hatten zigmal am Tag Gelegenheit, das zu üben. Das unangenehmste aber war die Brükkenwache. Sie dauerte vier Stunden, und während dieser Zeit durften sie sich nicht anlehnen und das Glas nicht von den Augen nehmen, und es war ein schweres Zeissglas. Jeder der vier Mann auf der Brücke hatte innerhalb eines Sektors von neunzig Grad Himmel, Kimm und See zu beobachten. Eine Mastspitze über der Kimm, dünn wie eine Stecknadel, mußte sofort gemeldet werden, und wenn bereits mehr als die Mastspitze zu sehen war, konnte sich der Ausguck auf eine Bestrafung gefaßt machen. Und dann waren noch die Möwen da. Sie hatten die niederträchtige

Angewohnheit, vor allem wenn sie aus der Sonne kamen und die Flügel stillhielten, wie ein Flugzeug auszusehen, oder die Flugzeuge sahen aus wie Möwen, und Möwen sind überall auf See anzutreffen, mitten im Atlantik und in Küstennähe, nur daß sie auf hoher See seltener sind. Aber immerhin waren sie auch dort zahlreich genug, um der Brückenwache das Leben aufregend zu gestalten.

Auf dem Marsch durch die Biskaya mußte das Boot sechsmal vor Flugzeugen wegtauchen. Zweimal gab es dabei Wasserbomben, aber sie lagen schlecht, und als sie gut lagen, war das Boot bereits auf sechzig Meter. Manchmal waren es auch nur Fliegerbomben, die auf der Wasseroberfläche detonierten und dem getauchten Boot nichts anhaben konnten. Aber mit ihrem Lärm mußten die Männer fertig werden, und der war so ungeheuer – weil der Schall unter Wasser fünfmal so stark ist –, daß Teichmann und Stollenberg glaubten, ihre Trommelfelle platzten.

Der Kommandant verlangte von den Fähnrichen, daß sie sich auf ihrer Freiwache mit den Konstruktionszeichnungen der Torpedos G 7 a und G 7 e vertraut machten, der Mechmaat sollte ihnen Unterricht erteilen. Da aber keiner auf seiner Freiwache überflüssiges Zeug tat, spielten sie im U-Raum Skat und schröpften den Mechmaat so lange, bis er dem Kommandanten meldete, das Unterrichtsziel sei erreicht, die Fähnriche beherrschten den Stoff über die verschiedenen Torpedokonstruktionen. Nun befahl der Kommandant, daß die Fähnriche die Aufsicht über das tägliche Reinschiff der Mannschaften zu führen hätten. Das sei eine Schnapsidee, sagte der IWO zu den Fähnrichen, die Mannschaften, die zusammengepfercht wie Ölsardinen im Bugraum hausten, sich nicht aufrecht bewegen konnten und auf den Torpedos essen und schlafen mußten, hätten genug mit der Backschaft in den Räumen zu tun, sie könnten nicht auch noch täglich Reinschiff im ganzen Boot machen.

Der IWO hatte bei seinen Leuten eine ziemliche Nummer. Je mehr und je kräftiger ihn der Kommandant abkanzelte – und der Kommandant pflegte seine Offiziere wie Rekruten zu behandeln –, um so beliebter wurde der IWO. Der Mann hatte eine Haut wie ein Elefant. Er duzte nach wie

vor seine Leute, obwohl der Kommandant jedesmal in Brass kam, wenn er es hörte, und dieses Duzen tat den Seeleuten gut, denn der IWO entstammte einer Familie des Hochadels, er war ein echter Prinz. Zwar sprachen ihn seine Untergebenen ›Herr Oberleutnant‹ an, aber man hatte den Eindruck, als ob sie im stillen ›Euer Durchlaucht‹ sagten. Im übrigen war er ein hervorragend gutaussehender Mann. Er hatte ein gleichmäßig gebildetes, jungenhaftes Gesicht mit kohlschwarzen zurückgekämmten Haaren, volle Lippen und Zähne, die sich für eine Zahnpastareklame geeignet hätten, und er war fast so groß wie Teichmann, nur schlanker und geschmeidiger, er verhielt sich zu ihm wie eine Damaszener Klinge zu einem Kürassiersäbel. Sein Lieblingswort hieß picobello. Wenn ihm etwas gefiel, sagte er picobello, und wenn ihm etwas nicht gefiel, sagte er ›nicht picobello‹, und wenn ihm etwas gar nicht gefiel, sagte er ›gar nicht picobello‹, damit war der höchste Grad seines Mißfallens erreicht, denn er war ein sehr höflicher Mensch.
Bisher hatte er das Reinschiff beaufsichtigt, von seiner Koje aus, indem er zur seemännischen Nummer Eins sagte: »Bitte picobello Reinschiff.« Danach legte er sich auf die Seite und schlief ein. Er riet den Fähnrichen, es ebenso zu machen, nur das Wort picobello dürften sie nicht gebrauchen, ihm allein stehe das Privileg zu, italienisch zu sprechen. Und so hielten es auch die Fähnriche. –
Bei diesigem Wetter, am elften Tag der Unternehmung, sichtete Stollenberg einen Schatten in dreihundertzehn Grad Schiffspeilung. Der Schatten wurde schnell größer. Der Kommandant ließ tauchen.
Während der LI das Boot auf Sehrohrtiefe einsteuerte, kreuzte der Schatten nach Angaben des Unterwasserhorchers den Kurs des Bootes. Der Kommandant tobte, weil nach seiner Meinung der LI zu lange brauchte, um das Boot auf Sehrohrtiefe zu bringen.
Als es sich auf Sehrohrtiefe befand, konnte es der LI nicht halten, das Sehrohr schnitt zweimal unter. Der Kommandant drohte dem LI mit dem Kriegsgericht. Aber das Boot schnitt ein drittes Mal unter. Der LI bat den Kommandan-

ten gehorsamst um erhöhte Fahrtstufe. Der Kommandant befahl ›Große Fahrt‹, und jetzt konnte der LI das Boot auf vierzehn Meter halten, doch das Sehrohr vibrierte bei dieser Fahrtstufe so stark, daß der Kommandant nichts sehen konnte und wieder mit der Fahrt runterging, und das Theater ging von vorn los.
Der LI bat zweimal gehorsamst, lenzen zu dürfen. Als er es durfte, war der Schatten im Sehrohr nicht mehr zu sehen. Der Kommandant ließ auftauchen.
Das Boot stieß in Richtung der letzten Horchpeilung nach. Zu sehen war nichts. Eine halbe Stunde später tauchte das Boot wieder und nahm eine neue Horchpeilung, tauchte wieder auf und jagte mit Höchstfahrt hinter der letzten Horchpeilung her.
Inzwischen hatte es aufgebrist, aus der leichten Dünung war grobe See geworden. Sie kam von vorn, die Gläser wurden naß, das Spritzwasser fuhr der Brückenwache unangenehm scharf ins Gesicht.
Kurz vor Mitternacht sichteten sie einen Schatten. Es war ein Tanker, sie schätzten ihn auf zehntausend Tonnen. Er lief einen wilden Zickzack-Kurs und mindestens achtzehn Meilen in der Stunde, und nur weil er dauernd zackte, hatte das U-Boot mit seiner Höchstfahrt von vierzehn Meilen wieder Fühlung mit ihm bekommen. Das Boot machte die Zickzack-Fahrerei nicht mit, es steuerte stur den Generalkurs des Tankers, der etwa zweihundertachtzig Grad betrug.
Um drei Uhr morgens kam das Boot dicht an ihn ran. Teichmann wunderte sich, daß der Tanker das Boot noch nicht entdeckt hatte. Mit bloßem Auge sah er den Tanker in seiner ganzen Größe. Aber anscheinend schlief man dort drüben, nichts regte sich, und dabei betrug die Entfernung keine sechshundert Meter.
Der Kommandant hatte die Torpedorohre zum Überwasserschuß klarmachen lassen. Die Schußwerte wurden eingestellt, Gegnerfahrt achtzehn, Lage sechzig, Entfernung sechshundert. Als der IWO den Tanker im UZO hatte, verschluckte ihn eine tiefliegende Dunstwolke. Der Angriff fiel aus.

Es dauerte eine Stunde, bis sie sich erneut auf Schußposition rangepirscht hatten. Kurz vor dem Schuß zackte der Tanker unprogrammäßig, er hatte erst eine halbe Minute vorher gezackt. Der Angriff fiel aus.
Vierzig Minuten später war es wieder so weit. Aus Rohr eins wurde geschossen. Der Torpedo kam auf die Wasseroberfläche hoch. Dort blieb er. Die Männer starrten ihm nach. Die auf dem Tanker entdeckten ihn, und dann entdeckten sie endlich auch das U-Boot. Der Tanker drehte ab und schoß mit seinem Heckgeschütz. Das Boot lief mit Höchstfahrt aus dem Feuerbereich.
Zwei Stunden später hatten sie ihn wieder. Aber jetzt hatte der Seegang die Stärke acht erreicht, mit Torpedos war nichts mehr zu machen. Der Angriff fiel aus.
Als die Morgendämmerung begann, sichtete der Tanker das U-Boot erneut und eröffnete aus zwei Geschützen das Feuer.
»Frage tauchen, Herr Kaleu?« sagte der IWO.
»Wir gehen nicht in 'n Keller, wir warten, bis die See ruhiger wird. Bei dem Seegang treffen die uns nicht, die Kerle können doch nicht schießen«, sagte der Kommandant.
Die See wurde nicht ruhiger. Der Wind nahm bis Sturmstärke zu und schluchtete die lange atlantische Dünung zu steilen Wänden auf, die über das Boot hinwegfegten und an den Gurten rissen, mit denen sich die Brückenwache angeschnallt hatte. Wenn sie heranrollten, zogen die Männer auf der Brücke die Köpfe zwischen die Schultern, klammerten sich mit den Händen an die Brückenverkleidung und machten einen Buckel wie eine Katze, wenn es donnert. Zunächst fand Teichmann Gefallen an diesem Spiel, aber auf die Dauer machte es keinen Spaß. Einmal zählte er von eins bis zweiundzwanzig, bis er wieder Luft holen konnte und die Woge über das Boot hinweggegangen war. Sie hatte das ganze Boot zugedeckt. Das taten die andern Wogen auch, aber bei ihnen mußte er durchschnittlich nur bis fünfzehn zählen, dann konnte er wieder Luft schnappen. Manchmal fürchtete er sich auch etwas, obwohl er es sich nicht eingestehen wollte, aber die Maßstäbe waren zu ungeheuer: auf das kleine Boot, dessen Brücke keine drei

Meter aus dem Wasser ragte, rollten Riesenseen wie schnell wandernde Dünen zu und begruben die vier Männer auf der Brücke bei lebendigem Leib. Es verlangte eine ausgefeilte Atemtechnik, um rechtzeitig, aber nicht zu früh einzuatmen und den Atem zwanzig Sekunden lang anzuhalten. Die Männer standen dauernd im Wasser, und wenn die gewaltigen Wassermassen sie begruben, kamen sie sich vor wie im Freibad nach einem Sprung vom Zehnmeterturm: sie befanden sich tief unter Wasser. Einmal, als das Boot dem Rudergänger aus dem Kurs lief und querschlug, kam die See von achtern, riß das MG aus der Halterung und stürzte in die offene Brücke, staute sich, weil die Brücke vorn geschlossen war, und warf die vier Männer aus der Brücke heraus. Alle vier hingen ziemlich hilflos an ihren Gurten über dem Brückenrand. Mühselig krabbelten sie wieder in die Brücke rein, und kaum waren sie drin, wälzte sich erneut einer der tonnenschweren Wasserberge auf sie und deckte sie zu, und weil Teichmann vergessen hatte, rechtzeitig einzuatmen, glaubte er, ersticken zu müssen. Im letzten Augenblick wühlte sich das Boot frei und schob seine Brücke aus dem Wasser, und Teichmann konnte weiterleben. Auf die Art brachte er seine vierstündige Wache schnell herum. Als er abgelöst wurde, herrschte Seegang neun. An den Tanker dachte niemand mehr, der war nun endgültig weg.
Mittags zog Teichmann wieder auf Wache. Der Sturm hatte noch immer die gleiche Stärke. Zweimal war Teichmann aus seiner Koje herausgeflogen, obwohl er sich festgerammt hatte und es ihn viel Geduld und Anstrengung kostete, so zu liegen. An Schlaf war nicht zu denken gewesen und an trockene Kleidung auch nicht. Die Hälfte der Besatzung litt unter Würfelhusten und kotzte wie die Reiher. Allein vom Gestank im Boot konnte einem übel werden.
Der Kommandant stand im Trockenen und achtete im Turm darauf, daß der Rudergänger den befohlenen Kurs hielt, und das war ein Kunststück bei diesem Wetter. Und dann schloß Teichmann die Augen und preßte sich gegen die Brükkenverkleidung, weil das Boot dem Rudergänger wieder

mal aus dem Kurs lief und eine Riesensee von dwars mit voller Wucht über das Boot hereinbrach. Dabei riß der Gurt des achteren Backbordausgucks, der Mann wurde von der See erfaßt, hochgeschleudert und gegen die Steuerbordbrükkenverkleidung geschmettert, dann deckte die See die Brücke zu. Als Teichmann wieder etwas sehen konnte, hing der Mann eingeklemmt zwischen der Verstrebung des vorderen Netzabweisers und der Brücke. Er hatte unwahrscheinliches Glück gehabt. Teichmann holte ihn rein. Der Mann gab keinen Laut von sich. Es war der Matrosengefreite Michels, der kleinste Mann der Besatzung, aber jetzt war er schwer, Teichmann schien es, als wiege er jetzt mehrere Zentner. Zusammen mit dem IWO fierte er ihn vorsichtig in die Zentrale ab. Sie hofften, daß er nur bewußtlos war.
Das Turmluk hatte der Kommandant erst schließen lassen, als sich so viel Wasser im Boot befand, daß im Dieselraum die Bilgen überliefen. Ab und zu öffnete der Kommandant das Turmluk und fragte den IWO, ob der Tanker zu sehen sei. Anfangs antwortete ihm der IWO. Als der Sturm aber weiter zunahm, wurde die Verständigung schwerer, und der Kommandant mußte zwei- oder dreimal hintereinander fragen, um zu erfahren, daß nichts zu sehen sei. Es konnte auch vorkommen, daß der IWO die Fragen des Kommandanten absichtlich überhörte. Mit der Zeit wurde das dem Kommandanten anscheinend zu dumm, er rief zum IWO rauf, er solle das Boot in den Wind legen und ihm melden, wann die Brücke frei vom Wasser sei, er wolle mal selbst die Lage peilen. »Jawohl, Herr Kaleu«, rief der IWO, und als eine große Woge im Anrollen war, rief er in den Turm runter: »Frei.« Der Kommandant kletterte durchs Luk, Teichmann mußte bis neunzehn zählen, ehe er wieder atmen konnte, und danach schaute keiner mehr zum Turmluk hin. Sie hörten den Zentralemaat zur Brücke raufbrüllen, er wolle wissen, welches Arschloch das Luk nicht rechtzeitig geschlossen habe.
»Der hat die Nase pläng«, sagte der IWO und zwinkerte mit seinen vom Salzwasser geröteten Augen Teichmann zu.
Der Kommandant hatte die Nase keineswegs voll, nur setzte er sie nicht mehr dem Wasser aus. Er hatte sich um-

gezogen und stand nun wieder im Turm, hatte das Sehrohr einen halben Meter ausgefahren und betrachtete sich die Gegend durchs Sehrohr.
Aber die Brückenwache hatte langsam die Nase voll. Der Südwester und das Handtuch, das sie unterm Gummizeug um den Hals geschlungen hatten, hielten auf die Dauer das Wasser nicht ab, die Gummizüge an den Handgelenken waren nicht dicht genug, und wenn sie eng waren, stockten sie einem das Blut in den Adern, und man konnte das Glas nicht mehr ruhig vor den Augen halten, weil die Hände zitterten. ›Großer Seehund‹ nannten die Männer ihren Gummianzug, aber wasserdicht war nur die eigene Haut, und die war naß vom Kopf bis zu den Zehen.
Der Gefreite Michels lag im Bugraum in seiner Koje festgezurrt, damit er durch die Schlingerbewegungen des Bootes nicht rausgeworfen wurde. Er hatte einen Arm und ein Bein gebrochen. So viel hatte der Funkmaat bis jetzt feststellen können. Der Funkmaat war zugleich Bordarzt, er hatte mal einen dreitägigen Sanitätskurs mitgemacht. Er hatte nun auch Michels Bein geschient. Den Arm hatte der Dieselmaat geschient, das war ein offener Bruch, und der Funkmaat hatte erklärt, er könne kein Blut sehen. Michels war beim Schienen seiner gebrochenen Knochen, vor allem als der Dieselmaat sich ranmachte, wieder zum Bewußtsein gekommen und hatte einen solchen Lärm vollführt, daß sich der Kommandant durch den Obersteuermann nach Michels Befinden erkundigen ließ.
Bei Beginn der Abenddämmerung tauchte das Boot. Der IWO vergaß das Sprachrohr auf der Brücke zu schließen, und als die Brücke von der See überflutet wurde, rauschte ein Wasserstrahl ins Boot. In der Zentrale war der Teufel los. Der Zentralemaat gebrauchte ein paar Ausdrücke, die dem Kommandanten nicht gefielen, und wurde deshalb zum Rapport befohlen. Vielleicht erinnerte sich der Kommandant bei dieser Gelegenheit der Frage des Zentralemaats, als das Wasser durchs offene Turmluk strömte. Jedenfalls bekam der Maat nach dem Abendessen drei Tage Bau aufgebrummt, abzusitzen im Hafen.
Die Nacht über blieb das Boot getaucht. In sechzig Meter

Tiefe war vom Sturm nichts zu merken, das Boot lag völlig ruhig.
Und dann geschah lange nichts, zwei Wochen lang. Das Boot stand in dem vom BdU befohlenen Operationsgebiet und lauerte Schiffen auf, die nicht kamen. Zusammen mit andern Booten lief es im Schneckentempo Suchkurse ab und bildete Vorpostenstreifen, und seine Besatzung langweilte sich. Die einzige Freude war das gute Essen, aber auch das hing den Männern bald zum Halse heraus. Die tägliche Bordroutine wurde zur Gammelei, weil nichts passierte, nicht einmal Flugzeuge ließen sich blicken. Zeitweise lief das Boot in dichtem Nebel seine Suchkurse ab, es war wie in einer Waschküche, von der Brücke aus konnte man den Vor- und Achtersteven nicht mehr sehen. Und dann hatte das Boot Glück, denn eines Abends war der Nebel weg, und gleichzeitig traf eine Geleitzugsmeldung ein.
Als Teichmann um Mitternacht geweckt wurde, hörte er, daß die Maschinen eine hohe Fahrtstufe liefen. Er trank in der Zentrale seinen Mittelwächterkaffee, und allein der Duft dieses herrlichen Getränks weckte seine Lebensgeister und machte ihn neugierig, was wohl auf der Brücke los war, denn die Maschinen liefen nicht zum Zeitvertreib so schnell, Öl war knapp. Er hatte sich inzwischen mit dem Leben an Bord abgefunden und auch mit den anstrengenden Wachen, er fand, daß alles zu ertragen war, wenn man sich daran gewöhnt hatte. Auch Stollenberg hatte sich ganz gut eingelebt, er gehörte zur Wache des IIWO, und daran war nichts zu ändern, die beiden Fähnriche konnten es drehen, wie sie wollten: zwei Fähnriche konnten nicht zur gleichen Zeit Wache gehen.
Während Teichmann den würzigen Kaffee schlürfte, sagte ihm der IWO, in vier Stunden müsse das Boot aufs Geleit treffen, wenn der Geleitzug seinen Generalkurs beibehielt und die Standortangabe des Fühlung haltenden Boots richtig war.
Der Geleitzug mußte gezackt haben, um vier Uhr war nichts von ihm zu sehen. Gegen fünf Uhr kam wieder leichter Nebel auf. Um fünf Uhr zwanzig wurde das

Boot beim Alarmtauchen auf fünfzehn Meter Tiefe von einem Flugzeug gebombt. Der IIWO bekam vom Kommandanten einen Rüffel verpaßt, der so gewaltig war, daß die Fähnriche glaubten, der IIWO hänge sich anschließend auf.
Das Diesselluftkopfventil war nicht mehr dicht, das Boot mußte wieder auftauchen. Das Flugzeug war weitergeflogen. Nach zweistündiger Arbeit meldete der LI das Ventil wieder klar, nur die Tauchzelle eins blieb undicht und mußte halbstündlich nachgeblasen werden.
Um zwei Uhr nachmittags sichteten sie Rauchwolken. Es war das gemeldete Geleit. Ein Sunderland-Flugboot kreiste über den Schiffen. An ihm konnte das Boot Fühlung halten, ohne sich mit den Zerstörern einlassen zu müssen.
Als fünf U-Boote Fühlung mit dem Geleit aufgenommen hatten, gab der BdU den Angriffsbefehl. Die Boote arbeiteten sich näher ans Geleit heran und versuchten sich vorzusetzen, damit sie von vorn angreifen konnten. Das Flugboot störte sie dabei nicht sehr. Wenn es zu nahe kam, ging der Kommandant mit der Fahrt runter, um den Schaumstreifen des Kielwassers zu verringern, das genügte. Anscheinend schlief alles an Bord des Flugzeugs, der Pilot vielleicht ausgenommen.
Als erster tauchte Lüttke zum Angriff.
Teichmann hatte seine Gefechtsstation im Bugraum und sah zu, wie die Mechaniker die Torpedorohre klarmachten. Die Rohre wurden bewässert und die Mündungsklappen geöffnet. Teichmann hörte Schiffe über dem Boot herumkurven, nahm das aber nicht weiter ernst, er glaubte, das gehöre nun einmal dazu. Auch als sie ihm sagten, daß es sich dabei um einen Zerstörer handle, glaubte er das. Was im Turm und in der Zentrale gesprochen wurde, vernahm er nur undeutlich. Aber deutlich hörte er, wie der Kommandant plötzlich sagte: »Schnell auf vierzig Meter gehen«, und der LI sagte: »Beide unten hart«, und der Kommandant: »Beide äußerste Kraft voraus.«
Die Schraubengeräusche des Zerstörers kamen schnell näher und wurden lauter. Dann waren sie da, und der Zerstörer lief genau über das Boot hinweg. Die Männer

sahen nach oben, als ob es etwas zu sehen gäbe. Teichmann erschrak vor den Gesichtern dieser Männer: sie waren verzerrt vor Angst. Die sind aber nervös, dachte er, und auch ihm schien jetzt die Sache nicht mehr ganz geheuer. Auch er schaute nach oben, Angst war so ansteckend. Dann mußten sie sich festhalten, um nicht nach vorn wegzurutschen, das Boot war stark vorlastig geworden. Der Tiefenmesser im Bugraum zeigte fünfzig Meter. Irgendwo im Vorschiff hatte sich ein Geschirrspind geöffnet, Teller fielen auf den Boden und zerbrachen, eine leere Kaffeekanne aus Messing kollerte bis zum Bugraumschott vor. »Boot fällt schnell«, sagte der LI. Kurz danach sagte er durch die Lautsprecheranlage: »Räume achteraus.« Teichmann saß in der Nähe des Bugraumschotts auf dem Boden und brauchte nur etwas nach achtern zu rücken, um dem Befehl nachzukommen, im Bugraum saßen alle auf dem Boden oder auf den Torpedos. Jetzt standen sie auf, sie wollten nach achtern gehen, und wie sie sich gerade erhoben, riß sie ein Donnerschlag von den Beinen. Der Schlag war so grauenhaft laut und hart, daß Teichmann wie gelähmt dasaß. Er glaubte, alles in ihm falle zusammen, seine Eingeweide hätten sich verschoben und seien durcheinandergeraten und zuckten jetzt hin und her, und er wunderte sich, daß er überhaupt noch atmen konnte. Er sah durch die offenen Schotten: die Männer in der Zentrale zitterten, die E-Maschinenleute im Heckraum zitterten noch stärker und sahen verschwommen aus wie auf einem verwackelten Foto: das ganze Boot glich einer zu straff gespannten Saite, die kurz vor dem Zerreißen ist.

Aber dann war alles wieder wie vorher. Es blieb bei einer Wasserbombe. In der Zentrale waren ein paar Gläser und Glühlampen gesprungen, sonst war nichts passiert. »Die haben nur ne Schreckbombe geworfen«, hörte Teichmann einen der Männer mit den ängstlichen Gesichtern sagen, und er dachte sich sein Teil.

Der Tiefenmesser zeigte siebzig Meter. Der Mechmaat und die Mechgasten sprangen auf und drehten die Mündungsklappen an den Rohren zu. Das dauerte ein oder zwei Minuten.

Während sie arbeiteten, kam der Kommandant in den Bugraum.
»Dreht ihr jetzt erst die Mündungsklappen zu?«
Der Mechmaat und seine Gasten kurbelten weiter.
Der Kommandant fragte nochmal. Dann sagte es ihm der Mechmaat.
Im Gesicht des Kommandanten zeigten sich unter den Backenknochen zwei rote Flecke. Der Kommandant drehte sich um und ging in die Zentrale. In der Zentrale sagte er: »Abendessen.« Der IWO sagte durch die Lautsprecheranlage: »Angriff fällt aus, wegtreten von Gefechtsstationen.« Der LI steuerte das Boot auf sechzig Meter ein.
In größerer Entfernung detonierten einige Wasserbomben. Später meldete der Horcher Geräusche von brechenden Schotten, wie sie bei sinkenden Schiffen entstehen. Als der Koch nach vorn meldete: »K an K: Essen ist fertig«, und der Kommandant aufbacken befahl, war vom Geleitzug nichts mehr zu hören.
Das Abendessen verlief schweigsam. Es schmeckte auch nicht. Kriegsberichter Dr. Timmler aß überhaupt nichts. Ihm sei unwohl, sein Magen sei nicht in Ordnung, sagte er. Vielleicht sei ihm die Bombe auf den Magen gefallen, sagte der IWO. Niemand lachte, und Timmler schwieg sich aus.
Bei Tisch fragte Teichmann den Obersteuermann, warum der Angriff nicht fortgesetzt worden war. Der Obersteuermann antwortete erst nichts, dann sagte er: »Blöde Frage. Weil die Mündungsklappen bei siebzig Meter noch geöffnet waren.«
»Kann ich ja nicht riechen, kenn mich mit dem Zeug nicht aus«, sagte Teichmann bockig und war ziemlich aufgebracht.
Der Kommandant hörte das, die Tür zwischen Offiziers- und Oberfeldwebelraum stand offen, und sagte: »Der Mechmaat zu mir.«
Der Befehl wurde in die Zentrale gegeben und von dort in den U-Raum. Der Mechmaat war nicht im U-Raum. Der Befehl wurde vom Oberfeldwebelraum in den Bugraum gegeben.
Der Mechmaat war ein ruhiger, ausgeglichener Mann, kein

Leisetreter, er hatte fünf Feindfahrten hinter sich. Als er in den Offiziersraum ging, war sein Gesicht bleich. »Jetzt wird einer geschlachtet«, flüsterte der Obersteuermann schadenfroh.
Der Mechmaat meldete sich beim Kommandanten zur Stelle.
»Wissen Sie, warum die Mündungsklappen geschlossen sein müssen, wenn das Boot tiefer als dreißig Meter taucht?«
»Jawohl, Herr Kaleu.«
»Warum?«
»Weil der Gradlaufapparat der Torpedos dem höheren Wasserdruck nicht ausgesetzt werden darf, sonst steuert er nicht mehr den eingedrehten Kurs. Aber, Herr Kaleu, ich konnte die Mündungsklappen nicht vorher –«
»Ich hab Sie nicht gefragt, warum die Mündungsklappen nicht geschlossen wurden, sondern ob Sie wissen, warum sie zu schließen sind, und das haben Sie mir ja bereits gesagt. Warum haben Sie das den Fähnrichen im Unterricht verschwiegen?«
»Ich hab es vergessen, Herr Kaleu.«
»Schön. Sie haben mir gemeldet, die Fähnriche beherrschten den Stoff über die Torpedowaffe. Das war eine Falschmeldung. Sie melden sich morgen um neun Uhr bei mir zur Bestrafung. Wegtreten.«
»Dieser Hund«, sagte der Obersteuermann nach dem Essen, als der Kommandant außer Hörweite war. »An dem ganzen Mist ist der Alte selbst dran schuld, er hätte rechtzeitig das Schließen der Mündungsklappen befehlen müssen. Und der IWO hätte auch dran denken können, der ist ja schließlich der Torpedooffizier. Und nun bestraft der Alte unter nem albernen Vorwand den Maat als den niedrigsten Dienstgrad – 's ist immer dasselbe.«
Später sagte der Dieselmaschinist den Fähnrichen, der Obersteuermann sei mit Vorsicht zu genießen, er wolle nämlich Offizier werden, und Lüttke habe ihm erklärt, solange er Kommandant sei, werde er keinen aus dem Mannschaftsstand hervorgegangenen Unteroffizier zum Offizier vorschlagen.
Den Fähnrichen tat der Mechmaat leid, sie hatten ihn

schließlich zu der Falschmeldung verführt. Der Mechmaat sagte, es mache ihm gar nichts aus, er habe befürchtet, vors Kriegsgericht zu kommen, weil die Mündungsklappen nicht rechtzeitig geschlossen wurden.
Die vier Torpedos in den Rohren mußten umgeladen werden. Michels wurde in den Oberfeldwebelraum verfrachtet, was nicht ohne Geschrei abging, der Bugraum wurde ausgeräumt. Aber es war trotzdem noch zu eng zum Umladen der Torpedos. Der Kommandant befahl, zwei Torpedos aus den Rohren zu schießen. Danach ging es.
Als das Boot am nächsten Morgen auftauchte, hatte sich der Geleitzug oder das, was von ihm übriggeblieben war, so weit vom Standort des Bootes entfernt, daß es aussichtslos war, nachzulaufen. Im Funkraum stapelten sich die Erfolgsmeldungen der andern Boote, und im Wehrmachtbericht wurde auch davon gesprochen.
Der Mechmaat bekam fünf Tage Arrest, abzusitzen im Hafen. Wofür er sie bekam, blieb offen.

Das Boot wartete drei Wochen lang auf ein neues Geleit. Als keines kam, wurde es vom BdU zur Ölergänzung in den Mittelatlantik beordert. Dort, etwa gleich weit entfernt von Europa und Amerika, übernahm es von einem großen Boot vom Typ IX-D Öl. Das IX-D-Boot hatte wegen Maschinenschadens den Rückmarsch antreten müssen.
Den Matrosengefreiten Michels schifften sie mit Mühe und Not aus, er sollte mit dem IX-D-Boot nach Hause fahren, er hatte genug Schmerzen ausstehen müssen und zuletzt, als sie ihn durch den Turm hochzogen, die ärgsten. Auch Post konnte mitgegeben werden. Sie mußte dem Kommandanten zur Zensur vorgelegt werden. Von Teichmann bekam er nichts zu lesen, von Stollenberg eine Karte an die Eltern.
Abends waren sie mit der Ölübernahme fertig. Die Schläuche wurden abgeschlagen, das IX-D-Boot lief mit hoher Fahrt nach Osten ab, um im nächsten Seekartenquadrat noch ein anderes Boot mit Öl zu versorgen. In zwei Tagen sollte es sich zur Torpedoabgabe mit Lüttkes Boot wieder treffen.

Der Kommandant ließ das Schlauchboot ausbringen, Teichmann mußte sich reinsetzen, ein Paddel und Winkflaggen nahm er mit, und Stollenberg stellte ihm seine Schachtel Overstolz, Tropenpackung, zur Verfügung, damit er etwas zu rauchen hatte, während das Boot taucht und solange Kreise um das Schlauchboot fährt, bis Teichmann durch Wedeln mit den Winkflaggen anzeigt, daß das an Oberdeck vergossene Öl keine Ölspur mehr hinterläßt.
Das Boot lief einige hundert Meter ab und tauchte. Teichmann legte sich lang und zündete sich eine Zigarette an. In den nächsten Minuten hatte er nichts zu tun. Die Sonne stand noch eine knappe Handbreit über der Kimm. Der Himmel war azurblau und wolkenlos, im Westen ging das Blau in ein zartes Rosarot über. Die See war ruhig und ungeheuer groß. Die leichte lange Dünung des Atlantik hob das Gummiboot sanft empor und ließ es ebenso sanft wieder nieder, als liege es an der Brust einer gutmütigen Riesin, die tief und gleichmäßig atmet, und als könne einem nie etwas geschehen und kein Sturm könne jemals diese glatte Haut in Falten legen und zu Schluchten türmen, um darin Schiffe zu begraben. Teichmann fühlte sich in seinem kleinen Schlauchboot beinahe glücklich, und wenn es ihm gelang, an nichts zu denken, war er es ganz. Er warf seinen Zigarettenstummel weg, und er steckte sich keine mehr an, er fand, Zigaretten paßten nicht hierher. Nachdem er diesen Entschluß gefaßt hatte, erhielt er einen Tritt in den Hintern.
Er dachte zunächst nichts, er wunderte sich bloß. Dann fiel ihm ein, es könne das U-Boot gewesen sein, vielleicht habe der Kommandant aus Jux mit dem Sehrohr gegen das Gummiboot gestoßen. Aber diesen Gedanken verwarf er wieder, der Kommandant machte keine Scherze, und im übrigen sah Teichmann das Sehrohr in etwa dreihundert Meter Entfernung. Das Boot hatte einen Halbkreis beschrieben und lief nun eine hohe Fahrtstufe, das Sehrohr zog einen starken Schaumstreifen hinter sich her. Sonst war nichts zu sehen, und das machte Teichmann unruhig. Der Tritt, den er bekommen hatte, war nicht sehr kräftig gewesen, aber er gehörte nicht hierher. Es hätte ja auch ein

Fisch sein können, überlegte er sich, aber ein gewöhnlicher Fisch tut so was nicht, er hatte wenigstens nie derartiges gehört. Er wollte sich jetzt doch noch eine Zigarette anstecken. Als er sie aus der Schachtel holte, erhielt er wieder einen Tritt, diesmal einen kräftigen, und als er sich nach dem Täter umsah, entdeckte er einen Fisch. Kein Walfisch, ein kleiner Fisch, so groß wie ein Schweinsfisch, nur schmaler. Die Schweinsfische kannte er gut, sie waren nette Spielkameraden, wenn sie vor dem Bug des U-Boots mit einer Affenfahrt hin und her flitzten und einen dazu verführten, das Glas von den Augen zu nehmen und den Seekrieg fünfe grade sein zu lassen.
Er nahm mal an, es sei ein Schweinsfisch. Bei dieser Annahme blieb er auch, als mehrere solcher Fische wie Raketen auf sein Gummiboot zugesaust kamen, drunter durchtauchten und dabei gegen den Boden des Bootes stupsten. Sie wollen wohl mit mir spielen, dachte er. Aber dann mußte er seine Annahme ändern. Er sah, daß die Fische sich kurz vor dem Gummiboot auf den Rücken legten und daß die neu hinzukommenden Fische viel größer waren als die ersten und eine dreieckige Schwanzflosse hatten.
Er hatte noch nie mit Haien zu tun gehabt, von ein paar kleinen Katzenhaien abgesehen. Er war auf ihre Bekanntschaft nicht vorbereitet. Ihm wurde jetzt klar, warum sie sich auf den Rücken drehten, und es war ihm auch klar, daß sie scharfe Zähne hatten und daß sein Boot aus Gummi war und daß die Haie vermutlich Hunger hatten und daß die ganze Angelegenheit auf die Dauer nicht gut ausgehen konnte. Die Haie blieben auch jetzt noch schöne Tiere, sogar sehr schöne Tiere, in Zoologiebüchern nahmen sie sich nicht so prächtig aus wie hier, aber ein großer Hai warf ihn fast ins Wasser, als er von unten gegen das Boot stieß. Teichmann konnte nichts dagegen tun. Sein Paddel war lächerlich klein, und seine Winkflaggen waren noch kleiner.
Er hätte den Haien – es waren sechs oder sieben – sagen können, wie sie es machen mußten. Sie brauchten nur kurz vor dem Gummiboot aufzuschwimmen und den niedrigen

Wulst, der so eine Art Reling darstellt, in ihren Rachen zu nehmen. Es hätte auch genügt, wenn sie ein Loch reingebissen hätten, dann wäre die Luft weg. Auf diese Idee waren die Haie bis jetzt nicht gekommen. Ich denk gar nicht dran, sie auf diese Idee aufmerksam zu machen, auch nicht aus Galgenhumor, dachte er, denn seine Lage wurde langsam ungemütlich. Die Haie hatten eine harte Rückenflosse, und sie drehten sich jetzt nicht mehr auf den Rükken, wenn sie angriffen, sondern rieben ihre Rückenflosse am Boot, und das Boot war aus Gummi, und der Gummi war nicht sehr stark.

Genau konnte er sie nicht mehr beobachten, es waren jetzt zu viele. Sie kamen von mehreren Seiten zugleich. Anscheinend hatten sie großen Hunger. Er wünschte, sie würden sich unter dem Boot gegenseitig den Schädel einrennen. Aber das taten sie nicht, sie kamen stets wieder heil und munter darunter hervor. Vor dem Angriff zeigten sie in zwanzig Meter Entfernung ihre Schwanzflosse, mit der sie einmal kurz aufs Wasser schlugen wie ein Schwimmer, wenn er sich vom Startblock abdrückt, und dann schossen sie auf dem kürzesten Weg auf Teichmann zu. Er zog jedesmal den Bauch ein, und sie wurden mit jedem Anlauf wütender. Er wußte, daß er allen Grund hatte, Angst zu haben, und er hatte sie auch, aber nicht genug, nicht die Haien gebührende Angst, er war noch zu sehr überrascht von dem Ganzen, und nachher hatte er keine Zeit, Angst zu haben. Schlimm war nur, daß er sich nicht festhalten konnte. Er wagte nicht, das Seil, das außen um den Wulst des Schlauchboots lief, zu fassen, es hätte einer zubeißen können.

Er war sich nicht klar, was er tat, als er die Winkflaggen in die Hand nahm und wedelte. Er wußte nur, daß es keine Spielerei mehr war, was sie da mit ihm taten, und daß das Wedeln ihm helfen konnte.

Für einen Augenblick sah er das Sehrohr. Es war weit ausgefahren, fast einen Meter, aber der Kommandant beachtete ihn nicht, Teichmann sah die Rückseite des Periskops, der Kommandant suchte jenen Teil der See ab, auf dem sich Teichmann nicht befand. Der Kerl benimmt sich wie

der liebe Gott, dachte er und fluchte laut vor sich hin und legte sich auf den Boden des Bootes. Er hatte nur kurz mit den Flaggen wedeln können. Es war zu kurz, er hat mich nicht sehen können, aber er muß ja wissen, daß ich hier bin, einmal muß er ja kommen und nach mir sehen, ich werd nachher nochmal wedeln. Wenn es dann bloß nicht zu spät ist, die Kerls sind imstand und fressen mich inzwischen auf. Ich werd gleich nochmal wedeln. Er nahm beide Flaggen in die rechte Hand und schwenkte sie hin und her.
Die Angriffe der Haie ließen nach. Er sah, daß nur noch kleine Haie heranschossen. Dann blieben auch die weg. Zehn Meter neben dem Boot zeigte der Kommandant das Sehrohr. So pressiert hätte es nicht, dachte Teichmann, das Boot muß unter mir durchgetaucht sein, das war wohl was Neues für die Haie gewesen.
Das Sehrohr drehte sich langsam im Kreis und wurde eingefahren. Wenige Sekunden später schoß der Bug des Boots aus dem Wasser, dann die Brücke, dann war das ganze Boot oben, die weiße Mütze des Kommandanten erschien auf der Brücke, daneben die dunkelblaue des IWO, Teichmann hörte, wie der IWO in den Turm runterrief: »Ausblasen mit Diesel«, und die Diesel sprangen an, der Backborddiesel qualmte ein bißchen, was der Kommandant sofort beanstandete. Das Boot drehte auf Teichmann zu. Mit dem Bootshaken wurde das Schlauchboot vollends rangeholt. Teichmann sprang an Deck, das Schlauchboot wurde an Bord genommen, die Luft rausgelassen und die Gummihülle verstaut.
»Dir piept's wohl«, sagte Stollenberg, als ihm Teichmann eröffnete, die Zigaretten seien außenbords gefallen, die Haie seien dran schuld. Von Bord des U-Boots aus stellte Teichmann fest, daß nigends mehr eine Ölspur zu sehen war. Aber auch Haie waren nicht zu sehen, und das ärgerte ihn, jetzt hätten sie ruhig kommen können, keiner glaubt mir sonst die Geschichte mit den Haien.
Zwei Tage später lag U-Lüttke wieder aufgetaucht neben dem IX-D-Boot. Dessen Kommandant war vermutlich ein Korvettenkapitän, Lüttke gebrauchte das Wort ›gehor-

samst‹ – es hörte sich in seinem Mund wie ein Fremdwort an –, wenn er etwas von ihm wollte.
Die See war jetzt nicht mehr glatt und ruhig, es herrschte Seegang vier bis fünf. Die Seeleute hatten sich ausgezogen und standen an Oberdeck klar zur Torpedoübernahme. Als Wache auf der Brücke blieben der Kommandant, der Obersteuermann und ein seemännischer Maat zurück, Timmler zählte nicht, er fotografierte.
Teichmann meldete dem IWO, daß er vorgestern Haie gesichtet habe. »Meine Fresse«, sagte der IWO, »das kann ja heiter werden. Melden Sie das mal dem Alten.« Teichmann enterte zur Brücke hoch und meldete es dem Kommandanten.
»Kleine Fische für uns«, sagte der Kommandant und befahl den wachfreien Heizern, mit Maschinenpistolen an Oberdeck aufzupassen. Sie sollten schießen, falls die Fischlein Lust hätten, einen ins Bein zu beißen. Dann beugte er sich über den Brückenrand und sagte zu den Seeleuten, wenn Haie kämen, sollten sie den Kopf unter Wasser stecken und Schreie ausstoßen, dann verzögen sich die Haie wieder, und falls sie es nicht täten, würden sie von den Heizern erschossen.
»Wen meint er nun, wer erschossen wird?« sagte Stollenberg zu Teichmann. »Jawohl, Herr Kaleu«, riefen die Seeleute, als der Kommandant seine Ausführungen mit dem Wort »Verstanden« schloß, und sprangen über Bord und schwammen zum IX-D-Boot rüber. Die Entfernung betrug etwa dreißig Meter. Jeder hatte eine gelbe Schwimmweste um, aber sie war nicht aufgeblasen, weil man so besser schwimmen konnte, auf dem Rückweg mußte es sowieso ohne Schwimmweste gehen.
Die Männer auf dem IX-D-Boot hatten einen Torpedo durchs vordere Oberdecksluk an Deck gehievt. Die Männer von Lüttkes Boot schoben ihre Schwimmwesten unter den Torpedo und bliesen sie auf. Das Oberdecksluk wurde geschlossen, der Kommandant flutete seine vorderen Tauchzellen, so daß das Oberdeck seines Bootes einen halben Meter ins Wasser tauchte. Jetzt schwamm der Torpedo auf den Schwimmwesten. Die Männer von Lüttkes Boot nah-

men ihn zwischen sich, faßten mit der einen Hand die Schwimmwesten und mit der freien Hand machten sie Schwimmbewegungen.

Lüttkes Boot lag in Luv – der Wind hatte umgeschlagen –, sie brauchten eine Viertelstunde, bis sie den Torpedo längsseits ihres Bootes festmachen konnten. Danach ruhten sie sich einige Minuten an Oberdeck aus. Zum Zeichen, daß die Pause vorbei war, flutete Lüttke seine vorderen Tauchzellen, die Männer lagen im Wasser. Sie fluchten leise vor sich hin und waren wütend, weil der Kommandant es nicht einmal für nötig gefunden hatte, das Fluten anzukündigen. Als der Torpedo überm Oberdeck schwamm, wurden die Tauchzellen wieder ausgeblasen, das Oberdeck tauchte aus dem Wasser, auf ihm lag der Torpedo. Sie fierten ihn durchs Oberdecksluk in den Bugraum.

Mittags wurde der Wind böig, der Seegang nahm zu. Die Seeleute bekamen eine Tasse Bouillon und nicht mehr, der Kommandant sagte, man könne mit vollem Magen nicht schwimmen, und damit hatte er recht.

Eineinhalb Stunden brauchten sie, um einen zweiten Torpedo vom IX-D-Boot zu übernehmen. Damit befanden sich wieder zwölf Torpedos an Bord und zwei in den Oberdeckstuben. Als der IWO dem Kommandanten das Oberdeck tauchklar meldete, nahm U-Lüttke Kurs auf Mittelamerika, das IX-D-Boot lief nach Hause. »Heil und Sieg und reiche Beute«, rief sein Kommandant zum Abschied rüber. »Gehorsamsten Dank, Herr Kapitän«, rief Lüttke zurück.

Drei Wochen lang liefen sie die Karibische See von Puerto Rico bis Trinidad ab, ohne etwas vor die Rohre zu bekommen. Die ganze Zeit über lag die See ruhig da, als ob sie eingeschlafen wäre, und wenn sie sich mal bewegte, war es, als sei sie aus Blei. Am Himmel, der milchig und träge aussah, standen hie und da einige Wolken. Sie standen still wie Fesselballone. Und die Sonne war kupferbraun und brannte erbarmungslos auf die Brückenwache nieder, vierzehn Stunden am Tag brannte sie, und die meiste Zeit davon stand sie senkrecht über den vier Männern, die

Wache hielten, und die ganze riesige Sonne feuerte alle ihre Strahlen, konzentrisch gebündelt, auf diese vier Männer herab, als wolle sie den Stahlkörper des Bootes zum Schmelzen bringen. Ihre versengende Glut lähmte jede Tatkraft und tötete jeden Gedanken und saugte den letzten Rest von Lebenssaft aus den Männern, sie standen barhäuptig da und schmorten und dörrten aus. Es gab keinen Schutz vor der Sonne. Und in ihnen wütete die unwiderstehliche, peinigende, rasend machende Gier nach Flüssigkeit. Sie sahen ringsum eine unendliche Wasserwüste, silbrig glitzernd wie Weißblech, und sie hatten fast nichts zu trinken. Und an ihren Gliedern hing die Müdigkeit und wurde von Stunde zu Stunde schwerer. Sie waren zum Verzweifeln müde, und die Versuchung, das Glas von den Augen zu nehmen, die übermüdeten Augen zu schliessen, vor sich hin zu dösen, einzuschlafen, auf Wache zu schlafen, war überwältigend. Aber sie starrten durch ihre Gläser. Nur manchmal, einige Sekunden lang, blinzelten ihre Augen vor Erschöpfung. Dann rieben sie ihre Lider, und wenn um die Mittagszeit die Hitze so höllisch war, daß ihnen schwindlig wurde, beugten sie sich weit nach vorn, damit ihr Gehirn wieder besser durchblutet wurde, und wenn das nichts half, gossen sie eine Pütz Seewasser über sich. Aber trotzdem fiel manchmal einer um und mußte in die Zentrale runtergelassen werden.
Im Innern des Boots war es wie in einer Sauna. Die Durchschnittstemperatur betrug fünfzig Grad. Der Süßwassererzeuger funktionierte aus unerfindlichen Gründen nicht mehr, die Männer bekamen noch weniger zu trinken als sonst. Eine Flasche brühwarmes Kujambelwasser mußte für drei Mann reichen, vierundzwanzig Stunden lang. Gegessen wurde fast nichts mehr. Das Brot war schimmelig, die Butter war flüssig und so ranzig, daß man sie nicht mehr herunterbrachte, auch wenn man ausnahmsweise mal Hunger hatte, und als sie die Fleischdosen öffneten, waren sie nur halbvoll und enthielten Sand. Und überhaupt war ihnen die ewige Konservennahrung ein Greuel geworden, jeder Fraß schmeckte gleich und endete damit, daß man sich erbrach.

Die Heizer hatten die Ölkrätze, manche am ganzen Körper, die Seeleute hatten Hautausschläge, und ihre vom Salzwasser zerfressene und von der Sonne ausgedörrte Gesichtshaut schälte sich wie trockene Kartoffelpelle, und an ihren dreckigen Hälsen, unterhalb des Bartes, schwärten Eiterpusteln, und alle litten an dumpf bohrenden Kopfschmerzen. Das Leder der Kojen war naß und schmierig vom Schweiß und stank wie die zerrissenen Hemden und Hosen, die einem auf der Haut klebten. Das ganze Boot war naßgeschwitzt und stank. Keiner konnte in dieser Hitze schlafen und in diesem Mief von Öl, feuchtem Leder, verschwitzten Klamotten, verfaulten Zitronen und den Ausdünstungen von fünfzig Männern.
Sie steckten in einer Bratröhre. Sie sahen täglich Eisen, Stahl, Räder, Hebel, Ventile und dazwischen immer die gleichen Gesichter mit den dunklen Ringen unter den Augen, die keinen Schlaf kannten, nur ein apathisches Dahindösen, das einen müde und nervös machte.
Die Heizer sahen den Himmel nur durch die Öffnung des Turmluks, wenn sie nach ihrer Wache unter der ›Dorflinde‹ – so nannten sie den Platz ums Sehrohr – im Turm ihre Zigarette rauchten. Der starken Luftüberwachung wegen durfte außer der Wache und dem Kommandanten niemand die Brücke betreten, und im Dieselraum betrug die Temperatur siebzig Grad.
In der Karibischen See hatte das Boot elfmal vor Flugzeugen tauchen müssen. Das waren die einzigen Ereignisse an Bord, alles andere war Tagesroutine, und hierzu gehörte, daß alle unter dem Ekel vor einander litten und unter einer Gereiztheit, bei der der geringste Anlaß genügte, um die Männer gegeneinander aufzubringen. Daß sie sich nicht zur Abwechslung in die Fresse schlugen, war ihre größte Leistung.
Die Bibliotheksbücher waren x-mal gelesen worden, die Bibliothek war nicht groß. Das meistgelesene Buch war Nansens ›In Nacht und Eis‹. Daneben waren die erotischen Schinken sehr begehrt, wie überhaupt Thema eins den beliebtesten Gesprächsstoff der Männer bildete. Es gab kein Soda mehr ins Essen, dafür gab es Eier, das ein-

zige, was man bei dieser Temperatur die Speiseröhre herunterbrachte, und in den Spinden hingen die aufreizenden Fotos der Babelsberger Filmdiven. Timmler erklärte, sie würden abwechselnd mal mit ihrem Minister und mal mit ihrem Regisseur schlafen, und angenommen, der Krieg ginge verloren, so würden sie sich mit der gleichen Liebenswürdigkeit zu den Siegern legen, sie wären immer auf der Seite der Sieger, das sei das Kriterium der Huren.
Kriegsberichter Dr. Timmler mußte es wissen, er schrieb Drehbücher für den Film. Eines sei beinahe mal verfilmt worden, sagte er, die Intrige einer dieser Huren sei dran schuld gewesen, daß es nichts wurde. Es schmeckte nach sauren Trauben, was Timmler da sagte, und es paßte nicht in sein philosophisches System. Er war von den Offizieren ›Bordphilosoph‹ getauft worden, weil er glaubte, er sei einer. In Wahrheit war er nur ein unleidlicher Mensch.
In den Oberfeldwebelraum führte er sich mit einem Vortrag über die Offiziersbordelle ein. Er sagte, das einzig Angenehme bei seiner Ernennung zum Kriegsberichter sei für ihn die Erlaubnis gewesen, von nun an die Offiziersbordelle besuchen zu dürfen. Aber er sei auch auf diesem Gebiet vom Offiziersberuf enttäuscht worden, diese Häuser seien zwar höchst sauber und hygienisch eingerichtet, doch auf Kosten der Atmosphäre, es seien Sanatorien zur Ableitung überschüssiger Manneskraft in geregelte Bahnen. Mit der Bemerkung, die Herren Oberfeldwebel versäumten nichts, wenn sie blieben, was sie wären, schloß Dr. Timmler seine Ausführungen.
Einen andern Vortrag, und zwar über Philosophie, hielt er im Offiziersraum, dabei ließ er im Gegensatz zu seinem ersten Vortrag die Tür zwischen Oberfeldwebel- und Offiziersraum offen, so konnten auch die Fähnriche mithören. Der herrschenden Mode Rechnung tragend, erklärte er gleich zu Beginn, er sei ein gebildeter Mensch und glaube selbstverständlich nicht an irgendeinen Gott oder sowas Ähnliches. Timmler gehörte nämlich zu jenen Typen, die nicht vorher Alkohol getrunken haben mußten, um sich

über solche Themen aussprechen zu können. Er legte zu jeder Tages- und Nachtzeit los. Im Verlauf seiner Ausführungen verkündete er, er sei Nihilist, er verachte die Leute, die aus Angst vor den Konsequenzen ihres Denkens in die Kirche liefen. Leute, die nichts dachten und nur lebten, existierten für ihn nicht. Auch von der Politik hielt er nichts. Die Deutschen seien völlig unbegabt für diese Kunst, weil sie hierfür nicht oberflächlich genug seien, sie könnten keine Kompromisse schließen, sie machten alles ganz oder gar nicht, sie seien maßlos im Guten und im Bösen. Zur Zeit hätten sie allerdings eine gute Periode. Überhaupt sei Deutschland biopolitisch – auf dieses Wort hielt er sich allerhand zugute, er habe es kreiert, betonte er wiederholt – biopolitisch sei Deutschland immerhin das einzige dynamische Volk, das die abendländische Welt noch besitze, die andern Völker hätten sich längst zur Ruhe begeben. Auch über den Krieg wußte er Bescheid, und als echter Philosoph redete er im Pathos des Dilettanten von Tapferkeit und Ehre –

Ob er keinen Hunger habe, hörte Teichmann den Kommandanten fragen.

»Doch, selbstverständlich, Herr Kaleu, man lebt ja nicht nur vom Denken allein, hahaha – aber wenn ich mir auch hierüber eine Bemerkung gestatten darf: auch über dem Suppentopf hat der Geist zu stehen.«

»Dann machen Sie ruhig im Geiste weiter, wir essen mittlerweile Ihre Portion auf«, sagte der Kommandant und ließ Timmlers Gedeck abservieren. Das war das erste und das letzte Mal, daß Timmler in Gegenwart des Kommandanten philosophierte.

Übrigens war es mit seinem Nihilismus nicht weit her. Tapfer war er nur mit dem Maul, und im stillen hoffte er, irgendwann doch einmal für sein Wissen, das ihm so viel Leid brachte, wie er offen zugab, belohnt zu werden. Im Ganzen war er wohl nur ein zu kurz gekommener Literat, der sich ärgerte, daß er trotz seiner Geistesgaben von den Seeleuten nicht für voll genommen wurde. In seiner sterilen Geistigkeit redete er sich ein, er habe ein Recht, auf seine Umgebung hinabzuschauen, und wenn er nach Bombendetonationen eine Zeitlang nichts essen konnte, begründete er seine Appetitlosigkeit mit der Behauptung, er habe eben feinere Nerven als die andern. Seine Minderwertigkeitsgefühle reagierte er mit der Feder ab. »Ich hab auch schon einige Bücher gemacht«, sagte er, »Goldener Herbst, eine Liebesgeschichte – ja, das kann ich auch. Einfach superb. Obzwar ich ansonsten und im Grunde genommen ein eiskalter, nüchtern kalkulierender Denker bin.« Nach dem Krieg wolle er wieder ein Buch machen, das müßten dann die Seeleute unbedingt lesen, er werde es so abfassen, daß sie es verstehen könnten. Aber vielleicht sei auch schon für ihn eine Kammer auf der Bismarck reserviert und er erlebe den Frieden nicht mehr. Sei so oder so egal, sagte er. Wenn er von Goethe sprach, und er sprach oft von Goethe, dann sagte er nicht »Goethes Werke«, sondern »Goethes Oeuvre«. Als ihn Stollenberg mal fragte, warum er sich der Sprache der Lakaien bediene, wenn er von Deutschlands größtem Dichter spreche, erwiderte Timmler, das verstehe Stollenberg nicht, dazu sei er noch zu jung.

Für die Seeleute war Timmler der Hanswurst unter der Besatzung, ein Unikum, das sie duldeten, wie man einen armen Irren duldet, von dessen Harmlosigkeit man überzeugt ist. Erst als er den Tropenkoller bekam, änderten sie ihre Meinung, Timmler wurde gefährlich, es stellte sich dabei heraus, daß das andere Geschlecht für ihn das gleiche war, und es gab Stunk unter der Besatzung. Schließlich mußten sie den Philosophen in seiner Koje festbinden, weil er gewalttätig geworden war. Später äußerte sich sein Koller dadurch, daß er jedem, der an seiner Koje vorbeikam, aus seinen Werken vorlesen wollte.

Angefangen hatte es bei der Abfassung des Kriegstagebuchs. Der Kommandant führte als KTB eine Kladde, in die er mit Bleistift seine Eintragungen machte. Der IIWO hatte von Zeit zu Zeit die Aufgabe, die Reinschrift des KTB zu verfassen und mit der Maschine zu tippen. Dabei half ihm Timmler, das war die einzige Arbeit, die er an Bord tat, und nun glaubte er wohl, er könne bei dieser

Tätigkeit literarische Orgien feiern, und kritisierte den IIWO fortwährend.
Eines Tages hatte er sich vorgenommen, den IIWO über die Finessen der deutschen Grammatik zu belehren, indem er ihm zu erklären versuchte, daß das Wort ›während‹ nur gebraucht werden dürfe, wenn zwei Handlungen zeitlich parallel laufen. Der IIWO könne daher nicht schreiben: Während der tropischen Hitze fiel der Süßwassererzeuger aus. Denn die Hitze sei ja keine Handlung. Vielmehr müsse es heißen: In oder bei der tropischen Hitze. Als Beispiel für die Anwendung von ›während‹ könne man sagen: Während ich mit der einen Hand meinen Hosenladen öffne, hole ich mit der andern das Präservativ aus der Tasche.
»Der einzige Unterschied zwischen nem Schwein und Ihnen, Doktor, besteht darin, daß Sie nur auf zwei Füßen gehen«, sagte der IIWO.
Timmler sprang auf und ging in die Zentrale. Dort lief er aufgeregt hin und her, und auf diesen Spaziergängen entdeckte er eine Kujambelflasche. Er setzte die Flasche an den Mund und trank sie leer. Als er sie wieder wegstellen wollte, sah der Zentralemaat, was mit seiner Flasche geschehen war. Der Maat nahm die leere Flasche und hieb sie dem Philosophen auf den Kopf. Für seine Handlungsweise entschuldigte er sich später beim LI mit dem Hinweis, er habe nicht wissen können, daß ein Mensch so leicht umfällt.
Nachdem Timmler wieder zu sich gekommen war, meldete er den Vorfall dem Kommandanten. Beim Rapport sprach der LI zugunsten des Maats. Er sagte, der Zentralemaat habe sich um sein Kujambelwasser betrogen gesehen, das er sich seit drei Tagen aufgespart hatte, und da habe er eben im Affekt gehandelt und Timmlers Vergehen so geahndet wie ein Ehemann, der den Liebhaber seiner Frau in flagranti ertappt.
Der Maat erhielt unter Berücksichtigung mildernder Umstände sieben Tage Bau, abzusitzen im Hafen. Damit konnte er seinen Urlaub in den Wind schreiben. Timmler hatte Einreichung eines Tatberichts verlangt. Der Kom-

mandant hatte das mit der Bemerkung abgelehnt, daß er, Timmler, ja kein Soldat sei.

Am andern Tag ging Timmler in die Zentrale und schlug dem Zentralemaat ins Gesicht. Als der LI, der es klatschen gehört hatte, in die Zentrale kam, erhielt er von Timmler eine Ohrfeige.

Offensichtlich hatte Timmler einen Dachschaden. Der LI, der Obersteuermann und Teichmann schafften ihn in seine Koje, während er um sich hieb und mit den Beinen strampelte.

Bei dieser Beschäftigung ging Teichmanns Uhrarmband entzwei. Er trug die Uhr während der Freiwache und bei trockenem Wetter auch auf der Brücke. Der Kommandant hatte nichts mehr gesagt. Als Teichmann die Uhr bekommen hatte, war ihre Rückseite mit einem Stück Leder überklebt gewesen. In der Hitze der letzten Wochen war der Klebstoff flüssig geworden und das Leder hatte sich abgelöst. Die mit Brillanten ausgelegten Buchstaben und das Datum waren noch vorhanden, also ist die Uhr immer noch wertvoll, dachte Teichmann und versteckte sie im hintersten Winkel seines Spinds.

Er hatte sie geschenkt bekommen. Frau Wegener hatte ihm nach Flensburg geschrieben, er solle vor seiner Abreise an die Front in Berlin vorbeikommen, ihr Mann bitte darum. Teichmann fuhr über Berlin, erst in Köln traf er wieder mit seinen Kameraden im BdU-Zug zusammen. Sein Aufenthalt in Berlin war kurz. Er kam mittags an und fuhr gleich nach Dahlem raus. Im Garten war ein junger Mann damit beschäftigt, den Kiesweg neu einzufassen. Der junge Mann hatte eine grüne Gärtnerschürze um, Teichmann fand, daß er nicht schlecht aussah, und überlegte sich, wie der es wohl angestellt hatte, sich vom Kommiß zu drücken. Der junge Mann war sehr freundlich und öffnete ihm das Gartentor. Das Dienstmädchen kam und führte ihn in den ersten Stock. In einem kleinen, in Rosa gehaltenen Salon mußte er einige Minuten warten.

Frau Wegener kam ins Zimmer und trug ein einfaches Kleid und überm Arm eine Decke, die sie sich beim Setzen umlegte, und nachdem sie ihm die Hand gegeben hatte, forderte sie ihn auf, wieder Platz zu nehmen, und sagte, sie freue sich, daß er nochmal gekommen sei, ihr Mann schlafe noch, in einer Viertelstunde könne er ihn wohl begrüßen. Teichmann fragte, wie es ihm gehe. Sie sagte: »Gut«, und ehe es ihm bewußt wurde, wie lang eine Viertelstunde dauern kann, wenn man sie mit konventionellem Gerede ausfüllen muß, sagte sie: »Wir wollen uns diesmal nichts vorspielen. Ich weiß, ich öffne nun Wunden, die ich verursacht habe und die vielleicht inzwischen verheilt waren, vielleicht auch – lassen wir das. Sie – lieben mich, nicht wahr?«

Teichmann hörte im Nebenzimmer eine Uhr schlagen. Sie schlug dreimal und hatte einen hellen, silbernen Klang, wie die Glöckchen einer Spieldose. Er sah auf die Wand, vor der Frau Wegener in ihrem Sessel saß. Die Wand hatte eine rosa Tapete mit linearen Ornamenten, und an der Wand hing ein Ölbild, das ein junges Mädchen darstellte, im Alter von etwa vierzehn Jahren, und das die spätere Frau Wegener war. Er schaute dem Mädchen in die Augen und sagte: »Ja.«

»Und Sie wissen auch, daß das nicht sein darf?«

»Ja.«

»Ich kann Ihnen das nicht verbieten. Aber Sie hätten es nicht tun dürfen.«

»Ja.«

»Ich weiß, daß Sie sich jetzt ärgern, weil Sie immer mit ja antworten müssen, 's ist aber gleich vorbei. Wollen Sie mir versprechen, nie wieder etwas zu tun, was ich Ihnen verbieten muß?«

– – –

»Es ist schmeichelhaft für mich als Frau, daß Sie sich Zeit mit Ihrer Antwort lassen. Aber jetzt ist es lange genug. Ich bitte Sie, sagen Sie nochmal ja.«

»Ja.«

Obwohl es ihm ernst war, kam ihm jetzt die ganze Sache wie in einem schlechten Theaterstück vor, in dem er eine

Rolle spielen mußte, die er nicht spielen wollte, und er fühlte, daß er wieder überspielt worden war.
»Danke. Und ich verspreche Ihnen, nie wieder boshaft zu sein und Sie zu quälen. Ich hab das einmal getan, ich weiß, aber ich möchte jetzt nicht sagen, warum – ich kann es Ihnen jetzt nicht sagen, Sie müssen mir glauben, daß ich es nicht gern tat, nicht so, wie Sie vielleicht meinen, wie Sie annehmen könnten –«
Er hatte den Aschenbecher runtergeworfen. Er war mit einem Manschettenknopf in den Fransen der Tischdecke hängen geblieben, und der Aschenbecher, der auf dem kleinen Tisch zwischen ihnen stand, fiel auf den Boden. Aber ehe ihn Teichmann aufheben konnte, hatte sich Frau Wegener gebückt und ihn wieder auf den Tisch gestellt. Sie hatte das ohne Überlegung getan, und ihr Gesicht war jetzt sehr rot, und ihre Sicherheit war weg. Sie legte ihre Hände vor sich auf die Decke wie ein Kind auf die Schulbank und betrachtete sie. Es war, als ob sie nicht mehr weiter wüßte und einen Anlauf nehme, um ihm sagen zu können, daß sie Mutter werde. Ihr Gesicht hatte einen hilflosen Ausdruck angenommen, und ihr Lächeln wirkte verlegen und unecht. Aber dann fing sie sich wieder und schaute ihn an, als sie sagte: »Sonst hätt ich Ihnen das alles nicht sagen können. Und sie haben meinen Mann gerettet und –«
»Ich hab Ihren Mann –«
»Ich weiß, Sie haben einen Ihrer Kameraden gerettet, aber es war nun mal mein Mann. Ich weiß, Sie hätten es bei jedem andern auch getan – wir wollen uns nicht darüber streiten. Ich weiß aber auch, daß Sie immer – auch damals auf dem Floß und im Boot – wußten, daß es *mein* Mann war.«
Ein leiser, kaum merkbarer Triumph schwang in ihrer Stimme mit, als sie ihm das sagte. Er wurde rot vor Verlegenheit. Sie schaute wieder auf ihre Hände und sagte dann sehr ruhig, fast beiläufig: »Das werde ich Ihnen nie vergessen. Mein Mann wird Ihnen nachher seine Armbanduhr schenken, Sie kennen sie ja. Sie dürfen Sie ruhig annehmen, und jetzt erzählen Sie mir noch ein bißchen was von Ihren Kameraden ...«

250 Meilen südöstlich von Trinidad sichteten sie einen Dampfer. Er lief schneller als das U-Boot, und es wäre eine hoffnungslose Angelegenheit gewesen, wenn er nicht völlig unmotiviert seinen Kurs um siebzig Grad geändert hätte. Nach dieser Kursänderung hatte das U-Boot Chancen.

Es tauchte. Der Kommandant befahl die Torpedowaffe auf Gefechtsstation und ließ die Rohre zum Unterwasserschuß beschleunigt klarmachen, Schaltung Dreierfächer aus Rohr eins, drei und vier. Dann gab er die Schußwerte an: Gegnerfahrt sechzehn, Lage achtzig, Entfernung tausend. Der IIWO stellte sie ein. »Steht«, sagte er zum Kommandanten, als er damit fertig war. Die Schraubengeräusche des Dampfers waren jetzt mit bloßem Ohr zu hören. Der IWO meldete die Rohre klar. Die Mündungsklappen wurden geöffnet, der Kommandant korrigierte nochmal die Lageeinstellung und sagte: »Fächer fertig«, und gleich darauf: »Fächer los. Rohr zwei schalten.«

Aus dem Bugraum meldete der Mechmaat: »Fächer ist elektrisch gefallen, Rohr zwei ist geschaltet.«

Die Stoppuhren liefen. Eine beim Kommandanten im Turm, eine beim Obersteuermann in der Zentrale und eine beim Mechmaat im Bugraum. Alles war still. Die Männer hockten unbeweglich da und horchten. Es war, als sei ein schnellaufender, sehr lebendiger Film plötzlich angehalten worden. Keiner rührte sich. Sie warteten.

Als zwei Minuten rum waren, schauten sie wie hypnotisiert auf den Zeiger der Stoppuhr. Der kroch zitternd wie ein dünnes Spinnenbein, aber gleichmäßig und unbekümmert über die schwarzen Striche des Zifferblatts. In den Augen der Männer raste er. Die Mechgasten wischten sich den Schweiß von den Gesichtern, der Mechmaat runzelte die Stirn und warf einen schnellen Blick auf die Torpedorohre, als wolle er sich überzeugen, daß die Torpedos auch wirklich die Rohre verlassen hatten.

»Wir haben ihn getroffen«, flüsterte einer der Seeleute vor sich hin. »Der Kommandant schießt nie vorbei, und einen Fächer schon gar nicht«, lispelte der Mechmaat, die Uhr in seiner Hand zitterte. »'s genügt, daß er sich bei der

Gegnerfahrt nur um eine Seemeile verschätzt, und schon hat er –«

»Schnauze.«

Als zweieinhalb Minuten abgelaufen waren, standen auch die weiter weg sitzenden Männer auf, und alle starrten jetzt auf die Stoppuhr und warteten auf den erlösenden Knall. Und dann kam es: gleichzeitig und mit fast gleicher Lautstärke und in möglichst unpersönlichem Ton meldeten der Mechmaat im Bugraum und der Obersteuermann in der Zentrale: »Laufzeit um.« Drei Minuten waren vergangen. Die Männer wagten nicht, sich anzusehen.

Im Turm begann eine lebhafte Unterhaltung zwischen dem Kommandanten und dem IIWO. Dabei stellte sich heraus, daß der IIWO vergessen hatte, nach der letzten Lagekorrektur des Kommandanten den Blauschalter wieder einzulegen, und so wurden die verbesserten Werte nicht mehr in den Gradlaufapparat der Torpedos eingedreht.

»Klarmachen zum Auftauchen. Klar zum Artilleriegefecht«, sagte der Kommandant.

In der Zentrale wurden die Entlüftungen nachgefaßt. Im Gang zwischen Kommandantenraum und Funkschapp wurden die Flurplatten aufgerissen und die Munitionskammer geöffnet und eine Anzahl Granaten heraufgereicht.

»Boot ist klar zum Auftauchen«, meldete der LI. »Auftauchen«, sagte der Kommandant und stieg in den Turm. »Anblasen«, befahl der LI dem Zentralemaat, und der öffnete das Hauptventil des Anblaseverteilers, die Preßluft schoß in die Tauchtanks, das Boot stieg. »Turmluk ist frei«, rief der LI dem Kommandanten zu. »Turmluk wird geöffnet«, sagte der IWO in die Zentrale runter. »Druckausgleich«, rief der LI.

Die Geschützbedienung enterte hoch. Als Teichmann auf die Brücke kam, hörte er den IIWO dem Kommandanten »Geschütz klar« melden. Noch bevor der Kommandant Feuererlaubnis gab, schoß der Dampfer. »Die müssen die Hosen ja gestrichen voll haben«, sagte der Obersteuermann. »Die haben unsern Fächer mitgekriegt«, sagte der IWO.

Der Dampfer besaß zwei Geschütze, eins vorn und eins auf dem Achterdeck. Beide hatten größeres Kaliber als das Geschütz des U-Boots, ihre Aufschlagsäulen waren verhältnismäßig hoch.
Die ersten Einschläge des Gegners lagen zu weit. Der erste Schuß des U-Boots lag zu kurz, aber nur knapp. »Vier vor. Eine Salve«, rief der IIWO dem Geschützführer zu. Der zweite Schuß lag zu weit. »Eins zurück. Salventakt«, rief der IIWO.
Seine Ruhe war bewundernswert. Eben noch hatte er ein Donnerwetter des Kommandanten über sich ergehen lassen müssen, weil er vergessen hatte, den Blauschalter einzulegen, und jetzt stand er da, als handle es sich um ein Übungsschießen auf eine Scheibe, und schon sein vierter Schuß schlug auf dem Achterdeck, wenige Meter hinter den Aufbauten, ein. »Drei Schuß Schnellfeuer«, rief er, und danach fiel der Schornstein des Dampfers um.
Auch die auf dem Dampfer wehrten sich, aber ihr Feuer lag schlecht, ihre besten Einschläge lagen etwa hundert Meter vom Boot entfernt.
Für die U-Bootsbesatzung war es ein Fest. Von ihnen aus hätte das Artilleriegefecht noch stundenlang weitergehen können. Sie kamen sich vor wie in der Skagerrakschlacht. Das Angriffssehrohr und das Luftzielsehrohr waren ein kleines Stück ausgefahren worden, und unten im Turm und in der Zentrale standen die wachfreien Heizer und peilten durch die Sehrohre, und wer gerade Wache hatte oder als Munitionsmann beschäftigt war, wurde für einige Augenblicke abgelöst, damit er sich die Seeschlacht ansehen konnte. Unter den Zuschauern gab es Männer, die an fünf und sechs Feindfahrten teilgenommen hatten, ohne dabei den Gegner zu Gesicht bekommen zu haben. Jetzt sahen sie ihn. Und sie fanden es hochinteressant und stießen bei jedem Schuß ein Indianergeheul aus. Für sie war das Ganze ein Spaß oder ein Fußballspiel, bei dem sie Zuschauer waren und ihre Mannschaft überlegen spielte, bei jedem Treffer schrien sie, als ob ein Tor gefallen wäre.
Im Grunde genommen war es eine Frechheit, was sich der Kommandant mit diesem Gefecht leistete. Er änderte zwar

laufend den Kurs des U-Boots, aber ein einziger Treffer hätte genügt, um das Boot tauchunklar zu machen, und damit wäre es erledigt gewesen. Aber der IIWO war groß in Form und ließ sich nicht durch das Gebrüll der Leute im Turm und in der Zentrale und nicht durch die beiden Kanonen des Dampfers aus der Ruhe bringen. Er besaß nichts als seine Augen und sein Fernglas, nicht mal ein E-Meßgerät hatte er, aber seine Schüsse lagen im Ziel. Und dabei war es schon schwer genug zu schießen, wenn das eigene Boot laufend den Kurs ändert, aber auch der Dampfer fuhr jetzt zickzack. Es half ihm nichts, er mußte Treffer auf Treffer einstecken.
»Machen Sie mal nen Moment Pause, IIWO«, sagte der Kommandant.
»Wie bitte, Herr Kaleu?« Der IIWO war völlig verdutzt, er war gerade so schön beim Arbeiten, und nun sollte er aufhören. Die Männer auf der Brücke schauten den Kommandanten an, sie glaubten, sich verhört zu haben. Der Kommandant stand lässig an die Brückenverkleidung gelehnt, er fand es nicht mal für nötig, sein Glas vor die Augen zu nehmen.
»Sehen Sie sich mal an, IIWO, wie diese Krüppel da drüben schießen.«
»Jawohl, Herr Kaleu.«
»Wenn Sie jemals bei mir an Bord so schießen sollten, dann degradiere ich Sie zum Matrosen.«
»Jawohl, Herr Kaleu.«
»So – und jetzt machen Sie ihn fertig da drüben. Widerlich, diese Knallerei.«
»Jawohl, Herr Kaleu.«
Der Kommandant betrachtete seine Fingernägel. In seinem Gesicht stand ein solches Maß an Verachtung für das stümperhafte Schießen *seines* Gegners, daß der IWO ihm den Vorschlag machte, dem Dampfer Länge und Breite des U-Boots zu signalisieren. Der Kommandant gab ihm keine Antwort, er schnaubte durch die Nase, weil ihm anscheinend der Mündungsqualm des Geschützes nicht wohlriechend genug war, und betrachtete weiterhin seine Fingernägel, die vorn spitz zugeschnitten und sorgfältig gepflegt waren.

Mit dem zwölften Treffer erledigte der IIWO das achtere Geschütz des Dampfers. Damit war die Sache entschieden. Die einzige Hoffnung des Dampfers bestand in der Flucht. Wenn er ablaufen wollte, mußte er dem Boot das Heck zeigen, mit seinem vorderen Geschütz konnte er dann nichts mehr anfangen.
An den dicken Rauchwolken, die der Dampfer ausstieß, merkten die U-Bootleute, daß er seine Maschinen auf Hochtouren trieb und davonlaufen wollte. Sie trafen ihn aber noch sechsmal und beim siebten Mal seinen Kessel. Er stoppte und setzte seine Rettungsboote aus. Ein gewaltiger Rauchpilz stand über ihm. Das U-Boot lief auf ihn zu.
Der Dampfer hieß Hudson, war ein Amerikaner und hatte fünfzehntausendachthundert Tonnen. Die Rettungsboote der Hudson wurden aufgefordert, längsseits zu kommen. In einem der Boote befand sich der Kapitän, ein älterer Mann, der sehr nervös war, als der Kommandant sich mit ihm in Englisch unterhielt.
Vier Rettungsboote waren längsseits gekommen. Fünf Verwundete wurden an Oberdeck des U-Boots gelegt und verbunden, die Toten – drei – waren an Bord der Hudson geblieben. Die U-Bootleute gaben den Schiffbrüchigen einige Dosen mit Butter und Hartwurst und Büchsenbrot und etwas Frischwasser. Der Kommandant zeigte dem amerikanischen Kapitän auf der Seekarte den Standort und nannte ihm den Kurs nach Trinidad. Das U-Boot lief tausend Meter von der Hudson ab und versenkte sie mit einem Torpedo aus dem Heckrohr. Der Kommandant gab einen offenen Funkspruch in englischer Sprache über den Standort der Rettungsboote ab. Dann tauchte das Boot und ging auf Ostkurs.

Ende November machte das Boot im U-Bootbunker in La Pallice fest. Auf dem Rückmarsch hatten sie zwei Geleitzüge gesichtet, hatten aber nicht mehr genug Öl an Bord gehabt, um mit den Maschinen längere Zeit eine hohe Fahrtstufe laufen zu können.
Teichmann und Stollenberg wohnten zusammen mit der Besatzung im Priengelände am Rande von La Rochelle.

Der Kommandant und die Offiziere wohnten im Haus Schepke in der Stadt. Der Kommandant, der LI, der IIWO und alle verheirateten Soldaten fuhren im ersten Törn in Urlaub, sofern sie keine Strafen abzusitzen hatten. Der Rest der Besatzung ging Bootswache im Bunker, das Boot lag im Trockendock. Wachhabende waren abwechselnd die Fähnriche und der Obersteuermann.
Dieser Wachdienst war ein Greuel, wie überhaupt alles, was mit der Werft zusammenhing. Vierundzwanzig Stunden lang mußte der Wachhabende in einem Boot zubringen, das halb in seine Bestandteile zerlegt war, das aber seinen alten, zum Erbrechen reizenden Mief bei sich behalten hatte und in dem ununterbrochen an allen Ecken und Enden gehämmert und geschweißt wurde, und wenn man das Boot verließ, umgab einen das düstere Halbdunkel des großen Betonbunkers und eine dicke Wolke von Öldunst und Staub, und Tag und Nacht hatte man das Gedröhn der Niethämmer und das widerliche Fauchen der Schweißgebläse im Ohr und das Zischen der Preßluftbohrer und der Azetylenbrenner und das Heulen der Motoren, man mußte brüllen, wenn man sich verständigen wollte, und dann die dreckig und verkommen aussehenden Werftarbeiter, übermüdete, gereizte, abgearbeitete Männer, die gleichgültig geworden waren gegen das ewige Antreibergeschrei der Vorarbeiter, und draußen vor der Bunkereinfahrt lagen in Rauch gehüllt, an sonnenlosen Tagen nur schemenhaft sichtbar, die Überwasserschiffe mit ihren roten Mennigeflecken, wie aussätzige Tiere, die an Entzündungen litten und in deren Eingeweiden die Arbeiter wie Maden wühlten, und wenn man einige Schritte gehen wollte, stolperte man über Geleise, Kabel, Drahtrollen oder lief dem motorisierten Zubringerwagen in den Weg –
Während der Wache konnte man nichts tun. Nicht lesen, nicht schreiben, nicht schlafen. Man konnte nur stumpfsinnig warten, bis die vierundzwanzig Stunden rum waren.
Wenn die Fähnriche keine Wache hatten, aßen sie im Haus Schepke zu Mittag, und dort gefiel es ihnen. Es gab dort nicht nur ein vorzügliches Essen, sondern Offiziere, deren Lebensart dadurch gekennzeichnet war, daß sie ihren

Dienst als Beruf ausübten. Und das war wohltuend, verglichen mit dem, was Teichmann und Stollenberg unter einem Mann wie Pauli mitgemacht hatten. Daß ein Büstenhalterfabrikant hier auftauchte, war ausgeschlossen, und das war eine große Beruhigung für sie. Äußerlich betrachtet hatten diese Offiziere fast alle die gleiche Gestalt: sie waren schlank, sehnig, schmal in den Hüften, wettergebräunt, und besaßen jene lässige Eleganz, die Berufsoffizieren der Marine eigen war. Und alle konnten sie unheimlich viel trinken und unheimlich viel vertragen. Das Erstaunlichste aber war ihre Ruhe, ihre innere Ausgeglichenheit, mit der sie ihren Dienst versahen, ohne Geschwätz und großspurige Reden. Ruhig, großzügig und gelassen, und wenn irgend möglich mit etwas Humor. Vielleicht war dies die einzige Art, mit der man diesen Dienst leisten konnte. In den Zeitungen, im Film und im Rundfunk wurden sie gelobt, gepriesen, umschmeichelt, in den Himmel gehoben – aber wenn man sie so sah, aus nächster Nähe, Namen, vor denen der Gegner zitterte, so hatte man den Eindruck, daß diese Männer keine Zeitungen lasen und keinen Rundfunk hörten, und wenn sie sich mal im Kino eine Wochenschau ansahen und die Leinwand zeigte ein getauchtes U-Boot und im Lautsprecher machte es »Päng, päng« und der Wochenschaureporter sagte: »Das waren Wasserbomben«, dann verließen sie das Kino. Sie wünschten keinem der Zuschauer, das Geräusch ertragen zu müssen, das eine detonierende Wasserbombe fünfzig Meter vom Boot entfernt macht – das Kino wäre in Sekundenschnelle leer gewesen.

Über den Krieg sprachen sie nicht. Nur wenn es sich gar nicht umgehen ließ oder der Alkohol ihre Zunge löste, sprachen sie von *ihrem* Krieg in einer witzigen und auch zynischen Ausdrucksweise. Damals kamen von zehn auslaufenden Booten zwei oder drei nicht mehr zurück. Das war tragbar. Und sie trugen diese Verluste still und ohne Aufhebens und ebenso ihre Siege. Im übrigen aber waren sie immer lustig. Das schien ihnen die beste Art zu sein, den Tod ein wenig zu ärgern, und außerdem waren sie die Elite der Marine. Diese Eigenschaft verloren sie nie, während des ganzen Krieges nicht, gleichgültig, ob sie in ihrem Kampf Erfolg hatten oder ob sie nur noch Vieh waren, dem man befahl, zur Schlachtbank zu gehen. – Teichmann und Stollenberg fühlten sich wohl.

Teichmann hatte Post bekommen, vielmehr Stollenberg und er. Heyne hatte einen ausführlichen, im Stil etwas schnoddrigen Brief geschrieben. Der Brief kam aus Pillau, Heyne war nach seiner ersten Feindfahrt auf den UWO-Lehrgang zur 1. ULD kommandiert worden. Teichmann und Stollenberg sahen schwarz für den Fall, daß Heynes Briefe einmal der Zensur in die Hände fielen. Auch Bülow hatte geschrieben und mitgeteilt, daß er verheiratet sei. Wie er das fertiggebracht hatte, schrieb er nicht. Anscheinend gefiel ihm dieser Zustand, er schrieb wie ein mit der Welt zufriedener Mensch. Selbst Stollenberg meinte, der Brief sei ein bißchen zu bürgerlich für einen Kerl wie Bülow.

Ein Brief kam aus Berlin, er war an Teichmann adressiert. Frau Wegener zeigte die Geburt eines Sohnes an. Es war keine der üblichen Geburtsanzeigen, sondern ein Brief. Wenn Teichmann an Weihnachten nichts Besseres zu tun wüßte, solle er nach Berlin kommen, ihr Mann und sie würden sich freuen, er sei herzlich eingeladen.

Stollenberg nahm Teichmann die Beantwortung der Briefe an Heyne und Bülow ab. Er schrieb gern Briefe. In seiner leicht lesbaren, harmonischen Schrift malte er Buchstabe an Buchstabe, ohne jede Hast, und Teichmann schaute ihm dabei zu. Sie saßen sich am Tisch ihres Zimmers gegenüber, Teichmann rauchte eine Zigarre, und Stollenberg, ganz in seine Arbeit vertieft, hatte seine kaltgewordene Pfeife zwischen den Zähnen stecken und dirigierte sie abwechselnd von einem Mundwinkel in den andern. Ab und zu legte er seine Stirn in Falten, fuhr sich mit den Fingern durch seine blonden Wuschelhaare und dachte angestrengt nach, was er Heyne und Bülow noch schreiben könnte. Wenn er etwas Entsprechendes gefunden hatte, leuchteten seine hellblauen Augen auf, und er beugte sich aufs neue über seinen Brief und malte Buchstabe an Buchstabe, ohne jede Hast. Dieser Emil ist die Gutmütigkeit in Person, dachte Teichmann, als er ihn so dasitzen und schreiben sah, und

er fühlte plötzlich eine so tiefe Zuneigung zu ihm, daß er ihm beinahe gesagt hätte, was für ein guter Kerl er ist.
Nach Berlin mußte Teichmann selbst schreiben. Er machte das so, als ob er einem alten Kameraden von der Minensucherei etwas sehr Wichtiges über die U-Bootwaffe zu erzählen habe. Sie langweilt sich, wenn sie das liest, dachte er. –
Mitte Dezember kam der erste Törn der Urlauber zurück, Kommandant und LI blieben über Weihnachten weg. Teichmann verzichtete, und Stollenberg behauptete, er wisse nicht, was er zu Hause tun sollte. Nachdem der zweite Törn der Besatzung in Urlaub gereist war, führten die beiden ein ruhiges Leben. Sie fuhren einmal nach Biarritz und zweimal nach Royan. Auch Weihnachten verbrachten sie in Royan. Es wurde viel getrunken, schön war es nicht, aber mit Alkohol war es ohne größere Schwierigkeiten zu schaffen, ging sogar ausgezeichnet, weil sie drei Tage lang Weihnachten feierten.
Nach Weihnachten kam ein Paket aus Berlin, für das sich Teichmann bedanken mußte, dann fuhren sie für drei Tage nach Paris, sahen sich in der Großen Oper Rheingold an, was sehr erheiternd war, und verbrachten die Nächte in liebevoller Gesellschaft.

Mitte Januar lief das Boot wieder aus.
Die Besatzung war die gleiche geblieben, nur der IIWO war ausgestiegen und als IWO auf ein anderes Boot kommandiert worden. Der neue IIWO war Reserveoffizier, mehrfacher Familienvater, es war seine erste Feindfahrt.
Die Abschiedszeremonien kamen den Fähnrichen wieder genau so spannend vor wie beim erstenmal. Einen Tag vor dem Auslaufen fand die ärztliche Untersuchung statt. Das war eine ernste Angelegenheit. Wer sich angesteckt hatte, mußte mit Tatbericht rechnen. Solche Sachen wurden einem als Sabotage mit dem Zweck, sich vor der Feindfahrt zu drücken, ausgelegt. In See hätte sich eine derartige Erkrankung katastrophal für die ganze Besatzung ausgewirkt, es gab nur ein Clo, das zweite Clo war mit Konserven vollgestopft. Bei der Besatzung von U-Lüttke ver-

lief die Untersuchung ohne Beanstandung, der Kommandant brauchte sich übrigens nicht untersuchen zu lassen. Abends war großer Umtrunk in der Messe. Am nächsten Tag wurde alles, was die Männer besaßen, in Koffer verpackt, obendrauf mußte das Testament liegen, sofern man etwas zu vermachen hatte, dann wurden die Koffer abgeschlossen und versiegelt und dem VO der Flottille übergeben. Die Besatzung stieg in einen Omnibus und fuhr vom Priengelände zum Haus Schepke. Dort stiegen der Kommandant und die Offiziere zu. Der Omnibus fuhr nach La Pallice weiter und hielt vor dem U-Bootbunker. Die Besatzung verstaute ihr Zeug im Boot und trat an Oberdeck an. Der LI und der IWO meldeten dem Kommandanten ihre Divisionen. Der Flottillenchef erschien mit großem Gefolge, darunter Kameramänner von der Wochenschau – »Bitte recht freundlich« – und Rotekreuzschwestern, die Blumen verteilten – »Alles Gute und kommt gesund wieder« – und Verbindungsoffiziere vom Heer und der Luftwaffe und Herren von der Zivilverwaltung – »Tolle Jungs, diese Kerls« – und der Werft – flüsternd: »Der Pott hält auch nicht mehr viele Wabos aus« – und Offiziere von andern Booten. Nach der Meldung des Kommandanten hielt der Flottillenchef von der Pier aus eine wohltuend kurze Ansprache, danach stieg er aufs Oberdeck hinab und verabschiedete sich von jedem Mann der Besatzung mit Handschlag.
Als er damit fertig war, wurde Fliegeralarm gegeben. Das war immer so, wenn ein Boot auslief. Die französischen Agenten meldeten fast auf die Minute genau ihren englischen Auftraggebern das Auslaufen der U-Boote. Das war auch keine Kunst: ihre Informationen bezogen sie aus den Bordellen, in deren Geschäftsverkehr es sich bemerkbar machte, wann ein Boot eingelaufen war und wann eines auslief.
Der IWO pfiff zum Ablegemanöver. Die erste Wache besetzte die Manöverstationen, die übrige Besatzung blieb an Oberdeck angetreten. Die Vor- und Achterleinen und die Springs wurden eingeholt, und mit langsamer Fahrt der E-Maschinen verließ das Boot übern Achtersteven den

Bunker. Der Flottillenchef und sein Anhang riefen dreimal »Hurrah«. Die an Oberdeck angetretene Besatzung tat das gleiche. Im Hafenbecken drehte das Boot, die Dieselmotoren wurden angelassen. Beim Drehen geriet eine kleine Barkasse zwischen das Boot und die Kaimauer, wurde zerquetscht und sank. Dem Kommandanten war das peinlich, weil auf der Pier viele Leute standen. Er stauchte deshalb den IWO zusammen. Der IWO ließ im Funkraum die Englandliedplatte auflegen, und während das Englandlied durch den Lautsprecher dröhnte, meldete er mit todernstem Gesicht den ersten Versenkungserfolg auf dieser Unternehmung. Der Kommandant wurde rot und sagte, er verbitte sich solche Scherze.
Die an Oberdeck angetretene Besatzung mußte zweimal Front machen und die Ehrenbezeigungen eines italienischen U-Boots und einer deutschen T-Boot-Halbflottille erwidern. Dann passierte das Boot die Molenköpfe und lief im Kielwasser eines Sperrbrechers zum Ansteuerungspunkt.
Das Oberdeck wurde tauchklar gemacht. Mit lauter, etwas erregter Stimme – in den ersten Tagen nach dem Auslaufen waren alle nervös: die Biskaya stand ihnen bevor, und sie hatten sich noch nicht eingewöhnt – kommandierten die seemännischen Maate ihre Leute auf dem Oberdeck rum. Die Poller mußten versenkt, die Bootshaken festgezurrt werden, die Leinen wurden unterm Oberdeck verstaut, und alles mußte so festgelascht werden, daß bei Unterwasserfahrt nicht das geringste Geräusch durch Klappern oder Reiben entstand. Der IWO kam aufs Oberdeck runter, angetan mit einem phantastisch gemusterten Troyer und einem blauseidenen, mit seinem Familienwappen versehenen Halstuch, und inspizierte die Arbeit der Seeleute. Dann befahl er der Nummer Drei die 2-cm-Schnellfeuerkanone und die MGs einzuschießen. Anschließend wurden die MGs wieder unter Deck gebracht, und nachdem der IWO »Picobello« zu den Seeleuten gesagt hatte, stiegen sie ein. Als letzter verließ der IWO das Oberdeck und ging zum Kommandanten: »Melde gehorsamst, Oberdeck tauchklar.« Kurz danach begab sich der LI zum Kommandanten und meldete ihm das Unterdeck tauchklar.

Am Ansteuerungspunkt wendete der Sperrbrecher und ging auf Gegenkurs. Durch Winkspruch wünschte er dem Boot gute Fahrt und gesunde Rückkehr. – Das Boot lief noch einige Meilen über Wasser und tauchte dann.

13

Die Unternehmung fing gut an. Fünf Tage nach dem Auslaufen sichteten sie in der Abenddämmerung einen Sechstausend-Tonnen-Frachter, der für einen Einzelfahrer erfreulich langsam lief. Zwei Stunden nach der ersten Sichtmeldung traf ein Torpedo den Frachter mittschiffs. Er stoppte, zeigte aber keine Schlagseite. Der Kommandant befahl dem IWO, einen zweiten Torpedo zu schießen. Kurz vor Schußabgabe meldete der Funkraum, der Frachter habe auf der Sechshundert-Meter-Welle »SOS torpedoed by german submarine« gegeben, seine Position genannt und hinzugefügt, daß er schnell sinke. Daraufhin befahl der Kommandant, mit dem Fangschuß zu warten. Er hatte noch nicht ausgesprochen, als sich der Frachter auf seine Backbordseite legte, einige Sekunden lang so liegen blieb und dann unter der Wasseroberfläche verschwand. –
In den folgenden drei Wochen lauerte das U-Boot im Nordatlantik auf Beute. Aber es kam nichts. Der BdU hatte dem Boot den Nordatlantik als Operationsgebiet zugeteilt, also mußten sie weiter warten und weiter frieren, und sie froren jämmerlich. Das bleiche Tageslicht wärmte nicht, und das Nordlicht sah nur schön aus. Wochenlang fegte die See mit Sturmstärke über die Brückenwache hinweg, und ein harter, messerscharfer Wind schnitt in die Gesichter der Seeleute. Im Boot herrschte Wassertemperatur. Nachts, wenn um null Uhr und um vier Uhr morgens die Männer der abgelösten Wache in die Zentrale abstiegen, waren ihre Gesichter mit Eiskristallen bedeckt und zu leblosen Masken erstarrt. Ihre Bärte waren am Kragen des Lederzeugs festgefroren, die Kälte hatte das Leder hart wie Eis gemacht, es war zum Eispanzer geworden und noch schwerer als sonst. Die Männer konnten sich nur müh-

sam bewegen und glichen im fahlen Licht der spärlich beleuchteten Zentrale Gnomen aus einer anderen Welt. Eine Viertelstunde dauerte es, bis wieder Gefühl in ihre Hände kam. Ihre Seestiefel waren innen feucht und außen gefroren und gingen nicht von den Füßen. Ihr Unterzeug war naß, wurde ausgewunden und im E-Maschinenraum aufgehängt, soweit es dort Platz hatte. Was dort nicht Platz hatte, war steif gefroren, wenn es die Männer wieder anziehen mußten.

Es war eine trostlose Fahrerei, aber immer noch besser als die Hitze in den Tropen. Nur einmal kam die Sonne für kurze Zeit aus den Wolken. Teichmann, der Wache hatte, ließ Stollenberg durch einen Zentralegasten sagen, er solle mit einer leeren Konservendose auf die Brücke kommen, um Pigmente zu sammeln. Aber der Kommandant ging rauf, als Stollenberg auf die Brücke wollte, und blieb oben, bis die Sonne weg war, und Stollenberg blieb unten. Er stellte sich unter die ›Dorflinde‹ und rauchte seine Pfeife. Plötzlich rief der IIWO: »Alarm!«

Teichmann und die beiden achteren Ausgucks ließen sich durchs Turmluk fallen. Der IIWO rief »Fluten«, noch bevor die Zentrale klargemeldet hatte. Stollenberg sah, wie der IIWO sich beim Einsteigen am Turmlukdeckel halten wollte, der Deckel aber nicht mehr festgesetzt war und zuklappte. Der IIWO brüllte. Seine Finger lagen eingequetscht zwischen Turmlukfassung und Deckel. Der Dekkel konnte nicht einschnappen. Der IIWO brachte seine Finger nicht mehr raus. Das Boot ging stark vorlastig auf Tiefe.

Stollenberg wurde übel vor Schreck. Er war unfähig, irgend etwas zu denken, und der IIWO hatte in seiner Aufregung die Leiter unter den Füßen verloren und hing jetzt mit seinem ganzen Körpergewicht an seinem rechten Arm, seine rechte Hand hielt das Schließrad des Turmluks umklammert, die Finger seiner linken Hand waren eingeklemmt. »Nochmal öffnen!« schrie Stollenberg.

Das Turmluk wurde von der See überspült, es drang bereits Wasser durch den Spalt zwischen Deckel und Einfassung. Da packte Stollenberg die Füße des IIWO und

setzte sie auf eine Sprosse der Leiter, der IIWO stemmte sich mit der Schulter gegen den Turmlukdeckel, drückte ihn so weit auf, daß er seine Finger rausziehen konnte, und blieb dabei mit den Ringen – er trug am linken Ringfinger seinen Ehering und davor einen schweren Siegelring – am Schnapper hängen. Stollenberg hörte, wie der Turmlukdeckel einschnappte, und das war die Hauptsache. Aber immer noch drang Wasser durchs Turmluk, weil der IIWO mit einer Hand das Schließrad nicht drehen konnte. Das Wasser rauschte durch den Turm und klatschte auf die Flurplatten in der Zentrale. Die Männer in der Zentrale verloren die Nerven, sie glaubten, der IIWO habe seine Finger noch im Turmluk und das Luk ließe sich deshalb nicht schließen, und sie wollten wegen den paar Fingern des IIWO nicht absaufen. Unterm Turmluk war es dunkel, sie konnten nicht sehen, daß das Luk geschlossen war und der IIWO nur am Schnapper hing und in seiner Aufregung nicht wußte, wie er loskommen konnte, und deshalb riß einer der Zentralegasten dem IIWO die Füße von der Leiter weg und hängte sich an ihn. Dann hängten sich noch einige Männer an die Füße des IIWO, es gab ein knackendes Geräusch – es hatte Ähnlichkeit mit jenem, das entsteht, wenn man in ein Würstchen beißt und dabei das Würstchen weggezogen bekommt – und der IIWO fiel in die Zentrale.
Stollenberg stellte sich auf die Leiter und drehte das Turmluk dicht. Als er in die Zentrale runterstieg, trat er auf den IIWO, der auf dem Boden lag. An seiner linken Hand, zwischen Mittelfinger und kleinem Finger, fehlte ein langgezogenes dreieckiges Stück Fleisch. Das leere Dreieck reichte mit seiner Spitze bis zur Handwurzel.
»Was haben Sie denn, mein lieber Stollenberg?« sagte der IWO.
»Warum?«
»Dein Gesicht ist blutig«, sagte Teichmann.
»Oben hängt 'n Finger«, sagte Stollenberg. Beim Zudrehen des Luks war er ihm im Gesicht hin und her gependelt.
»Diesen Idioten möcht ich nie wieder sehen«, sagte der Kommandant. Der IIWO hörte das nicht, er war nicht

mehr bei Bewußtsein. »Und dieses Waschweib in Hosen dito.«
Damit war Timmler gemeint. Er lag zusammengesunken in einer Ecke der Zentrale. Sie packten ihn und beförderten ihn unsanft ins Vorschiff, unterwegs kam er wieder zu sich.
Bei achtzig Meter fing der LI das Boot ab. Die Untertriebszellen waren zu spät ausgedrückt worden. Die Leute, die das sonst taten, waren damit beschäftigt gewesen, den IIWO runterzuzerren.
»Bringen Sie das Boot gefälligst wieder auf Sehrohrtiefe, LI«, sagte der Kommandant. »Wegen was seid ihr eigentlich in 'n Keller gegangen?«
»Wegen nem Flugzeug, Herr Kaleu«, sagte Teichmann.
»Wird ne Möwe gewesen sein«, sagte der Kommandant.
»Ich bitte Herrn Kaleu um ein Glas Schnaps«, sagte Stollenberg. Den Schnaps hielt der Kommandant unter Verschluß, er rückte ihn nur bei besonderen Fällen raus. Stollenberg dachte, dies sei so ein Fall gewesen.
»Warum?«
»Mir ist etwas flau, Herr Kaleu.«
»So 'n Quatsch«, sagte der Kommandant, ging aber doch in seinen Raum und schloß das Schnapsspind auf und schenkte Stollenberg ein winziges Glas halbvoll ein. Stollenberg kippte es runter, es war so gut wie nichts. »Waschen Sie sich den Dreck aus Ihrer Visage«, sagte der Kommandant und beendete damit die Schnapsrunde.
Sie schafften den IIWO in seine Koje. Er schrie ein paarmal, aber im großen und ganzen verhielt er sich still, weil er wieder sein Bewußtsein verlor. Der Funkmaat als gelernter Bordarzt gab ihm eine Tetanusspritze und wurde dann selber bewußtlos, weil er kein Blut sehen konnte. Der Dieselmaat mußte kommen und legte dem IIWO einen Verband an. Er genoß es, »Halts Maul« zum IIWO zu sagen, wenn dieser stöhnte. Anschließend erhielt der Dieselmaat vom Kommandanten einen gewaltigen Anschiß verpaßt, weil er seine Tauchstation verlassen hatte, ohne vorher den Kommandanten gefragt zu haben.
Nachdem der Kommandant einen Rundblick durchs Seh-

rohr genommen hatte, befahl er dem LI, aufzutauchen. Dann tobte er, weil der Finger immer noch am Schnapper hing. Der Rudergänger mußte ihn runterholen und warf ihn in die Zentrale. Jetzt fing der LI an zu brüllen, seine Zentrale sei kein Dreckeimer. Als das Boot aus dem Wasser schoß, fing der Kommandant nochmal zu toben an, weil er das Turmluk nicht aufbrachte. Jetzt war Stollenberg der größte Idiot an Bord. Teichmann kletterte in den Turm und nahm alle Kraft zusammen, aber das Schließrad tat keinen Ruck.

»LI, auf zwanzig Meter gehen«, sagte der Kommandant. Der Fall war klar: Stollenberg hatte das Luk zugedreht, als bereits ein gewisser Wasserdruck auf dem Deckel lag, deshalb hatte sich das Schließrad um eine oder eineinhalb Umdrehungen dichter schließen lassen als unter normalem Druck.

Auf zwanzig Meter Tiefe drehte der Kommandant das Schließrad um einige Windungen auf. Als das Boot dann auftauchte, tobte er von neuem, weil er naß wurde. Er war aber selbst dran schuld, er hatte das Rad zu weit aufgedreht, als sich das Boot auf zwanzig Meter befunden hatte.

Beim Mittagessen hielt der IWO eine Privatvorlesung über das Thema: Unfug des Heiratens im allgemeinen und bei U-Bootfahrern im besonderen, oder: Wie ein Ehering fünfzig Männer in Lebensgefahr bringt. Wenn der IIWO keinen Ehering getragen hätte, wäre er heute noch im Besitz seiner zehn Finger, stellte der IWO sachlich fest, so aber sei es gar nicht picobello gewesen. Als der LI ihn darauf aufmerksam machte, daß der Siegelring des IIWO ausschlaggebend für den Verlust des Fingers gewesen sei, erwiderte der IWO, der IIWO habe den Siegelring nur getragen, damit er nicht so leicht in Versuchung komme, den Ehering wegzustecken. Dann ließ sich der LI eine Flachzange geben, packte damit den Finger des IIWO, an dem noch die Ringe waren, und legte ihn dem IIWO über die Brust. Damit er gleich wieder einschlafe, wenn er erwache, das sei besser als das teure Morphium, sagte der LI. In der Zentrale fielen noch einige boshafte Bemerkun-

gen, der IIWO schnitt nicht gut dabei ab. Es endete schließlich mit einer kleinen Igelei. –
Und so begann eine der letzten Geleitzugschlachten vor dem großen U-Bootsterben. Denn das Flugzeug kam wieder, flog das Boot aber nicht an, sondern drehte ab und verschwand hinter der Kimm. Das geschah innerhalb einer Stunde viermal. Beim zweiten Mal kam das Flugzeug ziemlich nahe an das Boot ran, ohne es anzugreifen. Es war ein Trägerflugzeug. Wo der Gegner Flugzeugträger einsetzte, war auch stets ein Geleitzug in der Nähe.
Als Teichmann um vier Uhr nachmittags seine Wache antrat, hatte die Dämmerung bereits eingesetzt. Der Wind war abgeflaut, auch die See war ruhiger geworden und lag kohlschwarz da, kein phosphoreszierendes Plankton war zu sehen. Aus dem Osten zog langsam die Nacht herauf.
Die ersten Sterne zeigten sich. Sie brannten merkwürdig hell, und immer mehr Sterne erschienen am Himmel. Es war bitter kalt.
Dann begann es im Norden zu flimmern, als ob die Luft von Elektrizität knistere, und stellenweise färbte sich die See dunkelgrün, und dazwischen trieb jetzt leuchtendes Plankton, es war, als fahre das Boot durch ein Feld von goldenen Körnern. Aus dem zuckenden zitternden Flimmern der Luft wurde fast unmerklich ein blitzendes Flakkern, und als alle Sterne, die Teichmann je sah, am Himmel standen, flammte das Nordlicht auf und warf seine Strahlenbündel wie leuchtende Speere über den Himmel.
Die Funker fluchten, sie hatten bei Nordlicht schlechten Empfang. Um neunzehn Uhr entschlüsselten sie einen verstümmelten Funkspruch eines U-Boots, das einen Geleitzug meldete.
Der Kommandant kam auf die Brücke und gab einen neuen Kurs an und ließ beide Diesel ›Große Fahrt‹ laufen.
Teichmann ging zum Abendessen runter, er und Stollenberg teilten sich zusätzlich in die Wache des IIWO. Er aß mit Bedacht und Ausdauer Bohnen mit Rauchfleisch und Kartoffelbrei und begab sich danach wohlgestärkt auf die Brücke, Stollenberg ging runter.

Um zwanzig Uhr dreißig traf ein Funkspruch des BdU ein: Acht Boote, darunter U-Lüttke, sollten mit Höchstfahrt auf das gemeldete Geleit operieren.
Um dreiundzwanzig Uhr zehn sichteten sie einen Zerstörer. Der Kommandant ließ die Gefechtsbrückenwache aufziehen. Sie bestand aus dem IWO, den beiden Fähnrichen und dem ersten Brückenmaat. Der Obersteuermann koppelte am Kartentisch in der Zentrale den Kurs mit.
Der Zerstörer kümmerte sich nicht um das U-Boot, oder er sah es nicht. Das Boot konnte seinen Kurs durchhalten. Aber dann tauchten schwarze Schatten an der Kimm auf. Die Sichtmeldung wurde durch FT dem BdU gemeldet. Die Schatten wurden größer und hielten auf das Boot zu. Der Kommandant ließ etwas abdrehen.
Kurz vor Mitternacht traf ein Funkspruch des BdU ein, wonach U-Lüttke weiter Fühlung halten und andere Boote ans Geleit ranbringen sollte. Der Funkpeiler wurde ausgefahren, und die Funker sendeten Peilzeichen.
Um ein Uhr sichtete die Brückenwache backbord querab ein deutsches U-Boot. Gleichzeitig meldete der Funkraum, zwei andere U-Boote hätten Fühlung mit dem Geleit.
Um ein Uhr zwanzig kam ein Funkspruch vom BdU: »Ran.«
»Torpedowaffe auf Gefechtsstation, Boot greift an«, sagte der Kommandant und ließ den Befehl durch die Lautsprecheranlage an alle Räume geben.
Rohr eins bis fünf wurden zum Überwasserschuß klargemacht und auf verbundene Einzelschüsse geschaltet. Den Gegnerkurs hatte der Obersteuermann errechnet, die Gegnerfahrt schätzte der Kommandant auf neun Meilen. Das Boot setzte sich mit hoher Fahrt vors Geleit, der Kommandant wollte mit Lage fünfundvierzig schießen.
Bei Lage zehn ging er mit der Fahrt runter, um den Schaumstreifen der Bugwelle zu verringern, und langsam, dem Gegner die schmale Silhouette zeigend, pirschte sich das Boot an die Spitzenschiffe des Geleits heran. Wegen des Nordlichts konnte es nicht sehr nahe rangehen. Trotzdem blieb es den Männern auf der Brücke ein Rätsel, daß der Gegner das Boot nicht sah. Zwei englische Zerstörer

neuester Bauart kurvten an der Spitze des Geleits herum, aber das U-Boot entdeckten sie nicht. Einmal kam einer bis auf fünfhundert Meter an das Boot heran und schob eine helle Welle leuchtenden Planktons vor sich her, als schneide sein Bug in ein Schneefeld.

»Zerstörer peilt Lage null, Herr Kaleu.«

»Machen Sie mir keine Falschmeldung, IWO. Der Zerstörer peilt Lage fünf.«

Den Männern wurde trotz der Kälte langsam heiß. Während Teichmann und Stollenberg, das Glas vor den Augen, ihren Sektor absuchten, hörten sie die Worte, die auf der Brücke gesprochen wurden, und in ihrer Vorstellung war der Zerstörer bereits längsseits gegangen.

»Abstand zum Zerstörer beträgt noch etwa achthundert Meter, Herr Kaleu.«

»Was Sie alles wissen, IWO.«

Den Fähnrichen war es jetzt, als hörten sie den Zerstörer heranrauschen. Teichmann warf einen Blick in Richtung des Zerstörers und schrak zusammen, als habe ihn jemand mit einer glühenden Nadel gestochen: der Zerstörer sah riesenhaft aus und wirkte mit seinen hohen Aufbauten wie ein kleiner Wolkenkratzer, und er lief genau auf das Boot zu.

»Zerstörer peilt Lage fünf, Entfernung siebenhundert, Herr Kaleu.«

»Freut mich, IWO, daß Sie eingesehen haben, daß er nur Lage fünf peilt. Aber was die Entfernung betrifft, so haben Sie wieder ne Falschmeldung fabriziert: sie beträgt sechshundert Meter.«

»Jawohl, Herr Kaleu, Frage tauchen?«

»Ich denk ja gar nicht dran. Diese Schlafmützen haben doch keine Augen im Kopf.«

So war es. Der Zerstörer drehte wieder ab und lief zu seinem Geleit zurück.

Als das Boot noch etwa tausendzweihundert Meter von der Steuerbordkolonne des Geleits entfernt war, erteilte der Kommandant dem IWO Feuererlaubnis. »Wenn Sie vorbeischießen, werf ich Sie über Bord, IWO«, sagte der Kommandant.

An der Formation des Geleits fiel auf, daß zwei dicke Tanker weit außen in der Steuerbordkolonne liefen. Gewöhnlich befanden sich die wertvollsten Schiffe mitten im Geleit, sie waren so beim ersten Angriff nicht zu treffen. Aber dann entdeckte der Kommandant dort, wo sonst die Tanker waren, einen Flugzeugträger. Er war so dicht von Schiffen umgeben, daß nicht an ihn ranzukommen war.
»Nehmen Sie die beiden Tanker aufs Korn, IWO, und die beiden Schiffe achtern von ihnen.«
»Jawohl, Herr Kaleu.«
»Abkommpunkt: Vorderkante Brücke, meinetwegen auch mittschiffs.«
»Jawohl, Herr Kaleu.«
»Haben Sie freie Sicht?«
»Jawohl, Herr Kaleu.«
»Sind die Gläser des UZO klar?«
»Jawohl, Herr Kaleu.«
»Wieviel Grad fehlen noch?«
»Etwa zwanzig, Herr Kaleu.«
»Schön. Ich dreh langsam ran. Paß auf, daß sie nicht durchwandern.« In den Turm runter zum Rudergänger sagte der Kommandant: »Backbord zehn, Steuerbordmaschine ›Langsame Fahrt‹ voraus, Backbordmaschine ›Kleine Fahrt‹ voraus.«
Lautlos verließen vier Torpedos die Rohre.
»Rohr eins bis vier elektrisch gefallen«, meldete der Befehlsübermittler zur Brücke rauf.
»Bitte Rohr fünf schalten«, sagte der IWO.
»Rohr fünf ist geschaltet.«
»Danke«, sagte der IWO.
»Ich dreh ab. Den fünften können wir nicht mehr gezielt schießen, und so 'n Aal kostet seine siebzigtausend Mark.«
»Jawohl, Herr Kaleu.«
Das Boot ging auf Ablaufkurs, neunzig Grad zum Geleit. Der Rudergänger im Turm meldete den neuen Kurs anliegend, als es zum erstenmal knallte. Am vorderen Tanker stieg eine Wassersäule hoch. Noch ehe sie in sich zusammenstürzte, knallte es zum zweitenmal, und mit der Genauig-

keit eines Uhrwerks detonierten die beiden letzten Torpedos auf den achteren Schiffen.

Der erste Tanker explodierte und schleuderte wie ein feuerspeiender Vulkan sein brennendes Öl in die Höhe. Auch der zweite Tanker fing an zu brennen und brach dann auseinander, als sei er aus Pappe, und sein Öl breitete sich über die See aus und vermischte sich mit dem Öl des ersten Tankers.

Einige Sekunden lang war es völlig ruhig. Nur das Öl waberte und brodelte. Die Männer auf der Brücke des U-Boots konnten hören, wie die Ölbläschen dumpf platzten,wenn sie mit dem Sauerstoff der Luft in Berührung kamen und Feuer fingen.

Und dann setzte plötzlich das große Feuerwerk ein. Die Schiffe schossen rote Leuchtkugeln in die Luft und heulten mit ihren Sirenen. Die Zerstörer antworteten mit grünen Leuchtkugeln und heulten ebenfalls mit ihren Sirenen und fummelten dabei mit ihren Scheinwerfern in der Gegend herum. Es waren jetzt drei Zerstörer da, die sich gegenseitig bengalisch beleuchteten. Zwischendurch schossen noch einige Schiffe Raketen in die Luft. Es war wie an Silvester. Mit dem Nordlicht als Kulisse war es ein farbenfroher Anblick.

Ein paar Minuten später knallte es drei- oder viermal auf der Backbordseite des Geleits. Das waren die anderen U-Boote. Dann knallte es an der Spitze des Geleits. Dann wieder auf der Steuerbordseite: es war, als rissen Wölfe eine schlafende Schafherde.

Die Steuerbordkolonne löste sich auf. Einer der Zerstörer warf eine Serie Wasserbomben. Sie schienen aufs Geratewohl geworfen zu sein und sollten wohl zur Abschreckung dienen.

Das Öl breitete sich aus wie ein roter Teppich, den unsichtbare Arme auseinanderrollten, und lief den fliehenden Schiffen nach – und manche von den Schiffen liefen in das Öl hinein – und erfaßte sie, als griffen die Fänge einer Riesenkrake nach ihnen, und züngelte an ihnen hoch, und so lange, bis sie Feuer fingen. Einige rammten sich dabei. Die Luft wurde vom Ölqualm verpestet und schien wär-

mer zu werden, und im Fegefeuer dieser Hölle verbrannte alles.
Die sechs Männer auf der Brücke des U-Boots sahen es. Sie brauchten ihre Gläser nicht mehr, sie sahen die lebenden Fackeln auf dem Wasser schwimmen, und ein paarmal hörten sie sie auch schreien. Sie sahen, wie sie im Wasser platschten und zappelten und sich hin und her warfen, und sie hörten ganz deutlich ihr Gebrüll, wenn sie geröstet wurden, und sie rochen es.
»Blickrichtung nach backbord, Augen an die Dunkelheit gewöhnen. Nur ich beobachte das Geleit, verstanden?«
»Jawohl, Herr Kaleu.«
Aber die Hölle ließ sich nicht übersehen, sie warf ihre Strahlen in die Nacht hinaus, ihre Lichtfetzen flatterten wie große weiße Segel über das Boot hinweg, und hinterher kroch über das Wasser wie ein aussätziges stinkendes Ungeheuer der teuflische Gestank des Todes, der Geruch von brennendem Öl und brennenden Schiffen und angesengtem Fleisch, dem die See eine Prise Salz beigegeben hatte, und die Schreie der brennenden Seeleute gellten in den Ohren, während die Hölle knisternd zum Himmel loderte, der gespickt war mit unzähligen Sternen, die bleich und frostig glitzerten, als frören sie in dieser eisigen Nacht, in der Schiffe und Menschen brannten wie Zunder.
Unten freuten sie sich. Auch das hörten die sechs Männer auf der Brücke, und sie wußten, daß jetzt der Großdeutsche Rundfunk die Lisztschen Fanfarenklänge in den Äther schmettert und seinen Hörern in einer Sondermeldung verkündet: so und so viel tausend Tonnen Schiffsraum versenkt. *Schiffsraum* – Die Hölle war vollkommen.
Teichmann schaute vor sich ins Wasser und folgte ihm mit den Augen, wie es quirlend und rauschend am Boot entlangstrich. Er zog einen Handschuh aus und legte seine Hand auf den Brückenrand, aber das Eisen war zu kalt, er fürchtete, seine Haut bliebe dran kleben. Er fühlte jetzt auch in sich die Kälte, und plötzlich war er wütend. Er wußte nicht, auf wen und wie es gekommen war. Eine kalte wortlose Wut hatte ihn ergriffen und saß in ihm und riß alles auf, was vier Kriegsjahre zugeschüttet

hatten, die verkrusteten Wunden bluteten wieder und brannten in ihm und fraßen an seinen Nerven. Aber er duckte sich nicht, er blieb aufrecht stehen und schaute ins Feuer.
Als es vorüber war und die Wut sich gelegt hatte, war er allein. Er fühlte sich leer und einsam, als sei er der einzige Mensch am Rande dieses Flammenmeers, als habe er ganz allein die See angezündet. Diese Einsamkeit war schlimmer als Todesangst, sie war das Ende von allem. – Die unten freuten sich immer noch.
»Grauenhaft«, hörte er neben sich Stollenberg flüstern. Der hatte sich dicht neben Teichmann gestellt und ihm das Wort ins Ohr gesagt, und die Einsamkeit war gegangen. Zurück blieb eine stille Traurigkeit, die niederdrückte und müde machte und gleichgültig. Es ist unser gutes Recht, den Gegner in die Hölle zu schicken, und die unten im Boot haben es nicht gesehen und haben es nicht gehört, sagte er sich, aber die Trauer blieb.
»Habt ihr ihnen einen übergebraten, was?«
Teichmann wandte sich um und sah einen Kopf im Turmluk. Unter dem Kopf erschien ein Oberkörper und dann noch mehr, und schließlich stand der ganze Mensch da und sagte: »Fulminanter Anblick, was?«
Ab und zu hörten sie noch einige schreien. Es klang seltsam langgezogen und hatte Ähnlichkeit mit dem Pfiff einer Lokomotive, der der Dampf ausgeht.
»Nur keine falsche Scham, meine Herren, jetzt kriegen diese Seeräuber die Quittung dafür, daß sie im Weltkrieg unsere Frauen und Kinder aushungerten –«
»Halten Sie die Schnauze«, sagte der IWO, der ein sehr höflicher Mann war.
»Es ist aber die Wahrheit. Den Krieg gegen die Zivilbevölkerung haben die Engländer angefangen –«
»Verduften Sie«, sagte der Kommandant, und wie eine Theaterkulisse in der Versenkung verschwand Timmler.
Später kam er nochmal hoch: »Will nur schnell 'n paar Bilder machen, muß doch sowas für die Nachwelt festhalten, ist mein Beruf, Herr Kaleu. Apparat hoch. He, ihr da unten, gebt mal den Apparat hoch.«

Als er ihn hatte, deckte dicker schwarzer Qualm alles zu und legte sich wie ein schwarzes Leichentuch über das Feuer. Unter ihm brannte das Öl weiter.
»Scheiße«, sagte Timmler.
Jetzt hörten sie nichts mehr, nichts Menschliches war mehr da, nur die Elemente wüteten gegeneinander, Feuer und Wasser. Sieger blieb die See. Aber sie brauchte lange dazu. –
Das Boot tauchte. Die vorderen Torpedorohre wurden nachgeladen. Die Männer im Bugraum schafften es in der Rekordzeit von vierzehn Minuten. Anschließend tauchte das Boot wieder auf und lief hinter dem Geleit her, und dann sahen sie den Zerstörer. Wie aus dem Wasser gewachsen. Der Ölqualm hatte ihn verdeckt. Der Zerstörer kam auf das Boot zugelaufen und schob eine mächtige Bugwelle vor sich her.
»Alarm!« rief der Kommandant. Der Rudergänger legte die Alarmglocke ein. Sechzehn Sekunden später befand sich das Boot unter Wasser. Der Zerstörer lief über das Boot hinweg. Er warf keine Bomben.
Die Männer im U-Boot hörten deutlich Detonationen aus der Richtung des Geleitzugs. Die andern Boote hatten sich am Geleit festgebissen und ließen es nicht mehr los, und die Männer im Boot glaubten, der Zerstörer würde sich ihnen nicht lange widmen können, sie glaubten, er müsse bald wieder die andern Wölfe von der Herde abdrängen, wenn die Herde nicht ganz aufgefressen werden sollte. Aber der Zerstörer blieb in der Nähe des getauchten Boots liegen.
Der Kommandant ließ das Heckrohr zum Unterwasserschuß klarmachen. Dann zeigte er dem Zerstörer das Sehrohr. Als der Zerstörer Kurs auf das Sehrohr nahm, fuhr der Kommandant es ein, ging mit beiden E-Maschinen auf ›Äußerste Kraft‹ und lief im Winkel von neunzig Grad zum Kurs des Zerstöres ab. Als die Lage vierzig Grad betrug, schoß er.
Er traf ihn im Vorschiff. Dem Zerstörer wurde der Bug weggerissen, sein Vorschiff schnitt unter, seine Schotten brachen, und mit der gleichen hohen Geschwindigkeit,

mit der er das U-Boot angreifen wollte, fuhr er jetzt in die Tiefe. In weniger als einer halben Minute war er weg.
Diese Art, Zerstörer zu versenken, gehörte zu Lüttkes tolldreisten Tricks, die sich von hundert U-Bootkommandanten keine fünf erlaubt haben würden. Und von dem ganzen Vorgang sagte der Kommandant seiner Besatzung kein Wort. Er dachte wohl, das können die sich selber zusammenreimen, sie haben ja Ohren und wissen, wie sich Sinkgeräusche anhören. Vermutlich aber dachte er überhaupt nicht an seine Besatzung.
Bevor das Boot auftauchen konnte, war ein zweiter Zerstörer da. Der Kommandant entschloß sich, ihn anzugreifen.
»Es hat aufgebrist, LI, passen Sie auf.«
»Jawohl, Herr Kaleu.«
Der Angriff verlief planmäßig. Nur einmal, als das Sehrohr unterschnitt, mußte der LI einen Anpfiff vom Kommandanten, der sich aber in verhältnismäßig engen Grenzen hielt, hinnehmen. Wieder versuchte der Kommandant aus Lage fünfundvierzig zu schießen, weil er die Gegnerfahrt nicht genau bestimmen konnte. Es gelang ihm auch. Aber es wurde ein Oberflächenläufer. Für den Zerstörer war es keine Kunst, dem Torpedo auszuweichen.
»Dreierfächer schalten«, sagte der Kommandant.
Wasserbomben detonierten. Sie taten entsetzlich laut, aber sie lagen schlecht, sie waren zur Abschreckung geworfen worden.
Als der Kommandant die Schußwerte für den Fächer ermitteln wollte, schnitt das Sehrohr unter. Teichmann sah es am Papenberg. Der LI und die andern in der Zentrale sahen es auch. Der Kommandant sagte es dem LI, seine Stimme bebte vor Wut. Das machte den LI nervös. Er ließ die beiden Tiefenruder ›oben hart‹ legen und bat um höhere Fahrtstufe.
»Beide Maschinen ›Halbe Fahrt‹ voraus«, befahl der Kommandant dem Rudergänger im Turm. Der meldete: »Beide Maschinen gehen ›Halbe Fahrt‹ voraus«, als der Kom-

mandant langsam und betont lässig zum LI sagte: »Gedenken Sie heut nochmal auf vierzehn Meter zu kommen?«
»Ich habe beide Ruder ›oben hart‹ liegen, Herr Kaleu.«
»Was geht das mich an?«
»Schraubengeräusche werden lauter«, meldete der Funkmaat aus dem Horchraum. Dann, nach etwa zehn Sekunden, meldete der LI: »Sehrohr ist frei.«
»Warum melden Sie mir das nicht rechtzeitig, LI?«
»Dreizehn Komma fünf Meter, Boot steigt, Herr Kaleu –«
»Schnell auf vierzig Meter gehen, beide Maschinen ›Äußerste Kraft‹ voraus. Machen Sie, daß sie runterkommen, LI, sonst rammt er uns«, sagte der Kommandant. Er sagte es leise, aber deutlich, wie alles, was er sagte, nur schneller als sonst.
»Räume voraus«, rief der LI.
Als das Boot nicht gleich ankippte, rief er: »Alle Mann voraus.«
Die Männer eilten in den Bugraum, so schnell sie konnten. Das Boot wurde stark vorlastig.
»Das Heck schaut einen Meter aus dem Wasser raus, LI«, sagte der Kommandant. Seine Stimme klang etwas belegt. Man sah ihn nicht, er saß oben im Turm am Sehrohr, und so achteten sie scharf auf den Klang seiner Stimme, und seine Stimme war nicht sehr variabel im Klang. Aber diesmal merkten sie was.
»Auf Tauchstationen«, rief der LI.
Das Boot blieb stark vorlastig, die Männer rutschten auf den Flurplatten aus und brauchten ziemlich lange, bis sie wieder auf ihren Tauchstationen waren.
»Wissen Sie, was passiert, wenn die Säure aus den Batterien läuft, LI?« sagte der Kommandant. Seine Stimme klang jetzt zynisch, wie wenn er eine perverse Freude über die verfehlten Maßnahmen des LI empfinde. Er stieg in die Zentrale runter und stellte sich hinter den LI. Mit der linken Hand hielt er sich am Seilzug des Luftzielsehrohrs fest, einen Fuß setzte er auf die Kiste, auf der der LI saß.
Das Boot ging vorlastig auf Tiefe. Die Männer hörten, wie der Zerstörer näher kam. Er kam sehr rasch näher. Sie hör-

ten diesen auf- und abschwellenden Ton, als ob er ruckweise herankäme. Der Ton hatte Ähnlichkeit mit dem Geräusch eines großen, unregelmäßig laufenden Bohrers. Als der Zerstörer über dem Boot war, schauten die Männer nach oben und begannen zu zählen. Vier Meter in der Sekunde sinkt eine Wasserbombe –
Drei Schläge.
Die Lampen zersplitterten, alles Licht erlosch. Die Männer fühlten, wie das Boot zitterte und bebte, wie sein Stahlkörper vibrierte und einem ein dreckiges Gefühl im Magen verursachte. Bewußt nahmen sie diese Vorgänge nicht wahr, denn sie hatten jetzt alle Angst.
»Gehen Sie langsam auf einhundertzwanzig Meter«, hörte Teichmann den Kommandanten sagen. Seine Stimme klang kühl und gleichgültig und so, als ob der Sprecher hundertprozentig von der Richtigkeit seines Befehls überzeugt sei. Teichmann war es unerklärlich, wie der Kommandant es machte. Er wußte, wenn die Angst den Kommandanten packte, waren sie alle erledigt.
Der Kommandant knipste seine Taschenlampe an und richtete sie auf den Tiefenmesser. Er zeigte achtzig Meter an.
»Frage lenzen?« sagte der LI.
»Lenzen«, sagte der Kommandant.
»Hauptlenzpumpe anstellen«, sagte der LI zum Zentralemaat.
Jemand rief nach Reservesicherungen. Die Tiefenruder wurden auf Handbetrieb umgestellt.
»Es wird gelenzt«, sagte ein Zentralegast aus der Trimmecke.
Die Notlampe über dem Kartentisch, wo Teichmann stand, brannte wieder, der Zentralemaat hatte eine neue Birne eingeschraubt. Es war keine starke Birne, sie gab nur fahles Licht, die Zentrale blieb düster, die Männer in der Trimmecke hinterm Kreiselkompaß blieben schattenhaft im Dunkeln und arbeiteten lautlos wie Gespenster. Nur die Hauptlenzpumpe machte ein surrendes Geräusch.
Als der Tiefenmesser hundert Meter anzeigte, hatte der LI das Boot abgefangen, es war jetzt nullastig. Aber es war noch zu schwer, es sank weiter.

Der Zerstörer lief an.
»Frage Horchpeilung?« sagte der Kommandant.
»Dreihundertdreißig Grad«, sagte der Funkmaat.
»Hart steuerbord, auf sechzig Grad gehen«, sagte der Kommandant in den Turm rauf. Der Rudergänger wiederholte den Befehl in einem Ton, als habe er hohes Fieber. In der Zentrale hörten sie seinen Atem –
Der Zeiger des Tiefenmessers stand auf einhundertzwei Meter, als er viermal ausschlug.
»Wassereinbruch im Diesel!« brüllte der Dieselmaschinist aus dem Achterschiff in die Zentrale.
Die Viererserie lag sehr dicht. Sie hatte das Achterschiff nach unten gedrückt und das Boot wie eine Sehne gebogen. Die Lautstärke der Detonation läßt sich nicht beschreiben.
»LI, gehen Sie nach achtern und schauen Sie nach, was los ist. Ich steuere so lange.«
»Jawohl, Herr Kaleu.«
Nur die Taschenlampe des Kommandanten brannte. Die Notlampe über dem Kartentisch war zersplittert. Die Hauptlenzpumpe war ausgefallen. Der Zentralemaat arbeitete an ihr herum, obwohl er nichts sah.
Der LI kam zurück: »Das Dieselluftkopfventil leckt, ein dünner Wasserstrahl, können wir abdichten, Herr Kaleu.«
»Der Dieselmaschinist zu mir.«
Der Befehl wurde in den Dieselraum weitergegeben.
Der Dieselmaschinist kam keuchend in die Zentrale: »Viel tiefer können wir nicht mehr gehen, Herr Kaleu, sonst –«
»Wer sind Sie?«
»Was?«
»Wer Sie sind, hab ich gefragt. Haben Sie Dreck in den Ohren?«
»Obermaschinist Hübler meldet sich zur Stelle.«
»Hört sich schon anders an, was?«
»Jawohl, Herr Kaleu.«
»Wenn Sie mir noch mal eine Falschmeldung machen, stell ich Sie vors Kriegsgericht.«
»Jawohl, Herr Kaleu.«
»Vors Bordkriegsgericht. Ne halbe Stunde später sind Sie ne Leiche.«

»Jawohl, Herr Kaleu.«
»Was stellen Sie sich eigentlich unter nem Wassereinbruch vor, was? Ihre Meldung hat richtig zu lauten: Dieselluftkopfventil macht Wasser, verstanden?«
»Jawohl, Herr Kaleu.«
»Wenn Sie pissen, können Sie auch nicht gleich von nem Wasserfall reden.«
»Jawohl, Herr Kaleu.«
»Und jetzt verholen Sie sich schleunigst in den Dieselraum und dichten das Leck ab.«
»Jawohl, Herr Kaleu.« Und dann sagte der Obermaschinist leise »Herrgottsakrament«, als er beim Weggehen auf den Glassplittern ausrutschte und seinen Kopf gegen das Kugelschott stieß.
Der Horchraum meldete, der Zerstörer liege gestoppt.
»Größte Ruhe im Boot. Wer nichts zu tun hat, haut sich auf seine Koje und schläft«, sagte der Kommandant. Dann ließ er die Backbordmaschine stoppen und die Steuerbordmaschine ›Kleine Fahrt‹ laufen.
Im Offiziersraum begann der IIWO zu stöhnen. Achtern hörte man die Dieselleute fieberhaft arbeiten, aber sie machten es leise. Dann knallte ein Schraubenschlüssel auf die Flurplatten im Dieselraum.
»Diese Arschlöcher«, sagte der LI vor sich hin. Er war sehr nervös.
»Ich muß doch sehr bitten, LI«, sagte der Kommandant.
»Ich bitte gehorsamst um Entschuldigung, Herr Kaleu, ist mir rausgerutscht.«
»Lapsus linguae nennt man sowas, mein lieber LI. Kann den klügsten Köpfen passieren«, sagte der IWO. Dieses lateinische Wort, hundert Meter unter Wasser, in einer Situation, die auf Leben und Tod ging, hatte etwas unerwartet Erfreuliches. Teichmanns Respekt vor dem IWO wuchs.
Der Zeiger des Tiefenmessers stand auf einhundertsechzehn Meter. Beide Tiefenruder lagen ›oben hart‹. Das Boot sank langsamer, aber es sank, und wenn die Hauptlenzpumpe nicht bald klar wird, sinkt es weiter, dachte Teichmann und hatte vollkommen recht mit dieser Überlegung.
»Tack«, machte es.

Die Männer zuckten zusammen, als hätte man ihnen mit einer Peitsche ins Gesicht geschlagen.
»Tack«, machte es nochmal.
Dann war es wieder still. Teichmann konnte die andern atmen hören. Im Dieselraum wurde nicht mehr gearbeitet.
»Tack«, machte es wieder.
»Tack« – »Tack« – »Tack«
Stille.
Dann ein Geräusch, wie wenn jemand eine Handvoll Kieselsteine gegen die Bordwand wirft.
»Boot liegt im Ortungsstrahl des Zerstörers«, sagte der Funkmaat im Horchraum.
»Genehmigt«, sagte der Kommandant. Er gab einige Ruderkommandos. Er versuchte dem Zerstörer das Heck zu zeigen, um ihm das Orten zu erschweren. Aber das Boot reagierte nicht auf die Ruderlagen, es machte zu wenig Fahrt.
»Zerstörer läuft an«, sagte der Funkmaat.
»Laß ihn kommen«, sagte der Kommandant.
»Peilt einhundertzwanzig Grad, kommt rasch näher«, sagte der Funkmaat.
»Er soll sich nicht genieren«, sagte der Kommandant. Dann rechnete er: Eigenkurs, Gegnerkurs, Ausweichkurs – wenn er sich verrechnete, lief das Boot in die Bomben rein. Die Männer wußten das und schauten den Kommandanten an.
»Hart steuerbord, Backbordmaschine ›Große Fahrt‹ voraus«, sagte der Kommandant und nannte dem Rudergänger die Kurszahl.
Die Schraubengeräusche des Zerstörers wurden lauter. Sie kamen auf das Boot zu. Plötzlich war der Zerstörer genau überm Boot. Gräßlich laut dröhnten seine schnellaufenden Schrauben –
Warten.
Abwarten, was sich tut.
Abwarten –
Zwei Donnerschläge. Nur viel lauter. Teichmann fiel gegen die Kartoffelkiste. Er spürte Rost und abgeblätterte Farbe in seinem Nacken. Er dachte, es sei nun aus. Vielmehr, er

dachte gar nichts, er hatte nur das Gefühl, daß es jetzt aus ist. Aber es war noch lange nicht aus.
Als er wieder auf seinen Füßen stand, schnitt ihm ein Messer ins Gesicht. Der Schnitt brannte wie Feuer. Gleichzeitig sagte der LI: »Wasserstandsglas macht Wasser.«
»Abdichten«, sagte der Kommandant.
»Zerstörergeräusche wandern aus«, sagte der Funkmaat.
Der Kommandant ließ eine Maschine stoppen und die andere ›Kleine Fahrt‹ laufen.
Wieder Ruhe.
Nur der ins Boot eindringende Wasserstrahl aus dem leckgesprungenen Wasserstandsglas zischte, einmal höher, einmal tiefer, zuletzt pfiff er gleichmäßig im Diskant. Der Tiefenmesser zeigte einhundertsechzig Meter. Der Kommandant knipste seine Taschenlampe aus. Timmler wimmerte vor sich hin.
»Haben wir eigentlich nen Säugling an Bord, IWO?«
»Mir nichts bekannt, Herr Kaleu.«
Timmler wimmerte weiter. Seine Zähne schlugen gegeneinander, als habe er Schüttelfrost. In der Finsternis des Bootes war alles sehr deutlich zu hören.
»Herr Doktor Timmler, ich befehle Ihnen, sofort nach dem Auftauchen Seneca zu lesen, er befindet sich in der Bordbibliothek. Spätestens in drei Tagen präsentieren Sie mir einen zwanzig Seiten langen Aufsatz über das Thema: Was ich von Seneca lernte. Haben Sie mich verstanden?«
Sie hörten, wie der Zerstörer mit der Fahrt runterging. Timmler gab keine Antwort, aber er stellte wenigstens sein Wimmern ein.
»Habe ich mich undeutlich ausgedrückt, Herr Doktor Timmler, oder sind Sie sprachlos geworden, weil Sie den Namen eines Philosophen aus *meinem* Munde hörten?«
Der Zerstörer hatte gestoppt. Sie hörten nichts mehr von ihm und wußten, daß er sie suchte.
»Ach Gott – « stöhnte Timmler.
Der Kommandant richtete den Bug des Bootes in Richtung der letzten Horchpeilung. Es war jetzt totenstill. Im Boot und im Wasser. Und die Männer hofften, der Zerstörer werde sie vielleicht doch nicht mehr finden.

»Nein, wie Gott brauchen Sie mich nicht zu behandeln, es genügt mir, wenn Sie mich als Teufel respektieren, Herr Doktor Timmler.«

»Ja –«

»Wie bitte?«

»Jawohl –«

»Na, ist das alles?«

»Jawohl, Herr Kaleu.«

»Sehen Sie, mit der Zeit lernen Sie bei mir auch noch Deutsch, Herr Doktor.«

Es blieb lange still.

Vielleicht hat er uns verloren, dachte Teichmann. Er war allein. In dieser Nacht war jeder mit sich allein. Keiner sah den andern und die Angst des andern. Aber sie war da. Man mußte allein mit ihr fertig werden. Teichmann hatte die Augen geschlossen und horchte in die Nacht. Sie lebten jetzt nur mit dem Gehör. Aber das Gehör hat keinen Zeitsinn, niemand konnte sagen, wie lange die Stille dauerte. Einmal ging sie zu Ende. Das war, als sie hörten, wie jemand gegen die Bordwand klopfte. »Tack«, machte es. Wie wenn man mit dem Ohr auf dem Richtblock liegt und das Beil saust herab.

»Tack«, machte es.

Teichmann hörte zum erstenmal in seinem Leben einen Mann – Timmler zählte nicht – weinen. Es könnte der Zentralemaat sein, dachte er. Das Heulen war ansteckend.

»Tack«, machte es.

Nach einigen Sekunden machte es wieder »Tack«. Dann wurden die Pausen, in denen der Ortungsstrahl das Boot nicht traf, kürzer, und dann prasselten Kieselsteine gegen die Bordwand. Die Schrauben des Zerstörers begannen sich zu drehen und wurden schneller und kamen näher und wurden lauter, der Zerstörer kam auf das Boot zu, die Männer im Boot hörten alles: Wie der Zerstörer über das Boot hinweglief, wie die Wasserbomben aufs Wasser klatschten, und automatisch fingen sie an zu zählen –

Als der Zerstörer mit Höchstfahrt ablief, um nicht von seinen eigenen Bomben zerrissen zu werden, wurde Teichmann schwach vor Angst. Er hockte sich auf den Boden, legte den Kopf auf die Knie und hielt die Unterarme vor die Ohren und die Hände über dem Kopf verschränkt und wartete. Er hat jetzt seine Wabos auf größere Tiefe eingestellt, sie brauchen jetzt länger, bis sie zu uns runterkommen und bei uns hier unten detonieren, du mußt also noch warten, aber je tiefer sie detonieren, um so größer ist ihre Wirkung, um so härter ist das Wasser, dachte er, übrigens sind die Zerstörerleute keine Anfänger, sie gehen sparsam mit ihren Wabos um, dachte er, und er dachte, daß er jetzt nicht denken dürfe oder daß er an etwas anderes denken sollte, den Zerstörer einfach ausklammern aus der Rechnung, sagte er sich. Er wußte, daß er mitten unter seinen Kameraden war, aber er kam sich einsam und armselig vor, wie ein Schwein, das darauf wartet, abgestochen zu werden. Aber der Vergleich mit dem Schwein gefiel ihm nicht, er fand, daß er für ein Schwein nicht dumm genug sei, leider, und nur um etwas zu denken, suchte er ein anderes Tier und dachte an eine Ratte, die in ihrem Loch ertränkt wird, aber sie wurde vorher noch kräftig geschüttelt, um die Ratte zu quälen, schön langsam sollte sie ersaufen, sie soll was davon haben, redete er sich ein. Er fühlte, wie er feige war, wie seine ganze Männlichkeit zum Teufel ging, seine Männlichkeit, auf die er sich manchmal etwas eingebildet hatte, ein einziges »Tack« – und weg war sie. Der Zerstörer warf zehn Wasserbomben.

Ein paar Leute schrien. Die Wassermassen waren durch die Detonationen auseinandergerissen worden und strömten jetzt donnernd wieder zurück. Die Bomben waren kurz hintereinander überm Boot detoniert und hatten es noch tiefer gedrückt.

Der Kommandant knipste seine Taschenlampe an und richtete sie auf den Tiefenmesser. Die Nadel stand am Endpunkt der Skala. Dann leuchtete er durch die Zentrale. Er fuhr mit dem Lichtkegel seiner Lampe den Männern ins Gesicht. Teichmann sah sie stehen. Sie standen an den Zentraleschotten. Sie trugen ihre Tauchretter unterm Arm. Einige hatten den Reißverschluß der Tauchretterumhüllung aufgezogen. Und das Boot befand sich zweihundert Meter unter Wasser.

Der Zerstörer lief ab.
Der Kommandant beeilte sich nicht mit dem Ableuchten. Erst als der Zerstörer stoppte, knipste er seine Lampe aus. Die Stimme des LI sagte: »Frage anblasen?«
»Nein.« Dann: »Es ist mir nicht bekannt, daß ich Wegtreten von Tauchstationen befohlen habe.«
Teichmann hörte, wie die Männer wieder auf ihre Stationen gingen.
»Boot sinkt«, sagte der LI.
»Ist die Hauptlenzpumpe bald klar?«
»Wir sehen nichts, Herr Kaleu«, sagte jemand aus der Trimmecke.
»Macht endlich die Notbeleuchtung an.«
»Sind dabei, Herr Kaleu.«
Dann schraken sie erneut zusammen, weil der Bootskörper knackte. Danach folgten ächzende Geräusche, als ob der Stahlkörper des Boots unter dem Wasserdruck stöhnte. Es waren unheimliche Geräusche. Sie machten einen krank. Und sie hörten nicht mehr auf. Der Druckkörper hatte die Grenze seiner Belastung erreicht. Der LI gab die Tiefe mit etwa zweihundertdreißig Meter an.
Die Notbeleuchtung in der Zentrale flammte auf, die Geräusche im Druckkörper wurden plötzlich sehr laut und hielten ununterbrochen an, es war, als würde die Stahlröhre langsam durchgebogen, und im Achterschiff knallte es, hart und trocken wie der Schuß einer Pistole, jemand schrie und war dann still. Dem Schrei folgte ein gleichmäßig lautes Geräusch wie das Singen einer rasenden Kreissäge.
Der Dieselmaat streckte den Kopf durchs achtere Zentraleschott und sagte: »Dieselraum macht Wasser.«
»Teichmann, schauen Sie nach, was los ist.«
»Jawohl, Herr Kaleu.«
Der Dieselmaat ging vor Teichmann her und leuchtete mit seiner Taschenlampe. Ein feiner, fast unsichtbarer Strahl, dünn und weiß wie die E-Saite einer Violine, stand in der Mitte des Dieselraums. Er reichte von den Flurplatten, die von seinem Gewicht ausgebeult waren, bis zur Decke. Auf den Flurplatten lag ein Mann. Wer es war, konnte Teichmann nicht erkennen. Der Dieselmaat sagte, es sei der

Maschinenobergefreite Carls. Seine linke Hand lag abgetrennt neben ihm. An der Decke des Druckkörpers war eine Niete gesprungen, dem Heizer in den Schädel gedrungen und hatte die Flurplatten durchschlagen. Beim Fallen hatte der Heizer sein linkes Handgelenk unter den Wasserstrahl gebracht.

Teichmann ging in die Zentrale zurück und machte dem Kommandanten Meldung.

»Können sie's abdichten?«

»In dieser Tiefe nicht, Herr Kaleu.«

»Ich bitte gehorsamst, anblasen zu dürfen«, sagte der LI.

»Nein.«

Teichmann stellte sich wieder neben den Kartentisch.

»Zentraleschott zum Achterschiff schließen«, sagte der Kommandant. Das Schott wurde zugeworfen. Die Männer im Diesel- und E-Maschinenraum waren eingeschlossen. Der Wasserstrahl war in der Zentrale noch zu hören.

»Gehen Sie auf einhundertfünfzig Meter, LI.«

»Ich bitte um höhere Fahrtstufe, Herr Kaleu.«

»Beide ›Halbe‹ voraus.«

»Beide Maschinen gehen ›Halbe Fahrt‹ voraus«, wiederholte der Rudergänger.

Der LI hatte beide Tiefenruder ›oben hart‹ liegen, aber der Zeiger des Tiefenmessers rührte sich nicht. Der LI klopfte an den Tiefenmesser, aber er bewegte sich nicht.

»Boot reagiert nicht mehr auf Tiefenruder, Herr Kaleu.«

»Tack«, machte es.

»Beide Maschinen ›Kleine Fahrt‹ voraus«, sagte der Kommandant.

»Beide Maschinen gehen –«

»Tack«

»Beide Maschinen gehen –«

»Haben Sie den Zungenschlag, Rudergänger?«

»Beide Maschinen gehen ›Kleine –«

»Tack«

»– gehen ›Kleine Fahrt‹ voraus.«

Kieselsteine prasselten gegen die Bordwand.

Der Zerstörer lief an, lief über das Boot hinweg und warf sechs Bomben.

»Ich melde gehorsamst, daß das Boot nicht mehr dynamisch auftauchen kann, die –«

»Weiß ich, LI.«

Stille.

Bis wieder jemand gegen die Bordwand klopfte. Die Abstände zwischen dem Auftreffen des Ortungsstrahls waren länger als vorher, aber gleichmäßiger. In Abständen von einer halben Minute traf der Ortungsstrahl das Boot. Der Zerstörer lief nicht an, er ließ sich Zeit. Er hatte das Boot sicher, wie die Spinne die Fliege, aus dem Netz der Ortungsstrahlen kam das Boot nicht mehr heraus. Es war nur noch eine Frage der Zeit, ein Rechenexempel. Es hing davon ab, wann die Batterien der E-Maschine leergefahren waren. Zum Ausmanövrieren der Wasserbomben braucht man hohe Fahrtstufen, hohe Fahrtstufen fressen Strom, auch niedrige Fahrtstufen fressen Strom, nur langsamer. Alles ließ sich berechnen. Auch wann der Sauerstoff im Boot aufgebraucht ist, ließ sich berechnen. Nur wann das Boot vom Wasser zusammengedrückt wird, ließ sich nicht genau berechnen, das war Erfahrungssache, wer sie mal gemacht hatte, konnte sie den andern nicht mehr mitteilen. Aber in einer Tiefe von zweihundertvierzig bis zweihundertachtzig Meter war damit zu rechnen. Wenn die Wasserbomben gut lagen, konnte es schon bei zweihundert Meter so weit sein.

Nach jedem »Tack« hofften die Männer, daß kein neues nachfolgen möge. Es war ein idiotisches Hoffen. Wenn sie bis dreißig gezählt hatten, kam es wieder, spätestens, und ging einem durch Mark und Bein und vor allem durchs Gehirn und machte einen verrückt.

Der Zerstörer lief an.

»Wir wollen's nochmal versuchen, LI.«

Im vorderen Zentraleschott erschien der Funkgefreite Bolz und hockte sich auf den Rahmen des Schotts. Er war ein netter Kerl, etwas schüchtern, aber sonst in Ordnung. Daß er nicht viel sprach, war kein Fehler, auch daß er eine kleine Bibel bei sich hatte, war kein Fehler, und wenn er in seiner Koje lag oder auf seiner Wache im Funkraum nichts los war, las er manchmal drin. Jetzt las er laut. Er las etwas von einem finsteren Jammertal, in dem man wandern müsse, und da mochte er recht haben, dachte Teichmann, ist wohl 'n Psalm oder sowas, jedenfalls ist 's ne Ablenkung. Dem Kerl ist's anscheinend im Moment ganz wurscht, daß 'n Zerstörer über uns rumkurvt und Bomben schmeißt.

Als der Zerstörer seine Bomben warf, konnte er zwar nicht weiterlesen, weil er auch nur ein Mensch war, aber danach las er eifrig weiter, als fürchte er, nicht mehr zu Ende zu kommen.

Teichmann hatte den Eindruck, daß die Bomben diesmal nicht so dicht lagen, die Notlampen in der Zentrale waren nicht in Scherben gegangen. Man könnte direkt fromm werden, dachte er, wenn das so weitergeht. Der Zerstörer lief ab. Der Mann las weiter.

»Nu hör schon auf, Mann Gottes«, sagte der Kommandant.

»Boot steigt«, sagte der LI.

»Sie merken auch alles, LI«, sagte der Kommandant.

Gefreiter Bolz las seinen Vers zu Ende und steckte dann seine Bibel wie einen Geldbeutel in die Gesäßtasche. Keine Spur von Verlegenheit.

»Sagen Sie mal, wer hat Ihnen erlaubt, solchen Lärm zu machen?«

Der Funkgefreite fiel aus allen Wolken.

»Ich habe befohlen, wer nichts zu tun hat, soll sich schlafen legen, und da kommen Sie und quatschen und machen Lärm. Wir sind doch hier kein Lesezirkel.«

»Jawohl, Herr Kaleu.«

»Und Ihre Tauchstation haben Sie auch ohne Befehl verlassen. Was haben Sie sich eigentlich dabei gedacht, he?«

Der Funkgefreite wußte keine Antwort.

»Da kann ja jeder kommen und ne Märchenstunde halten. Was meinen Sie, was geschehen wäre, wenn *ich* nen Schmöker gelesen hätte, anstatt mich mit dem Zerstörer zu beschäftigen? Was hier an Bord geschieht, bestimme ich, und sonst niemand, merken Sie sich das. Wenn wir zu Hause sind, werd ich Sie beim NSV-Kindergarten anmelden, da können Sie Märchen erzählen, Sie Clown, Sie. Ich hab gute Lust und sperr Sie vorher noch 'n paar Wochen ein. Herr-

gottnochmal, was hab ich für nen Affenstall an Bord. Na, vor der nächsten Fahrt werd ich aber ausmisten – verlaßt euch drauf. Was wollen Sie noch?«
»Nichts, Herr Kaleu.«
»Dann stehen Sie nicht da rum. Hauen Sie ab. Und bis morgen mittag schreiben Sie mir hundertmal den Satz: Was an Bord geschieht, bestimmt der Kommandant und sonst niemand. Ich werd –«
»Hauptlenzpumpe ist klar«, sagte der Zentralemaat.
»Sie haben mich nicht zu unterbrechen, wenn ich rede.«
»Jawohl, Herr Kaleu«, sagte der Zentralemaat.
»Was sollen Sie Pimpf schreiben?«
»Was an Bord geschieht, bestimmt der Kommandant und sonst niemand.«
Der Funkgefreite war gerichtet. Je höher das Boot stieg, um so härter wurde das Urteil. Das mit der Bibel hätte er nicht tun dürfen, fanden sie, es war taktlos, es war eine Schamlosigkeit gewesen. Er hatte ein Mittel zu Hilfe genommen, das die andern nicht zur Verfügung hatten und auch nicht haben wollten. Er hatte sich damit außerhalb der Kameradschaft gestellt, hätte er wenigstens leise gelesen – der Kommandant hatte völlig recht, dachten sie –, hätte er leise gelesen, wär ihm gar nichts passiert, aber so –.
Als der Tiefenmesser einhundertzwanzig Meter zeigte, sagte der Zentralemaat, Bolz solle Missionar werden, auf ein deutsches U-Boot gehöre er nicht.
»Ich habe Sie nicht um Ihre Meinung gefragt, Sie Heulsuse«, sagte der Kommandant. Und auch das war richtig, dachte die Besatzung. Der Zentralemaat war erledigt.
»Tack«, machte es wieder. Nur zweimal. Dann war der Zerstörer überm Boot, und während er ablief, knallte es zehnmal –
Die Männer schrien bei jeder Detonation, und sie waren alle verzweifelt. Es war schlimmer als beim erstenmal. Es war wieder Nacht im Boot.
»Alle Schotten dicht«, rief der Kommandant.
Die Eisenschotten zum Vorschiff wurden dichtgeschlagen. Aus dem Papenberg schoß ein breiter Wasserstrahl in die

Zentrale. Das Geräusch des in den Dieselraum einströmenden Wassers wurde lauter. Das Boot sank schnell.
»Hauptlenzpumpe anstellen«, sagte der Kommandant.
»Es wird gelenzt«, meldete einer aus der Trimmecke.
Bei zweihundert Meter blieb der Zeiger des Tiefenmessers stehen.
»Zerstörer liegt gestoppt. Neue Schraubengeräusche in größerer Entfernung, langsam näherkommend, peilt zwohundertzwanzig«, sagte der Funkmaat.
Das gab ihnen den Rest. Der Zerstörer hatte Verstärkung herangeholt, jetzt machten sie das U-Boot zu zweit fertig.
»Wieviel Umdrehungen?«
»Ist noch nicht festzustellen«, sagte der Funkmaat.
»Boot läßt sich nicht halten«, sagte der LI. »Vermutliche Tiefe zweihundertfünfzig Meter.«
Der Kommandant nahm das Mikrophon der Lautsprecheranlage vor den Mund: »An alle: Schotten öffnen. Klarmachen zum Artilleriegefecht. Es wird geschossen, bis keine Munition mehr vorhanden ist. Wenn die Seeleute ausgefallen sind, gehen die Heizer ans Geschütz.«
Es war eine Erlösung. Es war verrückt, mit einem Geschütz zwei Zerstörer angreifen zu wollen, aber daran dachte jetzt keiner. Es war eine Erlösung.
»Machen Sie die Geheimsachen klar zur Vernichtung, Obersteuermann.«
»Jawohl, Herr Kaleu.«
»Es wird mit Preßluft auf alle Tanks angeblasen. Machen Sie rechtzeitig Druckausgleich, LI.«
»Jawohl, Herr Kaleu.«
»Alle Leute mit Taschenlampen in die Zentrale.«
Die Männer riefen es sich zu. Der Zentralemaat zog seine Arbeitshandschuhe an, seine Hände zitterten dabei wie die eines alten Mannes, aber über sein verweintes, furchtzerfressenes Gesicht huschte ein Schein von Freude, als er sich ans Hauptventil des Anblaseverteilers stellte. Das Munitionsschapp wurde aufgerissen, zwischendurch machte es »Tack«, und Steine wurden gegen die Bordwand geworfen, aber niemand achtete darauf, der Vorgang war bekannt, und laut polternd, als wollten sie die Geräusche des Zer-

störers übertönen, wurden die Granaten in die Zentrale geschafft. Teichmann sah Stollenberg, er sah ihn jetzt wieder bewußt, zum erstenmal seit Beginn der Wasserbombendetonationen, und er nickte ihm zu, und Stollenbergs zerkrampftes Gesicht löste sich zu einem schiefen, aber gutgemeinten Grinsen.
»IWO, Sie spielen anstelle des IIWO den Artillerieoffizier.«
»Jawohl, Herr Kaleu.«
Der Zerstörer lief an.
»Wir warten diesen Anlauf noch ab«, sagte der Kommandant.
Der Zerstörer hatte eine hohe Fahrt drauf. Die Männer im Boot stöhnten. Sie wollten oben sterben, am Geschütz, im aktiven Kampf, und während jetzt der Zerstörer auf sie zugebraust kam, fürchteten sie, daß man ihnen auch noch diesen Tod nehmen könnte. Dann knallte es, und der Zerstörer war noch nicht überm Boot. Dann krachten Schotten. Dann liefen die Schrauben des Zerstörers langsamer.
»Sinkgeräusche«, sagte der Funkmaat.
»Wo?«
»In zwohundertvierzig Grad, ganz in unserer Nähe, Herr Kaleu.«
»Hören Sie noch die Schraubengeräusche des Zerstörers?«
»Nein, Herr Kaleu.«
»Der kann sich ja nicht selbst versenkt haben.«
»Herr Kaleu, ich hör jetzt Schraubengeräusche in zwohundertzwanzig Grad, 's hört sich an wie Dieselmotoren«, sagte der Funkmaat. Seine Stimme klang wie die eines Kindes, das vor Freude über ein unerwartetes Geschenk kaum sprechen kann.
»Warum sagen Sie das nicht gleich, was? Dann hat ihn halt 'n anderes Boot abgeknallt. Klarmachen zum Auftauchen, LI.«
Teichmann kletterte mit der ersten Wache auf die Brücke. Sternklarer Himmel. Kalt. Schwaches, bläuliches Nordlicht. Vom Zerstörer war nichts zu sehen.
»Scheinwerfer hoch.«
Der Rudergänger reichte ihn auf die Brücke. Das Boot trat

in Morseverkehr mit einem andern deutschen U-Boot. Einige Minuten später hatten sich die Boote bis auf Rufweite genähert.
»Der Bursche hat uns ziemlich eingeheizt«, rief Lüttke rüber.
»Hab ich mir gedacht. War so in seine Arbeit vertieft, daß er mein Boot übersehen hatte«, rief der Kommandant des andern Boots.
»Haben Sie gleich angegriffen?«
»Nee, hab ich nicht. Der Bursche lief mir günstig vor die Rohre. Werd mich hüten, nen Zerstörer freiwillig anzugreifen.«
»Also – dann auf ein Neues.«
»Gleichfalls.«
Unten im Turm glühten rote Pünktchen auf, die Männer der Freiwache standen unter der Dorflinde und rauchten ihre Zigaretten und griffen mit zu, als der Maschinenobergefreite Carls, zusammengeschnürt wie ein Paket, durch den Turm auf die Brücke hochgezogen und über Bord geworfen wurde. Der Obersteuermann machte ein Kreuz in die Seekarte, schrieb Länge und Breite, Datum und Uhrzeit daneben. Drei Stunden Wabo-Verfolgung, schrieb der Kommandant ins KTB.

Die Mündungsklappe zu Rohr vier ließ sich nicht öffnen. Sie arbeiteten in drei Törns daran: der IWO und die seemännische Nummer Eins, die beiden Fähnriche, der Mechmaat und die seemännische Nummer Zwei.
Das Wasser war eisig. Aber noch schlimmer war der Gang übers Oberdeck. Beim erstenmal schien es den nackten Männern, als würde die Kälte auf den paar Metern vom Turm bis zum Vorsteven sie einfach abtöten. Es fiel ihnen schwer, beim Gehen die Knie zu heben, und wenn sie die Hälfte des Wegs hinter sich hatten, wären sie am liebsten stehengeblieben und hätten sich einfrieren lassen, denn daß sie auf dem vereisten Oberdeck mit bloßen Füßen bis zum Vorsteven kommen sollten, schien völlig ausgeschlossen zu sein. Aber auf der Brücke befand sich der Kommandant. Sie fühlten seine Augen in ihrem Rücken, und sie wollten

es nicht drauf ankommen lassen, daß er ihnen noch eine entsprechende Bemerkung zurief. Es genügte, daß er sie beobachtete.
Das Eintauchen ins Wasser war eine Wohltat: das Wasser war wärmer als die Außentemperatur. Erst wenn sie einige Sekunden in dem grüngrauen Salzwasser gearbeitet hatten, merkten sie, daß auch das Wasser eiskalt war, und nur die Tatsache, daß oben der Kommandant auf seine Uhr sah, zwang die Männer zur Arbeit und verhinderte, daß sie gleich wieder aus dem Wasser stiegen. Und weil sie wußten, daß es für sie kein Ende dieser Tortur gab, bevor nicht die Mündungsklappe wieder klar war, arbeiteten sie mit steigender Erbitterung.
Keiner hielt es unten länger als vier Minuten aus. Sie hatten eine Leine um die Hüften, und in Abständen von einer Minute ruckten die Männer an Oberdeck fünfmal die Leine kurz an, das war das Signal für die Frage, ob unten alles wohlauf sei. Wenn der Taucher nicht sofort durch fünfmaliges Reißen an der Leine antwortete, wurde er raufgezogen. Anfangs vergaßen sie manchmal das Antworten, während sie mit einem Stemmeisen, einem schweren und einem leichten Hammer an der Mündungsklappe arbeiteten, und wurden prompt an Bord geholt. Das war eine schmerzhafte Angelegenheit, die Männer an Oberdeck zogen kräftig an der Leine, die Leine schnitt in die Hüften und scheuerte dann später immer an der gleichen Stelle, so daß es nicht aufhörte zu bluten.
Das Schlimmste war der Rückweg. Schwerkeuchend und von der Anstrengung unter Wasser ermattet, legten sie ihn zurück und mußten dann zitternd vor Kälte dem Kommandanten auf der Brücke melden, daß sich die Klappe immer noch nicht öffnen läßt, und dann mußten sie ihm eingehend schildern, warum nicht. Es gab kein Drumherumreden, der Kommandant wußte sehr genau, wie eine Mündungsklappe aussieht und wie sie zu behandeln war. Er hätte sich diese Berichterstattung natürlich auch im Boot anhören können, aber er hatte seine Gründe, dies im Freien zu tun, und die Männer kannten diese Gründe und richteten sich danach. Sie ließen sich in der Zentrale abfrottieren,

bis ihre Haut krebsrot war, und tranken ihre Sonderzuteilung Schnaps. Dann waren sie wieder dran.
Als Teichmann und Stollenberg zum drittenmal tauchten, gelang es ihnen, die Mündungsklappe zu öffnen. Ein dicker Schweinsfisch, gut einen Meter lang, der ihnen zugeguckt hatte, streckte als erster seinen Kopf ins Rohr. Teichmann versetzte ihm einen Klaps auf die Schwanzflosse, und der Fisch fuhr wie ein Blitz aus dem Rohr, und das sah ulkig aus. Teichmann und Stollenberg bekamen Salzwasser in den Mund, weil sie lachen mußten, Stollenberg verlor dabei das Mundstück seines Tauchretters und mußte übereilt auftauchen. –
U-Lüttke stieß nach.
»Der Geleitzug wartet nicht auf uns«, hatte der Kommandant gesagt und beide Maschinen auf ›Große Fahrt‹ gehen lassen. Andere U-Boote hatten Fühlung mit dem Geleit und gaben durch Funkspruch seinen Standort und seinen Kurs an.
Der Seegang nahm zu. Als Teichmann abends auf die Brücke kam, hatte die See die Stärke acht erreicht. Und im Laufe der Nacht wurde der Sturm zum Orkan. Die Brükkenwache wartete auf den Tauchbefehl. Aber er kam nicht. Dafür erschien der Kommandant auf der Brücke und brüllte dem IWO zu: »Wir behalten Kurs und Fahrt bei«, und stellte sich neben den Sehrohrbock, und dort blieb er zweiundfünfzig Stunden lang stehen.
Zu sehen war gar nichts. Riesenseen rollten von dwars her über das Boot, und wenn die Köpfe der Männer, die Wache hatten, aus dem Wasser ragten, biß der Sturmwind in ihre Gesichter, als wolle er ihnen die Haut abziehen. Das Boot krängte nach jeder Seite um achtzig Grad. Die Männer wußten, daß es nicht kentern konnte, daß sein Bleikiel es immer wieder aufrichten würde, aber sie wußten nicht, wie lange *sie* das aushalten konnten, sie fürchteten, von den Wassermassen zerquetscht oder über Bord gespült zu werden. Sie hatten sich angeschnallt, aber es war ihnen bekannt, daß Gurte reißen konnten. Ihre Müdigkeit war überwältigend und ebenso die Kälte. Sie empfanden das eisige Wasser als warm, aber der Wind, der über ihre völ-

lig durchnäßte Lederkleidung hinwegfegte, war schneidend und von einer Gewalt, die stark genug schien, ihnen die Köpfe abzureißen, und dabei heulte er wie tausend Orgelpfeifen in fortissimo. Die Ohren der Männer wurden davon taub. Ihre erstarrten Arme waren ein Teil des Boots geworden, als wären sie mit ihm verwachsen, und der Kommandant stand da wie ein zweiter Sehrohrbock.
Die Nacht war schwarz und undurchdringlich, und nur die schaumbedeckten Wogenkämme glitzerten wie weißer Kristallzucker, ausgestreut über ein zerklüftetes schwarzgrünes Gebirge, dessen Gipfel in einem dauernden Erdbeben hochgeschleudert und von andern Bergen niedergestampft wurden, ein berserkerhaftes Wüten von Wind und Meer, und beide hatten sich die kleine niedrige Brücke des Boots als Opfer ausgesucht. Die Männer auf dieser Brücke befanden sich mehr unter als über Wasser.
Das Turmluk war geschlossen worden. Der Kommandant und die vier Mann der Wache kämpften allein ihren Kampf mit dem Orkan, und – außer dem Kommandanten – hielten sie es für einen sinnlosen Kampf, und sie verfluchten ihren Kommandanten, als ob er der Teufel in Person sei. Sie konnten das laut tun, denn niemand hörte sie. Alles ging unter in dem ununterbrochenen Heulen des Sturms und dem Gedonner der See, einem chaotischen Orchester von unvorstellbarer Lautstärke und gräßlicher Dissonanz.
Nachdem sie das drei Stunden ausgehalten hatten, befanden sich nur noch vier Mann auf der Brücke. Sie hatten nichts vom Weggehen des achteren Backbordausgucks gemerkt. Erst als der Kommandant Teichmann ins Ohr brüllte, er solle durchs Sprachrohr anfragen, ob der Mann vielleicht unten im Boot sei, wußten sie, was los war.
Die Anfrage war eine Formsache, aber Teichmann brüllte ins Sprachrohr. Was die unten raufriefen, war nicht zu verstehen. Er brüllte das dem Kommandanten zu. Nachdem eine Wasserlawine, die sie zwanzig Sekunden lang begraben hatte, über sie weggegangen war, brüllte der Kommandant Teichmann zu, er solle unten nachsehen. Komisch, daß ihn sowas überhaupt interessiert, dachte Teichmann.
Als die Brücke für einen Augenblick vom Wasser frei war,

riß Teichmann den Turmlukdeckel auf und stieg in den Turm runter. Das Luk schloß er sofort wieder. Der Rudergänger im Turm schaute ihn an, als sei er ein Gespenst, und hielt seinen Kopf übers Zentraleluk und erbrach sich stöhnend. Sie sollten ihn ablösen, sagte er zu Teichmann, er könne keinen Kurs mehr halten, die Kompaßnadel mache ihn irrsinnig. Teichmann sah in die Augen des Mannes und glaubte es ihm. Dann stieg er in die Zentrale hinab, und während er noch unter dem Luk stand, kotzte ihm der Rudergänger, wie zur Bekräftigung seines erwachenden Irrsinns, auf den Kopf. Teichmann war zu müde, als anders als durch ein angeekeltes Kopfschütteln zu reagieren.
»Ist der Alte ganz verrückt geworden?« schrie der Zentralemaat. Er hielt sich, die Hände überm Kopf, an den Ventilrädern fest, was bei starkem Krängen des Boots aussah, als gehe er auf den Händen.
»Frag ihn doch selber.«
»Dieser Hund. Dieser gottverfluchte Hund. Dieser elende Kacker –« Der Maat brachte diese Worte heulend heraus und das letzte Wort so schrill schreiend, daß Teichmann, der schon halb durchs Kugelschott ins Vorschiff gestiegen war, jäh herumfuhr und glaubte, der Maat habe einen Anfall von Geistesstörung. Aber dann sah er, daß der Maat nur deshalb so geschrien hatte, weil er gerade wieder einmal gezwungen war, mehr auf seinen Händen als auf seinen Füßen zu stehen.
Im Bugraum sah Teichmann zunächst nichts. Nachdem er seine Augen etwas an das Halbdunkel gewöhnt hatte, entdeckte er Einzelheiten. Einen Seestiefel, einen Brotlaib, Wäsche, einen Soldaten, der auf dem Rücken lag und die Beine hochstreckte, als wolle er eine Kerze machen, und alles wurde im Rhythmus der Bootsbewegungen von einer Seite auf die andere geschleudert. Einige Gurte, mit denen die Kojen aufgeschnallt wurden, waren gerissen, die Männer wußten nicht, wo sie sich hinlegen sollten. Es war Teichmann ein Rätsel, wie sie diese Höllenfahrt stundenlang ertragen konnten. Er sah ein paar Verletzte, sie bluteten an den Händen und im Gesicht, und einer, dessen Haare auf der einen Seite ganz von Blut gerötet waren, glich einer

Frau, die sich die Haare rostbraun färben lassen wollte und dabei mittendrin gestört worden war. Aber lang konnte Teichmann diesem Durcheinander nicht zusehen, weil gleich darauf der ganze Inhalt des Bugraums auf den Kopf gestellt wurde.
Die gerissenen Gurte an den Kojen erinnerten ihn an den Befehl des Kommandanten. Er hatte ihn inzwischen vergessen gehabt und nicht mehr gewußt, warum er eigentlich unter Deck geschickt worden war.
Der fehlende Ausguck war nicht im Boot.
Auf dem Rückweg ging Teichmann in den U-Raum und schaute nach Stollenberg. Der lag wach und festgerammt zwischen dem hochgeklappten Gitter und der Wand in seiner Koje und erschrak, als ihn Teichmann berührte.
»Wie fühlst du dich, Emil?«
»Schlecht.«
»Seekrank?«
»Nein. Einfach schlecht. Irgendwas stimmt nicht mit mir. Fühl mich sterbensübel, aber ich kann nicht sagen, warum.«
Er sah ganz danach aus. Teichmann hatte ihn noch nie so niedergeschlagen gesehen. Er kam ihm fremd vor, sein Kindergesicht wirkte plötzlich alt.
»Dein Magen wird diese tollen Kapriolen nicht gewohnt sein.«
»Es ist nicht der Magen, Hans, du – das kann nicht gut ausgehen, was der Kommandant da macht. Ich weiß auch, warum er 's macht: er haßt die Engländer. Der LI hat mir's vorhin gesagt, wir haben darüber gesprochen. Ich hab ihn gefragt, warum der Kommandant so ist, und da hat der LI gesagt, auf der ersten Feindfahrt des Bootes hätte der Kommandant – es war im Seegebiet vor Gibraltar – durchs Sehrohr beobachtet, wie zwei englische Korvetten die Besatzung eines schwerbeschädigten U-Bootes, das auftauchen mußte, rücksichtslos zusammenschossen. Der LI hat mir erzählt, der Kommandant sei zwei Tage krank gewesen vor Wut, als er das gesehen hatte, und seitdem sei er so.«
»Du darfst nicht vergessen, daß auf diesen Korvetten keine Berufssoldaten fahren, denk an Pauli –«

»Ja – trotzdem: der Kommandant sollte tauchen. Das klingt albern in diesem Zusammenhang, ich weiß – aber irgendwie geht das nicht gut aus, und das Geleit muß doch bei diesem Wetter auch beidrehen. Ich fühl mich schlecht, Hans, ich kann mir nicht helfen. Ich sag dir ganz ehrlich, ich wär froh, wenn wir wieder zu Hause wären. Dieser verfluchte Krieg macht mich –«

»Herr Fähnrich, der Kommandant fragt, wo Sie bleiben.«

»Ich bin ja schon unterwegs.«

Der Mann war also über Bord gespült worden, das stand nun fest. Teichmann brüllte es dem Kommandanten ins Gesicht, und am liebsten hätte er noch mehr getan.

Das Unwetter war immer noch das gleiche. Das hätt ich mir ja denken können, sagte sich Teichmann in verbissener, ohnmächtiger Wut, und er ertappte sich dabei, wie er in Gedanken die Worte des Zentralemaats wiederholte. Warum sie überhaupt auf der Brücke standen, wußte er nicht. Das Licht der schäumenden See, schneeig und kalt, war das einzige, was in dieser Finsternis zu sehen war. Gut, dachte er, wenn der Kommandant nicht tauchen will, versteh ich das zur Not, unter Wasser können wir nur drei oder vier Meilen machen, und jetzt machen wir vielleicht zehn, aber warum müssen fünf Mann auf der Brücke sein? Während er das dachte, kam die Ablösung. Der Obersteuermann, Stollenberg, der zweite Brückenmaat und ein Obergefreiter lösten sie ab. Der Kommandant blieb oben.

Teichmann versuchte sich auszuziehen. Wenn er mit den Händen einen Seestiefel fassen wollte, mußte er auf einem Bein stehen und fiel um. Wenn er sich auf den Rücken legte, rollte er durch die Gegend wie ein Faß, und als er sich aus seiner Lederjacke wühlen wollte, die naß und schwer wie ein Dutzend dicker Wintermäntel war, flog er mit dem Kopf gegen den Kasten des Echolots, und zwar so rasant, daß er sich sagte, entweder ist jetzt das Echolot oder mein Kopf kaputt. Allmählich jedoch, unter sorgfältiger Berücksichtigung der Gesetze der Schwerkraft, gelang es ihm, sich von seiner Jacke zu befreien, und anschließend konnte er auch seinen nassen Troyer ausziehen und auswringen. Mehr war nicht zu machen.

Schnatternd vor Kälte saß er nun auf den Flurplatten der Zentrale und rutschte von einer Ecke in die andere, und der IWO rutschte mit. Teichmann sah ihm an, wie schwer es ihm fiel, unter diesen Umständen höflich zu bleiben, und als sich eine Horte aus der Kartoffelkiste selbständig machte und die Erdäpfel dem IWO auf die Brust ballerten, konnte auch er nicht umhin, einen Fluch auszustoßen, der Format hatte. »IWO, Sie machen sich«, rief ihm Teichmann zu. »Nein – es ist schon schlimm, wie man mit uns Schlitten fährt«, rief der IWO zurück, »es ist wirklich nicht mehr feierlich, und dabei könnt ich so gut schlafen –« Und dann rammten beide einträchtig die Hauptlenzpumpe.
Die Zeit schien stillzustehen, und die Quälerei ging weiter. Die Männer im Boot fluchten und heulten, und ihr Geisteszustand wechselte dauernd, von Wut zur Verzweiflung, von erbitterter Auflehnung zu stumpfsinniger Resignation. Und die Temperatur im Boot war eisig. Die stählernen Wände wirkten wie Eispanzer. Die Männer glaubten, sie würden zwischen ihnen langsam erfrieren, und vielleicht wären sie das auch, wenn die See sie nicht in Bewegung gehalten hätte. Und zu essen gab es nichts, und zu trinken gab es auch nichts, und dann rief einer durchs Turmluk runter: »Mann über Bord.«
Teichmann hörte es und nahm es zur Kenntnis, ohne sich dabei etwas zu denken, ohne –
»Wer?«
»Haben sie nicht gesagt.«
»Rudergänger, ich will sofort wissen, wer?«
»Sie haben's nicht gesagt, Herr Fähnrich.«
Da stand der IWO auf und kletterte in den Turm. Teichmann hörte, wie der Turmlukdeckel geöffnet wurde und eine Brüllerei begann. Dann sah er die Seestiefel des IWO. Dann die Hose des IWO und dann den ganzen IWO, der erneut völlig durchnäßt worden war und aussah wie ein Schwimmer, der aus dem Wasser steigt, und dann sah er, wie der IWO auf den Flurplatten, dort wo der Rudergänger hingekotzt hatte, ausrutschte und hinfiel. Dann sah er das Gesicht des IWO, und dann brauchte er nicht mehr zum IWO hinzusehen.

Der IWO hatte kein Wort gesagt.
Teichmann schaute sich die Zentrale an. Langsam und gründlich. Die Räder und Hebel für die Entlüftungen der fünf Tauchzellen: eins, zwei, drei beide Seiten, vier und fünf. Tauchzelle fünf war vorn. Tauchzelle eins war achtern. Beide hatten Räder. Drei hatte Knickhebel. Er sah neben sich den Frischwassererzeuger. Er sah, daß er sogar funktionierte. Er sah das Echolot. Den Kartentisch. Die Kartoffelkiste. Den Behälter für die Sauerstoffpatronen. Die Seekartenkiste. Das Zentralepult. Die beiden Tiefenrudersteuer. Die Tiefenmesser. Den großen und den kleinen. Die Räder des Anblaseverteilers – Dann fing er wieder von vorn an.
Und dann fing er wieder von vorn an.
Und danach fing er nochmal von vorn an.
Dann begann die Zentrale in seinem Kopf zu kreisen.
Und dann fing er nochmal an und zählte alles auf, was seine Augen ihm zeigten...
Als die Brückenwache abgelöst wurde, kamen drei Männer runter. Der Kommandant war oben geblieben.
»Dir geht's auch nicht grad rosig, Hans, du siehst ja –«
»Ich dachte – der IWO sagte, du seist über Bord.«
»Ich? Nein, es war der Brückenmaat.«
»Mir wurde gemeldet, der vordere Ausguck neben dem Obersteuermann«, sagte der IWO.
»Das war der Brückenmaat, ich stand diesmal achtern, weil der Kommandant –«
Der IWO und Stollenberg wandten sich ab und machten sich an irgend etwas zu schaffen. Teichmann überlegte sich, ob er sagen sollte, das Salzwasser brenne einem so verdammt in den Augen.
Morgens ging die erste Wache wieder auf die Brücke. Hungrig und frierend und todmüde.
Oben war es noch Nacht. Das Rasen und Toben von See und Wind hielten an, und es war gar nicht schlimm, daß sie ihr Lederzeug wieder naß anziehen mußten, dachten die Männer, als die See sie wieder vollkommen zudeckte. Und wieder war das Wasser eisig und doch wärmer als die Außentemperatur und der Wind.

Gegen zehn Uhr dämmerte es etwas. Ein fahles kaltes Licht schleppte sich über die Kimm hoch und färbte alles schmutzig-grau. Die See war mit flockigem Schaum gesprenkelt, aber der Schaum sah nicht mehr schneeweiß und leuchtend aus wie in der Nacht, sondern mehr wie eine dünne Griessuppe, auch er war irgendwie schmutzig geworden. Dieses fahle graue Licht, das nun anhielt, hatte etwas eigenartig Deprimierendes. Es war bleich und schwach und machte einen mutlos. Es hatte etwas Trostloses an sich, und wie ein Vampir saugte es die letzten Reste von Kraft und Lebenswillen aus einem heraus. Das wurde auch nicht besser, als sich gegen Mittag so etwas wie eine Sonne bemerkbar machte, eine strahlenlose Scheibe von der Farbe einer unreifen Zitrone.

Als sie mittags abgelöst wurden, waren sie so müde und zerschlagen, daß sie sich in der Zentrale einfach langlegten. Nachdem sie eine halbe Stunde so zugebracht hatten – ein Liegen, bei dem sie innerhalb von Sekunden meterweis hin und her geworfen wurden – versuchten sie sich auszuziehen. Aber sie waren zu müde, um den Kampf mit dem nassen schweren Lederzeug aufzunehmen. Sie torkelten in den Dieselraum, wo es um einige Grade weniger kalt war, und trotz des Lärms der ›Große Fahrt‹ laufenden Motoren gelang es dem einen oder andern, leicht vor sich hin zu dösen.

Abends traten sie wieder ihre Wache an, gestärkt durch zwei Scheiben Büchsenbrot mit etwas Butter drauf, aber unausgeschlafen, übermüdet, völlig durchfroren und in einer Gemütsverfassung, die zwischen Ekel, Gleichgültigkeit und nervöser Gereiztheit schwankte.

Oben war es wieder Nacht. Die Hölle der vorangegangenen Nacht wiederholte sich. Der Müdigkeit nachzugeben war lebensgefährlich, sie mußten ihren Atem genau einteilen, und wenn sie vergaßen, rechtzeitig tief einzuatmen, konnten sie ersaufen, weil das Boot unendlich lange brauchte, bis es sich aus seiner Schräglage wieder aufgerichtet hatte. Schwerfällig wie ein müder Wal wälzte sich der plumpe Stahlklotz durch die tobende See, und die paar Menschen, die Wache hielten, versuchten vergeblich, an der Oberfläche

des Stahlklotzes zu bleiben, denn es gab keine Oberfläche mehr, die See überspülte alles.
Zu sehen war immer noch nichts. Kein Stern, nicht ein einziger stand am Himmel, und kein Mond. Nur die weiße Gischt leuchtete jetzt wieder über der kochenden See wie ewiger Schnee auf den Gipfeln hoher Berge.
Der nächste Tag verlief wie der vorangegangene. Ohne warmes Essen, ohne warmes Getränk, ohne trockene Kleidung, ohne Ruhe, und bei beißender Kälte. Um die Hälse der Männer liefen blutige Schrunden, der zu Eis gefrorene Kragen der Lederjacke scheuerte immer wieder an derselben Stelle, wenn die Männer vor der heranstürzenden See und dem harten messerscharfen Wind den Kopf einzogen und das Kinn an die Brust nahmen. Ihre Hände waren zu roten Greifzangen geworden, und wenn sie sich im Boot ausziehen wollten, lief das Blut unter den Fingernägeln hervor, und in die offene zerschundene Haut fraß sich das Salz des Seewassers und wirkte wie Juckpulver.
Als Teichmann einmal nach dem Kielwasser sehen wollte, von dem nicht die Spur zu sehen war, streifte er mit einem Blick das Gesicht des Kommandanten. Er sah ein Stück grob-behauenen Steins, salzüberkrustet und von tiefen Rinnen zerfurcht, und zwei rote Kreise, als ob auf dem Stein etwas Blut verspritzt worden wäre. Und eine kurze, einfältige Frage ließ diesen Stein zerbröckeln wie altes Gemäuer, das einstürzt: Beim Absteigen in den Turm sagte Teichmann zum Rudergänger, mehr aus Routine als aus persönlicher Neugier: »Was steuern Sie eigentlich?«
»Einhundertsechzig Grad, Herr Fähnrich.«
»Wieviel?«
»Einhundertsechzig Grad, Herr Fähnrich.«
»Seit wann?«
»In den letzten vierundzwanzig Stunden wurde immer dieser Kurs gesteuert.«
»Ich denke, der Kurs zum Geleit beträgt einhundertsechzehn Grad?«
»Mir nichts bekannt.«
Er betrug einhundertsechzehn Grad.
Der Kommandant ließ tauchen. Er stellte niemand zum

Rapport. Auf der Brücke konnte der dauernden Dunkelheit wegen der Kompaß nicht abgelesen werden, und überhaupt war bei diesem Wetter kein Kompaß genau abzulesen, die Nadel schlug fünfzig Grad nach jeder Seite aus. Vierundzwanzig Stunden lang war der Kommandant für niemand zu sprechen. Seine wilde grausame Zähigkeit – grausam gegen sich, gegen die Besatzung, gegen das Boot – war zerbrochen, wenigstens für dieses Mal. Der Orkan hatte ihn besiegt.

Der IIWO war auferstanden. Ab und zu, wenn keiner hinsah, betrachtete er die Lücke, die sein fehlender Ringfinger hinterlassen hatte. Aber sonst benahm er sich wieder normal, nur magerer war er geworden. Seine Ringe trug er in der Brusttasche seines Hemds. Wo er seinen abgerissenen Finger hingetan hatte, verriet er keinem. Der IWO behauptete, er habe ihn in Spiritus gelegt. Der LI sagte, er habe ihn in die Bilgen geworfen, daher der Gestank im Boot. Wahr an diesem Geschwätz war, daß mit der Dauer der Unternehmung auch der Mief im Boot zunahm. Sie waren jetzt elf Wochen in See.

In der Abenddämmerung sichteten sie einen Einzelfahrer. Es war ein langgestreckter Kasten, er lief etwa zwölf Meilen. Als sie näher herangekommen waren, merkten sie, daß es ein leerer Tanker war. Da er häufig zackte, dauerte es vier Stunden, bis das Boot in Schußposition kam.

Der IWO schoß einen Dreierfächer mit der seltenen Lage von einhundertsechzig Grad. Zwei Torpedos trafen, der IWO hatte einen verkleinerten Schußwinkel einstellen lassen. Der Tanker lief weiter, nur langsamer.

Dreißig Minuten später schossen sie ihm noch einen Torpedo in den Bauch. Der Tanker sackte etwas tiefer, lief aber mit einer Geschwindigkeit von fünf Meilen weiter.

»Wir wollen ihm noch nen Fangschuß verpulen«, sagte der Kommandant zum IWO, »schießen Sie aus dem Heckrohr.«

Der Tanker wurde zum viertenmal getroffen. Er lief weiter.

»Der Bursche schwimmt auf seiner Luftblase, wir werden ihn mit dem Geschütz entlüften.«

»Jawohl, Herr Kaleu.«
»Lassen Sie gleichzeitig die Flawaffe besetzen, ich warte schon lange auf ne Biene.«
»Jawohl, Herr Kaleu.«
Jetzt war der IIWO am Werk. Anstelle der beiden über Bord gespülten Männer gingen Stollenberg und ein Torpedomechaniker ans Geschütz.
Beim ersten Schuß flog es in die Luft. Dem IIWO, der sich auf einen der hölzernen Klappsitze der Brücke gestellt hatte, riß ein Stück Eisen den Kopf ab, und die ganze Brücke wurde rot von seinem Blut, das wie ein Springbrunnen aus seinem Halsstumpf sprudelte. Der IIWO und die vier toten Seeleute, die zur Geschützbedienung gehörten und zerfetzt an Oberdeck lagen, wurden über Bord geworfen. Stollenberg und die seemännische Nummer Eins wurden in die Zentrale abgeseilt, während der Tanker aus zwei Geschützen das U-Boot beschoß. Das Boot tauchte.
Stollenbergs rechtes Bein war ein unförmiger Klumpen rohen Fleisches, der Knochen war zersplittert, die Kniescheibe war nicht mehr da, der IWO sagte, man müsse das Bein amputieren.
Sie legten ihn auf die Back im U-Raum, das war die längste Back im Boot. Das Bein wurde unterhalb der Hüfte abgebunden, dann hielt es der IWO fest, und Teichmann sägte mit dem Fuchsschwanz den Knochen durch. Stollenberg sagte, er habe keine Schmerzen, er spüre überhaupt nichts. Der IWO sagte, das käme noch, und klemmte die Adern ab. Der Kommandant ließ sich überreden, für eine Minute aufzutauchen. In dieser Zeit warfen sie Stollenbergs Bein über Bord und füllten drei Pützen mit Seewasser. Das Wasser gossen sie über den Beinstumpf, es sollte zur Desinfektion dienen. Der LI sagte, Seewasser sei hierfür das beste Mittel. Danach verbanden sie Stollenberg und packten ihn in eine Koje im Oberfeldwebelraum.
Der seemännischen Nummer Eins war nicht mehr zu helfen. Der Obermaat hatte innere Verletzungen, wenn er hustete, spuckte er Blut, und er mußte oft husten. Im Unterleib hatte er faustgroße Löcher, die stark bluteten, das

Blut ließ sich nicht stillen. Sein Herz funktionierte noch. Nach zwei Stunden aber war kein Blut mehr da, das Herz hatte nichts mehr zu tun und stellte seine Pumptätigkeit ein. Der Kommandant war damit einverstanden, daß sie die seemännische Nummer Eins in ein leeres Torpedorohr legten.
Schuld an dieser Panne war der IIWO, weil er bei der Klarmeldung des Geschützes übersehen hatte, daß der Mündungsverschluß des Rohres nicht abgeschraubt worden war. Die Mündungskappe wurde nicht wie bei der Heeresartillerie einfach aufgesetzt, sondern in ein Gewinde eingedreht, damit bei Tauchfahrt kein Seewasser ins Rohr drang. Die Granate war im Rohr krepiert.
Stollenberg fieberte zwei Tage lang, phantasierte von seiner Schulzeit, und wenn er aufwachte, krümmte er sich vor Schmerzen, so daß man ihn festhalten mußte. In der Freiwache saß Teichmann neben seiner Koje, aber das geschah nicht oft, weil die Seeleute jetzt in zwei Törns Wache gehen mußten, neun Mann fehlten. Wenn Teichmann bei der Unterwasserfahrt am Tiefenruder saß, konnte er Stollenberg hören. Dann setzte sich der LI an Teichmanns Platz, und Teichmann ging zu Stollenberg.
Am dritten Tag ließ das Fieber nach, Stollenberg wurde ruhiger und war bei klarem Bewußtsein. Teichmann wollte ihm etwas zu essen geben und versuchte ihm klarzumachen, daß er dadurch schneller wieder zu Kräften komme. Aber Stollenberg wollte nichts essen. Teichmann sagte, er sei blöde, weil er nichts esse. Er hatte dem Koch die letzte Büchse Erdbeeren entführt und süßen Rahm darübergegossen. Die aß er nun vor Stollenbergs Augen, aber der bekam auch dadurch keinen Hunger. Er sagte, er wolle noch ein wenig schlafen, vielleicht könne er dann etwas essen. Aber Erdbeeren bekomme er keine mehr, die seien alle, sagte Teichmann, obgleich die Dose noch zu dreiviertel voll war. »Mir wurscht«, sagte Stollenberg.
Teichmann ging in den U-Raum und legte sich schlafen. Später rüttelte ihn der E-Maschinist wach und sagte, der Kommandant habe nichts dagegen, daß sie auch den Fähnrich in ein Torpedorohr legten, Teichmann solle mithel-

fen, er solle aber gleich kommen, der Gestank im Oberfeldwebelraum sei kein Siebenundvierzigelf.

Bei der Fahrt durch die Biskaya mußten sie zweiundzwanzigmal vor Flugzeugen tauchen. Der Rückmarsch dauerte doppelt so lang, wie vorgesehen war. Eineinhalb Tage mußten sie am Ansteuerungspunkt auf zwei andere U-Boote warten, mit denen sie dann von einem Sperrbrecher und zwei Minensuchbooten nach La Pallice geleitet wurden.
Vor dem Einlaufen hielt der Kommandant eine Ansprache. Die wachfreie Besatzung war an Oberdeck angetreten, und der Kommandant sprach fünf Minuten lang über die Folgen von Geschlechtskrankheiten. Er sagte, daß es eines Seemanns der Kriegsmarine unwürdig sei, ein Bordell zu betreten, die Verheirateten sollten warten, bis sie zu Hause wären, und die Unverheirateten sollten sich eben enthalten und dafür Sport treiben, an Enthaltsamkeit sei noch keiner gestorben, die Französinnen seien minderwertig und kein Verkehr für einen deutschen Soldaten, eines deutschen Soldaten unwürdig, verstanden.
Der Kommandant sprach mit bitterernster Miene, weil er mit dieser Rede dem Befehl des Kommandierenden Admirals der U-Boote nachkam. Dieser Herr war der löblichen Meinung, die Kommandanten sollten auch auf den privaten Lebenswandel ihrer Untergebenen moralhebend einwirken. Die Männer kannten diese Rede, der Kommandant hielt sie nach jeder Feindfahrt, und sie kannten auch ihren Kommandanten. Aber sie waren lange genug Soldat, um ein schmetterndes »Jawohl, Herr Kaleu« von sich zu geben.
Im übrigen hatte der Kommandant nicht mit der Truppenbetreuung gerechnet. Zur Begrüßung der Boote waren Ballettmädchen erschienen. Schnurgerade ausgerichtet standen sie in einer Reihe, die Fußspitzen vorn an der Kante der Pier, und hatten ihr schönstes Lächeln aufgesetzt. Der Truppenbetreuungsoffizier der Flottille, ein älterer Herr, hatte sich diese Aufmerksamkeit für die heimkehrenden Männer ausgedacht. Die Mädchen rissen die Augen auf, als sie die bärtigen Seeleute sahen, und warfen Blumen run-

ter, und die Männer an Oberdeck rissen die Augen auf, als sie nach oben sahen, und warfen Kußhände nach oben, ohne den Mund und die Hände zu gebrauchen, und stellten an der Unterkleidung der Damen fest, daß es hierzulande bereits Sommer war. Eine Musikkapelle spielte, Hurra wurde gerufen, Ansprachen wurden gehalten, am besten war das eisgekühlte Bier, jeder bekam eine Flasche.
Dann liefen die Boote in den Bunker ein. Die Männer räumten ihr Zeug aus den Spinden und fuhren mit dem Bus ins Priengelände. Dort fand ein gemeinsames Abendessen mit dem Flottillenchef und den Besatzungen der beiden andern Boote statt. Es gab ein gutes Essen, Bier und Tischreden und zum Schluß Cognak. Kapitänleutnant Lüttke trank ein Fläschchen Selterswasser leer. Es machte sich nicht gut, war aber originell, die Seeleute rissen einen Witz darüber. Wenn der Kommandant ihn gehört hätte, wäre wieder ein Rapport fällig gewesen.
Nach dem Essen ließ Teichmann seinen Koffer auf seine Kammer, die er jetzt allein bewohnte, schaffen und richtete sich häuslich ein. In der Kantine kaufte er sich, was ihm zustand: zwei Flaschen Hennessy, zwei Flaschen Armagnac und je eine Flasche Martell und Calvados, vier Packungen verschiedener Sorten North State und sechs Schachteln Overstolz, die er in Zigarren umtauschte. Ein Matrose half ihm, die Flaschen auf seine Kammer zu tragen.
Dann ging er in den Brauseraum und duschte sich ausgiebig, warm, kalt, heiß, lauwarm, dann so heiß, wie er es gerade noch ertragen konnte, und dann kalt. Für diese Prozedur ließ er sich eine Stunde Zeit. Die halbe Besatzung war im Brauseraum versammelt und ließ sich noch länger Zeit. Sie sangen unter der Dusche und stöhnten wollüstig, als sie sich den drei Monate alten Dreck vom Körper wuschen. Zwischendurch unterhielten sie sich eingehend und sehr ernsthaft über ihre anschließende Beschäftigung an Land, und dabei warfen sie mit Zahlen um sich, die einem Dutzend Casanovas Respekt abgenötigt hätten.
Als Teichmann fertig war, wickelte er sich das Handtuch um den Hals, schlüpfte in seinen Bademantel und in seine

Pantinen und lief auf seine Kammer und legte sich ins frischüberzogene Bett und zündete sich eine North State aus der roten Packung an. Während er mit Genuß den Rauch inhalierte, klopfte es an der Tür. Er rief »Herein« und dachte, wenn's eine vom Ballett ist, werd ich nicht den Kostverächter spielen. Aber es kam ein Mann herein, der schneidig »Heil Hitler« rief.

Der Mann hatte tadellose Umgangsformen, er stellte sich als Verwaltungsunteroffizier vor und händigte Gehalt, Tauchzulage und Gefahrenzulage aus. Er zählte das Geld vor, obwohl Teichmann ihm gleich gesagt hatte, das sei nicht nötig. Daraufhin ließ der Mann durchblicken, daß er vor dem Krieg Bankdirektor gewesen sei. Teichmann sagte, er freue sich, seine Bekanntschaft zu machen, und langte unters Bett, wo er die Flaschen hatte. Der Bankdirektor zog ein unbenutztes weißes Taschentuch aus seiner Tasche, und als er das Tuch auseinanderfaltete, kam ein kleines Glas zum Vorschein. Der Bankdirektor sagte, das sei so der Brauch in seiner Branche, mit Alkohol gehe alles besser, die Herren bei der Marine hätten das auch schon erkannt. Wenn er die Löhnung und die Tauchzulage für die höheren Dienstgrade auszahle, nehme er stets sein Gläschen mit. Teichmanns Achtung vor den Umgangsformen dieses Mannes wuchs.

Sie tranken gegenseitig auf ihr Wohl und kamen dabei ins Gespräch. Teichmann entschuldigte sich, daß er gezwungen war, den Flaschenhals an den Mund zu führen, aber er habe sich noch kein Glas beschaffen können. Der Bankdirektor sagte, diese Art zu trinken stehe Teichmann sehr gut, und war die Höflichkeit in Person. Teichmann dankte für das Kompliment und fand, daß der Bankdirektor ein prächtiger Mann sei. Der Bankdirektor hatte die gleiche Meinung von Teichmann.

Sie tranken aufs Wohl von Teichmanns Kommandanten. Als Teichmann erzählte, daß sein Kommandant Abstinenzler sei, tranken sie zweimal auf sein Wohl. Sie tranken dann noch auf das Wohl des Flottillenchefs und aufs Wohl des BdU einen Doppelten, weil er nun gleichzeitig ObdM war. Dann langte Teichmann unters Bett und holte eine neue

Flasche herauf. Sie tranken weiter und unter anderm auch aufs Wohl ihres Führers, und da wieder einen Doppelten, weil er Abstinenzler war. Auch auf Jupp Goebbels tranken sie einen oder zwei, weil ihnen seine Märchenstunden am Rundfunk so viel Freude machten, und zuletzt tranken sie mindestens drei Große auf Dr. Ley.

Der Bankdirektor war nun voll. Er steckte sein Gläschen in die Tasche und verabschiedete sich so formvollendet, wie es sein Zustand erlaubte. Auch Teichmann bemühte sich, die Spielregeln der Zivilisation einzuhalten, und hatte dabei den Vorteil, dies im Liegen tun zu können. Er behielt die Anrede »Herr Direktor« bei, obwohl er im Verlauf des Gesprächs erfahren hatte, daß sein Zechgenosse mit den Devisenbestimmungen des Dritten Reichs in Konflikt gekommen war und einige Jahre gesessen hatte, und zum Abschied schenkte er ihm die Flasche Calvados. Der Beschenkte machte nicht den Eindruck, als ob er den Apfelschnaps noch am gleichen Abend trinken werde. Auch die weitere Auszahlung der Gehälter mußte er wohl oder übel auf den nächsten Tag verschieben, seine Geldkassette samt seiner Liste ließ er auf Teichmanns Nachttisch liegen. Teichmann tat alles unter sein Bett.

Dann begann er in einem Buch zu lesen, aber es klappte nicht richtig. Der IWO hatte es ihm gegeben, man müsse es gelesen haben, es sei sehr geistreich, hatte der IWO gesagt. In dem Buch kam ein Oberförster vor, aber Teichmann kam nicht dahinter, was der Mann eigentlich wollte. Er schob es auf den Hennessy, er sagte sich, der Hennessy ist dran schuld, du bist einfach blau. Er setzte sich aufrecht ins Bett, ohne sich anzulehnen, und befahl sich, in dieser Stellung mindestens zehn Seiten zu lesen, er wollte sich beweisen, daß er nicht blau war. Aber das mißlang ihm, er kapierte wieder nichts, und als er feststellte, daß in dem Buch Sätze vorkamen, bei denen das Prädikat in der Einzahl stand, obwohl es von mehreren Substantiven regiert wurde, gab er sich geschlagen, es war zu hoch für ihn. Er erfuhr nie, was der Oberförster im Sinn hatte, und er hätte es gern gewußt, Förster waren ihm sympathisch.

Das Dumme war nur, daß er auch nicht schlafen konnte.

Er war es nicht mehr gewohnt, in einem Bett zu schlafen, das sich nicht bewegte. Es blieb ihm nichts übrig, als nochmal unters Bett zu langen.
Nach einer Weile ging es. Er fuhr wieder zur See, er kam sich vor wie eine Möwe auf den Wellen, und er glaubte jetzt zu wissen, warum die Möwen dabei schlafen konnten.

14

Als er aufwachte, schien die Sonne. Er blinzelte ihr eine Weile zu, und dann las er seine Post.
Heyne hatte aus Swinemünde geschrieben, er machte dort seinen Artillerielehrgang. In die linke obere Ecke des Briefbogens hatte er in großen Druckbuchstaben geschrieben: Sanatorium Dr. Bauernfeind. Es sei das schönste Kommando, das er bis jetzt bei der Marine gehabt habe, schrieb er weiter. Sein Chef, der Kapitänleutnant Bauernfeind, sei ein hochanständiger Offizier, bei dem man auch etwas lerne, es sei eine wahre Oase, wo er sich zur Zeit befinde, leider dauere der Lehrgang nur drei Wochen. Sonst sei alles beim alten. Der Brief war an Teichmann und Stollenberg adressiert.
Auch Bülow hatte wieder geschrieben, es gehe ihm gut, er studiere Architektur, wann Teichmann und Stollenberg mal nach Hamburg kämen. Euch beiden herzliche Grüße, auch von meiner Frau, Euer Bülow. Nachsatz: Dora würde sich auch sehr freuen, wenn Ihr mal nach hier kämt, sie hat sich groß herausgemacht und ist Besitzerin eines Kinos geworden.
Ein Brief kam aus Tegernsee. Wegener hatte ihn seiner Frau diktiert. Er verbringe mit seiner Familie die Ferien in Oberbayern, es sei wohl sehr schön hier, es sei nur schade, daß er sich nicht mit der einheimischen Bevölkerung über die Marine unterhalten könne, in Wiessee sei zwar ein Erholungsheim für U-Bootfahrer, aber er habe keine Verbindung mit ihnen.
Teichmann verzichtete aufs Frühstück und fuhr in die Werft. Vorher suchte er den Bankier auf und überreichte

ihm die Kassette mit dem Geld und der Liste. Der Bankier hatte sie nicht vermißt, er schlief noch.
Die Flottillenverwaltung hatte zwei Särge zur Verfügung gestellt.
»Billigere waren wohl nirgends aufzutreiben? Die sehen ja aus, als wollten sie jeden Augenblick auseinanderfallen.«
»Wir sind kein Beerdigungsinstitut«, sagte man ihm.
Die beiden Matrosen vom Flottillenstamm, die Teichmann mitgenommen hatte, liefen davon, sie könnten das nicht machen, sagten sie, als Teichmann die Bodenverschlüsse der Rohre geöffnet hatte. Ihre Gesichter sahen aus, als ob ihnen gleich das Essen hochkomme, sie waren noch keine achtzehn. Sie entschuldigten sich und meinten es ehrlich. Teichmann jagte sie aus dem Bugraum. Er verschloß die Rohre wieder und ging ins Werftbüro, um zu telefonieren. Der Flottillenarzt war nirgends aufzutreiben, auch der VO nicht. Schließlich bekam er einen Sanitätsfeldwebel an den Apparat, der ihm versprach, in einer halben Stunde mit dem notwendigen Handwerkszeug an Bord zu sein.
Auf dem Weg vom Werftbüro zum Boot traf er einen alten Bekannten. Er erkannte ihn schon von hinten, sein Gang war einmalig, und sein Kopf war noch größer geworden, weil er keine Stoppelhaare mehr trug, sondern lange Strähnen, und als er sich umwandte, konnte Teichmann sehen, daß er sich einen Spitzbauch angefressen hatte. Er sei zweiter Schriftoffizier der Flottille, sagte er, und er sah ganz danach aus. »Ich hab Fortschritte gemacht, mein Lieber.«
»Man sieht's.«
»Was heißt sehen? Du müßtest mal hören, wie perfekt ich's jetzt spreche, aber du kannst ja kein Kisuaheli.«
»Und wie geht's dir sonst?«
»Ich kann nicht klagen. Essen prima, Trinken prima – du weißt, ich brauch nun mal ne Menge Alkohol –, und Frauen wie Sand am Meer.«
»Und du watest durch den Sand?«
»Das fragst du den ollen Ramer? Ich laß mich begraben darin, haha.«
»Bekommt dir anscheinend.«

»Großartig.«
»Wieviel Fahrten haste denn?«
»Noch keine, Mensch, die Arbeit – du glaubst ja gar nicht, was ich für Arbeit hab, den ganzen Schriftkram, und dann vertret ich den Nachlaßoffizier, und da gibt's verdammt viel Arbeit, aber ich schmeiß den Laden – ich lad dich heut abend zum Essen ein.«
Teichmann sprach von der Arbeit, die ihm bevorstand, und Ramer war bereit, ihm zuhelfen. Zeig's ihm erstmal, dachte Teichmann.
Als er es sah, wurde ihm mulmig zumut, aber er blieb dabei, mitmachen zu wollen. Er schlug vor, daß sie zunächst einmal etwas zu sich nehmen sollten, am besten Alkohol. Das sei keine schlechte Idee, sagte Teichmann, nur müsse er vorher etwas essen, er habe noch nicht gefrühstückt.
Teichmann ließ bei den Werftarbeitern ein paar Zigaretten springen und erhielt dafür einen dicken Schlag Kartoffelsuppe. Daraufhin trank er mit Ramer eine Flasche Sekt. Das sei die richtige Mischung, sagte Ramer. Wo er so schnell den Sekt her hatte, verriet er nicht.
Als sie auf Teichmanns Boot kamen, war der Sanitätsfeldwebel schon da. Er hatte eine kleine Säge, verschiedene Messer und Zangen und ein großes Ding, das wie ein Meißel aussah, mitgebracht. Es sei immer die gleiche Scheiße, sagte er, es habe anscheinend keinen Zweck, die Kommandanten darauf hinzuweisen, keine Toten in die Torpedorohre zu legen, aber die Herren Kommandanten bräuchten sie ja auch nicht selber wieder rauszuholen. Teichmann ließ eine Bemerkung fallen von wegen Scheiße und so. »Alles schön und gut«, sagte der Feldwebel, »ich will Ihrem toten Freund nicht zu nahe treten, ich kann Ihnen nur sagen: es *war* Ihr Freund.«
Sie fingen an zu arbeiten. Es wurde nicht viel gesprochen. Einmal fragte Ramer, der an der seemännischen Nummer Eins arbeitete: »Wie weit bist du mit deinem?« –»Scheiße«, sagte Teichmann und mußte dann selber lachen. Sie merkten, daß der Witz ein sehr gutes Mittel sein konnte, wenn einem zum Heulen zumute war. Sie arbeiteten fluchend

und gebrauchten dabei die ordinärsten Ausdrücke, die sie kannten, und hörten sich dankbar die Zynismen des Feldwebels an, der die Sache eine Abtreibung größten Stils nannte.
Die Leichen waren aufgequollen wie feuchte Mehlsäcke und hatten die Rohre verstopft. Sie waren einen halben Meter in die Länge gewachsen, weil sie sich in den engen Rohren nicht ausdehnen konnten, und ihre Haut fühlte sich an wie Gallert. Die Fähnriche zerstückelten sie und warfen das Fleisch in die Särge.
Als sie sie bis zur Hüfte rausgeschält hatten, wuschen sie ihre Hände in einer Pütz Wasser, damit sie sich die Hemden ausziehen konnten. Dann arbeiteten sie sich mit nacktem Oberkörper tiefer in die Rohre rein. Anfangs wurde ihnen dabei schlecht, der Leichengeruch, süßlich und voll Fäulnis und Verwesung, vermischt mit dem scharfen Gestank des Torpedofetts, stellte ihnen die Luft ab und betäubte sie, aber nachdem sie sich ein paarmal erbrochen hatten, gewöhnten sie sich daran. Die Därme waren am schlimmsten, sie waren unendlich lang, sie hörten gar nicht mehr auf, und die Särge waren zu klein, um das gedunsene Fleisch aufzunehmen. Was nicht reinging, taten sie in Pützen und trugen sie raus zur Bunkereinfahrt und kippten sie ins Wasser. – Nach drei Stunden waren die Rohre leer, nicht sauber, aber leer.
Anschließend gingen sie ins Bordell, als Fähnriche durften sie ins Offiziersbordell gehen. Ramer hatte von einer Frau erzählt, die La Jaune heiße und eine Mischung zwischen einer Malaiin und einer Mulattin, vielleicht aber auch einer Kreolin sei und ein durchsichtiges zitronengelbes Kleid trage und sonst nichts und Haare schwarz wie Pech und eine angemalte Brust, auf der – »Es reicht«, hatte Teichmann gesagt und gemeint, so eine käme ihm gerade gelegen. Sie gingen also hin.
»Au, da ist uns einer zuvorgekommen«, sagte Ramer, als sie eintraten.
»Die Frau ist Klasse. Die ist wirklich Klasse, aber ihr Partner ist mein Kommandant.«
»Ist das der Lüttke?«

»Zufällig.«
»Schlimm?«
»Ach wo. Aber 's ist besser, wir kommen später nochmal her.«
Sie gingen wieder raus. Ramer kratzte sich am Bauch und sagte: »Du bist vielleicht 'n Optimist. Und teuer ist sie auch, und wir sind bloß Fähnriche.«
»Die geht nicht nach Dienstgraden. Glaub ich nicht.«
»Nach was dann?«
»Vielleicht nach 'm Aussehen.«
»Das glaub ich nicht, auf keinen Fall glaub ich das. Die geht nach Geld«, sagte Ramer und kratzte sich wieder am Bauch, ausdauernder als vorher.
»Hast du Flöhe?«
»Nein – aber was ich sagen wollte, hast du vielleicht Geld?«
»'s geht«, sagte Teichmann und schaute Ramer von der Seite an.
»Kannst du mir was leihen?«
»Aber nicht für La Jaune.«
»Schade. Andererseits – wenn du damit recht hast, daß sie nicht aufs Geld scharf ist, sondern andere Qualitäten schätzt, brauch ich auch keins, um bei ihr landen zu können«, sagte Ramer. »Ich nicht.«
»Aber ich. Ich brauch schon 'n bißchen was, ohne Bims bin ich bei ihr gleich abgemeldet. Deshalb kann ich dir nicht viel pumpen, das siehst du doch ein?«
Ramer steckte sich eine Zigarette an.
»Was schreibst du denn seinen Eltern?«
»Von der Amputation schreib ich nichts. Ich schreib, er sei an Oberdeck gefallen, und lüg noch hinzu, daß er gleich tot gewesen sei.« Teichmann sprach schneller als sonst.
»Welches Datum gibste dann an? Muß ich nämlich wissen, bin doch auch Nachlaßoffizier.«
»Das richtige. 's ist nicht anzunehmen, daß seine Eltern das KTB vor Augen kriegen, und wenn sie den Sarg nicht öffnen, geht alles klar.«
»Ich glaub nicht, daß sie ihn öffnen, ich würd – Wer ist denn das?«
»Staunste, was?«

»Menschenskind, kommt der daher.«
»Das ist der schönste Mann der Flotte: Seine Durchlaucht Ehrenfried Berthold Prinz von Wittgenberg-Weißenstein.«
»Woher kennst du den?«
»Unser IWO.«
»Wie spricht man den an?«
»Nicht mit Kisuaheli.«
Der IWO kam fürstlich daher. Er trug eine tadellos sitzende blaue Ausgehuniform von feinstem Kammgarn, seinen gebräunten Hals umgab ein blütenweißes Hemd, dessen offener Kragen so tief ausgeschnitten war, daß die gekräuselten Brusthaare hervorsahen, und an seinen Füßen saßen frisch gekreidete Tennisschuhe, die von umfangreichen Hosenbeinen, im Stil der Hamburger Zimmerleute, beinahe verdeckt wurden. In seiner linken Hand hielt er seine Mütze wie einen Chapeau claque, in seiner rechten schwenkte er einen Spazierstock. Aber das Originellste an ihm war sein Ordensschmuck: auf seiner linken Brust trug er nichts. Dafür war auf seiner rechten Brust eine Stickerei zu sehen, die das Deutsche Kreuz in Gold darstellte, ein wahres Kunstwerk von Stickerei, und im obersten Knopfloch seines Jacketts hatte er das EK II an einem langen schwarz-weiß-roten Bändsel befestigt, so daß es beim Gehen wie ein Uhrpendel hin und her schwang, und in seiner Brusttasche stak ein weißes Ziertuch von der Größe einer ausgebreiteten, fächerförmig drapierten Papierserviette.
»Bitte keine Ovationen, meine Herrn, ich weiß, wie ich aussehe. Wie haben Sie die erste Nacht verbracht?«
»Seriös. Ich hab Ernst Jünger gelesen.«
»Das lob ich mir. Und wo kommen die Herren Fähnriche geradewegs her? Welch vornehmes Haus frequentierten die Herren, wenn mich mein Auge nicht narrt?«
»Schön wär's«, sagte Teichmann, »'s war aber nichts. Kennen Sie La Jaune?«
»Ich hatte leider noch nicht das Vergnügen, diese Künstlerin kennenzulernen, hab aber von ihr gehört.«
»Unser Kommandant hat zur Zeit das Vergnügen.«
»Tatsächlich? La Jaune muß keinen guten Geschmack haben.

Hat er das Vergnügen bereits oder steht's ihm noch bevor? Ich mein' –«
»Es sitzt noch vor ihm.«
»Es sitzt noch – so so.« Der IWO zupfte sich am Kinn, und dann rieb er es. »Mir kommt da grad so ne Idee: wie wär's, wenn wir ihm mal dabei zusehen würden?«
»Er wird wohl nicht sehr davon erbaut sein«, sagte Ramer.
»Aber wir«, sagte der IWO.
»Dann aber Tempo, sonst sind sie schon oben«, sagte Teichmann und schlug eine schnelle Gangart ein.
Auf ihrem Eilmarsch ins Bordell rempelten sie unabsichtlich einen älteren Luftwaffenmajor an, der zaghaft und etwas unsicher in der gleichen Richtung ging und nun plötzlich Mut bekam und sagte: »Donnerwetter nochmal. Was rennen Sie denn so verrückt durch die Gegend?«
»Wir sind auf 'm Weg ins Bordell, Herr Major«, sagte Teichmann.
Diese Auskunft kam für den älteren Herrn doch etwas überraschend, *er* wurde rot und rief ihnen nach: »Das ist doch unerhört, sowas. Typisch Marine, sowas. Typisch.«
»Der hätt viel drum gegeben, wenn wir ihn mitgenommen hätten«, sagte der IWO, »der gute Mann sah nicht sehr glücklich aus.«
Sie kamen noch rechtzeitig. Der IWO steuerte sofort La Jaune an, machte eine vollendete Verbeugung, nannte undeutlich einen Teil seines Namens und sagte: »Je suis très heureux de vous voir, madame.«
La Jaune nickte. Der IWO stellte ihr seine Begleitung vor. Teichmann sah zum erstenmal, daß sein Kommandant nicht wußte, was er tun sollte, und sich darauf beschränkte, den Atem hörbar durch seine Adlernase einzuziehen.
»Permettez, madame, que je prends place à côté de vous«, sagte der IWO und setzte sich an La Jaunes freie Seite.
»Permettez que je vous présente mon capitain?«
»Was hat er gesagt?«
»Er hat Sie der Dame vorgestellt, Herr Kaleu«, sagte Teichmann.
»Werden Sie nicht unverschämt, IWO«, sagte der Kommandant.

»Ich wollte Ihnen nicht zu nahe treten, Herr Kaleu«, sagte der IWO. »Wenn Sie übrigens einen Dolmetscher brauchen –«
»Nein, ich brauche keinen.«
»Vous avez une prononciation excellente«, sagte La Jaune zum IWO.
»He is one of my subordinates, madame«, sagte der Kommandant.
»Ma bouche sait encore davantage que de parler français seulement, madame«, sagte der IWO.
»Je vous crois«, sagte La Jaune und sah aus wie eine Löwin, die noch unschlüssig ist, welches von den vorgelegten Fleischstücken sie zuerst fressen soll.
»Was hat er gesagt?«
»Der IWO meinte, er könne auch pfeifen, Herr Kaleu«, sagte Teichmann.
»Was soll denn das? Womit will er denn pfeifen?«
»Mit dem Mund natürlich. Was dachten Sie denn, Herr Kaleu?« sagte der IWO.
So ging es eine Stunde lang weiter, der Kommandant sprach englisch, der IWO französisch, Teichmann übersetzte, und weil niemand Kisuaheli konnte, hörte Ramer zu. La Jaune unterhielt sich großartig. Sie tranken einen klebrigen Pfefferminzlikör – La Jaune hatte ihn bestellt – und der förderte ihren Redefluß, und nicht nur dies. Zwischendurch kam der Luftwaffenmajor an ihren Tisch und erlaubte sich, ihnen zuzuprosten. Der ältere Herr war hocherfreut, auf diesem heißen Pflaster Bekannte zu haben. Er trank wiederholt aufs Wohl der Marine. Dann begab er sich wieder an den Tisch seiner Dame, die dem Alter nach zu ihm paßte. Der IWO bestellte eine Flasche Calisay.
»Le capitain s' adhère à l'abstinence, madame«, sagte der IWO.
»Qu' est-ce que cela veut dire?« sagte La Jaune.
»C'est celui qui s'abstinent, madame«, sagte der IWO.
»Was sagt er?«
»Sie seien ein enthaltsamer Mensch, Herr Kaleu«, sagte Teichmann.

»Ich hätte Ihnen eine bessere Erziehung zugetraut, IWO«, sagte der Kommandant.
»De quoi s'abstient-il?« sagte La Jaune.
»Was sagt sie?«
»Sie will wissen, wovon Sie sich enthalten, Herr Kaleu«, sagte Teichmann.
»Madame, I do not –«
»De tout méchant, madame«, sagte der IWO.
»Alors qu'est-ce qu'il fait ici?« sagte La Jaune.
»Madame, I am only drinking with you as an act of politeness.«
»Voulez-vous que je le demande, madame?«
»S'il vous plaît«, sagte La Jaune zum IWO.
»Herr Kaleu«, sagte der IWO, »Madame wünscht zu wissen, warum Sie hier sind.«
Der Kommandant wußte zum zweitenmal nicht, was er tun sollte. Schließlich schnauzte er den IWO an: »Was tun denn Sie hier?«
»Ich beabsichtige, mit dieser Dame der Ruhe zu pflegen, Herr Kaleu.«
»Ruhe? – Ha.«
»Qu'est-ce qu'il dit, votre capitain?« sagte La Jaune.
»Il ne comprends pas que nous voulons nous reposer, madame«, sagte der IWO.
»Was sagt er?«
»Er behauptet, Sie, Herr Kaleu, hätten kein Verständnis dafür, daß Madame und der IWO ihre Ruhe haben wollten«, sagte Teichmann.
»Ruhe? – Ha.«
»Qu'est-ce qu'il a, votre capitain?« sagte La Jaune.
»Il est très ardent, brûlant, chaud –«
»Je le vois«, sagte La Jaune.
»Madame, he is drunk.«
»O, I have not the impression, mon capitain«, sagte La Jaune.
»Capitain heißt soviel wie Kapitän im Deutschen, Herr Kaleu«, sagte Teichmann.
»Mensch – das hätt ich nicht gewußt«, sagte der Kommandant und schnaufte durch die Nase.

»Ich schlage vor, wir würfeln«, sagte Teichmann.
»'s wird Zeit, daß Sie verschwinden«, sagte der Kommandant.
»Aber keineswegs, Herr Kaleu, ich schlafe hier im Hause.«
»Ich auch, IWO«, sagte der Kommandant.
»Qu'est-ce qu'il dit, votre capitain?« sagte La Jaune.
»Il dit qu'il veut dormir, étant fatigué, madame«, sagte der IWO.
»Was sagt er?«
»Der IWO meint, Sie wollen schlafen, Sie seien müde, Herr Kaleu«, sagte Teichmann.
»Bon soir, mon capitain«, sagte La Jaune.
»Was –?«
»Madame wünscht Herrn Kaleu einen recht schönen Abend und angenehme Ruhe«, übersetzte der IWO.
Der Kommandant stand auf, murmelte etwas von »... verkehre nicht in schlechter Gesellschaft...«, nahm seine Mütze und ging. Er ging leicht schwankend, weil er Abstinenzler war und das bißchen Alkohol, das er La Jaunes wegen zu sich genommen hatte, nicht ordentlich vertrug.
La Jaune schien mit dieser Lösung nicht ganz einverstanden zu sein, sie hatte wohl erwartet, der Kommandant wende sich einer ihrer Kolleginnen zu.
»Meine Herrn, dies ist ein bedeutender Augenblick«, sagte der IWO, »es dürfte nämlich das einzige Mal sein, daß unser Kommandant den Rückzug antritt. Trinken wir einen ihm zu Ehren.«
Der Major kam wieder an ihren Tisch und fragte, ob er aufs Wohl seines guten alten Kameraden von der Marine trinken dürfe. Sie erlaubten es ihm. Der Major war selig und trank so ausgiebig aufs Wohl der Marine, daß ihn seine Dame wieder weglotsen mußte.
»Vielleicht würfeln wir jetzt«, sagte Teichmann.
»Ich möchte so ne wichtige Sache eigentlich nicht dem Zufall überlassen. Schließlich hab ich den Anstoß zu diesem Besuch gegeben«, sagte Ramer. Es klang nicht sehr überzeugend.
»Ich glaube, die Würfel sind schon gefallen«, sagte der IWO. Teichmann gab ihm im stillen recht, aber es fuchste

ihn doch, denn diese La Jaune war etwas außerordentlich Begehrenswertes. Um das zu merken, brauchte man nicht zuvor drei Monate in See gewesen zu sein und Likör getrunken zu haben.
»Sie denken, weil Ihr Kommandant ausgeschieden ist?« sagte Ramer zum IWO. »Ich möchte doch nochmal darauf hinweisen, daß ich allein den Vorschlag machte –«
»Gewiß, mein Lieber, ich werde Ihnen auch dafür stets verbunden sein. Aber was wollen Sie machen, nachdem nun mal die Dame mich bevorzugt?«
Plötzlich öffnete La Jaune, die während dieses Dialogs kein Wort gesprochen und teilnahmslos und anscheinend etwas gelangweilt dagesessen hatte, den Mund und sprach deutsch.
»Meine Erren, Sie ören, daß isch gans gut deutsch sbrächen gann. Isch aben diese Sbrache gelärnt in meine Beruf, n'est-ce pas? und isch –«
»Haben Sie verstanden, was wir eben sprachen?« sagte der IWO und war ziemlich erschrocken.
»O ja, und es war sähr nett. Aber nun, isch darf wählen, bittä?«
»Aber selbstverständlich, Madame«, sagte der IWO und war wieder ganz bei der Sache.
»Bien. Isch möchten Sie.«
Der gebräunte Hals des IWO färbte sich rot, sein Gesicht sah aus, als leide er unter einem Sonnenbrand, und seine Hände spielten auf seinen Schenkeln Klavier.
»O, seien Sie nischt änttäuscht, mon chéri, Sie säen sehr gut aus, Sie sein ein nettes Mensch, Sie aben überaupt viel Vorteil, Sie spräschen ein sehr gut Französisch, Sie sind charmant und alles möglische – abär er seien stärker, compris?«
»Force majeure, mon prince«, sagte Teichmann. –
Sie war eine wirkliche Hure, eine aus Freude an der Sache, sozusagen aus Berufung, und sie war mehr: sie gehörte zu jenen Frauen, die bei aller körperlichen Nacktheit so etwas wie ein Geheimnis in sich bargen, das kein Mann enträtseln kann – wenigstens empfand es Teichmann so. Sie trug außer einer Halskette aus roten Korallen und einer schmalen Armbanduhr nichts. Teichmann besaß ihren Körper, einen schlanken geschmeidigen Tänzerinnenkörper, dessen

goldbronzene Haut sich wie ein reifer Pfirsich anfühlte, und diesen Körper bedeckten kein Puder und keine Haare, und ihn besaß er. Aber mehr nicht. Wenn er glaubte, sie gehöre ihm ganz – und wenn er es nur für Augenblicke glaubte –, entzog sie sich ihm auf eine unerklärliche und unergründliche Art. Das gehörte wohl zu ihren professionellen Tricks, dachte Teichmann – jedenfalls war es ein gelungener Trick und genau das, was ihn immer von neuem reizte, sie wieder und wieder zu erobern, und alle überraschenden wilden wohltuenden Entdeckungen, die er an ihr machte, blieben Bruchstücke eines Ganzen, das in seiner Ganzheit nicht zu erobern war. Die Frau blieb Sieger, und je öfter sie sich hingab, um so überlegener war ihr Sieg. Im übrigen variierte sie ihn.

Später sagte sie, er dürfe die Nacht über bleiben. Als er nichts antwortete, fragte sie ihn, ob er alle Auszeichnungen so stillschweigend entgegennehme.

»Was war das für eine?«

»Eiserne Kreus.«

»Nen höheren Orden hast du nicht? Pour le mérite und so?«

»O – Pour le mérite ist gut, ist sehr gut, verlei isch aussi pour toi, aber nur bei viele Eiserne Kreus, compris?«

»Ich will den Pour le mérite.«

»Oui, aber die Nascht ist lang –«

Doch dann ereignete sich ein Zwischenfall. Als die beiden Körper ruhig und entspannt nebeneinander lagen, als belanglose Fragen gestellt und belanglose Antworten gegeben wurden und Zigaretten geraucht und Cognak getrunken wurde und die Frau aufstand – sie vermied jene plumpe kindliche Gangart nackter Frauen, die barfuß gehen und mit der ganzen Sohle auftreten: sie ging auf den Zehenspitzen – und ihren Körper erneut parfümierte, bat sie ihn um eine Photographie. Er hatte keine. Vergeblich kramte er in seiner Brieftasche herum, er besaß kein Bild von sich. Nur das Photo im Soldbuch war da, aber das durfte er nicht weggeben. Die Frau verstand das nicht, sie wollte dieses Bild haben, sie sagte, es sei das einzige, was sie von ihm wolle, sein Geld könne er behalten. Teichmann fand

das komisch, diese Art von Entschädigung war ihm neu, und es wäre ihm lieber gewesen, er hätte es mit Geld machen können. Schließlich entdeckte er in seiner Brieftasche eine Gruppenaufnahme aus seiner Rekrutenzeit. Die Frau betrachtete das Bild sehr aufmerksam. Als sie mit dem Finger auf den einen oder andern seiner Kameraden deutete und in einem holprigen, ulkig klingenden Deutsch über deren Männlichkeit Bemerkungen machte, blieb ihr langer spitzer rotlackierter Fingernagel auf einem gutmütigen Kindergesicht ruhen, und da fing Teichmanns Körper zu zittern an. Seine Hände krampften sich in das Kissen, und er drückte sein Gesicht hinein, und ein leises Stöhnen drang durch das zusammengeknüllte Kissen, während sein Körper wie unter Schlägen zuckte –
Zuerst hatte die Frau »Mon dieu« gerufen, aber dann war sie still geworden und hatte ihre Hand auf seinen Nacken gelegt, und nun wartete sie. Ab und zu sah sie auf ihre Uhr.
Als er ruhig geworden war und sein Körper ruhig blieb, zündete sie sich eine Zigarette an, faßte mit der Hand in sein Haar, riß seinen Kopf hoch und steckte ihm die Zigarette zwischen die Lippen. Er konnte sein Gesicht nicht mehr in das Kissen drücken. Er legte seinen Kopf seitlich auf das Kissen und sah durch den Zigarettenrauch zwei steil ansteigende Hügel, auf denen Aussichtstürme standen.
»Ist er schon lange tot?«
»Nein.«
»Draußen auf das Meer?«
»Nein, draußen bei der Bunkereinfahrt schwimmt einiges von ihm im Wasser, und zwischen nen paar armseligen Brettern liegt auch einiges von ihm.«
»Es tut misch sehr leid pour toi und –«
»Wer rasiert dich denn so sauber?«
»Du aben nischt sehr viele von Kameraden, n'est-ce pas?«
»Doch, doch –«
»Dann du sein nischt gans immer allein?«
»Nein, nein, ich bin nicht allein, jetzt nicht, nein –«

Als er in der Frühe wegging, hatte er ein angenehm leeres, leichtes Gefühl in den Hüften und einen klaren Kopf. Er

ging durch das schlafende La Rochelle nach Hause, ins Priengelände. Alles war noch still und etwas verschwommen, der Frühnebel hing über der Stadt und war erfrischend kühl, und wenn die Straßen nicht so schmutzig gewesen wären, hätte es gut eine deutsche Stadt sein können. Und dann war es noch der Geruch, der anders war. Es war etwas Betäubendes darin, wie Moschusparfüm, und etwas Salz vom Meer und auch etwas Fäulnis vom Meer, der süßlich-scharfe Duft vermodernden Tangs. Aber es war ein reizvoller Geruch. Teichmann dachte darüber nach, als ihm ein kleiner kalter Luftzug ins Gesicht fuhr und ein kleiner fester Gegenstand an seine rechte Brust klopfte, aber nicht sonderlich wehtat. Dann erst hörte er den Schuß –
Er warf sich hin. Es war nur ein Querschläger, sagte er sich, während er Schritte hörte. Gleichzeitig hörte er sein Herz gegen den Steinboden schlagen. Der Steinboden fühlte sich wie Eis an. Er hatte sein Gesicht nach der Seite gedreht, beim Ausatmen sah er, wie der Staub vor seiner Nase aufwirbelte, und die Tatsache, daß seine Hände – er hatte sie flach auf den Boden gelegt – nun verschmutzt wurden, störte ihn einen Augenblick lang.
Es waren zwei Männer. Er blieb liegen. Sie bewegten sich katzenhaft leicht. Er blieb immer noch liegen. Sie liefen auf ihn zu. Ich hab keine Waffe, nicht mal ein Messer hab ich, ich stell mich tot.
Einer war jetzt bei ihm. Er roch den Alkohol, den der Mann getrunken hatte. Es roch sehr stark nach Alkohol. Es roch widerlich. Als der Mann sich über ihn beugte und dabei rülpste, merkte Teichmann, daß es Absinth war, und wie eine Sense, die mit knapp über dem Boden geführtem Schwung das Gras schneidet, schlug er ihm mit der Faust die Füße weg. Der Mann fiel hin, ein metallener Gegenstand klirrte aufs Pflaster, der Mann sagte »Merde –« und noch etwas in einem Französisch, das Teichmann nicht verstand, und ohne zu überlegen hieb er den Kopf des Franzosen gegen das Pflaster. Das machte er zweimal. Beide Male schnell hintereinander. Dann rannte er dem andern nach.
Der andere Franzose lief sehr schnell. Aber du läufst nicht

so lang wie ich, dachte Teichmann und lief, was er konnte. Der Franzose war von kleinem Wuchs und lief wie ein Windhund. Teichmann hinterher. Der Franzose lief um sein Leben, deshalb kam er schneller vorwärts, und Teichmann hatte vergessen, wo er kurz vorher gewesen war, und spürte heftiges Seitenstechen, obwohl er erst zwei oder drei Minuten lief, außerdem hatte er monatelang in einer Stahlröhre gelebt und hatte das Laufen verlernt. Während er noch lief, merkte er, daß er nicht mehr wußte, wo er sich befand, er kannte die Gegend nicht. Vielleicht lockt er mich in nen Hinterhalt, dachte er und verlangsamte seinen Lauf. Der Abstand zu dem Franzosen wurde größer. Er wollte aufgeben, aber da rannte der Franzose auf ihn zu, als fühle er sich plötzlich stark genug, seinen Verfolger anzugreifen. Teichmann stutzte. Etwas Kaltes kroch ihm prickelnd den Rücken runter. Er hielt den Atem an und sah den Bleiknüppel des Franzosen, und eine Sekunde lang sah er das Gesicht des Franzosen, das nur aus Angst zu bestehen schien, und mit dem Gedanken: der hat ja viel mehr Angst als ich, sprang er auf ihn zu.

Der Franzose war ein Kindskopf. Er schwang, lange bevor Teichmann in Reichweite war, seinen Knüppel. Als er auf Teichmann einhauen wollte, faßte der von unten den erhobenen Arm des Franzosen, und der Knüppel lag auf der Straße, es war der einfachste aller Jiu-Jitsu-Griffe. Der Franzose erstarrte vor Schreck. Dann trafen ihn die Fäuste. Es war, als breche sein Gesicht in einzelne Teile auseinander.

»Komm, laß uns auch noch was von ihm übrig.« Teichmann wurde zurückgerissen. »Entschuldigen Sie, Herr Fähnrich, aber was hat er Ihnen eigentlich getan?«

»Schön, daß ihr Nachtwächter auch schon da seid.«

»Wie bitte?«

»Na ja«, sagte Teichmann und verschnaufte ein wenig.

»Er kam auf uns zugelaufen, und dann machte er plötzlich kehrt und –«

»Und dann lief er auf mich zu«, sagte Teichmann. »Er schoß aber auch schon mal auf mich, nebenbei bemerkt.« Er erklärte den beiden, einem Maat und einem Obergefrei-

ten, die Streife gingen, was los gewesen war. Sie hoben den Franzosen auf. Er sah aus, als sei er in einer Pfütze von roter Tinte gelegen. Sie mußten ihn tragen.
Der andere Franzose hatte seine Stellung beibehalten. Immer noch hockte er auf seinen Knien, den Oberkörper vornübergebeugt, auf der Straße. Wie Esch am Heiligen Abend im Waschraum, dachte Teichmann. Der Franzose war tot.
Teichmann hob seine Mütze auf. Etwas weiter weg lag der Revolver. Der Maat hob ihn auf. Es war ein deutsches Fabrikat, fünf Schuß steckten noch in ihm. »Glück muß der Mensch haben«, sagte der Maat. Teichmann gab ihm seine Personalien an.
Auf dem Weg ins Priengelände bekam er Angst. Ganz überraschend und eigentlich unmotiviert begann er sich zu fürchten. Er wußte nicht, wo die Angst so plötzlich herkam, aber er wußte auch nicht, wie er sie wieder loswerden konnte. Es schien alles ziemlich kompliziert zu sein, und ohne weiter darüber nachzudenken, beschleunigte er seine Schritte. Zuletzt lief er. – La Jaune hatte er völlig vergessen.
Er stand unter der Brause und betrachtete sich den dunklen Fleck unterhalb seiner rechten Brustwarze, den der Querschläger verursacht hatte, und rieb daran, als sie ihn holen kamen. Er solle sich rasch anziehen und mitkommen, es sei sehr wichtig, es sei keine Zeit zu verlieren. Sie taten sehr aufgeregt.
»Tolle Schweinerei passiert. Sie haben Mordsdusel gehabt, das muß man sagen.«
»Oder die härteren Fäuste, Herr Oberleutnant.«
»Wie man's nimmt.«
»Ich nehm's so«, sagte Teichmann und glaubte nicht ganz, was er sagte, dann hielt der Wagen vor der Kommandantur. »Jedenfalls können Sie froh sein, daß Sie noch am Leben sind«, sagte der Oberleutnant und stieg aus. »Bin ich auch«, sagte Teichmann und stieg ebenfalls aus. Als letzter verließ der Stabsoberfeldwebel, der vorn neben dem Fahrer saß und der dickbäuchig war, den Wagen. Sie gingen in die Kommandantur und in ein Zimmer, in dem ein

Hauptmann vom Heer und ein Oberarzt von der Marine bleich und nervös auf dem Tisch saßen – der Arzt weniger nervös und weniger bleich – und ihre Beine runterhängen ließen.
»Haben Sie schon gefrühstückt?« sagte der Hauptmann.
»Nein«, sagte Teichmann.
»Dann schlucken Sie dreimal kräftig«, sagte der Oberarzt, der von der Marine war, und führte Teichmann, gefolgt von dem Hauptmann, dem Oberleutnant zur See und dem Stabsoberfeldwebel, in das Zimmer nebenan.
»Kennen Sie einen von denen? Schauen Sie sie genau an. Sie müssen sie kennen. Sie haben sich alle im gleichen Haus und zur gleichen Stunde amüsiert wie Sie«, sagte der Oberleutnant. »Nur haben sie früher aufgehört«, sagte der Oberarzt. »So wie sie hier liegen, haben wir sie gefunden, sie lagen in der Wohnung von dem Franzosen, den Sie vermöbelt haben«, sagte der Oberleutnant. »Sehen Sie sich's in aller Ruhe an«, sagte der Stabsoberfeldwebel. »Und das ausgerechnet, als ich O. v. D. war«, sagte der Oberleutnant. »Das hält keiner lange aus, die müssen gleich hinüber gewesen sein«, sagte der Stabsoberfeldwebel. »Es ist zum Kotzen«, sagte der Oberarzt. Der Hauptmann nagte an seinen Fingernägeln und sagte gar nichts.
Er kannte keinen.
»Schauen Sie sie genau an, Sie müssen sie kennen«, sagte der Oberleutnant ungeduldig.
»Was soll ich denn an ihnen erkennen?«
»Das zerfressene braune Zeugs da stammt von ner Säure, die müssen sie mit ner Säure behandelt haben«, sagte der Stabsoberfeldwebel. »Ich nehm ihnen mal ihren Geschlechtsteil aus'm Mund«, sagte der Oberarzt.
»Aber nachher müssen Sie sie wieder reinstecken, sie sind noch nicht photographiert«, sagte der Hauptmann.
Es änderte nichts. Nur die Öffnungen, die einmal ein Mund mit Lippen, Zunge und Zähnen gewesen waren, waren jetzt größer geworden. Es befanden sich noch mehr Löcher in den schwarzen kantigen Kugeln, aber die ehemaligen Münder waren die größten Öffnungen auf der zermanschten Oberfläche der drei Kugeln.

Sie sahen alle gleich aus und rochen schlecht. Bei der kleinsten Leiche war das Blut nicht ganz geronnen und sah noch nicht schwarz aus. Eine hatte Hühneraugen, ein starker weißer Lichtbalken, den die Morgensonne durch das Oberfenster schräg ins Zimmer legte, stand genau auf den Hühneraugen. »Muß ein älterer Mann gewesen sein«, sagte Teichmann. »Wo sind denn ihre Uniformen?«
»Weg«, sagte der Oberleutnant. »Nicht aufzufinden«, sagte der Stabsoberfeldwebel, es klang, als sei er hierüber befriedigt.
Sie schauten alle Teichmann an. Der schaute auf die drei Leichen, abwechselnd. Er hörte, wie sich einer hinter seinem Rücken eine Zigarette anzündete. Das muß der Fahrer sein, dachte er. Der Zigarettenrauch war wunderbar. Draußen auf der Straße ging ein Auto scharf in die Kurve, seine Reifen radierten das Pflaster, der Stabsoberfeldwebel trat gemächlich ans Fenster, Teichmann hörte ihn »Der hat aber Schwein gehabt« sagen.
Er ging um die Leichen herum. Er betrachtete jetzt die zermanschten Kugeln von verschiedenen Seiten. Es waren stellenweise noch einige Haare dran, Ramers Haar erkannte er schließlich. Es gehörte zu der kleinen Leiche, die noch verhältnismäßig frisch war. Er glaubte, daß es Ramers Haar sei, weil es so lang war. Es sah schwarz aus wie das geronnene Blut, fast alles an ihnen sah so aus.
»Na, wenigstens einen«, sagte der Stabsoberfeldwebel.
»Rufen Sie mal im Haus Schepke an und fragen Sie nach, ob der Oberleutnant zur See Prinz von Wittgenberg dort ist«, sagte Teichmann zu dem Stabsoberfeldwebel.
»Wie heißt der?«
»Wittgenberg, Prinz von Wittgenberg-Weißenstein.«
»Wie spricht man den an?«
»Ach – Sie brauchen ihn ja gar nicht sprechen, Sie sollen nur fragen, ob er dort ist, sonst nichts. Herrgott, stellen Sie sich doch nicht so an.«
»Sie haben mir keine Befehle zu erteilen, Fähnrich.«
»Dann mach ich's halt selber.«
»Telefonieren Sie schon«, sagte der Oberleutnant zu dem

Stabsoberfeldwebel, und der ging brummend weg. Sie hörten ihn im Nebenzimmer telefonieren.
»War der auch dort?« sagte der Oberarzt.
»Ja, aber wann er wegging, weiß ich nicht. Kann man 'n Fenster öffnen?«
»Bitte«, sagte der Hauptmann.
Der Stabsoberfeldwebel steckte seinen Kopf durch die Tür und sagte: »Der Prinz kommt selber an'n Apparat – ich weiß doch nicht, wie man ihn anspricht, sagen Sie mir's doch endlich.« Er war sehr erregt.
»Herr Oberleutnant spricht man ihn an«, sagte Teichmann.
Der Kopf ging wieder zum Telefon. Man hörte ihn Hochdeutsch sprechen – der Stabsoberfeldwebel war Pfälzer: normalerweise hätte man lachen müssen. Als er eingehängt hatte, kam er erleichtert ins Zimmer zurück, rieb sich mit seinen Wurstfingern befriedigt den Bauch und sagte zu Teichmann: »Der Prinz ist mal ein netter Mensch, wirklich ein netter Mensch, und ausgesprochen höflich. Kennen Sie ihn schon lange?«
»Wer hat das eigentlich gemacht?« sagte Teichmann. Er erschrak selbst vor der Lautstärke seiner Stimme.
»Die Franzosen natürlich, wer denn sonst«, sagte der Oberarzt und zuckte mit den Schultern.
»Die Schweine. Das ist wohl die einzige Art, wie die Krieg führen können«, sagte Teichmann und wurde noch lauter.
»Ich denke, die hätten mit uns Waffenstillstand geschlossen? Nachts und von hinten einen umlegen und sich vorher Mut ansaufen – diese feigen Hunde! Der Ramer war ein Kamerad von mir –«
»Ja, 's ist traurig«, sagte der Hauptmann.
»Ach was – Der Ramer war 'n guter Kerl. Er hatte seine Mucken, aber ich bin immer gut mit ihm ausgekommen. Einmal hat er sogar nen glänzenden Gedanken gehabt, auf der Marineschule – ja, er hat mir auch gestern geholfen, meinen Freund – diese Säue! Diese Sauhunde! Und was geschieht mit diesen Säuen, he?«
»Schlimmstenfalls werden sie erschossen«, sagte der Stabsoberfeldwebel. »Wenn wir sie erwischen«, sagte der Oberleutnant.

»Ihr müßt ihnen die Haut abziehen, bei lebendigem Leibe, jeden Tag einen Zentimeter, und wenn sie dabei eingehen wollen, müßt ihr aufhören, damit sie wieder zu sich kommen und –«
»Zigarette?«
»Ach was – Und dann müßt ihr von vorn anfangen, und immer hübsch langsam. Ihr könnt sie auch sieden, in kochendem Wasser, und wenn sie krepieren wollen, müßt ihr 's Feuer wieder ausgehen lassen –«
»Wollen Sie nicht ne Zigarette?«
»Danke. Hören Sie doch, was ich sage!« Er packte den Hauptmann an den Knöpfen seines Uniformrocks. »Ihr dürft sie nicht gleich hinmachen, nicht wahr, das versprechen Sie mir doch, nicht wahr, das geht doch nicht, daß ihr sie gleich hinmacht, sang- und klanglos – diese Mörder! Das sind doch keine Soldaten, das sind doch Mörder! Das sind –«
»Ja, ja, es ist schrecklich«, sagte der Hauptmann und versuchte freizukommen.
»Ach was – Wo ist der Franzose? Wo ist mein Franzose? Der Schweinehund gehört mir! Den nehm ich mir vor, verstanden! Den nimmt mir keiner weg! Wo ist er? Der kommt vor kein Gericht, der kommt zu mir, den nehm ich –«
»Fahr in Urlaub, mein Junge, fahr in Urlaub«, sagte der Oberarzt und legte ihm die Hand auf die Schulter, und der Hauptmann atmete auf, weil er freikam.
Teichmann verließ die Kommandantur. Um ihn war alles wie Watte. Seine Füße traten auf Watte und fühlten sich an wie Watte, seine Hände waren aus Watte, und einen großen Wattebausch hatte er in der Kehle sitzen und schluckte an ihm. Er dachte an nichts und wunderte sich, als er plötzlich im Priengelände angekommen war und merkte, daß er völlig naßgeschwitzt war. Er ging in den Brauseraum, die Brause lief noch. Als er gleich darauf herausging, hörte er hinter sich die Männer lachen und sich zurufen: »Muß der geladen haben.« – »Und das am hellen Morgen.« – »In voller Uniform unter die Brause, haha.« – »Junge, Junge, so blau möcht ich auch mal sein ...«
La Jaune wurde vier Tage später erschossen. Zusammen

mit den andern Huren des Hauses hatte sie es so eingerichtet, daß die Maquis-Mörder nicht zu viel Arbeit auf einmal bekamen, indem die Huren im gehörigen Abstand die Todeskandidaten aus ihren Betten entließen. Der erste, der dran glauben mußte, war der Major der Luftwaffe, die Hühneraugenleiche, gewesen. Seine Ansprüche waren schnell befriedigt worden. Der nächste war Ramer gewesen, und der dritte war ein U-Boot-LI gewesen, auf U-Bootleute waren sie besonders scharf. Als letzter hätte Teichmann drankommen sollen. Lüttke und der IWO hatten Glück gehabt, der IWO war wütend über seine Abfuhr ins Haus Schepke gegangen und hatte sich betrunken, und Lüttke war voll genug gewesen, um gleich in seine Koje zu fallen. Übrigens wurden noch zwei Huren und der Franzose, den Teichmann erwischt hatte, erschossen.

Teichmann ärgerte sich, daß La Jaune nur erschossen worden war. Um den Ärger wegzubekommen, trank er. Er machte das einige Tage lang, und es fanden sich immer welche, die mitmachten. Aber Stollenberg war nicht mehr dabei, und da half auch der Alkohol nichts. Aber ein Brief half.

Man hatte ihm schon auf der Marineschule erzählt, daß er südlich des Mains damit rechnen müsse, bestenfalls als Bahnbeamter oder Wasserschutzpolizist angesehen zu werden.

In München ging es los. Auf dem Hauptbahnhof wollte ein Oberst der Gebirgsjäger Auskunft über die Züge nach Leipzig. Als der Gebirgsjäger seinen Irrtum bemerkte, sagte er: »Och, äntschuld'gense vielmols, Här Komroad.« Teichmann störte das nicht weiter, sofern man keine Gepäckträgerdienste von ihm erwartete. Er ging rüber zum Holzkirchner Bahnhof. Der Schaffner gab ihm ein Abteil II. Klasse und sagte, Offizieren – er sprach es Awisiers aus – stünde II. Klasse zu, und mit einem Blick auf die beiden Sterne an Teichmanns Schulterstücken – er war inzwischen Oberfähnrich zur See geworden – verkündete er, erst recht natürlich Offizieren im Hauptmannsrang. Teichmann ließ ihm seinen Glauben, es machte ihm nichts aus, daß er ge-

polstert saß, und wenn nicht grad ein Admiral zusteigt, kann ich bis zur Endstation hier sitzen bleiben, dachte er.
In Tegernsee stieg er aus und ging zum Rathaus, dort war die Bootsanlegestelle. Der Bootssteuerer führte die Hand an die Mütze und sagte: »Hail Hütler, Här Kapitän.« Teichmann sagte: »Heil, Herr Kollege.«
Als er im Boot saß und aufs Ablegen wartete, fand er, daß er eigentlich keinen Grund hatte, mit seiner Aufnahme in Bayern unzufrieden zu sein: er war in nicht ganz zwei Stunden vom Auskunftsbeamten der Reichsbahn zum Kapitän befördert worden. Er überlegte, ob er eine Zigarre rauchen wolle. Er hatte noch eine schwarze Brasil, Beuteware, und die holte er jetzt hervor, und während er sie rauchte, dachte er, daß er ebenso gut auch nach Royan oder Biarritz hätte fahren können, aber ich hab nun mal keine Lust, allein dorthin zu fahren, um immer die gleichen Gesichter zu sehen, Tischtennis zu spielen und zu baden und abends zu trinken, damit es leichter ist, die Eingeborenenfrauen reizvoll zu finden. Du hast ein reines Gewissen, wenn du nach Oberbayern fährst, redete er sich zu, du hast dich nicht aufgedrängt, es wäre direkt unhöflich gewesen, abzulehnen, und die Gegend scheint schön zu sein, und ein bißchen Wasser ist auch da. Dann betrachtete er sich die Gegend.
Es war Abend. Auf den Bergen lagen die letzten Sonnenstrahlen und hüllten die Gipfel des Riedersteins und des Wallbergs in flammenden Purpur. Aber bevor die Sonne versank, setzte sie dem Purpur goldene Kronen auf, und die Berge standen wie Könige da, und zu ihren Füßen lag ruhig, glatt und blau der See. In der Bucht von Egern schwammen auf dem blauen Grund zwei weiße spitze Dreiecke, Segel von Olympiajollen, die in der abendlichen Flaute stillagen.
Teichmann sah dies alles. Und als sich das Verkehrsboot mitten im See befand, kamen die Klänge der Glocken von Tegernsee, Wiessee und Rottach-Egern über den See und läuteten den Sonntag ein. Aber während sie läuteten, sagte er laut: »Alles kalter Kaffee.« Um keinerlei Zweifel aufkommen zu lassen, sagte er es zweimal. Das Ganze ist ein

Trick, sagte er sich und zog hastig an seiner Zigarre, dran schuld sind der See und die Berge, die eine gute Akustik abgeben, mehr ist nicht dran, und die ganze Schose hilft dir wenig und deinen toten Kameraden gar nichts. Er spuckte in den See und warf seine Zigarre hinterher.
Als das Boot in Wiessee festmachte, war die Sonne verschwunden, die Könige waren wieder Berge, düster, kühl und fremd, und die Glocken hatten ihr Geläute eingestellt. Dann wurde es schnell dunkel.
Das U-Bootsheim in Wiessee war überfüllt, kein Zimmer mehr frei. In Tegernsee und in Rottach-Egern gebe es noch einige Zimmer, die frei seien und der Marine zur Verfügung ständen, leider könne er aber dort nicht mit seinen Kameraden zusammensein, sagte der Heimverwalter.
In Tegernsee wurde Teichmann in ein Einzelzimmer einquartiert, in ein gutes Zimmer, dicht am See, in einem der wenigen Hotels, die für Zivilisten offengehalten wurden. Er erkundigte sich, wo die Riedersteinstraße sei, und legte sich dann schlafen.
Aus dem Schlafen wurde nichts, das Bett war zu kurz und zu weich. Als es hell wurde, setzte er sich ans Fenster und beobachtete den Bootssteuerer. Dieser oberbayerische Binnenschiffer fuhr seine Anlegemanöver mit allen Schikanen. Punkt sechs Uhr erschien er mit seinem Boot zum erstenmal an der Anlegestelle, die wenige Meter von Teichmanns Fenster entfernt war, und obwohl sich kein Passagier in seinem Boot befand und auch an der Anlegestelle weit und breit kein Mensch zu sehen und sein Boot das einzige Fahrzeug auf dem ganzen See war, drückte er kräftig auf seine Signalklingel – ein Lang, ein Kurz – und legte mit der Steuerbordseite an. Dann betätigte er wieder sein Signal, es war immer noch kein Mensch in der Gegend, und gondelte in Richtung Wiessee ab. Als er nach einer Weile wieder anlegte, befand er sich immer noch auf einer Solotour, ließ aber sein Signal ertönen, als ob ihm zehn dicke Dampfer im Weg lägen und er sich an ihnen vorbei zur Landungsstelle durchmanövrieren müsse. Danach fuhr er wieder ab – ein Lang, zwei Kurz – und ohne Passagiere. Erst nach sieben Uhr bekam er einen Fahrgast. Es war eine Bauers-

frau, und er begrüßte sie in der gleichen militärischen Weise, wie er Teichmann begrüßt hatte, allerdings legte er diesmal nur zwei Finger an den Mützenrand und sagte: »Grüß Gott.«
Teichmann wusch und rasierte sich. Dann zog er seine Uniform an, die ihm das Zimmermädchen ausgebürstet hatte, und verließ das Hotel. In einem Schreibwarenladen kaufte er die DAZ, einen Kriminalroman und Briefpapier. Die DAZ war zwei Tage alt, der Kriminalroman war so geheftet, daß man fliegende Blätter in den Händen hielt, wenn man nicht aufpaßte, und die Farbe des Briefpapiers ähnelte der von Closettrollen, und nicht nur die Farbe. Aber er mußte zufrieden sein, daß er diese Dinge überhaupt bekommen hatte, denn es war Sonntag.
In der Dependance, die sich in dem bergwärts gelegenen Teil Tegernsees befand, frühstückte er. Er hatte einen Fensterplatz mit Ausblick auf den See, aber ein schlechtes Frühstück, der Kaffee erinnerte ihn an die übelsten Zeiten in der Rekrutenkompanie. Dafür gab es ein einstmals weißes Tischtuch und eine sehr offenherzige Bedienung, die die einheimische Sprache beherrschte, aber auch Schriftdeutsch sprechen konnte, als sie merkte, daß Teichmann kein Bayer und unverheiratet war. Sie sprach es mit einem leichten Fremdenverkehrsakzent, das war das Netteste an ihr.
Nach dem Frühstück schrieb er einige Zeilen an Heyne, mit Bleistift, weil die Feder seines Füllhalters im Papier steckenblieb, und an Bülow.
Zum Mittagessen sollte er bei Wegeners sein, das war brieflich so ausgemacht worden, aber er verspätete sich etwas, er hatte den Weg zur Riedersteinstraße unterschätzt und auch eine Weile gebraucht, bis er einen Blumenladen gefunden hatte. Wegeners Haus lag hoch, im letzten Drittel der Straße.
Die Begrüßung verlief glatt, Wegeners hatten sich einen Hund zugelegt, mit dem Teichmann Freundschaft schloß. Dann kam das Essen, und dann war noch das Kind da. Er konnte nicht sagen, wem es ähnlich sah, für ihn sahen alle kleinen Kinder gleich aus, aber das sagte er nicht. Er sagte, es sei ein schönes Kind. »Aber der Hund gefällt Ihnen

besser«, sagte Frau Wegener. Ihr Mann trug an seinen Armstümpfen Prothesen und verstand gut mit ihnen umzugehen. Die Pfeife konnte er selbst zum Munde führen, stopfen mußte sie ihm seine Frau oder das Dienstmädchen.

Den Nachmittag über erzählte Teichmann von den U-Booten. Wegener stellte viele Fragen, die Teichmann möglichst genau und erschöpfend beantwortete, was Zeit in Anspruch nahm, und weil er es sehr eingehend und fachmännisch tat, konnte Frau Wegener nur zuhören. Aber nach dem Abendessen, als Wein und zuletzt Sekt getrunken wurde, war das Thema erschöpft. Frau Wegener, die ziemlich viel trank, was bei Teichmann eine leichte Nervosität hervorrief, beteiligte sich jetzt an der Unterhaltung und sprach schnell und lebhaft und gab ihrem Mann schlagfertige Antworten, die manchmal einen etwas gereizten Unterton hatten. Um Mitternacht verabschiedete sich Teichmann. Frau Wegener ging mit ihm bis zur Gartentür. Er war froh, daß der Hund dabei war. Als sie ihm die Hand gab, sprang der Hund zwischen sie, er beugte sich zu ihm runter und streichelte ihn. Mit der linken Hand mußte er seine Mütze halten. Sie rief den Hund, obwohl er zu ihren Füßen lag. Dann ging sie ins Haus, und der Hund sprang an ihr hoch.

Teichmann ging bergab, die Riedersteinstraße runter, und schlenkerte übertrieben stark seine Mütze hin und her. Als er im Hotel ankam, legte er sich ins Bett. Um sechs Uhr kam das Verkehrsboot aus Rottach-Egern und legte vorschriftsmäßig an. –

Nachmittags segelten sie. Wegener saß vorn im Boot, seine Frau und Teichmann auf der Luvseite. Eine Zeitlang saßen sie sich auch gegenüber. Er kam sich vor wie ein kleiner Junge, der seine ersten anatomischen Studien mit den Augen macht. Er sah Wegener an.

Der genoß es, auch ohne Augen, er schien mit der Nase zu sehen. Er drehte den Kopf nach verschiedenen Richtungen, und seine Frau nannte ihm die Ortsnamen und die Namen der Berge, nach denen sich sein Kopf wandte. »Es muß sehr schön sein«, sagte Wegener.

Einmal sagte Frau Wegener: »Wer hat Vorfahrt?«, als eine Jolle ihren Kurs kreuzte. »Die andern«, sagte Teichmann.

»Es heißt nicht Vorfahrt, sondern Wegerecht«, sagte Wegener. »Ich werd's nie lernen«, sagte seine Frau.
Beim Abendessen trank Teichmann viel. Wegener erzählte von seiner Ausbildungszeit als Seekadett. Es war eine lustige Unterhaltung. Frau Wegener war wieder sehr lebhaft, und sie trank beunruhigend viel. Mit jedem Glas, das sie trank, wurde es Teichmann ungemütlicher, er hatte Angst, sie könne aus der Rolle fallen, er bemühte sich, über neutrale Themen zu sprechen, er sagte, er bedauere es, daß er keine friedensmäßige Kadettenzeit mitmachen konnte, er sagte, er glaube, daß die Friedensausbildung bei der Marine eine schöne Zeit gewesen sei, er sagte, Reisen auf Segelschulschiffen seien sicherlich etwas sehr Schönes, er sagte, die Welt auf diese Art kennenzulernen, sei sicherlich etwas sehr Schönes, er sagte, für ihn sei die Rekrutenzeit die sorgloseste Zeit gewesen, weil man noch keine Verantwortung hatte und noch große Rosinen im Kopf, er wollte sagen –
»Und der harte Dienst ließ einen nicht auf dumme Gedanken kommen.«
»Nanu, Edith, du hast doch auf dem Dänholm immer Mitleid mit ihnen gehabt?«
»Ach wo.«
»Jetzt will sie's nicht wahrhaben, und dabei hat sie mich mal einen Menschenschinder genannt, nur weil ich euch Burschen 'n bißchen schwitzen ließ.«
Teichmann sah auf die Uhr. Er machte das sehr auffällig.
»'s waren aber auch schwächliche Jungens in deiner Kompanie.«
»Die waren im dritten Zug, die wurden kaum geschliffen«, sagte Wegener.
»Dafür wir vom ersten«, sagte Teichmann, weil er das Gefühl hatte, auch etwas sagen zu müssen.
»Wenn der erste Zug schlecht ist, ist die ganze Kompanie schlecht.«
»Und so seid ihr wenigstens bemitleidet worden, ist das vielleicht gar nichts?« sagte Frau Wegener. In diesem Ton ging es noch eine Weile fort.
Sie hat angefangen, dachte Teichmann, sie hat diesen Ton angeschlagen – nein, es hat damit angefangen, daß sie in

einem neuen Kleid zum Abendessen erschienen war. Andererseits, gegen das Kleid ist nichts zu sagen, höchstens, daß es sehr schön ist. Aber das sind alle Kleider an ihr, und höchstens, daß sie's mir leichter gemacht hätte, wenn sie dieses Kleid nicht angezogen hätte. Daß sie ihre Beine öfter als notwendig übereinanderschlägt, ist die Fortsetzung, und daß sie betrunken ist, ist das Ende –

Sie war nicht betrunken. Als Teichmann ihr Glas nicht vollgoß, stand sie auf. Aber bevor sie das Zimmer verließ, sah sie ihn an und sagte: »'s wär mir lieb, wenn du gleich mit raufgingst.«

»Ja, Edith, 's ist wohl schon 'n bißchen spät geworden«, sagte Wegener. Er stand auf und ging seiner Frau nach, indem er seine Prothesen vorsichtig ausstreckte und den Weg zur Tür abtastete. »Danke, mein Mann findet den Weg allein«, sagte sie, als Teichmann ihm helfen wollte, und während sie das sagte, schaute sie ihren blinden Mann mit einem Blick an, der Teichmann hinauswarf. An der Tür wandte sie sich um und sagte: »Schlafen Sie gut, Herr Teichmann«, und dabei lachten ihre Augen ihn aus. »Also bis morgen«, sagte Wegener.

Gut, sie war betrunken. Das kann vorkommen. Aber sie ist eine Hexe. Und ich werd sie mir nehmen. Ganz gleich, was dabei rauskommt. In jedem Fall bin ich der Stärkere. Und ich werd mir nichts dabei denken. Das ist überhaupt das beste. Schläge austeilen nach links und rechts und ohne Rücksicht, wen's trifft. Und auch dann Schläge austeilen, wenn man selbst welche einstecken muß. Das sind die Unkosten. Man muß nur sehen, daß man den letzten Schlag hat. Und den moralischen Ballast werf ich über Bord. Das ist das zweitbeste. Ohne das geht's nicht. Du bleibst sonst an der ersten Hürde hängen und stolperst und fällst in den Dreck und mußt Alkohol nehmen, damit du dir nicht zu dreckig vorkommst. Ich werd sie mir nehmen, ich werd doch nem Krüppel die Frau wegnehmen können, verdammt nochmal –

Solches Zeug redete er auf dem Heimweg vor sich hin.

Am nächsten Morgen fuhr er weg. Er schrieb auf eine Karte, daß er von seiner Flottille telegrafisch zurückgerufen worden sei. Einen Jungen schickte er mit der Karte in die Riedersteinstraße, und er sagte dem Jungen, er solle noch Blumen kaufen, vierundzwanzig Stück müßten es sein, ganz gleich welche Sorte, aber es müßten vierundzwanzig Stück sein, und rot müßten sie sein. Er kann sie ja nur riechen, dachte er.

Eine ganze Weile dachte er das. Dann machte ihn dieser Gedanke wütend. Er fühlte, wie er rot wurde, aber es war zu spät, um dem Jungen nachzulaufen.

Mittags ging er zum Bahnhof. Einem Hauptmann, den er nicht gegrüßt hatte, gab er eine patzige Antwort und wurde aufgeschrieben, und vor dem Bahnhof rempelte er einen Sonderführer der OT über den Haufen, aber der fluchte nur.

Der Zug stand schon da, als Teichmann sich durch die Sperre zwängte. Der Bahnsteig war voll von Leuten, die sich in den Zug drängten. Der Zug hatte zu wenig Wagen.

»Ich wußte, daß Sie fahren – auch ohne die Nachricht.«

Als der Zug anfuhr, sagte sie: »Kommen Sie nicht mehr – bitte. Nie mehr – bitte –« Sie lief noch einige Schritte neben dem Zug her.

14

Auf der nächsten Fahrt war Timmler nicht mehr dabei. Er zeigte jedem, der ihm über den Weg lief, ein Schreiben der Reichsfilmkammer, und wer sich die Mühe machte, es zu lesen, erfuhr, daß der Adressat nach Berlin befohlen war, um ein Drehbuch für einen U-Bootfilm zu schreiben. Wer sich diese Mühe nicht machte, dem las es Timmler vor.

Der neue LI – den alten hatte der Kommandant fortgejagt – war ein eigenartiger Mensch. Er hatte ein teigiges stumpfes Gesicht und hielt meistens seinen Mund offen, was ihm ein leicht blödes Aussehen gab, zumal er breite gelbe Zähne besaß, ein ausgesprochenes Pferdegebiß. Als Teichmann ihm zum erstenmal begegnete, hielt er ihn für einen Hafenarbeiter. Er trug einen ausgefransten verwaschenen Troyer, der ihm zu kurz war, so daß in Höhe seines Nabels das Hemd hervorsah, sein Kopf war unbedeckt, seine Haare

waren verstrubbelt, seine Hosen sahen aus wie Kanalröhren. Nachdem sich Teichmann vorgestellt hatte, streckte ihm der LI eine Hand vom Umfang eines Closettdeckels hin und nickte ihm zu.
Aber dieser dümmliche Kerl, der den Eindruck machte, als ob er nicht bis drei zählen könne, hatte es fertiggebracht, aus englischer Gefangenschaft zu entfliehen, und wie aus seinem Soldbuch hervorging, war er der Sohn eines hohen Diplomaten. Als diese Tatsache einmal in der Messe erwähnt wurde, sagte der LI, ohne eine Miene zu verziehen:
»Ja, meine Mutter muß wohl damals übern Zaun gegangen sein – ich mein', wenn ich mich so anseh', muß sie das wohl getan haben.«
»Was soll Ihre Frau Mutter getan haben?« sagte der IWO.
»Sie wird zur Abwechslung mal fremdgegangen sein, mein Vater sieht nämlich wirklich aus wie'n Botschafter.«
In das betretene Schweigen hinein sagte Teichmann: »Sie haben Humor.«
»Kunststück«, sagte der LI. Von da an wußten sie, daß der LI nicht so war, wie er aussah.
Zwei Tage vor dem Auslaufen kam ein neuer IIWO an Bord. Als er sich beim Kommandanten meldete, sagte der: »Flüstern Sie nicht, ich hab Ihren Namen nicht verstanden.«
»Leutnant zur See Petersen, Herr Kaleu.«
»Verdammt nochmal, warum können Sie nicht lauter reden? Ich hab keine Lust, Ihretwegen meine Ohren zu strapazieren.«
»Ich hab nen Splitter in der Kehle, Herr Kaleu, ich kann nicht lauter sprechen.«
»Was für nen Splitter?«
»Einen Granatsplitter, Herr Kaleu, nur einen winzigen Splitter, aber er geht nicht mehr raus, die Ärzte sagen –«
»Was die Ärzte sagen, interessiert mich nicht. Ich erwarte, daß Sie laut und deutlich sprechen, Ihr Geröchel dient nicht zu meiner Erheiterung.«
»Jawohl, Herr Kaleu.«
»War schon besser. Ist mir aber immer noch zu leise. Ich werd Ihnen das noch beibringen. Und jetzt setzen Sie sich

mit dem IWO ins Benehmen, der soll Ihnen sagen, was Sie tun müssen, um bei mir unangenehm aufzufallen.«
Dann erschien Timmler beim Kommandanten und meldete sich als abkommandiert.
»Es wäre mir lieber gewesen, Sie hätten mir diese Meldung am Tage Ihrer Kommandierung auf mein Boot gemacht, Herr Timmler. Ich hoffe nur, daß es mir erspart bleiben möge, Ihren Film ansehen zu müssen. Vielleicht drehen Sie Ihren U-Bootfilm so, daß keine U-Bootleute drin vorkommen – wir wären Ihnen zu Dank verpflichtet. Laut Dienstvorschrift war ich gezwungen, Ihnen eine Führung zu schreiben. Sie besteht aus einem Satz. Hier ist sie.«
Timmler wurde zunächst bleich und anschließend rot wie ein gesottener Hummer, als er diesen Satz las. Er lautete: ›Während die Besatzung kämpfte, pflegte sich Herr Dr. phil. Martin Timmler in die Hosen zu machen. gez. Lüttke, Kapitänleutnant.‹
»Ich hoffe, daß die Anwendung des Wortes ›während‹ grammatikalisch richtig erfolgte – auch für Ihr Sprachgefühl, Herr Doktor.«
Trotzdem war Timmler zur Stelle, als das Boot auslief. Eifrig ging er auf der Pier auf und ab und erzählte einigen Rot-Kreuz-Schwestern etwas über das U-Boot, wobei er mit seinen Händen in der Luft rumfuchtelte und zwischendurch Soldaten grüßte, die ihn übersahen. Während der Flottillenchef zum Abschied jedem von der Besatzung die Hand schüttelte, knipste Exkriegsberichter Timmler und ging in die Knie, damit die Männer größer erscheinen sollten. Als das Boot im Hafenbecken drehte, stand er immer noch auf der Pier und schwenkte lebhaft seine Mütze und machte noch ein paar Aufnahmen. –
Zunächst wurden sie gebombt.
Teichmann sah die Bombe fallen und auf das Boot zukommen, blitzhaft, wie eine überraschende Großaufnahme im Film, sah er sie vor sich, ein riesiges gelbes Ding, groß wie ein runder Stahlturm, und er hörte einen Schrei und duckte sich und vernahm noch den metallenen Aufschlag –
Die Bombe traf das Boot einen Meter hinter der Brücke. Die Männer standen einen Augenblick lang wie gelähmt

da. Der Kommandant war rasend. Er hätte am liebsten die ganze Brückenwache sofort erschossen. Sein Gesicht bebte vor Wut und war so gerötet, daß die Männer glaubten, es müsse ihm gleich eine Ader platzen, und seine Backen zitterten, als säße jemand in seiner Mundhöhle und trommle gegen die Wände. Schließlich brachte er »Schafft das Ding über Bord« zwischen seinen Zähnen hervor, dann stellte er sich mit dem Rücken zum Achterschiff, als könne er dadurch die Anwesenheit der Bombe übergehen, für ihn schien sie einfach nicht da zu sein.

Sie hatte die achtere Brückenreling gestreift und sich durch die Holzverkleidung des Oberdecks gebohrt und den Druckkörper etwas eingedrückt. Bei der Berührung mit der Brückenreling hatte sie sich gedreht und war verkehrt rum aufgeschlagen, ihre Spitze mit dem Zünder zeigte nach oben. Es war nicht schwer, den Zünder abzuschrauben und die Bombe zu entschärfen, dagegen war es ein mühseliges Stück Arbeit, die Bombe außenbords zu werfen. Unter der Anleitung des LI und mit Hilfe eines improvisierten Flaschenzugs und zweier Brecheisen schafften sie es innerhalb einer Viertelstunde. Währenddessen wartete die zweite Wache an den Fla-Waffen auf die Rückkehr des Flugboots.

Der Kommandant ließ tauchen. Dem LI befahl er, das Boot auf die für Marschfahrt ungewöhnliche Tiefe von achtzig Metern einzusteuern, als wolle er die nun folgende Szene ohne Störung von außen gestalten, gleichsam innerhalb seines eigenen unangreifbaren Machtbereichs.

Der Kommandant setzte sich in den Offiziersraum. Vor ihm standen die vier Männer der ersten Wache. Die Türen zum Offiziersraum wurden geschlossen.

»Aus welchem Sektor kam die Maschine?«

»Aus meinem, Herr Kaleu«, sagte der IWO.

»Wieviel Grad?«

»Dreißig Grad, Herr Kaleu.«

»Die andern zwei raus.«

Die beiden achteren Ausgucks verschwanden.

»Eine Frage, IWO, deren Bejahung die ganze Angelegenheit vereinfacht: Haben Sie geschlafen?«

»Herr Kaleu, ich bitte Sie gehorsamst, diese Frage zurückzuziehen.«
»Was soll das?«
»Diese Frage ist eine Beleidigung für mich.«
»Was diese Frage für Sie ist, ist mir völlig gleichgültig, ich will sie beantwortet haben.«
»Dann bitte ich Sie gehorsamst, gegen mich ein Ehrenprüfverfahren einzuleiten und –«
»Ich werde gegen Sie ein Kriegsgerichtsverfahren einleiten lassen, Mann, haben Sie mich verstanden? Das hier betrachten Sie gefälligst als eine kriegsgerichtliche Vernehmung. Ich frage Sie jetzt zum letztenmal: Haben Sie geschlafen? ja oder nein?«
»Nein.«
»Wie erklären Sie sich dann den Vorgang?«
»Ich habe keine Erklärung, Herr Kaleu.«
Bis jetzt hatte der Kommandant in seinem üblichen, leicht verächtlichen Tonfall gesprochen, als sei dieses Verhör eine reine Formsache und eine unverschämte Zumutung an seine Geduld, er war überzeugt, daß die Brückenwache versagt hatte. Aber nun änderte er seinen Ton. Leise, etwas zögernd und vorsichtig wie einer, der darauf wartet, daß sein Gegner in die Falle geht, sagte er: »Sicht?«
»Vier bis fünf Seemeilen, Herr Kaleu.«
»Luftbeschaffenheit?«
»Dunstig, strichweise Nebel, Herr Kaleu.«
»Wolkenhöhe?«
»Tausend bis tausendfünfhundert Meter, Herr Kaleu.«
»So« – jetzt wurde der Kommandant wieder laut – »gesetzt den Fall, die Maschine hätte das Boot auf kürzestem Weg angeflogen, was ich übrigens für ausgeschlossen halte, der Funkraum hatte weder im FuMB noch im Metax Ortung – dann hätten Sie das Flugzeug bei den eben geschilderten Wetterbedingungen in einer Entfernung von sieben- bis achttausend Meter und in einer Höhe von mindestens tausend Meter sehen müssen. Ist das klar?«
»Jawohl, Herr Kaleu. Aber die Maschine flog nicht horizontal, sondern mehr im Sturzflug, und kam etwa fünfhundert Meter vor dem Boot aus den Wolken,

löste die Bombe aus und verschwand wieder in den Wolken.«
»Dann hat der Heilige Geist das Flugboot gesteuert.«
»Ich habe keine Erklärung hierfür, Herr Kaleu.«
Der Kommandant nahm seine Hände aus den Hosentaschen und richtete sich auf. Den Oberkörper vorgelehnt, die Ellenbogen auf die Tischplatte und das Kinn auf die gefalteten Hände gestützt, schaute er den IWO einige Sekunden lang unbeweglich an, als sähe er ihn zum erstenmal. Ruhig und in einer Art, wie man ein verstörtes Kind zum Sprechen ermutigt, sagte er dann: »IWO, es handelt sich hier um mehr als um Ihre Person oder um mich oder um mein Boot: ich *muß* wissen, warum dieser Angriff möglich war, ohne daß wir uns wehren konnten.«
Das Schweigen wurde durch das Öffnen der Tür zum Oberfeldwebelraum gebrochen: »Die aufziehende Wache bittet Herrn Kaleu, vorbeigehen zu dürfen.«
»Nein.«
»Jawohl, Herr Kaleu.«
Die Tür schloß sich wieder. Man hörte, wie die Männer in den Bugraum zurückgingen.
»Sie müssen doch was von Motorengeräuschen gemerkt haben, IWO?«
»Ich habe nur beim Abflug welche gehört, nicht beim Anflug, Herr Kaleu.«
Der Kommandant schaute Teichmann an. Der dachte, wenn du wissen willst, ob ich was gehört habe, dann frag mich, aber auf den Blick folg ich dir noch lange nicht. Er hielt den Blick des Kommandanten ruhig aus.
»Haben Sie Motorengeräusche gehört?«
»Jawohl, Herr Kaleu.« Teichmann machte eine Kunstpause, er wollte den Kommandanten ein bißchen auf die Folter spannen, und dann sagte er – gerade als der Kommandant den Mund öffnen wollte –: »Aber erst, als die Bombe ausgelöst war, vorher hatte das Flugboot seine Motoren abgestellt gehabt.«
»Das ist doch Quatsch. Woher wollen Sie denn das wissen? Sie können mir höchstens antworten: ich, der Oberfähnrich so und so, habe keine Motorengeräusche gehört – aber Ihre

eben gemachte, unqualifizierte Behauptung verbitt ich mir, verstanden?«

»Jawohl, Herr Kaleu.«

»Die beiden achteren Ausgucks her.«

Als sie da waren, fragte sie der Kommandant nach Motorengeräuschen. Sie gaben die gleiche Auskunft wie der IWO. Dann durften sie wieder gehen. Der Funkmaat streckte seinen Kopf in den Offiziersraum und sagte: »K an K: Essen ist fertig.«

»Was geht das mich *jetzt* an?«

»Frage Aufbacken, Herr Kaleu?«

»Nein, und wenn mich nochmal einer stört, passiert ein Unglück.« Zum IWO gewandt sagte der Kommandant: »Ich werde diesen Vorfall dem BdU melden, die Folgen haben Sie zu tragen.«

»Ich trage sie, Herr Kaleu.«

Plötzlich schrie der Kommandant: »Sie – Sie – Sie! was Sie tragen oder nicht tragen, ist mir völlig wurscht! Sie wissen ja gar nicht, um was es hier geht!« Der Kommandant sprang auf. Seine Hände zitterten. Er sprang auf den IWO zu. Und brüllte: »Wenn das stimmt, was Sie hier sagen, dann können wir uns alle beim Heer zum Kartoffelschälen melden! Dann ist für uns der Krieg aus – versteht ihr Idioten das denn nicht?«

Die Tür zur Zentrale öffnete sich, der LI murmelte etwas von »Tschuldigung« und ging in den Bugraum.

»Zum Donnerwetter, hab ich nicht gesagt, ich will nicht gestört werden?«

»Die letzte Kontrollpeilung war falsch, ihr müßt mehr Kreide an den Stab schmieren«, sagte der LI zu den Leuten im Bugraum. Dann ging er wieder durch den Offiziersraum. Über diese Unverschämtheit war der Kommandant sprachlos. Der LI sah das und sagte im Vorbeigehen: »War wichtig.«

»Was hier an Bord wichtig ist, bestimme ich, merken Sie sich das.«

Der LI zeigte sein Pferdegebiß – es war schwer zu entscheiden, ob er grinste oder ob er nur erstaunt war – und sagte: »Dann bestimmen Sie bitte, was mit dem Essen geschehen soll, das Essen wird kalt.« Damit schloß der LI die Tür. Der ist wirklich ein Diplomat, dachte Teichmann, und ein sonniges Gemüt hat er auch. Mit dem zusammen werden wir den Alten schon kleinkriegen. Aber als er den Kommandanten ansah und in ein Gesicht sah, dessen Züge die Verzweiflung versteinert hatte, dachte er nicht mehr weiter –

»Wegtreten. – Aufbacken. – Auf Sehrohrtiefe gehen. – Klarmachen zum Auftauchen.«

Die Worte fielen langsam und mechanisch, und der Kommandant war mit seinen Gedanken irgendwo anders. Er begab sich in seinen Raum und setzte sich auf seine Koje. Als aufgebackt wurde, stand er auf und zog den Vorhang vor.

Nach dem Essen brachte der LI das Boot auf Sehrohrtiefe. Er ließ das dem Kommandanten melden. Aber nichts erfolgte. Der Kommandant gab keine Antwort. Nach einer Weile ging Teichmann in den Kommandantenraum, zog den Vorhang zurück und sagte: »Boot klar zum Auftauchen.«

Der Kommandant saß immer noch auf seiner Koje, starr wie ein Denkmal, und dachte über ein Problem nach, das er nicht lösen konnte. Was ihm Teichmann gemeldet hatte, hatte er nicht zur Kenntnis genommen.

»Boot ist klar zum Auftauchen, Herr Kaleu.«

Der Kommandant fuhr hoch, er rannte Teichmann fast um, lief in den Offiziersraum und brüllte: »IWO, Sie haben geschlafen! Alles andere ist Unsinn! Alles ist Unsinn, was ihr mir erzählt habt! Ich werd Sie vor ein Kriegsgericht stellen lassen, Sie –«

Noch nie hatten sie ihn in einer solchen Erregung gesehen. Er war fassungslos vor Wut. Er schien den IWO umbringen zu wollen. Plötzlich, als merkte er selbst, daß er sich vergessen hatte, sagte er sehr sachlich: »Und wie erklären Sie sich, daß das Flugboot nicht mehr zurückkam?«

»Vielleicht hat's keine Bomben mehr gehabt«, sagte der LI, der im Horchraum, hinter dem Rücken des Kommandanten, an irgend etwas rumbastelte.

»Warum haßt er mich so?« sagte der IWO zu Teichmann

beim Abendessen. »Ich kann ihm doch nicht mehr sagen als die Wahrheit?«

»Er haßt Sie nicht, IWO, er haßt jemand ganz anderen –«

»Die Engländer?«

»Ich glaube, er haßt die Leute, die ihn in diesen Krieg geschickt haben. Denn er ist trotz allem ein guter Soldat. Einen besseren könnten die zu Hause sich gar nicht wünschen.«

»Ich versteh das nicht.«

»Ist bei mir auch mehr Gefühlssache, IWO – ich mag ihn ja nicht, aber manchmal glaub ich, daß für ihn dieser Kampf zum Kult geworden ist, daß dieser Kampf die einzige Rechtfertigung seines Lebens ist, und weil er nichts anderes kann, kämpft er so gut und so hart und so tapfer, wie er kann. Vielleicht braucht er dann die Frage nach dem Warum nicht zu stellen, vielleicht glaubt er, *wie* man kämpft, ist entscheidend und nicht, *warum* man kämpft – er ist Berufssoldat. Was bleibt ihm anderes übrig, wenn er seine Selbstachtung nicht verlieren will?«

»Manchmal hab ich auch so das Gefühl, daß er nicht viel von denen hält, die ihn in diesen Kampf geschickt haben. Aber gesagt hat er nie was derartiges.«

»Erwarten Sie von nem Metzger nen Vortrag über die Vorzüge des Vegetariertums – wenn der Metzger sein Messer behalten will?«

»Ich gäb was drum, er würde sein Messer weglegen.«

Als der IWO um Mitternacht von seiner Wache kam und ihm die Funkkladde zum Gegenzeichnen vorgelegt wurde, sah er, daß ein M-Offizier-Funkspruch abgegeben worden war, und in der Gekados-Kladde las er: »Beantrage Kriegsgericht gegen den Oberleutnant zur See Ehrenfried B. Prinz von Wittgenberg-Weißenstein wegen Wachvergehens. Lüttke.«

Der IWO machte sein Zeichen dahinter.

Als sie die Biskaya passiert hatten, gingen sie auf Nordatlantikkurs. V-Leute hatten die Zusammenstellung eines Geleits in Boston gemeldet.

Sechs Tage nach dieser Meldung gab der BdU das Auslaufen des Geleitzuges bekannt und setzte sieben Boote, dar-

unter U-Lüttke, zum Angriff an. Die Boote fuhren im Seegebiet vor Boston Suchkurse, sie wollten das Geleit abfangen. Dann traf ein merkwürdiger Funkspruch ein.
Teichmann, der die Abendwache gehabt hatte, wurde kurz nach Mitternacht vom LI geweckt und in die Zentrale gebeten. Dort saßen bereits der IWO und der IIWO und studierten einen M-Offizier-Funkspruch. Er war an alle in diesem Seegebiet befindlichen Boote gerichtet und besagte, daß gesicherte Nordatlantik-Geleitzüge nicht mehr anzugreifen seien, die Boote sollten sich in den Mittelatlantik absetzen. Der IIWO hatte den Funkspruch entschlüsselt und ihn zunächst dem IWO gezeigt und versichert, daß kein Entschlüsselungsfehler vorliege. Nun saßen sie zu viert da und beratschlagten, was sie tun sollten, der Kommandant schlief. Aber als der Funkmaat einen Kr-Funkspruch eines U-Boots, das den Geleitzug gesichtet hatte, in die Zentrale brachte, gab es nichts mehr zu überlegen, sie mußten den Kommandanten wecken.
Er kam sofort in die Zentrale und ging an den Kartentisch. Der Zentralemaat und seine Gasten brachen ihre im Flüsterton geführte Unterhaltung ab. Sie machten das immer so, wenn der Kommandant die Zentrale betrat, und wenn er dann am Kartentisch arbeitete, warf der Zentralemaat mit beschwörenden Blicken um sich und sagte zu jedem ziemlich laut: »Ruhe, der Kommandant operiert.«
Der Kommandant hatte die beiden Funksprüche vor sich liegen und die Seekarte. Er nahm die Winkeldreiecke und zog Linien, dabei brach ihm der Bleistift ab. Er warf ihn auf den Boden und wußte, daß sich sofort einer bückte, ihn aufhob und anspitzte und ihn dann möglichst unauffällig wieder auf den Kartentisch legte.
»Beide Große, Kurs zwohundertundelf Grad.«
Der Rudergänger im Turm wiederholte den Befehl, der Kommandant begab sich wieder in seinen Raum.
»Na also«, sagte Teichmann, »für ihn gibt's eben keine gesicherten Geleitzüge.«
»Hätten wir uns ja denken können«, sagte der LI und holte die Karten aus der Tasche. »Wollen wir ne Runde spielen, oder sind die Herrn müde?«

Sie spielten bis kurz vor vier Uhr. Der LI gewann haushoch. Der IWO spielte zerfahren und verlor. Er war etwas nervös, wie alle an Bord, wenn die Maschinen ›Große Fahrt‹ liefen, aber Teichmann schien es, als besitze der IWO seit der Auseinandersetzung mit dem Kommandanten nicht mehr seine alte Ruhe, gleichgültig, welche Fahrtstufe die Maschinen liefen.

Die Männer, die um vier Uhr die Wache abzulösen hatten, versammelten sich früher als sonst in der Zentrale. Sie unterhielten sich halblaut mit den Zentralegasten und putzten dabei ihre Gläser. Einer riß einen Witz, worauf in der Trimmecke ein unterdrücktes Gelächter einsetzte, aber nicht lange anhielt. Der erste Brückenmaat baute sich vor dem IWO auf, machte eine stramme Ehrenbezeigung und sagte:

»Es ist fünf Minuten vor vier Uhr, Herr Oberleutnant.«

»Danke, Obermaat.«

Sie spielten die Runde zu Ende, der IWO und Teichmann standen auf, und obwohl alle keine Neulinge mehr waren und mehr als eine Geleitzugschlacht erlebt hatten, traf sie die Meldung des Obersteuermanns: »An Kommandant: Schatten in zwohundertvierzig Grad« wie ein Guß kalten Wassers. »Dann wollen wir mal«, sagte der LI und leckte seine Lippen und zeigte jedem seine Zähne.

Die erste Wache enterte hoch. Die dritte Wache ging von der Brücke. Gleich danach kam der Kommandant auf die Brücke.

Die Schatten bewegten sich in Teichmanns Sektor. Einzeln waren sie noch nicht auszumachen, die Entfernung betrug etwa viertausend Meter. Das Geleit sah aus wie ein Haufen aneinandergereihte Eierkohlen, die Konturen der Schiffe waren undeutlich und rundlich und verschoben sich ineinander. Nur an ihrer Farbe, die schwärzer als die nächtliche See war, konnte man sie erkennen.

»Auf Gefechtsstationen«, sagte der Kommandant in den Turm runter. Auf der Brücke hörten sie, wie unten im Boot der Befehl weitergegeben wurde, lauter und schneller als andere Befehle, und gleich darauf vernahmen sie die Klarmeldungen der Obermaschinisten:

»An LI: E-Maschinenraum ist auf Gefechtsstation.«

»An LI: Dieselraum ist auf Gefechtsstation.«
»An LI: Zentrale ist auf Gefechtsstation.«
Eine halbe Minute war seit dem Befehl des Kommandanten vergangen, als der LI zur Brücke hinaufrief: »An Kommandant: Unterdeck ist auf Gefechtsstationen.«
Einige Sekunden später meldete der IWO: »An Kommandant: Torpedowaffe ist auf Gefechtsstation.«
Dann war der Kommandant wieder dran: »Rudergänger: Beide Maschinen äußerste Kraft voraus, auf einhundertzwanzig Grad gehen. IWO: Rohr eins bis fünf klarmachen zum Überwasserschuß. Funkmaat: FT an BdU: Geleit gesichtet, Kurs zwohundertzehn Grad, Fahrt acht Meilen, greife an. Obersteuermann: Frage Angriffskurs.«
Und nun verlief alles so, wie sie es unzählige Male durchexerziert hatten, die Griffe saßen, jeder wußte, was er zu tun hatte, tat es ruhig und exakt und mit schlafwandlerischer Sicherheit, als sei das alles die gewöhnlichste Sache von der Welt, die Befehle und Meldungen kamen wie aus einem Automaten: die Männer übten ihren Beruf aus.
Das Boot stob jetzt durchs Wasser. Aus dem trägen Walfisch war ein hochgezüchtetes, äußerst kompliziertes, aber genau funktionierendes Stück Stahl geworden, das die See durchschnitt wie ein scharfer Dolch. Die Männer auf der Brücke merkten es im Gesicht: der Wind pfiff härter, Spritzwasser traf ihre Gläser, unter ihren Füßen bebte der Bootskörper: die Dieselmotoren liefen auf Hochtouren – »Wenn die Heizer so weitermachen, stehen die Diesel gleich an Oberdeck«, hörte Teichmann den Brückenmaat sagen –, die Bugwelle bäumte sich auf, die Gischt, die der Vorsteven aufwarf, wurde heller, das ganze Vorschiff schien sich aufzurichten, und dies alles gab den Männern ein herrliches Gefühl, das durch nichts beeinträchtigt wurde, auch nicht durch das Wissen des möglichen, des wahrscheinlichen Todes, und als der Kommandant dem Rudergänger befahl, auf Angriffskurs zu gehen, und unten im Boot der Ruf: »Anlauf beginnt« weitergegeben wurde und wenige Minuten später der IWO meldete: »Ziel aufgefaßt« und der Kommandant sagte: »Feuererlaubnis« – da klopften ihre Herzen hart wie Hämmer, und während ihre Augen gebannt den Gegner

anstarrten, die Nacht förmlich durchbohrten, ging ihr Atem stoßweise, sie atmeten mehr ein als aus, und für Sekunden – wenn sie dachten: jetzt hat er uns gesehen – hörten sie auf zu atmen, und Fieberschauer durchjagten sie. Und die Spannung wuchs, je näher sie dem Gegner kamen. Sie wuchs ins Unerträgliche und war doch etwas wunderbar Lustvolles. Sie fühlten, wie sich eine ungeahnte Kraft in ihnen ballte und alle Schranken des Gewöhnlichen niederriß, wie das Alltägliche versank und mit ihm die kleinen Gewohnheiten, die kleinen Ängste, die kleinen Süchte, die kleinen Gefühle: es war ihnen, als erwachten sie jetzt erst zum wahren Leben, als lebten sie jetzt ein höheres, stärkeres, volleres Leben –

»Anlauf fällt aus, Unterdeck wegtreten von Gefechtsstationen, Gefechtsbrückenwache bleibt aufgezogen«, sagte der Kommandant.

Der Geleitzug hatte gezackt. Die Schiffe waren keine undeutlichen Eierkohlen mehr, sie waren immer noch schwarz, aber sie hatten jetzt Konturen, sie waren deutlich von einander zu unterscheiden wie einzelne Brikettstücke, die mit ihrer Vorderkante kleine weiße Hügel vor sich herschoben, und wie immer in der Nacht sahen sie größer aus, als sie in Wirklichkeit waren. Und plötzlich waren die kleinen weißen Hügel verschwunden und die flachen schwarzen Recktecke waren zu Quadraten geworden: Der Geleitzug war auf ablaufenden Kurs gegangen.

Die Männer fluchten. Der IWO schimpfte mit dem UZO und dachte laut: »Sie hätten nur noch zwanzig Sekunden ihren Kurs beizubehalten brauchen, dann hätt's geknallt – das war wirklich nicht picobello von ihnen.« Teichmann sagte: »Die haben unsere Diesel gehört und können den Lärm nicht vertragen.« – »Ich hab euch nicht um eure Meinung gefragt«, sagte der Kommandant, und damit trat wieder Ruhe ein.

Das Boot mußte sich erneut vorsetzen. – Es begann zu dämmern. Sie mußten sich beeilen, wenn sie noch zum Überwasserschuß kommen wollten.

Das Geleit hatte nach der Kursänderung seine Fahrt vermindert, das U-Boot konnte sich schnell in Schußposition

vorarbeiten. Kurz vor sechs Uhr ließ der Kommandant das Unterdeck die Gefechtsstationen wieder besetzen, und gerade da erschien der LI mit einer Kanne heißen, verführerisch duftenden Kaffees auf der Brücke und sagte: »Wollt ihr was? Andernfalls geh ich wieder.«
»Wen meinen Sie eigentlich, LI?«
»Den Kaffee, Herr Kaleu.«
»Ich hätt gern ne Tasse«, sagte Teichmann.
»Ich hab auf Gefechtsstationen befohlen und keinen Kaffeeklatsch«, sagte der Kommandant und war sehr aufgebracht. Aber Teichmann bekam seine Tasse, der LI schenkte sie unbekümmert ein und reichte sie ihm hin. Danach verschwand er wieder mit seiner Kanne. Unten angekommen rief er auf die Brücke rauf: »An Kommandant: Unterdeck ist auf Gefechtsstationen.«
Inzwischen hatte der Seegang zugenommen. Auf den kurzen kabbeligen Wellen tanzten weiße Schaumkronen auf und nieder, und weil die See jetzt von vorn kam, wurden die Gläser der vorderen Ausgucks andauernd naß und mußten zum Abtrocknen in den Turm hinuntergegeben werden. Das war nicht ungefährlich, denn auf den Sicherungsfahrzeugen des Geleitzugs befanden sich die Wachen im Trokkenen und konnten klare Gläser vor ihre Augen halten.
Einen Zerstörer und drei Korvetten hatten sie bis jetzt feststellen können. Die Korvetten liefen an der Spitze des Geleits. Der Zerstörer umkreiste das Ganze wie ein Schäferhund seine Herde.
Das U-Boot ging auf Angriffskurs.
»Wir können wegen der Dämmerung nicht viel näher ran, IWO.«
»Jawohl, Herr Kaleu.«
»Hallo, ihr da oben, beeilt euch, wenn ihr noch heißen Kaffee haben wollt«, rief der LI zur Brücke rauf.
»Was heißt hier Hallo? Mit Hallo können Sie Ihre Schwiegermutter begrüßen – so was Unmilitärisches wie Sie hab ich noch nicht an Bord gehabt. Nächstens machen Sie noch Juchhu, wenn Sie was von mir wollen.« Der Kommandant rief es in den Turm runter, aber er war nicht einmal so sehr wütend, anscheinend imponierte ihm die Bierruhe des LI.

»Ich hab nicht Sie gemeint, Herr Kaleu. Aber wenn ihr keinen wollt, dann trinken wir ihn eben alleine.«
Sie kamen nicht zum Schuß. Der Geleitzug hatte seine Fahrt wieder beschleunigt, und bis die Geschwindigkeitskorrektur in die Torpedos eingedreht war, hatte die Gegnerlage einhundertvierzig Grad überschritten, die Entfernung hatte zugenommen.
»Wegtreten von Gefechtsstationen. Wir setzen uns erneut vor und greifen unter Wasser an, IWO.«
»Jawohl, Herr Kaleu.«
Niemand fluchte mehr. Der Rausch, der sie beim erstenmal erfaßt hatte, war vorüber. Die Männer fühlten sich enttäuscht, betrogen, müde und abgespannt, und ihre Nerven waren reizbarer geworden.
Einige Minuten nach neun Uhr tauchte das Boot zum Angriff.
Der LI trimmte das Boot aus und steuerte es auf Sehrohrtiefe ein. Er machte das mit einer Schnelligkeit, die dem Kommandanten einen solchen Respekt abnötigte, daß er kein Wort sagte. Dann hörten sie die Schiffe. Sie kamen rasch näher. Das Boot lag genau auf ihrem Kurs.
Als erste überliefen die Korvetten das Boot. Ihre Schrauben drehten sich schnell und gaben einen hohen surrenden Ton von sich. Dann kamen die Handelsschiffe. Sie machten es sich gemütlicher, ihre Schrauben liefen langsamer und etwas unregelmäßig, ihre Töne lagen eine Oktave tiefer als die der Korvetten. Aber bevor sie da waren, schoß der Kommandant.
Die Stoppuhren wurden in Gang gesetzt. Auf jede blickten ein Dutzend Augen. Wer keine zu sehen bekam, zählte leise vor sich hin, und als sie bei zweiundfünfzig waren, knallte es viermal kurz hintereinander. Die Männer schauten sich an und nickten sich zu, als wollten sie sagen: Das ist Lüttkes Maßarbeit. Mehr taten sie nicht, es erfolgte kein Triumphgeheul und kein Hurra-Rufen, derartige Kindereien gab es nur im Film.
Vier Schiffe waren getroffen worden.
»Die oben sind jetzt wahrscheinlich verärgert«, sagte der LI.

»Kann ich verstehen«, sagte Teichmann.
»Was ist denn da unten los?« rief der Kommandant aus dem Turm in die Zentrale runter, hörbar verärgert. Der LI trat unters Turmluk und sagte nach oben: »Wollen Sie jetzt ne Tasse Kaffee: er ist noch warm.«
»Was ist los?«
»Kaffee.«
»Machen Sie mich nicht wild, LI, mit Ihrem dämlichen Kaffee.«
»Ich meinte den Rudergänger, Herr Kaleu.«
Der Kommandant redete vor sich hin, es war aber nicht zu verstehen, was er sagte. Als er damit fertig war, rief er: »Was steuern Sie eigentlich, LI?«
»Strich.«
»Was?«
»Strich. Sehrohrtiefe, Herr Kaleu.«
Es stimmte. Es war erstaunlich, oben herrschte grobe See, aber es stimmte, er steuerte haargenau vierzehn Meter. Der Kommandant konnte mit dem besten Willen nichts an ihm auszusetzen haben.
»Aufpassen, LI, ich geh gleich tiefer, ich tauch unterm Geleit durch.«
»Ich paß immer auf, Herr Kaleu.«
Die Schrauben der Handelsschiffe drehten sich, als sei nichts geschehen, nicht schneller und nicht langsamer als vorher. Aber sie wurden lauter. Dazwischen waren brechende Schotten zu hören. Der Horchraum meldete Sinkgeräusche.
»Auf dreißig Meter gehen, LI. Sehrohr wird eingefahren«, sagte der Kommandant und verließ den Turm, in dem jetzt nur noch der Rudergänger saß.
Der Geleitzug lief über das U-Boot hinweg, Schiff an Schiff, eine riesige Armada, die nicht mehr aufzuhören schien. Solange das Boot von den Handelsschiffen überlaufen wurde, konnten ihm die Sicherungsfahrzeuge nichts anhaben. Die Männer im Boot wußten das. Aber für ihre Nerven blieben diese mahlenden Schiffsschrauben über ihnen unangenehme, aufregende Geräusche. Sie fanden es sehr klug, was der Kommandant da machte, einfach drun-

ter durchtauchen. Es war wohl das einzige, was er tun konnte, es gab keine andere Möglichkeit. Aber die Männer schrieben diesen Vorgang mehr der Intelligenz ihres Kommandanten als der Notwendigkeit zu. Auf diese Weise bekamen sie etwas Auftrieb. Sie brauchten jetzt einen, an dessen Fähigkeiten sie glauben konnten, denn sie waren ihm ausgeliefert. Sie mußten an ihn glauben, es blieb ihnen nichts anderes übrig. Und dann traf sie ganz unvorbereitet und fürchterlich laut und mit einer Wirkung, als sei ein Vulkan unter dem Boot ausgebrochen, die erste Wasserbombe.

Sie lag nicht sehr dicht. Aber es war widerlich genug. Die Gesichter der Männer hatten sich verkrampft. Sie waren wie tot. Alles Leben war aus ihnen entwichen. Gemeißelte Gesichter. Und nur langsam entspannten sie sich wieder, und bei einigen, den älteren, überhaupt nicht. Sie starrten vor sich hin auf den eisernen Boden, auf die Flurplatten der Zentrale, und warteten. Außer dem Kommandanten, dem LI, dem Funkmaat und den Rudergängern hatten sie jetzt nichts mehr zu tun. Das war das Schlimmste für sie.

»Die haben sie nur zu ihrer eigenen Erbauung geworfen«, sagte der LI. Aber das war nicht wahr. Alle wußten das. Der Feger – so nannten sie den Zerstörer der achteren Geleitsicherung – mußte sie geortet haben. Und kurz danach kam das, worauf sie gewartet und doch im stillen gehofft hatten, daß es nicht käme, daß es sie verschonen möge, dieses Mal wenigstens noch, daß es noch einmal vorbeiginge, vielleicht durch einen technischen Fehler oder ein menschliches Versagen, eine kleine Unaufmerksamkeit des Mannes am Gerät, denn – sie hatten es inzwischen erfahren – es war so gut wie ein Todesurteil, wenn es auch ganz harmlos an die Bordwand klopfte.

»Ortung«, rief der Funkmaat aus dem Horchraum. Sie hatten es alle gehört. Sie waren alle zusammengezuckt, als habe der Tod persönlich mit seinem Fingerknöchel gegen das Boot geklopft zum Zeichen, daß er hereinwolle. Und mit ihm war die Angst gekommen. Mit ihrem ganzen niederdrückenden Gewicht hockte sie auf ihnen wie ein schwerer Adler, der sie in den Fängen hatte, und seine Krallen gruben sich tief in ihr Fleisch. Bei jedem Auftreffen des Ortungsstrahls riß sein Raubvogelschnabel Fetzen aus ihrem Fleisch. Die Männer bissen die Zähne zusammen und stöhnten trotzdem. Ihr Dienst als Soldaten war abgelaufen, sie waren überflüssig geworden und konnten an allem nichts mehr ändern. Sie kamen sich vor wie Versuchstiere, deren Leben für ein wissenschaftliches Experiment eingesetzt wurde. Mäuse in einer Stahlröhre. Wie lange hielten sie es aus?

»Langsam auf achtzig Meter gehen«, sagte der Kommandant.

»Auf achtzig Meter gehen«, wiederholte der LI. Dann sprach er weiter. Die Männer trauten ihren Ohren nicht. Der LI gab die Ruderkommandos und zwischendurch unterhielt er sich mit dem IWO und Teichmann und meinte: »Denen oben pressiert's scheint's mächtig heute.« Als sie hörten, wie der Zerstörer anlief, sagte der LI zu Teichmann: »Kennen Sie den?« und erzählte einen Witz. Einen so scharfen Witz, daß der Kommandant nichts sagte und die Männer zuhörten und erst nach oben sahen, als der Zerstörer über ihnen war –

Diesmal detonierten sie nahe beim Boot. Acht Wasserbomben.

Das Boot wurde durchgeschüttelt. Alles, was aus Glas war, zerbrach. Durch die Außenbordverschlüsse drang stoßweise Wasser ins Boot. Bei jeder Detonation kam ein Schub. Bei der ersten ging alles Licht aus. Auch die Männer im Boot wurden zerbrochen – bis auf einige, die noch standhielten – und unterschieden sich von Toten nur dem Grade nach. Sie waren fertig, und sie hatten mit allem abgeschlossen, und nur ihre Herzen funktionierten noch. Ihre Ohren hatten Geräusche vernehmen müssen, die lauter waren als alles, was Menschenohren ertragen können. Daß ihnen die Trommelfelle nicht platzten, lag lediglich am Druckkörper des Bootes.

»Kennen Sie den?« sagte der LI. »Ein Medizinprofessor fragt eine Studentin im Hörsaal, ob sie ihm ein Organ beschreiben könne, das sich in einem gewissen Zustand bis zu dreißig Zentimeter Länge ausdehnt.«

Der Zerstörer hatte sie wieder und pochte ans Boot.
»Die Studentin wurde rot bis an die Haarwurzeln und sagte: Nein, ich kenn dieses Glied noch nicht.«
Der Zerstörer lief an. Der Kommandant ließ Hart-Ruder legen und ging mit beiden Maschinen auf ›Äußerste Kraft‹. Er nannte dem Rudergänger den neuen Kurs. Das Boot befand sich jetzt einhundertzehn Meter unter Wasser.
»Das ist aber bedauerlich, sagte der Professor«.
Der Zerstörer lief mit hoher Fahrt genau auf die Männer zu. Seine Schrauben drehten sich rasend schnell.
Und dann war er über ihnen. Sie hörten, wie oben ganze Bündel von Wasserbomben, die die zehn- und fünfzehnfache Breitenwirkung einer einzelnen hatten, aufs Wasser klatschten. Sie hörten es sehr genau, und sie krochen in sich zusammen, machten sich ganz klein, schrumpften ein und blieben doch groß genug, um all dies Ungeheuerliche an Grauen zu ertragen.
»Die Studentin stand wütend auf und wollte den Hörsaal verlassen. Da sagte der Professor: Machen Sie sich keine Illusionen, mein Fräulein, ich meine die Gebärmutter. Das war –«
Einundzwanzig Wasserbomben detonierten.
Eine halbe Minute lang dauerten die Detonationen. Während dieser Zeitspanne waren die Männer zu einem Teil der Inneneinrichtung des Bootes geworden, ein Stück Materie.
Das Boot sank. Im Dieselraum waren einige Nieten gesprungen. Das Wasser spritzte zischend auf die Motoren, als treffe es auf einen glühenden Ofen. Alle Geräusche waren in der schwarzen Finsternis des Bootes doppelt und dreifach so laut wie bei Tage. Wasserdampf verteilte sich im Boot. Dann begann sich seine Außenhaut zu bewegen. Sie schien sich zu dehnen und sich gleich darauf ruckartig zusammenzuziehen, und dabei stöhnte sie.
Das Boot sank schnell. Eine Wassersäule von zweihundert Meter lastete jetzt auf ihm und verursachte jenes unsäglich grausige Geräusch, als ob in der nächsten Sekunde das Boot zusammengedrückt werde wie eine Streichholzschachtel in der Faust eines Riesen. In der Schachtel saßen die Männer.
Der Ortungsstrahl des Zerstörers suchte ein bißchen die See

ab, fuhr im Wasser hin und her, und dann lief der Zerstörer an, und die Männer unter Wasser hockten auf dem Boden des Boots und wimmerten, und dann schrien sie, um den Lärm der Zerstörerschrauben zu übertönen. Aber sie hörten, wie er anlief, wie er wieder begann, sie zu töten. Sein Ortungsstrahl war wie eine dünne Lanze, mit der ein Mann, der sich in einem Heuhaufen verborgen hält, leicht angestochen wird, um seine Lage genau kennenzulernen. Der Mann wälzt sich ein bißchen hin und her, und wenn er viel Glück hat, wird er zunächst nur verletzt. Aber daß er nicht mehr lebend davonkommt, kann er sich ausrechnen. Er ist ein Stück Fleisch auf der Schlachtbank, das seinem Metzger ein paarmal aus der Hand rutscht, bevor das Beil trifft.

Es war ein ungleiches Spiel. Die oben waren in jeder Hinsicht überlegen. Sie waren schneller, stärker bewaffnet, hatten Zeit und ein technisches Auge, dem nichts entging und dem der Mut und die Tapferkeit der U-Bootmänner nichts anhaben konnten. Die oben waren Jäger, die Ferngläser hatten und einen blinden Hirsch jagten. Der Zerstörer brauchte nur über dem Boot zu bleiben und zu warten. Er mußte es ja kriegen. Für ihn war das Ganze eine einfache technische Spielerei. Die dort oben hätten ebensogut ihre Frauen ans Radargerät stellen können, der Endeffekt wäre der gleiche geblieben –

Dies alles ging Teichmann durch den Kopf, als er in panischer Angst auf den Flurplatten der Zentrale saß und auf die Bomben wartete, und, ohne daß er es ändern konnte, kam der Haß. Er fühlte ihn körperlich, als ob ein träges Tier sich neben ihm breitmacht und immer größer wird. Er wollte es nicht wahrhaben, er war Seemann und er war Soldat, er hatte den Gegner nie gehaßt. An Bord sprachen sie vom Gegner, nicht vom Feind. Sie waren Soldaten und die dort oben waren Soldaten, und wenn sie töten mußten, dann taten sie es gut und sachlich, weil es ihr Beruf war. Sie hatten nichts gemein mit denen, die zu Hause saßen und den Haß predigten, weil sie von ihm lebten, und wenn jener klumpfüßige Jesuit, der das Propagandaministerium leitete, seine Haßgesänge in den Äther schrie, so hatten sie

höchstens Verachtung für ihn empfunden, und oft auch hatten sie sich geschämt, weil er sich dabei ihrer Muttersprache bediente.
Dein Haß ist kindisch, redete sich Teichmann ein. Aber er hielt es für ein unfaires, dreckiges Spiel. Und es ging weiter. Die Männer heulten vor Angst und heulten vor Wut über ihre Hilflosigkeit. Um sie herum war Wasser, das härter als Stahl war, und da hinein wurden die Bomben geworfen, und irgend etwas mußte ja nachgeben, wenn sie detonierten – das Wasser oder das Boot.
»Die wollen sich bloß nen Orden verdienen«, sagte der Kommandant, nachdem er den Tiefenmesser angeleuchtet hatte und sah, daß die Nadel an ihrem tiefsten Punkt stehengeblieben war. »Die dort oben sind verärgert, weil wir zur See fahren, ohne sie vorher um Erlaubnis gefragt zu haben«, sagte der LI. »Die haben nun mal die arrogante Einbildung, der Atlantik sei ein Obstgarten, der ihnen allein gehört, und die Deutschen sind die Diebe, die die Kirschen klauen«, sagte der IIWO, so laut er konnte.
Als der Zerstörer über ihnen war, erbrachen sich einige und ließen ihr Wasser und murmelten vor sich hin, als wollten sie den Zerstörer beschwören abzudrehen. Zwischendurch rechnete der Kommandant. Er mußte versuchen, im Winkel von neunzig Grad zum Gegnerkurs abzulaufen, vorausgesetzt, daß er den Gegnerkurs einigermaßen kannte. Er rechnete ununterbrochen. Alles ließ sich berechnen. Wer im Seekrieg überleben wollte, mußte etwas von Mathematik verstehen, und er mußte seine mathematischen Kenntnisse auch dann anwenden können, wenn um ihn herum Wasserbomben detonierten. Er mußte Kopfrechnen können, während er sich in der Hölle befand. Und er mußte allein sein können. Der Kommandant eines getauchten U-Boots war der einsamste Soldat, und ein einziger Fehler in seiner Rechnung kostete seine Besatzung das Leben. Und was er tat, wenn ihn mehrere Gegner zugleich angriffen, welchen Ausweichkurs er dann dem Rudergänger befahl, mit ruhigem, sachlichem Ton in der Stimme – das verriet kein Kommandant. Es gab nämlich keinen.
Aber für Lüttke schien es immer einen zu geben. Mit der

Präzision eines Automaten rief er die Kurszahl durch die Nacht des Boots dem Rudergänger zu.
Der LI bemühte sich, das Boot, in das immer mehr Wasser einströmte, vor dem Absinken zu bewahren. Tiefer als zweihundertfünfzig Meter durfte es nicht kommen, wenn seine Besatzung am Leben bleiben wollte.
Der Obersteuermann zählte zweihundertachtzehn Wasserbomben, dann gab er es auf, weil der Deckel des Zentralepults mit Strichen voll war. Oben kurvten zeitweise drei Zerstörer oder Korvetten oder sonst was an Sicherungsfahrzeugen herum und warfen Bomben.
Unterdessen trat bei einigen von der Besatzung ein Vorgang ein, der aus dem Gebiet der Wärmetechnik bekannt ist: bei Bügeleisen oder elektrischen Öfen schaltet sich der Strom von selbst ab, wenn die Höchstkapazität an Wärme erreicht ist, und da es eine Grenze gibt, über die hinaus die menschliche Aufnahmefähigkeit aussetzt, fiel bei einigen ein Vorhang über ihren Empfindungsbereich herab, und ihre Wahrnehmung trübte sich vorübergehend oder wurde ganz gestört. Den Anfang machte der Zentralemaat.
Der LI hatte durch Lenzen das Boot höher gebracht, es lag einhundertsechzig Meter tief im Wasser, als zwanzig Wasserbomben in Abständen von drei Sekunden detonierten und das Boot in die Tiefe schleuderten. Das Wasser preßte sich durch die Außenbordverschlüsse. Der Druckkörper knackte. Nieten knallten. Die Stahlröhre bog und krümmte sich wie ein Wurm, der zertreten wird. Alles, was im Boot beweglich war, wurde durchgeschüttelt, und als der Lärm vorüber war und das Boot wieder ruhig lag, blieb ein Geräusch übrig. Beim ersten Anhören dachten sie, der Rudergänger sei vom Turm in die Zentrale runtergefallen. Doch das Geräusch wiederholte sich. Man hätte meinen können, es werfe einer Futterrüben oder Kohlköpfe in die Zentrale, so hörte es sich an. Dumpfe, bockelnde Schläge. Aber es war der Kopf des Zentralemaats, im Schein der Taschenlampen sahen sie es.
Die Lampen gingen sofort wieder aus. Einen Augenblick lang war die Finsternis wohltuend, das Grauenhafte war

unsichtbar geworden. Aber seine Geräusche blieben. Einer rief »Aufhören!«. Ein anderer rief »Herrgott –« und verstummte. Ein Irrsinniger hört deshalb nicht auf, und so mußte der Kommandant einen Befehl erteilen.

Nichts erfolgte. Keine Hand rührte sich. Niemand fühlte sich angesprochen, es war Nacht im Boot. Ein Haufen Steine wurde gegen die Bordwand geworfen. Der Ortungsstrahl fuhr knisternd am Boot entlang. Der Schädel knallte immer noch gegen die Flurplatten der Zentrale. Das Boot sank. Sein Druckkörper begann wieder zu ächzen –

»Seit wann muß ich etwas zweimal befehlen?«

Sie griffen nach ihm, es war der IWO, der damit anfing. Er war der unbegabteste für diese Tätigkeit, der Obersteuermann kam hinzu. Sie versuchten ihn zu packen, aber er haute um sich, er wollte weiter seinen Schädel gegen den eisernen Boden der Zentrale schlagen. Man hörte sie miteinander ringen. Der IIWO knipste seine Lampe an. Teichmann ging hinzu. Jetzt brüllte er. Sie verstanden nicht, was er brüllte, es kam der Buchstabe »i« mehrmals drin vor und am Schluß das Wort »Himmel«. Teichmann wollte ihm die Hosen runterziehen, damit er nicht mehr mit den Beinen um sich treten konnte, und faßte in Kot, als er die Hose über die Hüfte streifte und mehrmals zugreifen mußte, und zerdrückte ihn zwischen den Fingern. Seine Finger waren glitschig und rutschten ab, er konnte ihm den Arm nicht nach hinten drehen, um ihn zu binden, er mußte zuschlagen.

Dann war er ruhig. Sie trugen ihn in den U-Raum, und sie wollten ihn in eine Koje legen, aber wie sie ihn anhoben, um ihn raufzulegen, riß ihnen eine Wasserbombendetonation die Füße weg, sie ließen ihn fallen. Er kam wieder zu sich und brüllte weiter sein »Ich-will-in-den-Himmel« und schlug um sich. Sie packten ihn wieder und schleppten ihn nach achtern in die Kombüse und sperrten ihn ins WC. Er schrie noch, aber leiser.

Das Boot sank. Der Druckkörper bewegte sich. Er knarrte, und manchmal knallte es. Dann wurden diese Geräusche regelmäßig. Es war ein dauerndes Knallen,

wie wenn die Straßenbahn über Knallblättchen fährt, die Kinder in kurzen Abständen auf die Schienen gelegt haben.
Das Boot sank. Die Geräusche des Bootskörpers taten jetzt in den Ohren weh. Die Männer wagten nicht mehr zu atmen, sie dachten: Wenn es nur schnell geht – sie hofften: Wenn es nur schnell vorbeigeht, die Sache mit dem Tod, das Aufhören, das Ende –
Aber es war immer noch nicht da. Der Druckkörper hielt. Sie waren tiefer als zweihundertfünfzig Meter. Die Geräusche des eigenen Boots waren jetzt laut wie Schüsse, wie bei einem langsam schießenden Maschinengewehr. »LI, wir müssen höher.« – »Jawohl, Herr Kaleu.« Und das Wasser, das sich ins Boot preßte, die dünnen stahlharten Wasserstrahlen pfiffen schrill und wurden noch härter, noch zahlreicher, es war, als zersägten sie die Wand des Druckkörpers.
Der Mann am Horchgerät fiel aus. Er war längst fällig gewesen, sein Gehör war von allen am fürchterlichsten bearbeitet worden. Er schrie ein paarmal, anstatt die Horchpeilungen zu melden, und dann ging es in einen Weinkrampf über, er riß sich den Kopfhörer ab und legte sich in den Gang vor den Horchraum. Der IWO setzte sich ans Gerät. Es ging weiter. Das Boot stieg, es kam sogar bis auf einhundertvierzig Meter, dann kamen zwölf Wasserbomben und warfen es wieder zweihundert Meter unter die Wasseroberfläche, dann stieg es wieder, es kam auf einhundertsiebzig, dann kamen neun Wasserbomben und warfen es auf einhundertneunzig runter, dann stieg es auf einhundertfünfzig, und sechzehn Wasserbomben brachten es wieder auf zweihundert, zwischendurch machten es einige dem Mann am Horchgerät nach, aber es fiel nicht weiter auf, weil sie nicht gebraucht wurden, insofern waren es keine Ausfälle, und dann stieg es wieder, dann sank es wieder, und dann stieg es wieder, einmal bis auf hundertdreißig, und dann drückten es fünf raffiniert geworfene Bomben auf zweihundert runter, dabei stellte sich das Boot fast auf den Kopf, die Männer mußten sich am Gestänge, an Hebeln, Rädern und Ventilen festklammern wie Affen

am Geäst der Bäume, dann stieg es wieder, und dann sank es wieder, weil sie oben Bomben warfen.
Dieses Auf und Ab hielt elf Stunden und vierzig Minuten lang an. Dann waren die Batterien der E-Maschine leer.
»An alle: Klar zum Artilleriegefecht, Boot taucht auf. Oben sind drei Sicherungsfahrzeuge – wir werden sie nacheinander versenken.«
»Welches sollen wir zuerst nehmen, Herr Kaleu?« sagte der LI.
»Kommt drauf an, welches das größte ist, vermutlich den Zerstörer.«
»Welche Türme sollen zuerst das Feuer eröffnen, Herr Kaleu«, sagte der IIWO und gab sich Mühe, laut zu sprechen.
»Kommt drauf an, jedenfalls mit der schweren Artillerie sparsam umgehen.«
»Jawohl, Herr Kaleu, ich werd die drei Pötte zunächst mal mit dem Maschinengewehr eindecken –«
»Und wenn sie abdrehen, schießen Sie ihnen mit der Kanone den Arsch ab«, sagte der LI zum IIWO.
Taschenlampen blitzten auf. Das Munitionsschapp wurde geöffnet, und mechanisch wie Roboter reichten die Männer die Granaten hoch. Sie schwitzten in der Treibhausluft des Bootes, ihr Zeug klebte am Körper und war zum Auswringen naß. Sie sprachen nichts. Sie waren abgekämpft, müde und gleichgültig. Die feucht-dämpfige Luft im Boot drückte auf ihre Lungen und machte das Atmen mühsam, sie atmeten alle durch den Mund, und weil die Luft verbraucht und sauerstoffarm war, kostete sie jede Bewegung das Letzte an Willenskraft, von der die meisten nichts mehr hatten. Im übrigen war alles sinnlos. Sie wußten, daß es diesmal keine Rettung gab. Ein Wunder kommt nur einmal. Sie hatten ihres schon gehabt. Einige waren wütend, vor allem die älteren Unteroffiziers- und Mannschaftsdienstgrade, auf das Geschwätz der Offiziere. Sie verstanden die Offiziere nicht und deren hohnvolles, zynisch-bitteres Gerede. Und mitten in diesen Vorbereitungen zum letzten Kampf erbrach sich einer. Sie hörten die Brocken klatschen und das Flüssige auf den Boden der Kommandantenkammer bladdern. Im Lichtkegel einer Taschenlampe sahen sie es. Sie beobach-

teten es mit einer Mischung von Ekel und Genugtuung. Die Taschenlampe ging nicht aus. Sie hatte den IWO erfaßt und hielt ihn fest, bis er den letzten Brocken in den Kommandantenraum gekotzt hatte. Dann schlug Teichmann dem Mechanikersgefreiten die Lampe aus der Hand. Der Obersteuermann mußte ans Horchgerät.

»Geheimsachen klarmachen zur Vernichtung. Proviantspinde öffnen, jeder kann essen, was er will«, sagte der Kommandant. Aber die Proviantspinde wurden nicht aufgeschlossen, keiner schien Appetit zu haben. Irgendwo lachte einer dreckig. Es war derselbe, der den IWO im Lichtkegel seiner Lampe hatte kotzen lassen. Teichmann haßte ihn.

»Aufschließen könnt ihr sie wenigstens.«

»Dieser Teichmann, immer dieser Teichmann«, sagte der LI feixend, »der Arme wird nie satt.«

Wieder lachte einer dreckig.

»Wenn die Spinde nicht sofort geöffnet werden, passiert was«, sagte Teichmann. Seine Stimme klang gefährlich.

»Die Schlüssel hat der Obersteuermann«, sagte der Mechanikersgefreite.

Teichmann ging in den Horchraum, ließ sich die Schlüssel geben und öffnete die Proviantspinde. Aus einem nahm er eine Dose Apfelmus. »Wo ist denn 'n Büchsenöffner, he –«

Fünf Bomben detonierten neben der Bordwand. Es war, als ob sich das Boot um seine Längsachse drehen wollte. Die Konserven kollerten auf den Stahlboden und rollten den Männern zwischen die Beine und machten ein Geräusch, als stampfe eine Kompanie schwerer Männer mit genagelten Stiefeln durchs Boot, und die Männer im Boot schrien vor Angst und fluchten vor Zorn und waren rasend, und sie hörten nicht auf damit, sie machten immer weiter und steigerten sich rein, als hätten sie nur darauf gewartet, einen zu finden, den sie mit ihren Zungen töten konnten. Der Mechanikersgefreite brüllte mindestens ein halbes Dutzendmal: »Muß dieser Kerl *jetzt* fressen!«

Teichmann konnte gar nichts dagegen unternehmen. Er war auf sich selber wütend, weil er bei den Detonationen

seine Apfelmusdose verloren hatte. Er redete sich wenigstens ein, daß er deshalb wütend sei.
»Haltet eure Schnauze«, rief der Kommandant. Als es ruhig geworden war und nur der Ortungsstrahl am Boot rumstocherte, sagte er: »Schmeckt's, Teichmann?«
»Im Sehrohrschacht hat's auch noch Konserven, Pfirsiche«, sagte der LI.
»Die essen Sie nach dem Artilleriegefecht, wir gehen jetzt hoch«, sagte der Kommandant.
Der LI ließ vorsichtig und in kleinen Schüben mit Preßluft anblasen. Dabei wechselte er dauernd die Tauchzellen. Auf diese Weise torkelte das Boot langsam höher.
»Ich will vorher nen kurzen Rundblick nehmen, LI«, sagte der Kommandant und fügte dann hinzu: »Wenn's sich machen läßt.«
»Ich werd auf Sehrohrtiefe gehen, Herr Kaleu.«
»Aber machen Sie's möglichst schnell«, sagte der Kommandant.
Sie waren jetzt auf achtzig Meter gekommen, und je höher sie stiegen, umso leichter war es für die oben, ihre Bomben gezielt zu werfen. Die Augen der Männer in der Zentrale hingen an der Nadel des Tiefenmessers, und ihre Nerven waren aufs äußerste gespannt und registrierten die geringste Veränderung der Nadel, die sich ruckweise bewegte und, wenn sie stillstand, leicht zitterte. Manchmal zitterte auch die Hand des IIWO, die die Taschenlampe auf den Tiefenmesser gerichtet hielt, dann klopfte der LI ans Zifferblatt, und die Nadel tat einen größeren Ruck nach oben. Mit offenem Mund starrten die Männer den Tiefenmesser an. Ihr Atem ging röchelnd und fast gleichmäßig ein und aus, wie wenn sie auf Kommando ein- und ausatmeten. Einer rutschte aus und fiel hin. Sie schimpften kurz und gehässig, dann lebten sie wieder nach der Nadel des Tiefenmessers, und wie Strahlen auf einen Brennpunkt blieben ihre Blicke auf das zersplitterte, von der feuchten Luft beschlagene Glas des Tiefenmessers gerichtet, dessen Nadel nur langsam höher ging, und währenddessen nagte in den Männern die Angst und zerfraß alles.
Der erste Teil des Wunders bestand darin, daß sich oben

nichts regte. Das wurde der Besatzung erst bewußt, als der Kommandant den Horchraum anrief und nach Horchpeilungen fragte und die Antwort erhielt: »Gegner liegt still.«
»Aber ich hör doch seine Maschinen.«
»Jawohl, Herr Kaleu, aber die Peilungen wandern nicht aus.«
»Er kann doch nicht mit laufenden Maschinen stilliegen«, sagte der LI.
»Doch, das kann er. Davon verstehen Sie nichts, LI«, sagte der Kommandant.
»Entweder die oben haben uns ganz sicher, oder sie haben uns nicht mehr sicher«, knarrte die Stimme des IIWO.
»Wenn's für komische Formulierungen nen Orden gäbe, bekämen Sie einen, IIWO«, sagte der Kommandant.
»Gehorsamsten Dank, Herr Kaleu.«
Als das Boot vierzig Meter erreicht hatte, offenbarte sich das Wunder ganz: das Boot bewegte sich. Kaum merklich, aber es schaukelte leicht hin und her, und der Kommandant sagte zum LI: »Merken Sie was?«
Auf dreißig Meter merkten es alle: das Boot krängte langsam von einer Seite auf die andere.
»Nicht höher gehen, LI, versuchen Sie das Boot in dieser Tiefe zu halten. Wir warten, vielleicht nimmt das Wetter noch zu. Wenn's oben Nacht ist, tauchen wir auf.«
»Jawohl, Herr Kaleu.«
Durch das Boot ging irgend etwas. Es ging vom Heckraum bis zum Bugraum, und was es war, konnte niemand sagen. Es war, als habe sich die Besatzung des U-Boots verdoppelt, als sei in jedem Raum des Boots etwas zum Leben erwacht, als kröchen die Männer aus ihren erstarrten Masken und fingen wieder an zu leben. Ohne daß ein Befehl gegeben wurde, sammelten sie leise die Konservendosen ein und stapelten sie in die Proviantspinde. Teichmann schloß die Spinde ab und brachte die Schlüssel dem Obersteuermann.
Der LI versuchte, das Boot durch Lenzen zu halten, und teilweise gelang ihm das auch. In den nächsten zwei Stunden sank es nur um zweiunddreißig Meter, und in der gleichen Zeit wurden nur siebenundzwanzig Wasserbomben geworfen. Einige lagen nicht sehr dicht.

Dann geschah fünfunddreißig Minuten lang überhaupt nichts, außer daß der Ortungsstrahl ein paarmal das Boot berührte, als wolle er sich vergewissern, daß es noch da war. Nach weiteren dreißig Minuten ging das Boot auf Sehrohrtiefe.

Der Sturm warf das Boot hin und her, aber der LI hielt es auf Tiefe, er trimmte es mit der Besatzung aus. Der Kommandant nahm einen Rundblick und sagte: »Kuhnacht.« Er ging in die Zentrale und nahm einen Rundblick aus dem Luftzielsehrohr und sagte: »Die oben sind noch da, aber sie haben beigedreht. Wir tauchen auf.«

Als die Männer der ersten Wache auf der Brücke waren und ihre Augen an die Dunkelheit gewöhnt hatten, sahen sie in dreihundert Meter Entfernung einen Zerstörer beigedreht liegen. Sie konnten ihn nur sehen, wenn er auf dem Gipfel einer Woge schaukelte. Der schmale, schlanke Zerstörer war bei diesem Wetter praktisch manövrierunfähig, er mußte auf sich selber aufpassen, um nicht zu kentern.

Der Sturm raste über die Wellen und nahm ihre Gipfel mit, als wolle er die aufgewühlte See glatthobeln, und was er mitnahm, verwandelte sich in weißlich-grauen Wasserstaub. Weiter als eine halbe Meile konnte man nicht sehen. Die Männer auf der Brücke des U-Boots klammerten sich fest und hielten dem Sturm ihre Gesichter hin und lachten, wenn die See über sie hereinbrach und sie zudeckte. Sie liebten sie.

Das U-Boot lief ab und lud seine Batterien für die E-Maschinen auf. Als sie voll waren, tauchte es.

»Eher laß ich den Kahn absaufen, als daß ich mich mit den paar lumpigen Liberty-Schiffen zufrieden gebe«, sagte der Kommandant, als ihn der LI auf den bedenklichen psychischen Zustand der Besatzung hinwies, und befahl, die Geleitzugwege des Mittelatlantik anzusteuern.

Die Nerven von einigen der Besatzung waren zerrüttet und gehorchten ihnen nicht mehr. Am schlimmsten war das Maschinenpersonal mitgenommen. Übernervös, schreckbar, bereits von harmlosen Geräuschen schockiert, verwechselten sie die einfachsten Handgriffe und schrien sich dabei gegen-

seitig an und beschimpften sich, anschließend heulten sie hysterisch. Wie es mit ihnen stand, konnte man an ihren Augen ablesen: sie glotzten so seltsam und hatten unwahrscheinlich große Augäpfel, und ihre Pupillen flackerten unruhig hin und her wie Kerzen im Wind. Zwei Männer konnten ihren Dienst nicht mehr versehen, dem Funkmaat zitterten die Hände, weshalb er keinen Bleistift mehr halten konnte und der Kommandant ihn »Sie oller Zitterrochen, können Sie wenigstens Ferngläser trockenwischen?« anredete, und der Zentralemaat sprach unzusammenhängendes Zeug, aus dem niemand klug wurde.
Nachts fiel der Kreiselkompaß aus. Teichmann ließ den E-Obermaschinisten wecken, und der machte sich an die Arbeit. Ohne den Kreiselkompaß konnten sie auf die Dauer nicht navigieren, der Magnetkompaß in der Zentrale war schlecht abzulesen und hatte eine große Deviation. Der Kreiselkompaß mußte funktionieren, wenn das Boot einsatzbereit sein sollte.
Als die Morgenwache aufzog, war der Kreiselkompaß wieder klar. Achtundvierzig Stunden später, wieder in der Nacht, meldete der Rudergänger im Turm, daß der Kreiselkompaß wie toll hin und her schwirre und daß er den Kurs nicht mehr halten könne. Der IWO, der die Wache hatte, befahl dem Rudergänger, in die Zentrale zu gehen und nach dem Magnetkompaß zu steuern. Dann ließ er den E-Obermaschinisten wecken.
Der Kommandant war wach und verpaßte dem Obermaschinisten einen ungeheuren Anschiß, mit dem Erfolg, daß der Obermaschinist die feinmechanische Arbeit am Kreiselkompaß nicht ausführen konnte, seine Hände hatten plötzlich den Tatterich bekommen. Aber auch das ging vorüber, und schließlich gelang es dem Obermaschinisten noch vor dem Mittagessen, den Kompaß klarzumachen.
Der Zentralegast Schofer war ein ruhiger, höflicher Soldat, der nie auffiel, es sei denn wegen seiner Länge, er war einsfünfundneunzig. Er hatte flachsblonde Haare, die bedeutend länger waren, als sie hätten sein müssen, auch wenn kein Frisör an Bord ist, und er hatte blaue Augen und überhaupt ein sympathisches Gesicht, aber in der nächsten Nacht

schlug ihm Teichmann mit der flachen Hand ins Gesicht, Schofer flog durch die Zentrale. Dem Knall nach hätte sein Kopf weg sein müssen. Er blieb ein paar Sekunden lang liegen, dann erhob er sich taumelnd und noch halb betäubt, indem er sich am Entlüftungsrad der Tauchzelle fünf hochzog. Aber plötzlich zuckte er zusammen, als habe er noch einen Schlag, diesmal einen tödlichen, erhalten. Er wußte sofort, daß Teichmanns Ohrfeige nichts war, verglichen mit dem, was ihm jetzt bevorstand: Vor ihm stand der Kommandant.

Teichmann hatte ihn vorher nicht gesehen, und Schofer hatte ihn vorher nicht gesehen, niemand in der Zentrale hatte ihn gesehen – es war nach Mitternacht, keiner konnte ahnen, daß der Kommandant wach war, und die Zentrale war dunkel, außer der abgeblendeten Birne über dem Kartentisch brannte nirgends Licht – der Kommandant aber stand am vorderen Zentraleschott.

Er sagte nichts. Sein Gesicht verriet nicht, was er dachte. Es war glatt und kühl wie immer. Seine Augen waren abweisend, kalt, zwei Kugeln aus gehärtetem Blaustahl, und wenn etwas in ihnen zu erkennen war, dann waren es Spott und Hohn, wie immer.

Er ging zum Kartentisch, nahm den Stechzirkel, stieß einen Schenkel des Zirkels in die Seekarte, und bevor er mit dem freien Schenkel einen Kreisbogen schlug, sagte er über die Schulter hinweg, ohne dabei seinen Kopf merklich zu drehen: »Sie sind eben gestolpert, Schofer.«

Da keine Antwort kam, legte der Kommandant den Stechzirkel weg und drehte sich zu Schofer um. Er schaute ihn an. Dann sagte er langsam und in einer Art, als ekle es ihn, mit Schofer zu sprechen: »Sollten Sie eben nicht gestolpert sein, sind Sie in einer Viertelstunde tot. Das Bordkriegsgericht wird zusammentreten, unter meinem Vorsitz, danach werden Sie auf dem Oberdeck stehen und einer wird die 2-cm-Kanone betätigen und –«

»Ich bin gestolpert, Herr Kaleu.«

Für den Kommandanten war Schofer nicht mehr vorhanden. Der Kommandant beschäftigte sich mit der Seekarte. Der Kreiselkompaß fiel nicht mehr aus.

Als Teichmann zum Frühstück in den Oberfeldwebelraum ging und am Kommandantenraum vorbei mußte, grüßte er schweigend, wie er das jeden Morgen tat. Da aber geschah das Unerhörte, daß der Kommandant »Morgen« sagte. Das hatte er bisher zu keinem seiner Untergebenen gesagt, auch nicht zu seinen Offizieren. Seit der Affäre im Offiziersbordell herrschte zwischen dem Kommandanten und seinen WOs, besonders aber Teichmann, eine eisige Atmosphäre. Außer knappsten Dienstanweisungen sprach der Kommandant nichts mit ihnen. Die Niederlage, die er damals erlitten hatte, konnte er nicht vergessen, und daß Teichmann geerntet hatte, was der Kommandant gesät zu haben glaubte, als er sich mit La Jaune abgab und sogar Alkohol trank – dieser Gedanke war ihm unerträglich, und das ließ er Teichmann fühlen.
Jetzt hatte er »Morgen« gesagt. Es hatte zwar wie ein unterdrücktes Räuspern geklungen, aber es war immerhin ein Wort gewesen, Teichmann hatte sich nicht verhört. Doch wenn der Kommandant nun meinte, Teichmann würde mit ihm reden, so hatte er sich getäuscht. Teichmann grüßte ihn auch künftig nur stumm, indem er die Hand an den Mützenschirm führte. Der Kommandant sagte weiterhin »Morgen«, wenn Teichmann grüßte. Das ging vier Tage lang so, dann hatte der Kommandant Geburtstag.
Die Gratulationscour eröffnete der Obersteuermann als rangältester Oberfeldwebel und überreichte dem Kommandanten eine Leselampe für seine Koje, die der E-Obermaschinist aus Bordmitteln fabriziert hatte. Der Kommandant sagte »Danke« und ließ sich anschließend von den Oberfeldwebeln die Hand geben.
Im Auftrag der Unteroffiziere erschien der erste Seemaat mit einem Strauß Rosen. Sie bestanden aus Closettpapier, ihre Stiele aus Draht. Die Drähte waren mit in grüne Tusche getauchtem Closettpapier umwickelt, die Rosenblätter waren aus dem gleichen Stoff und mit roter und blauer Tinte und gelber Tusche gefärbt. Der Kommandant nahm seinen Strauß in Empfang wie ein Bündel Zahnstocher, das einem der Kellner im Wirtshaus als Dreingabe überreicht. Er wußte offensichtlich nicht, was er damit anfangen sollte.

Schließlich kam ein gepreßtes »Danke« zwischen seinen Zähnen hervor, und damit waren die Unteroffiziere bedient.
Nur als der Rangälteste der Mannschaften vor den Kommandanten trat, ein älterer Obergefreiter, den der Kommandant seines unmilitärischen Benehmens wegen wiederholt eingesperrt hatte, kam eine kleine Unterhaltung zustande. Der Obergefreite sagte nichts. Er stellte einfach ein Glücksschwein auf die Back des Kommandantenraums, und da dort das Kriegstagebuch gerade aufgeschlagen lag – eine ›Geheime Kommandosache‹, nur Offizieren zugänglich – stellte er das Glücksschwein auf das aufgeschlagene Kriegstagebuch. Und dann betrachteten sie beide, Kommandant und Obergefreiter, das Schwein. Auf den Gedanken, das Kriegstagebuch zu schließen, kam der Kommandant anscheinend nicht. Das Schwein fühlte sich dort wohl und rutschte hin und her, als laufe es Schlittschuh.
»Es kann ja nicht stillstehen –«
»Es ist der Seegang, Herr Kaleu, es ist der Seegang, das Schwein ist den Seegang nicht gewöhnt, Herr Kaleu.«
»Es muß seefest sein, wenn es bei mir an Bord fahren will.«
»Jawohl, Herr Kaleu –«
»Ich werd es seefest machen.«
»Jawohl, Herr Kaleu –«
Der Kommandant nahm die Kartoffel und drückte die vier Streichhölzer, die die Beine waren, tiefer in die Kartoffel. Dann stellte er die Kartoffel wieder auf die Hölzer, und jetzt blieb das Schwein stehen.
»Warum hat's rote Augen?«
»Schweine haben meistens rote Augen, Herr Kaleu, rötlichbraune, und wir haben nur rote Stecknadelköpfe an Bord, Kerr Kaleu.«
»Ach so –«
»Aber jetzt steht's«, sagte der Obergefreite und war überwältigt von der Handfertigkeit seines Kommandanten.
»Sein Bauch berührt etwas den Boden, aber das macht nichts.«
»Nein, Herr Kaleu – jetzt ist es halt ein trächtiges Schwein.«
»Trächtig? Sie meinen, 's bekommt Junge?«

»Jawohl, Herr Kaleu.«
»Na – hoffen wir's. Ein trächtiges Glücksschwein wär vielleicht kein Fehler, was?«
»Jawohl, Herr Kaleu.«
Der Kommandant streckte seine Hand hin. Der Obergefreite überlegte, ob er sie wohl anfassen durfte. Er überlegte etwas zu lange, der Kommandant zog seine Hand wieder zurück und nickte dem Obergefreiten zu. Dabei blieb es.
Von den Offizieren beglückwünschte jeder den Kommandanten persönlich, ohne ein Geschenk für ihn zu haben. Als Teichmann am Kommandantenraum vorbei mußte, grüßte er wie immer und ging weiter. Am andern Morgen, als Teichmann grüßte, sagte der Kommandant: »Morgen, Teichmann.« Das kam ein bißchen überraschend für Teichmann, er blieb stehen, schaute seinen Kommandanten fragend an, und als der Kommandant wegsah, sagte er: »Morgen, Herr Kaleu.«
Diese Regelung behielten sie bei, Teichmann blieb der einzige Mann an Bord, den der Kommandant außerdienstlich mit Namen anredete.
Nachts brüllte einer, und weil das Boot getaucht fuhr, hörte es sich erschreckend laut an. Die Freiwache sprang aus ihren Kojen, ohne zu wissen, was sie tun sollte. Einige gingen zu dem Brüllenden hin, der inzwischen ruhig geworden war, weil er Salzsäure getrunken hatte.
Die Dieselleute hatten die Flasche auf den Kombüsenherd gestellt, der Koch hatte geglaubt, es sei was Trinkbares. Sie flößten ihm Milch ein, aber seine Zunge blieb dick wie die eines Ochsen, er konnte nur noch lallen. Weil kein Etikett auf der Flasche war, bestrafte der Kommandant den Dieselmaat mit fünf Tagen Arrest.
Mit der Besatzung war nicht mehr viel anzufangen, und im Mittelatlantik zeigten sich keine Geleitzüge, aber täglich Flugzeuge. Es war eine jämmerliche Fahrerei. Sie bestand in fortgesetztem Alarm-Tauchen. Einmal blieb das Boot oben und traf ein Sunderland-Flugboot mit der 2-cm-Kanone, aber die Geschosse prallten am gepanzerten Rumpf der Maschine ab wie Erbsen an einer Fensterscheibe, und im Abflug verletzte der Heckschütze zwei Seeleute. Der

Kommandant sagte, ein U-Boot sei kein Flak-Kreuzer, und befahl den WOs, künftig in jedem Falle zu tauchen.
Nachdem das Boot zwei Wochen im Mittelatlantik gekreuzt hatte, steuerte es Gibraltar an und krebste neun Tage vor der Einfahrt zum Mittelmeer rum, ohne eine Angriffsmöglichkeit zu haben. Als der zehnte Tag bereits begonnen hatte, morgens um drei Uhr – der IWO, Teichmann und einer der leichtverwundeten Seeleute hatten die Wache, und die Nacht war noch schwarz – standen die Männer plötzlich im Licht. Das Licht war so grellweiß, daß sie geblendet die Augen schlossen und zuhörten, wie irgendwo aus der Luft Geschosse heranpfiffen und ins Boot einschlugen. Als das aufhörte, explodierte etwas mit einem Riesenknall und warf die Männer gegen die Brückenverkleidung. Zum Schluß rauschte ein Wasserfall auf sie nieder. Dann war es wieder Nacht. Das Ganze hatte noch keine zehn Sekunden gedauert.
Teichmann merkte, daß der IWO nicht mehr neben ihm stand. Er tastete nach ihm, aber er griff ins Leere. Sein Fuß stieß gegen etwas Weiches, und das war der IWO. »Tauchen!« hörte er unten im Boot die Stimme des Kommandanten schreien, und der LI rief: »Klar!«
»Einsteigen«, sagte Teichmann zum achteren Ausguck. Dann griff er dem IWO unter die Schultern, zog ihn übers Turmluk, ließ ihn fallen, rief »Fluten«, schloß das Luk und drehte es dicht. Die Tauchzellen wurden entlüftet, er hörte das Wasser hereinrauschen und fühlte, wie das Boot ankippte und vorlastig ins Wasser tauchte. Dann hörte er, wie die Untertriebszellen mit einem Mordsgetöse ausgedrückt wurden, und plötzlich begriff er, daß sie wieder mal Glück gehabt hatten, und im selben Augenblick begannen seine Knie zu zittern, und taumelnd sackte er auf dem Sehrohrsitz zusammen. Er schloß die Augen bis auf einen winzigen Spalt, durch den er gerade noch den Kompaß am Platz des Rudergängers sehen konnte. Aber er sah keine Kompaßzahlen. Er starrte auf die Rückennaht der salzverkrusteten Lederjacke, die der Rudergänger trug, und verfolgte sie ein paarmal mit den Augen rauf und runter. Dann war er wieder in Ordnung. –

Das Boot trat den Rückmarsch an. Es mußte ihn antreten, es hatte zuviele Ausfälle in der Besatzung. Was der Kommandant wollte, war nun belanglos geworden. Er sprach mit niemand mehr ein Wort. Nachdem ihm Teichmann den Vorfall geschildert hatte, ließ er sich ein M-Offizier-Funkspruchformular geben und schrieb: »Ziehe Antrag auf Kriegsgerichtsverhandlung gegen den Oberleutnant zur See Prinz von Wittgenberg zurück. Lüttke.«

Als der Funkspruch abgegeben worden war, ließ der Kommandant ihn dem IWO zur Gegenzeichnung vorlegen. Der IWO war in die Beine getroffen worden, nicht schwer, es waren glatte Durchschüsse, insofern war er leicht verwundet, aber sein Kopf war in Unordnung geraten. Seine Gesichtszüge hatten sich verzerrt, sein Mund stand schief, er konnte ihn nicht mehr schließen, und er quälte sich vergeblich damit ab, ihn zum Essen zu gebrauchen, seine Lippen verschoben sich dauernd. Der Löffel glitt aus seiner Hand, seine Finger zitterten wie die des Funkmaats, und wenn er sich in seiner Koje aufrichtete, triefte ihm der Speichel am Kinn herunter. Seine Notdurft konnte er nicht mehr allein verrichten, zwei Mann mußten ihn halten. Den Funkspruch konnte er nicht mehr gegenzeichnen.

Zwei Tage vor dem Einlaufen starb der E-Maschinenmaat an Blinddarmentzündung. Sie hatten ihm einige Tage lang warme, und als das nichts nützte, kalte, und als das nichts nützte, lauwarme Umschläge gemacht, und als das nichts nützte, eine kleine Dosis Morphium verabreicht, damit die Schmerzen etwas gelindert wurden, aber weil kein Arzt vorhanden war, starb der Mann. Das einzige, was sie für ihn noch tun konnten, war eine stärkere Dosis Morphium. Zum Schluß bekam er sie auch.

Als das Boot in La Pallice festmachte, standen eine Menge Leute auf der Pier: es war eine Seltenheit geworden, daß ein deutsches U-Boot wieder in seinen Heimathafen einlief. Von zehn in See gehenden Booten blieben jetzt acht draußen.

Auch eine schöne Filmschauspielerin hatte sich zur Begrüßung eingefunden, aber sie hatte Takt genug, sich ruhig zu verhalten, und weil der Kommandant ihr den Blumen-

strauß nicht abnahm, ging sie aufs Oberdeck hinab und verteilte ihren Strauß, indem sie jedem der Männer eine Blume gab. Zwar reichten die Blumen nicht aus, aber es war trotzdem nett von ihr, die Männer hatten sie gern, so wie man eine Schwester gern hat, und das war ja wohl auch der Sinn der Sache. Dann kam ein Kriegsberichter an Bord, er trug beide Eiserne Kreuze und das U-Bootabzeichen, und er verhielt sich dementsprechend. Der Mann konnte sicher sein, daß seine Berichte vom Propagandaministerium gestrichen wurden.
Der tote Maat wurde ausgeschifft. Ein Arzt übernahm den Zentralemaat und den Funkmaat. Die Besatzung räumte ihre halbverfaulte, muffige Wäsche aus den feuchten Spinden und trug sie unterm Arm zum Omnibus, der draußen vor dem Bunker wartete.
Als die Besatzung das Boot verlassen hatte, ging Teichmann nochmal an Bord, um den IWO zu holen. Vor dessen Koje stand der Kommandant. Er sah Teichmann an, als ob er ein Einbrecher wäre. »Was suchen Sie hier noch?«
»Ich will den IWO –«
»Verschwinden Sie. Kümmern Sie sich gefälligst um Ihren eigenen Dreck.«
Dieser Saukerl, dachte Teichmann auf dem Weg zum Omnibus, dieser Saukerl muß einem doch alles versauen, dachte er. Während er sich im Windschatten des Bunkerausgangs eine Zigarre anzündete, sah er, wie der Kommandant den IWO von Bord trug.

15

»Kannst dich ungezwungen benehmen, wir sind allein im Haus, Molly ist bei der Rüstung, und mein alter Herr ist abgekratzt, übermorgen um sieben lauf ich aus.«
Sie schmiergelten sich in der Küche Bratkartoffeln mit der Butter von Teichmanns Marschproviant. Anschließend gingen sie in den Keller und nahmen einige Flaschen Chateau Rothschild Lafitte mit nach oben. Die Flaschen stellten sie in den offenen Kamin ins Herrenzimmer und rückten zwei

Ledersessel und einen Rauchtisch davor. Heyne brachte Gläser, dann ging er in den Garten und schaute nach, ob die Fenster richtig abgeblendet waren.
Das Zimmer gefiel Teichmann nicht. Es war mit Büchern vollgestopft, und vor den Büchern standen Gipsbüsten, vielleicht waren sie auch aus Marmor, er faßte sie nicht an. Der Zeus von Otricoli war da, und Sokrates war auch da, die andern Köpfe kannte er nicht. Über dem Kamin kreuzten sich zwei Schläger. Darunter hing ein Bild, das einen Studenten in Couleur erkennen ließ, links von den Schlägern hing Bismarck, rechts der alte Kaiser Wilhelm.
Heyne brauchte eineinhalb Flaschen, bis er so weit war, um das sagen zu können, was er sich für diese Nacht aufgespart hatte. Außer Teichmann hatte er niemand, dem er es sagen konnte, und er meinte, Teichmann sei ja auch nicht hierhergekommen, um sich mit ihm über die U-Bootwaffe zu unterhalten – sie waren sich schnell einig geworden, daß es sinnlos war, den U-Bootkrieg weiterzuführen, und daß neue Boote in jedem Fall zu spät kommen würden –, und sein Vater sei also im Herbst letzten Jahres abgeholt worden. »Ich hab dir's nicht schreiben wollen, weil die Post zensiert wird und weil's dir und mir und meinem Vater auch nicht geholfen hätte. Im Gegenteil, du wärst in den Verdacht geraten, mit dem Sohn eines Verräters zu korrespondieren und –«
»Ich will dir mal –«
»Weiß ich. Aber warum soll ich nen Dritten in Schwulitäten bringen, wenn er doch nichts ändern kann. Ändern kannste nämlich gar nichts. Und so konsequent sind die Herren übrigens nicht, sie haben nichts dagegen, daß der Sohn eines Verbrechers – das war mein Vater in ihren Augen – auf deutschen U-Booten fährt. Also, 's war schon richtig, daß ich dir nichts davon schrieb. Solche Dinge behält man am besten für sich – solang man's kann.«
Die letzten Worte waren ihm rausgerutscht, er trank sein Glas schnell leer. Dann schenkte er sich wieder ein und lehnte sich bequem in den Sessel zurück. Das abgenutzte Leder roch nach Lavendel, und das paßte gut zu dem schweren rubinroten Wein, den sie jetzt schweigend tranken.

»Ich hab ja nun nicht gerade ein sehr inniges Verhältnis zu meinem alten Herrn gehabt, das weißt du ja, aber trotzdem –: Wenn sie Waschweiber einsperren, weil sie die Kriegführung oder die Regierung kritisieren und in mieser Stimmung machen, hab ich nichts dagegen, auch wenn sie mal mit ihrer Kritik zufällig recht haben sollten, 's gibt eben Leute, in deren Maul jede Wahrheit zur Lüge wird. Und was verstehen Waschweiber vom Krieg und von der Politik? Wenn sie dann eingesperrt werden, haben sie keinen Grund, sich als Opfer ihrer Gesinnung aufzuspielen, weil sie das Opfer ihrer Schwatzhaftigkeit wurden. Du siehst, ich betrachte die Dinge objektiv.«
»Immerhin, ne Staatsführung, die die Kritik von Waschweibern fürchten muß –«
»Lassen wir das. Es handelt sich im Moment nicht um Waschweiber. Ich wollte nur herausstellen, daß im Gegensatz zu solchen Leuten mein Vater als Universitätsprofessor für Geschichte wohl ein Recht hatte – er glaubte es wenigstens –, den Mund aufzumachen. Und er hat's auch getan. Und die Reaktion von seiten des Staates war zu erwarten gewesen, war nichts Neues. Nicht daß du meinst, ich will hier jemanden verteidigen – will ich gar nicht. Die äußeren Dinge wie Politik, Kriegführung, Gestapo und so weiter interessieren mich nicht, oder besser gesagt, nicht mehr. Aber die menschliche Seite – du sagtest mal, ich sei zynisch? Du hast vollkommen recht. Meine lieben Mitmenschen haben mich zynisch gemacht, jawohl. Wer ist schon von Geburt aus Zyniker? Es war wie in nem schlechten Theaterstück, keine Tragödie, nichts Großes, nur Dummheit oder Charakterlosigkeit. Glaub mir, nur die Dummheit hat das Böse in die Welt gebracht, und daß unser Planet 'n Saustall ist, verdankt er der Dummheit seiner Bewohner, der überwältigenden Mehrheit seiner Bewohner.«
»Kann ich dir nicht recht geben.«
»Ja, ich weiß, ich kenn das, ich war auch mal in der Pubertät und hab dem irrationalen Dreck meine Reverenz erwiesen und ihm Tiefe und Urkraft und Mythos und weiß der Teufel was unterstellt und ihn mit der Hefe im Teig verglichen. Aber 's ist alles nur Denkfaulheit.«

»Die Melodie kenn ich.«
»Na also, prost. Übrigens, wenn's den Deutschen schlecht geht, dann ist das stets auf ihr Gefühlsleben zurückzuführen, nicht auf ihren Verstand. Wenn sie denken, sind sie unschlagbar. Wenn sie sich Gefühle leisten, kann sie jeder Trottel an der Nase herumführen. Dies nebenbei. Ich bekam nach meiner ersten Fahrt vierzehn Tage Urlaub. Ich ging 'n bißchen bummeln, ging auch zu Dora, und auf dem Rückweg kam ich an der Kirche vorbei, in der ich konfirmiert wurde. Ich ging rein. War ja an und für sich 'n Witz, aber ich tat's, ich hör manchmal Orgelmusik gern. Pfarrer Diebold predigte. Ich hörte mir das Zeug an, es ging nun mal nicht anders, wenn ich was von der Orgel mitbekommen wollte. Die haben nämlich da ne gute Orgel, und bei den laufenden Fliegerangriffen weißte nie, wie lang du sie noch spielen hören kannst. So weit war alles gut. 'n paar Tage später kommt Diebold zu uns ins Haus und versucht mir auf den Zahn zu fühlen von wegen Religion und so. Für ihn ist der Führer ja so ne Art Antichrist, das ist er wenigstens inzwischen geworden, früher war das nicht in diesem Maße der Fall, früher war er anderer Meinung gewesen. Jedenfalls – ich verteidigte ihn, ich kann schon sagen: wider besseres Wissen. Vielleicht verteidigte ich ihn nur, um nicht mit meinem Vater und Diebold verwechselt zu werden, mit denen wollte ich nichts zu tun haben. Im Verlauf der Auseinandersetzung holte nun mein Vater einen dicken Stoß Manuskripte hervor und nannte sie seine Abrechnung mit dem herrschenden Regime, so ähnlich drückte er sich aus. Nur wenige seiner Freunde wüßten davon, unter ihnen auch Pfarrer Diebold. Denn nur das, was heute hinter verschlossenen Türen geschrieben werde, sei wert, später gelesen zu werden. Ich sagte: Von den Toten wird keiner deine Schriften lesen, die Toten widerlegen dich. Mein Vater erwiderte: *Es ist eine Teufelei, Menschen zu zwingen, für eine verlogene Idee zu sterben. Das ist eine ganz große Teufelei.* Ein großer Teufel ist aber gar nicht so übel, sagte ich, die großen Teufel sind mir lieber als die kleinen. In der Größe liegt immer etwas zu Achtendes. Mein Vater antwortete ziemlich erregt: *Das sind Phrasen*

Du sagst, ein großer Teufel wäre dir lieber als ein kleiner? Ein großer Schuft ist dir also lieber als ein kleiner? Wenn in deinem Zimmer eingebrochen wird und der Einbrecher stiehlt dir alles Geld, alle deine Kleider, alle Wertsachen, so ist dir dieser Einbrecher lieber als einer, der, sagen wir mal, nur zehn Mark wegnimmt? Dein großer Teufel, den du so sehr bewunderst, hat bei dir eingebrochen und dir alles gestohlen, dein Herz, dein Gewissen, deinen Verstand, dein Gefühl für das Gute, alles hat er dir gestohlen, und dafür bewunderst du ihn noch? Dieser Diebstahl war so groß, daß man ihn bisher für unmöglich gehalten hat. Die meisten haben den Diebstahl deshalb nicht bemerkt, weil sie nichts mehr besaßen, was man ihnen hätte nehmen können, sie waren leer. Das hat der große Teufel ausgenützt und ihnen etwas gegeben: Gift. Mit Gift hat er sie berauscht, und jetzt meinen sie, sie hätten wieder etwas, für das es sich, wenn nicht leben, so doch sterben läßt. Du, Reinhold, hast da drin noch was – er deutete auf meine Brust –, *laß es dir nicht nehmen, laß dich nicht betören und von dem Rausch der Massen anstecken* – und so weiter, den alten Quatsch eben. Du weißt, wenn's Pathos kommt, muß ich lachen. Und bis zu einem gewissen Grad rannte er ja auch offene Türen ein. Ich war ja nie'n Gläubiger, nicht im guten und nicht im schlechten Sinn und schon gar nicht in der Politik. Dann legte der Diebold los. Er ging gleich in medias res, er sagte: *Das sind die Folgen einer Jugend, die systematisch vom Besuch der Kirche abgehalten wird, der man die Wahrheit vorenthält, die man wissentlich belügt. Das sind die Folgen. Reinhold, du bist seit deiner Konfirmation nicht mehr in der Kirche gewesen, obwohl dein Vater und ich dich wiederholt zum Kirchenbesuch ermahnt haben. Du wolltest nichts mehr von Gott wissen. Die Welt des Vergnügens habt ihr dem Reich Gottes vorgezogen, jenes aber ist nicht von dieser Welt. Ihr sankt so tief in den Schmutz, in den Kot der Gasse, ihr seid so verdorben, daß ihr heute nicht mehr wagen könnt, eine Kirche zu betreten, selbst wenn ihr es wolltet. Jedes Wort des Predigers müßte euch schamrot werden lassen, die ihr so tief in der Sünde steckt. Eure Augen müßtet ihr niederschlagen, wenn ihr an einer Kirche vorbeigeht, eure Ohren verschließen, wenn die heil'gen Gesänge ertönen, und –«*

»Um Gottes willen, hör auf.«

»Nein, ich mach weiter. 's kommt noch besser. Also: *Und deshalb flieht ihr die Kirche. Ich aber sage euch: Auf den Knien werdet ihr noch im Staub vor dem Altar Gottes liegen und um Gnade bitten. Der Tag wird kommen, wo von euch Rechenschaft verlangt wird für euer Tun, gerade heute, in einer Zeit, in welcher der Antichrist zu triumphieren scheint. Ich sage: scheint. Denn die Zeit wird kommen, wo alles von Menschenhand Erschaffene in Trümmer sinkt. Wenn mit Posaunen und Trompeten der Herr der Heerscharen seinen Einzug hält. Er wird die Mauern eurer Herzen brechen, sie im Sturm nehmen, und ihr werdet dann vor ihm, dem Sieger, wehrlos dastehen und um Gnade flehen. Wahrlich, das werdet ihr. Auch du, Reinhold. Wenn du auch jetzt trotzest und dein Herz wie eine Festung vor dem Allmächtigen verschließest. Es wird dir nichts helfen. Vor seinem Ansturm muß das verstockteste Herz erweichen und sich öffnen* – Da unterbrach ich ihn – er war gerade so schön in Fahrt –: Waren Sie eigentlich mal Soldat, Herr Pfarrer? *Ich? Niemals. Du sollst nicht töten, lehrt die Schrift.* Ich frage nur, weil Sie für nen Geistlichen erstaunliche Kenntnisse über militärische Angriffstaktik besitzen – wenn auch etwas veraltete. Aber im Mittelalter wär es in dieser Art schon möglich gewesen, Festungen zu erstürmen, und in der Tat haben ja Ihre Vorgänger auf solche Weise die Menschen umgelegt, erstürmt, wie Sie's nennen. Man könnte auch sagen: geistig vergewaltigt. Ich glaub nicht, daß Sie bei meiner Generation mit dem Herrn der Heerscharen, begleitet von Regimentsmusik und ähnlichem Tamtam, Erfolg haben werden. Aber hiervon möcht ich jetzt gar nicht sprechen. Ich hab Ihnen etwas anderes zu sagen. Jetzt paß auf, Hans, jetzt hab ich nämlich den Stiel rumgedreht. Ich hab Diebold gefragt: Sie lehnen das Regime ab, unter dem wir gegenwärtig leben? *Ja.* Seine Weltanschauung? Seine Idee? *Ja.* Seine Ziele? *Es sind die Ziele eines Verbrechers.* Seinen Führer? *Er ist die Inkarnation des Antichristen. Seine Weltanschauung ist gottlos, ein*

Rückfall ins Heidentum. Ich laß mich auch nicht dadurch täuschen, daß er am Schluß seiner Reden heuchlerisch ausruft: Der Herrgott möge unser Volk schützen. Ihre Amtsbrüder sind der gleichen Meinung? *Ja, wie jeder echte Christ.* Sie sind demnach im ganzen der Meinung meines Vaters? *Voll und ganz.* Ich wollt das nämlich heut nochmal aus Ihrem Mund hören. Sie sagten vorhin, ich sei seit meiner Konfirmation nicht mehr in der Kirche gewesen. Das war richtig, bis vor ein paar Tagen, da war ich wieder mal drin. Ich bin aus Neugierde reingegangen, ich wollt mal sehen, ob ich auch diesmal wieder so unbeeindruckt die Kirche verlassen würde, wie ich das früher tat. Viele Menschen waren drin, meistens ältere, und überwiegend Frauen, und wenn Sie's genau wissen wollen: die Frauen waren alle keine Schönheiten – dies fiel mir nämlich schon als Kind auf. Viele von den Frauen trugen Trauer. Die Orgel spielte, die Gemeinde sang: Wir treten zum Beten ... Kennen Sie das Lied? *Ja, natürlich.* Ich hörte eine Predigt über den Bibeltext aus dem zweiten Kapitel der Offenbarung des Johannes. Wenn ich mich recht erinnere, hieß es: Fürchte dich nicht, daß du leiden wirst. Siehe, der Teufel wird etliche von euch ins Gefängnis werfen, auf daß ihr versucht werdet, und ihr werdet Trübsal haben zehn Tage. Sei getreu bis in den Tod, so will ich dir die Krone des Lebens geben. Kennen Sie dieses Wort? *Ja.* Danach sang die Gemeinde: Ein feste Burg ist unser Gott ... Kennen Sie das Lied? *Ja.* Sein ›Ja‹ kam sehr leise heraus, war kaum noch zu hören. Ich: Dann sah ich den Pfarrer die Hände falten und hörte ihn beten: Herr, wir kommen auch heute wieder mit unserer größten Bitte zu dir. Segne und beschütze unsern geliebten Führer und seine tapferen Soldaten und verhilf uns zum Sieg über unsere Feinde. Amen. Kennen Sie den Pfarrer?«

»Haste nicht schlecht eingefädelt«, sagte Teichmann.

»Zu Diebolds Ehre muß gesagt –«

»Was heißt hier Ehre?«

»Nennen wir's halt mal so. Jedenfalls – Diebold errötete, und zwar aus Scham, nicht aus Wut. Das muß der Wahrheit halber festgehalten werden.«

»Das war wohl das mindeste, was er tun konnte.«

»'s gibt Leute, die in solchen Fällen nicht einmal mehr erröten. Aber die Sache ist noch nicht zu Ende. Diebold, nachdem er etwa eine Minute Zeit brauchte, um sich zu erholen, sagte: *Wir sind alle nur Menschen* – Und nennen uns deshalb Geistliche, konterte ich. Diebold: *Es steht geschrieben: Seid untertan der Obrigkeit, die Gewalt über euch hat* – Auch wenn die Obrigkeit aus Verbrechern besteht? wie Sie vorhin selbst sagten. Und Sie nennen sich Protestant? Wo bleibt denn Ihr Protest? Luther würde sich im Grab rumdrehen, wenn er wüßte, was die sogenannten Protestanten heutzutage mit seiner Lehre angefangen haben. Diebold, rot und erregt: *Ich habe einen schweren inneren Kampf gekämpft, ob ich mein Amt niederlegen soll oder nicht. Was hätte es genützt? Es wäre ein anderer Pfarrer an meine Stelle getreten, oder die Gemeinde wäre ohne Pfarrer geblieben, eine Herde ohne Hirte.* Diebold heulte beinahe, als er das vorbrachte. Ich sagte: Sie sollen ja auch gar nicht Ihr Amt niederlegen, Sie sollen protestieren, Mann Gottes. Und im übrigen ist es nicht wahr, was Sie eben als Grund für Ihr Verhalten angegeben haben. In Wahrheit haben Sie und Ihresgleichen Angst vor dem Tod. Und dabei braucht ihr doch den Tod, vor allem aber die Angst vor dem Tod braucht ihr. Sonst blieben eure Kirchen leer. Ohne die Angst vor dem Tod und dem, was angeblich nachher kommt, geht's bei euch nicht, ohne sie wäret ihr brotlos. Ihr habt ihn doch so groß gemacht, den Tod, so furchtbar groß, daß die Menschen Angst vor seiner Mächtigkeit bekamen. Ihr habt doch nen ganzen Kult um den Tod errichtet, auch du – das galt meinem Vater –, ihr habt ihn doch verherrlicht, in Liedern, in Gedichten, als was ganz Großes, als die Krönung habt ihr ihn hingestellt, ihr habt doch die Liebe zum Tod erst hochgezüchtet, sie für ein Zeichen von Tiefe erklärt: Todessehnsucht, Innerlichkeit, Nicht-von-dieser-Welt, und so weiter. Und genau das war der richtige Boden für die Saat dieses Herrn aus Braunau, genau den Boden brauchte er, um wachsen zu können. Und nun habt ihr selber Angst, nicht davor, daß ihr euren Beruf, eure Familie, eure Gemeinde verlieren werdet – nein, daß man euch das Leben nehmen könnte, das von euch so niedrig eingeschätzte Leben, daß man euch das nehmen könnte, davor habt ihr Angst. Mit solchem Zeug – ich deutete auf die Schläger hier über uns – habt ihr den starken Mann gespielt, als ihr noch Saft in den Knochen hattet, habt damit angegeben, von Ehre, Freiheit, Manneswürde, Vaterlandsliebe geredet, am Biertisch habt ihr euch Mut angetrunken, dann seid ihr auf den Paukboden, habt euch mit diesem Spielzeug gegenseitig im Gesicht gekitzelt, damit eurer Ehre Genüge getan sei, wie ihr sagtet. Ihr habt die antiken Schriftsteller gelesen: Dulce et decorum est pro patria mori, meine Herren, erinnert ihr euch? Mit dem Tod habt ihr kokettiert! Und nun? Fürs Vaterland zu sterben scheint auch heute nicht mehr süß und ehrenvoll zu sein. Für die Wahrheit zu sterben auch nicht. Ja, nicht mal für euren Gott zu sterben habt ihr den Mut – so sehr fürchtet ihr den Tod. Diebold sprang hoch: *Niemals! Ich fürchte den Tod nicht! Ich bin jederzeit bereit, wenn Gott mich ruft, vor ihn hinzutreten.* Auch vor die Gestapo? *Auch vor die Gestapo.* In dieser Art ging's noch ne Weile fort. Ich nannte Diebold einen Maulhelden des Christentums und sagte, es sei bei den Christen stets das alte Lied: Was sie lehren, tun sie nicht. Und überhaupt: Eine Kirche, die lehrt, du sollst nicht töten – und dann hergeht und Feldprediger stellt, Militärbischöfe einsetzt und Waffen segnet. Eine Kirche, die Gott anruft, um eine Schlacht zu gewinnen: Helm ab zum Gebet! – über eine solche Kirche kann man nur lachen.«

»Du hast recht – aber ich find's traurig, ich find's gar nicht zum Lachen.«

»Um abzulenken, fing mein Vater wieder von der Politik an. Er sagte etwa, daß die Macht im Grunde eben böse sei, weil sie ihre Stärke erfahrungsgemäß mißbrauche. Ich erwiderte: Das hat die Macht vom lieben Gott gelernt. Der stärkere Baum verdrängt den schwächeren und nimmt ihm das Sonnenlicht weg, der schwächere geht stets zugrunde. Und in der Tierwelt ist's genau so, das stärkere Tier frißt das schwächere auf. So sieht eure vielgepriesene Schöpfung aus, meine Herren Naturfreunde. Da wandelt ihr in Gottes freier Natur, wie's so schön heißt, klettert auf die Berge und glaubt dabei, den Atem Gottes zu spüren, und gleichzeitig tretet ihr, ohne es zu wissen, oder wissen zu können, einen Wurm tot, der über den Weg kriecht. Ihr preist den Schöpfer, der das alles erschaffen hat, und im selben Augenblick tötet ihr ein Geschöpf dieses Schöpfers. Anscheinend gehört das Töten auch zum Handwerk Gottes. Ich seh da nichts, was man ehren könnte, und es ist nichts da, was man lieben könnte. Und wenn ihr jetzt sagt, die Macht ziehe die Schwachen an wie ein Magnet, die Starken aber blieben standhaft, dann frage ich: Wer sollte uns, uns Jungen, stark machen? Doch wohl ihr. Nun – seid ihr stark? Ihr sitzt hier herum, philosophiert, beschreibt Papier, verfaßt Traktätchen, die niemand liest, und unterhaltet euch mit euch selbst, wenn andere töten und getötet werden. Wie ängstliche Tiere steckt ihr die Köpfe zusammen und verkriecht euch in eurer Höhle, weil's draußen blitzt und donnert. Vor dem jüngsten Frontsoldaten habt ihr den Hut zu ziehen. Der kämpft mit dem Einsatz seines Lebens für das, was er für richtig hält, halten muß, weil ihr es versäumt habt, ihm die Wahrheit zu sagen. Wo ist denn euer Einsatz? Der Mensch wird doch nicht nach seinen Ideen, Erkenntnissen oder Überzeugungen gewertet, sondern danach, was er für jene zu opfern fähig ist. Was kann meine Generation dafür, daß sie einem Götzen opfert? Wer hat denn den Götzen auf den Thron gesetzt? Und wer hat ihn so lange dort sitzen lassen, bis er nicht mehr zu stürzen war? – So etwa hab ich's ihnen gegeben. Es war Opposition um jeden Preis, und 's tat mir gut, das ist vielleicht meine beste und einzige Begründung hierfür.«

»Ich hab gar nicht gewußt, daß du so sehr anti eingestellt bist.«

»Ja – ich hab's auch nicht gewußt, aber jetzt bin ich's eben. Ich bin ja eigentlich noch zu jung, um mir in politischen Dingen ein Urteil erlauben zu können, wir sind ja alle noch zu jung, und manchmal glaub ich, daß ich gegen jede Regierung und gegen jedes herrschende Regime in Opposition stehen würde, ganz gleich, wer nun grad an der Macht ist. Aber nun will ich dir noch kurz den letzten Akt schildern.

Mein Vater muß irgendwie beeindruckt gewesen sein von dieser Auseinandersetzung. Damit wurde ich indirekt die Ursache für seinen Tod. Zwei Tage später erzählte mir nämlich ein Student, mein Vater habe eine sehr scharfe Vorlesung über den Begriff der Macht gehalten. Ich nahm das nicht weiter tragisch, aber als ich abends nach Hause kam, war mein Vater verhaftet. Ich zog meine Uniform an und ging zur Gestapodienststelle. Meinen Vater hab ich nicht mehr sehen können. Er sei schon weggebracht worden, ich würde Bescheid erhalten, sagten sie und waren sehr höflich zu mir – das lag wohl an meinen Kriegsauszeichnungen, hab ich mir nachher gedacht. Dann sagten sie, ob ich noch einen Augenblick Zeit hätte, es handle sich nur um eine kurze Gegenüberstellung, es sei gleich vorbei. Und das war es auch. Sie ließen ihn vorführen – ich sah ihn gar nicht an – und fragten mich, ob ich diesen Herrn kenne. Ich sagte, so und so und redete ein bißchen drum herum. Sie wollten wissen, ob er oft bei meinem Vater verkehrt habe. Ich antwortete, das könne ich ihnen nicht sagen, ich sei in letzter Zeit im Krieg gewesen. ›Haben Sie Professor Heyne oft besucht?‹ fragte ihn der Gestapomann. *Nein, nur als Pfarrer meiner Gemeinde, nur sehr selten, es waren nur Dienstbesuche.* Was machen Sie auf Ihren Dienstbesuchen? *Meine Tätigkeit betrifft nur die Seelsorge. Ich richte die Leute wieder auf, wenn sie ein Unglück traf, zum Beispiel bei den Todesfällen in der Familie, ich spreche ihnen Trost zu, ich ermutige sie zum Aushalten, tapfer zu bleiben, ich bemühe mich auch, die allgemeine Stimmung unter meinen Gemeindegliedern zu heben, ich* – ›Na, dann machen Sie mal so weiter, Sie Stimmungsmacher, Sie‹ – sagte der Gestapomann und entließ ihn. Er durfte gehen. Er war wieder ein freier Mann. *Heil Hitler, Herr Kommissar,* sagte er. ›Heil Hitler, Herr Pfarrer‹, sagte der Gestapomann. – Ich ging eine Viertelstunde hinter ihm drein. Ich tat ihm nichts. Aber er ging von Minute zu Minute schneller. Ich tat ihm immer noch nichts. Dann lief er davon – Hans, ich weiß nicht, ob es gut war, daß ich ihn laufen ließ. Am Tag drauf erhielt ich meine Kommandierung zur 1. ULD nach Pillau. Noch zweimal konnte ich meinem Vater schreiben, schicken durfte

ich nichts. Im März bekam ich einen Brief der KZ-Verwaltung Belsen, in dem drin stand, mein Vater sei plötzlich gestorben, ob ich Wert auf seinen Leichnam lege, wenn ja, die Überführungskosten betrügen so und so viel Reichsmark, zu überweisen auf Postscheckkonto Nummer so und so, erst nach Überweisung des Geldes könne die Freigabe der Leiche stattfinden. Heil Hitler. So, das wär's. War ne spannende Sache, was? Aber sag mir's ruhig, wenn dich meine zynische Ader stört.«
Heyne schaltete das Radio ein. Es dauerte einige Zeit, bis es warm war. Sie hörten den letzten Teil der Nachrichten und die Wiederholung des Wehrmachtberichts. Sie hörten dabei Worte wie heldenhaft, mit äußerster Tapferkeit, unter heroischem Einsatz, und sie dachten: Haben wir das nötig? Anschließend klingelte ein Glockenspiel die Anfangstakte von ›Üb immer Treu und Redlichkeit‹, es war das Pausenzeichen des Deutschlandsenders, und dann sprach eine sinnliche Frauenstimme Grüße an die Front. Dazwischen klimperte jemand leichte Sachen auf dem Klavier, dann kam Tanzmusik, und dabei blieb es.
»Übrigens war mein Vater nicht der einzige in der Familie, der dort gewesen ist. Die Angehörigen meiner Mutter waren alle dort.«
»Was haben die denn getan?«
»Nichts. Außer daß sie lebten, haben sie nichts getan. Es sei denn, du machst ihnen zum Vorwurf, daß sie Juden waren, genauer gesagt Halbjuden. Ich bin übrigens Vierteljude oder auch nur Achteljude, ich weiß es nicht so genau. Aber ich hab ausgerechnet: wenn ich später mal keine Jüdin heirate, werden meine Kinder Sechzehnteljuden sein, das heißt, sie können leben. Gegen Sechzehnteljuden machen sie, glaub ich, nichts.«
»Wo sind sie jetzt?«
»Wo mein Vater ist.«
»Nein – das ist nicht dein Ernst?«
»Mein voller.«
»Aber man kann doch Menschen nicht einfach umbringen, nur weil ihre Eltern Juden sind?«
»Doch, das kann man.«

»Aber – sie müssen doch irgend etwas getan haben?«
»Ich hab's auch nicht glauben wollen, aber es ist so. Bitte bedien dich, wir machen noch eine auf. Der Wein ist doch gut, nicht?«
Heyne öffnete eine weitere Flasche und goß die Gläser voll. Der Wein war wunderbar. Sie tranken ihn in kleinen Schlucken und ließen ihn auf der Zunge liegen. Er schmeckte nach Honig und nach viel Sonne und zuletzt nach Erde und zuallerletzt nach Eisen. Er schmeckte so herrlich, daß sie das Rauchen unterließen.
»Ich kann das nicht glauben, Gerd, ich kann –«
»Aber Mensch – es ist so!« Heyne hatte geschrien.
Er lief im Zimmer hin und her, an den aufgestapelten Büchern entlang, als suche er ein Fenster, und blies den Staub auf, der in einer dicken Schicht auf den Büsten der alten Griechen lag. Währenddessen tönte aus dem Radio eine Baßstimme, die einer Frau gehörte: »Nur nicht aus Liebe weinen...«
»Entschuldige, aber die Sache kann einem auf die Nerven gehen. Das ist ja das schlimmste, daß es keiner glaubt. Und das macht mich rasend, verstehst du das?« sagte Heyne und setzte sich wieder.
»Ja.«
»Stell dir mal vor, ich würde das Wegener erzählen. Der würde sagen, ich sei wohl besoffen. Oder meinem lieben Generalsonkel. Der würde sagen, er verbitte sich solche Schauermärchen, oder –«
»Meinst du, die hohen Generale, die Marschälle, die Oberbefehlshaber – wissen die das?«
»Nein, ich glaub, sie wissen's nicht. Der von der Luftwaffe – ja. Aber ich bin überzeugt, daß der Oberbefehlshaber der Marine keine Ahnung hat. Und das ist's, was uns niemand glauben wird, später, wenn der Krieg verloren ist –«
»Weißt du bestimmt, daß wir ihn verlieren?«
»Sei nicht albern. Keiner wird uns glauben, daß wir nichts davon wußten, daß wir etwas nicht wußten, was unsere Staatsführung systematisch und sozusagen maschinell durchführte.«

Nachdem eine Frau singend versichert hatte, daß sie in der Nacht nicht gern allein sei, wurde Luftwarnung durchs Radio gegeben. Teichmann steckte sich eine Zigarre an. Sie war etwas zermanscht, er mußte sie mit Spucke kleben, aber sie brannte. Er sagte: »Nach dem Krieg werden wir mit diesen Brüdern abrechnen, darauf kannst du dich verlassen.«
»Wir?«
»Jawohl: wir. Stell dir mal vor, wenn wir Frontsoldaten uns zusammentun, von allen drei Wehrmachtsteilen – und ich garantiere dir, daß auch die Fronttruppen der SS mitmachen würden –, dann ist Himmlers Gangsterclub erledigt. Meinst du, ein einziger deutscher Soldat – von den Berufsoffizieren ganz zu schweigen – würde an der Front sein Leben einsetzen, damit zu Hause Herr Himmler unschuldige Leute umbringen kann?«
»Nach dem Krieg werden wir tot sein. Oder Tagelöhner der Alliierten.«
»Das erste mag stimmen, wenn wir bei der U-Bootwaffe bleiben, aber –«
»Jetzt ist Amerika im Krieg, das bedeutet: von jetzt an tuts die Masse, die Qualität des Einzelnen ist Nebensache geworden. Mit der Überlegenheit des Gegners haben wir uns ja längst abgefunden, das ist bereits Gewohnheitssache geworden, aber jetzt ist der Zahlenunterschied zu groß: eins zu drei oder eins zu vier können wir noch ertragen. Aber eins zu zehn, eins zu zwanzig – verlaß dich drauf, sie werden eins zu zwanzig kommen, wenn sie im Westen angreifen, ihre Überlegenheit in der Luft und auch auf See ist heute schon eins zu zwanzig – dagegen ist nichts zu machen, man stirbt einfach.«
»Und du meinst, die an der Spitze wissen das?«
Im Radio spielten sie die Tritsch-Tratsch-Polka. Anschließend sang eine Kastratenstimme: »Du hast Glück bei den Frauen ...« Heyne schien aufmerksam zuzuhören und rief dann plötzlich: »Ja, *das* wissen sie. Es sei denn, sie beanspruchen für sich das Recht, mit der Intelligenz eines Idioten Krieg zu führen.«
»Du siehst die Dinge zu schwarz –«
»Bitte: wie willst du Moskau erobern? Wie willst du Lon-

don und Washington erobern? Kannst du mir das verraten? Uns werden sie erobern. Und unsere klugen Militärs wissen das und werden selbstverständlich weiterkämpfen –«

»Die andern haben was von bedingungsloser Kapitulation geredet.«

»Hast du was anderes erwartet? Soll dein Einwand heißen, daß es besser ist, wenn beim Kriegsende von Deutschland nur noch Leichen übrigbleiben? Das wär mir ne schöne Vaterlandsliebe. Nein – unsere klugen Militärs wissen das alles sehr genau und werden trotzdem weiterkämpfen, bis zur letzten Granate, weil sie nun mal *brave* Soldaten sind. Und nach dem Krieg –«

»Du meinst, sie überleben ihn?«

»Hohe Generale überleben meistens den Krieg, sie haben die größten Chancen, ihn zu überleben. Und das ist auch sehr wichtig für sie, vor allem bei verlorengegangenen Kriegen: sie müssen doch ihre Erinnerungen schreiben. Und da wird dann drinstehen, was für helle Köpfe sie waren, wie großartig sie ihre Truppen geführt haben, und daß, wenn dies und jenes rechtzeitig getan und so getan worden wäre, wie sie es angeblich für richtig hielten – daß dann der Krieg gewonnen worden wäre. Warum sie es nicht *so* hatten tun können, daran ist dann ein gewisser Gefreiter schuld, derselbe, vor dem sie ihre altpreußischen Arschbacken zusammengekniffen und ›Heil mein Führer!‹ gerufen haben, wenn er ihnen nen Orden oder 's Marschallstäbchen gab. Und dann werden sie tiefsinnige Erörterungen über Strategie und Taktik anstellen – alles in ihren Erinnerungen. Und selbstverständlich werden sie die Liebe zum Vaterland als Beweggrund ihres Handelns anführen. Doch was sie taten oder vielmehr nicht taten, als jener Gefreite bei der Röhm-Affäre zum erstenmal in aller Öffentlichkeit als Massenmörder auftrat – darüber werden sie kein Wort schreiben, damals waren sie vielleicht gerade im Urlaub. Sie werden auch kein Wort darüber verlieren, daß sie danebenstanden und zusahen, wie 1938 Frauen, Kinder und alte Männer wie eine Viehherde zusammengetrieben und von SS-Rowdies durch die Straßen gejagt, beschimpft und geschlagen wurden. Hans – ist denn das deutsch? Seit wann ist es deutsche Art, wehrlose Menschen anzugreifen, einzusperren und ihre Gotteshäuser anzuzünden? Seit wann ist das deutsch?«

Heyne steckte sich eine Zigarette an. Er mußte das Zündholz mehrmals an der Reibfläche der Schachtel entlangstreichen, um es zum Brennen zu bringen, und dann machte er ein paar Lungenzüge und ließ den Rauch durch die Nase heraus und legte die Zigarette wieder weg. »Ich hab immer geglaubt, was deutsche Art sei, habe das Offizierkorps vorzuleben – wo waren die Herren Offiziere, als die Kristallnacht begann?« Heyne zog wieder an seiner Zigarette. »Ich hab auf sie gewartet. Und meine Mutter auch. Am andern Morgen hat sie sich getötet.«

Im Radio wurde Voralarm gegeben, der Sprecher sagte etwas von starken Bomberverbänden, die sich über Nordfrankreich dem Reichsgebiet näherten.

Heyne drückte seine Zigarette aus. »Ich will nicht den Propheten spielen, aber eins kann ich dir heut schon sagen: diese Nacht wird die teuerste in der Geschichte unseres Volkes werden, und es wird kein materieller Preis sein, den wir für sie zu zahlen haben werden.«

»Wofür kämpfen wir dann eigentlich noch?«

»Das will ich dir genau sagen. Wir kämpfen dafür, daß einige Leute noch länger regieren und noch länger kommandieren können –«

»Das ist nicht wahr, Gerd. Du bist ungerecht – ich kann verstehen, daß *du* es bist –, aber du vergißt, daß wir auch Offiziere haben, die ihren Beruf noch als ein Officium auffassen. Die werden nicht zulassen, daß unser Volk so vor die Hunde geht und –«

»Und du vergißt, daß Offiziere Spezialisten sind, enge, verbohrte Spezialisten. Meinetwegen große Könner auf ihrem Gebiet, bestimmt sogar – deshalb werden die Alliierten noch einige Zeit brauchen, bis sie uns kleinkriegen –, aber was außerhalb ihres Horizonts liegt, interessiert sie nicht oder nur am Rande, siehe Röhmputsch, Kristallnacht, Fritschkomplott, sie werden sagen: wir haben die Juden nicht verfolgt – und das ist ein typisch deutsches Argument: wenn in Deutschland die Bäckereien brennen, stehen die

Metzger daneben und schauen zu, und umgekehrt. Und die Industriekapitäne werden sagen: wir haben den Krieg nicht gewollt – nein, sie haben ihn nur finanziert und dabei verdient, und zwar nicht schlecht. Und die Pfarrer werden sagen: wir haben doch Hitler nicht gewollt – aber jetzt frag ich dich: wer hat ihn denn eigentlich gewollt? Und kannst du mir sagen, was diese Leute gegen ihn unternommen haben? Es sitzen heute ne Masse Leute im Kazett – ich weiß nicht, wieviel Pfarrer es in Deutschland gibt, ich mach aber jede Wette, daß noch keine fünf Prozent von ihnen im Kazett sitzen. Jetzt stell dir mal vor: von einem Infanterieregiment wären nur fünf Prozent bereit, unter Einsatz ihres Lebens zu kämpfen – was würdest du von so nem Regiment halten?«

Draußen heulten die Sirenen auf- und abschwellend und sehr widerlich. Zur Abwechslung spielten sie im Radio einen Marsch.

Teichmann fühlte sich überrumpelt. In seinem Hirn saßen Heynes Worte wie Pfeile mit Widerhaken. Er hatte sie nicht abwehren können, so schnell und treffsicher waren sie gekommen, und jetzt konnte er sie nicht rausziehen. Sie saßen fest. Er dachte, Heyne hat recht und er hat unrecht. Es war alles nicht so einfach, wie es sich jetzt anhörte, es gibt kein Schwarz und kein Weiß, es gibt Hell und Dunkel und beides in verschiedenen Graden – so viel wußte Teichmann schon vom Leben.

»Aber so ist unser Volk, Hans: Wir haben hervorragende Pfarrer und hervorragende Philosophen, wir haben geniale Musiker und geniale Militärs, wir haben auch gerissene Bankiers und gerissene Bordelliers, wir haben alles – nur *Menschen* haben wir nicht. Aha, da sind sie.«

»Typisch deutsch, das Ganze.«

Sie hörten das tiefe gleichmäßige Brummen hoch über ihnen. Sie schalteten das Radio aus und hörten schweigend zu und nahmen es hin wie einen unabänderlichen Naturvorgang, ein Stück höherer Gewalt, und das vereinzelte Gebelfer der Flak hörte sich harmlos-lächerlich an, als beschieße einer mit einem Revolver den Mond, und das Brummen hielt unvermindert an.

Sie ließen die Flaschen stehen und stiegen in den ersten Stock rauf und schauten von Heynes Zimmer aus zu. Im Licht der Scheinwerfer glichen die fallenden Bomben Perlen einer Halskette, deren Schnur gerissen war. Sie rauschten unaufhörlich nieder. Wo sie trafen, färbte sich der Himmel blutig. Sie bombten Wohnhäuser, und niemand war da, der sie daran hinderte, und Feuerstürme rasten jetzt dort durch die Straßen und nahmen den Menschen den Sauerstoff weg, und Flächenbrände fraßen alles auf und äscherten ein, was ihnen im Wege stand. Über der brennenden Innenstadt wölbte sich der Himmel blutrot.

Sie standen am Fenster und atmeten den beißenden Brandgeruch ein, den der Wind hertrug, und hörten das krachende Gepolter, wenn die Bomben unten ankamen, und dann blitzte am Himmel ein Feuerschein auf, als morse jemand mit einem Riesenscheinwerfer.

»Der Erzbischof von Canterbury wird sich freuen, wenn er das morgen in der Zeitung liest.« – »Und erst seine Eminenz Kardinal Spellman in New York.« – »Der wird nen Dankgottesdienst ansetzen.« – »Und der Papst wird einen guten Schlaf tun – Hamburg ist evangelisch.«

Sie waren beide gehässig und zynisch, und außerdem waren sie völlig hilflos, und Heyne sagte: »Wir wollen's übertönen.«

»Ja, leg mal wieder ne Platte auf. Aber leg was Schönes auf.«

»Warum? Gut, machen wir 'n bißchen in Stimmung.«

Sie saßen im Dunkeln und hörten der Musik zu. Heyne wechselte die Platten aus, er brauchte kein Licht dazu. Draußen fielen immer noch die Bomben.

Später wurde der Himmel schwefelgelb. Die Flugzeuge waren fort. Die Brände wüteten weiter, und der Brandgeruch drang unangenehm scharf ins Zimmer. Aber sie ließen die Fenster offen und hörten der Musik zu.

Als der fünfte Satz begann, wurde es draußen heller, Teichmann konnte Heyne sehen. Sein hageres Gesicht vornübergebeugt, saß er unbeweglich wie eine Statue auf seinem Stuhl, der keine Lehnen hatte, und hörte zu. Teichmann mußte an den kleinen höflichen Professor denken und an

Heynes Mutter, die sich vergiftet hatte, und an ihre Angehörigen, die man vergast hatte, und er schaute schamhaft und vorsichtig zu dem Leutnant zur See Heyne rüber, der in einigen Stunden auf einem U-Boot in See ging – und da packte ihn die Grausamkeit dieses Krieges härter als jemals auf See, so hart, wie sie ihn nur einmal gepackt hatte, als eine französische Hure ihren rotlackierten Fingernagel auf Stollenbergs Gesicht legte.
Auf einer der Platten sang eine Frau: »Ihr habt nun Traurigkeit...«, und das hörte sich sehr schön an. Dann mußte Heyne die Platte umdrehen, und alles war wieder wie vorher, die Musik tröstete nur, solang sie zu hören war, nachher war es vorbei. Teichmann wußte nicht, ob er ihr dafür dankbar sein sollte. Es kam noch eine Platte, dann war das Requiem zu Ende.
»Was wir eben getan haben, war auch typisch deutsch«, sagte Heyne.
»Wieso? Wir haben doch nichts getan?«
»Eben.« Heyne lachte.
»Du stinkst vor Sophistik. Und damit du's weißt: ich werd weiterkämpfen, genau wie bisher, und das mit deinem verlorenen Krieg ist alles Mumpitz, das will ich dir nur sagen –«
»Hab ich dem kleinen Jungen sein Spielzeug zerbrochen?«
»Du kannst mich – ein für alle Mal, du Blödmann, du«, sagte Teichmann und tat, als ob er wütend sei. Aber es gelang ihm nicht recht, und dann fiel ihm wieder Heynes Vater ein. »Aber das mit deinem Vater, Gerd –«
»Halt's Maul und sing die Wacht am Rhein.«
»Hör doch mit diesem Krampf auf!« rief Teichmann und war nun wirklich wütend. »Hör doch mit diesem gottverfluchten Krampf auf!«
»Was soll ich denn tun?«

Bei Dora feierten sie Abschied. Sie fingen gleich nach dem Mittagessen damit an, und da trotz Doras Organisationstalent die Ernährung nicht mehr so war wie früher, waren sie bald voll und redeten Unsinn, und gegen Abend fing Heyne mit Teichmann Krach an, ohne daß ein Anlaß vorhanden war. Er warf Teichmann vor, er bestehe nur aus Fleisch, Muskeln und Knochen und habe kein Gehirn, deshalb sei er so hart im Nehmen. »Du machst alles mit deinen Fäusten. Erst versuchst du's mit deinem bißchen Grütze unterm Schädel, aber weil das zu wenig ist, nimmst du deine Fäuste. Das ist alles, was du kannst. Brauchst dir nichts drauf einzubilden.«

»Tu ich auch nicht.«

»Du bist genau so wie Emil, nur daß Emil naiver und anständiger und besser war als du. Emil wußte es nicht anders, aber du weißt es, wenigstens manchmal, aber du ziehst keine Konsequenzen daraus, 'n gut gebratenes Kotelett und ne Flasche Wein genügen, um dein Hirn außer Betrieb zu setzen. Das ist deine Stärke, wenn du's so willst. Mehr hast du nicht zu bieten. Und natürlich die Weiber –«

»Du machst dir scheint's nichts aus ihnen, was?«

»Ich nehm sie, weil sie 'n notwendiges Übel sind, man braucht's eben von Zeit zu Zeit. Aber du machst nen Kult draus –«

»Halt jetzt die Schnauze, mein Lieber«, sagte Teichmann.

»Du lebst ja nur, um dich zu amüsieren, zu mehr reicht's bei dir nicht. Du bist ein vitales Vieh und sehr zähe, mehr bist du nicht.«

»Wenigstens etwas.«

»Und nen Geschmack haste wie –«

»Halt aber jetzt deine Schnauze –«

»Ich halt sie nicht, du Idiot, du –«

»Gerd!« rief Dora.

»Du Idiot, du – dir gefällt's Leben, was?«

Ehe Teichmann antworten konnte, schlug ihm Heyne zweimal ins Gesicht.

»Gerd – um Gottes willen!« schrie Dora, »er könnte dich zerquetschen –«

»Sei still, Dora – davon verstehst du nichts«, sagte Teichmann.

»Aber du, *du* –« brüllte Heyne und fiel dann in seinen Sessel zurück. Teichmann tat so, als ob nichts passiert wäre. Dann war Heyne verschwunden. Teichmann glaubte, es sei ihm übel geworden, und suchte ihn. Eines von Doras Mäd-

chen sagte, Heyne sei nach Hause gegangen. – Teichmann ging erst nach Mitternacht von Dora weg.
Er brauchte fast zwei Stunden, bis er in Blankenese war. Die Wohnungstür war abgeschlossen, und das beunruhigte ihn, weil Heyne dann noch nicht zu Hause war. Er schloß die Tür auf und tastete nach der Kerze, die sie rechts neben der Tür auf einer kleinen Holzkiste stehen hatten, denn seit dem gestrigen Luftangriff gab es keinen Strom mehr. Er fand die Kerze nicht, es lag nicht am Alkohol, die Kerze stand nicht mehr dort. Er tastete sich im Dunkeln die Treppe hoch zu Heynes Zimmer. Als er die Tür öffnete, sah er mitten auf dem Fußboden einen kleinen Kerzenstummel brennen. Er dachte, Gerd ist doch da und hat im Suff vergessen, die Kerze zu löschen. Er trat ins Zimmer und schloß die Tür hinter sich. Durch den Luftzug ging die Kerze aus, aber er hatte vorher noch an der Wand, gegenüber der Tür, wo sonst das Bücherregal hing, Heyne hängen sehen.
Er zündete ein Streichholz an. Heyne hatte sich mit einem Koppel erhängt. Er hatte das leere Ende durch das Koppelschloß geführt, dann hatte er ein Loch in den Lederriemen gebrannt und den Riemen an dem großen Nagel, an dem sonst das Bücherregal hing, eingehakt. Es war gutes deutsches Vorkriegsleder, das Loch war nicht weiter aufgerissen, als Heyne, auf dem Regal stehend, seinen Hals in die Schlinge gelegt und das Bücherregal mit den Füßen weggestoßen hatte. –
Bei der Beerdigung waren außer Teichmann nur Dora und drei ihrer Mädchen dabei, und diese drei heulten am meisten. Ein Pfarrer war nicht dabei, weil Heyne ein Selbstmörder war, und aus dem gleichen Grund kam auch der General nicht. Das Fehlen eines Pfarrers kränkte Dora sehr.
Heynes Haus wurde beschlagnahmt. Teichmann verpackte alles, was Heyne gehört hatte. Es waren fast ausschließlich Bücher. Es waren Bücher von Schopenhauer, Dostojewski, Pascal, Hölderlin, Nietzsche, Gogol, Kierkegaard und Baudelaire. Teichmann hatte keins der Bücher gelesen, er kannte nur einige dem Namen nach, aber er verpackte sie

sorgfältig, der General in Nienstedten sollte sie bekommen. Nur das Schloß des Koppels, mit dem Heyne sich erhängt hatte, nahm Teichmann an sich. ›Gott mit uns‹ stand drauf. Er steckte es in seine Hosentasche. Dann fuhr er nach Gotenhafen, um am UWO-Lehrgang teilzunehmen.

16

U-Lüttke lief zu seiner letzten Fahrt aus.
Der Kommandant hatte beim Personalbüro der U-Bootwaffe Teichmann als IIWO angefordert und erhalten. Petersen war IWO. Er sprach immer noch leise wegen seinem Splitter in der Kehle. Nur wenn er mit dem Kommandanten sprach, begann seine Stimme laut zu schnarren und hörte sich wie eine Raspel an, es war unangenehm. Auch der LI war noch da. Seine stets verstrubbelten Haare waren eisgrau geworden, was ihn verschönerte. Sein Kopf besaß jetzt einen leichten Anflug von Würde, die Haare lenkten den Blick von der ungewöhnlichen Häßlichkeit seiner Gesichtszüge ab, so wie man auch an bizarren Bergen zunächst den Schnee auf den Gipfeln sieht. Aber sonst war er noch der alte. Von den Verrückten war nur noch der Funkmaat da. Er hatte eine Fahrt ausgesetzt und stieg jetzt wieder ein. Der Zentralemaat konnte nicht mehr verwendet werden und lebte in einer Anstalt. Der alte IWO war tot, näheres wußte man nicht.
Das Boot hatte seit Teichmanns Abkommandierung zur ULD eine Unternehmung von achtzig Tagen im Nordatlantik durchgestanden, wobei es zweiundvierzigmal von Flugzeugen angegriffen worden war. Den Rest der Zeit hatte es gegen Nebel und Eisberge gekämpft und gegen orkanstarke Winterstürme. – Es war nicht versenkt worden.
Als Teichmann auf der Brücke stand und das Boot von der Bunkerpier ablegte und mit langsamer Fahrt der E-Maschinen lautlos den Bunker verließ und draußen im Hafenbecken drehte – es regnete, die leere Hafenpier, auf der ein steifer Frühjahrswind böig hin und her sprang, sah

blankgefegt aus: der häufigen Luftangriffe wegen befand sich niemand außerhalb des Bunkers –, empfand er plötzlich das Irrsinnige dieser Art von Kriegführung. Von fünf Booten blieben jetzt drei oder vier draußen, ohne daß feindliche Schiffe versenkt werden konnten. Und die, die reinkamen, liefen wieder aus. Mit U-Lüttke liefen noch zwei U-Boote aus, die Offiziere winkten sich zu und hofften, daß auch diesmal wieder die andern draußen bleiben würden. In Teichmann stieg die Erbitterung hoch über diese unmenschliche Sturheit. Es war nicht die Angst vor dem Tod – mit der hatten sie sich abgefunden, und die war grausam genug –, er war erbittert über die Sinnlosigkeit dieses Sterbens. In keinem Land der Welt wird so widerspruchslos gestorben wie in Deutschland, dachte er, während er sich einregnen ließ, und sie nennen es Tapferkeit. Die in Berlin rühmten sich, die Kampfkraft der U-Bootleute sei ungebrochen. Sie war ungebrochen. Aber Teichmann kamen Zweifel, ob das etwas Rühmenswertes war. Ihm schien es jetzt eine perverse Art von Tapferkeit zu sein. Und wie: wenn es nur Dummheit wäre? Oder wenn hier nur aus Prestige gestorben wurde?

Die Biskaya nahm das Boot in Empfang, indem sie es angriff. Mit ihren Riesenseen, grün und schwarz und auf den Gipfeln weißlich leuchtender Schaum, fuhr sie über das Boot her und begrub es. Dann ließ sie es wieder frei, um es gleich darauf erneut zu packen und zu schütteln und die Stahlröhre zu zerstampfen und die vier Wache haltenden Männer von der Brücke zu fegen, und sie nahm das Boot und schmetterte es gegen den nächsten grün-schwarzen Wellenberg. – Ein besseres Wetter konnten sie sich gar nicht wünschen. Die Luft war rein von Flugzeugen, und die U-Bootjäger der Suchgruppen mußten froh sein, wenn sie nicht kenterten.

Nachts ging der Funkgefreite Bolz, der mit der Bibel, über Bord, als er den festgeklemmten Funkpeiler klarmachen wollte. Im Bugraum kam einer der Torpedos ins Rollen und quetschte dem Matrosenobergefreiten Brenk die Unterarme ab, und noch bevor der Kommandant tauchen ließ, damit die Arme geschient werden konnten – so menschen-

freundlich war Lüttke inzwischen geworden –, meldete der Dieselmaschinist den Backborddiesel unklar.
Auf fünfzig Meter Tiefe war der Sturm nicht mehr wahrzunehmen, und so konnten die Arme des Matrosenobergefreiten Brenk in aller Ruhe geschient werden, während die Heizer am Backborddiesel arbeiteten. Sie bauten verschiedenes aus und fluchten, weil sie sich nicht einigen konnten, wie der Diesel wieder klarzubekommen war, und die Seeleute, die unter Anleitung des Funkmaats, der aber keinen Finger krumm machte, Brenks Arme schienen wollten, stritten sich, wie man am zweckmäßigsten vorgeht, ohne den Verunglückten vor Schmerzen wahnsinnig zu machen. Jeder wollte seine Kunst im Schienen zerquetschter Knochen zeigen, denn dies war eine besondere Art von Bruch, und wenn sie mit ihren zarten Fäusten zufaßten und Brenk einen Schrei ausstieß, fragten sie ihn: »Tut's weh? 's ist gleich vorbei.« Dann ging der nächste ran. Und bei jedem rief aus dem Hintergrund – es war Blut zu sehen – der Funkmaat: »Falsch. So wachsen sie krumm an, so müssen die Knochen später wieder gebrochen werden.«
Als das Geschrei dem Kommandanten zu dumm wurde, kam er aus seinem Schapp und fuhr den Funkmaat in einer Weise an, daß der wieder nah am Überschnappen war. Schließlich kümmerten sich die beiden WOs um Brenks Knochen und schienten sie mit zwei Leisten, die sie von der Kartoffelkiste losgemacht hatten.
Darüber waren zwei Stunden vergangen, der Backborddiesel war in seine Bestandteile zerlegt. Nach einer weiteren Stunde meldete der LI dem Kommandanten, daß der Diesel nicht mehr mit Bordmitteln zu reparieren sei, einige Nockenwellen seien gebrochen, Sabotage.
In seiner Wut beging der Kommandant einen Fehler: er gab einen Funkspruch ab und befahl dem Rudergänger, auf Einlaufkurs zu gehen. Aber als das Boot den Ansteuerungspunkt erreicht hatte, wartete der Kommandant nicht auf das Eintreffen der Sicherungsfahrzeuge und lief weiter.
Mit einer Unterwasserfahrt von zwei Seemeilen in der Stunde, neunzig Schraubenumdrehungen in der Minute, kroch das Boot nach Hause. Es gab manche unter der Be-

satzung, vor allem die Verheirateten, die über diesen Kurs nicht ausgesprochen traurig waren. Wer Zeit hatte, ging in den Dieselraum und schaute sich den Backborddiesel an. Die Heizer gaben unaufgefordert ihren Kommentar und deuteten mit ihren bis zum Ellenbogen mit schwarzem Schmieröl verschmutzten Armen hierhin und dorthin und kamen sich sehr wichtig vor, und die Seeleute machten abfällige Bemerkungen über die Heizer. Die Verheirateten schimpften am lautesten. Der LI stand daneben und sagte nichts. In seinen Riesenhänden hielt er Teile einer zerbrochenen Nockenwelle, wiegte sie hin und her und betrachtete sie trübselig, wobei er vor sich hin murmelte und den Kopf schüttelte. Wenn man ihm nah genug war, konnte man die Worte »Sie sind angesägt worden« verstehen. Und diese Worte hatten es in sich. Sie blieben den Seeleuten im Ohr, auch als sie den Dieselraum wieder verlassen hatten. Sie wußten nun, daß hier ein nagelneuer MAN-Motor vom Feind vernichtet worden war, von einem unsichtbaren Feind – der in Deutschland saß. Und das bedrückte sie, auch die Verheirateten. Aber sie ließen sich nichts anmerken. »Der ist bald wieder geflickt, der Diesel«, sagten sie. »Na klar, bringen die in der Werft im Handumdrehen wieder in Ordnung«, sagten sie. »Unsere Heizer sind halt zu dämlich –« Plötzlich erstarrte alles Leben im Boot.

Sie glaubten nicht an Gespenster, ihre Nerven waren zwar mitgenommen, aber sie gehorchten ihnen noch, und zartbesaitet waren sie alle nicht, aber draußen an der Steuerbordseite streifte ein metallener Gegenstand langsam am Bootskörper entlang. So langsam wie das Boot unter Wasser fuhr. Er scheuerte an der Bordwand, und er klirrte so laut, daß das helle Surren der E-Maschine nicht mehr zu hören war.

Jeder blieb, wo er sich gerade befand, und atmete nicht mehr. Draußen, einen Meter neben ihnen, traf Stahl auf Stahl, und das Klirren blieb, und jeder hörte es. Die Männer fühlten das fremde unheimliche Grauen, das der Tod manchmal vorausschickt. Sie hörten, wie er seine Knochenhand auf das Boot legte, und während er am Boot entlang ging, folgten ihm ihre Augen, als schreite ein unbekannter

Vorgesetzter ihre Front ab. Am Bugraum, knapp hinter dem vorderen Tiefenruder, hatte er begonnen, und jetzt ging er langsam am Boot entlang, und die Augen der Männer folgten ihm.
Der Kommandant sagte etwas. Es war ein Befehl gewesen, der Kommandant hatte »Hart steuerbord« befohlen, um das achtere Tiefenruder freizubekommen, aber der Rudergänger konnte den Befehl nicht mehr ausführen.
Die Mine detonierte neben dem E-Maschinenraum. Sie riß den Druckkörper des Bootes auf und tötete die Leute im E-Maschinenraum und im Dieselraum und den Koch in der Kombüse und einen Teil der Leute im U-Raum, und in weniger als drei Sekunden waren alle diese Räume mit Wasser vollgelaufen, der IWO warf das achtere Kugelschott zu, der Rest der Leute im U-Raum ertrank.
Es war Nacht im Boot, und das Boot stand senkrecht im Wasser, die Männer im Vorschiff und in der Zentrale fielen von den Beinen und rollten nach achtern in die Tiefe und prallten auf das achtere Kugelschott, vor dem der IWO lag, dessen Unterkiefer zerschmettert und dessen Halsschlagader vorübergehend blockiert wurde. Dann hörten sie einen dumpfen Aufschlag, als der Bootskiel den Meeresboden berührte.
Eine Taschenlampe ging an. Sie richtete sich auf den Tiefenmesser in der Zentrale. Sie gehörte dem Kommandanten. Ihr Schein war blendend hell und blieb unbeweglich auf den Tiefenmesser gerichtet, länger als es notwendig war, um die Tiefe abzulesen, und ging dann aus. Es war wieder völlig finster im Boot. Die Nadel des Tiefenmessers stand bei achtundsechzig Meter. Alles war still.
Das blieb eine ganze Weile so. Die Stille war vollkommen, im Boot und im Wasser, und war unheimlich. Sie hatte etwas Unirdisches an sich, als komme sie aus einer Sphäre jenseits der Welt, und alles, was einmal gelebt hatte, schien jetzt nicht mehr vorhanden zu sein. Die Stille war unerträglich, die Ohren der Männer hatten so etwas noch nie gehört.
Sie fühlten sich erlöst, als aus dem Funkraum Geräusche kamen. Irgend etwas splitterte, wie wenn Blumentöpfe in

Scherben gehen. Dazwischen lagen Pausen, in denen nichts zu hören war, und die Männer lauschten und waren froh, wenn das Geräusch wieder kam.

Teichmann tastete sich zum Funkraum. Er merkte, daß jemand drin war. Die Tür ließ sich nicht öffnen. Er versuchte es ein paarmal und fuhr mit den Händen am Türrahmen entlang, er fühlte das glatte Holz unter seinen Fingern und die Stellen, wo der Lack abgeblättert war, aber er brachte die Tür nicht auf. Die eigenartigen Geräusche hielten an. Teichmann ging in die Zentrale zurück.

Der Kommandant stand über den Kartentisch gebeugt, der Obersteuermann leuchtete ihm. Der Kommandant blutete an der linken Hand, der Obersteuermann an der Schläfe. Auf der anderen Seite des Boots erkannte Teichmann im Halbdunkel den Zentralemaat. Er stand aufrecht, die Hände am Hauptventil des Anblaseverteilers, und wartete.

»Ich brauch mal ne Taschenlampe«, sagte Teichmann.

»Feststellen, wer noch da ist«, sagte der Kommandant vor sich hin.

»Ich brauch mal ne Taschenlampe«, sagte Teichmann.

»Wir haben keine übrig, Herr Leutnant«, sagte eine Stimme aus der Trimmecke.

»Ich brauche jetzt mal ne Taschenlampe, schnell«, sagte Teichmann.

»Warum schnell? Wir haben Zeit«, sagte der Kommandant, ohne sich umzudrehen.

»Wir haben keine übrig, Herr Leutnant«, sagte die Stimme aus der Trimmecke.

»Ihr habt doch ne ganze Menge«, sagte Teichmann.

»Wozu denn?« sagte der Obersteuermann.

»Wir haben keine übrig, Herr Leutnant«, sagte die Stimme aus der Trimmecke.

»Im Funkraum sitzt noch einer«, sagte Teichmann.

»Dort ist er gut aufgehoben«, sagte der Obersteuermann.

»Wir haben keine übrig, Herr Leutnant«, sagte die Stimme aus der Trimmecke, sie gehörte dem Mechmaat. Teichmann ging zu ihm hin und nahm ihm die Taschenlampe weg und ging wieder zum Funkraum. Er leuchtete die Tür an und

sah, wie er sie aufbekommen konnte. Als er sie auf hatte, leuchtete er in den Raum. Der Funkmaat saß an seinem Tisch und hatte den Kopfhörer um und tippte unentwegt auf die Morsetaste.
»Kommen Sie raus.«
Der Funkmaat tippte weiter. Teichmann sah ihm zu. Er morste in einem rasenden Tempo, auf seiner Stirn standen Schweißtropfen, und dann langte er mit seiner freien Hand unter den Tisch und nahm aus dem Schallplattenbehälter eine Platte und biß rein, spuckte den abgebissenen Teil auf den Boden und warf die Platte hinterher. Er hatte schon eine ziemliche Anzahl von Platten verbraucht, seine Zunge war zerschnitten und blutete stark, Teichmann mußte an Tartar denken, als er sie einen Augenblick lang sehen konnte.
»Komm raus, Mann.«
Der Maat gab weiter seine Funksprüche ab. Dann suchte seine freie Hand unterm Tisch nach Platten –
»Komm raus, du Idiot!«
Die rechte Hand des Idioten morste weiter und die linke suchte Schallplatten. Teichmann riß ihm den Kopfhörer runter, der Funkmaat fiel vornüber, seine Stirn schlug auf die Morsetaste. Teichmann trug den Maat in die Zentrale und legte ihn auf den Boden zwischen die andern. Als er ihn losließ, begann der Maat mit dem Knöchel seiner rechten Hand gegen die Flurplatten der Zentrale zu klopfen. Er morste die Buchstaben K und R, und über diese beiden Buchstaben kam er nicht hinaus. Die Männer rückten von ihm ab, als sei er ein Aussätziger. Keiner sagte was.
Der Zentralemaat stand immer noch regungslos am Hauptventil des Anblaseverteilers und hatte seine Hände um das Ventilrad gelegt und wartete auf den Befehl zum Anblasen. Auch der Kommandant und der Obersteuermann hatten ihre Stellung nicht verändert. Teichmann mußte an ›Lebende Bilder‹ denken, die er mal als Kind auf einer Abendgesellschaft gesehen hatte und bei denen die Damen und Herren ebenso regungslos dastanden, nur hatten sie damals Schauspielerposen angenommen.
Der Funkmaat war der einzige, in dem noch Leben war,

aber seine Klopferei machte einen nervös. Teichmann sah, wie sie nach ihm traten. Der Funkmaat morste weiter.
»Was halten Sie sich denn am Rad fest, Sie Heini?« sagte Teichmann zum Zentralemaat.
»Müssen Sie immer so laut sein, IIWO«, sagte der Kommandant zum Kartentisch.
Als der Zentralemaat das Ventilrad losließ, ging er in die Knie wie ein pissendes kleines Mädchen am Straßenrand und dann saß er ganz am Boden. Auch so'n Idiot, dachte Teichmann. Drei- oder viermal lachte er kurz und trocken und unnatürlich laut.
»Was war denn das?« sagte der Kommandant. Er drehte sich um und sah Teichmann an: »Ist Ihnen unwohl?«
»Fühl mich glänzend, Herr Kaleu«, sagte Teichmann, aber er hätte sich am liebsten verkrochen.
Es war wieder still im Boot. Die Klopferei des Funkmaats war nicht mehr zu hören, weil sie ihm eine Lederjacke unter die morsende Hand geschoben hatten. Es trat auch keiner mehr nach ihm.
Womit der Kommandant am Kartentisch beschäftigt war, sah nur der Obersteuermann, und der sagte nichts. Der leuchtete, aber so, daß nur der Kommandant im Licht stand, das Gesicht des Obersteuermanns lag im Dunkeln, und alles, was sonst noch an Bord lebte, auch. Die meisten hockten auf dem Boden der Zentrale und taten nichts, und das Eigenartige war, daß sie mit diesem Zustand anscheinend zufrieden waren. Ihr Leben bestand jetzt darin, daß sie sich den Rücken ihres Kommandanten betrachteten, als stünde auf ihm etwas sehr Interessantes.
Teichmann wollte nach dem LI sehen. Der war mit seiner angesägten Nockenwelle im Dieselraum geblieben, der häßliche, großartige LI war weg. Teichmann vergaß ihn sofort wieder und schaute die andern an. Er wunderte sich, wie sie mit ihrem Atem auskamen, wie sie es machten, so unhörbar leise zu atmen, er glaubte, sein Atem raßle wie bei einem, der Atemnot leidet und in den letzten Zügen liegt. Er fühlte sich keineswegs so, obwohl er nicht wußte, wie es eigentlich weitergehen sollte.
Als er seinen Atem einigermaßen reguliert hatte, meldete

sich sein Gehirn. Es hatte sich wieder erholt, und was bei seiner erneuten Tätigkeit rauskam, war folgendes: Erstens, das Boot liegt auf Grund. Zweitens, das Boot kommt nicht mehr hoch. Drittens, du bist in diesem Boot eingeschlossen. Mehr sagte ihm sein Gehirn nicht.
Um sie war eine tödliche Stille. Und jetzt, wo um sie herum alles aufgehört hatte zu leben, merkten sie, daß sie keine Angst mehr hatten. Sie sahen sich in die Gesichter und wußten plötzlich mehr von einander als in all den Jahren, in denen sie zusammen gekämpft hatten. Der Kampf war nun vorüber. Sie waren dort angekommen, wo sie die Schiffe des Gegners hingeschickt hatten und wo alle Schiffe einmal landen. Aber sie waren die einzigen Seeleute, die lebend hier unten angekommen waren.
Nie hatten sie weniger Angst gehabt als jetzt. Ihr Geist und ihr Körper hatten sich an die Angst gewöhnt, wie man sich an einen Beruf gewöhnt, aber jetzt hatten sie keine mehr. Leichter, angenehmer, friedlicher hätte es gar nicht kommen können. Diese Art von Tod hatte etwas Großzügiges, fast Luxuriöses an sich. Sie wußten, wie böse er sein konnte, mit was für einem ausgefeilten Sadismus er um sich hauen konnte, wahllos und ungerecht, und jetzt war er geradezu sanft gekommen. Sie hatten frühzeitig gelernt, daß die Hauptsache im Krieg die Todesart ist und nicht der Tod selber. Es bestand also kein Grund, sich zu beklagen. Sie hatten gewußt, daß er einmal kommen wird, sie hatten es sich an den Fingern ausrechnen können, und sie hatten es auch im stillen getan. Nun fanden sie es ganz in der Ordnung. Auch die unendliche Stille, die sie jetzt umgab, tat ihnen wohl. Es gab keine Wasserbomben mehr, der Krieg war zu Ende, sie hatten ihren Frieden gemacht – genau so fühlten sie sich, als der Kommandant sagte: »Klarmachen zum Aussteigen.«
Der Kommandant hatte es nicht anders gesagt, als wenn er früher dem LI ›Klarmachen zum Auftauchen‹ befohlen hatte. Aber die Männer waren zusammengezuckt, als habe er ihnen auf den Kopf geschlagen.
»Die Sache ist ganz einfach. Wir haben Zeit, es braucht nichts übereilt zu werden, und wir haben genügend Tauch-

retter an Bord. Die Sache ist also ganz einfach. Ich werde alles eingehend erklären. Wer Fragen hat, kann sie stellen. Die Wassertiefe ist übrigens auch kein Problem –«
Sie hörten ihm gar nicht zu. Sie verstanden ihn nicht. Sie glotzten ihn an und waren so verblüfft wie Kinder, denen ein neues, unglaublich komisches Märchen erzählt wird: in diesem Tonfall sprach er zu ihnen, und die Hand, die er sich verletzt hatte, hatte er in der Hosentasche, und er bemühte sich, ein freundliches Aussehen in sein Gesicht zu bringen. Der Obersteuermann leuchtete ihn an.
Der Kommandant brach ab. Er hatte gesehen, daß er nicht verstanden wurde, und sein Gesicht änderte sich. Seine Lippen wurden zu Strichen und seine Augenlider zu Schlitzen. Teichmann erwartete einen Wutausbruch. Aber der Kommandant schwieg und drehte sich wieder zum Kartentisch um. Er band die Schnur, an der der Bleistift für die Eintragungen in die Seekarte hing, vom Kartentisch los und knüpfte den Knoten auf, mit dem das Bleistiftende an der Schnur befestigt war. Die Männer beobachteten ihn.
Der Kommandant stieg in den Turm hoch. Sie hörten, wie er das Schließrad des Turmluks aufdrehte und wie er den Schnapper zurückbog und festband. Als er in die Zentrale hinunterstieg, sagte er: »Klar bei Tauchretter. IWO, Rohr drei klarmachen zum Fluten.«
Die Männer sprangen hoch, als hätten sie sich auf eine glühende Herdplatte gesetzt. Teichmann verachtete sie einen Augenblick lang, und dann fürchtete er sich selbst vor dem, was nun kam. Er hatte auf der ULD einiges über das Aussteigen aus gesunkenen Booten gehört. Auch über das Aussteigen aus großer Tiefe war er belehrt worden, aber die große Tiefe hatte damals bei vierzig Meter geendet.
»Haben Sie mich verstanden, IWO?«
Der IWO ging auf den Kommandanten zu, aber er sagte nichts.
»Ob Sie mich verstanden haben?«
Der IWO, der jetzt vor dem Kommandanten stand, sagte immer noch nichts. Er nickte nur und machte mit der Hand

eine Bewegung zu seiner Kehle hin. Als er den Mund etwas öffnete, sah man, daß ihm die Vorderzähne fehlten, und der Kommandant nickte ihm zu, weil er gemerkt hatte, daß der IWO nicht mehr sprechen konnte.
Einundzwanzig Mann lebten noch, und denen erzählte nun der Kommandant, daß sie oben nicht lange zu schwimmen brauchten, das Boot liege auf dem Ein- und Auslaufkurs der Flottille und der Sicherungsverbände, möglicherweise könnten sie mit bloßem Auge die Insel Ré sehen, das Boot liege sozusagen kurz vor der Hafeneinfahrt.
Diesmal hörten sie ihm zu. Und nachdem er ihnen erklärt hatte, auf welche Weise sich das Turmluk trotz des hohen Wasserdrucks öffnen ließ, waren sie überzeugt, daß das Aussteigen auch aus dieser Tiefe eine ziemlich einfache Sache sei. Sie holten ihre Tauchretter und beeilten sich, wieder in die Zentrale zu kommen.
Der Kommandant teilte sie in drei Gruppen zu je sieben Mann ein. Die erste Gruppe sollte Teichmann führen, weil der IWO nicht mehr voll einsatzfähig war, die zweite der Obersteuermann, und die letzte der Kommandant selbst. Dann ließ er den Sehrohrschacht öffnen und die Konserven ausräumen. Er befahl, daß jeder eine Dose Pfirsiche essen müsse. Sie aßen sie, weil es ihnen befohlen worden war, es waren saftige, aromatische Pfirsiche, aber sie brachten sie kaum herunter. Der IWO und der Funkmaat aßen nicht mit. Einige schütteten ihre Dosen aus. Sie hielten es für überflüssig, jetzt noch etwas zu essen, sie hatten einfach keinen Appetit.
Mit dem Funkmaat war nichts mehr anzufangen. Er konnte das Mundstück des Tauchretters nicht zwischen den Lippen halten, und so blieb nichts anderes übrig, als ihn zu töten. Das war besser, als ihn oben mit geplatzten Lungen rumschwimmen zu lassen. Er wäre für die anderen kein erhebender Anblick gewesen.
Der Kommandant machte es, während die andern noch an ihren Pfirsichen kauten. Er machte es so geschickt, daß es zunächst fast niemand merkte. Aber später, als es losging und sie alle große Angst hatten, beneideten sie den Funkmaat, weil er auf so leichte Art hatte aufhören dürfen. –

Um acht Uhr morgens wurde das Boot geflutet.
Teichmann war allein in den Bugraum gegangen. Einige Sekunden lang blieb er zögernd in der Dunkelheit des Raums stehen, als wolle er sich alles noch einmal überlegen. Er schaute dorthin, wo sich die Rohre befanden und wo das Wasser ins Boot einströmen würde, und es wurde ihm plötzlich bewußt, daß er jetzt etwas tat, was sich nie mehr rückgängig machen ließ. Er wandte sich noch einmal um und sah in der Zentrale den Schein einer Taschenlampe und in diesem Schein die Gesichter einiger Kameraden, die ihn anblickten, ohne ihn in der Dunkelheit des Bugraums sehen zu können.
Er drehte die Mündungsklappe von Rohr drei auf. Dann gab er Preßluft aufs Rohr und schoß den Torpedo aus dem Rohr. Er hörte, wie der Torpedo mehrmals den Meeresgrund berührte, und er wartete ab, bis wieder alles still war. Dann drehte er die Mündungsklappe zu und öffnete den Bodenverschluß und nahm den Kolben aus dem Rohr. Weil das Rohr aus Sicherheitsgründen so gebaut war, daß bei geöffnetem Bodenverschluß die Mündungsklappe nicht aufgedreht werden konnte, mußte er den Bodenverschluß wieder schließen. Dann drehte er die Mündungsklappe etwas auf und dann schnell den Bodenverschluß.
Es begann wie der schrille Ton einer Dampfpfeife und wurde zu einem Geheul, das einem in den Ohren wehtat. Teichmann schien es, als ob das Wasser die ganze Zeit über nur auf diesen Augenblick gewartet habe, um die Männer ertränken zu können. Er lief in die Zentrale zurück. Am vorderen Zentraleschott stand der Kommandant und leuchtete ihm.
Als Teichmann hastig in die Zentrale sprang, ergriff die Männer zum erstenmal eine Art von Panik. Sie rückten zusammen wie eine Herde ängstlicher Tiere und fingerten aufgeregt an ihren Tauchrettern herum und schnauften, als ob sie einen Dauerlauf hinter sich hätten.
Der Kommandant hatte seine Taschenlampe wieder ausgeknipst. In der Finsternis des Boots hörte sich das Geräusch des eindringenden Wassers grauenhaft laut an. Aber noch lauter waren die Worte des Kommandanten: »Seid

doch nicht so wasserscheu, ihr Kerls.« Und dann leuchtete er mit seiner Taschenlampe reihum. Die Männer waren zu ängstlich, um auch nur das Gesicht zu verziehen. Normalerweise hätten sie in diesen Minuten ihren Kommandanten wieder mal glühend gehaßt, aber selbst hierzu waren sie jetzt zu ängstlich. Sie wollten nichts, als am Leben bleiben, und als die Lampe wieder aus war, hörten sie das Heulen des Wassers doppelt so laut wie vorher, und vorher war es schon laut und greulich genug gewesen.

Jede Gruppe war unter sich mit einer Leine verbunden, die sie sich um die Hüften geschlungen hatten. Sie sollte verhindern, daß einer die Nerven verlor und zu schnell auftauchte. Die Gruppe, die zuerst aussteigen sollte, stand im Kreis unter dem Zentraleluk, hinter ihr die zweite und dritte Gruppe. Aber als das Wasser den unteren Rand des Zentraleschotts erreichte und in die Zentrale rauschte, drückten sie sich wieder aneinander und zerrten an den Leinen, und ein paar fielen um und schrien.

Das Wasser stieg rasch. Als es in Kniehöhe war, mußte der Kommandant seine Lampe wieder anknipsen, damit die Leinen nochmal klariert werden konnten, und während sie damit beschäftigt waren, kam eine zweite Panikwelle über sie, weil aus dem Bugraum ein fürchterliches Gebrüll zu hören war. So hatten sie noch nie einen brüllen hören.

Sie wußten, daß sich das Rohr nicht mehr schließen ließ und daß der Mann mit den zerquetschten Armen vergessen worden war, und der Kommandant wußte zusätzlich, daß dies seine Schuld war, und zwängte sich durch das halbüberflutete Zentraleschott und arbeitete sich im hüfthohen Wasser durch den Offiziersraum und durch den Oberfeldwebelraum in den Bugraum. Teichmann kam ihm kaum nach. Sie hoben Brenk, der in einer der oberen Kojen lag und brüllte, hoch, und Teichmann legte ihn sich über die Schulter und packte den nächstbesten Tauchretter und nahm den Handgriff des Tauchretters zwischen die Zähne. Der Kommandant ging voraus und leuchtete. Als sie wieder durchs Zentraleschott stiegen, mußten sie tauchen. Sie brachten Brenk durch, ohne daß er erstickte. In der Zentrale legten sie ihm den Tauchretter an und sagten ihm,

daß er gleich hinter dem IIWO aussteigen solle, und oben würde ihm der IIWO die Sauerstofflasche aufdrehen. Dann banden sie ihn zwischen den WOs an die Leine.
»Schwimmen Kartoffeln? Los, werft mal eine ins Wasser«, rief der Kommandant, als das Wasser Brusthöhe erreicht hatte und die Kartoffelkiste überspülte. Den Kleineren von der Besatzung stand das Wasser bereits bis zum Hals, und sie setzten die Nasenklemme auf. Ihre Augen bestanden nur noch aus Angst. »Wenn sie sinken, sind's frische Kartoffeln«, rief der Kommandant ihnen zu. Alle hatten jetzt die Nasenklemme befestigt. Trotz des Höllenlärms, den das Wasser machte, war das Pfeifen der Sauerstoffflaschen zu hören, wenn die Männer kurz das Ventil ausprobierten. Fast alle zehn Sekunden probierten sie es aus.
»Wenn sie schwimmen, sind's alte«, rief der Kommandant nochmal. »Das ist nur mit Eiern so«, sagte Teichmann zum Kommandanten, und das war das letzte Wort, das gesprochen wurde. Sie zogen die Schutzbrillen über die Augen, und der Kommandant steckte seine Taschenlampe in den Mund und legte den Kopf in den Nacken, damit das Licht möglichst lange leuchtete. Einige der Männer verzogen ihre Gesichter und taumelten, weil sie den Druck auf den Ohren nicht mehr aushalten konnten: das ins Boot eindringende Wasser hatte alle Luft unter dem Turmluk zusammengepreßt. Nun warteten sie, bis die zusammengepreßte Luft den Deckel ihres Sargs aufdrückte.
Als das Licht ausging, gab Teichmann Brenk das Mundstück des Tauchretters zwischen die Zähne und drehte dessen Sauerstofflasche etwas auf. Dann machte er dasselbe bei sich. Fast gleichzeitig knallte es, wie wenn der Blitz eingeschlagen hätte, und Teichmanns Kopf wurde gegen die Zentraledecke gestoßen. Dem Einschlag folgte ein Donnern, das sich schnell entfernte, und dann war alles voll Wasser. Teichmann hatte das Mundstück seines Tauchretters beinahe durchgebissen.
Das Turmluk war auf. Im Boot war keine Luft mehr. Theoretisch hätte noch welche unter der Zentraledecke sein müssen, so hatte man es ihnen auf der ULD erklärt. Es war eben nicht mehr als eine Erklärung gewesen.

Aber der Tauchretter funktionierte. Teichmann atmete vorsichtig, er wagte nicht, tief Luft zu holen, weil er fürchtete, es könne plötzlich doch Wasser kommen. Die ersten Züge schmeckten nach kaltem Gummi und nach Kupfer, aber dann war es nur noch Sauerstoff, was er schmeckte, und das Atmen ging leichter, als er gedacht hatte. Der Apparat funktionierte einwandfrei.
Er merkte, wie der IWO ertrank. Er hatte schon vorher gesehen, daß der IWO ab und zu würgte und das Mundstück des Tauchretters nicht ruhig zwischen den Lippen halten konnte und mit der Hand seinen Kehlkopf massierte, und jetzt hatte er ein bißchen gezuckt und die Hände krampfhaft bewegt. Daran hatte es Teichmann gemerkt. Und dann legte sich der IWO langsam auf den Boden der Zentrale, weil im Wasser alles langsam geht. Es schien so, als sei er müde und wolle sich schlafen legen.
Teichmann mußte ihn losbinden. Er bückte sich und tastete den Körper des IWO ab, aber er konnte die Leine nicht lösen. Als der IWO umsank, hatte sie sich fest um seine Hüfte gezurrt. Teichmann brauchte seine ganze Nervenkraft – und zitterte trotzdem –, um sein Messer aus der linken Hosentasche zu ziehen und mit den Fingern die lange Klinge zu finden – er wollte so schnell wie möglich aus dem Boot oder nicht mehr leben – und sie aufzuklappen und die Leine durchzuschneiden – die Angst war jetzt so groß, daß er nicht mehr leben wollte – und die Leinenenden wieder zusammenzubinden. Danach war er unfähig, sein Messer zuzuklappen und in die Tasche zu stecken. Er ließ es einfach fallen und tastete nach den Sprossen der Leiter.
Er hatte sie gleich. Langsam stieg er in den Turm hoch. Er achtete darauf, daß er seinen Tauchretter und die Gummischwimmweste nicht beschädigte, und er zog auch Brenk mit sich, und gemeinsam mit dem zweiten Seemaat, der an Stelle des IWO als dritter ausstieg, bugsierte er Brenk durchs Turmluk auf die Brücke des Boots.
Oben wartete er. Mit einer Hand hielt er sich am Sehrohrbock fest und wartete auf die Männer seiner Gruppe. Zwischendurch wunderte er sich, daß in seiner Flasche noch

Sauerstoff vorhanden war, er glaubte, jeden Augenblick könne der Sauerstoff zu Ende gehen. Er hielt seine Hand übers Luk und tastete nach den Köpfen der Männer, und wenn sie kamen, packte er ihre Haare und zog schwach daran, damit sie merken sollten, daß er da war und auf sie wartete, sie sollten keine Angst haben. Und jedesmal, wenn er sie berührte, war es, als streiften sie irgend etwas ab und würden leichter. Dann nahm er sie beim Arm und dirigierte sie hinter den Sehrohrbock. Zwei der Männer klopften ihm dabei auf die Schulter.
Es dauerte eine Ewigkeit, bis die einzelnen kamen. Währenddessen war um ihn herum alles schwarz.
Als er die Männer seiner Gruppe oben hatte, ging es ihm besser. Er drehte bei Brenk und bei sich die Sauerstofflasche etwas mehr auf und fühlte, wie er schwebte. Er zog dreimal an der Leine zum Zeichen, daß sie nun aufsteigen wollten, und er merkte noch, wie die andern das Signal wiederholten. Dann verlor er die Orientierung.
Alles um ihn herum war flüssig und weich, und man konnte sich an nichts halten. Aber die Leine war noch da. Als er nach oben sah, war das Wasser grün. Er ließ Luftblubber aus dem Mund, um das Aufsteigen zu verlangsamen, und sofort straffte sich die Leine, die andern waren voraus. Ohne zu wissen, was er tat, ließ er wieder durch den Mund Sauerstoff ab. Die Leine wurde hart wie ein Stock und riß an seiner Hüfte, so daß er quer im Wasser lag. Im selben Augenblick kam ihm der Gedanke, daß er zu viel Luft abgelassen hatte und keine mehr fürs Aufblasen der Schwimmweste vorhanden war. Er strampelte mit den Beinen, aber die Leine blieb straff. Er drehte die Sauerstofflasche nochmal auf, und seine Umgebung wurde hellgrün. Aus Angst, seine Lunge könnte platzen, ließ er wieder Luft ab. Die Leine straffte sich. Er hatte das Gefühl, daß die andern schon oben waren. Er konnte jetzt ruhig und klar denken, und er wußte das. Er wußte auch, daß es für seine Lunge das beste war, wenn er so langsam wie möglich auftauchte, aber sein Zeitgefühl hatte völlig ausgesetzt. Er konnte nicht sagen, ob eine Minute oder eine halbe Stunde vergangen waren, seit er das Boot verlassen hatte, er wußte nur, daß

der Sauerstoff in der Flasche für eine halbe Stunde reichen sollte, wenn man mit dem Atmen sparsam umging. Und als ihm dies einfiel, begann er Schwimmbewegungen zu machen, um Sauerstoff zu sparen. Dann sah er dunkle Flecke.

Er erschrak so heftig, daß sein ganzer Körper zusammenzuckte, als habe er einen elektrischen Schlag erhalten. Im Unterbewußtsein hatte er sich sofort daran erinnert, daß er schon mal dunkle Flecke gesehen hatte und anschließend ohnmächtig geworden war. Er schlug wie wild um sich und zerrte an der Leine, die immer noch straff war, und strampelte mit den Beinen. Auf diese Weise verbrauchte er sehr viel Sauerstoff. Auf den Gedanken, das Ventil weiter aufzudrehen, kam er nicht. Er hatte jede Überlegung verloren.

Die Panik ging vorüber, ohne daß er wußte, warum. Er war plötzlich wieder bei Sinnen und dachte, die dunklen Flecke könnten auch Luftbläschen an seinem Brillenglas sein. Er schloß die Augen und fuhr mit den Fingern unter die Ledereinfassung der Schutzbrille. Die Flecke blieben. Er sah sie deutlich über sich und dachte, es könnten auch Quallen sein.

Er hatte mal irgendwo gelesen, daß Quallenschwärme einen töten konnten, wenn man mit ihnen in Berührung kam. Sie brannten einem die Haut ab. Also durfte er jetzt nicht auftauchen. Über ihm waren große Quallen.

Ihm wurde eiskalt. Bis jetzt hatte er die Kälte des Wassers nicht zur Kenntnis genommen, aber nun biß sie in seinen Körper, und er schüttelte sich. Oben schwammen die dunklen Flecke und waren noch größer geworden. Wenn er nicht in sie hineingeraten wollte, mußte er Luft ablassen und wegschwimmen. Aber es nützte ihm nichts, Luft abzulassen, die Leine hielt ihn fest, und sein Messer hatte er weggeworfen. Er war viel zu mutlos und zu aufgeregt, um auch nur den Versuch zu machen, sich von der Leine loszubinden. Er sah wieder nach oben, und genau über ihm befanden sich die dunklen Flecke.

Er zählte sie und kam auf fünf. Daraufhin schämte er sich vor sich selber. Und dann ärgerte er sich, daß er

durchgedreht gewesen war und sich wie ein Idiot benommen hatte.
Er machte weiter Schwimmbewegungen, mit den Füßen wie ein Kraulschwimmer und mit den Armen wie ein Brustschwimmer, und sah plötzlich die Sonne und den Himmel und die andern – sie hatten eine graue Gesichtshaut –, und er stellte das Luftventil ab, nahm den Schnorchel aus dem Mund, drehte die Sauerstofflasche bis zum Anschlag auf und fühlte, wie um seinen Hals herum die gelbe Gummischwimmweste prall wurde, und dann fror ihn.
»Alles klar«, hörte er jemand rufen. Er riß die Schutzbrille von den Augen und schluckte Salzwasser durch die Nase und hustete. Die Gesichter der andern sahen jetzt rot aus, wie die Nasen von Säufern. Einer von ihnen mußte Brenks Flasche aufgedreht haben, Brenks Schwimmweste war prall gefüllt.
»Alles klar, Herr Leutnant.«
»Alles klar.«
»Alles klar, Herr Leutnant.«
»Ja, alles klar, Nummer Zwei, alles klar.«
Und dann riefen die andern »Alles klar«. Sie riefen es gleich mehrmals, wie Papageien, und als dann sieben Köpfe neben ihnen aus dem Wasser schnellten, riefen sie wieder: »Alles klar.« Auch Teichmann rief es. Der Obersteuermann und dessen Leute riefen es zurück. Es war, als ob sie sich mit diesem Ruf gegenseitig zuprosteten, während sie im Seegang auf und nieder schwebten. Und dann warteten sie auf die nächsten sieben. Aber nebenbei froren sie jämmerlich.
Der Obersteuermann schwamm zu Teichmann hin und knüpfte seine Leine an die Teichmanns.
»Wir sind dreizehn, Herr Leutnant, keine Glückszahl. Aber die andern kommen ja noch.«
»Die andern werden gleich kommen.«
»Wo ist der IWO?«
»Der kommt nicht. Wegen seinem Splitter.«
»O – verflucht. Verfluchter Mist, was?«
»Alles klar«, riefen die andern im Chor.

Der Kommandant war da und hatte seine sechs Leute mitgebracht. Von allen Seiten wurden sie begrüßt. Ein regelrechtes Gänsegeschnatter. Selbst die Gefreiten riefen ihrem Kommandanten ungefragt »Alles klar« zu.
»Was ist mit dem IWO?«
»Er konnte den Schnorchel nicht im Mund behalten, Herr Kaleu.«
»Blödsinn, sowas.«
Es waren jetzt zwanzig oben. Sie behandelten sich gegenseitig, als ob sich jeder dem andern persönlich vorstellen müßte, um ihm mitzuteilen, daß er auch da sei. Von der Insel Ré war übrigens nichts zu sehen. Außer Wasser und den zwanzig Köpfen gab es überhaupt nichts zu sehen.
»Warum schickt man mir denn solche Leute an Bord? Der Kerl hätt doch nen Landposten verdient gehabt. Ich werd das dem BdU sagen. Den haben die Gauner vom Personalbüro auf'm Gewissen. Ich werd darüber mit dem BdU sprechen.«
»Jawohl, Herr Kaleu.«
»Was meinen Sie, was der mit diesen Knülchen macht. Der alte Löwe wird ihnen eins verpassen, wie ich ihn kenne. In denen ihrer Haut möcht ich nicht stecken, Teichmann, verlassen Sie sich drauf.«
»Jawohl, Herr Kaleu.«
»Das sind diese Schreiberlinge vom Kommandierenden in Kiel. Diese Brüder drehen einmal im Monat ihr Wohnschiff an der Pier rum, damit sie als seefahrender Verband gelten und Zulagen einstecken können. So sind diese Brüder, Teichmann.«
»Jawohl, Herr Kaleu, ich hab sie auch nie leiden können.«
»Das sind Kaufleute in Uniform, mehr nicht. Die sind dran schuld. Mir nen Invaliden an Bord zu schicken. Diese Händler und Krämer in Uniform sind dran schuld, was? Mir nen halbkaputten WO zu schicken – das sieht diesen Brüdern ähnlich.«
»Jawohl, Herr Kaleu, die sind dran schuld.«
»Gottverdammt kalt, was?«
»Jawohl, 's wird kühl.«
Damit war die Unterhaltung zwischen dem Kommandan-

ten und seinem IIWO beendet. Sie schauten sich noch eine Weile zu, wie sie im Seegang schaukelten, und dann beschäftigten sie sich mit sich selbst.
Alle waren jetzt untereinander durch Leinen verbunden. Sie hatten einen Kreis geschlossen und warteten auf irgend etwas, was nicht kam. Einige wurden langsam blau im Gesicht.
Die Sonne brannte auf ihre Köpfe, aber vom Hals abwärts bestanden sie aus Eis. Sie glaubten, eine Eiskruste wachse um sie. Ab und zu bewegten sie sich, und dann wurde die Eiskruste dünner. Aber wenn sie damit aufhörten, wurden ihre Arme und Beine schwer und gefühllos, als liege eine dicke Eisschicht auf ihnen.
Um die Mittagszeit fingen die ersten an, sich aufzugeben. Sie wollten einschlafen. Aber sie versuchten es vergeblich, es ging nicht. Wenn sie den Kopf gegen den Wulst der Schwimmweste legten, bekamen sie Wasser in den Mund und in die Nase – es herrschte etwa Seegang vier –, und wenn sie den Kopf in den Nacken legten, stach die Sonne in ihre Augen. Sie stand senkrecht über ihnen und war sehr weiß. Und so mußten sie vorerst weiterleben, die See hielt sie wach.
Der Kommandant rief ihnen ein paarmal Scherzworte zu, aber nur der zweite Seemaat, der ein besonders zäher Brocken war, reagierte. Er brachte es sogar fertig, ein Lied zu singen. Das Lied war mit das Ordinärste, was Teichmann bisher gehört hatte.
»Ich überlege mir, ob ich erröten soll, Nummer Zwei«, rief Teichmann ihm zu.
»Sie sind ja bereits rot, Herr Leutnant«, rief der Maat zurück. Er hatte recht, Teichmann blutete aus der Nase. Er war nicht der einzige.
»Können Sie nicht was Anständigeres singen, wenn Sie schon singen müssen?« rief der Kommandant.
»Jawohl, ich kann auch ›Wir winden dir den Jungfernkranz‹ singen, wenn Herr Kaleu ihn hören wollen.«
»Also, dann singen Sie halt meinetwegen Zauberflöte.«
»Es ist nicht aus Zauberflöte, Herr Kaleu, ich weiß nicht, aus was es ist, aber aus Zauberflöte ist es nicht, und es heißt

so: Wir winden aus der Jungfern Kranz ...« und was dann folgte, war ein völlig neuer Text.
Teichmanns Uhr war wasserdicht. Sie zeigte vierzehn Uhr, als die Möwen kamen. Er beobachtete ihr Kommen, wie ein Gelähmter, den man in einem brennenden Haus zurückgelassen hat, das Feuer beobachtet. Und von diesem Augenblick an war in ihm etwas gerissen. Er hatte das Gefühl, als sei sein Kopf von seinem Körper abgetrennt worden, als sei die Verbindung zwischen ihm und seinem Kopf gerissen.
Die andern waren froh, daß etwas Lebendiges um sie war, und deuteten auf die Möwen. Es war eine Ablenkung für sie. Die Möwen hatten ihre roten Füße hübsch parallel unter ihr weißes Gefieder gelegt, und die Unterseite ihrer Flügel schimmerte in der Sonne stahlblau. Sie stießen nur wenige ihrer krächzenden Schreie aus. Teichmann sah darin ein Zeichen, daß sie sich bereits verständigt hatten und wußten, was nun zu tun war. Dann wieder dachte er, sie sind harmlos. Gleich darauf dachte er, sie sind nur harmlos, wenn sie satt sind, und jetzt sind sie nicht satt oder noch nicht satt, mindestens sind sie neugierig.
Als die ersten zu Brenk runterkamen, fühlte Teichmann, wie er langsam verrückt wurde. Es war ein Gefühl, als sei er betrunken. Er sah, daß Brenk weinte und die Möwen nicht beachtete, aber wenn eine runterkam, zog Teichmann ruckartig an der Leine, Brenks Kopf tauchte etwas unter und schoß dann wieder hoch. Es sah aus, als habe er eine schnelle Verbeugung gemacht, aber er weinte dabei wie ein kleiner Junge. Und Teichmann wurde verrückt dabei. Vor seinen Augen begann es merkwürdig zu flimmern, und manchmal sah er hundert Köpfe über dem Wasser und dann wieder gar keine. Zwischendurch sah er ganz deutlich auf dem Wasser die Schatten der Möwen. Dann schlug er nach ihnen. Er hieb mit den Fäusten aufs Wasser wie ein Kind, das beim Baden planscht. Aber die Schatten, die er zerstören wollte, kümmerten sich nicht um ihn, und er konnte ihnen nicht nachjagen.
Das Flimmern hörte auf, als die Sonne hinter den Wolken verschwand. Der Himmel sah jetzt trübe aus, wie gestan-

dene Milch, und er schien jetzt weiter weg zu sein als vorher. Die Möwen warteten.
Sie schrien jetzt öfter. Teichmann hörte sie schreien. Sie untersuchen aus der Luft, wann die Situation reif ist, dachte er. Wann sie ihre Leckerbissen holen können, dachte er. Frische warme Menschenaugen. Guten Appetit. Ein kleiner Schluck Wasser hinterher, dann rutscht es besser und fördert die Verdauung. Ruck – er zog die Leine an, und Brenk verbeugte sich vor ihm und wackelte mit dem Kopf, als wolle er sich über ihn lustig machen, aber er weinte, und die Möwen strichen über ihn weg.
Teichmann fühlte, wie die See ihn langsam tötete. Er trat mit den Füßen nach ihr, und dann zählte er die auf und ab tanzenden Köpfe. Er sah keine Gesichter mehr, es waren nur noch rote Kugeln, die auf dem gelben Gummiwulst der Schwimmwesten lagen wie mehlbestaubte Äpfel auf einem kleinen Teller. Aber das Mehl war Salz. Zuletzt blieb sein Blick auf Brenk haften, der sich jetzt vor jeder Welle verbeugte, denn der Seegang hatte zugenommen.
Die Möwen kamen tiefer runter und schrien lauter. Teichmann zog die Leine, Brenk verbeugte sich und wackelte und weinte, und Teichmann schrie: »Grüß Gott, Brenk. Grüß Gott, auch ihr da oben.«
Das Seltsame war: Teichmann wußte, daß er verrückt war, so wie ein Betrunkener merkt, daß er betrunken ist. Aber das beeindruckte ihn gar nicht. Er rief weiter den Möwen zu – ohne daß ein Laut aus seinem Mund kam –: »Grüß Gott, ihr da oben. Grüßt mir den lieben Gott, und alles Gute. Sagt ihm, wenn ihr ihn seht, er soll sich vor mir in acht nehmen. Wenn ich ihn treffe, bring ich ihn um. Herzlichen Gruß von Leutnant Teichmann. Er soll sich ja vorsehen.« Ruck – er zog die Leine an, und Brenk, der längst tot war, wackelte. »Tag Brenk, und Kopf hoch. Hallo, ihr da oben, kommt runter und freßt euch satt, nachdem der liebe Gott euch nicht genug Nahrung gibt. Hier gibt's noch Augen. Kommt runter und holt sie euch.« Ruck – er zog die Leine an, Brenk wackelte. »Tag Brenk, und Kopf hoch. Den Brenk habt ihr bald fertig, ihr da oben. Der hat keine Arme. Auf dem könnt ihr rumhacken wie auf nem

Kohlkopf. Zwei kleine warme Menschenaugen in Salzlauge gefällig.« Ruck – er zog die Leine an, Brenk wackelte. »Tag Brenk, und Kopf hoch. Und ihr netten Vögelchen kommt doch endlich runter und bedient euch. Ihr sollt keinen Hunger leiden. Und wie gesagt, grüßt mir den lieben Gott, diesen Sauhund.« Ruck – er zog die Leine an, Brenk wakkelte. »Grüß Gott, Brenk, und Kopf hoch. Und euch da oben gesegnete Mahlzeit. Und Gott zum Gruß, Brenk, und Kopf hoch, und Kopf hoch, und Kopf hoch ...«

Zwei Boote einer VP-Flottille entdeckten in der Abenddämmerung die zwanzig Männer und zogen neun lebend aus dem Wasser. Die Möwen hatten ihnen den Weg gezeigt.

ERLÄUTERUNG
einiger Marine-Fachausdrücke

Achtern: hinten
Anblasen: das Wasser mittels Preßluft aus den Tauchzellen eines U-Boots blasen, wodurch das U-Boot auftaucht

Back: Bezeichnung für Tisch und auch den vorderen Teil des Schiffes
Backbord: linke Schiffsseite
BdU: Befehlshaber der U-Boote
BdW: Bootsmaat der Wache
Belegen: eine Leine festmachen
Besteck: Schiffsortbestimmung nach geographischer Länge und Breite
BI: Bildungsinspektion der Kriegsmarine
Bilge: Raum im untersten Teil eines Schiffes, in dem sich Wasser- und Ölreste sammeln
Boot: bei der Marine alle fahrenden Einheiten bis Zerstörer einschließlich aufwärts
Bootsmannsstuhl: Sitzvorrichtung aus Leinen durch besondere Verknotung
Bootswachtmeister: Dienststellung, die etwa der des Hauptfeldwebels bei Landeinheiten entspricht

C: Flottillenchef (im Signalverkehr)

Deck: die waagerechten Unterteilungen im Schiffskörper
Deviation: Ablenkung der Kompaßnadel durch eiserne Schiffsteile
Dollbord: obere Planke auf dem Bootsrand
Druckausgleich: während des Tauchens wurde alle nicht mehr benötigte Preßluft in das Bootsinnere abgelassen, damit keine Luftblasen das U-Boot verrieten. Der dadurch entstehende Überdruck wurde vor dem Öffnen des Turmluks ausgeglichen
Ducht: Ruderbank
Dwars: quer
Dwarslinie: Formation, in der die Schiffe seitlich nebeneinander auf gleicher Höhe fahren
Dynamisch auftauchen: nur unter Ausnutzung des auf die beiden vorderen und achteren Tiefenruder einwirkenden Fahrtstromes auftauchen

E-Maschine: elektrische Antriebsmaschine des U-Bootes für Unterwasserfahrt. Die Diesel konnten unter Wasser wegen der fehlenden Luft nicht laufen
E-Meßgerät: Entfernungsmesser
Entern: hochklettern, auch feindliches Schiff gewaltsam in Besitz nehmen
ES: Erkennungssignal mittels

Leuchtkugeln oder Morsescheinwerfer

Fächer: Schießverfahren, bei dem 2 bis 6 Torpedos kurz nacheinander mit einem kleinen Winkel zwischen den Laufbahnen auf das gleiche Ziel abgeschossen wurden, um die Treffaussichten zu erhöhen

Feudel: Wischlappen

Fieren: herablassen oder lockern von Tauen

Filzen: schlafen

Fliebos: Fliegerbomben

Fluten: durch das Öffnen der Entlüftungen Wasser in die Tauchzellen strömen lassen; damit wird der Auftrieb eines U-Bootes vernichtet und das U-Boot taucht

Front pfeifen: besonderer Pfiff, auf den hin die ganze an einer der beiden Schiffsseiten stehende Besatzung Front zu dem entsprechenden Boot oder Schiff macht, dem diese Art der Ehrenbezeigung gilt

FuMB: Funkmeßgerät

Gieren: Schiffsbewegung um die senkrechte Mittelachse

Gräting: Lattenrost aus Holz

Hieven: heben, hochwinden

K: Kommandant (im Signalverkehr); an Bord spaßhalber auch Koch (»K an K« – Koch an Kommandant – »Essen ist fertig«)

Kimm: Horizont

Koje: bettähnliche Schlafstelle

Kombüse: Küche

KR: kriegswichtig (höchste Dringlichkeitsstufe bei Funksprüchen)

Krängen: seitliche Neigung eines Schiffes

Kreiselkompaß: elektrisch betriebene Scheibe mit sehr hoher Umdrehungszahl, die sich selbständig in Nordsüdrichtung einstellt

Kreuzer: Kriegsschiff von etwa 3000 bis 8000 Tonnen und Bewaffnung bis 15,5-cm-Geschützen (leichter K.) oder etwa 8000 bis 15 000 Tonnen und Bewaffnung bis 20,3-cm-Geschützen (schwerer K.)

KTB: Kriegstagebuch

Kujambelwasser: Limonade

Lage: in der Feuerleitansprache der Torpedowaffe der Winkel zwischen den Schenkeln Gegner-Auge sowie Gegnerkurs; bei Lage 0 kommt der Gegner auf einen zu

Lee: die vom Wind (Feuerlee: vom Gegner) abgekehrte Seite

Lenzen: Wasser außenbords pumpen; geschieht auf U-Booten auch mit Preßluft
LI: Leitender Ingenieur
Logis: Mannschaftswohndeck
Luk: Öffnungen in den Decks
Luv: die dem Wind (Feuerluv: dem Gegner) zugekehrte Seite

Maat: Unteroffizier
Magnetkompaß: auf modernen Schiffen nur als Reserve, falls der Kreiselkompaß ausfällt
Mechmaat: Mechanikersmaat, für die Wartung der Torpedos und Torpedoanlagen verantwortlich
Metax: Gerät zum Erkennen feindlicher Ortung
MG: Maschinengewehr
M-Offizier-Funkspruch: beim Entschlüsseln eines solchen Funkspruchs mit den normalen Schlüsselunterlagen begann der entschlüsselte Text mit »M-Offizier«; erst nach nochmaligem Entschlüsseln mit dem nur Offizieren bekannten Sonderschlüssel ergab sich der Klartext
MPi: Maschinenpistole
MS-Boot: Minensuchboot

ObdM: Oberbefehlshaber der (Kriegs-) Marine
Oberdeck: oberstes durchgehendes Deck
Oberdeckstuben: druckfeste Rohre im durchfluteten Oberdeck zur Aufbewahrung zusätzlicher Torpedos
OvD: Offizier vom Dienst

Papenberg: Druckmesser, der gleichzeitig die Tiefe von Bug und Heck anzeigt und damit die Neigung des U-Bootes
Peilung: die festgestellte Richtung, in der sich der beobachtete Gegenstand befindet (optisch, akustisch, durch FuMB usw.)
Persenning: Überzug aus Segeltuch
Piekslast: Raum, in dem Farbe, Reinschiffgeräte, Arbeitsmaterial und anderes aufbewahrt werden (meist im Bug)
Pier: Hafenmauer
Poller: pilzartiger Holz- oder Metallpfosten zum Befestigen von Tauen
Pulen: bohren, herausklauben
Pullen: rudern mit Riemen
Pütz: Eimer, oft aus Holz oder Segeltuch

Rabbatz: Krach, Lärm
Räume achteraus: alle Besatzungsangehörigen innerhalb des Raumes, in dem sie sich befinden, nach achtern

Reesen: erzählen, sich unterhalten

Regeln: U-Boot in Gleichgewichtszustand bringen

Riemen: Ruder für beidhändiges Rudern

Rollen: unangenehmste Schiffsbewegung, nämlich ineinander übergehendes Gieren, Stampfen und Schlingern

S-Boot: Schnellboot

Schäkel: Bindeglied verschiedener Art zur Verbindung von Signalleinen, Ketten und anderem

Schapp: kleiner Raum

Schiffspeilung: hierbei wird die Richtung, in der etwas gepeilt wird, ohne Rücksicht auf die geographische Richtung in Beziehung zum Schiff gesetzt, um eine sofortige Orientierung zu ermöglichen: recht voraus ist 0 Grad, dann weiter im Uhrzeigersinn

Schlingern: Schiffsbewegung um die Längsachse

Schnapser: Sanitäter

Schott: senkrechte Trennungswand im Schiff, auch Tür

Sehrohrtiefe: 14 Meter, gemessen zwischen Wasseroberfläche und Kiel

Seite pfeifen: besonderer Pfiff als Ehrenbezeigung für über die Stelling an oder von Bord gehende Offiziere

Sextant: Winkelmeßinstrument zur Schiffsortbestimmung

Speigatt: Öffnung, die das Abfließen von Wasser von den Decks nach außenbords ermöglicht

Stampfen: Schiffsbewegung um die Querachse

Stelling: Laufbrücke zwischen Schiff und Land

Steuerbord: rechte Schiffsseite

T-Boot: Torpedoboot; schnelle, kleinere Einheiten mit Schwergewicht auf der Torpedowaffe

Toni-Gelb: Flaggensignal zum Einnehmen der Marschformation

Toni-Hans-Paula: Flaggensignal »Diese Übung ist beendet«

Trimmen: Wasser mittels Preßluft oder durch Überlaufen in Längsrichtung des U-Bootes von einer Trimmzelle in die andere verlagern

Troyer: Pullover

ULD: U-Boots-Lehrdivision

Untertriebszellen: werden bei Überwasserfahrt eines U-Bootes geflutet gefahren, um ein schnelleres Tauchen zu ermöglichen

UZO: Abkürzung für die auf der Brücke des U-Bootes montierbare Zieloptik, die bei Überwasserangriffen eingesetzt wurde

Verfranzen: verirren (bei Fliegern)

Verkehrsboot: kleines Motorboot für den Verkehr zwischen Schiffen und Land

VO: Verwaltungsoffizier

VP-Boot: Vorpostenboot

Wabos: Wasserbomben

WDL: »Weiter durch die Linie«; vor einen Wink- oder Morsespruch gesetzt heißt es: an alle Einheiten des Verbandes

WO: Wachoffizier

Wuhling: Durcheinander

Zerstörer: mittlere Schiffseinheit von etwa 800 bis 3000 Tonnen mit starker Torpedobewaffnung und mittlerer Artilleriebewaffnung bis zu 13,8-cm-Geschützen

Bitte beachten Sie
die folgenden Seiten

Christopher Dobson
John Miller
Ronald Payne

Die Versenkung der »Wilhelm Gustloff«

Ullstein Buch 23686

Ullstein

Am Abend des 30. Januar 1945 torpedierte in der Ostsee ein sowjetisches U-Boot das überfüllte deutsche Flüchtlingsschiff »Wilhelm Gustloff«. An Bord waren Frauen, Kinder, Verwundete. 7000 Menschen kamen in den eisigen Fluten um. Es war die größte Schiffskatastrophe aller Zeiten, die weit mehr Opfer forderte als der Untergang der »Titanic«. Das britische Autorenteam rollt lückenlos die bewegte Geschichte der »Wilhelm Gustloff« vom Stapellauf bis zu ihrem Untergang auf. Eine Tragödie auf See, die sich kürzlich zum fünfzigsten Mal jährte.

Robert D. Ballard

in der Reihe
Ullstein maritim

Das Geheimnis der *Titanic*
3000 Meter unter dem Wasser
UB 23280

Die Entdeckung der *Bismarck*
Deutschlands größtes Schlachtschiff gibt sein Geheimnis preis.
UB 23298

Robert D. Ballard/
Tony Chiu
Das Rätsel der *Dakar*
UB 23782

Versenkt im Pazifik
Schiffsfriedhof Guadalcanal
geb., UB 06834

Ullstein

Jochen Brennecke

Schlachtschiff Bismarck

Ullstein Buch 23840

Ullstein

Der Verlust des Schlachtschiffs *Bismarck* im Mai 1941 war der erste große Rückschlag, den die bis dahin so erfolgreiche deutsche Marine erfahren mußte. Zugleich bedeutete er den Anfang vom Ende der Schlachtschiffe überhaupt.
Im Auftrag des US-Naval-Institutes, USA, schuf Jochen Brennecke diesen grundlegenden Dokumentarbericht, der erstmals alles in- und ausländische Quellenmaterial berücksichtigt.